寶水

喬葉

叢書策劃　林　冕
責任編輯　江其信
書籍設計　吳冠曼
書籍排版　何秋雲

書　名　**寶　水**
著　者　喬　葉
出　版　三聯書店（香港）有限公司
香港北角英皇道 499 號北角工業大廈 20 樓
Joint Publishing (H.K.) Co., Ltd.
20/F., North Point Industrial Building,
499 King's Road, North Point, Hong Kong
香港發行　香港聯合書刊物流有限公司
香港新界荃灣德士古道 220-248 號 16 樓
印　刷　美雅印刷製本有限公司
香港九龍觀塘榮業街 6 號 4 樓 A 室
版　次　2025 年 7 月香港第一版第一次印刷
規　格　大 32 開（140mm × 200mm）528 面
國際書號　ISBN 978-962-04-5615-2

目錄

第一章　冬——春

第三章　夏——秋

第一章

冬——春

1. 落燈

睜開眼，窗外已見青白。看了一眼手機，六點整。四點半時還在床上烙餅，就算五點睡著，也不過是一個鐘頭的覺，還饒進去一個夢。

還是那個夢。

她在說話，卻沒有聲音。眼皮兒撐出了一條細線，看不見裏面的光。嘴巴顫巍巍地張著，唇型微微變動。我貼近她的唇，濃重的陳腐之氣裏夾雜著若有似無的絲絲甜腥，像是正在漚肥的土地，又彷彿是青草正在春天生長。

奶奶，你出聲兒啊！

她卻閉上了嘴，也閉上了眼，胸膛起伏如蒼灰的火焰。我握住她乾樹枝樣的手，等她攢勁兒。起伏漸漸平緩下來，越來越平緩。她似乎要睡著了。這可不行。我晃著她，小心拿捏著分寸，怕把她晃散了。她那麼脆。

終於，她又睜開了眼，也張開了嘴。唇型又開始微微變動。還是沒有聲音，一點兒也沒有。可我確定她說了一句什麼話，對我。明明已經說出了口，卻又被她嚥下。

要是我能變小就好了。那就能鑽進她的嘴裏，跑進她的喉嚨，看她嚥下去的那句話是什麼。這麼想著，果然我就迅速開始變小，越來越小，小到如童話裏的拇指姑娘。然後，我就站在了她的唇邊。唇已經沒有了血色，唇面卻還柔軟著，還有著奇異的彈性，踩在上面能感覺到鮮明的高低起伏，似乎每一步都會摔跤。

我小心翼翼地探著身子，往她的嘴裏張望。

深淵一般的黑暗，深淵一般的溫暖。

要進去嗎？我問著自己，猶疑著。一股大風突然從旁邊吹過來。穩是穩不了了，不是向前就是向後。一瞬間，我向後墜去。

一激靈，醒了。

外面很靜。昨天晚上，象城就已經開始靜。白天時年味兒還在，大街上偶爾還有人拎著花花綠綠的年貨匆忙行走，「恭喜恭喜恭喜你」的歌聲還在路邊店裏喧囂，熟人見面打招呼還說著「不出正月都是年」的話。可一到夜裏，突然就靜了下來。靜把這一切熱鬧利利落落地一收，誰都知道這個年算是過完了。

擱到小時候的福田莊，即使是正月十七，也還是有點兒意思的。因要落花燈，中午要吃落燈麵。夜裏又是老鼠的好日子，「十七十八，耗子成家」，晚飯便要包餃子，奶奶一邊包餃子一邊說這是捏老鼠嘴呢，叫牠們再也不能偷吃糧食亂咬衣裳。吃完了這頓餃子，還要收祖宗軸子。軸子上畫的是深宅大院高堂華屋，兩邊的字我很快就認得了：

先祖創業垂千古

忠孝家風傳萬代

祖宗們住得真有這麼好？

興許吧。要不咋都這麼畫呢？

死了還能過這麼好，那咱都去死唄。

奶奶拿著擀麵杖敲過來，沒敲到，就繼續包餃子。包了一會兒才說：急啥。都有那一天。

肯定是睡不著了。墊高了枕頭半坐著刷微信。朋友圈本就沒多少人，還被我屏蔽了一些，刷了兩下就看到了老原昨晚轉的一則新聞，是予城政府官網公佈的省「美麗村莊」示範村的入選名單，一共六個。排在第一個的就是寶水村。

就點了個讚。他立馬私信過來：民宿已基本收拾妥了，去村裏看看？我回：好。他：啥時候？我呆望著天花板，還沒想好怎麼回他，他又跟來了一條：擇日不如撞日，就今天吧。

翻了個身，頓覺頭昏目眩，腰痠背痛。心一橫，答道：中。

2. 失眠症

失眠是個廝纏二十多年的老冤家。父親和奶奶相繼去世後，它就開始如影隨形，結婚生子後方才有些改善。嫁了豫新這個醫生，自然也沒少去醫院，西醫看不出毛病，中醫說是秉性弱，開了一劑又一劑苦湯藥，補來補去，也是時好時壞。到後來喝這些藥也不過是為了附和豫新的執念，已經徹底領略了這個敵兵的強大，早就放棄了根治的念頭，只要能跟它拉開一段相對安全的距離也便知足。然而豫新去世後，它便有恃無恐地再次貼近，且變本加厲。

同是失眠，不同階段的感覺也頗有差異。父親去世時猶如翻江倒海，岩漿湧動。奶奶去世時是凝寒刺骨，似冰河蜿蜒潛行。這回卻恍若靜水深流，荒蕪至不知所終。——怎麼會不知所終，還是知的。所終，也無非就是死。可哪能死呢。還不到死時。哪怕只是為了母親和郝地。我是母親的閨女，郝地是我的閨女，同心同理，上下不捨。必須得睡著，得睡好。

於是強打精神去跑各大醫院的睡眠科，吃各種效力的安眠藥，試用渠道多樣的民間偏方，每週去健身房游泳練瑜伽，每天泡腳，漫無邊際地走一萬米兩萬米直至筋疲力盡，統統收效甚微，微至無效。無力維持原有的工作，便找領導給調了崗，到了錢少人閒半自由的專業學術委員會。裏面全都是已經退二線和預備退二線的老前輩。到了那裏才發現，雖是鬆快了不少，卻也並不怎麼閒。專委會既搭著個骨架子，多少總得煲點兒湯。出差的頻次也並不低，因為老同志們愛往外跑。近年來出國出省的大動靜雖然沒有，往基層地市縣逛逛也算是點兒福利。作為其中最年輕的，只要有這種事，自然就得去負責跑腿。幹活兒不怕，怕的還是睡覺這一關。若是明天出門，我今晚八點就會吞下安眠藥，洗漱完畢，兢兢業業地上床臥著，像母雞孵蛋似的，巴望著能順利地孵出一點兒毛茸茸的睡意。能睡著一會兒算是運氣好，睡不著就是分內。到了出差地自然是更不行，通常情況下是整夜難眠。

就熬著。越熬越領教到這是怎樣一種酷刑。漫漫長夜，彷彿全世界的人都在床上，唯有你被踢到了床下。雖睡不著，卻似乎也很忙。一會兒想喝水，一會兒想去衛生間。單這兩件事就能無限循環。怪異的是，越壓抑著不喝水就越渴，越壓抑著不去衛生間就越便意強烈。又如同，越想睡就越是要睜開眼。這雙眼啊，一旦試圖閉上，就好像有誰用指甲尖兒掐著你的眼皮兒在往上拎。而待你睜開，那指甲尖兒又掐著你的眼皮兒在往下摁。就這麼著，拎拎摁摁，摁摁拎拎，就是沒辦法得個安穩。受不了了，就開燈，換個方式熬。看書，從《三字經》看到《世界簡史》。想事情，從記憶裏的第一顆糖想到宇宙裏的黑洞。數綿羊，從個位數到百位千位。也求救於各路神靈，從阿彌陀佛、至聖先師到無量天尊……或許偶爾被哪位聽見，得了垂憐，便能打上一個盹兒，如同快要撐斷的皮筋兒被鬆弛了一下，自是珍貴。醒來後便再熬，期待著能打下一個盹兒。

漫漫長夜，就這樣被盹兒切割成了一個又一個逗號。打盹兒時也沒閒著，總是在做夢。奶奶，父親，豫新，這些活著再也見不到的人，總是會來到夢裏。親人若要隔世相見，也只有夢。他們在夢中走路，做事，說話，一顰一笑，栩栩如生。常常的，在夢中也知是夢，也知如生不是生，不過既已是夢，如生也好。

3. 糞的氣息

第一次發現在鄉下能睡好，是在去年初夏。去的是豫東的一個縣城，酒店在縣城邊兒上，和一個村莊毗鄰著，雞犬相聞。入住時是半下午，離晚飯時間還早，我便溜出去散步，消耗體力。正值麥收剛過，村裏水泥路本來就不寬，又被晾曬的麥子佔據了一半，只能容農用機動車單行。我小心翼翼地走著，時不時需得踩個一腳半腳在麥子上。陽光溫熱。家家農戶的平房頂上也都曬著麥子，麥香氤氳浮起。樹葉上敷著一層淡淡的灰塵，布穀鳥的叫聲從很遠的地方渺然傳來。有老婦人穿著黃舊的白汗衫坐在門口，懷裏抱著孩子，孩子的涎水順著嘴角淌成晶瑩的一掛。老婦人一邊給孩子打著扇子，一邊點著頭打盹兒。

混合著麥香的還有一種味道，就是臭。這裏的規矩，廁所都在大門口右側，臨著街，許是為了淘糞上田方便。廁所的牆外凹著一小塊長方形，那就是糞池。有的人家講究些，在糞池上蓋著一塊簡陋的水泥板，有的砌一堵象徵性的矮牆當欄杆，有的只在上面覆一層乾草。也有的已經把糞淘了出來，就攤在那裏，雖然上面或多或少都有些乾草，卻是更臭，臭得我都想要掩鼻而逃。

可是，多麼奇怪啊，我分明該去遠離，卻又不由自主地在附近逡巡，彷彿那攤糞裏有什麼東西吸引著我。——還是氣味。是臭，很臭，可當你聞得久了，你就會甄別出，它絕不是單一的臭。這臭裏，似乎還有一點兒很淡的酸，一點兒很烈的苦，一點兒很粗的鹹，一點兒很細的辣……是的，我還要說，它還有一點兒香，幽幽的。或許是陽光照著它的緣故，或許是乾草的緣故，這點兒香，幽著幽著就深了，甚或接近於酒意的發酵，讓我有些微醺。

那天晚上，關了空調，錯開一條窗縫，在鄉村的氣息裏，我睡得很好。便不由推測：鄉下或許能治我這失眠？後來又有過幾次，使得推測升級成了定論。可定論又能怎樣呢？也不可能天天去鄉下，我依然得在床上烙餅，日趨萎靡。等到去年九月郝地出國之後，便破釜沉舟，按照人事政策跟領導提出了病退申請。早退損錢，失眠損命。孰輕孰重，自然分明。辦好了手續，翌日便讓老原給我找合適的村子。

還有比福田莊更合適的村子？多現成。

我笑。沒有比它更不合適的村子了。不過，也不必跟他說那麼多。

福田莊已經快拆沒了。我說。

哦。他恍然大悟狀。問我什麼樣的村子才行。我說，雖然不知道什麼村子行，卻知道什麼村子不行。那種沒有一點兒熱乎氣兒的荒涼破敗的村子不行，我圖的不是那份安靜。要是真安靜了我還真就傻了眼。已經成了旅遊景點的那些大紅大紫的村子也不行，去那裏做生意的人會紮堆兒，也沒有了原本的鄉村味兒。離城市太遠的也不能去，中老年身體不爭氣，說不定什麼時候就會有病啊痛啊的，需得能及時到條件差不多的醫院去瞧。老原邊聽邊罵我矯情，抽了兩根煙，方才道：要不，去我老家吧。對照起來，你這幾大條，寶水村可巧還都符合。我正尋思著把老宅弄成一個民宿來著。等拾掇好了，你儘管去住，順便幫我照管一下。你需要找個地方睡覺，我需要找個人看店。刷帚疙瘩配馬勺，十冬臘月穿皮襖。豈不是正合適。

認識了二十來年，老原提到寶水村的次數在記憶裏屈指可數，也因此他說在老家做民宿便讓我頗為意外，說，沒想到你對老家還挺有感情的。他嗤笑一聲，你沒想到的事兒多著呢。我說我在這方面沒有任何經驗，還是應該找個專業的人來。我這事兒簡單，在你那裏租間房就是了。老原說，我可沒法子收你的房租。又說，小山村裏幾間房，什麼專業不專業的，殺雞不用宰牛刀，我看你就行。我怎麼就行了？他眼神上下刷了我一遍，你這農村出身可是個大優勢。那些酒店管理專業的人，有幾個懂農村的？在老家開店，不懂點兒農村的事兒，那怎麼好磨纏。我說，這倒是。

那就這麼定了。回咱老家。老原搓了搓手，似乎要大幹一場。

是你老家。我強調。

唉，你這人，有沒有常識？寶水雖是個小山村，可跟你的福田莊一樣，都屬予城市，還都屬懷川縣。從這個意義上講，咱們是不是一個老家？回寶水是不是回咱老家？

我笑。所謂老家，怎麼說呢，這個圈看怎麼畫。可大可小。在國際層面上，所有中國人都是一個老家。到了國內，老家就縮小至各自省份，同一個省裏的，往下就細化到了市縣鄉鎮，如同剝洋蔥，一圈一圈剝下來，直至到了村，才算到了老家的神經末梢，再沒處分岔。而在縣這一級上，我和老原還真是共有著一個老家。

不過，他說他的，我自認定我的。福田莊在縣西南的大平原上，寶水村在縣東北的大山坳裏，隔著足有五六十公里。這段距離完全可以為我建立起一道厚實的心理屏障，讓我有充分的理由認為，這是他的老家，不是我的。

4. 五行缺水

早上八點，老原接上我，穿過城區，在中州大道高架上一路向北，十來分鐘後進入象城的繞城高速，向西直行半個小時再轉向北，過了桃花峪黃河大橋便是予城地界。天很藍，橋很長。遠遠望去，黃河在日光下竟是條白河，似乎是非常沉靜地憩息在大地上。灘地裏是綠茵茵的麥田，灘地外也是綠茵茵的麥田，有別於灘地的景象是村莊多了起來。麥田連著村莊，村莊連著麥田，似乎無邊無際。

平時話就不多，此時話更少，印證著老原有些小拘謹。自豫新不在後，和他單獨在一起時，他就是這樣。時不時地，他會咳嗽兩聲。這是他多年的老毛病。我從包裏翻出一貼濕巾遞過去，問啥時候能有客，他方才打開話匣子絮叨，說總得到四月下半程了。又說起年前修房子的事，怎麼設計，怎麼備料，找誰施工，花了多少錢……早已聽熟了他的語音，因為太熟，便有一種穩踏踏的節奏感。也不知道是因這節奏感還是因昨晚熬得困乏，我越來越昏昏欲睡，終是在不知不覺中打了一個盹兒，便又做了一個夢。

是一條隧道，不寬，也不窄，不高，也不低，只能容我一個人在裏面行走。雖是隧道，卻一點兒也不黑暗。隧道壁很薄，陽光把隧道裏暈染出一種柔和的明黃。道內是一個標準的圓，上下左右哪兒哪兒哪兒都是弧形，還一彈一彈的。我撐開兩手，扶著薄壁，小心翼翼地走著。薄壁也一彈一彈的，清潤潔淨。靠近了去聞，有一絲熟悉的淡甜氣兒。伸出舌頭舔了一下，居然舔出了一個口兒。哎呀，這也太不結實了吧。我透過那個口兒向外瞧，口兒一下子變得大了許多，我便伸出了腦袋——

一片淡黃的森林，每一棵樹都是通體的淡黃色。我突然意識到，原來每一棵樹都是一棵麥子，我正置身於麥稈中。這個顏色的麥稈，是快該收麥子了吧？要是有人來割麥子，把我攔腰割斷，可怎麼好呢？我急起來，想要爬出去，這時候，彷彿有風吹動，麥子森林搖啊，搖啊，我跌倒了。想要站起來，可麥管壁那麼滑，怎麼也使不上勁兒……原來是老原在搖我的胳膊，說快要到了。

我說看來你老家挺對我的症候，在奔向它的路上都能睡上一覺。老原笑。又問他村裏通了自來水沒，他怪道，這還用問。寶水泉眼多，水源情況雖不錯，不過要供農家樂肯定是不够。前兩年鄉裏申請了一筆專款，在村委會後面打了口深井，讓自來水入了家戶。是保質保量的好水，放心用。我說，我一個人能用多少，還不是為了待客。

——還不曾對老原說過，寶水這村名也頗可我心，就是因為含著水。小時候，奶奶讓人給我算命，說我五行缺水。本來青萍的萍是蘋果的蘋，因了這個才改成了有水的萍。母親為此還和奶奶抗爭了一番，末了卻還是依了。算命這事就是這樣，不算也便罷，一旦算了，多少就會在心裏發點兒芽苗。我呢，也彷彿是認了這命似的，從小愛水。早早就在村北的小河裏學會了游泳，盛夏時就見天泡在水裏，逮魚摸蝦捉泥鰍，不亦樂乎。

那時候的福田莊，也是到處有水的。水源是村西北三里地的一個大泉，名叫靈泉。據說泉眼兒像水缸一樣粗，我去看過多少次，從來沒看見過那個泉眼，只看見周圍用碌碡砌成一個綠幽幽的水潭。奶奶說，若想要看泉眼得天大旱，旱到潭乾了才行。可是潭從來沒有乾過，也就沒有泉眼兒可看。我們就繞來繞去地數碌碡，翻過來掉過去地數，七十二個，沒錯，就是這麼多。

因為泉水豐沛且水質優良，唐朝大中年間的縣令杜其便以靈泉為源頭，開了一條東西方向的河，這條河就是從福田莊正北流過的新河。被修成的新河自靈泉始，向東流經靈泉村、福田莊、楊莊、李萬村、曹村、尚樓、王莊、大堤屯、朱營、葛寺、馬廠……沿途有土橋泉、楝樹泉、小樸泉等泉水補給注入，成了一條越來越像樣的河，長達三十多公里，兩岸田地澆灌，用的都是它。

莊稼喝它的水，跟小孩喝奶似的。奶奶說。

水的存在，也叫我明了很多事理。比如說，水能讓人活，也能讓人死。水能叫東西乾淨，也能叫東西髒。比如說，水能最軟，也能最硬。能最熱，也能最冷。比如說，水能成雲成雨，也能成雪成霜，還能含到土裏成墒。再比如說，人往高處走，水往低處流。你以為水往低處流就賤了？它可厲害著呢，到哪兒降伏哪兒。

突然想起福田莊村名的由來。據說原本叫田莊，是因為田姓多，也是因為田好，旱澇保收。不知何年何月，一位高僧遊方路過村子，進到一戶人家喝水，問村名，知是田莊，又問：這田，是什麼田？農人不知道該如何作答。高僧笑道：什麼田都不如福田。自那之後就成了福田莊。

5. 所謂老家

隧道串得很近，一個挨著一個。明明暗暗的，景色已是青山重重的南太行深處。八百里太行山跨了京、冀、豫、晉四地，大致是一個東北到西南的走向，到了予城基本就是南向，人便稱南太行。從高處看，從南邊的大平原次第向北攀升，使得南太行的山勢如一面巨坡，越高越深處便越接近於晉，而寶水村正處於豫晉交界。穿過太行自是不易，山裏有先人足跡踏出來的無數古道，最有名的是太行八陘。這八陘中，河南有三：軹關陘，太行陘，白陘。河北有四：滏口陘，井陘，飛狐陘，蒲陰陘，第八陘是軍都陘，就到了北京昌平的居庸山。在予城的便是白陘。老原說，寶水村就在白陘邊上。山西人會做生意，擱哪兒都能掙錢。早些年晉商們沿著白陘一路向南，出了山便是大平原，那是多寬展的生意場。人要歇息，車馬停靠，白陘邊有人家的村落就有了開店待客的營生。後來修好了公路，白陘便沒了過客，這些人家便回歸本行，種莊稼採山貨。前些年驢友這等人又突然興起，喜歡走野山看野景，到了這深山密林處免不了要過夜，於是就又有腦子靈活的人家招待起了食宿。最早也不過是十塊二十塊，雖極低廉卻依然有賺頭。因床鋪是自家的，雞蛋是自家的，麵是自家的，水是自家的，柴是自家的，平日有陌生過客都要端碗飯讓人白吃白住的，如今好歹收了錢，都覺得是賺。到了這幾年，物價漲了，便由三四十到五六十。反正在自家門口，不管多少，能落幾個是幾個。因是自由生長，便也漸漸有些亂。看到了這個態勢，縣裏便想著往鄉村旅遊轉型上引，評上省級的美麗鄉村算是一個標誌性進階。

不時有旅遊大巴對開而過，隔一段距離也會有路標提示離「雲頂」還有多遠。路叫疊彩路。因早年修建得艱難，據說耗費了許多人力，在予城頗有些名氣。走這一趟我方才知道，原來這疊彩路是從雲里景區穿過的。雲里景區自開發以來在省報就沒少上版面，早十來年就成了赫赫有名的 5A 景區，是予城的眼珠子，也是懷川的錢袋子。「雲頂」是雲里景區的最高峰，有一千三百多米高，原來俗稱小北頂的，自從景區開發了之後，就改成了像模像樣的「雲頂」，也不知道是誰改的，不過跟景區裏的雲里村雲下村這些村子的名字倒是很配。

一個小彎轉過，「寶水村」三個宋體白字顯示在一塊藍底標牌上。車右拐上了一條路，不寬，只容兩輛車擦肩而過。一路向下去，坡有些陡，老原不再說話，凝神開車，等到平路上時，就聽見了狗叫聲。老原把車窗降到了底，頓時風聲大起，濃郁的草木之氣撲面而來，清新如洗。老原說寶水村分三大塊，也就是三個自然村，西掌、東掌和中掌，咱這就要到西掌了。我說咋都叫掌。老原鄙視道，少見多怪。山裏少有平地塊，有也不大，跟巴掌似的，就愛稱掌。南掌北掌大掌小掌的，你十里八鄉打聽去，準有。咱村東邊的那塊就叫東掌，西邊的那塊就叫西掌，在東西掌中間的那塊就叫中掌，多簡單明了。又說，咱家就在中掌。我揶揄道，看你這驕傲自豪的勁兒，好像中掌跟象城的 CBD 似的。老原道，起碼是寶水村的 CBD。我突然想起某個電影的搞笑片段，是說墓地廣告的：某某墓地，墓地中的 CBD。

便問他，原家祖上挺有錢的吧？他笑了一聲，說，那是，聽我父親說，原本也窮，到高祖那輩兒方才打下了點兒基業。啥基業？開店嘛。村裏其他人家雖然也開店，卻是沒有原家心思活，不光招待茶飯，還能託人來回捎貨賣給這邊坊四莊，到曾祖時就積攢起了一份厚實家底兒，蓋的是好房，買的是好地，用的都是大牲口，那日子就是頓頓吃肉喝酒也不算啥。說到這裏卻停住了。我便追問：後來呢？他又笑一聲，後來就三十年河東三十年河西了嘛。沒啥可說的啦。

一條窄窄的砂石土路從主路上岔開，往右手邊的山坡裏蜿蜒而去。老原車速更慢，用下巴示意了一下，說，順著這條路進去，就是咱原家墳。我說，墳地也能咱？老原道，就是句嘴邊話嘛，看你認真的。跟我咱一下，你能吃多大虧？頓了片刻又道，把豫新也咱過來。我一怔。老原說，邙山墓地產權是二十年吧？等那邊到了期，咱倆也埋了半截，把他挪過來，咱們埋到一處，在地底下也熱和些。

我沉默。看著窗外。不想提起豫新。哪怕是跟老原。他的名字是一枚被音韻控制的開關，叫一聲就會在心裏炸一個小小的雷。

這塊地看著還挺新——我指著砂石路和主路之間的那片夾角空地——平出來沒多久吧？嗯，得有半年了。打算做停車場的。等將來村子紅了，來的車多了，就得停這兒。又感嘆還是鄉下天大地大，隨便就能整出一塊地方。我說可別瞎扯，這可是地，哪有那麼隨便。聽他說農村的地不值錢，我也只能更加鄙視道，地在農村哪是值錢不值錢的事兒。農村人活的就是地，宅基地，耕地，林地，哪兒能離得開地，最能讓人較真的也就是地。

回——來——啦——

循著聲，便看見一個老太太正在前方的一個石礅上坐著，手裏握著一根拐杖，戴著一頂黑帽子，穿著一件黑底起紅花的中式棉襖，腦後盤著一個圓圓的髮髻。暗黃的面皮，很瘦，卻像松柏似的，有一股子硬實在裏頭。

哦——回來啦！

老原也大聲應，把車速放得很慢，快到老太太跟前時停下，半開車門喊道：九奶，咱回吧？我捎你啊。

老太太瞇著眼睛看著他，括號般的皺紋裏顫顫巍巍的，兜著點兒笑意思，就那麼看著老原，直待老原又問了她一遍，她方才擺了擺手，說，一會兒回。老原便上車繼續前行。我問這是誰，老原說，沒聽見我喊麼，是九奶。擱哪兒排的第九？張家。那麼多兒子？幾支一起排的，顯得門戶大。那跟你們原家不沾啊。姓上不沾，另有一路沾法。她是我父親的乾娘，順下來，可不就是我的乾奶奶？這還不算沾？嗯，沾，很沾。早年間，她可是方圓幾十里有名的接生婆，這輩子不知道接生過多少個孩子。多大年紀了？九十四五吧。周邊幾個村裏，沒有比她更老的人了。哦，這麼長壽，有福。她很年輕時就沒了丈夫，一輩子沒孩子，一直孤寡到現在。

我嗯了一聲。一時無話。他卻把車靠邊兒停下，點了一支煙。抽了兩口方才又說，論起來，這乾奶奶比多少人的親奶奶都親呢。

要不是她，原家早就在村裏沒了地方。這事兒說來話長。簡述起來就是，從他記事時起，父親每次帶他們回來上墳都不進村。他十八歲那年清明節，跟著父親回來上墳，九奶在橋頭候住了他們，那是他第一次見到九奶。那時她好像就已經是這麼老了。九奶踮了踮腳尖，伸出手去摸他的臉，被他閃避了過去。然後，九奶對他父親說，福久，你得回來把房子修一修。都快塌了。

塌就塌了唄。

宅基地都有人瞄上了，快成別人家的了。

誰想要就給誰唄。

要是哪天想回來，就沒有了站腳的地方。

不回來了。

人家就會說，村裏沒原家了。原家沒老家了。

就叫他們說去。

你這些話，能叫墳裏的先人聽？

墳裏的先人，也不知道個啥，也聽不見個啥。

那你還回來上啥墳哩。

老原說，這句話父親沒接住。那天，九奶撂下的最後一句話是，我給你佔著地方，遲早等你回來。

看我笑，問我笑啥，我說我叔叔這段時間也催逼著我和弟弟趕快定下來翻蓋老宅呢，還真是通病。你們打算咋辦？我說還能咋辦，也只有從了。所以你說你家都放棄了的老宅你乾奶奶還拼命給你們佔著，這地是值錢還是不值錢？老原求饒道，姑奶奶我錯了還不行嘛。又嘆口氣道，老家的事還真是說不清。

然後呢？你父親很快就回村翻蓋老宅了？沒有。他說。父親還是沒進村。到底也沒進村。可從那以後，他三五不時地就會念叨起九奶的話，像被下了蠱。直到他幾年後被查出了肺癌晚期，住院後更像是中了魔，在病床上一遍兩遍翻來覆去地叮囑我說，我是不中用了，等我死了，你得回去盯著。你是長子，得在村裏頂門立戶。咱家的房子不能倒，也不能比誰家的低一磚。咱不能叫門勢塌掉。不求比人強，也不能落人後。叫他們知道，咱原家的人都一茬茬長著，原家的香火沒有斷，原家的日子還長著呢。

煙灰輕彈，不及落地便被風吹得沒了影蹤。父親去世後，我和兩個弟弟送父親的骨灰回去安葬。他說，也是在剛才那個地方，九奶就在那裏等著。我問九奶怎麼知道的，九奶說，夢見了。九奶說這句話時，淚就噙在眼窩裏。老原側背著我，看不清他的表情。那天，我們跟著九奶，捧著父親的骨灰先回了老宅，讓村裏人幫忙去打墓。老宅被打理得窗明几淨，種著花，種著菜，搭曬著衣裳，一看就是一直住人的樣子。也不知道怎麼了，我當時膝蓋一軟，就跪了下去，大哭了一場。從那時起，我的腦子裏第一次升騰出了老家的意識，就認下了這個老家。

重新上車，緩緩前行。我突然想起有一次和報社的同事聊起老家，大家紛爭著該怎麼定義老家這個概念，一個平日裏愛寫詩的編輯以讀詩的口氣吟誦道：什麼是老家？老家就是這麼一個地方，在世的老人在那裏生活，等著我們回去。去世的老人在那裏安息，等著我們回去。老家啊，就是很老很老的家，老得寸步難行的家，於是，那片土地，那個村莊，那座房子，那些親人，都只能待在原地，等著我們回去。所謂老家，就是這麼一個地方啊。

6. 房子們

到西掌就有了疏疏落落的房子。或許是一塊一塊的緣故，山裏的房子給我的感覺像是方蛋糕。視線最舒服的小蛋糕都是石頭房，即使是兩層的也看著不高不大。石是青石，或青白，或青灰，或青黃，或青紅，和山色濃濃淡淡的青是一個譜系，柔和得渾然一體。扎眼的是各種顏色各種尺寸的大蛋糕。都是新樓。有兩層的，也有三層的。樓面上貼著的瓷磚花得有趣，不僅這家與那家的不同，即便是同一棟樓，一樓和二樓往往也不同。上綠下粉的，上紫下藍的，上藍下黃的，都有。羅馬柱是白的也就罷了，有的還偏偏再撞出另外一派色調來，可謂一言難盡的眼花繚亂。門口的垃圾桶倒是好得多，雖然也各不相同，卻統一是因材就簡的樸素：廢棄的漆桶，荊條編的舊籮筐，有的乾脆就是一個紙箱子敞著口。一路看來，果然也不見幾個塑料袋子，很是乾淨。有幾戶人家門口堆著水泥沙子，像是正要動工。這是要翻修房子了嗎？跟「美麗鄉村」有關嗎？

空曠了一小段路，房子又多起來，比西掌的更密。不用老原說也能猜到這是中掌。右前方一個院落明顯要大一些，一根旗杆高高豎著，一看就是學校。剛過學校，老原便把車停穩道，到咱家啦。

正對著的院落沒有街牆，臨路紮著一排籬笆，高及膝上。正中立著一個小小的木門樓，匾額上是三個敦敦實實的小楷：老原家。臨路留了一畦空地，其餘地面都鋪的青磚。院子裏擺著幾張或圓或方的石桌。堂屋新，是兩層樓房，也貼著瓷磚，好在都是長條小白磚，清清爽爽。兩側廂房是石頭牆的老房子，只是窗戶改大了些，實木格子窗欞，房頂是發黑的舊瓦片，老得很認真。我一看便心生喜悅，讚道：這老房子好。

便走進去。廂房都是小三間。右廂房是廚房，隔出了一個裏間當灶屋，冰箱灶台消毒櫃什麼的都已齊備，外間擺著兩套實木的餐桌椅，有點兒正式餐廳的架勢。黃泥麥秸牆面抹得平平整整，地也是磚鋪地，鋪地的磚新舊有序夾雜，勾縫細膩，一看就是精工新做。天花板是細竹竿打出來的橫格子，鋪墊著老畫報，別有情趣，也不知道老原是從哪裏尋摸來的。又走進左廂房裏細看，黃泥牆、磚鋪地、天花板都一樣，格局佈置卻大有異。兩頭各隔出了間臥室，中間是個小客廳，正位一張八仙桌，兩旁各擺張太師椅。桌後的條案上是花瓶和鏡子，這瓶和鏡也就是俗常說的「平平靜靜」。挨著兩邊隔牆放了些實木格子架，擱置著虎頭鞋之類的玩意兒。進到一個臥室細看，除了衣櫃桌子床，居然還辟出一個極小巧的衛生間，裝著馬桶和簡易的淋浴噴頭。頓時覺得熨帖。在鄉村能有獨立衛浴，這對我太重要了。

我說我就住這屋。老原道，猜你就會相中這裏。這兩間你隨便挑，我哪間都成。你也住這屋？嗯。呃，不太好吧？咋了？怕閒話唄。他頓了頓，哂笑道，越活越退後，這麼封建了？我說這不是在農村麼。咱們這農村出來的這不是又回農村了麼。他嘁了一聲道，咱倆就是分得再清，這一道門同出同進的，人家該說閒話還是會說閒話。你要是不在意，那些閒話就是個屁。

便出門又去抽煙。我自去看堂屋。兩層樓，共十個單間，上下各五。水泥實心樓梯外建在左側。每間門上都貼著個牌子，卻是從「二月」開始的。朝裏瞄了一眼，床鋪桌椅電視空調和獨立衛浴都齊備，空當處還疊放著一些鐵藤椅，幾包大塑料袋裏塞的都是碎花棉墊。看來是為了配院裏的石桌子。正月呢？老原朝左廂房一揮手，我這才瞧見門邊貼著「正月」，轉身瞧見右廂房的門邊貼著「臘月」。

他三下兩下地抽著煙，把煙灰彈在那畦地裏。我問這地打算種什麼，他說沒想過，你要是來了這就是你的地，你的地你做主，想種菜就種菜，想種花就種花。忽然又看見院子西南角用石棉瓦搭出一個小棚，顯然是旱廁。問他怎麼還留著這個，他說九奶叫留著，那就留著唄。都說大糞上菜地，菜味兒才好。

我笑。在予城，都把人糞稱為大糞。後來我才知道，這是對糞的尊稱。

抽完了煙，他隨手把煙頭扔到地上，用鞋底去擰踩。聽我哎了一聲，方才撿起來笑道，也不知道咋回事，回村就容易忘城裏規矩。說大英在村委會呢，咱們去見見她吧。之前聽他提過一回，說是村支書兼村主任，按輩分該叫嫂子的。什麼輩分？老原的奶奶是大英娘家那邊的一個堂老姑。這個關係我暗自算了幾遍沒算過來，便罷了。

錯後半步看去，老原的背影已有些傴僂了。用福田莊的話說，是「扣尖兒」。不知不覺地，他也老了。因為太相熟，居然也從沒發現他是什麼時候開始老的。想來在他眼裏，我也是一樣。

7. 肥水不流外人田

和老原認識時我大四，正在電視台實習，有一次被帶我的編導老師拉去吃飯，是個亂七八糟的飯局，什麼人都有。老原便在座，人都稱原哥，據說他的商業領域包羅萬象，既挖焦作的煤，也開鞏義的礦，還賣原陽的米，總之是什麼賺錢做什麼，頗有點兒「給太陽安開關，給黃河裝欄杆，給地球抹水泥，給長城貼瓷磚」的江湖名聲。

他做東，滿席便趨奉著他熱鬧。他敷衍得周全，卻也並不張狂。一群人裏大約只有我，既沒有敬他酒，待他敬到我這裏時也沒喝。也不是故意要犟著。素來不喝酒，沒覺得有必要破例，且那時奶奶剛去世不久，幾天都沒有好覺，正在焦躁中，心情極差，在陌生人前面也沒有興致表現得乖順。他臉有點兒僵，溫冷著聲道，我有一樣本事，再大的場子，誰敬了我酒我記不住，誰沒敬我酒，我記得真真兒的。我說記也白記，我不會喝酒，也不好敬的。他說，酒先撇開不說。這一屋子人都叫哥，只有你沒叫。酒不會喝，哥也不會叫？叫一聲，就算你過關。被他這麼爭禮，我成了眾矢之的。都靜了下來，目光灼灼地盯著。編導老師一個勁兒地給我使眼色，可我就是不想叫他哥。憋紅了臉，我的氣也上來了，說我可不懂，您算是哪門子的哥？憑什麼要我叫？他仍是繃著臉，道，你老家是不是予城的？一開腔我就能聽個準。就憑咱們老家都是予城的，就憑我比你大，不該叫聲哥？按你這麼說，你得認多少妹妹？我不嫌妹妹多。我嫌哥多！我一句也沒饒他。想著以後再不會見面，也知道不可能留在電視台工作，不怕得罪編導，索性又道，我就不信，叫你哥的這些，有幾個是真心的。虛辭假話聽著有什麼意思！衆人面面相覷。大概是都不知道該怎麼接茬。我才不管，拎包就走。每當提起這事，老原就會感嘆：多少年沒碰到過這麼生克的人了，真叫個性。

那天就這麼不歡而散。畢業後，我到了報社工作，和電視台偶有交集，還算是在一個大圈子裏。有次又碰到老原，他像忘了那茬似的，非要拉我吃飯，我也比以前懂事了些，也能喝點兒酒了，便敬了他，只是還是不叫他哥，他也沒再勉強，幾回下來，居然還開始替我擋酒了，反而是有了些當哥的樣子。後來不知怎麼的，和他就越來越熟，再後來，他就開始給我介紹對象，都沒談攏，直到我和豫新定下才算畫上了句號。

知道我和豫新的事後，他很鄭重地請我們吃了一次飯，絮了沒一會兒，聽豫新說起當初予城人民醫院建院時豫新的父親被省裏派過來做業務指導，舉家在予城住過兩年，他一拍大腿嘆道：你這少說也算是半個予城人呀！好，好，好！自打認識了青萍，我就下定了決心，恁好的閨女，必須得給咱們予城人當媳婦兒，必須得肥水不流外人田。你看，這事兒不就是在按我的意思走嘛。那一刻我才意識到，他之前給我介紹的對象，老家居然都是予城的。

接下來就是推杯換盞，稱兄道弟，酒酣之時便對豫新說我這妹妹如何如何，你要如何如何，言辭間頗有些莫名其妙的託付之意，聽得我既好笑又難過，很想叫他一聲哥。

老原迅速地把豫新納入了朋友圈，跟我們來往得也越發密切，當然他也沒少給豫新找麻煩，他的狐朋狗友但凡誰有個大病小情，需要在醫院找關係的，都沒有饒過豫新。許是同為男性，他們兩個相處自是比我方便，有時候吃喝玩樂居然隔過了我。我勸過豫新，說你和老原不是一路人，要小心些。過些時見到老原，他只拿白眼兒翻我，說我是個兩面三刀的小人。

這門婚事應了「丈母娘看女婿，越看越歡喜」那句老話，很合母親的心。豫新的工作，相貌，脾氣，哪兒哪兒都讓她覺得滿意。不過這些都是能擺到台面上的滿意。有一條滿意她只悄悄跟我嘀咕過：沒有農村那些根根梢梢拖拽著，多利索。哪像你爸這邊！問母親，那當初怎麼就和父親成了一家，母親說，傻唄。姥姥和姥爺都在象城最老牌子的國棉一廠工作，母親作為獨生女，嬌慣得很，學習不怎麼好，上了個衛校，運氣卻好，畢業後分配到了衛生局機關。媒人介紹他們認識後，母親說，看多了笑嘻嘻的人，你爸爸可嚴肅，不愛笑，總是封著個臉，你姥姥說這人穩重。就上了這個當啦。她老人家還想著你爸在象城是無依無靠的光杆，能算個上門女婿，沒想到人家是老鼠拖木鍁，大頭在後面。

8. 敲瓷磚

村委會和學校隔路相望，在地理方位上也就是老原家斜對過，沒幾步。也沒有院牆，臨路用青灰舊磚砌出一道寬寬的矮台子，算是象徵性的牆界。門口那棵大樹我認得，是土槐，樹幹粗壯，枝丫遒勁，周邊還種著幾棵洋槐，也很粗壯，看樣子也頗有些年頭了。幾間青灰磚房，磚砌的斗拱和券門瞧著做工精細，幾間門頭上隱隱還有用水泥雕出的「農業學大寨」的字樣。紅漆木窗和牆貼合得橫平豎直，一點兒都沒走樣，能看出當年蓋得用心。當院是一個小工地，堆放著沙子水泥和舊磚。兩個男人正嘣嘣嘣地砸著村委會廊廈上鋪的暗紅色瓷磚，從廊廈到地面還有兩級台階，鋪的也是這種瓷磚。還有兩個人正站在那裏說話。說是說話，其實是女人在罵，男人在挨罵。女人的臉黑黑的，穿著一件帶毛領子的紫色羽絨服，襯得臉更黑。老原朝我使了個眼色，意思這就是大英。

只聽男人嘟囔道，評都評上了，還整這麼細幹啥。河邊兒賣水，多餘得很哩。大英道，你打個顛倒想想，粗整就能評上，要是壓根兒就按著孟鬍子指的道道兒去畫，筆筆不錯地去畫，那可不是美得更卓。

「卓」是予城土話，出色之意。好久沒聽到人說「卓」了，我默默笑。

男人說就他弄這，美個啥？我看他搞這一套，就是見不得咱農村洋氣，就是叫咱們顯個窮樣兒他才滿意。大英道：知道你是不服氣。我先前也是不服氣，不服氣得很。可這省裏一評上獎，我就服氣了。憑誰說我是個勢利眼兒，我承認我就是！有本事你也得個獎叫我勢利勢利唄。省裏得獎恁容易？咱市裏一共進六個，咱還是排頭名呢。我這後悔得呀。唉，還是心太慈手太軟，當初就該再下些力氣往前推！那男人抽了抽臉失笑道，你還叫心慈手軟？不花錢的粉，可真捨得往臉上撲。再撲也不白呀。連正敲瓷磚的兩個人也嘎嘎地笑起來，停下了手。大英嗤鼻道，少放閒屁，趕緊幹吧！這般磨皮蹭癢，你好意思伸手拿工錢，我可難伸手去給。男人道，我這可不是偷懶。是心疼得手發軟。這真是好磚——大英打斷他道：好個屁！當初光圖好看，說貼上跟鏡面似的，可誰整天踩鏡子上走哩。常日裏灰灰土土，沾到這磚上顯著更邋遢，還不如水泥抹面呢。下了雨雪就更是心驚膽戰，踮著腳尖，跟巫婆下神似的，生怕猛不防跌地，磕個腦溢血出來。你說，我要真摔出來毛病，算誰的？到時候，我跟你光輝叔，倆人都瘸著走，你看著就美啦？那男人徹底沒了脾氣，邊彎腰去幹活兒邊道，也不知這叫啥事，當初這些磚可是我一塊一塊鋪的，如今又叫我一塊一塊敲。對這磚我可是有感情嗯嚀——

就都笑。我和老原也忍不住笑。大英笑罵著轉身，看見我們便寒暄道，根兒回來了呀。我一楞，看了老原一眼，這麼多年來只知道他叫原承功。老原撓了撓頭，以罕見的羞澀說了句，我小名兒。

女人轉臉又對著男人繼續罵：張大包你這放閒屁還崩出花兒來了。有話不直說，拐這九迴腸。公家的瓷磚用你心疼？還不是想到了你家的門樓？你放心，要是再催你一言半句，我就不是個人。你對瓷磚恁有感情，就整天摟著你那門樓睡覺！張大包皮著臉笑道，好嬸子，外頭恁多活兒，真是沒空幹自家的。大英道，不想幹的你就死站不動，想幹的你腳踩風火輪，我還不知道你？甭廢話。只是有一條你可忖度著，鎮裏放有話，等到天一轉暖，只要嘩嘩嘩來了客，到時候哪家都不許再動工程！誰家要是敢水泥沙子攤一地，那我可不願意他！張大包道，咦，在自家宅基地還不能動個工程？以前可從沒有管恁寬。大英道，以前不管不等於沒有權管，一般村也犯不著管。如今咱村可不是一般村，就得高標準嚴要求。恁也得自己往上長點兒覺悟！

一邊摸出了鑰匙，進了一間辦公室。桌上一層厚灰，大英用雞毛撣子粗粗地撣了撣椅子，叫我們坐。老原道，這就是咱村當家的劉主任劉村長劉書記……大英截住他道，囉唆啥，叫嫂子。對我笑了一下，頭回來？我說是。她說看著面善。我說我長的是一張大衆臉。她問大衆臉是什麼說處？老原說就是尋常面相。她噯了一聲道，尋常人可不是得是尋常面相，莫不是妖魔鬼怪才好？又道，聽根兒說讓你來給他管家？那怕得長住吧。城裏的班兒咋安置？請好假了？聽我說在報社已經辦了早退，她顯然有點兒吃驚，說看著還是正當年，這就歇了？怪不得人說，越是有福越會享福。老原道，所以說她現在就是個閒人，啥事沒有，就是閒得慌，都快閒出了毛病。想來咱們村裏看點兒閒景，吃點兒閒飯，過幾天閒日子。大英道，人家又不是賣鹽的，怎麼就叫閒得慌。不過人這東西還真是不能太閒著，好歹有點兒事兒幹，胳膊腿兒就不生鏽。住下你就知道了，村裏就是這條件，能受住就中。老原道，她也是咱懷川人，南邊平原村長大的。她說，聽話音兒可是淨淨兒的，不沾一絲土腥氣兒。既是咱老家人，那敢情好，我就不多說了。日子可是過起來的，哪兒是說起來的呢。

一時無話。大英站起來道，這眼看著晌午了，走吧，沒好有歹的，去我家吃碗飯。我說不麻煩了。大英說，也沒有四碟八碗，就是添碗水添雙筷。走吧走吧。看老原沒有拒絕的意思，我便也站起來，跟著他們往外走。

院子裏幾個人邊幹活兒邊聊天，仍不時蹦出孟鬍子孟鬍子的，我問孟鬍子是什麼人，老原說是縣裏請的一個鄉建專家，真名叫孟載，看人家一臉絡腮鬍子，村裏人就孟鬍子孟鬍子的叫起來。他在村裏膩了兩年，人人都熟。大英說，村裏人都說他那個專家是瓷磚的磚，整日裏琢磨著要敲那些個瓷磚。年前他才回了老家，約莫著也快該回來了。他要是一回來，就又開始給我派一堆瑣碎活計，怪愁人的。突然，她住了腳對我道，既是報社出身，你會用電腦吧？會打字吧？會寫文兒吧？那可是個頂真兒的文化人呀。正瞌睡呢來了個枕頭，怪好。用著你時，你可要幫把手呀。我還沒來得及應答，老原便說，她身體不大好，本就是想來這兒養養的，怕她頂不起恁多事。大英道，甭恁護著。使不壞她。又站住，回身道，工資是沒有工資，補貼也沒有一分。不過也不叫你白出力。上頭要是有客來，只要是鄉裏掏錢招待，都給你家不中？老原說，給你們家鵬程嘛。大英道，算啦。給誰都不好給俺鵬程。真給了鵬程，那些心賴嘴毒的還不定咋說哩，也不好掰扯清。到時候，褲襠裏抹黃泥，看啥是啥，說啥是啥，誰還去給你聞個味兒哩。

9. 一高一平

大英家在東掌。一路碰到幾個人，跟她打招呼都問來客啦？她應說來客啦。老原道，我們這也不算是客。大英道，你不算是客，人家青萍頭回來，咋不算是客？等她二回來，我就不當她是客。她邊走邊劃拉著胳膊指點著，哪兒是寶水泉，哪兒是關帝廟，哪兒是龍王廟，哪兒是娘娘廟。路不是一抹平的，不是緩坡就是台階，上上下下的，雖都不陡，我卻腳生，得仔細顧著眼下，也沒瞅真切。又聽大英道：咱村小是小，典故可不少。老原笑道，再多典故也擱不住三天看。大英道，也是。青萍可不要住兩天就絮煩了呀。我嗯嗯應著，聽著他們口口聲聲地說著典故，訝異了一時便很快釋然，明白了此典故非彼典故，在這裏，但凡有些個說頭兒的物事大約都可以叫作典故。

不知轉了幾個小彎，又出現了房屋，只是不如中掌那樣密集，這兒一家，那兒一家，朝陽一戶，背陰一戶，高一處，低一處，比西掌的散落得還開一些，卻也並不隔膜。家家門前屋後都是樹，冬日裏，樹上只有光禿禿的樹杈，聽著老原說著核桃樹山楂樹皂角樹櫟樹的名字，我只茫然。這些平原不常見的樹，在我眼裏幾乎是大差不差的。

大英家是青磚門樓，一個男人正坐在門口曬太陽，看見我們走近，便站了起來，應該就是大英方才對張大包說的「光輝叔」了。彼此寒暄過，他把我們讓進門，右腿跛著，一高一低地走在前頭。耳聽著一串輕巧的腳步聲噔噔噔地往裏跑，似乎是個孩子。進了院子，卻沒看見人影兒。

光輝走路的情形真像叔叔。

是的，無數次，叔叔把幼時的我放在肩膀上，就這麼一高一低地走在福田莊的街上。不過，奶奶忌諱說一瘸一拐，連一高一低也不說，只說是一高一平。是的，一高一平。叔叔就這麼一高一平地扛著我，去小賣部買東西，買瓜子，買糖，買一毛錢一個的小小的米糕球。春天扛著我去够榆錢，够槐花，秋天扛著我去够柿子，够棗，冬天下了雪，他就扛著我去摸樹枝上的雪。因左腳跛，他總是很小心地把我扛在右肩膀上。他走得一高一平，我在他的肩膀上也一高一平。起初有些擔心會摔下來，後來就不再擔心。因為已經明白，身體不平衡的人走路更謹慎，摔跤的可能性反而更小。

隨著他一高一平的節奏，我讓自己的身子往左邊靠著，緊緊地抱著他的腦袋，揪著他的耳朵，很踏實。看到他額頭出了一層亮晶晶的汗，我就給他擦，把小手擦得濕漉漉的。

又景著你的大侄女呢？村裏人和叔叔打招呼。景，喜歡，寵愛，炫耀，抬舉的意思。例句：這花開得多讓人景。你以為我多景你呢。

咋啦，不叫景？

小閨女家，有啥可景的。

管得老多。叔叔橫橫的。

後來我才知道，按村裏的慣例，放在肩膀上景的只是男孩子。女孩子被景實在是少。除非這個女孩子有特別被景的理由。

那些管得老多的人，偶爾也會把我從叔叔的肩膀上換到他們肩膀上景一會兒。這陌生的肩膀讓我緊張，我就哇哇大叫，一聲聲地喊：叔叔，叔叔！

是的，叔叔。幼時的我這麼喊他時，在很長一段時間裏成為了眾人的談資，說我在「撇洋腔」。福田莊的人都只叫一個字：叔。

叫叔就中了。奶奶說。叔叔也這麼說。可我不。我執拗地叫他叔叔。他也只得答應著。眾人就笑說：瞧這叔叔。說多了，居然能在他們諷刺的口氣裏聽出些豔羨來。

10. 大英家

大英進家就束上了圍裙，把我們讓進堂屋落座，沖泡上了山楂茶，又沖洗淨兩個玻璃杯，便進了廚房，片刻又從廚房出來道，咱吃粉漿麵吧？老原道，正想著這一口呢。旋即聽見廚房裏乒乒乓乓起來，我進去看，只見她已經在炒鍋裏烹了花椒蔥花油，放了酸菜漿水熬了起來，又開始和麵擀麵。我便撇著漿水裏的沫子。不一刻，濃濃的酸香味道已經彌漫出來。她將麵切成二細下到了漿水鍋裏，煮得粘粘稠稠，只煮到一筷子夾下去就能把麵夾幾段時，捏了兩撮醃過的碎芹菜，又倒了幾股子香油，鍋才離了火。又換了另一口鍋，再燒油，打雞蛋。這是要添菜的意思，我連忙攔著，說這麵就够了，她呵斥道，沒有肉，連個雞蛋都沒有？就是你們不來，俺們自家也要炒幾個雞蛋吃哩。

吃飯也是堂屋。大英卻叫我們三個先吃，她鑽進了一個裏間，似乎在和誰說著什麼。我們自是等著。等她出來後問：還有誰在家，一起吃吧。大英道，是我閨女，叫嬌嬌，怕生人。不管她。瞧見沙發上擺著幾本書，都是童話什麼的，便問她這書誰看？大英笑道，就是嬌嬌看呢。都多大了，還好看這些小孩兒書。

便開始吃飯，拉著家常。聽我誇這麵地道，她說主要是豆家的酸菜好。豆家也在東掌，還得走幾步，你要是好吃這，我回頭給你要些。光輝話不多，由著大英說。大英的娘家是離寶水五六里的黑岩村，她和光輝原是初中同學，畢業時還小，長大後因修疊彩路，在一起幹了一兩年的活兒，一來二去就有了意思。她娘家不同意，卻到底拗不過她，就只能隨她去。問她婚禮咋辦的，她笑道，啥婚禮，兩人到公社照了個相就算妥了，連身新衣裳都沒買，人家娶這媳婦可是拾麥子蒸饃——淨利。便指著牆上掛著的老相框給我們瞧，我們便起身去細看。大都是老照片，有黑白有彩色，彩色的唇紅齒白得過分，顯見得是手工塗的。多是在照相館裏拍的，布面背景有天安門，有長城，也有杭州西湖和桂林山水，除了夫妻結婚照就是孩子的滿月照，還有她沒過門時光輝家的全家福，大合影中有兩個男人和光輝眉目相似，年長的一看就是父輩，年輕些的一看就是兄弟。大英說一位是公公，一位是大伯哥，叫光明。當年為了修這條疊彩路，一死一傷，都不在啦。她說著看了一眼光輝，光輝低頭吃飯，不說話。她又嘆口氣道，疊彩路前後修了好幾年，那時修路缺錢少技術，全靠熱身子往上撲，沒少折人。

回到飯桌前繼續吃飯，閒話別的。我問她啥時開始在村裏當家。她先是冷笑道，千當家萬當家，提起當家亂如麻。當個啥家？當誰的家？誰的家都不好當。雖是沒幾個人，是非卻也不少，人心裏也稠杠杠的。沉默了片刻，我以為這話頭兒打了死結，她卻又開了口，說算起來也有十二三年了。十來年前，村幹部還是個有人眼紅的差使，後來村裏的青壯年都跑出去打工，留下的淨是些老弱病殘。再後來農業稅也不用再交，村裏也沒了提留款，計劃生育也不再成個事兒，村幹部也就沒了一點兒掐人的實惠，只剩下了討人嫌，這才輪到了她。在這之前，她一直是東掌的組長。老原道，由組長直接成村長書記，這也算升得快了吧。她笑道，升啥升，一升不如半斗。農村的官兒算個官兒？像咱這，有名聲是個村幹部，說到底也是平頭老百姓一個。要不是孟鬍子相中了咱們村，想要在這村裏試試水，這村幹部當得也沒啥勁兒，就是胡幹罷了。我問孟鬍子怎麼就相中了咱們村，她嘎嘎笑道，這也有個典故哩。

已經是兩年前的事兒了，原來和村委會前的大槐樹有關。村人說這樹是「五摟粗，八百年」，都叫老祖槐。她說孟鬍子那天進村私訪，遠遠地瞧見了老祖槐，就有些納悶，尋思著現下好多村裏都已沒了這樣大的樹，都早早地伐賣了事，這棵樹怎麼還能留著。問村民們，村民們七嘴八舌說咋會沒人打這樹的主意呢？是大英不讓動。他就去到村委會找大英，問她這樹，樹字剛出口，大英便炸雷似的回說：不賣！他逗她，問她為啥不賣，她說：這是祖宗，你家賣祖宗啊？及至和孟鬍子熟了些，又說起這事，她說，啥人都往城裏跑，男男女女青壯年，生出小的老人兒去帶，反正是，胳膊腿兒全的，能動彈的，有辦法的，都往城裏跑。沒長腳的物事呢，也被人拐帶著往城裏跑。好糧好麵好果子，往城裏跑跑也就算了，反正也是年年生年年長的。可這幾百年的祖宗樹也得衝著錢往城裏挪？我就是不服這個氣，只要我做一天主，我就得叫它留著！大英的眉梢眼角都是得意：誰知道這話對了孟鬍子的脾氣！我跟孟鬍子也算是不打不相識，打了才認識！

飯後離了大英家，我和老原慢吞吞地往回走。許是吃得太飽了，越走越乏力，慵懶得簡直邁不動步子，被老原強拽著到關帝廟門口看了一眼，到底也沒進去，就掙扎著回到「老原家」，倒在了廂房隔間的床上，連灰都沒顧得上撣撣就覆上被子。只想著能舒展舒展筋骨就好。可是躺著躺著，居然睡了一小覺。

我決定過來住。馬上。

11. 敬倉神

回到象城歇了口氣，大致捋了捋，要做的事兒還不少。先是整理行李，越整理頭緒越多：厚薄衣服，內衣內褲，平底鞋，運動鞋，棉拖，涼拖，洗髮水，沐浴露，牙膏，牙刷，毛巾，浴巾，搓澡巾，自用的燒水壺，茶杯，碗筷調羹，還有筆記本電腦和它的周邊：支架、檯燈和插電板，晚上總要翻幾頁書的，還需得帶些書。第二天大大地逛了一趟超市，足足地添買了一番。也需得給車做一下保養，又跑一趟銀行取了些現金，路過藥店也覺得該採購一通，便把風油精、創可貼、感冒沖劑、蘆薈片等挑了一大袋子。店員道：看您這陣勢，一定是要出國吧。

忙了一天。晚上給大英打了個電話，禮貌性地問她需不需要帶點兒什麼，也有報備的意思，大英說啥也不用帶。又大聲用普通話道：寶水歡迎您！那口氣，好像寶水是北京似的。

第二天半下午出發，到寶水村已經是五點多。剛把車停好，大英的手機就打過來說，我聽見車響就知道是你。來照個面兒吧，我在村委會呢。便走到村委會，大英正在鎖門。那些個瓷磚已經清理乾淨，變成了精修過的清水磚面。大英問吃飯了沒，我謊說吃了。她又問，吃的啥？喝油茶了沒？我問為啥要喝油茶，她說正月十九是小天倉呀，晚上這一頓得喝油茶，敬倉神哩。看我仍蒙在那裏，就笑說，還是農村長大哩，都不知道個這。走吧，跟我去家喝。我推辭著，她拉住我說不去東掌，去俺鵬程家，就在眼前頭，邁開腿就到。

原來鵬程家就在中掌，學校西隔壁的北數第二戶。第一戶的人家臨街開著小超市，一個年輕媳婦穿著大紅羽絨服正在門口理貨，笑盈盈地打了招呼，大英介紹說叫秀梅，是咱村的婦女主任，秀梅正想說什麼，大英拽著我對她道，先去吃飯。飯不能等話能等。青萍不是住個一兩天，以後有日子扯。

鵬程貌肖光輝，細高挑的個兒，膚色黑黃，話不多，可說一句是一句，沒廢話，一看就是個心裏有數的。他的媳婦雪梅卻是粉白皮，珠圓玉潤的中等身量，兩個人站在一起，頗有一種反差萌。他家堂屋也是兩層小樓，卻沒有貼瓷磚，淨面白牆。我問是不是把瓷磚敲了，鵬程說壓根兒就沒貼。一來省錢，二來媳婦不叫貼，說這就好看。聽我讚，雪梅莞爾一笑，去盛油茶。給我盛了個滿碗，大英卻只叫給她盛個碗底，說一會兒回去還要做，免不了還要再喝。這意思就是專陪我來。我便三口兩口喝完，告辭出去。雖然小兩口笑意盈盈和顏悅色，可初來乍到就這麼上門來蹭飯，多少有些尷尬。

出門來，大英笑我臉皮薄。我開玩笑道，裝的，熟了你就知道啦。這玩笑她顯然很喜歡，大笑著拍了拍我的肩膀，又問我，這幾天有啥安排沒有？我說，我的安排就是聽你安排。她笑道，去年縣領導來村裏指導工作時，孟鬍子承許了說要弄個啥村史館，他說值當整，我拖著沒動勢。多少硬扎事兒都忙不過來，哪裏顧得上這些個虛頭巴腦。一開年上頭就又放信兒說過些天縣領導還要來。鄉裏也不給批錢，況且還得個文化人兒來弄。咱村裏的文化人兒就一個小曹，還整天慌著往山下跑，扭屁股掉腰子的靠不牢。這又下山了好幾天，也不知啥時回。你把這事思謀思謀？我謙讓了幾句，只好勉強道，你容我想想。

回到「正月」，我在朝裏的那間安頓下來，沖了一碗麥片，吃了幾塊餅乾，算是正式打發了晚飯。又微信告訴了老原一聲。他回道：好。你先去，我過幾天也回。

出門再看，餘輝已盡。周圍的山林已經有深深淺淺濃濃淡淡的靛藍。沒有路燈，只有家家戶戶露出的微光，映襯出暖調暮色。也不敢走遠，便又到了村委會門口，這塊地方並不寬展，此時卻有了些空曠意味。

在老祖槐樹下看了好一會兒。我爬的最早的樹就是槐樹，自家院子裏就有一棵洋槐。因刺多不好爬，我親近它只在五月開花時。「槐花香，好嘴嚐。」奶奶一說這話，就預兆著她要開始蒸槐花了。常常等不及她老人家慢工出細活，我只管搬梯靠樹三下兩下躥爬上去攀够幾枝，摘出槐花來，一把把地吃。柔嫩的花瓣就被我這麼粗粗糙糙地吞進了肚。槐花的香並不順溜，剛入口時是輕微的澀，然後才會泛起淡淡的甜。這甜是個慢性子，來得不烈，走得不急，我已經吃過了好一會兒，用舌尖兒舔一圈兒唇，還有餘味兒。

張開胳膊趴到槐樹上，真粗。樹皮微涼。一疙瘩一疙瘩的突起，像腳蹬子，引誘著我往上爬。小時候的我爬樹是把好手。現在還能爬嗎？有多少年都沒有爬過了，這老胳膊老腿兒。

鞋是耐克跑鞋，輕便，把滑。左右看看，沒一個人影兒。我抬起左腳，搭上一個樹疙瘩，往上提勁兒，再把右腳搭上另一個樹疙瘩，兩手一高一低抱住樹，湧動身體，一下，一下，終於够住了最低的枝丫，再提一把大勁兒，上到樹上。

稍微高了這麼一點兒，看到眼裏的景致也沒什麼不一樣。不一樣的是我。誰能想到我會在這夜裏爬到這棵樹上呢，類似於發瘋。我想像著另一個人，他遠遠地看見這樹，看見夜色中樹杈上黑黑的蠕動的一團，他會以為這是什麼？

手機鈴響，在這山村的夜裏，格外扎耳。

是叔叔。

我穩住身體，按下了接聽鍵。

吃了沒？

吃了。你嘞？——我從沒跟叔叔乃至福田莊的任何人稱呼過「您」，予城土話區分不出「你」和「您」。

吃了。

吃的啥？

還能吃啥，今兒小天倉呢，喝油茶。

嬸嬸呢？

拖地哩。啥時候回來？

再過些天。

清明肯定得回吧？

還早呢。

清明咋也得回吧？

回回回。

……

不過是這些家常話。類似於村裏人路過我家門口，看見我和奶奶在那裏坐著，就會問：歇著呢？奶奶就答：歇著呢。我和奶奶在十字口買豆腐，路過的人也會打招呼：買豆腐呢？奶奶就答：買豆腐呢。當然，奶奶也會這麼和人寒暄。幼時的我對此很不屑。問她說這些話有啥意思，都是廢話。她說，雖沒意思，卻也不是廢話。逢人見面總得說點兒啥吧。不說不中？不中。說了就沒事，不說就有事。

這話的核心我直到很多年後才能觸摸到：貌似平淡無奇的家常話，所意味的其實是一種重要的穩定性。要是兩人見面連這些話都不說，那彼此的關係一定存在著某種微妙或危險。

叔叔咳嗽了兩聲。肯定是又要說老宅子的事。

你立馬再問問坤，趕緊把翻蓋老宅的事說個定準。我這邊把別的啥都給備好，就等開工。可不能再拖了。要是拖黃了，咱家可是既丟財又丟人，敗興透頂。

哪有恁嚴重！

咋不嚴重？那賬敢算？放著現成的錢不掙，人家可不會誇咱大方，只會笑話說咱一家子腦子不够數，那可不是丟財又丟人？！甭說了，這事說啥也得聽叔的。

掛斷電話，小心翼翼地下了樹，回屋。洗漱完畢，上了床。關了燈的屋子裏驀然黑了。黑的一剎那，是分外的黑，簡直是伸手不見五指。一會兒之後，那一抹濃黑卻如化開了的水墨似的，層層疊疊地豐富起來。窗外的樹影落到窗簾上的黑，窗簾上的褶皺裏搖搖曳曳的黑，桌椅的輪廓有棱有角的黑……睡不著。想起「天倉」，便上網搜了搜。有大天倉和小天倉之說，大天倉是正月二十五，這個倒是一致的。小天倉有的地方是正月十九，有的則是正月二十。名號用字也不一樣，有的叫填倉，有的叫添倉。都好。又有些納悶。叔叔晚飯也是油茶，以此看來福田莊肯定也有這習俗，可我怎麼就不記得了呢？雖說不是什麼重要的大節，那也應該記得的。我怎麼就把它忘了呢？

衛生間上了幾個回合，還是睡不著。腦子裏既亂又空。看一眼手機，已是凌晨四點。有些日子沒和母親聯繫了，乾脆給她打個微信電話。溫哥華和國內時差十五個小時，這會兒該是那兒的午飯點，一想到他們正在吃昨天的午飯，我就覺得腦子裏有一塊地方補不上來。

電話通了，那邊果然傳來一片嘰嘰喳喳的響動，儼然正吃著飯。小侄女正在評說：「這紫菜蛋花湯，怎麼能跟胡辣湯比？」可真是河南種子。郝地也在。這臭丫頭有口福，因為上了 UBC，見天都能在舅舅家蹭上姥姥做的飯。

先挨次跟孩子們聊了一遍，方跟母親正經說話。問她這兩天在忙啥，她說正忙著種菜。氣候好啊，空氣好啊，特別適合種菜。我說我也要學種菜啦。就彙報了來到寶水的事。我的失眠症她從不知道，內退也沒跟她提過，只說來這裏是有工作任務，寶水是省級美麗鄉村，報社讓我來做個深度採訪。工作這塊招牌對母親一向有效。她沉默片刻，便叮囑我好吃好喝注意安全，我嗯嗯應答，對著空氣做俯首帖耳狀。末了，她終還是沒有忍住，怨懟道，啥美麗鄉村？那能有多美麗？再美麗也是農村！你還沒受够呀。

不能任憑她吐槽下去，馬上轉移話題。我便說了老宅子的事，她果然如我所料道：你跟坤商量去，不是早就跟你交代過了？這些事我都不管。我說，那可不成。我說了您可以不管，但要是不說就會落個不報之罪。這個道理我還是懂的。母親在那邊撲哧一聲笑了。

掛斷後再給坤打，他正開著車，於是長話短說。他開口就說虧得沒加叔叔微信，不然他能催死我。我說就趕快咬個牙印兒吧。他說實在是沒興趣，不過看來叔叔是鐵了心的，那就蓋唄。我全權委託給你，需要多少錢我就打多少錢不就行了。我說聽聽你這口氣，好像你跟福田莊，跟老家，也就是這點兒關係。他說就這點兒關係我也覺得奇怪得很呢。遠在溫哥華，還得被迫翻蓋福田莊的老宅子，親愛的姐姐你懂的，你說是不是很荒誕？我愣怔了一下，又含糊了幾句，便掛斷手機。

已經是五點，窗外仍黑漆著。閉上眼睛，彷彿浮身於一片巨大的蒙昧中。坤說我懂的。我怎麼就懂呢？又能懂什麼呢？

12. 悠

一晃十來天過去，便混熟了一些臉。畢竟是個小村子，雖然山很大。不，這麼說似乎也不對。再大的山，到底也是不會動的，是有個定數的。人呢，卻是到處遊走的人，兩條腿畫出的圈越來越大，倒也是能輕易大過一座山的。

今早照例散步，朝著西掌走。散步的地方也沒什麼更多的選項，無非是朝著西掌或東掌走一圈，相較而言，去西掌走的次數要多一些，因人家多。城裏人多，就總想著避人。這裏山空地曠，見著人家反而覺得親了。本著不走回頭路的基本原則，出門後便向左拐，就是村醫徐世厚家，徐世厚人稱徐先兒，他兩兒一女，女兒在深圳，大兒子在上海，聽他甜蜜地抱怨過，說都是高管，工資也真高。老打錢回來，村裏有啥花處？還不是在卡上白擱著。小兒子在予城，日子過得也好，常回村看二老。過了徐家就是趙先兒的老宅，趙先兒和徐先兒齊名，在村裏算是文化高層。這老宅分給了長子趙順。小兒子趙和的房子在東掌，房子雖新，位置偏些。趙順常年在外忙大事，趙先兒跟老伴兒就住在這老宅裏，他老伴兒中過風，半個身子不聽使喚，女兒趙平兩年前離了婚，便回娘家伺候著。過了他家再走幾步，就是層層的梯田。順著梯田的小路慢慢上行十來分鐘，就能爬上西掌坡上的半高處。有點兒喘，便站一會兒。居高臨下，能清晰地看見幾家的房頂。有平房頂，有彩鋼頂，也有瓦房頂。平房頂最實用，能晾曬。彩鋼頂最時髦，豔麗刺目。我還是喜歡瓦房頂，一彎一彎的線條在陽光下，瓦瓦如畫。這些天也弄明白了村裏人為什麼那麼愛用花瓷磚，說到底還是因為沒錢。

瓷磚尾貨樣數多且便宜，便都各色買各色貼，花花綠綠地配到一起，興啥啥不醜，就成了潮流一種。

有點兒後悔沒帶塑料水壺。既然爬到了這裏，該打一壺泉水的。西掌的泉眼有好幾個，只封了兩個。把泉眼用石頭圈成一個半圓的凹坑，這裏叫「封」。

就水來說，寶水村還真是名不虛傳。依趙先兒的說法，自東掌到西掌的山勢是東北西南走向，從空中俯瞰就是一條龍，東掌是龍頭，西掌是龍尾，中掌是龍腰。龍頭、龍腰和龍尾都有泉，只是泉眼大小不一。龍腰的水最少，可以忽略不計。龍尾的泉眼要多一些，出水不大，水質卻更好，比龍頭的還要清甜，用它泡出來的茶味道要更勝一籌。最大的那眼就在龍頭處，常年湧水，聚在一個元寶形的天然石坑裏，隨取隨有，不涸不溢，人稱寶水泉，寶水村名也因它而得。關帝廟、龍王廟、娘娘廟等也都聚在寶水泉附近。關帝廟頗有些講究。先是一面影壁，雖不大，上面刻的石雕卻稱得上精美，有團壽，有蝙蝠，有二龍戲珠，還有鯉魚跳龍門。山門上鑲著「萬世忠表」的木匾。廟內只是個一進小院，卻也齊齊整整。正殿三間，正中自然是關帝聖君，左右是周倉關平，牆上還有過五關斬六將、三英戰呂布等彩繪。正殿對面即大門上搭著小戲樓。東西配殿上是看樓，類似於大戲院的包廂。正殿廊廈還立著一塊石碑，用玻璃罩著，看落款是雍正六年，算起來也有近三百年。字跡很漫漶，勉強認出來一些，有好幾處都提到了晉商。想來也是，村一級的關帝廟能有這等出挑，必定是和晉商過白陘有密切淵源。翻山越嶺，林深路長，想要平安求財自然少不了請關老爺保佑。

龍王廟不大，也有一番典故。按寶水的說法，這是關老爺青龍偃月刀上的那條青龍。有一年天旱成災，久不見雨，村裏族長遍尋無計，就去求告關老爺，請他想想辦法。關老爺受著香火，聽著求告，因沒有降雨權限，也是乾著急。急著急著急中生智，朝著自己的刀問：青龍何在？青龍早已經有了靈氣，只是一味含蓄低調地忠心事主，不曾顯形，聽到召喚便趕緊從刀上下來施展本事，普降甘霖解了旱災。雨後村裏人便來謝神，關老爺不願貪功，便給村裏人託夢講明了原委，指示村裏另建龍王廟供奉青龍，說龍形附在周邊一塊石頭上。翌日村裏人再去廟裏拜，果然發現青龍偃月刀上已經沒了青龍，也果然在周邊找到了一塊龍形石，便建了這龍王廟。所以，這龍王廟其實是關帝廟開出的分公司？娘娘廟倒沒有什麼特別的典故，據說是求婚姻和子嗣很靈驗，有許多例證。還有一句口頭禪像是和龍王廟做的聯名廣告：娘娘廟裏求良緣，青龍頭下吃好泉。

到處都是核桃樹。我已經能分出了哪些能結笨核桃，哪些能結薄皮核桃。「桃三杏四梨五年，棗樹當年就換錢，想吃核桃十八年。」薄皮核桃種在田裏，比笨核桃成果子快，兩三年就能吃到。笨核桃野長在坡上，結的核桃小，卻比薄皮核桃香。它又分夾仁和不夾仁兩種，夾仁的更小，也更香。也知道了什麼地是保墒的口糧地，什麼地是望天收的薄田。梯田塊頭大小不一，小的多，大的少。小的他們說是掌中寶，大的他們說是寬緞。珍愛之情溢於言表。壘梯田的石頭顏色深深淺淺，大致是土黃、灰白、青黑三種，證明著石頭們之間的代際。萬物都有表情，表情上都有歷史，石頭也一樣。土黃的年輕，青黑的年老，灰白的算是中年石頭，明暗參差間隔排列，好看得如同專業設計師的圖紙，也意味著一代代人的持續勞作。山中偶爾有大雨，雨水聚成山洪或泥石流，都會把這些砌石沖散，需得再去修補。無論是大集體時期還是之後的分田到戶，只要到農閒，修補梯田都是一項鞏固水土的例行農事。

順著田壟上幾道慢坡，下幾道慢坡，便到了西掌地界的西邊沿兒，再往回折返。走也不白走，常常不空手。照此地規矩，有些東西若是被扔到了大門外，就是不要的。若覺得有用我便撿一些。今天的收穫是一個破黑瓦罐，好在這瓦罐還餘了一隻耳朵，能妥妥地拎著。可以插一叢乾麥穗或秋蘆葦，再或是一根條形別致的樹枝也適宜。也可在罐底鑽個孔，種點兒指甲草，這花潑皮，從初夏能開到深秋，還能讓我染大半年的指甲。

地老師悠著呢。張大包寒暄。他們把散步叫悠。其實也不僅是散步，好像只要是閒耍著的，無所事事的狀態，都可以叫悠。他正坐在門口的石頭上，手機裏是嘻嘻哈哈卻又風格雜蕪的音樂片段，一聽就是抖音。他是西掌的組長，西掌第一戶就是他家，日子在村裏算是挑尖兒的。年輕時當泥瓦匠，後來自己組了個工程隊，常年在十里八鄉包工程，人便稱張大包。前幾年攢够了錢，就在懷川縣城買了商品房。房子早就裝修停當，卻也只能空著。本是想帶著母親去住的，因他母親住不慣，說在縣城沒親熟的人，也沒可幹的事。原話是：整天坐那兒愁眉瞪眼。他說自己做工程也習慣了在老家周邊，最遠也不過是到鎮上。手裏的這點兒本事還是得在老家方才能耍弄得開。三里不同音，十里不同俗。蓋房子的講究也不一樣，何況還有平原和山區之分呢。城裏的房子咋辦？也只好等兒子哪天打工打够了回來結婚用。要是孩子不願意回來呢？對這個問題他回答得倒也乾脆：打斷他的腿。

如今他們也就只好陪著母親守在村裏。兩年前，孟蝨子自接了村裏的鄉建項目後就動員村民修房，都沒動靜。因他殷實寬裕，便和大英一起反覆勸他帶個頭兒，把老宅好好修一修。說上面對村裏有考慮，村裏一定會越來越好，他在西掌既是經濟實力第一號也是政治地位第一號，怎麼也應該帶這個頭兒。那時鄉裏還給了政策，前十名動工的家戶都有補貼，一平方補貼一百三，上限是一百平方，算下來能給掏一萬三。前提是必須和孟蝨子商量，得按照孟蝨子的想法來。村裏和孟蝨子有協議，他不驗收簽字，你別想拿到錢。他原本猶豫得很，可被大英和孟蝨子狠勸著，就意意思思地動起了工，一動工就後了悔，因孟蝨子不好商量。牆面貼的花瓷磚，孟蝨子不讓留。院子裏鋪得平平整整的水泥地面，孟蝨子又讓鑿毛了鋪上大青磚。他的房子在村裏原本算是一等一的好，當初蓋時因自己是行家，一磚一瓦就格外費心思，便越修越心疼，越修越磨嘰。我第一次進村時碰到大英吵他，就是因為這個。這些天，眼看著他家圍牆拆掉，紮成了一排籬笆，貼著好瓷磚的高門樓換成了小木樓。主屋青磚牆小灰瓦，鋁合金窗戶外都鑲上了原木色窗欞。看來到底還是乖乖聽了話。

咋又撿破爛呢？又往裏種花草呀？我笑著點頭。那該買新的呀，逢五逢十後河都有集，集上啥好花盆沒有？你也不差那倆錢兒。怪不得老話說哩，富人夾，窮人撒呀。

說話間，我已經走了過去。挨著的就是九奶家，小小巧巧的三間頭院子，全是石頭房。堂屋略高些，兩邊廂房略低些。是原汁原味的木門木窗木門樓，和張大包家新嶄嶄的一套比襯著，倒也相映成趣。老安媳婦正在院子裏曬被子，滿臉笑意地打了招呼。問她，九奶呢？她說在屋裏歇著呢。又問她，老安呢？她說大英安排的差事，去黑岩給人家辦酒席去啦。

九奶家過去，挨著的兩座院落就都是會計張有富家的。一座是他老宅，前幾年租出去過，原訂租期十年，五年一續。租房子的王老闆是予城人，把宅子做成了民宿，又是老船木又是雕花磚，很是下功夫裝修了一番。店名本是「王叔院子」，卻不知什麼緣故經營了不到兩年就撤了手，把房子又還給了張有富，現在門頭上便摳去了倆字，只剩下了「院子」。挨著的宅子原本是老安家的，不知怎的卻賣給了張有富，如今他們寄住在了九奶家，卻是張有富兩口住在這裏。

再錯過去兩戶就是曹建業家，他正在門口平整地面，旁邊還擺放著水泥袋子，應該是想要硬化一下。曹建華在幫忙。仿照著大英，我也把這堂兄弟倆叫成大小曹。小曹是予城師專畢業，還沒結婚。大曹敦敦實實，濃眉大眼，小曹高高挑挑，細眉細眼。這兩人不僅樣貌沒有一點兒相像，處世風格也大相徑庭。有一次，我在大曹門口看到一個破籮筐，破是破，卻是荊條編的，昔時精美的造型依稀可見。便問他是否還有用，他立馬警惕道，咋能沒用，萬物有用。立馬就把荊筐拎回了院子。我跟大英說了這事，大英笑道，這是他的做派。他一向是摳屁股嘣指頭的，屙顆豆還要涮涮吃哩。不過編東西倒真是巧，算是承接了祖傳手藝。他爺爺輩兒就是編荊好手，早年間靠這手藝能養活全家。「編筐窩簍，能養十口。」因為能賺錢，自家反而用得很吝惜，能用柳編的就不用荊編的。「賣鹽的喝淡湯，紡織娘缺衣裳，荊編匠用柳筐。」柳條雖不禁使，卻比荊條容易得，材料賤，成本低。他爺在時上門訂貨的排大隊，到了集上有多少賣多少，從沒有餘剩過。到他爹時這些東西的行情就見天涼了，到他這兒就成了個擺設。都說藝不壓身輩輩營生，誰能想到這手藝就沒用了呢。

地老師您坐會兒？小曹笑盈盈地站起來道。我便站住，問大曹，你整出這麼一塊地，能當停車場用了，回頭可得買個好車。大曹道，恁這一開腔就知道是大城市來的。咱就是有停好車的地方，可哪有買好車的錢呢。趁著這兩天閒，把這地方拾掇出來，總歸有用。哪怕曬點兒糧食哩。

不知道從何時何人起的，村裏叫我老師的越來越多。這個原本只在城裏流行泛濫的客氣稱謂，如今竟也傳染進了村。趙先兒說這可是一種待遇。三人行必有我師，合聖人言，有講究呢。不過這講究顯然只針對外人。他們之間還是叔伯娘嬸，哥嫂姐妹，該怎麼叫還怎麼叫。

再過去就是七成家。七成這個名，我也疑惑過。大英說，他娘懷他八個月就生了。雖說是八個月，卻得叫七成。俗話說七成八不成麼，就不能叫八成。上頭倆姐，就這一個兒子，嬌得很。我在他家門口小坐了一會兒，是歇息的意思，也是有點兒想等著他媳婦香梅出來能搭個話。到底沒等著，也便罷了。

雖然只在秀梅的小超市見過一面，我也能斷定，這滿村的年輕女人裏，她是第一等的好看。其實清眉淡目的，初看不驚，再看卻讓人眼神難移，有淡極生豔的韻味。那天聽秀梅介紹過我，她只拿清凌凌的眼睛對我上下打量了一遍，抿嘴一笑，頓時釋放出一朵攝人的嫵媚風情。待她走遠了，秀梅笑道，你要是個男的，這麼死盯著人家看，叫七成知道了，她今天肯定又得挨打。我奇道，為啥？秀梅嘆道，不為個啥都會挨打。七成這個人，有事沒事都拿她練手。打扮得好了說太招惹，打。打扮得不好了說丟他的人，打。他領著過街，搭話的人多了，打。把她留在家裏，有男人去家裏串門了，還打。我說，這麼好看的媳婦還捨得打，什麼道理。秀梅笑道，可不就是因為好看？！她要是不好看，還落不著這麼多打呢。就沒人勸勸？咋沒人勸。勸了也白勸。咱們也只能開解說，打是親罵是愛，可能心頭肉就是這待遇吧。不是心頭肉，也沒那個邪勁兒。省把子力氣還暖暖肚呢。這話聽著不陰不陽的，我道，你家峻山要是給你這待遇，你要不要？秀梅眼珠子轉了一圈，笑道，我把棍兒遞他手裏，你看他敢不敢？軟地好起土，硬地好打牆。各過一家日子，各說一家事呀。我說，你不還是婦女主任呢？秀梅推了我一把，撒嬌道，姐呀，那算個啥正經帽兒，你還拿它壓我一道哩。人家兩口子的事，只要沒犯上人命關天，那就是內部矛盾。就是大英也給人家理不清斷不明，你當我是個啥哩。

13. 長客不是客

青萍姐——

遠遠地，就看見了秀梅。她家把著學校左手，老原家把著學校右手，用她的話說，咱兩家就是哼哈二將。她本就嗓門大，喊起來更像自帶擴音器。村裏人的嗓門似乎一個比一個比賽著大。後來我發現這很有必要：既證明著身體好，也顯得熱鬧敞亮，喊叫個人也方便，吵架時也能痛痛快快的，總之好處很多，嗓門小在這裏就顯得鬼鬼祟祟病病歪歪陰陽怪氣，嗓門大似乎是必須的，好處很多。這些天我也練習著讓嗓門大一些。

我便走過去。她在宅基地上蓋了一圈兩層樓，嚴嚴地合圍著。雖都是新房，卻沒貼瓷磚，一律青磚牆小灰瓦，窗戶上是實木窗櫺。一層主屋是自家住，兩邊廂房是廚房衛生間倉庫等雜用，臨街的這排一層左邊一間留成了大門過道，另兩間是超市店面，地上鋪著灰紅雜陳的舊磚。超市門口的兩片門簾撩了起來，她守坐著一個炭盆，兩手飛花似的疊著金銀元寶。我說現在就開始備這個了？清明還早吧。她說早備不慌。正月正，清明清，轉眼就是。老祖宗們要是託夢，咱也應對得理直氣壯不是。

炭盆裏黑的炭，白的灰，紅雪雪的火光暖意灼人。我坐下，也疊起來。秀梅道，你手怪熟。我說是童子功。問她這房子準備幹民宿還是餐飲。她說，看情況吧。床鋪也備著，桌席也備著，啥划算就幹啥。問她啥時候開張。她說，眼下這寡淡的，就是開張了能有一個半個人？不過是挑日子應了個好兒罷了。姐，到那天你可要來熱鬧熱鬧呀。我笑。這自然得應承。老家土話裏，辦大事定的日子都叫「好兒」，即書面語的吉日。問她店名呢？她說孟鬍子起了個「山明水秀」。我說這個好。有你們峻山的山，還有你秀梅的秀，這兩個字把著兩頭，安安實實地護著家。秀梅道，姐到底是好文化，一言打在七寸上。這滿村的人，誰問我不得解析半天。姐，你這水平可真不飄，不愧是報社出身。又問，姐，恁好的單位，你還恁年輕，咋就早早退休了，那不得少拿錢？我說少就少唄，落個自在。她吞兒一笑說，誰跟錢有仇哪，堤內損失堤外補。你在這兒給原哥主事兒，他不得給你開出來好一份工資？有多少？我說，這個還真沒說。他一定不會少給你。她篤定結論。我笑。這張嘴姐不離口，用她自己的話說，比巧克力還甜。她一刻不閒，還在連環八卦問：姐，聽說我姐夫不在了？啥時候不在了？為啥不在了？迎著她的熱切眼神，本想敷衍過去，又想若是正面堵住，倒也省得她以後再扯姐夫的話，便道：這事兒不想提。以後別問了。

她僵了一下，很有禮貌地說了一聲不好意思，口裏卻兀自喋喋不休，姐，你說原哥本事多大，你恁洋氣的一個大城市人，他硬是把你給哄到咱這小山村。聽說他跟那口子離了？你見過她沒有？好看不好看？孩子多大了？我疊著元寶，只閉口不答。她終於消停下來，氣氛抵達預料中的適度尷尬。我正想起身，突然，她歡乍乍地朝遠處喊了一聲：孟哥——

哎——一個男聲應道，調不高，拉出一線悠柔的長音，有點兒開玩笑的意思。人也往這邊走著。跟音兒不匹配的是他的鬍子，典型的絡腮鬍子，上唇下巴兩頰鬢角全都是。眉毛也很濃，瞇瞇的細長眼睛，中等個子，說是四十多歲或五十多歲都相宜。毋庸置疑是孟鬍子。他拎著一個灰不沓沓的大布袋子。待他走到跟前，秀梅滿臉是花兒地問，孟哥這是又要給大家夥兒買零嘴兒了？他說是啊，天天一屋子串門兒的人，老的老，小的小，不備點兒糖煙瓜子怎麼過得去。秀梅道：這回可在家裏住夠了。他道：瞧你說的，寶水不是家？

這期間我和孟鬍子的眼神已經短兵相接了幾次，趁著他們呵呵笑著的空兒，我先伸出手，做了自我介紹。他說，回來路上就聽說了你。我說一到這就也聽說了你。貴姓？地。哪個地？第一第二的第？土地的地。哦——孟鬍子又拉出一個悠長的音兒，這個姓少見，好姓。又說，買東西就來秀梅這裏，她東西有點兒貴，可是不假。秀梅喜得眉毛都要飛了出來，說貴人識貴物，就是這個理呀。又對孟鬍子說，原哥請了青萍姐來管店，要成咱村長客哩。孟鬍子道，長客不是客，就當自家過。秀梅笑道，這話可沒錯。孟哥就是例，這兩年下來，誰不把你當這村裏人。青萍姐，你也是這呀。

待秀梅招呼孟鬍子進了店，我也疊完了手中的這個元寶，起身回老原家。正待要進院子，遠遠看見豆嫂推著三輪車正打東掌那邊來，車斗裏蒙著雪白的布。我喊問剛出鍋？她說可不，還溫溫的哩。今兒起的豆筋兒也好，地老師你嚐嚐？等到了跟前就掀開白布，方鐵盤裏的豆腐果然還冒著熱氣。我就撿了一塊豆腐和幾張豆筋千張。豆嫂說這兩天不再做了，多帶點兒唄。你那裏不是有個大冰箱嘛，放進去妥妥的。我就又撿了幾張豆筋千張。她神情古怪地扭捏了一下道，地老師，你那冰箱只要開著，不論裝多少東西都費一樣的電，是吧？我說是啊。她說那我這兒東西要是放不下了，就去佔你個地方吧。我說中。

回去後剛把豆腐放好，手機鈴響，是老原，問我方才在忙啥，說你還挺能的，這麼快就和人民群眾打成了一片。我說我本來就在人民群眾中嘛。他說以前沒怎麼看出來，我說那是你的問題，不是我的問題。他笑笑，寵溺地說對對對是我的問題。

這種寵溺目前已經是他對我的常態。按說在他老家給他管著這個小民宿，也算是有工作關係，他這麼關心也在情理之中，只是再往裏稍一細尋思，就能覺意到有些不正常。起初他只是看我偶爾發個村景的朋友圈就連忙點讚，點完讚再微信私聊幾句，後來電話就密起來，幾乎是一天一個。幾點睡的，幾點起的，三餐吃的啥，路上見了誰，扯了什麼話，什麼都問，我也什麼都說。慢慢地，似乎就有了一些些微妙。不過，微妙歸微妙，也就是止於微妙。到了這個年紀便已然明白：微妙如同微風，吹一陣便會自行散去，無須多慮。

聽我說這些天還沒有一個客，他說沒客你正好歇著，客人這事兒由不得你。又說本來打算明天要回去的，中午時接了個電話，是食藥監管局的夥計，明天中午要去店裏吃飯。這是要緊部門，平日裏得人家關照得多，人家也不輕易來吃頓飯，務必得招待好。喝酒不能開車，就來不得了，得耽擱一兩天。前些年老原遭了一場車禍，被撞得七齊八不整，休養了小一年才算撿了一條囫圇命。自那後他就開悟了似的，不再做江湖生意，入手了一家餐館，名字叫「原來的味道」，說是圖自己呼朋喚友有個據點方便。我自然是沒少去吃，家常菜做得很可口，生意很是不錯。他說雖是遊刃有餘，卻也得常操心周全。不過也正因為常操心周全，也才能得個遊刃有餘。各種來路的婆婆都得敬著，敬好了婆婆們，小媳婦的日子才好過。食藥監管局更是數一數二的厲害婆婆，得敬上加敬。

我說你啥時候來都行。又說你不來也行，反正也沒啥事。他說事兒還是有的。菜單得定下，僱廚師也得商量一下。我說都沒客呢僱什麼廚師，有我一個看門就够。他說總得準備著，不能現有客現找。我說客少的話我也能湊合做。他立馬說，不成。你那手藝，我又不是沒嚐過。也就是我們這些真自己人才不嫌棄。豫新是不敢嫌棄，我是不能嫌棄。客人們是真金白銀花出錢的，人家憑啥不嫌棄呢。

此時應該有笑聲的，我卻沒有發出來。掛斷手機，一片茫然。又是豫新。這個老原，生怕我忘了豫新似的，總是要冷不丁地提提豫新。用他提嗎？

14. 亂

結婚閒話，豫新說他早就抱過我，在我還穿開襠褲時。幾次？他不好意思地笑說只一次。是他母親硬塞給他的，就那麼一會兒，我還尿到了他的身上。此後見到我就躲得遠遠的。

要是知道你會是我媳婦兒，那肯定見一回抱一回，啥也不嫌棄。

我全然不記得。兩三歲時我就被送到了福田莊，一年到頭除非生病，很少去象城。直到十二歲那年回來讀初中，記憶裏才開始有他。兩家在一個院裏，樓挨著樓，且都是在一樓。他家門棟靠外，我們家出來進去就得路過他家。他母親沒有工作，整天在家裏，一心一意忙家務。現在的說法叫全職太太，那時的說法是家庭婦女。她給我看過幾張老照片，娘家在解放前也是高門大戶。榮耀時很顯赫，倒楣時也格外落魄。到什麼程度？她母親犯了心臟病，她借了輛平板車拉到了醫院，可多半是因為她母親的陰陽頭暴露了身份，好大一會兒沒人搭理。豫新父親本來已經交了班，看到她母親的情形覺得十分危險，便又衝了回來。她母親第二年去世，這一年間他們聯繫密切，認定了彼此，就成了一家。

她做得一手好菜，豫新父親長年不在家，她的好手藝也只有豫新享用，讓我十分垂涎。每每放了學，路過豫新家的廚房窗口，聽見她炒菜的響動，我總要放慢腳步，等著她喊我。而她只要看見我，也必會喊我去她家吃飯。我隔著窗戶問她做了什麼，她便一一報給我聽，常常是沒等她報完菜名我就奔了進去。

初中高中六年間，我就這麼去他家蹭著飯。很快便蹭成了他家的編外一員。也不全是白蹭，偶爾也拎過去一點兒福田莊的特產，無非是田裏新下來的花生紅薯蘿蔔白菜，或是當季磨出來的白麵玉米麵綠豆雜麵。蹭著蹭著，就跟豫新熟得不能再熟，見面就一迭聲叫他哥。撒嬌時叫，耍賴時叫，委屈時叫，開心時更叫。後來他說我叫的聲音很嗲，把他的心都叫得酥成了末末渣渣。

豫新那時已是省醫學院的學生，因為離家近，也因為體貼母親——後來他說也因為我——常回家吃飯。一盞燈下，我和豫新對坐，他母親左右夾菜，欣賞著我們滿嘴油光，有一句沒一句地逗我，鹹不鹹？辣不辣？香不香？還想吃啥？住我家吧？給我當閨女吧？有一次，我和母親在小區的路上碰到她，她拉著我的手不丟，跟母親說，你家呀，我啥都不眼氣，就眼氣你這個閨女。母親說，費氣得很。她往身邊拉我一把，嫌費氣，給我唄。我不嫌費氣。中不中？母親說，中啊，中。她又問我，中不中？我說，中中中，中中中！都笑得挺歡。回到家，母親怒道，就恁想給人家當閨女？我咋虧著你了？笑得那牙都要掉到了地上。我說你不也笑了嗎？她說，我笑是我笑，就你不能笑。我笑是假笑，你笑是真笑。還說那一串中中中，中死你吧中。你以為人家真想要你呀，誰稀罕你。我當即跑到豫新家裏住了兩天。母親顏面盡失。

後來我去省外讀大學，豫新像一枚釘子一樣釘在一所學校裏讀完碩後又讀博，那幾年間就見得少，寒暑假我回去偶爾也會碰到，只是我的臉皮已經變得有些薄，不好再去厚顏無恥地廝混。再後來醫院新蓋了家屬院，分了南北區，他家南區，我家北區，就見得更少。但凡見面也是因為家中大事：他父親援藏，在那裏突發疾病去世，我陪著父母去他家撫慰。兩年後是我父親車禍突然去世，他陪著母親來我家撫慰。這場景都沒什麼話。長久沉默，低聲飲泣。

豫新到省醫工作時已經是三十出頭，我也已經上班一年多，正被老原隔三岔五地安排著一些亂七八糟的相親。夏末的一個傍晚，我走到樓棟門口，抬眼看見了豫新——後來他說是專候在那裏的。他說他母親做了幾道好菜，想我了，讓他來叫我。假惺惺地謙讓了一下，我便跟著他去了他家。果然是一桌子美味。我們圍坐在一起，往昔的一切撲面而來，既意外又自然地回到了過去的時光。飯後，他母親出門散步，留下了我和豫新。說東說西，就說到了相親。他突然吭哧起來，說他不想再相親了。我說那就別相了唄。他說他媽媽一直催逼，我就嘲笑他說誰叫你死讀書，不知道找個女同學談談戀愛。你談了？我說沒有，所以也正在相呢。他揶揄，還這麼小就開始相親，太性急了吧？我說我媽說女大不金貴，最好早點兒出手。又嘆道，相過的這些沒什麼靠譜的。突然間，他像結巴了似的吐著我我我，我這才覺得他的眼神不對，濕暖如溫泉，讓我有了片刻的昏眩。兩人陷入了冗長的沉默。我說該回家了，起身欲走，他卻攔住我，漲紅了臉道，咱倆已經相了這麼多年，就都別再相別人了吧。你能不能考慮考慮，讓這個家也成為你的家。

很久很久之後，一次閒聊裏，豫新說，老原對你有兩個評價。

啥？

一是，你挺好——玩兒的。

我有些氣。還以為是挺好呢，挺好玩兒是怎麼回事？

二是，你有點兒亂。

我越發氣。亂什麼亂，我哪裏亂了？

豫新拍拍我的腦袋，這裏，這裏有點兒亂。

你覺得呢？

我覺得，有道理。豫新以他一貫的慢條斯理說，這是有因果關係的，你之所以看著挺好玩兒，就是因為有點兒亂。

15. 挖茵陳

驚蟄前一天，剛吃完早飯，就聽見大英在門口喊，說要去獅子嶺上挖茵陳。「正月茵陳二月蒿，三月四月當柴燒」，眼看正月就要過去，這幾天日漸暖和，約莫能出來一茬。你去不去？當然去。多少年沒幹過這事兒了，還有些小興奮。福田莊的正月末，奶奶也是必要挖茵陳的。說茵陳在正月最金貴，挖回家能當養生藥。而所謂的用藥法也就是潑水喝，我喝過一回後便堅辭不受。

便拿著花鏟子跟著大英出門，尋了一條小路走著，路邊盡是枯枝敗葉。獅子嶺其實是一面向陽的南坡，也是有典故的。說是可早些年有一段，村裏人頻頻傷病，都著了慌，就請有名的風水先兒來看了一番，便看出來獅子嶺上也有神靈，應是眼氣不過關帝廟、青龍廟和娘娘廟都享用香火，就胡來鬧騰。得安撫一下。也不需建廟那麼大的動靜，逢年表表心意就中。於是就開始了過年耍獅子，讓獅子吃彩。果然就得了長久平安。那些年獅子耍得紅火，周邊各村都會請去玩，不知道吃了多少彩去。但凡出去一趟，煙煙酒酒油條炸糕能掙得好幾大籃子呢。

走了不知多久，別說是茵陳，連別的一絲綠影兒都沒看見。大英說，甭急，一會兒就啥都有了。走慢些，仔細看，啥都有。果然。蹲下去貼地去瞧，澤蒜已經有了濃密的綠髮，很好拔的樣子，卻是一拔就斷。還是得用鏟子挖，挖出根部，就能看出下面墜著的潔白的圓蒜頭，近聞便是撲鼻而來的一股辛鮮氣味。還有山韭菜。從頭頂昂立的乾韭花能看出是山韭菜。它的根梢也有幾絲細綠的新韭正在生長，如手藝精妙的畫師畫出了幾筆，貌似漫不經心，卻怎麼看怎麼舒服。榆樹也開了花，小小的暗紅的小顆粒，很像是剛打骨朵的小梅花。很多人以為榆錢是榆樹的花，其實那是它的果，這才是它的花呢。

然後，就有了越來越多的茵陳。大英止步說這一片是個白蒿窩子，就這兒吧。茵陳棵一米來高，根扎得也深。上面的枯枝硬硬地迎風長著，像是老母親，根部長出來的就是嫩孩子。我們小心鏟出來，拾撿到袋子裏。大英囑咐說也得帶點兒老根兒，說徐先兒說過，老根兒最有藥性，曬一曬潑水喝，好處多著呢。那便帶點兒老根兒。鏟了一會兒，居然出了汗，手也扎得疼。便坐著塊石頭休息，順便在手機上查茵陳資料。為啥叫茵陳？經冬不死，春時因陳根而生，故名茵陳。

歇了一會兒又挖，一會兒就挖滿了兩袋子。大英說，看著多，其實虛。當蒸菜吃也不過是一大盤，要是潑水喝那還能頂一陣子。我問她，這是給光輝哥喝呢？她說給嬌嬌。我道，嬌嬌好喝這個，口味倒是特別。她的臉色便黯淡下來，道，是我叫她喝的。是個治病偏方。

回去的路上，再看周邊，滿眼裏已經處處都是點滴的綠，許多乾枝也滲出了隱隱綠意。不由暗暗感嘆，多麼奇怪，當視覺的焦點和重心發生變化時，看到的東西居然能和之前如此不同。

16. 吃懶龍

驚蟄那天黃昏時分，老原到了，帶了一堆酸奶牛奶瓜子花生之類的吃食，還帶了些菜。我已熬好了粥，正在廚房裏把菜裝盤，聽見大英喊，便出門應。她在街裏站著，手裏端著一個小盆，蒙著一塊白布，透著布也能聞到一股麵香。她叫我們一會兒去學校。問她啥事，她說今兒是驚蟄麼，得吃懶龍。她多做了些，這就給孟鬍子送過去，讓我們也過去一起吃，又對老原說，順便跟青萍說說工作。聽她這口氣，好像我真是個工作人員似的，倒是有些好笑。又問老原去看九奶沒有，老原說方才過西掌時去看了，她點頭道，老太兒恁親你，可得記著看她。看一回多一回，看一回也少一回呀。

學校也都是磚房。自從實行山區併點撤校後，學校就空了下來。看樣子已空了有些年頭。房子和村委會的建築風格差不多，堂屋和廂房都有廊廈，堂屋是兩層，每層六間，兩間一門，應該是用作教室的。廂房自然就是老師們辦公用。孟鬍子住在左廂房。只要他在，便川流不息來人，不論晝夜都能聽到語聲喧嘩。若是悄無聲息安安靜靜，不用說那肯定是被拉到人家家裏去了。大英說他去「現場指導」，也不知道是怎麼指導的。

進去便看見孟鬍子的屋裏除了大英還有兩個男人。年齡大的低壯，黑紅的臉膛上有兩個大梨渦，盛滿了笑，很是有點兒萌。年輕些的中等個子，瘦白一些。大英兩廂介紹一番，我方才知道低壯的是楊鎮長，另一位是鎮政府辦王主任。楊鎮長對我和老原笑道，早就聽說你們啦。咱寶水村魅力真大呀，原老闆這回鄉創業還回一帶一哩，好好好。兩人都穿著迷彩服，原來是來檢查冬季防火的，順便把「美麗鄉村」的牌子給送了來。聽大英說我負責村史館的事，楊鎮長又笑道：前些時縣領導還問起來，我心裏一直繃著這根弦哩。這事兒交給你，是妥的娘給妥開門——妥到家了。

一屋子人就都笑。懶龍就是把饃捲成一個長條，裏面裹著菜，盤在鍋裏蒸熟。有的地方叫菜蟒。大英拿了兩大條分給衆人趁熱吃，包菜雞蛋火腿腸剁碎調的餡，香而不膩。幾個人你一塊我一塊你一嘴我一嘴地吃著，大英朝我道，你存心看那些老物事，看見誰家的合適，就跟他們要，就說我說的——對了，九奶家就是頭一個，她放東西最安實，回頭跟她討去。我問，東西挺佔地方的，要是收上來了擱哪兒？孟鬍子朝教室的方向一劃拉，說不是都閒著？擺放這些老物事，正合適。我又問怎麼給東西估價。大英道，他們用不著的東西，村裏廢物利用，還給啥錢。不能提這個頭兒。還美死他們哩。看我呆在那裏，又都笑。孟鬍子道，人家用不著的就得白給村裏用？大英道，你啥意思？你有錢給？孟鬍子道，看把你嚇得。我的意思是得有個說法。哪怕給個證呢。一張紙片片也是個說法。大英道，這個中。又緩了一口氣對我說，你可不知道，咱村裏逢到錢的事那就是遇到了虎狼，能繞且繞，要是直走，那你就等著虎狼上身。咱有多少肉夠填吃的？我說那些傢伙兒能值幾個錢。她冷笑一聲說，一件不值幾個錢，每家一件呢？家家東西不一樣，舊的幾個錢？新的幾個錢？大的幾個錢？小的幾個錢？你給我說個譜兒聽聽？看我愣怔著，拍了一下我的肩膀道，傻了吧？就都笑。她又道，在咱村裏，好些事咋辦都中，就是得繞著錢走。反正誰要跟我提錢，我就是隻鐵公雞。孟髯子道，分明是隻鐵母雞。就又都笑。我說，既是村史館，只收一些東西展示恐怕也不行吧。孟髯子道，那肯定還得有點兒別的，歷史沿革啦，傳統文化啦，風土人情啦，勞動生產啦。無非就這幾大塊，再配上點兒文字和照片，不就是圖文並茂弄個齊全？我說這可是一本書的架構，工作量太大，我頂不住。孟髯子道，我這裏存有別家的，回頭發給你參考。你可別自謙，就你這底子，那路數一看就會。天下文章一大抄嘛。歷史哪有不悠久的，傳統哪有不深厚的，風土人情都淳樸，勞動生產都辛苦，都是這。關鍵一條，你甭往細處琢磨，粗粗幾筆寫出點兒意思就中。越細越容易叫人挑毛病。看衆人都沉默著聽他講，他連忙剎住道，哎呀這是魯班門前弄大斧，關公門前耍大刀呀。就都笑。

屋子不大，好在也沒什麼東西，所以也不顯得窄怯。一張床，由兩張桌子拼成一張大案，上鋪著毛氈布，筆墨紙硯一應俱全，另有幾本字帖，看來還雅好書法。便就著這個話題聊了幾句。他笑道，學美術出身，練字是基本功。如今雖不畫畫了，字還是要練的。別以為只是個雅好，在這裏可實用著呢。

牌子就在桌上放著，便都看那牌子。也不過是個最普通的銅牌子，可在這個燈光不怎麼明亮的屋裏，此時卻是絕對主角。大英上看下看正看反看，還字字句句地念了一遍，喜得眉眼沒處擱放。孟髯子笑她說，它比你孫子還漆巴巴呢。大英說，比俺騰騰那還是差些。漆是寶水人常用的形容詞，誇什麼可愛，都叫漆。一聲。說小凳子或小孩子都用漆巴巴的。初聽見我也不知道是哪個字，在網上查了查，也沒找到能完全合上意思的字，只好往偏裏想，或許是綺？又或許是漆？像上了漆一樣鮮亮？雖是有點兒牽強，我還是按自己的喜好，就用了漆。

坐床的坐床，坐椅的坐椅，又說起揭牌的事。大英問，要不要搞個啥儀式？領導們定定。孟髯子說，以你的做派，那肯定得搞，包子有肉還不得趕緊摁到褶上。大英道，哎呀，不是給你賠過情了，咋還有氣呢。你可別說，這牌子一拿下，還在咱們予城排個頭名，滿村裏誰不說你孟老師厲害，果然是眼高吃大糖。又轉頭對我和老原解釋，恁不知道，去年我就想弄個市裏的美麗，孟老師瞧不上，說直接報省裏的。為這我還跟他吵了一架。可咱的眼真沒有長恁高。站溝說溝，站坡說坡。恁說咱們村又清垃圾又修房的，也整治了這兩年，沒見著啥實惠的，村裏人見天說三道四指東望西，都穩不住神兒。如今好不容易抓住一根大骨頭，憑啥不熬一鍋鮮湯？給大家夥兒嚐個味兒，提個勁兒，咋不該？名利名利，先有名後有利，大名有大利，小名有小利。雖說眼下沒有肉，可就是隨鍋下碗麵，不也是碗肉湯麵？

就都笑。孟髯子道，聽聽這嘴，誰能說得過。

就又說到了請領導，楊鎮長一臉懇切地對孟髯子道，還得看你的臉氣才能有把握請到閔縣長呀。孟髯子道，我盡力，一定盡力。又道，咱倆都說，你說你的，我說我的。我是私人身份，你是上下級身份，各有各的禮，不亂。楊鎮長道好。

一時懶龍吃畢，楊鎮長告辭，衆人送出了門。我對大英說這楊鎮長看著很不錯，說話多和氣。大英道，也不敢不和氣。他家老根兒就是這鄉的，一鄉裏三千多口人，幾十年的日子過下來，誰不認識誰。一細打聽，轉彎兒磨圈兒都是親戚，他敢跟誰裝大樣兒？又吞兒一笑，說他有個外號，叫燴麵。我問，好吃燴麵？她又一笑，是用燴麵碗喝酒喝出來的名氣。我和老原一起驚嘆道：燴麵碗喝酒？大英說，咱是沒見過，都是這麼傳。

僅有懶龍自是不够，晚飯還是得吃。留大英吃飯，大英說，俺家鍋底兒又沒掉，不在這裏討嫌。老原拽著孟髯子說喝幾杯去，孟髯子說那就搭個菜吧，便端上了一隻蓋著的碗，問我，豆哥家的鹹菜你吃過沒，好吃得很呢。我便拈了一根去嚐，一入口便是驚豔，說回頭也去跟豆嫂買些來。孟髯子道，他家酸菜也好哩，做漿麵條得宜。我說進村第一頓就在大英家嚐過了，是好。對了，都叫他們豆哥豆嫂的，是因為他們做豆腐，還是因為他們本名就是？孟髯子道，這兩個緣故都有。豆哥本名叫豆生，收豆時生的。打他爺爺輩兒起都可會種豆，誰家豆子都沒有他家種得好，還做得一手好豆腐。老原道，我看冰箱裏塞了一堆豆皮千張，咋買那麼多。我說，豆嫂說她家冰箱放不下，借佔一下咱們的。孟髯子笑道，要是我沒估錯，她家的冰箱壓根兒就沒插電。不信你去瞧瞧。我訕訕道，懶得去瞧。

17. 扯雲話

老原帶的菜有七八樣，葷素都有，涼菜裝盤，熱菜回鍋，鋪排起來也是一桌像樣的小席面。開了一瓶「懷川醉」，他們喝著，我吃著，三個人漫無邊際地聊著。這裏聊天不叫聊天，叫扯雲話。第一次聽到「扯雲話」，美妙得讓我的雞皮疙瘩都起來了。天馬行空，白雲蒼狗，無主題閒聊可不就是如雲一般？還有「扯」這個動詞，扯雲，嘖嘖。

幾杯下去，老原說起廚師的事。我說不是先定菜單嗎？老原說這還分啥先後。就是分先後，也是得先定了廚師。要是先定菜單，廚師不會做咋辦？我點頭說是這個理兒。兩人就笑。孟髯子說，你還真容易被說服。咱這寶水村的民宿有啥了不得的菜，做不了的廚師還能叫廚師？被他倆調侃得，我自覺像個傻子，只好不作聲，任他們說去。

原來孟髯子的建議人選是老安。就講起了安家的事。孟髯子說，老安走到這一步，也是本故事。村裏就這一戶姓安，既小門小姓，還幾代單傳，老安這一輩也只有一個兒子。好在兒子爭氣，書讀得好，碩士畢業後留在了武漢工作。老安平日裏看著木訥，卻也是嬌養大的，脾氣衝，茬子硬，喜歡要人強，可在這村裏勢單力薄，發作不起，也只能忍，自覺被擠壓著，也不知攢了多少氣在肚裏。兒子在武漢一成家，他就動了離村的心思。打定了主意，誰勸也不聽。雖說村裏已經有了要「美麗」的動靜，可他既沒當真也不在意，三下五除二地就把房子低價轉給了張有富。張有富是會計，是多會算賬的主兒？他有一兒一女，按規矩只能有老宅這一處，難有新地方。前些年兒子在山下鎮上落了戶，他們兩口子去幫忙看孫子，他十天半月回村來攏一回賬目，啥都不耽擱。村裏開始「美麗」後，王老闆聞風來做民宿，他就眼疾手快地把自家老宅租了出去。租完了又碰上老安賣房子，便立馬買下來。說既是現成房子，省得再蓋。舊是舊了些，可一拾掇，照樣住得妥妥的。又和老宅挨著。將來有個山高水低，把這房子留給閨女，兩個孩子挨著住，多親香。做老人的對兒對女也算是一碗水端平。這幾條說出來，條條都是圓滿。

我問，大英不也只是一個兒子，為啥有兩處宅基？孟騷子道，東掌那處是她大伯哥光明的。光明家沒人在這裏住啦。光明的事你們聽說了吧？當年修疊彩路時遇到了大塌方，他爹是支書，衝在最前頭，當時就叫砸死了。光明砸成了重傷，還捱了兩三年。縣裏給了筆撫恤金，光明媳婦就帶著倆孩兒下山過活，不再回來，這宅基地也不能給外人，自然就成了兄弟家的。我說，聽大英講她和光輝是修路時談的戀愛，也是那時候？孟騷子說，左右差不多，少說也得有三四十年。四十年整。老原突然說。啥？我和孟騷子異口同聲。光明死了四十年整。我和孟騷子一起看著他。他說，我奶奶也是為修那條路死的，就那時候。說完一飲而盡，酒杯咣當一聲砸在了桌上。靜了片刻，孟騷子說，沒聽人提起過。老原說，我也不想提。不提了，不提。孟騷子便給老原又斟滿，敬過去道，我進村入戶調研時就聽說了，原家祖輩德行好啊。老原一飲而盡。

一時無話。我便把二人的杯子又斟滿，繼續問老安的事。孟騷子說，老安兩口到武漢跟著兒子過活，沒幾天就後悔不迭。一家五口擠在一個兩居室，雖說是骨肉至親，卻另有一種不好掰扯的憋屈。他原仗著自己這廚藝攬過十里八鄉的紅白事，能掙一份活錢，可這手藝只能在老家平蹚，想在武漢城討生活卻不易。沒有廚師證不說，一方水土一方味，他勺裏的鹹淡就合不上人家的轍。生意好的小館子倒是要他，卻是得往外掏狠力的，一天下來胳膊都能腫。他年輕時去砍荊條落下過病，試了幾天，實在撐不住。就想回來。跟張有富商量再把宅子買回來，張有富怎麼會肯，吃到嘴裏的肉還能再吐出來不成。老安呢，沒宅子也想回來，也要回來，也明白只有回來才能再說宅子的事，否則宅子的事就沒有一點兒可能。回來就開始磨纏大英給解決。大英頂得死死的，說要都開這麼一個頭兒，那都把房子賣一遍？都再批個新宅基？可鄉里鄉親的，也不能攆他們走，更不能讓睡街。正好九奶需要人照顧，大英說合了一下，就讓他們暫且跟著九奶住。張家人也樂得他們來出這個力。孟髯子說，老安兩口的心思不難猜，肯定想著給九奶送了終就能落下了她的房子。可這也就是他們自己想想，別人可不這麼想。難著呢。

說著說著就又拐回來，孟髯子說，老安空著這手廚藝，總想有個用武之地。你們要說用他，他還能說個不字？老原說，跟他不熟，就這麼直接去找？孟髯子道，你且等著，我去點一點他。他來找你，你就好說。又對我說，等試過了菜定下了他，再定菜單。在這山裏，該吃啥該喝啥，他是專家。四時應景的東西，哪有他不懂的。我問要不要簽個合同，孟髯子嘁了一聲，你想簽呢就簽，不想簽呢就不簽。以我的經驗，要是有事呢，簽了也是白簽。要是沒事呢，簽了更是白簽。我說總之就是一個白簽，是吧？他說是。我說，白簽我也想簽。

又說到工資，孟髯子說，以他了解的行情，三千塊就很說得過去。在家門口掙錢嘛，不拋家不捨業不撂荒日子，工資的性價比很高。還跟老原一起捋了捋大賬面的收支。按常規推，五月到十月這半年是旺季，十間客房，每間就按一百塊，起碼得算上六成入住率，一個月是三萬塊乘以百分之六十，約莫能收一萬七八。吃飯若是簡餐，保本略有盈餘，忽略不計。如果另點菜，肯定也另有賺頭。總之兩萬左右是該有的。柴米油鹽水電氣等這些成本和損耗刨出來，五千塊錢也就足够。每個月能落一萬四五，花三千塊用個廚師，鬆鬆的還會有萬把塊結餘。當然，要是省下這筆廚師工資，肯定還能多落些。滿村裏數數，誰家開店捨得單請廚師？可咱原哥不是出手大麼，不是心疼人麼。

這話是衝著我的，我笑。老原也朝我笑道，萬把塊咱倆對半分，可還行？我也只有笑。就按每月淨掙一萬算，落到我倆每個人頭上是五千，還只是半年旺季裏有，平均到一年裏就是每月兩千五。這要說是掙工資自然是笑話，可要是退一步說，白吃白住還能治治失眠病，還說什麼行不行呢。

這小夜宴，三人吃飯，兩人喝酒，也不用勸，也不用敬，夾幾筷子菜，碰一碰杯，話隨酒來，雲話就越扯越遠。孟鬍子問我，你管豆嫂叫豆嫂，是跟著大英叫的？我嗯。他說我聽見你管大英叫嫂子。我說是跟著老原叫的。他說你們倒是會叫，大英在這村裏，輩分不低哩。又搖頭嘆道，農村就是這。拐來拐去的，一村人都是親戚，都是要按輩分叫的。你滿耳朵聽去，都是爺奶爹娘姑姨叔嬸。再是官家的場合，比如村裏開會，也沒人叫大英什麼村長書記，這麼叫的，都是外人。有提名道姓叫的，那一定是長輩叫晚輩，或者是平輩之間互相叫。再或者就是做晚輩的和哪個長輩鬧翻了，不再把他當長輩待，明明白白地要造這個反。

問這村裏哪家姓大，他說頭一個當然是張家。大英就是張家媳婦，你想想。張家人丁最盛，在鄉村，人丁旺，門勢就強，全中國的村子你查一遍，自古如此。不過寶水還算不錯，張家雖然人最多，趙家徐家曹家也都不少。有的靠德行撐著，有的靠錢財撐著，有的靠手藝撐著，都有各自的體面，其他那些小姓，什麼安姓、劉姓、李姓，雖都是人單力孤，各派要拉攏人時，卻也都是主貴的中間力量。所以就總體的宗族力量來說，誰也不敢太過分，也就不太失衡，這就好多了。我說李姓在全國都是數一數二的大姓，沒想到在這裹倒成了小姓。孟鬍子道，什麼大杏小杏都是虛杏，自家樹上的才是真杏，不到這千家萬戶，你就不知道啥是百姓。朝身後指指，你看中掌這幾家，能住到這塊好位置的，誰沒點兒根基？一類是老輩兒留下的紅利。像秀梅的爹小曹的爺都是當過村幹部的——峻山是上門女婿，你知道吧？看我瞪大了雙眼，便笑道，看你跟秀梅扯得恁熱乎，還以為你早知道。秀梅爹是仨女無兒，秀梅是老小，就招了女婿進門。峻山老家是山西那邊的，條件還不如咱這。兄弟也多，能放他走。你看他多低調。一類是技術在手藝不壓身的，像趙先兒和徐先兒在村裹都算專家。我說徐世厚是村醫，算是技術。趙先兒那也算技術？孟鬍子慨然道，那當然算技術！這技術在鄉村那可是厲害著呢。他總有一套話，不管準不準，這套話可是叫你往心裹照的。說你前路亮，就能叫你高興。說你前路黑，就能叫你提心。要是再準個幾分，在這山溝裹，那就是一個不能惹也犯不著惹的活神仙，總是得敬著才踏實。何況他那長子趙順在外發了大財呢，多有說服力。怎麼發的財？聽說也可不容易。先是小打小鬧賣飲料啥的，後來做服裝批發，傍上了一個老闆的閨女談了戀愛，整天跪著表忠心，弄成了事自然就借上了力，成功實現了階層跨越。論起來，他這跟峻山差不多，實質上也是上門女婿。

便讚他果然對這村知得深透，不愧是專家。又扯起他當年做鄉建的緣由，他說當年在省師範學院美術專業學的建築設計，畢業後去當北漂，朋友介紹了一份工作，是掛在國字號名頭下的小城鎮改革發展中心下屬的鄉村什麼委員會又下屬的一個設計規劃院，他所在的是規劃院的鄉建團隊。其實從大牌子分支到最小的牌子那裏就沒剩幾個人。他跟著團隊全國各地跑了幾年，雖也戴著個項目負責人的帽兒，卻沒掙著什麼錢，項目款最多的村子也才給七八千，還常常是分期付，尾款必打水漂。雖然做得不疼不癢不飢不飽，卻把他單幹的心思養了起來。後來因為上頭的一場機構精簡，這個設計規劃院被簡得散了，他便自己成立了一個純民間的鄉村建設規劃院，把孟的諧音嵌了進去，叫夢載鄉建院。因著積下的人脈底子，三不五時地也能接些項目。在河北、四川、安徽都做過。

都很成功吧？

他苦笑一聲說，在他的意識裏，一個項目成功，少說也得九年。三年帶建，三年幫建，還有三年觀察。一般情況下，頭三年帶建時上上下下心勁兒足，他摟著抱著扶著走，效果都還不錯。難的就是幫建和觀察。幫建還在協議期，只是他的作用已經很邊緣，主要是根據各方面的輸血停止之後村莊自主運行的狀態，起點兒力所能及的輔助作用。最後的觀察期呢，實際上已徹底結束了和村莊的合同關係，觀察只是出於研究目的。所以呢——他又拖出了悠長的腔調——就這個指標去衡量，那些項目，一個成功的都沒有啊。都說失敗是成功之母，我碰見的可全是後媽。

我笑得被嗆了一下。老原安慰他說再堅持堅持，總有一天會認個親娘，說不定寶水就是。孟鬍子笑說，我也這麼想，反正在心裏是把寶水當親娘親的，把之前得來的經驗教訓都用上了，為了這個親娘，使上了吃奶的勁兒。前兩年是把民居改造和衛生狀況當成重點，兼做鄉村的社區營造，在這個過程裏重新建立村民對集體的認同感，迄今為止效果不錯，越來越有模樣。如今的重點就是利用好景區的輻射效應，整合好村裏的旅遊資源，用這根繩引客進村，讓條件成熟的人家轉型去經營農家樂順利變現。根扎著，葉長著，眼看著就要開花掛果，你們可不知道我這心整天是怎麼揪的。

說起當初怎麼相中的寶水村，他說縣裏讓他挑村時他就打定了主意，懷川雖是半山區半平原，平原村卻從不考慮。一是平原村的農業條件雖然好，項目空間卻不如山村大。山村的自然條件在審美上也容易出效果。二是平原村比山村富庶，做成後的增收幅度也不如山村做成後的能顯出高低。三是平原村也不如山村好做成。平原村四通八達，人們見多識廣，便也刁鑽油滑，心性比山區村複雜。兩相比較，總體衡量，山村底子薄人情厚，做成了就是有裏兒也有面兒，做不成也好收尾，自是佳選。

平原村怎麼就刁鑽油滑了？這話我不愛聽。孟鬍子連忙抽了幾下自己的臉，說口誤口誤，恕罪恕罪。不是刁鑽油滑，是玲瓏通透。笑了一回，便繼續說。山區村可選的也不少，之所以定了寶水，這裏的水他自然是相中了，也相中了這裏的老樹。老祖槐自不用說，此外，百年的柿子樹梨樹，二三百年的核桃樹，三四百年的油松，五六百年的皂角樹，在這裏都不稀罕。除了水和樹，另有頂要緊的一條是他也相中了大英的脾氣。這個村子能走到這一步，也是虧了大英的脾氣。我問大英是什麼脾氣，他說，還真不好描畫，反正就是典型的能幹事兒的村幹部的脾氣。撲得開，收得住，能應上，能管下，大事明，小事清。我說你這一串表揚，大英耳朵根兒該熱了。他笑道，當面可從沒說過這麼多好話給她，跟她共事就是叮叮咣咣幹仗。

正說著，他的手機響了，聽他領導長領導短地說了一會兒，掛斷後說是閔縣長，已是好些日子沒見，過幾天要抽空來看他。說一千道一萬，他能到懷川，能到寶水，最要緊的緣故還是閔縣長。他跟閔縣長是在中科院一個什麼部門召開的鄉村環保會議上認識的，他那時剛立門戶，為了尋找項目很是熱衷於跑會。閔縣長那時只是主管農業的常務副縣長，不到四十歲，很年輕。兩人一聊，閔縣長就請他來懷川看看，他隨即來了一趟，沒定下來做。閔縣長卻很執著，每年都請他，他也每年都來，兩人聊得也越發投機，可是直到前年初閔縣長接任了縣長，他才下定了決心。閔縣長的公示期剛滿的第二天，他簽下了項目合同。

我說你就等著人家升官嘛，也太勢利眼了吧？孟鬍子笑說這個我認，多少有點兒。沒辦法。開過太多會，見過太多領導，每個領導都說重視新農村建設，都說請我過去看看。可是真請過的人只有三成。這三成裏，只請過一次的人又佔了兩成。剩下的一成裏，能堅持每年都請我的，還有幾個？我不是個騙錢去的江湖混混，是真想做事，所以也得找到有誠意的領導。這麼多年的經驗告訴我，想要在基層做成事，村民、村幹部和主要上級領導缺一不可，尤其是主要上級領導。對，必須是主要上級領導。閔縣長要還是副縣長，我就還下不了決心。他當了縣長，按常規下一步就能當書記，我前面這六年就能做得有連續性，就能踏實。接著又讚嘆閔縣長懂行。怎麼懂行？一個領導，最懂行的表現就是懂得尊重行家。在場面上，我可以跟你們客氣客氣，也會說請你們指導指導，實際上你們誰都別指導。你們要是敢指導，我就敢撂挑子。他說簽協議時就特意另約了一條：地方政府應在垃圾轉運、交通保障、小流域生活污水淨化等方面盡力提供政策扶持，但一般情況下對項目的具體經營不進行干涉。我問，這麼大權在握，你能擔得起所有責任？他狡黠一笑道，咱能擔啥責任呢。只要上頭不瞎摻和，村裏的事就由村幹部和村民們做主。我和大英說，我和你們村幹部意見不一致，商量過後以你們的意見為準。你們和村民們意見不一致，商量過後以村民們的意見為準。說到底，這村子是誰的村子？還不是村民們的？我說，你既要地方扶持又不要人家干涉，既大權在握又不承擔責任，你說得似乎是明明白白，我聽著怎麼暈暈乎乎的。孟髯子笑道，暈乎就對啦，暈乎裏頭自有清楚。

不知怎麼的又說起秀梅的民宿過些天應「好兒」的事兒來，便問他該怎麼隨禮。孟髯子道，我可不隨。這些年，那麼多村子，要是都隨禮，那可有的隨。第一個村子我老老實實隨了禮，隨時人家也挺高興。後來發現隨一家就得隨百家，要不然就得罪人。他們本村人之間有遠近親疏愛恨情仇，隨禮都有高低，可咱這外人不行，尤其是有工作關係的外人，必須一碗水端平。可家家都隨碗碗端平也就等於零。打那起我才知道，人際關係這事，有厚有薄才能顯得出來，你全加厚了一層，那就等於一點兒也沒加，無用功。從此我總結了八個字：感情投入，經濟絕緣。到哪個村我都不再隨禮。我那兒備有紅紙，回頭寫副賀聯就成。老原恍悟道，怪不得你那裏還有紅紙。還以為你寫春聯沒用完呢。孟髯子道，春聯也寫，壽聯也寫，婚聯也寫，還能寫輓聯哩。

便又笑了一番。老原說之前他也沒在村裏隨過。我說，不管你們，我得隨。畢竟住了這麼些日子，打了這麼些天交道，都對我不錯。尤其是秀梅，整天跟我姐姐妹妹的。老原說，你要是想隨咱就隨唄，無所謂。不是啥事。隨多少？我說得問問大英。老原說這有啥可問的。孟鬍子說當然得問問。農村的事，我還以為你也懂呢。看來你是懂得粗，青萍才是懂得細哩。

我當即給大英打了電話，大英呵呵笑道，你隨多少，她還會爭不成？我說，爭是不會爭，可我整天跟著你屁股後面轉，誰不知道我是你的人。這種事，總得都在一條線兒才好。她說，那倒是。一般也就是一百塊，意思到了就行。秀梅在班子，沒少共事，比尋常要親近些，就兩百吧。

坐至深夜，孟鬍子告辭而去後，我和老原又在院子裏站了一會兒。抬頭看天，是純淨的藍黑，點綴著碎鑽般的星星。

看啥呢？他問。

看無限遠。

啥是無限遠？

就是讓視線往遠處看，能看多遠就看多遠。豫新說過，這對眼睛有好處。

一時無話。想了想，還是問出了口：你奶奶的事，是聽誰講的？

他側過臉來，在夜色中逼近到我跟前，濃烈的酒氣便包圍過來：你有腦子沒有？除了我父親講，誰還能跟我講？

酒氣衝得我有些頭大，乾脆繼續問：你父親那麼多年隻上墳不進村，是什麼緣故？

他的手突然伸出來，似乎是想要戳我的額頭，我偏閃過去。他空了一下，打了個趔趄，嘿嘿地笑了兩聲，又呵斥道：你還真是沒腦子呀！我剛剛說啥來著，不想提！給我記住，以後我不說，你就不要問！

我不再說話，自進廚房去收拾。聽得他腳步聲輕重不勻地進了「正月」靠外的那間，關門聲砰砰響。這麼多年來，即便是酒後以兄長的口氣教誨，他也帶著些戲謔，像方才那麼嚴厲地責訓從未有過，還挺新鮮的。品咂了一下，顯然不是因為當了我老闆所以肆無忌憚，而是更進一層的自家人的情態。好吧，那自然就得原諒他。

又是一夜無眠。感覺他也沒睡著。因他睡著了會打呼嚕。豫新在時，我們一起去近郊玩，返程路上只要他不開車就會睡著，睡著就會打呼嚕。天剛矇矇亮，就聽見了他起床的聲音，然後是上廁所，出門，車響。我只靜躺著不動。九點多時他發微信過來，說有事已回象城，清明前再回來。我回道：好。

18. 九奶家

第一次登九奶家的門是大英陪著去的。她說關聯著為村史館要東西，應當應分。要不陪著去，倒顯得我是在為公事賠貼私情，說不過去。不是我說——她說，村外頭你舞天舞地本事比我大，在這村裏，我的腰杆子還是比你硬上幾分的。我連聲說是是是，你的腰杆子比老祖槐的樹幹都硬呢。她就憨憨地笑起來。

提了一箱牛奶和一箱蛋糕。九奶正在院子裏坐著，閉眼曬太陽。大英喚著她，問她夢見誰啦？她慢慢撐開眼皮，開口道，來就來吧，還掂東西。大英說掂東西是為了要東西，不白掂。上回不是跟恁打過招呼了？要恁的老物件。這青萍算是保管，東西就是過她的手哩。

大英攙她進了屋，安嫂子領我去廂房裏看東西。沒有改造過的石頭房是小窗戶，光線不好，有一股陳舊溫意。挨一面牆堆放著些積塵落灰的老物件，有不少我都認得，眼生的多半是山裏特有的，比如旋柹架。架子不大，看著也簡單，安嫂子跟我解說了一番。一頭是三根鐵刺，用來扎柹子，另一頭就是一個搖把。旋柹子時跨坐在條凳上，這頭扎上柹子，一手握著旋柹子的刀，緊貼著柹子，另一手搖起搖把，讓刀片吃進柹子表層，把皮旋下來。我說這活兒看著不難。安嫂子笑道，上手才知難不難。是個巧活兒。會旋的旋個一淨面，不會旋的旋個滿臉花。

挨著另一面牆的是幾個高高紮起來的糧囤，我上前摸了一下，硬硬的，一股濃郁的小麥氣息撲面而來。安嫂子笑道，新糧下來，換出陳糧。年年倒騰一遍。九奶說這是雷打不動備荒年。

都什麼年代了，還備荒年。她這做派，可真像我的奶奶。

剛進去堂屋時，光線也很暗，慢慢就亮起來。正中靠牆是長條几，几前是八仙桌，兩邊各有一把太師椅。右下首是一條寬凳子上鋪著條被子，權當做了沙發。被子乾乾淨淨，被面上的花是最傳統的鳳凰牡丹，舊舊的不鮮亮，卻也因祛除了喧嘩和躁氣，呈現出毫無侵略性的沉穩暗弱的美。

九奶招呼我近到跟前。昏暗的眼睛定定地瞧著我，彷彿是第一次看見我。瞳仁中幽光閃爍，有一點兒神秘莫測的巫氣。我卻不大敢看她。老人的臉越老越相似。這是張和奶奶相似的臉。

這不是根兒家的？她突然道。大英拍掌笑道，恁看這火眼金睛。根兒哩？咋沒一起來？回城了。等他再回村，我跟他一起來。

嗯一起來，看著歡喜。又問我十幾了？十八。怪俊。我無聲地笑。大英說，你也別瞎高興，這個老太兒呀，看誰都是怪俊。還說我俊哩。

在大南坡有親戚沒有？這話是衝著我。剛答過沒有，腦子裏突然一閃，道，我奶奶娘家是大南坡的。她的眼睛裏也閃亮了一下，如幽井微瀾。你奶奶叫啥？一瞬間，我有些窒息。是不是叫迎春？我暗暗鬆了一口氣，道，不是叫迎春。大英搶白道，看看這老太兒，恁叫迎春就中了，還得叫人家奶奶跟著叫迎春？

哪有恁強霸。九奶悠悠道，小時候去大南坡姨家走親戚，姨家對門有個閨女也叫迎春，比我小幾天，就叫她小迎春。俺倆可要得來。這閨女的相貌還怪襲她。

土話裏像誰就叫襲誰。我笑了笑，在被子上坐下來，摸了摸，明明是棉布，因為時間的淘洗，手感居然接近於絲綢，卻又不像絲綢那麼滑溜，也因此比絲綢更可信。是的，不知道為什麼，我總覺得絲綢好看是好看的，卻是不可信的。我的衣服少有絲綢，僅有的幾件也是常在衣櫥裏空掛著。

如今又興了。九奶說。

我愣了一下，明白過來，她應該是說這些被面上的花樣如今又成了流行。

可不是呢，這叫民族風。有明星還把這穿到了國際電影節呢。

你要相中就拿走。相中啥就拿啥，都給你。

就都笑。大英道，你看老太兒把你給偏心的。又嗔怪，她個外人，咋恁偏她。

外啥，不外。

一時無話。就陷入了沉默。沉默著，沉默著，竟然聽到輕微的鼾聲。老太太睡著了。

幾個人都輕笑。大英示意我走。我們剛起身，老太太開了口：走呀？

哦。您睡吧。

她拄著拐杖非要送，被大英使勁兒攔在門裏，我順嘴誇她的拐杖好，她突然警惕道，這東西是要帶到棺材裏的，不能給你。大英忙道，不要不要，看把老太兒嚇得。

出了門，安嫂子親熱地抓住我的手說以後可得常來，老太兒可悅你了。我說她這是悅老原，捎帶著悅我。她笑道，這話也透。湊上前來，貼近我的耳神秘道，我早忖出來了，你道她在西掌口兒那裏等誰？那是專等老原哩。老原一回來，她咋就不去等了。大英把她的手撥拉開道，中了中了，就你心底兒清。趕緊回屋，離不了人。正說著，老安進了院子，穿著厚厚的藍色短款羽絨服，領子裏透出一點兒白邊兒，像是白襯衣。這穿戴在村裏算是講究的。接著我的眼神，微笑著點了點頭，問老原呢，說他這跑來跑去的，辛苦呀。我也點點頭。這話很有些客氣的，客氣裏還透著些矜持的殷勤，我便判定，孟鬍子已經跟他說了當廚師的事。

又寒暄了兩句，我們出了門。大英道，這老安兩口有些古怪，是求了你啥事？等我說了原委，便笑道，積極是有目的，落後是沒得夠。怪不得。我說你這眼力見兒真毒。她道，看了多少年的臉，誰挑一下眉毛我就能瞧出故事。對了，這會兒還早，咱們到村委會去，我把農具這事在喇叭裏給你吆喝一下。本想駁她一下，怎麼就「給我」吆喝一下，再一想便罷了。

19. 喇叭

如今這廣播早就不是喇叭了，只是個黑匣子，可大英還口口聲聲地叫著喇叭，也很習慣用喇叭。我問過她，現在手機微信群這麼流行，你怎麼不在微信裏說事？她說那是在城裏，人人都盯著手機看。你看這村裏，老人這麼多，整天看手機的有幾個？看手機的人肯定能聽見喇叭，聽喇叭的人可不見得能看手機，不過是使喚使喚喉嚨，又花不著話費，那幹啥不用喇叭哩？

她的聲音本就亮堂，被這擴音器擴散出來，就更像鞭炮似的：老少爺們，說個事兒。按照孟老師的指示，咱在村裏的老學校也佈置一個館，表現一下咱村的歷史，需要收點兒東西，主要是農具。知道啥是農具吧？就是咱下地幹活兒用的傢伙兒，犁啊鋤啊都中，扁擔籮筐，這都算。你們閒著不用的，挑出個一兩件，給青萍說一聲就送到老學校的教室裏。青萍就是地老師，她現在原根兒家看店，我就託她替咱村領了這樣事，人家這也是給咱村做貢獻哩。我估摸大家夥兒十有八九都見過她了。突然，她看了我一眼說：青萍，你來跟大家打個招呼。便朝我擺了擺手，示意我上前。

雖是意外，卻也推卻不得，我只好上前，對著這個黑漆漆的廣播匣子，居然還有些緊張。咳了咳嗓子，方才說道：大家好，鄉親們好，我是青萍。剛來村裏沒幾天，請大家多多關照。謝謝！轉臉再看大英，她居然在那裏無聲地笑，這才發現她在打趣我，只是這打趣的方式有些生猛。

她又上前接著說：都聽清了吧，東西就照著青萍的臉。這不是大事，家家都有。也不是小事，都出力才中。將來咱們可是要把這些個東西掛起來展覽哩，過些天客來了，要叫他們當成景兒看哩。他們沒見過這些，稀罕看！記真了：要舊哩！要舊哩！舊哩就中！

關了喇叭，大英笑道：真文氣。

我也笑笑。摸了下脈搏，跳得有些快。這是我第一次在喇叭裏說話。是的，和大英一樣，我也習慣把這廣播叫作喇叭。喇，叭，這種敞口字多麼形象。在幼年的福田莊，喇叭是一種特別威風且神秘的存在。只要耳朵還好用，這就是鄉村裏誰也躲不掉的聲音，是可以在任何時刻入侵到各個角落的聲音。裏面傳出的話似乎都是重要的話，說出的事似乎都是重要的事。誰家孩子考上學了，高中、中專、大專、大學都算，誰家要給孩子辦滿月酒，誰家要給老人過大壽，誰家要給亡人辦三週年，更別說男婚女嫁、起房蓋屋，都得通過大喇叭吆喝得全村皆知。還有那些涉及錢的事，交教育附加費，交電費，交什麼提留款，買化肥……有時候也不說什麼事，就是村長村支書在裏面訓人，也不指名道姓，只是指桑罵槐。過後村民們會在私下裏討論他在罵誰，因為什麼事。討論得津津有味。

很偶然的，大喇叭的聲音也出過圈兒。那個盛夏的中午，村長廣播過澆地的事後忘了關。午後，一切都被曬得蔫蔫兒的，很安靜。突然，嗯嗯嚀嚀哼哼哈哈的曖昧響動被擴散在村莊上空，既熟悉又刺激，既尋常又詭異。午睡的人們一激靈都醒了，有人跑到了街上詢問，有的家離村委會近，乾脆就跑去現場觀瞧。當事人是村會計和一個小媳婦兒，事情結束後，小媳婦兒還嬌嬌怨怨地說了一句：你吃了多少蒜呀。然後是會計氣喘吁吁地回答：晌午吃的蒜麵條。之後那個小媳婦兒上了一回吊，沒死成。會計被免了職，換了村長的本家侄子，村裏從此落下個「蒜麵條」的典故。

20. 早春花

漆桃花這幾天開得正好。其實就是野桃花，寶水人卻叫它漆桃花。它的粉是極淡的粉，陽光下遠看時竟像是雪白的，近看才會察覺到它的粉，粉中還含紅。花骨朵紅得最深，慢慢綻開的那些，就成了粉紅，開得再充分些，才成了粉。五瓣，細長的花蕊，稍稍往裏扣著，有些羞澀。開得最飽滿時，一陣風吹來，就落成了桃花雪。幾乎是同時，花柄和花托之間就萌出了小小的綠芽，葉子出來了。

每次散步我都會折幾枝插瓶。雪梅也有這個喜好，卻比我插得講究，每一瓶都能看得出輕重高低，疏密有序，俯仰得宜，如畫一般，且定要是白瓶子和玻璃瓶，越發襯著野野嫩嫩的好看。我誇她審美有天分，她靦腆一笑，說是網上學的。秀梅卻只看重這漆桃花的果子，說到五六月份時就能長成，跟個小青棗子似的，就再也長不大。吃是不能吃的，以前這叫不中用，近些年卻中了用，因為能成錢了。怎麼成錢的？果子雖沒果肉，那果核卻好。剝了皮，留著核，穿成手串，賣給遊客，可不就成了錢？自從摸著了這個門路，村裏人一到時節就都去摘這野桃子穿手串，往雲里村和雲下村送貨。人家轉手再賣給遊客。那不是叫人家給剝了一層皮？秀梅說那有啥辦法。過了人家的手，上了人家的攤，進了人家的店，哪能由著自己得利。手串是這，山楂核桃柿餅這些個山貨也都是這。說著眼睛裏就熱起來，要是咱們村以後也紅了，就不能由著他們剝皮了，說不定還能剝別人的皮哩。

野杏花跟著漆桃花的腳，開起來也是輕薄明豔，只是花期也短，風吹一陣子就散落了。和它一起開的山茱萸花期卻長，也是來寶水之後我才識了它的面，乍一看跟黃蠟梅似的，只是比蠟梅的氣勢要大。它是樹，開出來便是花樹，不管大花樹還是小花樹都披著一身黃花，黃金甲似的，每個枝條每朵花都向上支棱著，十分硬氣。且有一條，風再吹它的甲也不落。也是，隨便落的還能叫甲嗎？雲里景區有個景點就叫茱萸台，聽說原來叫磨石坡的，後來發現有很多茱萸，就改叫茱萸台了。導遊詞裏說是王維來過。來沒來過誰知道呢？孟胬子說，要想吃旅遊飯，在地名上咱也得隨行就市，這叫文化提升。加上文化這個詞，很多事情就顯得特別正確。

跟著這批花最早萌顯出來的還有燈台草，只是一個高，一個低，沒人去看這低的。剛出土的燈台草貼著地皮，雖是草，卻極像是花，嬌小玲瓏中，泛著嬌嬌嫩嫩的紅。它還有一個名兒叫五朵雲。幼時莖頂就生五葉，再長高些就歧出了五枝，枝上再開出黃中帶綠的花，花下還有五葉。總之它的花葉是離不了五這個數，這應該就是五朵雲的來由。五朵雲雖好聽，我卻更喜歡叫它燈台草。小時候受過它的害。有一回採了一把玩，回家後肚子和腿又疼又癢，鬧了兩天才好。奶奶仔細詢問，知道我碰的是它，就說，再碰就會爛腸子瞎眼睛。是毒草。按中醫的說法，凡草皆是藥，毒草也是藥。不過常人都是不知其藥性卻易惹了毒性的，那還是躲著點兒吧。

茵陳此時也搖身一變成了白蒿，蓬蓬蘢蘢地長了起來。雖不喜歡茵陳水，幼時我卻愛吃蒸白蒿。奶奶把白蒿一把把地掐回來，洗淨後裹上麵蒸熟，再澆上蒜汁，便滿口鮮腴。其他也罷了，最能顯手藝的是怎麼裹那一層麵，這層麵需得勻勻的，還需得不厚不薄，厚了粘糊，薄了不够提香。奶奶裹的那層麵，又潤又糯，如雪下透出的春草色。

抱著幾枝漆桃花從西掌的坡上下來，碰到張大包正在房後看他的香椿樹，樹不少，卻還瘦小，問他啥時候能掰芽吃，他說還早。路過九奶家，老安正和九奶在院子裏坐著，遠遠地跟我打了招呼。我便過去。九奶瞇著眼睛，盯著我懷裏的花看了半天，忽然問：小桃都開了？我說這是漆桃。早先也叫小桃。她說。又盯著我看，看得我有些不自在，便問安嫂子呢，老安說剛挖了點兒薺菜，正在收拾。便高聲喊了安嫂子手腳快點兒，先收拾一袋子出來給地老師呀。我也只好等著。片刻，老安果然開了口，說聽孟鬍子提了廚師的事，願意。工資恁看著給，多少不論。啥時候上班？沒想到他這麼直接。不過也好，能容我也直接。我說等老原過兩天回來再議吧。他是發工資的老闆，他說了才算。說話間安嫂子到了跟前，拎了個塑料袋子，滿當當的翠色，不容分說就塞過來。也只好接著。

到了老祖槐跟前又站住看了一番。這樹我聽趙先兒論過兩回，話路有點兒凌亂。他第一回說槐樹是吉木，聽音兒就知道，槐就是官，官就是槐嘛，古時候朝廷的三公就稱槐鼎槐位，名聲好的就說有槐望，住的宅子是槐第，所以你看為啥村委會門口這棵氣勢最好？出出進進都是官嘛，官槐相護嘛。第二回，他說這樹在這兒扎了恁些年，陰氣可不是一般的重，也只能長在這村委會門口才能壓得住，尋常人家哪裏降伏得了。我就問他，你一會兒左，一會兒右的，該往哪裏信。他說一事一議，還真不好說個準。像槐樹這種，尤其難說。種到這處就能得福氣，種到那處就是招邪祟。槐是啥？你看字兒就知道，是木中之鬼呀。不想大英剛好路過，當即斷喝道：你個老趙，沒事兒就能禿嚕張破嘴胡說，啥鬼？你跟我說說啥鬼？像咱村這麼粗的大槐樹，只能住神！趙先兒忙賠笑道，可叫你說著了。有神，有神。你看你看，三節兩壽咱們不是都供著呢嘛。我這才注意到樹下的小石台子裏還凹著一塊，上面陰刻著「槐神得位」，前門擺著個小石臼，想來是敬香用的。趙先兒瞄著大英的臉色，嘿嘿了兩聲，又道，大英，不是我說你，你這身份，嘴裏神來神去的，可不大合。大英眼皮兒往上抬了抬，緩聲道，咋了？趙先兒笑而不語，似想走開，大英道，半截話憋到半夜鬧肚子。趙先兒方才止步道，你這，封建迷信嘛。大英冷笑一聲，提高了嗓門兒道，這話任誰都好說我，就你不好說我。要說封建迷信，你這整天給人測字算卦看風水，不是頭一份兒的封建迷信？趙先兒急道，咱倆這不一樣。我這是專業。你能跟我一樣？你可是黨員，是書記。大英道，我是黨員，是書記，所以到我這兒就不是封建迷信，就是傳統文化。趙先兒道，中吧，那咱同是傳統文化。大英道，那你跟我說說，封建迷信跟傳統文化有啥區別？見趙先兒啞住，大英越發正了臉色說，我跟你說道說道。但凡是能往好處歸攏的，那就是傳統文化。往賴處歸攏的，那就是封建迷信。神呀靈呀，咱們自古都有這些個說處，根子裏的由頭就是給人安心的。就好比說，求老天爺保佑今年有個好收成，磕罷了頭，那就不去種地啦？該幹的活兒一點兒不能少，不過是磕了頭再去幹活兒更踏實。意思就是這麼個意思。你說是不是？趙先兒忙不迭點頭道，是是是。大英道：那你是往哪處歸攏呢？趙先兒訕訕笑道，那還用說。大英道，那我哩？趙先兒道，都是傳統文化，咱都是。大英方才啟動了步子，走了兩步，又回頭道，我跟你說，咱這四下坡裏荊條多著呢，閒了就去割荊條，跟著大曹學學編籮筐，別去給人家編辮兒。就是編也要看看是誰的腦袋，能不能够著叫你編。

跟著大英走了幾步，我讚道，你說得真好。大英早就掛著得意的笑，道，我也是學著呢。與時俱進呢。上頭不好應對，下頭也難打發。不學能中？就像方才，我不指教住他，難道還讓他指教住我？

中午用安嫂子給的薺菜包了一頓餃子，比以往吃過的薺菜餃子都鮮美。接下來就迷上了挖薺菜，一直挖到了三月三。這時節，山下的薺菜早就花開成了片，起了硬莛，就吃這一口來說已經算是老了，可山裏的薺菜卻還正是蓬勃壯嫩。三月三這天，薺菜是主角。和福田莊一樣，寶水也是要拿薺菜煮雞蛋的，「三月三，薺菜煮雞蛋，勝過仙靈丹」。這邊還另有一種說法：三月三是薺菜花生日。這還是頭一回聽說。福田莊的說法是「二月二，龍頭抬。三月三，生軒轅」。這麼看來，黃帝和薺菜花原是同一天的生日？

老安說，老規矩也是要戴薺菜花的。「戴了糧倉滿，不戴少銀錢。」戴自然是沒人戴，卻要放在灶邊，說是防一年的蟲蟻。那天我便冷水坐鍋，放了幾個雞蛋，又將薺菜連枝帶葉地整棵盤進去，開火煮了幾分鐘，放了些鹽，把雞蛋皮兒挨個敲了縫，又小火煮了兩分鐘，過了涼水，剝了蛋殼，擺在青瓷盤裏，又放了幾枝帶花的薺菜棵。白的雪白，青的淡青，綠的鮮綠，煞是好看。便拍了圖發了朋友圈。頓時點讚紛紛。有幾個朋友私信問在哪裏忙什麼，便乾脆統一回覆了，說在寶水村小住。有留言道，你這也是「升來升去升到農村」。這是豫劇《朝陽溝》裏的唱詞。我回覆道：嗯是升到底兒了。

21. 試菜

清明節前夕，老原回了村。之前就和老安說妥，叫他晚上來試菜。老安半下午就到了，自備著菜刀圍裙，說還是用慣了的東西稱手。我又叫了大英和孟鬍子過來，孟鬍子來後說，已定下了燴麵，過會兒就能到。我問主食是燴麵？就都笑。我方才想起大英講過的楊鎮長用燴麵碗喝酒的典故，就說你們整天喊人家燴麵，背地裏喊順了，當面也會喊禿嚕嘴。大英說喊禿嚕嘴咋啦，惹不了他。楊鎮長還是來檢查防火。我問怎麼又防火，大英說清明咋能不防火？草木還枯著，又到處燒紙，怕點了山林。等到七月十五就不用防啦，青氣重，不好燒起來。我疑道，明天才是正日子，今天就開始防？大英道，聽這就知道你農村的根兒扎得淺。老規矩是「早清明，晚十一」，清明節興往早裏提，十月初一送寒衣能往遲裏推。這幾天已經有人斷續上墳了。我問這個規矩是啥講究。大英笑道，誰知道哩。誰想這哩。你咋啥都要問個為啥。當過記者就是這？孟鬍子接話道，春捂秋凍知道吧？陰間也遵循這個理。先人們置春衣早，置冬衣遲，送錢也興一早一遲。大英道，這說法還怪在道呢。孟鬍子道，都稱咱是鄉建專家，這個典故都解不開，豈不是白頂了個名號。

老原讓著孟鬍子和大英在廚房外間落座，老安已經在裏間叮叮噹噹地忙了起來。孟鬍子悄聲對老原道，說是試菜，人家做得不如你的意，你難道還不用人家？老原看著我笑道，青萍說了算。我說要我說了算，那就用人家。咋說也當過十里八鄉有名的大廚，忙活了不知道多少席面，難道還玩不轉咱們這個小灶口。大英說，他那手藝不在話下。要緊的還有一層：到底是一個村的，知根知底，你們寬寬兒地待，他實實兒地幹。不管幹多長多短，都好來好去好說話，彼此放心。

楊鎮長還是和王主任一起來的，還是穿著迷彩衣。兩人手裏各拿了一根木棍。說是對節木。仔細看，砍出來的枝條疤處果然是兩側對節生的，很是勻稱。王主任說，品相上乘的對節木拐杖在雲里景區一根能賣五六十呢。對了，聽說咱村那個大曹磨拐杖是把好手。大英道，那人除了這點兒長處，別的都說不得嘴。砍不尖旋不圓的，甭提他。把他們倆手裏的木棍奪過來道，給青萍吧，抵咱今天的飯錢。就都笑。楊鎮長看到老原在開白酒，作勢阻攔道，這是啥陣勢呀。不喝了吧。大英說，咋啦，是非得倒進燴麵碗裏你才喝？又都笑。楊鎮長拍了拍自己的腦袋說，瞧我這賴名兒。大英問他方才去哪兒了，他說到兵冢看了看。還好，乾草清理得怪淨，沒有火引子，安全係數就高。大英說，年年到這時都叫人去清哩，咋能不好。我問兵冢是個啥典故，大英說是個大墳，埋著些當兵的人，村裏人就叫兵冢。逢到上墳時，墳地離兵冢近的人家都會去燒點兒紙。問她埋的人是什麼兵，她說總歸是解放前的兵。哎呀你真好問，先吃飯，回頭再說。

六個涼菜先上桌。三葷三素，葷菜是紅油耳根、自製皮凍和滷牛肉。素菜是拍黃瓜和蒸麵條棵，還有一個炸花生米。待酒入杯中，都讓楊鎮長開言，他稍作推辭，便舉起杯衝著我道，先敬青萍，敬你來到村裏做貢獻。這一桌子，要麼是本村人，要麼是工作關係，唯有你是外來客，還給村裏做著事。得先敬。我猶豫著舉起杯，老原說，她不能喝，我替吧。楊鎮長道，先別護著，叫人家自己說。我說，我真不行。你要真叫我喝，我就是假喝。楊鎮長笑道，沾沾唇就算。我便沾了沾唇，放下了杯。楊鎮長道，你還真是沾沾唇呀。老原道，她就是這，說真的假喝，就真的假喝。也是真不能喝，哪能都是燴麵碗的量哩。

就都笑。便開始吃喝起來。兩杯下去，楊鎮長臉皮鬆坦，口氣卻苦道，我現在可真是「酒聞大名」，燴麵碗喝酒成了標籤，還是強力膠水粘上的，看來這輩子難撕掉。撕不掉就不撕了。要說這標籤也不多醜，多少還有點兒英雄氣概，滿足一下咱男人的虛榮心。誰說起我就是：工作能幹，脾氣不賴，喝酒得用燴麵碗，可二蛋。

又都笑。二蛋是予城土話，意為二百五加渾蛋的綜合。我說以前常聽人說喝酒看工作，我這不喝酒的人真是不能理解。楊鎮長道，說實話，前些年喝酒跟工作還真分不開，喝酒看工作還真有一定道理。尤其是咱這工作，除了往上攀，就是往下派。不管上攀下派，酒都是根繩兒。你想，平常跟領導不好親近，開會分個台上台下，辦公室分個桌後桌前，這咋好親近？但是坐到一張桌上吃飯，一起吧嗒嘴，一起菜，這就好親近。喝酒時再一對一碰杯，一對一地說話，再是官腔這時也不恁官。他跟你說事，誇你也好，罵你也好，都屬私人交流，這時候，只要你水平够，只要你能利用這個機會，好了，這頓飯一定不白吃，酒一定不白喝。這個裉節兒領導叫你喝酒，你不喝？一喝九兩，重點培養。你不想叫重點培養？肯定得喝。不就是點兒酒嗎？只要喝不死人，熬過那一會兒難受勁兒，跟領導關係就進一層，有了默契。領導就把你記下了，這多重要。於他這是權力的化身，於你這是能力的化身，是各種投射和證明。所以有說法：賭攤最薄，酒攤最厚。酒不是酒，放啥啥有。往下呢，就是跟村長村支書們打交道。那時候還不興八項規定，人家請你吃飯喝酒，你能不去？不去就是看不起人家，以後就難進那個村。寧可胃上爛個洞，不叫感情裂條縫。不論酒飯好賴，你都得去。哪怕十塊錢的酒配鹹菜呢，也得去。喝到了得勁時候，咱跟人家在酒桌上派活兒，人家會說，老弟，不要說了，這事兒誰要是不給你辦成誰就是你兒。反過來，人家在酒桌上跟你說事，你也免不了要承諾，承諾罷了，不後悔？也後悔。可當著那麼多人，要是說話不算數，就會落下把柄，被一圈人恥笑。這個可不好受的。粗俗環境下，人吃這一套。要說，過後服個軟，這不中？跟人家說酒話不能當真，這不中？說實話，還真不中。絕大多數人拉不下這個臉面。多少工作就是這麼推進的，多少事就是這麼辦成的。

老原也舉杯敬過去道，句句真言。喝酒這事，還真是一言難盡。我這半輩子，不知道經見過多少酒局，如今又在象城開著個小店，自己喝得多，看人喝得更多。要說也不是個多大的事，就跟個遊戲一樣，大家也都嘻嘻哈哈的，可裏面有多少嚴肅內容，那是誰喝誰知道。

三人一飲而盡。放下杯子，楊鎮長長舒了一口氣，說好在近些年這風氣大改了。自從有了八項規定，算是給了幹部們一個硬邦邦的靠山，都知道現在酒這事要是喝得不對，那就是毀前程。臉面跟前程比，就是雞蛋碰石頭，輕重分明，就少受了可多難為。這規定啊，不知道保護了多少幹部，健康了多少身體，和睦了多少家庭，我要打心眼兒裏讚一聲：真卓！

就又都笑。

扯了半天都沒有扯到點兒上。快說說燴麵碗喝酒的事。大英提話，又對我眨眨眼。這是替我催呢。楊鎮長笑道，急啥，慢慢說唄。不慌不忙地給自己和老原滿上，悠悠道，故事不是一氣兒講完的，喝酒也不是一下就用碗的。我這酒量，自打第一回醉過後，起初是看見小杯杯都害怕的。大學畢業頭一年，回到縣裏就先被打下鄉去鍛煉，吃喝風正盛行，領導們的口頭禪就是那句喝酒看工作。那時咱這沒出息，既量淺還臉紅。偏偏還興個說法，「紅臉蛋，梳小辮，眼鏡片」都是大喝家，就也沒少灌我。逢喝必醉，醉一回兩天爬不起床。還真是耽誤工作。咋應對喝酒就成了我的心病，愁死個人。有一回，看見有人從酒局出來跑到花池邊出酒「澆花」，才開了竅。原來像咱這種天生小量的，出酒量就是喝酒量，只要會出就會喝。我就悄悄練，練了幾年就達到了隨心所欲。就到了那一回，和一個小同事去燴麵館吃飯，他年輕氣盛，挑釁我。先是一人一瓶，我沒輸。他又說拿碗喝，我說那就拿碗喝。其實不是那種大燴麵碗，就是中號碗，他倒了一碗先喝乾。酒場如戰場，這時候絕對不能輸。我閉住氣，像喝藥一樣一飲而盡，喝完了還坐了五分鐘，才去出酒。出酒回來，看他已經癱到地上了。我一個人弄不動他，就叫服務員跟我一起把他送回了家。我們喝酒的場景也被這個服務員從頭到尾看著，大開了眼界，就逢人說項。飯店可是個信息發佈中心，一時間傳播開來。說起燴麵碗，都覺得肯定可大，我也懶得分辯。傳言總是誇張的，誇張也總是能給人帶來快感的，無論是當事人還是傳言人。兩天後，那孩子的爹找到了我，說孩子回家人事不省，整睡了兩天，孩他娘也哭了兩天。俺們可就這一個兒啊。我瞬間出了一身冷汗。萬一呢，不敢再想。從那以後，拼酒這事我就寧可認。我匯通了一個理：別人逼我多喝，也必然得多喝。只能我少喝，他才能少喝。不過，燴麵碗喝酒的名聲也有一樣好處，沒人在喝酒這事兒上再敢低看我，這樣也嚇退了不少人。也算是以毒攻毒，以喝止喝吧。

話說著，酒喝著，老安也把熱菜一道道上著。先是山韭菜炒雞蛋，綠的鮮綠，黃的鮮黃，一上桌就剩了盤底兒。大英說，要是香椿就更好吃。老安道，頭茬香椿還得月把地才能下樹。接著是香菇肉片和酸辣土豆絲。四扣碗上來得很隆重，一個方盤子上四個扣合的小碗，打開的瞬間熱氣蒸騰，是酥肉、腐竹、蓮夾和滷豆腐。都是先炸後蒸，醇厚鹹香，菜味地道，眾人稱許。老安給每個人都端了酒，接著去忙活。又上了一道乾炸魚塊，最後是一大盆清燉土雞，吃肉喝湯都有了。主食是酸湯麵葉，還有剛出鍋的熱饅頭。六個人，十二個菜，葷素各半，酸辣鮮鹹都有，菜量不小，卻也沒剩下什麼。可見老安做飯還真是有譜的。

「懷川醉」喝了一瓶半，四個男人，王主任要開車，沒沾杯，那孟鬍子、老原和楊鎮長每人喝了有半斤。這也只是勻著算，目測是老原和楊鎮長喝得更多些。但這兩人顯然都遊刃有餘。飯後一支煙的工夫，楊鎮長又問孟鬍子請閔縣長的事，孟鬍子說答應是答應了，還沒定具體時間。大英說，那叫他趕快定呀。就都笑。說多少大事等著領導呢，咱這事就不算個事。大英說，那要等到啥時候？他那麼忙！楊鎮長說，估摸著這兩天就能定。不管他來不來，咱只要他定個時間就中。大英又道：他定時間還不一定來？那叫他定啥時間？！又都笑。我說，他定的時間他就得負責嘛。孟鬍子指著我說，你看，人家青萍多懂。他定的時間肯定會盡力來，就是來不了也得有個像樣交代，起碼也得派個副職來。咱們村裏的活動，有一個副書記或者副縣長來，不就是很有體面了？

出門時，楊鎮長的步子依然很穩，卻也明顯興奮著，摟著老原的肩膀，用手捂住半邊嘴巴，以人人聽見的悄悄話道，原哥，上墳得趕大清早去，沒人看著，能好好燒紙。再遲會兒就只能壓紙啦。

送走了他，大英和孟鬍子也告了辭，等老安收拾完了廚房，老原把他叫到堂屋，誇了幾句，讓他琢磨著定個菜單。老安說，我早想了，既然客來到的是咱山裏，那咱主打的就得是山裏特色。就說野菜吧，薺薺菜、菊花苗、木蘭芽，接茬都有，晚春時還有荅蔥，到夏天做乾炸花椒葉，外邊也難吃得到。就叫他們吃這些。山西陵川那邊木耳、香菇、小米都是又好又便宜，離咱們又近，叫他們送貨來，樣樣現成。主食少不了鹹米飯，我做出來保證叫他們吃一碗想兩碗。還想細說，被老原截住了話頭兒說，反正這一攤子都是你主事，你就尋思著。邊尋思邊調整，盡快到位。你買啥東西就朝青萍支錢，留個明細底兒。老安問啥時候正式開始。老原說，等清明假過罷個十來天，四月中吧，到時咱就開始算工資。我估計五一咋也該上點兒客。不過說到前頭醜話不醜，本鄉本土的，咱這生意你知道，客肯定是多少不勻，一年裏旺淡各半就算不錯，工資也得按淡旺季，淡季雖沒客，好在天一冷十里八鄉過事兒的也多，你這手藝也不少掙。老安連連點頭說中中中。聽我說要簽個合同，也連聲說中中中，簽簽簽。法律社會，簽合同好，好得很嘞。

把老安送到門口，我和老原一時無話，有些尷尬。便問他來時去看九奶了沒，他說看過了。又說九奶也問起你呢，說下回咱倆一起去。我說好。老原看了看天道，空氣還真是好。我嗯。他又道，明兒咱一起去上墳吧。你先跟著我上，我再跟你上。我說我這邊遠，你別跑了。老原說，正好要回象城辦事兒，還得買點兒東西。咱就一輛車唄，省點兒油不好麼。我說好。

22. 願語

清明前後的睡眠總是比平日裏更差，基本上就是合不住眼。房間那頭的老原倒是睡著了，呼嚕聲間歇傳來，卻也不顯得聒噪。偌大的院子平素裏只我一個，人氣兒嚴重不足，有他還是不一樣。更何況他又不是一般的人氣兒。

六點剛到，老原就起了床，我便也跟著起來。匆忙吃了兩口飯，便先去原家墳。路窄處下了車，一前一後走著，路面不平，褲腳擦著草木乾枝簌簌作響。我磕絆了一下。老原回身看了看，便站住，等著我上來，並肩而行。

墳頭不多，都立著小小的碑。有的墳前還有新鮮的紙錢灰燼，我問老原是誰來上過墳了，老原說不可能。近鄰還有別家的墳，人家上墳更早，或許前兩天就上過了，應該是風帶來的。他往東北方向指了指說，那邊就是兵冢，給兵冢燒紙的不少，興許就是那邊的灰。又說平白無故去給別人家上墳，這在鄉里很忌諱。聽說前些年別的村為這事還打過官司呢。兩家平日裏交情不錯，墳地也離得近，早上墳的這家孩子長年在外上學，給自家上過了墳，看袋子裏的紙錢還留了一些，就走了幾步，給那家墳地也燒了一些。那家來人看到了大惱，說你這是咒我家沒後嗎？欺負人啊。這邊傻小子還覺得自己在做好事兒呢。後來鄉裏的司法所好一陣子調解，還是傻小子給人家道了歉，這邊才撤了訴。

也有例外。兵家就是。一會兒咱們也去那邊燒點兒紙。他說。

看著老原走向最頂端的墳頭，乾站著似乎不妥，我猶豫了片刻，便跟著過去，用樹枝畫個圓圈，擺上供饗，再燒紙錢。因為奶奶的諄諄教誨，我對這一套程序相當熟悉。比如燒紙時一定要畫圓圈，把紙錢燒在圓圈裏。比如在墳前的公共道路上也得燒點兒，給孤魂野鬼們一點兒零花。再比如紙錢一定要燒淨燒透，不然到那邊就是殘幣，花不了。燒時也一定要開口出聲，叫祖宗們聽見。這時候的說話不叫說話，叫願語。願語的內容除了報告自己的近況，還要祈求他們保佑這邊的日子一切順遂。

為啥要願語？我問奶奶。

那邊沒啥事，他們或許在睡呢，或許在串門呢，你一聲不吭，誰知道你來了？

為啥非得畫圓圈？

圓圈的意思就是描個盆，好裝錢的。你要不想畫圈，下回帶個盆去。

這紙錢到那邊真能花？

要是不能花，世世代代弄這幹啥。

祖宗們真能保佑咱們？

那還用說。

他們要是那麼能，為啥不在那邊自己造錢花？還得咱們這邊給他們送？

你這閨女就這點兒最鬧人，連環問，問連環，不沾弦兒的話，咋就那麼多！

可老原沒話。便在沉默中，一個墳頭一個墳頭拜過來。在他爺爺墳前停留得最久，碑上兩個名字都很清晰：原德茂、原楊氏。這麼看來他奶奶該是姓楊。立碑人的落款先是原福久，下面又排著三個名：原承功、原承文、原承遠。老原小名是根兒，兩個弟弟的小名兒呢？他說，老二叫樹，老三叫林。根，樹，林，我默念。先是扎根兒，然後成樹，接著成林，內在的邏輯關係還挺嚴密。

一切程序進行完畢，我方才問他上墳時為啥不願語，他說，心裏有話就中了，非得用嘴說？又道，聽你的，願語願語也中。便清了清嗓子，衝著墳頭們揖了一揖道，列祖列宗長輩們，清明了，給你們送錢糧來了。你們該吃吃，該喝喝，該買啥就買啥。我身邊這是青萍，也來給你們上墳了，以後會經常來給你們上墳的。我瞪了他一眼，沒出聲。出了墳地，我才道，誰叫你說我了，還攀扯得那麼長遠。他道，你看你，一會兒叫說，一會兒又不叫說的。真難伺候。

又走了一段路，便到了兵冢前。果然是很大的一個墳頭，沒有碑，卻修得圓飽，周邊雜草也清理得很淨。紙錢的灰燼不少，墨黑團團，隨風四散。我們把餘下的紙錢燒掉，便原路折返。

車行到停車場處碰到了曹建業，帶著一雙兒女。兒子曹陽在懷裏抱著，趴在他的肩頭，還在睡覺的樣子。老原停住車，跟他打了個招呼。女兒曹燦拎著大黑塑料袋子，想必就是香燭紙錢。小姑娘垂著眼眸，一副專心看路的樣子，眼皮兒紅紅的，像是噙著淚。

23. 叔叔

下了山一路向南，過了予城中心城區繼續向南五公里，就到了福田莊的地界。在村外西北的地家墳，叔叔早已經坐等在地頭。他微叉著腿，兩隻胳膊放在膝頭，愣愣呆呆的，儼然又是一副愜意樣。每次都是這樣，他早早地坐等在地頭。只要坐在地裏，屁股底下從來什麼都不墊，那樣子就是一個農民。沒錯，如今即便住在泉湖社區帶電梯的單元樓，也難改他是一個農民。

便把老原介紹給叔叔，老原謙恭地跟叔叔打了招呼。叔叔笑笑，嘴唇抖了抖，似乎想說什麼，卻終是沒出口。便走在前頭，朝著墳地去。

遠遠地，我看到了七娘。她家的墳在更西邊，看樣子已經上完了。偌大的田野一覽無餘，她肯定也看見了我。躲是躲不過的，那便只有迎頭而上。

老鱉啊，又等你的大侄女哩。七娘朝我和老原瞅了一眼，先和叔叔打趣。叔叔這小名連累了我們一堆晚輩，小時候，村裏人稱呼我們幾個時，都帶上了「鱉」字。堂弟地厚被叫成了鱉兒子，弟弟地坤被叫成了鱉侄子。我自然是被叫作鱉侄女的。好在逗女孩子的還是少。堂弟和弟弟出去玩，額頭上多半都會被畫個烏龜，卻從來沒有人畫過我的。後來我才意識到這其實是一種婉轉的輕視。男孩子是因為身份主貴才有人願意跟你開玩笑呢。

地壯、地寬、地厚、地坤，這些名字起的，跟兄弟四個似的。我問父親為啥不叫地廣，父親笑了，說地廣後面就是「人稀」，那怎麼行。

如今見著七娘，幾乎都是上墳時候。眼見得她一年更比一年老。

回來上墳呀萍。

嗯。這是上完了？

上完了。

貌似都是廢話，可說出來確實也就不是廢話。她家和我家挨得近，她又跟我奶奶格外親厚，沒事常來我家坐，跟她說過的廢話不知道有多少。她拉著我手拍了兩下，眼裏似乎又要有淚。十二歲時回到象城，每次再回福田莊，她都是這麼拉著我的手，說長高了長壯了，或是胖了瘦了白了黑了，最是熟稔。父親和奶奶去世後再後來見著我，幾乎每次都會哭，即使沒哭也會有哭的表情，而我總是不容她放縱淚水就會匆匆離去。大概是婚後起，再和她見面時，我方才能和她如常寒暄應答，能露出哪怕是最敷衍的社交笑容。

我只沉默著。終於等到叔叔叫我。七娘用手背擦擦眼睛，揮手道，趕緊去給你奶送錢，晌午飯正好叫她吃上你帶來的好供饗。

奶奶去世時是七娘當的女知客。後來聽村裏其他人說，在奶奶病重期間，七娘就一直在奶奶床前守著，沒黑沒白。這是贖罪哩。他們說。

這個老太太對你，很不一樣呢。豫新頗有些疑惑，曾問過我，是不是因為她跟奶奶關係好，見到你就會想起奶奶，所以才這麼難過？

我朝他笑笑，表示首肯：對的。聰明。

叔叔在前，一邊一高一平地走著一邊說，七娘的大兒子去年冬天沒了，在紙廠當過副廠長那個，叫秋旺的，你記得吧？腦溢血，沒搶救過來。她這也是白髮人送黑髮人呢。我嗯嗯應著。問春旺呢？叔叔說，也可長時間沒見到了，聽說是在市裏哪個批發市場開了個小店。又道，你還記得他叫春旺哩。

我沉默。這個春旺，他結婚的第二天是我父親的忌日。怎麼會忘。

跟著叔叔，從北往南，按照輩分上起。最北邊的墳頭是老老爺的，看起來最大，其實也不大。童年的記憶裏，墳頭似乎都很大。似乎是隨著墳地遷來遷去，墳頭也越來越小。又似乎是隨著我年齡越來越大，墳頭也越來越小。

上墳也是有私心的，那些未曾謀面的祖宗長輩，我上得就是例行公事。到了奶奶和父親的墳前，總是要特意多燒一些紙錢，多擺一些供饗，多待一會兒。

奶奶的墳，是的，只是奶奶的墳，這個墳裏，沒有爺爺。儘管碑上刻著他的名字：地紹功。

父親去世那一年，叔叔請了一位有名的風水先生去地家墳擺置，那位風水先生看到爺爺的墳時，當即就說，這一門兒裏的人腦子都好使。又說了一句：這是個空宅。是個衣冠冢吧。

沒有人應他。在鄉村，一件不吉之事被說中，回應它的常常就是沉默。

奶奶在碑上的名字是地王氏。王氏，不，這不是她的名字。這只是那個時代對女人的普遍簡稱。而我的奶奶，她本有著一個很好聽的名字，雖然也很普通：玉蘭。

24. 有爛磚，沒爛牆

爺爺讀過幾年私塾，用奶奶的話說，是一身好文化。他會寫一手好字，還打得一手好算盤。因為這一身好文化，他年紀輕輕就到山裏一家煤礦當了賬房先生，被老闆的族親相中，把獨生女兒許了他，這就是我奶奶。八路軍過來時也相中了爺爺的好文化。他就參了軍。雖是四處打仗，其實也沒走多遠，兜兜轉轉的，一兩年間總能回來個一兩趟。父親之前，奶奶還懷過兩胎，都沒養成。她說過那兩個早夭的孩子：一臉皺紋，小身子跟個大老鼠似的，男人一隻鞋就能裝得下。得的都是四六風，一個是第四天，一個是第六天，孩子的胳膊腿兒就開始抽抽，咬牙瞪眼，我一看就知道這又不中了⋯⋯後來才知道這叫臍帶感染。不會消毒呀，多傻。

兵荒馬亂的年月，村裏的幫派此起彼伏，有人當紅軍，有人當國軍，有人當漢奸，也有人是小打小鬧地偷摸，還有人當土匪去明目張膽地搶訛。在第一次解放和第二次解放之間的幾年間局勢更亂，奶奶勤謹恭敬地侍奉著公婆，提心吊膽地候盼著爺爺，日子過得如履薄冰。外人且不說，其他兩支族人就沒少來欺負。很多個夜晚，奶奶透過窗紙上的小洞看著那幾個熟悉的身影揹走掛在牆上的玉米辮子，摘走剛剛變紅的棗子，拿走垛得整整齊齊的柴火。她屏住呼吸，大氣兒都不敢出。有一年沒收成，奶奶在墳地的間隙種了一點兒紅薯，也被他們刨得精光。

你咋知道是他們刨的？

看他們家小孩兒端的碗就知道了。吃紅薯屁也多，那些天他們家淨放紅薯屁。沒種紅薯，哪放得出紅薯屁。

你咋知道是紅薯屁？

又多又臭，那還不是紅薯屁？放屁時上頭也會打嗝。

每當聽奶奶講這些陳年舊事，我都會氣得臉紅脖子粗，吼叫著我要報仇我要報仇！奶奶看著我的樣子，笑得不行。挑起了我的火，她又開始滅，說都是過去的事了，老賬不能算。再大仇氣，也都是姓地的。有爛磚，沒爛牆。唉。

多年之後，我才多少有些明白了奶奶的這聲嘆息。以彼時的情況，作為家族的弱勢存在，只要人家不是大白天來你家搶劫，這就是留了餘地。以彼時的狀況，當你沒有實力撲上去和對方撕個高下時，就只能容留甚至珍惜這種餘地。只有這樣，當受到更蠻橫的外在侵犯時，你就尚處於一個家族的整體性中。哪怕只是暫時的整體性，也能讓你在這個整體性中獲得些微寶貴的安全感。而親這個字，似乎天然就意味著一筆糊塗賬。這筆糊塗賬，自古至今沒多少人能算得清。當然，算不清也不妨礙總有人前赴後繼地要去算，各有各的賬本，各有各的算法，各有各的盈虧。或許也正因為算不清，才算得更有意思？

父親是新中國成立一年後出生的，他快一歲時，爺爺回家了一趟，住了幾天就跟著隊伍又要開拔。奶奶問，不是說都太平了麼，咋還要走？爺爺說，大面兒已經穩了，還有些零星火要滅一滅，很快就能料理妥當。到時候我就回來，再不走了。咱們好好過安生日子。壯的官名就叫解放吧。

爺爺走後兩個月，奶奶發現自己又懷了孕。懷孕五個月時，她收到了爺爺寄來的第一封信也是唯一一封信。又三個月過去，消息傳來，爺爺在解放大西南的一仗裏中槍而亡，和幾個戰友一起被埋在白水河邊的一棵樹下。

奶奶哭了兩個月，直到叔叔出生時，才止住淚。

哪能光顧著哭，還得養孩兒哩。她說。

淚也哭乾啦。她說。

叔叔的小名兒叫寬，官名叫勝利。三歲那年得了小兒麻痹後落下了殘疾，奶奶又給他改名叫老鱉。頂個賤名好成人，名賤人不賤。奶奶說。

沒過多久，村裏定成分，我家被定成了貧農。鬧得最厲害時，村裏有幾個富農連命都稀里糊塗地丟了。奶奶說，你爺是用他自己這條命來保佑咱全家哩。

我家大門的門楣上被釘上了一個長方形小木牌，用紅漆正楷寫著「光榮烈屬」。日子好起來後，每年春節村裏都會送來兩斤五花肉，很久之後我才發現，用這兩斤肉做的菜，奶奶從來沒有動過一筷子。從來沒有。

25. 老宅

上完了墳，叔叔讓去家裏吃飯。我說還得去象城給豫新上墳。叔叔看看老原，也便罷了。但得把他送回去，這是最起碼的。老原啟動車，我問叔叔打村裏過還是村外過？叔叔說，打村裏吧。我讓老原開慢些，否則一腳油門就踩過了村。

東半拉已經拆完，被長長的圍牆圈了起來。遠遠地能瞧見正在慢慢移動的塔吊影子。殘留的西半拉看起來也似是而非，一片模糊。街上沒有幾個人，沿街的房子都蓋得很堂皇。叔叔像個解說員似的播報著，誰家翻蓋花了多少錢，如今租金多少。快到老宅時舊日眉目才清晰起來。錯對過就是七娘家，她家院子裏有棵棗樹，正是一片嫩黃。「棗發芽，種棉花」，棉花也快該下種了吧，如果還有人種的話。

到老宅子邊上，我讓老原停下，三個人一起默默地看著那房子。周邊全是新房，只有這一座老宅。都說我家運氣好，老宅恰臨著路。其實也沒有那麼巧。它本是周周正正的五間，被規劃中的綠化帶佔去了兩間，扒掉的兩間露出了西山牆，牆上還有個大窟窿。綠化帶還沒有修起來，在周邊新房的映襯下，尤為殘破不堪。

幼時的福田莊，村裏還沒有蓋樓的人家，我家的房頂是街坊四鄰裏最高的。我興致勃勃地爬過幾次堂屋的房頂，也有這個緣故，好跟小夥伴們說嘴誇耀。先順著梯子爬上院牆，再順著院牆爬上房頂。房頂上也有具體目標：去採摘已經長成的胖胖瓦松。瓦面上已經有了一層薄苔，怪滑的，我踩得很小心，可是聲音還是格外大。咯嘣咯嘣，脆生生的。瓦松越來越近，眼看我的手就要够著了，突然覺得背上涼涼的，回頭一看，奶奶正站在院子裏，死死地盯著我，攥著拳頭，臉色青白。

快給我爬下來！她聲音不高，卻很惡。我不理她，還去够那瓦松。

你不爬下來，我就爬上去。她說。然後扭著小腳走到梯子邊，作勢要踩。這個我怕。不是怕她真爬上來打我，而是怕她摔著了自己。她那老胳膊老腿兒，摔著了可怎麼辦。

好吧，我就爬下來。可往下爬比往上爬要難，需得腳指頭摳抓著瓦，一點一點磨。聲音還是很大，咯嘣咯嘣，好像隨時要碎。好不容易爬了下來，她的掃帚也落到了我的屁股上。一邊打一邊狠狠嚼罵，你個賴孫，有本事就坐在那上頭別下來，摔斷了狗腿看你將來咋找婆家！

在房頂上能看見啥？有一次，她問。

啥都能看見。

胡說。

不信你也上去看看嘛。咱家房子最高，能看得可遠。

也是，咱家的房子就是高。她得意了起來。只是得意了一瞬間，神情便又黯淡了，說，要不是你爺是烈士，就這大房大屋，咱家還能定上個貧農？

……

走吧。甭看了。等翻蓋罷就好啦。肯定卓得很。叔叔說。

老宅子很快消失在倒車鏡裏。問叔叔東半拉正在建的是什麼，他說聽人議論是一所學校，不是公家的，是私人的。破土動工時還有市領導來哩。我在手機上搜了一下，果然有這條消息。這所學校掛靠在一所赫赫有名的高校名下，總部設在省城，好幾個地市都設立了分校區，發展勢頭咄咄逼人。叔叔感嘆道，政府這是把東半拉找了個好下家。咱這西半拉地方也不小，想找個好下家也不易。這兩年估摸是難，所以咱得趕緊翻蓋。

拖拖也好。他又說，這半拉要是也拆完了，咱村就真沒有啦。

這麼大一個村子，以後就消失了？沒有了？儘管已經消失的東半拉無比確鑿地印證了這個論斷，可一想到村子完全沒有的情形，我腦子裏還會有短暫的空白。那麼，以後，還會有人知道福田莊嗎？沒有了福田莊，還會有誰知道有一門姓地的人家在這個村裏過了那麼多年日子嗎？

一出村便可以看見北向不遠處一片灰蒙蒙的樓群，那便是泉湖社區。聽叔叔講過這社區名兒的來源，說開發商不是要在靈泉那裏建別墅麼，他們最初定的名兒是湖泉別墅，給咱們社區定的就是湖泉社區。村裏幾個頭腦人一合計，不答應，你說是先有湖還是先有泉？應該泉在先嘛。還有，泉湖泉湖，全乎全乎，多好。再說了，啥家都叫他們當了，咱們還不能定個這？到底依了咱們。別墅也改過來跟著咱們叫泉湖別墅了。我問，你也是那幾個頭腦人裏的一個吧？叔叔說那能不算上我？

把叔叔送到樓下，嬸嬸已經在單元門口等著了。說已經做好了飯，非要拉著上去。見我拒辭，就上樓去拎了一個熱氣騰騰的袋子下來。原來是馬齒菜鏊子餅。她說，你奶說你好這個。這是頭茬的馬齒菜，在麥地裏尋了半天哩。如今野菜可是不太好找，用的除草劑太多。野菜都是草，除的就是它們。

給豫新掃墓時，從始到終我沒說一句話，老原也沒說一句話。直到車進市區他才問了句：去哪兒吃飯？我說不想吃了。他說總得吃點兒。我說家裏有。我隨便做點兒，你別管了。他沉默片刻說好。什麼時候回村你等我消息，我到時候給你打電話。我說好。

26. 在

進家門的第一件事就是大哭一場。

一直不離開也就罷了，一旦離開，且離開了這麼些時日，再進到這棟屋子，往昔的一切頓時如潰堤的洪水，既新且舊地奔騰而出，千軍萬馬般撲面而來，似乎要把我碎成齏粉。

照片上的豫新還是那麼安靜。如果能從照片上下來，他也就是這個樣子。婆婆去世後，家裏安靜了許多。豫新去世後，更安靜。久久地，我和郝地會陷入沉默。安靜彷彿是他們留給我們的最後禮物，他們用這禮物無聲無息地包裹著我們，陪伴著我們。

這張照片是他最常用的證件照：家常的白襯衣，黑框眼鏡，微微笑著。鏡片有些反光。問他怎麼不去做近視眼手術，他說近視的醫生多了去了，你見過有幾個做這種手術的？你將來要是近視了，我也不贊成你做。我說原來這手術是只哄外行的。他沒有順著我的話茬開玩笑，嚴肅道，這當然是醫學科技的發展成果。選擇做的人有做的需要，工作需要，職業需要，審美需要，心理需要，這些都是需要。只要需要就可以去做。我是沒這些個需要。另外，這些身體器官能不動就別動，還是原裝的最好。涉及專業領域的話題，他就會鄭重解釋，彷彿我是個小學生。

結婚後，豫新和婆婆對我更寵。如果說之前的寵還有些對友鄰的表面客氣，成為一家人後，這種寵很快由表及裏，直至表裏如一。豫新的工資獎金和外快全都上繳給我，婆婆一分都不沾手，當然我也沒那麼混帳，該給老太太的也很大方。家務活幾乎不用管，好吃好喝都先盡著我，生活習慣上也是十分縱容。比如回鍋肉我喜歡吃不辣的，婆婆做這道菜時就是兩盤，一盤辣，一盤不辣。比如我只要下班回家就要打開電視，哪怕不看也要聽音兒。婆婆也是一個安靜的人，對此卻從無異議。我還有事沒事都要神經病似的唱幾句不著調的歌，她也都笑瞇瞇地任我唱。偶爾我興致不高，沒了動靜，她就會有些擔心地問我怎麼了。他們的寵，怎麼說呢，就像是——就像是讓我回到了童年的福田莊。是的，儘管這比喻有點兒突兀，但我要說，確實很像。童年的福田莊裏，我的日常就是東遊西逛大呼小叫地撒歡，滾出一身濃濃的泥巴味兒。回到象城後，經過了十來年的努力淘洗，看起來似乎不再那麼泥巴，可是只要見到親近的人，只要浸泡在親密的氛圍裏，就會迅速地原形畢露，泥巴味兒濃濃。豫新和婆婆對我的寵造就的舒適度正是這種泥巴裏的狀態，讓我既能享受到一種重返童年的輕快幻覺，且沒有任何後患。多麼完美。

郝地出生後，家裏就變成了我們倆一起撒歡。豫新說，聽見我們母女倆的聲響，就覺得家裏像開了戲，鑼鼓喧天。有一次母親來家裏坐，看著我和郝地沒大沒小地滿屋子瘋跑，還挺有些不好意思的，對婆婆自謙道，也就是您能容她。像她這種缺管少教瞎鬧騰，換到別的婆婆手裏，那可不敢想。婆婆輕言輕語輕笑著說，你可不知道，當了一輩子醫生家屬，我聽得最多的就是這病那病，少得病不得病就是最大的福氣。鬧騰怕啥，能鬧騰就是元氣充沛，就是身康體健。過日子就得鬧騰，就得人歡馬叫。好著呢。我喜歡著呢。母親又讚說萍萍生過孩子後身體更壯實了，都是您把她給調養得好。婆婆擺手說道是她身體底子好，這可是你的功勞。對了，她不是跟著她奶奶在鄉下長到十來歲麼，這也有她奶奶的功勞。鄉下飯菜可養人呢。

母親就沉默了。過後卻還是不止一次地感嘆說這真是最理想的親家，家世好，長輩好，豫新本人的好自然是更不用說。要緊的還有那一樁：沒有大伯子小叔子大姑子小姑子，乾淨利落一根棍兒。更沒有那些拉拉扯扯的鄉村關係，孤清是有些孤清，寧可孤清。

這話裏滿是前車之鑑的沉痛。彼時的我也很快認同了母親的評判：於我而言，這婚姻確實是一個理想之選。難道不是嗎？雖然沒有什麼親戚，卻也沒有什麼麻煩，對於過好自己的小日子來說這多麼重要。看看我的小日子吧，是多麼典型的城市生活風格：週末短途旅行，小長假去稍遠的地方，年假出國。尋常日子裏就是正常上下班，帶娃去玩，吃喝逛買，偶爾去趟健身房，或是和朋友們約個飯 K 個歌……我給自己限定的牽掛對象很有限，除了至親的這幾口，一個都不能再多。當然，也一個都不要再少。

可還是少了，一個接一個。婚前是父親和奶奶，婚後第五年，是婆婆。

婆婆病重時，我克制著讓自己安靜了下來，也管束著郝地讓她盡量安靜。只堅持了兩天，婆婆就阻止了，她要我和郝地該怎樣就怎樣。她把郝地叫到床前，摸著她肥嫩的小手說，多好。等郝地跑開，她又抓住我的手說，將來國家政策允許了，能多生一個就多生一個，能多生兩個就多生兩個。多好。

她的臨終遺言是讓我們把她的骨灰送到西藏去，她要陪著丈夫。又說，他有我陪著就中了。一茬是一茬的事。你們倆將來想在哪兒就在哪兒，你們自己做主。如果十分放不下，真想有個團圓的意思，就把我的骨灰留一把，到你爸墳前再抓把土，混在一起帶回來。到時候都埋在一處，也就是了。

——想在哪兒就在哪兒，這話如今想起，竟覺得是如此意味深長。想去哪兒就去哪兒，這是平日裏掛在嘴邊的話。而當生命停止，哪兒也去不了時，對最後的歸宿地，也只能用「在」。

你想在哪兒，就帶我在哪兒。婆婆的葬禮辦完後，豫新對我說。

好。我這麼應。應得是那麼自然，其實也是那麼沒心沒肺。當時的我絲毫沒有意識到他這話裏隱藏著多麼不吉的預言：他會在我之前死去。我得親手將他埋葬，還將在他的墓前一次次祭拜。

我想在哪兒呢？

又能帶你在哪兒呢？

照片上的豫新默默地看著我，微微笑著。

他是心源性猝死，在值夜班時。他好說話，常常幫人值夜班。據他的同事說，當時還以為他只是趴在桌上小憩。秉承著素來的安靜風格，他以貌似小憩的方式抵達了長眠。這是有福氣的死法。幾乎來參加葬禮的每個人都這麼勸慰。我便相信。也只能相信。

27. 堵車了

一夜難眠。昏昏沉沉熬到天亮，強打精神起床，開始收拾東西。找出了些換洗衣服，卻沒有合適的鞋。僅有的兩雙運動鞋都帶去了寶水，穿得還挺費的，需得再備兩雙。便出門去買。鞋店鄰著家書店，驀然想起嬌嬌來，又進去挑了一些書。回到家看時間將近十一點，正想再出門去買點兒吃的，手機乍響，是大英，晴天霹靂一樣喊：快回來！人來了！

什麼人？

來看景的人。遊客！人山人海！大英嘎嘎嘎地笑著，那笑聲在手機裏都能算是高分貝噪聲。笑了一陣，她攢了攢力氣，又大聲道：咱村堵車啦！堵車啦！沒想到咱們這村子也有堵車的一天！

剛掛斷，老原的電話就打了進來。接上我後卻就近找了一家大超市停了車。我說不得趕快回寶水？他沉著道，也不急在這一時半刻，還是買點兒東西回去吧。只要車裝得下，能買多少是多少。買了肯定都有用。

於是便在超市裏掃起貨來，掛麵、方便麵、火腿腸、餐巾紙、礦泉水、紫菜、蝦皮，見啥買啥。老原邊掃邊給老安打電話，說就咱們廚房現有的東西，你看著做啥合適就做啥，價錢也看著定。今天你就算是正式上班。對了，試菜那天你的花銷也歸攏一下，這個月發工資一併給你。等他掛斷，我說你還挺會籠絡人心。他說好歹也開過幾家公司，現在象城店裏還有十幾號員工，這點兒人心籠絡不到豈不是白活。又道，人心其實好籠絡。順著人家的意思想想就知道。家底子不一樣，錢在心裏的厚薄就不一樣。咱看那些菜錢沒幾個，或許能頂他兩口在村裏一個月的零花，能攤到咱這邊的就攤到咱這邊。既然僱了人家，咱好歹就得有個老闆的氣度。

說這話的老原有些陌生。以前和他在一起吃飯玩耍得多，因為寶水村的緣故而談人論事，還從來沒有如此頻頻。他不像是從前的老原了。也或許，他一直都是從前的老原，只是我不知道而已。恰如我一直都是從前的我，只是豫新不知道而已。

回到山上，已經是下午兩點多。還沒到西掌，果然就看見到處是車。本地車牌居多，外地車牌也不少，有一半是 SUV，外地車牌裏除了本省的，山西河北的也有。四方望去，沿著路停得滿滿當當。紅紅綠綠，男男女女，哪裏都有人影晃動。這時候就襯出了山的大，好像多少人都能裝得下。

西掌口的停車場已經幾近停滿。小曹正在那裏忙活，彼此一笑，聊了兩句。好不容易找了個空，把車停妥，我們便朝村裏走。看外來的車還在不斷地試圖往村裏進，我說咱們去勸勸吧。老原說沒啥用。又揶揄道，要不你試試？試試就試試，我便去試。到後面找了兩輛車去商量，果然沒人搭理我。只好作罷，和老原在車縫中慢慢前行。到了西掌那裏才明白也不僅是外地車的事，村裏人也在添亂，平地裏突然出來了很多山貨攤子，核桃、山楂、柿餅、山藥、菊花、小米，乃至於連翹、花椒，還有人賣核桃仁之間的那層分心木。好一派琳琅滿目，也不知道他們都是什麼時候存下的。

晃動的人流中，赫然看見了安嫂子，她也在擺攤子，賣的是柿餅，柿餅們整整齊齊地碼在一個簸籮裏，如玲瓏小山。簸籮底兒鋪著白紙，顯得柿餅們的賣相格外好。一層薄薄的白霜下透出隱隱的紅，深點兒的是褐紅，淺點兒的是酒紅。攤子上還擺著一個小白盤，把柿餅切成了幾小塊，扎著牙籤，是讓人免費品嚐的意思。我不由暗暗讚嘆，不愧是在武漢這樣的大城市裏待過的。

她也看見了我們，連忙打招呼。我們便在她攤子前站住，正想聊幾句，就有俏女人從車裏下來去嚐她的柿餅。嚐了一塊便問她啥價，老安媳婦伸出了個巴掌說五塊，那女人朝車裏喊了一聲：給我十塊錢！十塊錢就遞了出來。女人抓了兩個柿餅就進了車。

安嫂子便愣住了。張了張嘴，似乎是想要喊的樣子，卻沒喊出來。尷尬又喜悅地笑著說，恁看看這事兒弄的。我是想說五塊錢一斤來著。又要給我們塞柿餅吃，老原催著，我便忙忙往前去。離了幾步，我們兩個相視一眼，都笑。老原嘆了口氣，道，五塊錢一斤還是一個，對那女人來說還真不是個事兒。這小財發的，够安嫂子樂一會兒。

在村委會門口，進去的車和出來的車正扭纏著，車喇叭都鳴得震天響。這會兒卻不見了大英的影子，給她打了兩撥電話才打通，只聽見她嘴裏塞著什麼東西似的，吐字都不大清楚。嘟囔道，可別催我了，我這一上午忙活得心慌，現在才能填上兩口。快餓死啦。我說以為你只高興就飽了，還能顧得上吃飯。她嘎嘎笑了兩聲道，你不知道，我跟別人不一樣，一高興胃口就更好，就更得多吃個一半碗。甭急，這就來啦。

已經到了這個點兒，做餐飲的這幾家都還在張羅待客。每家院子裏都人頭攢動。老原家也是滿滿當當，吃飯的人嘴上都是油汪汪的，有站著的，也有蹲著的，拿的碗都各色不一，也不知道老安是從哪裏湊的。兩個地鍋當院燒著，柴火灶周圍熱浪撲面。一個鍋裏翻滾著湯麵條，一個鍋裏煮著鹹米飯，老安攪完這個攪那個，又去廚房拿蔥薑蒜，忙裏忙外，一頭細汗。看見我們回來就是一副功臣的表情，揚聲道，米飯麵條都是第三茬了，已經招呼了幾十號吃家。老原拍了拍他的肩膀，說了聲中。

進了廚房，案板上是花紅柳綠一團亂，兩個電飯鍋也在哧哧冒氣。我問老安湯麵條鹹米飯都怎麼收費，老安給我比了個手勢：十塊。還在不斷地有人來問能不能吃飯，也有不圖吃飯的，只是進進出出照相。對於左右廂房這種款，簡直是人見人愛。

一時間，我不知道該幹些什麼。到了大門口，試著以大英的心情欣賞一下村委會這邊的堵車場景。這狀態在象城自然是够不上堵車的份兒，在寶水卻能稱得上是貨真價實的堵車，也確實讓人有些蒙。數起來堵在中掌街面上的也不過是二三十輛車，喇叭按得此起彼伏，對頭的兩個車降下車窗正在拌嘴，山西牌照說就這路還拱啥哩拱，往後退退！另一個聽口音是予城本地人，硬邦邦說你咋不往後退退？憑啥聽你的。你咋恁棍兒氣？想耍橫回你們地盤上再耍！山西車提高了聲兒說本地人咋啦，不要欺人太甚。予城車說出門在外矮三分，沒聽過這古話？

突然，肩膀被人扒拉了一下，回頭看是老原。往後站，別礙事。他說。他的右袖子上裹了一塊紅布，看起來像是個袖章。手裏還舉著一個小國旗，揮來揮去，吆來喝去，有點兒像是個村幹部，不，比村幹部要洋氣一些，那就是鄉鎮幹部？只見他走上前去，跟兩個車主說了幾個回合，予城車主才溜著村委會的矮牆邊兒，把車錯進了村委會的院子，鬆動出了一點兒空間。

此時大英也趕了過來。本想跟她開個玩笑，可她的神情似乎不同尋常。細看她的眼角居然隱隱有淚光閃動，就止住了。我們就一起看著這些車。看了又看。大英終於開口道，咱村就是過年時車最多，可是再多也沒有這個時候多。老人們都說沒見過啥叫堵車，這回可是知道了。這就是堵車！誰能想到，咱村裏都能堵車啦。

太陽已經開始西斜，陽光照在她黑黝黝的臉上，這張黑黝黝的臉，如同那種秋收之後剛被犁鏵翻上來的墒很足的黑土地，此刻正發著一種油光。油是油的，卻不膩，潤潤的，很養眼。

孟翳子也晃悠了過來，對大英笑道，還瘋魔呢。別傻站著啦。堵車可不是一個好景兒，是病，得趕快治。西掌那邊的空地不是臨時停車場嗎？這時候不用啥時候用？大英也收了臉色，如常笑道，我能不知道個這？早就叫小曹在那兒守著哩。養兵千日用兵一時，千盼萬盼就盼著這一天哩。聽我說看見停滿了，拊掌道，這就叫船到橋頭自然直呀。孟翳子又叫她趕快到村委會坐鎮去，想不到的零星事情多著呢。大英道，你指揮我團團轉，自個兒倒成了沒事人。孟翳子晃晃手機道，剛置辦的新手機，像素高，我這總導演忙著拍鏡頭呢。今天可是劇情大豐收。

聽見老安喊，我便回去，貨真價實地支應起服務員兼老闆娘的差事。應答問詢，領看房間，有討開水的，有打探景點的，有想買特產的，有找廁所的，還有合影要幫忙的，轉眼看到有人下到菜地裏，我又忙去攔著。樓上樓下地跑，紛紛擾擾，流水不斷。

四點多時，門口的路面爽利起來。老原也回到院子裏坐下，一氣兒喝了兩大杯茶，長長地舒了一口氣，便和老安捋晚飯。夜宿客雖不多，想吃晚飯的卻大有人在。要吃炒雞的，要吃燉魚的，要吃野菜的，要吃粗糧的，五花八門。老安顯示出了承辦鄉間大席面的大廚風度，有條不紊，齊頭並進。一邊打電話調集著各方人脈送來各色葷素菜蔬，一邊把能做出來的涼熱菜理出了一個單子。冰箱裏還有豆嫂存的豆皮千張，我點了個數便到豆嫂家付了錢，又預訂下明天的豆腐，臨走時她又給我裝了些芥菜絲，另算錢給她，她死活不要，我作勢生氣她方才接住。又從孟翳子那裏借來了毛筆，揀主要的菜名寫在紅紙上先張貼出來。那些不點菜的客跟我們吃例飯，也就是家常的饃菜湯——蒸饃、燴菜和麵湯，按照老安的意思，還是每人收了十塊。大燴菜的好處在於高湯打底，肉雖不多，卻一點兒也不寡淡。且什麼都可以往裏放，因此雖然只是一道菜，其實是以一抵十的。木耳、粉條、腐竹、海帶、香菇等這些乾菜平日裏都備有，發好就能用。油豆腐、丸子、酥肉等這些耐燉的半成品也很現成，熬到了時辰就放進一兩樣時令青菜，青菜在鍋裏翻個身，再撒上一把蒜苗出鍋，妙不可言。若我是客，來到寶水這樣的地方，必定就只來碗燴菜即可。不過，此時作為老闆的心理卻不一樣，點菜自然是好的。點菜是貴客。

轉眼便到了晚飯點。可點的菜雖有限，點單率卻高。老安在廚房，我和老原忙活外頭，擦桌抹椅，擺放餐具，收拾碗筷，報菜傳菜，結賬收銀，拿醋搗蒜，一邊陀螺般轉著，一邊還得應對客們的搭訕。老闆，你們這裏好地方呀。是啊好地方。有山有水，青山綠水。是啊，歡迎以後常來。常來要打折的呀。那還用說，必須打啊。能打幾折？打到骨折中不中？老原說必須得笑，哪怕是假笑呢。這是服務行業最基本的職業素養。

等把所有的客安頓妥當，天已經完全黑下，我們三個方才坐下來吃飯。老原突然想起來孟胡子，說他恐怕還沒吃吧，就打電話讓他過來。四個人圍著一張桌子，每人一碗燴菜一碗麵湯，就著一個大饅頭，吃得那叫一個香甜。邊吃邊閒話。對於今天這個突如其來的人流高潮，我一直有些納悶，孟胡子說他也有些意外，不過分析起來也有緣由：清明正日子肯定是都忙著上墳掃墓，親友團聚。剩下兩天開始遊玩，日子短，走不遠，只能就近。就近的選擇一是有名氣的老景，二就是類似於寶水這種剛出頭的新秀。既是近客，老景肯定都逛得差不多了，可不就該輪到咱寶水了麼。

正吃著，大英來了，臉含怒氣。問她吃了沒，她說氣都氣飽了。不是正高興的麼，怎麼就氣飽了？便給她盛了飯，她邊吃邊說了原委。她在村委會應付了半天，得空打電話給小曹問情況，小曹說鎮上的店裏有事叫他下山，他現在人不在。她有點兒不踏實，就來到了停車場。車已經走了不少，秩序倒也井然，卻聽見遊客議論停車費的事，說方才有個村民在收停車費，每台十塊，描述的相貌很像是大曹。她立馬去了西掌，他家卻關門閉戶，她白喊了半天才作罷。孟胬子笑道，閻王一時不管，小鬼立馬造反。大英悻悻道，這不是吃罷鱉肉裝鱉憨？他敢隔著席抓饃，我就得剁他手！孟胬子道，我勸你把脾氣放坦些，這才是剛開始。又何況這個小高潮來得這麼突然，有問題是必然的。是好事，有人氣兒才會有問題嘛。唱戲的行話是，拳打腳踢先上台，拉開了幕一場一場來。只要引來水，咱還怕修渠？問題來了，解決就是。我說那你還不快著些？孟胬子說，甭急，急也沒用。快不起來呀。我現在想快，各家都忙慌慌聽著自家的小算盤珠子響，誰聽咱的呀。等吧，等過幾天客少了，咱再開會集中說問題。這幾天就是出問題時，就像春雨一下，地裏莊稼長雜草也長。雜草是得薅，可剛出土的雜草最難薅，就得容它再長長。現在要緊的是把問題及時攏一攏，到時候掐住七寸說重點，治一回有一回的功效。

於是就開始攏，垃圾的事最不能耽誤，先商定了村班子的幾個人明天早上起來掃大街撿垃圾，把這小長假的最後一天給對付過去。又依次說到廁所，旅遊線路，房價，飯菜價。攏完了，大英又目光灼灼地盯著孟騶子問，大曹的事咋辦？可不能讓他再去得利。孟騶子道，那是當然。但必須得講究方法，你不能程咬金三板斧。客正多呢，你去跟他打架？跟你的性格合適，跟這個事兒不合適。得顧個臉面。他不顧村裏的臉面，咱們得顧村裏的臉面，不僅顧村裏的臉面，還得顧他的臉面。好歹是一村人嘛。大英道，這我能不知？說到底，這是自家老牛拱自家麥秸垛，胳膊折了還是自家袖裏藏。可也不能慣著他。得趕緊治了這個邪。你就說到底咋辦吧？孟騶子道，不急，今兒先去睡覺。大英說逮住賊還不得連夜審，明兒又是一堆車呢，我怕他還去發黑心財。孟騶子道，放心，你把村委會的公章給我使一下，明兒我肯定把這個事情巧解決。大英恨笑道，我看你到底有多巧！雖仍是生氣，細看卻很有些喜氣洋洋。

28. 彎刀就著瓢切菜

第二天早上，我是被各種響動鬧醒的。鳥叫聲，客人們的說笑聲，老原的咳嗽聲，老安往菜園裏潑水的嘩啦聲，豆嫂來送貨時和老安的敘話聲，老安炒菜時勺碰鍋的叮噹聲……擦了把臉，出屋，清冷的春天空氣含著隱隱暖意，玉米糊糊粥的香味兒撲面而來。

有些意外。昨晚簡單洗漱後躺到床上，渾身痠軟。這麼一通忙，很累，擱在以往，累是累的，可並不意味著能睡著。恰恰相反，累和失眠這兩件事在我這裏不僅很難形成因果關係，還常常和諧共存：累且失眠。又是頭一次住這麼多客，再加上老原的呼嚕，原以為還會失眠一夜的，卻在不知何時已經渾然入睡。

許久沒有睡得這麼好了。

怎麼能睡得這麼好呢？

心裏一直難以安頓的那塊地方，似乎有了些微的篤定和安寧。

早飯後聽到大英吆喝秀梅去撿垃圾，便出來跟著她們撿了一會兒。剛回去便碰到一男一女送了一堆宰殺好的雞過來，老安介紹說是黑岩北溝裏養雞的大老闆，便打了招呼。夫妻都姓馬，女人叫菲亞，染著黃頭髮，身材精瘦，小麥膚色，笑盈盈地說，萍姐，你回頭跟原哥去俺那裏耍呀。

半上午，客陸陸續續進了村。孟鬍子打過來電話，叫我去停車場看看。他說大英不合適去，他也不方便去，我去最得宜。為啥？因為你兩不沾嘛，還是個女的，大曹不好把你怎麼樣。這倒也是。他能把我怎樣呢。便去了。到了地方才明白了孟鬍子的巧招。原來是貼了幾張通告：

村道容易堵，

車多卡半路。

進退兩難苦，

此是停車處。

免費！免費！免費！

顏體風端莊方正，遒勁有力。每一張都在左下角蓋了村委會的大紅公章。

站看了一會兒我便服了氣，這簡單粗暴的方法確實見效，車主們都就地尋位，停得妥妥當當。問題就這麼解決了。

大曹封著臉站在一棵樹下，和我眼神對了對，我點點頭，算是跟他打了招呼。本想走過去，再一想，罷了。站了片刻，他果然就走了過來，不待我問便開始叨叨，神情憤懣，儼然有理。我倒也有興趣聽聽，就任他說。他說滿村裏，任誰都沒有資格來收費，唯有他有。為啥？因為他家祖墳曾在這裏，後來被孟鬍子和大英狠勸才忍痛遷了。要不是為了支持村裏的發展，誰家會輕易動祖墳？可以說為村裏做出了很大的奉獻和犧牲……傾聽者須有態度，尤其是一對一時。我只有頻頻點頭。可有意思的是，他說著說著就有些吞吞吐吐，話裏有話的指向是大英太詭詐，聯合著外人哄著自己吃了虧。我追問了兩番，他卻再也不肯往深裏說。

疑惑著回去，路上給大英打了電話，彙報了孟鬍子的巧招，她樂不可支。路過村委會時又被她攔住，問大曹說啥沒？見我笑，便道，肯定說了。說的啥？我挑揀著說了幾句，她又細問，我也就說得更細了些。原以為她會炸起來，卻沒有。有些生氣，更多的卻是得意，卻也沒有饒過去，還是朝著西掌方向絮絮叨叨嚼罵了一番：說我詭詐，我詭詐比你十萬八千里地差！誰個不知道你，養個貓比老虎大，賣隻雞頂個馬價，戴顆珍珠賽過西瓜！整天你日滾弄棒槌，仨磚支不穩，三倒油葫蘆，耍蛤蟆挑長蟲，滿嘴沒真言，叫人能信你哪一樁！……只見她的唾沫如小小的噴泉八方飛濺，語速也比平常要快，我本想勸，又覺得這一串實在是好，便應接不暇地聽著，不合時宜地突然想起「大珠小珠落玉盤」的句子來。

嚼罵了一個段落，她方停住，嗔怪我道，咋沒有點兒眼色，連口水也不給喝。我便笑把她拉向老原家，進屋落座，給她燒上水，再問緣故，她默了一會兒，終還是講了起來。先是嘆口氣，說大曹也不易，兄妹兩個，爹死得早，老娘腿腳不好，三病兩痛的，不能離醫院太遠，妹妹嫁到了鎮上，老娘就長年跟著閨女住。村裏的小學合併到鎮上後，兩口子也下了山，把女兒曹燦也放到了妹妹家，在予城北郊開了一小吃店，賣涼皮米線之類的。離鎮上也就是十來里，能經常去看老小。後來又生了曹陽這個寶貝兒子，喜得不行，做生意更來勁，不分個起五更落黃昏。本來日子還挺順，直到三年前遭了大事。那天有人吃完涼皮沒算賬就走了，他呵斥老婆出門去攆，跑得急，過馬路時被車碾了身，當時就沒了氣。你說說這值當不值當，為了幾塊錢，殤了個媳婦兒。那媳婦才是命苦，脾氣好得綿羊一樣。大英又嘆一口氣，說他一個人撐不起生意，也不能再擠在妹妹家，就帶著兒子回了村，起碼有房子有地，吃住沒花銷。憑著木工手藝，他三五不時地給雲里景區的店裏送些拐杖和根雕之類的活計，賺點兒錢填家用。逢到禮拜天曹燦回來看著曹陽，他就進山找料。平日裏若是進山時就把兒子託給這家那家。要說也是個勤快人哪，熬成這樣也可憐。不過話說回來，也實在是有可恨處。家裏幾輩子做小生意，秉性死摳，啥事都是斤斤計較棒棒見血。停車場那事也是個這。當初村裏選定了那塊地，曹家墳就在地邊兒上，尤其是大曹這一脈的墳頭還跨佔著一小塊，看著實在不像那麼回事，就說服曹家遷墳。曹家幾門都允了，唯有他死犟著，非要上萬的補償款。我從哪兒給他弄哩。愁來愁去，明路不通，只好暗道。就找了個風水先兒給他算，說他家墳地煞氣重，不然他媳婦年紀輕輕的也不能出這檔子事，要是不趕緊遷，以後有啥坎兒還難說。看他信了，就立馬給他定了近日子，說就那一天最好，三下五除二就遷了。遷過了他才醒過了勁兒。

那你，這事，確實是……我斟酌著，一時找不到合適的話。大英撇嘴道，彎刀就著瓢切菜，這事也只能這麼辦。雖說不到桌面上，不過我也不虧心。我為誰哩？話說回來，誰沒有點兒冤屈？你手指頭上拔根刺，不還得費點兒肉星星？

我點頭。也只有點頭。又問，那風水先兒是趙先兒？她笑道，咋能是他。肯定是個外路人才中呀。不過，她往前湊了湊，神情詭秘又可愛，這主意是孟髯子出的，風水先兒是趙先兒找的。俺們這叫集體智慧吧。我說你們這叫合謀作案。她嗔怪著推搡了我一下。

待她走後，不等老原問，我便一五一十地跟他說了一遍。老原說，你這可是故意架橋撥火傳閒話，咋那麼壞。我喊冤道，是她非要問我的，難道我能不說？他說你當然能，即便說也要看怎麼說。像你這種挑三窩四地說，要麼就是看熱鬧不嫌事大，要麼就是按捺不住那顆熊熊燃燒的好奇心。我只好承認是自己確實好奇。老原笑道，也好，都四五十歲的人了，還能這麼有份心，證明還不老。我問，難道你不想知道？他笑道，沒你那麼想。

29. 極小事

之後的十來天時間裏，忽然又沒了客。大英疑道，不會是麥秸火吧？只能燒這麼一轟隆。孟髯子叫她放心，說等到五一前後客源就能穩當。這期間是個空當，該打理的正好趕緊打理。要張大包在祖槐樹周邊用青磚砌了寬寬厚厚的一圈，說大夏天客們在樹下乘個涼也是個座兒。圍著寶水泉又搭了一圈小圍欄，說免得有客把手腳伸進泉裏。還細定了一遍觀光線路，說客們進村後先到哪兒後到哪兒，咱定的這個線路就是主心骨。定妥了線路，具體怎麼介紹景點又成了個事。孟鬍子說，雲里景區的經驗現成擺著，每個地方總得有點兒說辭才能成個文化。不然乾巴巴地一指說，這是寶水泉，這是關帝廟，叫人站兩分鐘就走？咱們平日裏不是常說典故？啥是文化，這都是文化。遊客們來，不就是要聽這些個嘛。不過，嘴裏說是一樣，成了文兒又是一樣。說的人東一嘴西一嘴，七零八落不成個體統。總得稍微打理一下才像個樣兒。這活兒我自然沒逃得了，在孟鬍子的指導下，和小曹合計了幾天才基本定妥。

各家戶也有了些細微變化，零零碎碎中暗潮湧動。張大包、豆嫂等好幾戶都買了大冰櫃。豆嫂家的是豆哥從外頭帶來的，據說是二手。秀梅超市頻頻進貨，進貨檔次明顯比之前要高，也更時尚，網紅的零食色色俱全，價格自然也比山下貴了些。張大包自詡是西掌第一家，給自家店取名「頭號院」，還在停車場和西掌口各立了一個碩大的指向牌。這個頭兒一開，有樣學樣，有幾家就跟著做了出來。一個比一個大，一個比一個野，讓大英給斥責了幾番才不情不願地拔掉。有不少人家都到集上買了一摞摞的彩色塑料筐準備賣山貨。大曹整天往深山裏跑，扛回來各式各樣的棍棍棒棒，說是要打磨拐杖。趙先兒的小兒子趙和兩口原本在鎮上住的，這些天穿梭似的來來往往，張有富的兒子媳婦在村裏露面的次數也多了起來。田邊坡下散落的磨盤、碌碡和碓臼等也都被人收進了門，估計要成一景兒。還有幾家想要動工程，被大英攔住說，客來是看景兒呢，還是來看恁蓋房弄得水泥磚瓦飛土揚塵呢？要動工程，等到秋後農閒無客時再說。到時鎮上統一過手續。

老原這兩天回了象城，店裏沒什麼事，我就和老安合計新菜單。山韭菜和菊花苗都長得茂盛起來，抽空便去採了一些。菊花苗和人親近，人煙興旺處就長得格外好，味道也格外清香。沒人氣兒的地方味道就苦。蒲公英和車前草都喜路，越在路邊就越長得好。荅蔥卻是愛在遠人處，在更深的山裏，整片整片長在背陰的坡上。那亭亭玉立的綠棵棵，一叢一叢迎著風，如最純最嬌的女孩子。也很好採，一揪它就出來了，出來的那一刻還有彈性呢，跟抽蒜薹一樣，騰兒的一下，騰兒又一下。秀梅說，這麼採不傷根兒，不影響來年重長。唯一需要注意的是不要採到藜蘆。「仨葉藜蘆像倆葉荅，白天吃下夜裏難活。」意思是仨葉的藜蘆長得很像倆葉的荅蔥，如果誤吃了就會中毒。村裏就有人錯吃了一口藜蘆，沒辦法，喝了好多大糞湯，把胃倒乾淨了，才撿回了一條命。秀梅說，以前咱們的荅蔥都送到景區的飯店裏，咱送三塊一斤，人家的荅蔥炒雞蛋一盤賣二十。以後咱們也能掙著這份兒好錢了。又嘆道，荅蔥就是時節太短，叫人吃半月想一年。

上菜單的還有構穗，它是構樹的花，做成蒸菜也很鮮嫩可口。木蘭芽則是欒樹早春的嫩芽，也長於向陽山坡，掰下後需得經洗煮泡等一套程序把苦澀去淨後方才顯出其獨特美味，用來涼拌、熱炒、做餡都是好的。

這些天，我也開始潑茵陳水喝。和大英挖的那點兒茵陳我放在陽台的窗上晾曬了幾天，等到根葉都乾硬了便裝進了瓶子裏，竟忘了喝。老安看見說，這麼好的東西老放著也會減了藥性，還是喝了才不可惜。便取了一撮拿到廚房去洗，老根兒似乎帶刺，洗時手會毛扎扎地疼。淘洗了幾遍，好像還沒有淘乾淨。再一想，它不就是這麼毛毛糙糙的麼，怎麼可能是我習以為常的乾淨呢。再說，什麼又是真正的乾淨？它這樣子或許就是真正的乾淨。

把洗好的茵陳放進透明的玻璃茶壺裏，用燒得滾滾的水沖進去，這就是潑。水裏的茵陳由白濛濛的隱約綠色漸變成了細茸茸的清晰綠色，濾出的茶湯是自自然然的淡黃色。一股濃烈的氣息瞬間湧上來。這氣息難以名狀，也許只能說是蒿氣。

九奶的身體似乎更硬朗了些，見天去娘娘廟上香，有時由安嫂子陪著，有時便一個人。路過原家門口時，必定會坐下歇歇腳。聽到她的響動，我便出來陪坐一會兒。便有人跟她開玩笑：又來給你乾孫子鎮宅啦？她便嗯，笑眯眯的。有一次，給她端了杯剛潑出來的茵陳水，喝著喝著，她忽然說，這水好。有一年他得了肝上的病，有偏方說用新出的麥苗配茵陳，加上大棗熬水喝，他喝了一春天，吃了一篩子棗，真就好了。他是誰？我問。九奶閉目不應，似又睡著了。

茵陳很耐潑。放一撮能潑上十來道，喝上大半天。越喝越覺得潑這個字妙，比沖，比泡，比煮都要好。活潑，潑辣，潑皮，潑灑，哪個詞組出來都有力道。端起杯子，在陽光下看杯裏的茵陳，那些老根兒呈現出淡淡的白黃，似人蔘般。再貼近看，又彷彿是倒地的樹，莽莽蒼蒼的一片，竟然如幽深的微型叢林。

30. 開大會

村民大會的日子定下來後，大英在喇叭裏喊了兩天，說地點是在學校，時間是下午三點，各家都要來人，要來就來個當家的，當家的來不了也要來個嘴巴巧耳朵靈的，好來回傳話。想問啥想知啥，會前這幾天都好好尋思尋思，咱們開這會就是拽下簾子說話——沒裏間沒外間敞開了扯。我給老原打電話叫他回來，他說原本正想回村，那還是錯過這個會再回吧。這種會有啥開頭兒，一群烏合之衆。這話讓我有點兒動氣，戧他道，你以為你不來開會就不是烏合之衆了？

那天下午兩點半不到，大英就喊我過去幫忙，說已經陸續來了人。在學校門口恰碰到了楊鎮長，他和王主任正從車上往下搬投影儀，交給孟鬍子安置後便在孟鬍子屋裏喝水，問大英能來多少人，大英說，肯定不少。又不是早些年，開會一要錢二要命的。我問要錢要命是什麼典故，她說收交稅呀費呀不是要錢？計劃生育引胎流產不是要命？這些差事臭百里，登門入戶人家都不願意跟你打照面哩，還來開會？發洗衣粉也勾不來人。眼下卻都是為了自家掙錢，咱們這是給打瞌睡的送枕頭，咋會不來？楊鎮長搖頭嘆笑道，那些年的工作也不知道是咋熬過來的。別說要錢要命沒人來，選舉算是個熱門兒事吧？召集人也可難。我包過的一個村因為佔地修路和鄉裏搞對抗，村民們都不去選舉。為了讓大家去，我就吆喝說一人領一包方便麵。人倒是開始來，可方便麵不够數發。小賣部裏數多又不貴的就只有啤酒，那就每人發一瓶啤酒。啤酒比方便麵貴一塊。結果領了方便麵的人又吵吵開了，說啤酒貴方便麵便宜，為啥叫俺們吃這虧？還非要把短的這一塊錢給補上，聽我說沒錢就要求打白條。為了開這個會我打了一堆小白條，你說多丟人敗興的。

教室的廊廈高地面兩級，便成了臨時主席台。孟翦子熟門熟路地把投影儀安置好，伴著《步步高》的音樂，白布上便循環放起了幻燈片。其實都是照片，下面配著簡要的文字說明。版式是一頁兩張。同一個街面，這邊垃圾滿地，那邊一塵不染。同一棟房子，這邊修之前，那邊修之後。同一個院子，這邊有籬笆，那邊沒籬笆。兩邊對比得相當鮮明。村容村貌固然是有了不少改觀，更有意思的卻是攝影角度的變化，幾乎能帶來魔幻般的藝術性。在報社工作多年，這些伎倆我早已經習焉不察，不曾想到能被如此實用，且效果不錯。早來的人都津津有味地看著。不時發出會意的笑聲，邊看邊感嘆：

嘿，現在這科技，就是卓。

還是人家孟翦子手快。要不是當時拍了這片，過去啥樣子就都忘得光光的。

那可不是。記吃不記打，你說說人的忘性有多大。

放了幾遍幻燈片，又開始放視頻。第一個片段就是孟翦子在進行有獎問答，讓大家猜一個塑料袋扔在那裏不管，它混進土裏多少年才能自然降解。誰先猜準就獎勵一個垃圾桶。看眾人迷茫著，他便又解釋，自然降解的意思就是叫土把它吃化了。片刻靜默之後，搶答聲夾雜著笑聲此起彼伏：十年！五十年！三百年！二百五！錄的像素不高，卻也能清晰地辨認出喊十年的是七成，喊五十年的是大英，豆嫂喊的兩百年，喜滋滋地拿到了垃圾桶。

還有一段是孟翦子問村民們答，一句跟一句。

我不能說把衛生搞好就能致富，不過大家夥兒想想，垃圾滿地，這能不能致富？

不能！

是更不能。要說把衛生搞好就一定能掙錢，這是過頭兒話。不過我敢說，衛生搞不好，一定不能掙錢。別說留下客吃住耍了，退一步說，即便你想賣個山貨，價錢就得受拖累。再退一步說，且不論掙錢不掙錢。咱村好說也有三五百年了，想想咱們祖輩，在這裏過活恁長光陰，從沒有像現在這樣弄出這麼多垃圾來。咱們算是糟蹋得可以了。自己看著是不是都嫌棄，是不是都不好意思？咱要是把咱村打理得乾乾淨淨，自己看著是不是都亮堂舒心？亮堂舒心了，是不是就有助於身體健康？我說得在理不在理？

在理！

鏡頭掃過的畫面頗有些像幼兒園裏的「排排坐，吃果果」，眾人乖如巨嬰的情形有著莫名的喜感，卻又讓我覺得莫名的難過。

將近三點時，院子裏已經坐滿了人。有些人家來的不止一個。老兩口，小兩口，爺倆，娘倆，都有。所有人都在聊天，每個人都在說話，被迫著每個人的嗓音都很高。不過只要大英一開口，那還是數著她高。她開場先講了幾句，主要是強調紀律和介紹領導，然後就叫孟鬍子講。孟鬍子清了清嗓子，大約一分鐘的時間沒有說話。這期間，滿院子便全都靜了下來。孟鬍子的聲音再次響起時是前所未有的嚴肅莊重：老少爺們難得這麼全，咱們今天好好說說話。我先說個基本看法，後頭的事都是順著這個看法捋下來的。咱們一起好好琢磨琢磨，商量商量。咱們寶水，跟雲里這種正兒八經的風景區不一樣。咱們不收門票，吃住不貴，想悠的地方可遠可近，想要的地方可多可少，是個閒住散心的好地方。所以咱們要有一樣本事，要叫客沒事就想來住兩天。要叫客成了回頭客，回頭客口口相傳，就會帶來新客，咱們能掙的錢就長流水不斷線。所以，咱們就得扎扎實實待客好。我講得在理不在理？

在理！

他就放鬆了口氣，笑道，在理就中。下面咱們就一樣一樣捋。

頭一個說的還是垃圾。孟翁子還是先放照片，不過都是新拍的。原來清明節那兩天裏，孟翁子不僅拍了熱鬧場景，也拍了各個角落裏的垃圾。每放一張，衆人都哦一聲。放完了垃圾，又開始放那兩天撿垃圾的人。每個撿垃圾的人都有特寫。特寫我的那張，我的腰彎得超過了九十度，應該是正在撿草叢裏的碎紙片。逆光的人臉幾乎是黑的，正想著除了我自己，恐怕沒人能認出來。孟翁子突然問道：這誰呀？有幾個聲音隨即零零落落地答：

地老師！

原家的！

輕微的哄笑聲中，不知怎麼的，我渾身的血就突然熱了一下。

哦，我還以為是咱村的誰呢。孟翁子笑道。

響起了幾聲訕訕的笑。

放完後，孟翁子說，這回的垃圾雖然也是垃圾，不過跟以前的垃圾可不是一碼事。打個比方說，就像生小孩前家裏亂，生小孩後家裏也亂，可亂跟亂不一樣。現在咱這垃圾，是有人氣兒的標誌，是咱要紅火起來的聲勢。算是喜信兒。這就出來了個問題。以前咱們是各掃門前自家雪就中，公共面上的垃圾沒幾片，不算個事。以後這就算個事兒了。這個事兒咋辦，咱們得議議。

人群裏先是沉默了一會兒。一個聲音突然冒出來：鎮裏辦！

掃個地，還叫政府給你拿錢，慣得你。你吃飯咋不叫政府餵你嘴裏呢。楊鎮長終於開了口。

就都笑。

既然今天我來了，也給老少爺們承許點兒事。原則上還是那條：村管收集，鎮管轉運。以前我承許一星期來運一回，以後我承許需要運幾回就來運幾回，一天十趟也來運，保證不能叫垃圾臭著咱寶水。但是有一條：這地恁得自己掃了。老少爺們不能啥事都靠在政府身上。扶上馬，就不再送一程了。送你一程你叫送兩程，送你兩程你叫送三程，越扶越軟，越扶越有指靠。所以咱就不送了。你上了馬，就得學會騎馬。從馬上摔下一回兩回的，不打緊。做啥事沒風險？何況咱們都這麼精明，吃點兒教訓都是經驗，保證越騎越好，走上金光大道。

這就解決大問題了。謝謝楊鎮長！孟鬍子接過話繼續道，看大家夥兒的意思是公共面兒都不想操心，那恐怕就得去僱人。村裏可沒這項錢，得從各家各戶湊。湊多少，僱誰，這就又是一樁事。真要僱人，恐怕也還是得用咱本村人，人家外村天天來咱村掃地，也不合適不是？

叫豆家來！老本行了！有人喊。眾人便都看向豆哥豆嫂。豆哥笑而不語，豆嫂應道：少提這一茬！豆腐才是俺家老本行哩。眾人哄笑一聲。孟鬍子道，不能胡亂攛掇。肯定湊不出幾個錢，誰願意攬下這事，其實都是為村裏做貢獻。咱得憑人家自願。不過這事也不能等，要是眼下沒人領，我先說個辦法。咱們各組管各組，各自出政策，實在不中就組長幹。誰叫你是領導哩？東掌到中掌和中掌到西掌這些路面就先由村幹部們輪班掃，村幹部嘛，多幹點也沒啥。誰叫你是村幹部哩。我說這中不中？

中！異口同聲。然後就都笑。孟胬子問垃圾這事誰還有啥話沒有，豆哥突然開腔說想跟楊鎮長提個意見，人群便靜默下來。楊鎮長朗聲道老哥你說。豆哥說，有回見你從村委會出來，往街面上扔了個煙頭。你是領導，得注意帶頭講衛生。楊鎮長瞬間接道，說得對說得好！我接受批評，今後絕不再犯。請大家繼續監督，也請大家原諒。突然又軟了聲調撒嬌道，要說也必須得原諒我呀。我為啥抽煙？還不是愁的？為誰愁？還不是為你們愁？眾人便又笑，笑得很歡。

第二項說的是上廁所。孟胬子說村裏有學校一個公廁，就不再建別的公廁了。要是客走到你家你就大大方方叫人家上，上個廁所能咋的？沒啥不安全的，別把你家金條放在廁所裏就中。也千萬別想著收個塊兒八毛的，沒啥意思。你最好把手紙準備得妥妥的，再放盆花草，弄出點兒小氣氛，焚點兒香去去味兒更好。我跟你們說，人上完廁所心情一般都不錯，你再跟人家言來語去地扯幾句就更卓。這就加強了感情交流，這就能把人心熱住，吃住咋會不先挑恁家？這能有啥成本？別看是小意，能鈎來大錢。抓大放小，這都是門道。

吃住怎麼收費是重中之重，議的時間便最長。孟胬子先讓自由討論了一陣子，末了方才總結說，我只強調一條：錢不能亂收。比如說，標間裏有空調有衛生間的，一晚上一百算是個普遍行情，可也得看具體情況靈活浮動。你家空調是大牌子，噪聲小，客人居住體驗好，那你多收個二三十、三五十也中。要是硬件差一些，那就往下走走，七八十、八九十這也中。再差些的沒空調沒衛生間，一大間鋪四張床的，一張床收個二三十、三四十也不錯。這幾個層次錯開來，遊客們也有個自由選擇。總而言之，雖然是各說各家，一戶一情，咱心裏也都得有個準星。硬件差的你想要高價，或許也能有客，不過別覺得你就沾了光。保準沒了下回。掙得少的也別覺得自己吃了虧，客覺得划算，下回還來。還有服務，你服務得好，肯定有客回頭，服務不中，那就沒有。誰都會算賬，光你會？虧光不在這一點。總之是，敬著外客，不要存著欺詐的心。平頭比比，更不要內裏鬧將起來。

喝了兩口水，緩一口氣，他又道，點菜的錢，也不要太亂，比如說，一隻土雞，一百八也敢要，五十八的也有，這不中。得大致統一。太高了是訛人，太低了不好往上抬。我的建議，就定個九十來塊，九十六九十八的，將到一百又不超一百。我朝黑岩北溝裏養雞的馬老闆打聽過了，一隻中不溜的土雞三斤左右，成本也就是三四十塊。咱能翻出一兩倍掙，這還不可以？

九十多不算便宜。秀梅說。楊鎮長接話道，這麼看證明咱村人還是厚道。說起來都是教訓。雲里村比你們走得靠前，經驗教訓累積了不少，我給大家傳達傳達。當初給他們農家樂定指導價時，專家們就建議他們定得高些。一來顯得出東西主貴，當然確實也得用好材料。二來定一回價起碼得管個兩三年，一年一漲價也不像話。起點高些，短期內不被動。三來利潤大，不吃虧。可咱沒聽專家的，起初三十五十的，還是小腳走路，後來看勢不錯就來了個步步高，一下子又躥得太猛，遊客就開始投訴，費了可大勁整頓，才打成了現在的條縷。你們這就知道了吧，發展慢不見得是壞事，老俗話說，快走多跌，快吃多噎，踩著他們跌過的印，咱們就能夠選對避錯。老俗話又說，遲飯是好飯。咱寶水趕上的就是好飯。

最後說的是招牌。孟鬍子說，跟老少爺們兒正經告知一聲，以後可別在路上打土廣告，妨礙交通妨礙看景。還有，你以為你家的招牌做得傻大那就成功了？就能顯露出自己家了？沒用。咱這山恁大，以前人家咋不愛來？你把衛生弄乾淨，把飯菜做好，你擀的麵條，你蒸的饃，你挖的野菜，你的山山水水，你種的莊稼地，這些就是最好看的。要是你胡亂弄，我也胡亂弄，就破壞了咱們村的整體美。不管恁在心裏咋算自家的小賬，在外人眼裏，咱村就是一個整體美。我聽有人說，賺著了錢，就美嘛。賺不著錢，就不美。這話也對。可想要賺著錢，就得先有美。人家為啥來咱山裏？美。山清水秀咱們是看慣了，他們平素看不著。莊稼地、梯田、石頭房子就是咱們的日子，他們平素也看不著。平素看不著的東西就都想去看了？也不盡然。地下煤窯平素裏也看不著，誰想去看來著？還是因為咱們這裏美。所以呀，咱們一要知道咱這美。二要知道咱這美在啥地方。三要知道咱啥地方不美。四要知道咋讓不美的變美。五要知道咋讓美來賺錢。然後呢，用美來賺錢，在賺錢中變得更美！要是都不顧大局，你破壞一點，我破壞一點，人家來咱村還能看啥？嗯，還能看啥？總之一句話：燒柴烤火家家暖，火點著房一村事。好好想想是不是這個理兒？不等有人應，大英便接話道：村委會剛做罷了決定，就這兩天，村裏統一做指示牌，不影響看景，不影響行路，一塊牌上標指幾家。只要是搞經營的名號，家家都有，一戶不落，放一百個心。

所有人都沉默著，像小學生在聽訓。秩序好得讓我意外。忽地想到農具的事，便忙給大英發了條微信，可她根本顧不上看手機。便又發給孟鬍子，然後舉了舉手機向他示了下意，他挑了挑眉毛，表示懂了。等大英說完，他馬上接話道：我再提提農具的事，這事兒說的時間不短了，把恁家的舊傢伙尋出個一兩樣叫地老師挑挑唄。這事兒人家地老師也是幫忙，人家恁上心，咱們也上上心，中不中？

有錢沒有？突然有人問。就都笑。笑聲未落，大英就吼道：給錢的那不叫捐，那叫買！想錢想瘋了？咋啥錢都想掙？！緩了一緩，又道，要錢是沒有，不過能發個榮譽本兒，蓋咱村的章，也算是你給村裏做貢獻的證明。到時候是誰捐的也會落上誰的名兒，貼在旁邊，叫你們光榮上榜。遊客來了都好照相，好發個朋友圈，你們也就能跟著名揚四海。大領導也會來看，說不定還能得著他們的表揚哩。用不著的東西，白擱著也是個壞，如今給你們個機會，又做了貢獻又揚了名，咋不好？！

第二章

春——夏

1. 豆家事

這天十來點鐘時便聽得秀梅家那邊熱鬧起來，出門朝她家瞧望，方想起來她家是今日應「好兒」。大英、孟髯子、張大包等一干人都已在門邊站著，峻山和秀梅兩口子的腮幫子上紅豔豔的，也不知被誰給擦的口紅還是胭脂。秀梅喊我過去，我便回房拿了紅包走過去，隨著一干人流水般地進了門。禮桌旁邊貼著個小條：收禮不待客。我問張大包，現在都興這個了？倒是利落。張大包笑道，誰還差一頓飯？省了多少麻煩。

沒飯可吃，也不過是賀個喜，瞧瞧家具陳設，再說上幾句場面話。兩邊的大紅賀聯一看就是孟髯子的手筆：

迎八面春風入院

接四方貴客歸家

便衝著這字可勁兒誇。

門頭匾還用紅綢子蒙著，不一刻，趙先兒吆喝著吉時已到，大英和孟髯子便被請了過來站定兩邊。趙先兒又說了幾句吉利話，便領喊衆人一起倒數三個數，兩人各扯著紅綢子的一端，使勁兒一拽，黑底金字的「山明水秀」牌匾便露出真容，衆人一片喝彩。鞭炮隨即炸裂裂地響起來，一掛接一掛，銜接緊密。

便在這聲音裏看房子。一樓熟，二樓我還是第一次上。主屋和兩邊廂房是客房，實木的桌櫃床架都只刷了一層清漆，雖顯簡單卻也清爽。臨街是餐廳，裝著大落地窗，安放著幾套餐桌椅。秀梅說是孟哥設計的，讓客邊吃邊看景。孟鬍子道，不是有兩句詩麼——地老師你準知道——「你站在橋上看風景，看風景的人在樓上看你」，就是這個意思。客看著外面是景，外面看著客也是景。客在這上面吃著飯，就是一幅活廣告。隔鍋飯香嘛，裏頭吃飯的人越多，外頭想進來吃的就越多。大英道，鴉飛旺枝，豬吃搶食，也是這個意思。就都笑。孟鬍子道，意思是這個意思，話不是這個話。以後客多，咱們張嘴前都得思思想想，不能像她這樣太隨心隨意，碰上挑理的客，可不饒你。大英道，一不小心叫老孟揪住了辮子，咋還成了反面教材。

笑了一番，也便散了。我和孟鬍子前後腳出門，迎頭碰到豆嫂也來隨禮，端著一盆豆腐，於是又站住和豆嫂寒暄。豆嫂對孟鬍子說她已經盤好了餡兒，要孟鬍子中午去她家吃餃子。餃子我也許久沒吃，心裏一動，便搭上話，問她給孟老師備的是啥好餡？她說沒啥大魚大肉，就是笨韭冒了頭茬，包個韭菜雞蛋餡餃子。哪裏來的笨韭？就是在俺門口的菜地裏嘛。搭了塊塑料薄膜，就拱出得快了些。正月蔥，三月韭。都是春鮮。這韭說的就是笨韭，對身體可好著哩。那味兒跟山韭可有分別。說著便又把話茬朝向孟鬍子，等孟鬍子應下來方才順便邀我，我自是答應。看著她走遠，問孟鬍子該拿著什麼分寸的禮，孟鬍子說我拎瓶酒，你看著辦。我便拐進秀梅超市問秀梅，秀梅笑道，那你就拎壺花生油。這是天天要用的實在東西，村裏人不愛虛的。你們倆有酒有油上門，這意思也好，長長久久，越過越有。我便照辦。她邊結賬邊說，看你這頓素餃子吃得，活活一個肉價錢。

又過了一會兒，眼看著過了十一點，我便叫孟鬍子一起去，孟鬍子說他還有點兒事，叫我先走。他這麼一說我便回過神兒來，一男一女拎著東西一塊兒去人家家，這可像怎麼回事兒呢。

花生油果然很中豆嫂的意，她興高采烈地接了過去，笑容都油光光的。她正在門口跟香梅說話，香梅端著一個不鏽鋼小盆，裝著幾塊鹹菜，笑盈盈地聽著。她穿著件藕粉小薄襖，戴的卻是淺綠碎花圍巾，這搭配很容易俗土，在她這裏卻是恰到好處的嬌俏柔媚。衣服這事，說到底還是看在誰身上。

豆嫂說的正是醃芥疙瘩。她說俺這芥疙瘩可不是光尋常地一層一層地撒鹽就妥，最費功夫的是倒兩回缸。頭一回是下鹽的隔天，第二回是又七天以後。第二回倒缸時不是醃出來可多鹹水兒麼？這些鹹水兒不能扔，加了花椒大料香葉啥的熬成老汁兒，末了再熬點兒糖稀倒進老汁兒裏再醃回去，這樣醃出來的芥疙瘩切成細絲兒，加點兒醋和小磨油拌一拌，孟鬍子說要是放到城裏，一碟能賣上十塊哩。聽我也誇，便又對我說，等飯罷了給你拾些。想不到你恁洋氣的人，口味倒跟咱們是一廝的。待她講完這一截，我便問香梅下載抖音了沒有，她說下了。我說秀梅一直念叨著叫組隊拍點兒啥呢。她抿嘴一笑說，行啊，聽你們的唄。寒暄幾句，便轉身扭扭搭搭地走了，步態裊裊婷婷，如一枝浮行的花。

豆嫂家坐北朝南，是方方正正的陽宅。倚著東牆外加蓋出一間橫長的小房，旁邊碼放著好大一堆柴火，柴火上面蒙著一層塑料布，塑料布上又壓著石塊磚頭。我進去看了一眼，窗戶不過是用幾根木頭粗粗一攔，四面透風，裏面擺著缸缸盆盆，很乾淨，一看就是做豆腐的地方。再遠處還有一間小棚，裏面哼哼唧唧的，一聽就是養著豬。我說你這豆腐房和豬圈搭得多好，佔不著院子裏。她說你沒看咱家緊貼著東掌東邊沿兒，多偏。咱佔不到中掌那金貴地方，白白眼氣也沒用，門前屋後可用的地方能寬展就寬展些，也算是撿上點兒偏的好處。

再看她家門口的菜地，綠茵茵地長著各色菜蔬，果然要比別家大上許多，是長方形的一溜，幾乎快延展到了另一家的門口，那家顯然就是最把邊兒的，門頭一把大鎖，門口荒草掩映，都看不見了路縫。便問她那家是什麼人。豆嫂道，你沒聽說？那家人在外打工，好些年不回來了。怎就不回來？是不是發了大財？她哧道，發了大財那還能不回來顯擺？這話古怪，便問她緣由。她笑道，你該問秀梅呀。原來這主家是秀梅的堂兄弟，長得大高個子，人便稱大個兒，在外打工時叫流水線的皮帶絞住，廢了一隻胳膊，便再也打不得工，只好在老家守著。他媳婦便跟著熟人去了外頭，那人是他拜把子兄弟，葡萄峪的，老人有病，他便留媳婦在家照顧老小。留下來是一男一女，在外頭也是一男一女，免不了互相照應。就有了閒話。人家兩家的事，願咋就咋唄，偏有人把醜話說到了大個兒臉上，大個兒氣不過，過年時兩家人喝酒，他竟然扎了把兄弟兩刀，也虧得他只有一條好胳膊，也不知咋使上的勁兒。好在傷不重，不過也免不了住監。聽說去年出來了，沒見他再回來過。哪有臉回來。我問，那他家這宅子就這麼荒著？她道，荒著唄。再荒著也是人家的，再荒著也是老宅。

到堂屋裏坐定，豆嫂沏上了一壺山楂水。山楂切片，放一點兒糖，用滾水沖泡得酸甜可口，村裏人就當了家常茶。原以為山楂都一樣，來這裏才知道還分藥山楂和水果山楂。水果山楂個兒大籽兒少，味道淡甜不酸。小山楂是本土的笨山楂，因沒有經過什麼改良，是原汁原味的酸，籽兒也多，也只有這種山楂才能入藥，所以村裏人又叫它藥山楂。藥山楂果肉又能分出黃紅兩種，黃的犯甜些，紅的犯酸些。這裏用來泡茶的都是藥山楂，水果山楂通常都是賣下山去到城裏，天冷時做冰糖葫蘆用。

她家堂屋也是兩層，也貼著小長條白瓷磚。東西廂房都是老房子，東廂房是灶屋，西廂房是放農具的倉庫。東廂房和堂屋之間的天井搭著寬寬展展的外樓梯，通到二樓。豆嫂說二樓住的是兒子媳婦，其實也沒住幾天，白空著。她打算把他們東西騰到樓下，樓上全用來待客，就是不知道幹餐飲還是幹住宿。餐飲呢，來錢快。家裏的豆腐豆筋千張也都能順水推舟地賣。住宿呢，輕巧一些，就是不知道能不能穩把穩地掙到錢。誰不吃飯呢，是吧？可來的人都開著車，來了去了都哧哧溜溜地方便，不一定會住呀。請你們來吃這頓飯，就是想叫你們幫著拿拿主意。我說孟老師是專家，聽他的就妥。她說人多出韓信。他說他的，你說你的，說不定也能指條明路哩。看見豆哥從外頭進來，又喊著讓他再去請一下孟鬍子。

餃子還沒包完，我便上手幫忙，她不讓，說展眼就妥。她擀皮兒真是一把好手，一手拿擀杖，一手轉皮兒，一張皮兒轉一圈，擀出來的皮兒中間厚周邊兒薄，包時這薄邊兒往裏一合，中間厚的皮兒正裹著餃子餡，是再也不易煮破了的。滿滿兩蓋簾餃子包好，豆哥和孟鬍子進了門，孟鬍子拎著一瓶「懷川醉」，豆嫂忙接過來說，這可是好酒，比茅台也差不多吧。豆哥也篤定地說差得一點兒也不多。

鍋裏的水已經沸了，豆嫂說等會兒再把餃子下鍋。四人都倒上了酒。四個涼菜：拌豬頭肉、拌豆乾，還有一碟花生米和一碟松花蛋。剝松花蛋時，豆嫂用棉線把蛋劃成八瓣，我從沒有見過把棉線派到這個用場的，豆嫂得意說這是她自己的竅門兒，用刀分松花蛋，松花蛋的溏心兒肯定粘刀，一粘一大片，刀得洗且不說，反正咱不缺水，卻是可惜了那一抹蛋呢。還有兩道燉菜：雞塊燉豆腐和悶罎肉燉千張。豆哥指著豆嫂說，她手拙，端不出像樣吃食來。孟鬍子說都這麼好了，還要多像樣？我大嘴吃四方，一下筷子就知道。豆腐千張不用說，就連酸菜鹹菜都是絕味。你家的悶罎肉也好。豆哥說，放句不浮誇的話，比你們再大地方來的客，吃了咱家的悶罎肉也得說好。咱的豬養得精心，咱家留下的豆渣那都是好飼料哩。孟鬍子道，你不在家，豆嫂做豆腐也有限。你這一回來，家業可就能大撐起來。豆嫂疑笑道，再做也不過是豆腐，能撐起多大家業？雖是家傳手藝，以前可沒掙出個啥來。再是一股名聲，東西賣不到遠處，無非是四鄰八鄉。豆子又連年貴，本錢高，豆腐漲不起價，也太受罪。自古苦事有三樁，打鐵撐船磨豆腐。起大早，忙半晌……便紅了眼圈，說要不是累得不行，他也不會騎著三輪車打瞌睡就栽到了溝裏落下了病根兒，前些年身子骨一直病啊痛啊的不利索，去年好些了，才投奔了親戚去了予城，掃個街，收個廢品，一個月落下個三四千。雖說他在外，我在家，兩頭不耽誤。可在自家門口鐵定掙得舒心些。在予城掙的三四千，聽著好聽，要是刨去了賃房子和買飯吃的花銷，那票子能比在村裏的一兩千結實？我便問那天開大會為啥不願意接掃地的活兒，錢雖不多，既是慣熟，順手也就幹了。豆嫂說順手是順手，卻是不順心。在城裏是份正經工作，是環衛哩是保潔哩，擱村裏一說起來就是掃大街拾破爛，可沒啥光彩。俺孫子眼看到了談對象的年紀，更犯不著為幾個錢沾個這賴名譽。你看那天會上有誰應承這事？我說，要是工資高了是不是就會有人幹，不再計較那麼多。豆哥道，那是！要是開個三五千，你看有沒有人幹？只怕擠破頭也輪不著咱。只是自古以來賴活兒就是賴價錢，哪有恁主貴時。

吃喝了一會兒，孟鬍子便起身去看房子，老兩口都跟著，我也不能獨個兒吃飯，也便跟著。聽孟鬍子樓上樓下且論且行，說要我的看法，你還是做住宿。做餐飲是來錢快，可咱家這個情況，適合做住宿。吃飯一般都是得地段好的，吃個熱鬧，吃罷了好轉轉悠悠，這個咱家不佔。要是做住宿就沒問題。住宿就是天黑以後的事，一進屋，啥景致不景致的，閉上眼就睡，地段再偏也不礙，說不定就有客人愛偏呢。要做餐飲家裏還得有個掌勺大廚，你兩口誰中？就得僱人，工資少說三四千，咱不心疼？做住宿，有倆掙倆有仨掙仨，都是咱的。再說咱還有豆腐這一攤子的沉重。住宿輕巧，豆腐沉重，正好。不然你老兩口可得累著。豆腐就是咱獨一無二的優勢，咱一定得大張旗鼓地再做起來。誰不吃飯呢。只要吃飯，咱們中國人有幾個不愛豆腐的？村裏這麼些做餐飲的誰不用咱家豆腐？咱這豆腐再不用賣遠路，省了一份艱難。只要東西好，遊客也認。鮮豆漿、豆腐腦、豆筋、千張、臭豆腐、豆瓣醬、豆腐乳，這都能叫豆腐平地翻價，那時候，白白的豆腐哪裏是豆腐，那可都是白花花的銀子。要是受不起累了就狠下心去僱人，僱咱村兒或者咱周邊村兒的閒人，也就是半天的活兒嘛，算他半天工，一千五就有人幹。以我的估計，等咱村兒真火起來時，你連住宿帶豆製品一個月掙個小萬把那是穩穩的，花個一兩千僱個人，總該捨得吧？豆嫂笑道，聽你說的，好像那錢是這春天的樹葉子似的，要盡情地發呢。咱村耍弄了這麼兩年，到今年清明那兩天才有一轟隆火。村裏人都誇你有好謀算，你可別叫咱們一鍋開水下不了麵呀。孟鬍子笑道，下不了白麵下雜麵，這就叫，清水下雜麵，你吃我看見。

一邊熱鬧說著，一邊又指撥著我去看東廂房牆根兒擺著的那排石雕物件，說這些個東西如今也不常見了。這賞墩是漢白石的呢，都有包漿了。你看這蓮花座刻的線條多高古。你再看這對門鼓石下面的須彌座，上下枋、束腰，這圭角，這如意紋……豆嫂，你嫁給豆哥可是有點兒遲呀，早一點兒就能過上地主老財的闊日子啦。我依著孟鬍子指點蹲下來細看，雖然不懂，卻也能看出講究。便誇。豆嫂已在廚房下著餃子，呵呵應道，咱就是個貧農的命，娘家貧農，婆家貧農！孟鬍子說，哄不住我。這些東西可是大戶人家的房子才有的。豆哥說，外頭撿哩。孟鬍子說，可真會撿。這好東西地老師咋沒撿著？豆哥笑道，地老師你要看上就拿走。孟鬍子說，你看你這假大方的，恁沉的東西，你叫她咋拿得走嘛。豆哥說，只要地老師要，我給送過去還不中？孟鬍子說，這還算有誠意。我轉臉看豆哥一臉懇切，倒是有些意外。笑道，厚情心領啦。這可不能奪人所愛。孟鬍子道，你這謙讓得可不對，又不是叫你自己要。這放村史館多合適。

因是素餃子，在鍋裏滾了兩滾，白麵皮兒裏就透了綠。撈出來過了一遍水，免得粘著。豆嫂又起了四碗餃子湯。吃完餃子，餃子湯正是涼熱適度，喝下便是原湯化原食。一時間酒足飯飽，我和孟鬍子便告辭。豆嫂也已將芥菜絲裝了兩個塑料袋，分送每人一袋。雖是滿滿的，卻是小袋子。或者說袋子雖小，卻是滿滿的。正欲跟著他一道離開，他突然停步道，你先走，我再跟豆哥扯上幾句話。我便先走。走了一會兒方才明白他的用意。既是不好一起來，也自是不好一起走的。便只好嘲笑自己，還要人家想著法子鋪個台階給你下，也真是够不開竅。

2. 以姓氏筆劃排序

進入初夏的山，越來越有看頭兒。到處都是喜鵲。黑白兩色，修長的尾巴在叢林上空飛劃，在枝丫上降落。燕子比喜鵲小一號，喜歡站在單薄的高線上，如在炫技。山色越發往深裏醞釀著青綠，灌漿的麥子已經散出了細微且盛大的清香。樹上的花迅速地繽紛起來，山楂花雪白，柿子花淡黃，我一直納罕核桃什麼時候開花，被雪梅特意指點了一下才知道它開的綠花，粗看去花綠葉綠，可不就像是沒開花。仔細去瞧還能分辨得出雌雄花，雌花花頭比雄花多了一點點紫紅。家戶們愛種月季，圓圓的小花小朵，顏色卻比平原的更穠麗。指甲花也已經窈窕長起，開幾朵我就摘幾朵，能染幾個指甲就染幾個指甲。

這些花花草草拍下來發個朋友圈是慣常做法，寶水村年輕些的都這樣，順便也給自家店打打廣告。秀梅發得最積極，還同步更新抖音，卻還是不足意，嫌粉絲太少，效果不好，得想法子。到底還是拉著雪梅香梅來和我鬧，非要組個團。說一個人能玩的花樣到底有限，組團的話就能花樣百出。而所謂花樣無非也就是選一些網上流行的俏皮段子，配著人家的聲音對口型，或者配著人家的歌兒來跳舞，還有什麼分角色的戲曲對唱以及絲巾秀旗袍秀之類，聽得我頭大，敷衍說你們年輕，能蹦躂動，我可不禁折騰，饒了我吧。哎呀姐，俺們仨來求你，就沒有一星星面子？秀梅撒著嬌，又使出了撒手鐧：知道你見過的世面大，就恁瞧不起俺們？雪梅也甜甜糯糯地撒嬌，萍姨，就是耍耍嘛。香梅不出聲，只是默默笑。她也喊我姐，雪梅卻堅持喊我姨，說她得順著婆婆排，自然得降個輩分。秀梅擠擠眼道，叫啥姨，乾脆一步到位喊嬸吧，省得以後改口麻煩。三個人搭在一起笑。又不好太正色，又不能不分辯，我只好道，別瞎扯。我跟老原就是朋友。秀梅道，朋友跟朋友不一樣。有的朋就是友，有的朋過上倆月就有啦。

擱不住她們歪纏，不如答應。我說有言在先，主要是你們自己耍，我只閒搭個名兒，可別回回都叫上我。中啊中，只要姐答應就中。秀梅一迭聲道。又說咱們這小集體得起個名號呀，姐你來定。我說這一時半刻哪能想得出來。看雪梅沉吟著，似乎是有主意的樣子，便問她。她果然笑道，現成的，就叫一青三梅，咋樣？我說好是好，不過得把我往後放，叫三梅一青。雪梅說這可不行，就得把您放前頭。這孩子急得，「您」字都用上了。我問為啥，秀梅上來攀摟著我肩膀，氣兒直吹上我的臉，您這不是臉面大地位高嘛，得罩著我們。啥時候一不為大？話到這份兒上，我自然也明白這是要我給她們攔在前頭，若有什麼風言風語的好當個盾使。不過話說回來，我當盾還挺合適。反正也是個外人。

是的，無論看起來多麼像村裏的人，這些細枝末節總能讓我覺得自己還是個外人。

終究是個外人。

果然是個外人。

幸好是個外人。

可為什麼，卻常常覺得自己也在裏子裏呢？

一進到抖音裏才知道村裏有抖音號的人還挺不少，連大英都註冊了個號，昵稱是「家在寶水」，只是光看不發。「一青三梅」第一條發的是我們四個站在寶水村的路牌下，每人擺個 pose，再來上一句話，意思是歡迎朋友們來寶水，也期待朋友們關注。上午發的，下午大英就找了來，說這個名號不周全，應該把寶水村帶上才能宣傳得清楚，要不然光看這「一青三梅」，誰知道你們是哪坡哪溝哪嶺的？我說也沒幾個人看，能有啥宣傳效果。大英說早期的人再少也不能小看，螞蚱腿上也是肉。一傳十十傳百百傳千，這可都是革命的火種哩。

也有道理。於是就改成了「寶水有青梅」。後來聽見村裏人對我們的叫法卻是青梅藝術隊，也不知道藝術個什麼。不過也就隨他們去吧。

發了幾條，看的不過百，評論不過十。寥寥可數的評論裏還有人出言不遜，說這都是什麼妖魔鬼怪呀。秀梅答：都是姑。那人惱斥說你怎麼佔人便宜。秀梅又答：村姑不是姑？

香梅不論在什麼次序亮相，評論衝得最多的都是她，誇美，誇靚，說這姿色一級棒。有說深山出俊鳥，更甚者說國色天香。看著網友們讚得五花八門，便也只能感嘆，如今果然是顏值是王道？

香梅家做的是純餐飲，起的名字叫「七香居」，兩口子各佔一字，叫起來頗順口。在西掌的指示牌上排得最靠上。下面依次是「頭號院」和「我家小院」。聽孟鬍子說，牌子立好後，張大包和張有富分別來找過他理論。問這是按啥排的，孟鬍子道，按的是你們店名第一個字的筆劃。七是兩畫，你們比人家的少？他們又追問這是什麼規矩。孟鬍子道，這是國家立的大規矩。不信你們去好好看看《人民日報》，研究一下上面是不是以姓氏筆劃排序。他們方才作罷。

聽孟鬍子這麼講，我便問他，鵬程家的「小村如畫」和秀梅家的「山明水秀」怎麼排？「小」和「山」都是三畫。孟鬍子道，那就按第二個字排嘛。「村」比「明」的筆劃少，「小村如畫」就能排在「山明水秀」上頭。問他從哪裏想到的這些，他笑道，還能從哪裏？從生活中來，從實踐中來唄。你以為我這麼多年白混的？所有的吃虧都是教訓，所有的教訓都是經驗。我說你這經驗可真够精細的。他嘆了一聲說，農村的事就是這，該粗就得粗，該細就得細。細起來就得有根兒比羊毛還細的線兒給綳著。你說羊毛輕吧？那也怕擱到秤上稱，一稱就有斤兩。

老物件這些天也源源不斷地收了上來，居多的是「兩頭」：石頭和木頭。磨盤、碾盤、水缸、水槽、蒜臼，這些都是石頭。做鞋用的模子、類似於嬰兒車的「坐婆」、紡花車、水舀、臉盆架子，這些都是木頭。再有就是布品，千層底老布鞋、偏襟大褂、粗布襪子，雖是經年累月，針腳依然清晰。還有人拿來泛黃的小學課本問中不中，是四十年前的課本，我自然說中。暗自感嘆，要是放在舊書網上肯定能賣上幾個錢。大英果然是對的，這事兒不能提錢。

3. 怕是怕，想是想

人流量很快顯示出了規律，以一週為循環期限，週一人最少，以後幾天裏依次增多，到週六週日抵達高潮，然後週一又回落。五一節自是比平日還要忙碌，客流量也抵達了前所未有的巔峰。好在有前些時日的打底，也就能够忙而不亂。從停車場開始，西掌、中掌和東掌都立起了簡易導覽圖，是孟鬍子手繪出來又複刻在木板上的，很像那麼回事兒。村委會撥出了兩間房子，簡單收拾了一下，算是專設出來的遊客服務中心，村裏的班子成員在那裏日常輪值。鎮上也常派人過來盯看，以便處理臨時情況。各家客房都住得滿滿的，飯菜香和客人們猜枚划拳的喧嘩聊笑從半上午一直飄到晚上。不過晚上十點鐘一過，再熱鬧也會漸次安靜下來。客人們即使興致猶在，也會不自覺放低了聲響。再坐一會兒，也便散了。也是，周圍巨大的山體都沉默著，面目模糊的叢林都沉默著，這些碩大的沉默似乎都是無言的勸慰：睡吧，去睡吧。人的熱鬧顯得像是不合時宜的小火星子，此時不滅就是一副不應該的樣子。

長假的最後一天，楊鎮長親自來村裏盯看。在孟鬍子那裏閒坐時大英又問起請閔縣長來揭牌子的事。楊鎮長的口徑依然是，來是一定會來的，只是定不了日子。大英急道，回回問你，你回回都是應個這。楊鎮長笑道，這證明原計劃沒變化，好呀。大英嘆道，領導咬個牙印兒咋就恁難。實在不中咱就不請了，我就不信咱就不能把牌揭了？楊鎮長說，這話聽著沒錯，你叫哪家的三歲小孩兒來，就是你家騰騰，你抱著他也能把牌揭了，可那能一樣？能上電視？能上報紙？能上新聞？只能上個笑話。大英說，我就是隨口一扯，這都不叫扯，可不把人憋死了。唉，領導咋就那麼難請？請領導咋就那麼重要？楊鎮長說領導重要所以才難請，領導難請是因為重要。所以領導才是領導，所以才要請領導。大英說你這幾句話跟繞口令似的。你也是領導，你就沒有恁大架勢。楊鎮長說哎呀謝謝表揚。我跟你說，有兩種領導沒大架勢，一是我這類最小的領導，是領導裏的蝦米，就不算是領導，咋敢有啥架勢。一是最大的領導，人家犯不著顯出架勢。大英道，你這是把自己跟最大的領導比啦，還拐著彎抬自己哩。你跟人家有啥好比。楊鎮長說還真有一比，都是為人民服務嘛。又笑道，說實話我也怕領導來，領導來了總得張羅場面，不能清湯寡水的就揭牌吧？不得組織一幫人來熱場子？媒體也得來。領導講話稿得預備吧？人家是有秘書，按規矩咱也得備個講話稿，人家用不用另說。領導在這兒看看轉轉，衛生不得格外講究？在哪家吃喝安排啥菜單，不都得慮慮？碰見那不楚耷齊的人告咱一狀，都是事。大英說聽你這口氣，其實是可不想叫領導來？楊鎮長說，哪能呢。男人怕塌賬就不娶媳婦兒了？女人怕肚疼就不生孩兒了？怕是怕，想是想，一碼是一碼。咱整天這麼幹圖個啥，幹得再好，領導不知道，那還不是錦衣夜行。盼星星盼月亮一樣盼領導來。領導來了，可不只是面子問題，更是裏子問題。啥裏子？這裏子可是個千層裏，哪能跟你扯得清。

正說著，一群遊客進了院子，嘰嘰喳喳地討論著哪裏是村史館。大英迎出來說，村史館還沒妥呢，還得些時日，你們過幾天再來耍呀。一個女客指點著手機裏的照片說，導覽圖上都有了，還不能叫看，這不是忽悠人嘛。大英笑道，這算個啥事，能忽悠你個啥。就像早起還沒梳頭洗臉就去迎客，那是個禮不是？齊備了才能開門，說來也是對客尊重哩。再說了，俺們村裏可看的多著呢，少看一處，多個念想，下回再來還有的看，這不美氣？她這幾句話說完，一時間一群遊客居然無人應答。那女客衝大英點點頭說，你好口才，是村幹部吧？大英也笑說，你好眼力，俺還真是村幹部。眾人哄笑一聲，出了院子。

我們幾個在屋子裏靜聽著，也都跟著笑。楊鎮長便問我村史館進行到了什麼程度。我說東西收集了不少，文字和圖片也都有了些，要說齊備那還差得遠。楊鎮長便說去看看，一行人就走到教室這邊來。物事已經堆了一屋子，小的如钁頭鐮刀，大的如犁耙木耬，不大不小的如鋤頭鐵鍬，我都大概歸置了一下。楊鎮長指點著說，能上牆的上牆，該擺桌的擺桌，大件的也只好擱地上。舊雖舊，卻也得乾淨，泥巴剔掉，鐵面上的鏽除了，木頭柄上餵餵熟桐油，都收拾得利利落落的。物件上也得繫上牌牌，寫上物名。大英說，想著只寫捐贈人就中了，誰還能不認得這些東西？孟鬍子說，你把不字去掉，應該是，誰還能認得這些東西？楊鎮長說，咱還是得轉換思維。說句不好聽的話，遊客們來到這，你得像看待小孩兒一樣。吃喝拉撒，聽啥看啥，方方面面都得慮到。送上門的錢哪是恁好掙的。

我突然靈機一動，說領導們來一回，乾脆也把村史館的牌子一起揭了唄。大英說對對對，我看中。趁車趕路，趁水和泥，趁熱打鐵，趁手揭牌，咋不中。就都笑。楊鎮長說，原來沒彙報這一出，哪好平白去添上。讓人家又稱鹽又打醋的，算了吧。大英說，彙報啥。等人來了直接叫他去揭唄。楊鎮長忙擺手說，這更不中，咋能這樣去規劃領導，況且又不是一般的領導，是這麼大的領導。孟鬍子尋思片刻道，不是啥原則問題，我看中。既然請他來稱鹽了，咋就不能順手再打點兒醋。又不是錢的事，鹽多了醋少了的不好說。就是捧個人場嘛，就是幾張照片嘛，就是拉把紅綢子嘛。大英說，領導慣常是好領導，末了還是閻王大度，小鬼難纏。衆人就都瞧著楊鎮長笑。楊鎮長說，都看我幹啥，我也沒資格給縣長當小鬼。不過就看這，半半片片的樣，咋好意思叫領導揭牌？孟鬍子道，領導揭牌難道非得項目完成才能揭牌？奠基儀式還能揭個牌哩，何況咱們也有了這麼多準備。況且不齊備也有不齊備的好處，到時候領導來了，咱好哭窮。叫領導們知道，咱們是沒有條件創造條件在幹工作，一來要領導們表揚咱們的工作精神，二來萬一領導們能給咱們點兒資金支持呢。

衆人一起給孟鬍子鼓掌，大英衝著孟鬍子豎了豎大拇哥道，管他哩，咱就來個先斬後奏，儘管佈置下來，看他到時揭不揭。真不揭也沒啥，又不是鍋裹的饃，不揭就焦糊了。他要是真不揭，就叫他看著咱揭。咱自己蒸饃自己揭，有啥錯？

衆人樂得不行。楊鎮長搖頭笑道，隨你們，你們厲害。你們這棍氣得很，還要捉領導的眼兒呢。只要能捉得成，那是你們的活勢大。只是有一條：甭再跟我提。今兒出了這個門，我也從不知道有這一說。

4. 種穀要種稀溜稠

找大曹要荊籃這事兒，我暗暗掂了幾個回合，還是先跟小曹商量了商量，由他出面去說。他去了半晌，訕訕回來，空耷著手尷尬道，他一下子就猜準了我是給村裏要，說啥也不給，說他不沾公家，公家也別沾他。誰來也不中。問他，你家裏就沒有一個？他說早就不用那些東西了。又說，要不就算了吧。離了他這瓣蒜咱還不開席哩。

尋思著若是找大英告狀，以她的脾氣免不了鬧一場風波，還顯得自己既沒出息又是非，犯不上。若是到此罷了，那個破籮筐的精細紋理又令我著實不甘心。想了又想，突然感覺出了自己較勁兒得可笑。這事也值得這麼躊躇。不如上門一探，即便要不出東西，難道他還吃了我不成。

他不在家，曹燦和曹陽正圍著堂屋的小方桌對坐，面前都擺著書本，看樣子正在寫作業。小方桌瞧著也有了年頭，四個棱角都刻著雲頭紋，簡約耐看。曹燦給我讓了座，用玻璃杯倒了開水。杯子十分潔淨，屋子收拾得也很利落。靠牆的條案上擱著一個高挑的玻璃瓶，瓶口極小，像是洗淨了的飲料瓶，裏面插著兩枝淡紫色的小碎花，清雅秀麗。我瞟了一眼他們字面，曹燦在做數學，曹陽畫的是漢語拼音。曹燦在鎮上讀小學，曹陽才四五歲，這是姐姐在給弟弟當老師嗎？

便閒話，問她那花是什麼花，她說是荊條花。喜歡這花？她說這花能從五月開到九月底，爸爸砍的荊條上自帶著，味兒也好，就隨便折下來插一插。突然想起今天週一，又問她怎麼不上學。她淡淡然道，這一段時間週一我一般都不去。我爸要進山。進山？這不就是山嗎？納悶了片刻我便明白，她說的山是更深的山。進山做什麼？尋貨。尋什麼貨？就是那些個木頭，還有山貨。所以就讓你在家看弟弟？她點頭。會做飯不？會。會洗衣裳吧？有洗衣機呢。在鎮上跟姑姑住，姑姑對你好吧？好。每週都缺一天課，還能跟得上？她點頭，我學習好。

單看眼神就知道這孩子極聰明。這讓我說話也謹慎起來。都說窮人的孩子早當家，其實早當家的孩子還有幾種情況，一種就是沒娘的孩子，還有就是寄宿在外的孩子。這幾樣曹燦佔了個全。

沉默了一會兒，問她喜歡看什麼書，我可以送給她。她眼睛閃亮了一下，笑了笑，沒答。問我有什麼事，聽我說想看荊編，便帶我去廂房看。一進屋我就眼花繚亂：圓襻的籃子，長襻的籮筐，各種有蓋沒蓋的花眼簍，還有大大小小的荊席和荊笆，地上堆牆上掛，滿滿都是。宛若是小型的荊編展覽。賞一番，讚一番，又回到堂屋閒坐，待到時近黃昏也沒等到大曹。曹燦已經打算開火做飯，說一般要到天黑才能回來，我便說改天再來。送我到門口時，曹燦突然說，你相中啥就拿一個吧。我有些意外，問，你做得主？她抿抿唇說，也不能啥都等他做主。那小模樣兒讓我心軟得下意識地想要摸摸她的頭，她的身子卻伶俐地一偏，閃了過去。尷尬片刻，我說，還是等你爸爸回來再說吧，謝謝你。她莊重地點點頭，十足的小大人樣。在這個瞬間，像照鏡子一樣，我突然照見了福田莊時的自己，那時候的我啊，還真是胡天胡地，沒心沒肺。

原路回去，經過張有富家門口，見他和老婆正在忙活門頭，「院子」已成了「我家院子」。那字一看就是孟鬍子筆跡，他這手字真沒白練，好歹在這村裏混成了獨霸一方的書家。就停下來聊了幾句，問他們打算做啥，張有富說老宅這裏王老闆留下的底子是住宿，那就還幹這。新院住自家人，寬寬展展過日子用，到時候看勢也能做點餐飲。耳聽著老安家的老宅在他口中成了新院，一時竟不知說什麼好。也不知道老安兩口在九奶這裏住著，天天看著張有富在自家老宅裏進進出出，心中又是什麼滋味。

路過九奶家，看見九奶在院子裏坐著，便走過去。她瞇著眼睛，似醒似寐。直到我靠近，方才說，像是根兒家的來。我說，您這眼神兒真好。早就是半瞎子啦。她說。安嫂子出來接話道，接生可毀眼。我娘家有個接生婆，不到老就瞎了，且不比老太兒呢。接生毀眼？這我還是第一次聽說。九奶道，過去條件太差，連個口罩都沒有，更別說戴啥鏡。裏頭的熱血一刻間猛噴出來，要是不設意，光嗆都能把你嗆暈。舊年月都是這。後來八路軍老在山裏活動，他們有衛生員，老聽他們講這講那，聽多了才好了些。

你見過八路軍？

咋沒見過。三五不時就見上一見。男男女女的，人都可和氣，可隨勢，好說好笑好唱歌，嘴裏都是新詞兒，念起來可中聽，說啥「種穀要種稀溜稠，娶妻要娶個剪髮頭」。她輕笑。

我怔住。這句早已成舊詞兒的新詞兒也曾聽奶奶說過，給幼時的我剪頭髮時，她必定會念起。

不敢再看她的臉。便沉默著，等著她再說些什麼。等著等著，聽見了微弱的鼾聲。該是睡著了。可我一起身她就睜開了眼睛，說，走呀。我說，走呀。她說，你近前來，叫我再看看。我便近前，近到快和她臉貼臉，她顫巍巍地伸出手摸了一把說，真襲小迎春呀。就又閉上了眼。

安嫂子躡手躡腳地跟出來送，到門口才放開了聲，笑道，老太兒多好看你。到底跟你們原家親。

我笑。問她，是不是老太兒經常說誰誰誰跟小迎春像？

那倒沒有。你是頭一個。她說。

一路上便反覆琢磨著這個。上次她說過這話後，我就會時不時想起來。只是略一想便擱下，不敢往深裏想。可越是不敢就越是有點兒想，還挺折騰的。那乾脆就往下挖一下？

便打電話給叔叔，先聊了幾句蓋房子的事，又閒閒地講到村裏有個老太太，年齡跟我奶奶差不多大，可早時在大南坡認識個小姊妹，說我跟那人長得可像，名字叫迎春。那人的年齡跟我奶奶差不多大，我想著她說那人是不是奶奶，可奶奶又不叫迎春。

迎春？迎春……叔叔絮叨了兩遍，突然大叫道：對對對！有有有！我小時候跟她去大南坡串過一回親戚，那時候俺姥姥還在，就喊她迎春來著，我還問她不是叫玉蘭嗎，咋又叫迎春。她說迎春是她小名兒。說不定那人說的就是你奶奶哩。你說多巧。

哦，哦。應付了兩聲，我掛斷電話，靜了片刻，已經能確認，不是說不定，而是一定。九奶和少女時期的奶奶見過，一定。

瞬間淚便濕了臉。擦了兩把便不再擦，任它淌下。反正天黑著，沒人看見。

手機又響，是老原。掛斷。他再打，我再掛。他堅持打，我按下接聽鍵，一句話沒說就哭得不能自已。

老原回來時已是深夜，我已收拾得妝容整齊。看他進門，彼此對視一眼，看到他眼神裏的探究之意，我原本平著臉，試圖敷衍地笑一下，卻又忍不住哭了。問明了原委，他便笨拙地用手掌直接抹上來給我擦淚，掌心粗糙而溫暖：好了好了，好了乖，就當又認了個奶奶，咱們共有一個奶奶。

我推開他，嫌棄道，去洗洗手，髒死了。又埋怨他這麼急火火地趕回來，好像我怎麼了似的。也不安全。他說本就收拾好了，正準備回來呢。明天週五，不是客多麼。

5. 玉蘭吾妻

奶奶說她是文盲，我原本是信的。直到在村小上了學，才發現她也能識些字。有一次，我在寫天，寫得馬虎，那一豎便往上頂破了橫。她路過時看了一眼便站住，問，你寫的這是個啥。我說是天。她說我看像是夫。我說就是天。她說天字出頭就是夫。我不耐煩地說夫什麼夫，她說丈夫的夫。我翻眼看她，她卻突然紅了臉，疾步離開了。

再後來我才知道，在同村的老太太裏，只有她識些字。她不僅會寫自己的名字，還認識和自己名字相近的字，即自己名字的周邊。和玉長得像的王、主，甚至圭，和蘭形貌近的羊、美、竺。家這個字她也認識，還知道女和子湊在一起是個好。村裏刷標語，她能準確地讀出「農村」「形勢」「建設」「貢獻」之類的詞。我寫作業時她常在旁邊入迷地看著，尤喜歡聽我讀出來，越大聲越好。有時我故意扯破了喉嚨讀，然後喊累，讓她給我烙雞蛋餅，要油大的，層多的。她一邊罵一邊做，罵時做時都喜滋滋的。

那個初秋的中午，院子裏曬滿了預備過冬的被褥枕頭，屋子裏的箱櫃也都大敞著口。奶奶和七娘在院子裏說話，我吃完飯，還不到上學時候，有些無聊，也有些好奇，便往箱櫃裏翻，忽然翻到一個捲得很緊的包袱，便一層層打開，是一件大紅碎花的棉襖，雖是一股子陳氣，顏色卻還很豔。抖開來，掉出了個牛皮紙信封，裏面就是那封信。屋裏光線昏暗，我便拿到堂屋去看，不自覺地讀出聲來：

玉蘭吾妻：

見字如面。我這裏都還順利。勿念。你在家照顧老小，我知十分辛苦，實為不易，這也是沒辦法的事。農村很需要建設，你要多參加新社會的學習，要多做貢獻。現在形勢大好，我估計最遲到明年春天就能完全勝利，安心等我回來就好。

夫紹功即日

有些字我還不認得，只能蒙個音兒。正磕磕巴巴地讀著，奶奶就跑了進來，邊跑邊罵：你個賴孫在那兒幹啥哩？我堂皇回答，認字呢。這是信吧？我念念咋啦？她伸了伸手，似乎想要奪過來，又縮回去，顯然是怕把信扯壞了，瞪了我好一會兒，方才抖著手說：你給我擱桌上，趕緊爬去上學。

我便擱桌上，爬去上學。她激烈的反應讓我越發有興味，就總想再去偷看，她卻換了地方。我找了又找，終於發現她藏在了枕頭裏，便故意拿到她跟前抖摟，這回她好像沒那麼生氣了，溫言款語地哄著我，叫我把信還她。然後她再藏起來，我再找。像捉迷藏似的，我們倆玩了好幾個回合。

每到天氣轉涼，她就會開始泡腳，也讓我一起泡。一個晚上，我們倆又泡腳時，她問了一番我的功課，我的語文剛考了個滿分，看她喜悅，便順勢吹牛，說老師誇我在全班識字最多，普通話最標準。

就知道俺萍精能得很。她摩挲著我的臉。

你把那信拿出來，讓我給你念念。我大喇喇地說。

尋思了一會兒，她方才把信從貼身小衣的口袋裏拿出來。裹三層外三層地裹著。信紙摸起來已經潤潤的了。

你爺爺就寫了這麼一封信，就這一封。她說。

你仔細拿著，好好給我念一遍。她說。

不要聲高。她又說。

被她的鄭重拘著，我便好好念了一遍。也沒有聲高。念完才看見她滿臉的淚。

奶奶，你咋啦？被她的淚嚇著，我瞬間也哭起來。

乖啊，不哭。她把我抱過來，卻依然無聲地哭著，哭著。我在她的懷裏，也哭著。不明白她為什麼哭，便哭得茫然。又因她的哭而難過，便也哭得懇切。我們兩個就這麼哭了好一會兒，她方止住。拍了一下我的腦袋說，這封信連你爸你叔都沒看過，咱家只有你看過，只有你啊你個小賴孫。

小賴孫到底是小，她的悲傷對我而言難以理解，那便不去理解。能確鑿理解的是我已經摸到了這個根節兒，這讓我越發有恃無恐，恃寵而驕，不知分寸在作死的邊緣反覆試探，時不時地以這封信為把柄戲弄戲弄她。比如我會偶爾冷不丁地喊一聲：玉蘭吾——

眼看她要打過來，再接上一個「奶」字，還戧她：咋啦，叫玉蘭吾奶不中？玉蘭吾奶，玉蘭吾奶！

她便又氣又笑地罵，中你個賴孫。

玉蘭吾妻，玉蘭吾奶——童年的記憶裏，我從來只知道她叫玉蘭。什麼時候她還被叫作迎春呢？

迎春，這是她出嫁前的閨名，無疑的。那麼便可以就此推斷，玉蘭應是爺爺在婚後給她起的新名。這兩樣花開的時令也一樣。相較而言，迎春偏鄉土，玉蘭偏雅致。在那個年代，給妻子取一個新名，是不是相當於送上了一件非物質的愛情禮物？

後來我才確定，那時的我其實被奶奶當成了小閨蜜，最小最親的閨蜜。因給了我至高的閨蜜待遇，她才會和我分享這封信。只是這個小閨蜜實在是太小了，太糊塗了。以至於多年後的現在才意識到，這封信就是她這輩子唯一的情書。而這情書對她的意義也早已超越了情書本身，簡直就是她的人生指南。

6. 眼不好，心不瞎

週日晚飯後又去找大曹，老原陪著，拎了些孩子們愛吃的零食，慢慢悠到西掌。院子裏鋪展著一堆柴柴棒棒，大曹正在洗手，一邊黑著臉呵斥曹陽也來洗手。老原跟他打招呼，他懶懶地應了一聲，便把我們晾在那裏。也不問什麼事，想來也知道。還是曹燦倒了兩杯水來，小聲讓我們坐。

就先誇了她一番，又誇大曹的手藝。老原也說了幾句，話雖不多，卻比我到點子上，什麼取料截段，殺青修邊，打眼打磨，硬度造型，大曹面色漸漸和緩下來道，你們見多識廣的，還能把咱這土玩意兒看到眼裏。我說，你這屬傳統特色手工業，一個個這麼精巧，是藝術品呢。看你這人，真想不到會出自你手。他傲然道，從小看到大，想不會也難。有可多人不親眼看都不信我有這手藝，還有人說我這是七仙女的手接到了張飛的胳膊上哩。

就都笑。趁著氣氛好，我便提了捐的事。他立馬收了臉道，上回建華沒把話帶到？算了吧。我跟公家不沾。老原說，你就看我們的臉氣唄。這都上門來了，能讓我們空手走？他看一眼屋裏，不說話。就都沉默了一會兒，末了我也沒了耐性，索性道，看來我們算是沒一點兒臉氣。他也索性道，各是各。要是你們倆要，我沒啥。現在地老師你沾著公家，那我就是這。我的東西，憑啥白給公家哩。

話到這裏就沒了路。聽他的話音兒，難道要村裏掏錢買？大英那裏肯定行不通。老原卻當即道，那你就當我倆要唄，該咋算就咋算。大曹猶豫了片刻問，要新還是舊？不論新的舊的大的小的，只要是全乎的都中。新的一個百把塊哩。你說啥價就是啥價。他又猶豫了一下，進到屋裏，窸窸窣窣好一會兒才拿出來了一個舊圓籃子，指著籃子上的花樣道，這是牡丹籃。仔細看，籃身上編出的花樣果然宛若盛開的牡丹。問他還有什麼花樣，他說一套四季，春是牡丹夏是荷，秋是菊花冬是梅。我讓他找齊一套。他問你要恁多幹啥。老原說你好編我們好看，不中？他咧開嘴笑了一笑，咋不中，太中哩。

當下錢貨兩訖，他把我們送到門口道，我知道地老師這還是給村裏辦事。我不語。他卻又道，這是何苦。我願意。我說。圖個啥呢。不圖個啥。不圖個啥誰信。這話說得，我轉身問，你說我能圖個啥。他冷笑道，沒利不起五更，誰不知道老孟跟鎮長他們整天在恁家吃喝。我還要分辯，老原拉著我便往前走，大曹卻又在後面喊道，你該找大英報銷呀。老原不許我回頭，譎笑道，咱可省口氣兒吧。能用錢解決的問題還是挺好轉圜的，何況又沒幾個錢，不值當廢話。

說話間到了九奶家門口，就拐進去。九奶已經吃過了飯，正在院子裏坐著，院子裏沒有燈，只有廚房裏的燈光透過窗戶灑出來一些，不過這一點兒都不妨礙九奶在第一時間就辨認出了我們。

眼不好，心不瞎。她說。

便坐下，扯雲話。不一會兒就適應了光線。發現沒有燈也並不黑，因除了廚房的光，還有天光。天光貌似遙遠，其實卻不只是在天上。但凡落到人間，就是親密無間。它的亮是暗色調的，厚實的，就那麼一點點地浸染進來。

看著眼前的菜地，就說了一番種菜。老原又提到現時的花，便問九奶，正月裏生的女孩，叫迎春的人不少吧？九奶笑道，那可是不少。我這輩子碰上的足有一二十個。老原不住地看我，這麼遞話過來，必須接著。我便直楞楞地說，您說的那個迎春，就是我奶奶。

哦。她沒有表現出驚訝，似乎不管我確不確認，這都已是她斷定的事實。活到她這個年紀，還有多少事是能讓她意外的呢？

她後來改名叫玉蘭了。

這名兒也好。都是正月裏開。她自己改的？

應該是我爺爺給她改的。

當閨女時，一去大南坡俺姨家，我就去對門尋你奶耍，說體己話，說終身大事。她心心念念說的是，要找個有文化的，識字的，算盤能打鳳凰展翅的。你奶好進步，你爺必定是好文化。許久，九奶又說。

就都笑。那時的判斷標準多麼樸素直白。識字加上會打算盤，就是有文化。

後來聽俺姨說，她果真找到了個合心的，嫁到了山外。自打嫁了人，俺們就沒再見過。我嫁山裏，她嫁山外，車馬不便，女人家走不遠，見一面老難。再沒想到能在這碰見你。

那天青萍激動得不行，還哭了一場。老原說。

我作勢去捶打他，他作勢躲閃。安嫂子在一邊湊趣道，打是親罵是愛，不打不罵生瓜蛋。看這倆人鬧得多好。

九奶只無聲地笑。

回去時山路寂寂，不時有不知名的鳥兒飛過。有一搭沒一搭地閒話著，老原突然問道，聽說你前些時去豆哥家吃餃子了，跟孟翳子一起。咋啦？不咋。誰跟你說的？村裏眼多，你走在哪裏都有人看見。看見咋啦，不中？他悶著。我有些心虛，便解釋說沒同去也沒同回。他笑了一下說，跟誰去倒無妨，只是豆哥家還是少去，少打交道。問他緣故，他卻不語。便也沒再追問。墨藍的夜色中，轉臉看他，只能看見模糊的側臉輪廓。

村裏確實似乎處處有眼。有時候明明覺得就是自己一個人在走，沒人看見，可是過兩天就會有人問，地老師，那天你到誰誰誰家門口了，去幹啥？找人也是一樣。有時候找不見大英，又打不通她的電話，問村裏人就能八九不離十。她要是在村裏，我會知道她在東掌還是西掌，她要是出村，有人會知道她去趕集還是去鎮上開會。

你睡不好覺，是不是跟奶奶有關係？咱們剛認識時你睡覺就不好。記得那時你奶奶剛去世沒多久。悶了一會兒，老原突然問。

你記性可真好。我沒正面回他。

只要想記住的，就能記住。他說。

我沉默。能記住的，固然是想記住的。但其實，還有一部分能記住的，是根本不想記住的。根本不想記住卻又不得不記住，是因為怎麼都忘不掉。

7. 披荊斬棘的荊

閔縣長是週二上午來的，沒什麼遊人，村子裏很是清靜。在網上查閔縣長的履歷，和我同齡。照片上看著有些偏老，見著本人卻還挺精神，只是眼袋重。穿著深藍色夾克，露著白襯衣領，髮型也是最流行的兩鬢短顱頂高，臉上掛著標準微笑。縣裏陪同來了幾個領導，有分管農業的副縣長，有宣傳部長和副部長，還有文明辦主任，也第一次見到了鎮裏的別書記。他瘦瘦的，戴著黑框眼鏡，臉上也掛著標準微笑，笑意裏卻有著低溫警惕。和我程式化握手時第一句話就是，聽說是潛伏的大記者？我說是退休人員，退休前也不是記者。他說我認識你們報社誰誰誰，誰誰誰，都是副總和老總的名字，還有省報予城記者站現任站長的名字。便應答說我是小兵一個，都不熟。

先到了村委會辦公室小坐。因村史館的事，我便也列席。秀梅負責端茶送水，小曹在外面支應著儀式現場那一攤子。大英簡要介紹了一些情況，之後就是孟鬍子開言，滔滔不絕如同演講一般：我反覆強調，把鄉村當作城市做，把鄉村標準跟城市標準看齊，這樣的鄉建思路有問題。當然，農民也喜歡跟城市比，喜歡在城市的後面跟風，這種意識我能理解，可是領導有這種意識我就不能理解，你是領導，你得懂啊，當然也不能要求領導什麼都懂，那退一步說，你別不懂裝懂啊，你別亂指揮啊。一說新農村建設，就不外乎兩招。一是騰雲駕霧，什麼農業產業化呀，貿工農一體化呀，明知道做不到，硬念成了口頭禪。二就是塗脂抹粉，種個格桑花啦，刷個白街牆啦，假模假式，穿靴戴帽，再土豪一些的，修個小公園，安裝點兒健身器材。最闊氣的是蓋一片一模一樣的房子，說是別墅。幹啥呢？等著更大的領導檢查。末了呢，騰雲駕霧忽悠過了，塗脂抹粉哄騙過了，上上報紙，上上電視，花點兒國家的錢，迷糊一下老百姓，就算到手了一項政績。他可不管接下來的爛攤子：花草死了，白牆髒了，下水道不通，抽水馬桶是擺設……這是幹啥？這是農民的新農村嗎？這是領導的新農村！

這話夾槍帶棒。不過領導們的笑容依然都保持得很標準。說完這一截，孟騶子似乎也意識到了什麼，對閔縣長道，我可不是說您啊。您可是少見的好領導！都笑。閔縣長擺擺手，示意他繼續。孟騶子便繼續道，我只是想說我見過太多的鄉村規劃，都是地方主要領導的主觀意識覆蓋了真正的農民需求。可以說，他們對鄉村文化和社會結構嚴重缺乏常識，根本不了解真正的農村是什麼樣，那合理的規劃和良好的建設也就無從談起。規劃得可以大，但不能貪大，一大就虛，一虛就不好踩地。一定要從小處著手，長期落實。就像小孩子，胳膊腿壯了，自然能跑起來，沒娘抱了也不怕。咱們寶水村現在是閔縣長在，別書記在，楊鎮長在，有一部分扶持資金在，就好像是娘抱的孩兒，說句不中聽話，要是有一天你們都高升了，換了茬領導，咱們村成了沒娘的孩兒，那該咋辦？還能不能穩穩地向前走，恐怕就得打個問號。所以說，項目實施不難，塑造典型也不難，難的是斷了輸血自造血，真正做到自力更生且生生不息……如此這般說了一陣子，衆人坐了一時，便從屋裏魚貫而出，一起站到蒙著紅綢子的牌子前。

村民們三三兩兩來了不少。儀式由楊鎮長主持，別書記先講了幾句，然後請閔縣長講話，閔縣長擺手力辭，也便罷了。於是幾位領導就一起上去直接揭了牌，然後由大英引著去了村史館看。大英眉飛色舞地介紹著。我跟著她，看時機合適就上去添補幾句。閔縣長看得很仔細，也聽得很專注。忽然在犁耙跟前站住，提建議說，應該寫個更詳細一點的說明，甚至可以寫成小文章，比如說犁有鐵犁，有木犁，有單套犁，雙套犁。犁和耙的功能也不同，犁用來深耕，耙呢，是犁過後用來平整大土坷垃的。還說起了小時候聽過的謎語：一物生得彎，尾巴翹上天。自己不會走，要用鞭子趕。他一念完，衆人便知趣鼓掌。他越發興起道，還有些民諺也是好內容，比如說：犁頭生金，犁一道是一道的功夫。鋤頭有糞，鋤一遍長一遍的莊稼。是不是有點兒鄉村哲學的意思？衆人又是鼓掌。看他對農具的這種熟知就能推測出他確鑿無疑的鄉村出身。一路上謎語不斷。到扁擔跟前，他念的是：小時圓，大了扁，閒時直，忙了彎。到木耬跟前他念的是：叫它走走，它就扭扭。叫它歇歇，它就撅撅。倒也有趣，只是鼓掌鼓得乏味。

在大曹編的那套荊籃前他駐足良久，讚不絕口。著意看了看捐贈人的名字，詫異地問我，是你編的？我連忙否認，解釋說是村民編的，被我收購了過來，所以我算是捐贈人，這沒毛病吧。閔縣長笑道，沒毛病。他把那隻牡丹荊籃拿在手裏，上下左右地瞧了一番，問我知不知道這荊是什麼材質，我說不就是荊麼。他道，荊也不止一種。這是黃荊。成語披荊斬棘的荊，說的就是咱這個荊。又自問自答道，棘呢，就是咱們常說的圪針。提高聲調道，披荊斬棘是咱們太行山的人民群衆常做的事，也是咱們幹事創業的精氣神兒！

衆人便更熱烈地鼓掌。待出得門來，閔縣長又講了一大段，說這是他到縣裏工作以來參觀的第一個村史館。村史館的建立有必要，很有必要。對內對外都有意義，對內能培養起村民對村莊的認同感。對外呢，會讓人對村裏的歷史有一個全面認識。尤其是咱們村的情況，這麼多遊客來咱們這裏，光看看現在就够了嗎？不够，很不够。現在的面貌只是鄉村歷史鏈條的一部分。咱們就是得把過去也梳理出來，才算完整。往上數幾茬，誰不是來自鄉村？誰不是農村人？看了這些，才能叫人不忘來處。可別看咱村小。小是小，可咱們這麼大的國家，就是靠這一個個小村構成的。也就是說，正是一個個這樣的小村，組成了這麼大的國家。所以說，可以說，咱村的歷史可不僅限於咱村，還代表了雲里村、雲下村、三岔河村、金牛村，後河村——在這裏我要說一句，雲里和雲下發展得早，就沒有意識到該建個村史館，這方面要向寶水村學習。可以說，咱寶水這個村史館，不僅代表了周邊的山村，也代表了咱們縣的平原村，在某種程度上甚至也能反映出咱們市咱們省成百上千鄉村的普遍歷史，你說它重要不重要？很重要，特別重要！……

話音剛落，大英便說了想請他揭牌，閔縣長回頭看了一眼牆上的那塊紅綢子，伸手作出延請狀，對大英道，咱倆一起揭。大英蒙道，我咋能中。孟鬍子道，你代表村裏，你不中誰中？大英豁朗道，說這也是。便上去和閔縣長一起揭了牌。眾人的手機相機都對著這場景一陣猛拍。待拍過了，孟鬍子又招呼大家和領導們照張大合影，合影時閔縣長還特意穦起了牡丹荊籃。大英的手裏則一直攥著那塊紅綢子，臉上笑靨如花。

大合影照完，眾人就開始忙著拉人照小合影，照著照著就亂了起來。之前只是跟著圍觀，村民們顯得還有些拘謹，此時突然都異常活躍。只要有一個人去跟誰合，就都蜂擁跑去跟誰合。張大包尤其展現出了非凡的社交能力，我冷眼看著，他和所有的領導們都合了一遍影，還攆著別書記和楊鎮長加上了微信。

出了村史館，閔縣長一行又在中掌逛了一圈，因沒有在路面上看到一個塑料袋一張廢紙片，便十分滿意，對隨行的一干領導道，咱們在鄉村做了這麼多年精神文明宣傳，也講了這麼多年的「不要隨地扔垃圾」，費了多少功夫，就是成效不大。你看看人家這小村子，居然能教導著農民把這些事做好，不容易。可見把主體的積極性調動起來有多重要。眾人連連點頭稱是。

走到鵬程家，聽說是大英的兒子，就坐了一會兒。鵬程端出了一些柿餅炸的甜點，這裏叫「柿麻糖」的，雪梅炸得十分新巧可愛，便每人撿一個吃了。到了老原家，大英介紹說這是青萍的大本營。我招呼老安端點心待客，他端出來的居然也是「柿麻糖」，就都笑，沒有再吃。臨走時，大英又讓飯。部長說，一叫吃柿麻糖就知道你們啥意思，別處讓啦。眾人笑了一番，便辭行而去。笑得我莫名其妙，便問大英，才知道原來也是個典故。有個大領導早年來山裏檢查工作，到了飯點兒，鄉書記知道自家條件差，酒沒好酒，菜沒好菜，肯定是不宜招待，就端出來一盤柿餅給大領導吃。等大領導一個柿餅下了肚，鄉書記就突然拍了一下腦袋說，哎呀我咋忘了，吃了柿餅不能喝酒呀。大領導笑了笑說，那就不喝麼。又讓飯，大領導說，柿餅也不好消化吧，那就回縣裏吃，路上正好消化一下。打那以後就成了笑話，不想留誰吃飯，就叫他先吃柿餅。沒想到部長也知道。孟鬍子笑道，部領導的消息渠道最是八面來風，咋可能不知道。

電視台的人走得很遲，在村裏到處抓人採訪。小曹、秀梅、張大包都上了鏡，一遍兩遍地說。聽大英喊著讓採我，我便鑽到房間裏躲了起來，任誰喊都裝聾作啞不吱聲。老原有幾個朋友明天要來耍，他本打算中午就回來的，為了躲這場面，特意推遲到半下午才進村，沒想到恰被逮了個正著，說老原是回鄉創業的優秀代表，狠狠地把他採了一番。

8. 新聞之聞

縣裏和市裏的媒體接連推送了幾條新聞，縣電視台當晚播出的那條比市台播的長了好幾分鐘，大英讓小曹用手機截下來發給了她，她沒事就去廣播室裏放，於是，隔三岔五的，寶水村的上空就會迴盪起那位男播音員棱角分明的鏗鏘之聲：

寶水村美麗鄉村示範項目揭牌儀式今天在寶水村舉行，縣委副書記、縣長閔家和為項目揭牌，並實地調研了解了寶水村在美麗鄉村示範建設中取得的發展成果。此時的寶水村新綠初萌，春花初綻，水清路暢，屋舍整潔。漫步村內，處處都是村民和遊客歡欣的笑臉。領導希望村裏進一步做優環境、提升服務，讓村民們擁有更加幸福的居家生活，讓遊客們有更加美好的鄉村體驗，不斷提升美麗鄉村建設中村民和遊客的獲得感。領導一行和村幹部及村民代表親切座談，為村史館揭牌並參觀了村史館，對建立村史館的做法表示充分肯定。閔縣長還對寶水村的下一步工作提出了具體要求，希望寶水村扎根鄉土特色、彰顯時代風貌，通過更多優質項目，吸引更多遊客走進鄉村、愛上鄉村。希望寶水村能通過民宿民居、高效農業、户外拓展、旅遊經濟等各種途徑，翻開寶水村發展的新篇章！

大英其實對這位播音員的聲音不是很滿意，說他的聲音力道不夠，和中央電視台的《新聞聯播》比起來，那是差了可多意思。據說周邊村的人聽聞了閔縣長在村史館的發言後，也都不是很滿意。

他們說，寶水村的歷史怎麼能代表自己村的歷史呢，根本不能。

這塊素材又被從不同角度切割成了幾小塊在手機上傳播開來，那幾天的朋友圈裏刷的就是這些條新聞。但凡出鏡的都說得挺像模像樣，只是被剪得厲害，只剩下了一兩句話。老原的片段留得最長，相比而言確實也顯得更好。正腔板調的普通話裏不時夾帶著抑揚頓挫的四字詞，什麼鄉土情懷、返璞歸真、城鄉鏈接、活力復甦之類的，一氣兒順下來，一點兒磕巴都不打。閔縣長攤著籃子和村民們合影的照片也被到處轉發，人人滿意。大英翻來覆去地誇，說人家電視台和報社到底專業，水平就是高。看人家拍的這照片，多官氣。在這邊土話裏，官氣沒有貶義，意指漂亮和體面。

幾天後，曹建業找到了我，吞吞吐吐了一會兒，方才說，地老師，荊籃旁邊的那個牌子上，該寫我的名兒。他語氣軟著，神情卻艮著。我給氣笑了。說，我花錢買的，你這麼快就忘了？他說，我編的。我說，這事兒就好比你家的電視機，雖然不是你造的，但是你買下那就是你的。不能說是電視機廠家的吧？

他被我噎住。我任他窘著。事情明擺著，要麼他得退我四百塊錢，要麼他得再拿來一套。

沉默了許久他才說，我再給你拿一套。

待他一走，我便給大英打了電話，大英嘎嘎笑道：叫他傻精。這回可知道精過頭了就是傻！

他果然又拿來了一套，比村史館那一套舊些小些，卻也依然精巧。我也懶得計較，慨然收下。捐贈牌上的名字改過來後，他磨磨嘰嘰地又想要一張捐贈榮譽證書。大英起初堅持不給，還是孟鬍子來勸解，說大曹能有這種表現，說明還是要點兒臉面的，多少也算

是有悔改，還是得寬容寬容，小懲大誡，給個長進的機會。

終是給了。大曹立馬就把證書裝了框，也把閔縣長攜著籃子的照片下載打印裝了框，都是亮閃閃的金邊亞克力框，門神似的貼掛在了大門側邊牆上，上面還搭了遮雨檐。村裏人背後一邊說他禿能燒包，一邊又眼紅他來了運，人雖沒在縣長面前掙上光，物件卻[illegible]上了縣長胳膊，這可不是來運了麼。

老原也把採自己的那段新聞在手機裏存了起來，有事沒事就會翻看幾遍。我說你怎麼還看不够，是不是都背熟了？是不是覺得這些場面話自己說得特別滑溜特別展樣？他笑道，輪到你也得這麼說。有時只能說場面話。不過也奇怪，這些場面話聽別人說出來總覺得庸俗，自己去說時才知道，還真就得這麼說。用咱土話說，這就是自屎不嫌吧。

唉，又是屎。他現在動不動就會說出屎屁尿之類，還有粗話。這邊土話裏叫「帶把兒話」。放屁也不回避，有時突然就會炸出一聲來，是微型的驚天動地。最初還有些尷尬且好笑，次數多了便只是慣常。許被他傳染著，我也免不了會放個一兩聲，也落他嘲笑說，你也放屁？我回他，你這話就是放屁。人吃五穀雜糧誰不放屁，興你放不興我放？西施活著也放屁。

和老原之間說土話的頻率也越來越高。在這裏說土話有幾重好處：和村裏人交流沒有語言障礙，還能以此來有效地屏蔽外人。有時當著客人面兒，我和老原老安會不自覺地飈起土話，語速很快，口音很重，看著客人們面面相覷蒙頭蒙腦，居然會泛起一種惡作劇般的歡樂。這時便得承認，語言這東西果然是要看在誰的地盤上。在誰的地盤上，誰的語言就是主流。主流就是能產生優越感。

有一次，一家四口來玩，兩個孩子還都小，哥哥文文靜靜，妹妹卻踢天蹦地，完全掉了個兒。晚飯時妹妹打碎了一個盤子一個碗，哥哥正顏厲色批評妹妹，妹妹擠眼吐舌根本不聽。我和老原正在菜地裏薅香菜，遙遙看著這情形，老原突然用土話說：同一坯土咋就不一窯磚。我也用土話說：一樹果有酸甜，一母生有愚賢。孩子母親抓住了些片段，問，你們在說啥樹結的果？我可好吃酸甜口兒的。老原便笑說，就是山楂嘛。

此時的他手上沾滿了泥，嘴裏又說著土話，儼然也就是村民本民。這模樣讓我走了一下神，忽然想起他那洋氣的前妻來。

9. 從 Happy 到海培

那個女人我只見過一次，沒敢叫他嫂子。一幫人都沒敢叫，因為覺得這稱呼跟她不搭。

那時正是夏天，老原招呼了一幫人在他家附近消夜，喝啤酒吃燒烤。吃喝到興頭上，忽然有人提議說要見見嫂子。原哥這麼多年金屋藏嬌，還沒見過嫂子呢。聽說嫂子是個模特。模特呀，多洋氣！

模特其實是個音譯詞，英文是 Model，知道吧？老原鄭重科普。後來我發現，那時候的老原只要開始聊天，這一句是一定會有的。也是，在二十多年前的象城，模特應該是最洋氣的職業，簡直沒有之一。

一口氣灌下一瓶啤酒，老原朗聲道，我叫她來，讓你們見識一下 Model！

大約又喝了一箱啤酒，那女人終於來了。從她在夜市上亮相，到她在我們這裏落座，這十幾米的路，那超拔的個頭、大波浪金髮、調色板的臉和危機四伏的超短裙及高跟鞋，成功地引得所有食客都回了頭。毫無疑問，這讓老原的虛榮心得到了極大滿足，他朝向她伸開了臂膀，要給她一個大大的擁抱。她卻推開他，既嫌棄又嬌嗔地以手為扇邊扇邊說：這是什麼味道呀，你遠一些啦，我不要聞。

入席後她既不點菜，也不動筷，眼神睥睨，如鶴坐雞群。沒見過世面的一干人也被這派頭震懾住了似的，一時無話。她便朱唇輕啟，以既不屑又坦率、既居高臨下又屈尊紆貴的姿態開始聊自己，間或夾幾個響亮的英語單詞。說經過刻苦的鍛煉，她的身材剛剛恢復到能出來見人，生孩子這事以後就畫上了句號。話到此處轉向老原，疾言厲色地警告：有一個女兒就够了，可別讓你媽提生兒子的事，一個字兒都別提！然後說，Next 就是重新回到 T 台走秀，她要參加一系列 Model 大賽，從國內到國外。她毫不掩飾自己對國外的嚮往和對國內的鄙視，說整個中國就是一個大農村。

那北京呢？有人不甘心地問。

北京就是村委會。她說。

衆人目瞪口呆。

從始到終待了有半個小時？她便姍姍而去。這番亮相像是老原打出的一張牌，這張會說話的牌應是老原當時自認為的王炸。有人譏諷老原，你有這麼洋氣的老婆，怎麼還跟我們在一起玩？老原訕笑說，就是土洋混合才有意思呀。

然而洋終是拋棄了土，這前妻後來果然洋氣到了美國，一去三年沒有回來，回來就是和老原離婚。她帶走了女兒，說要給女兒更好的教育，也可以讓老原毫無負擔地再婚。據說她再嫁的老公是一個內衣公司的老闆，聽著倒也相配。之後老原也處過一個，文化程度不高，優點是十分樸實，樸實得掉渣，卻不知為何，短暫處了一段時間便分了手，朋友們誰都沒見過。他母親早幾年還不斷催逼他，想要他趕快再成家，最好能生個兒子接續香火，這幾年被他攛掇送去了海南兩個弟弟那兒。那兩家小日子都過得不錯，還都生了兒子，兒孫們整天在她跟前晃悠，老太太就少了些盯他的心思。他也樂得自在，一直晃盪到了現在，說拿不準自己想找個什麼人，且慢慢來吧。

有一次，老原酒後朝我和豫新吐槽，說已經好些年沒見過女兒了，雖然女兒也和他一直保持著聯繫，可那感覺就是個假女兒似的。女兒給他發得最多的就是祝福，有微信前是短信，有微信後是微信，關鍵詞是 Happy。過年時 Happy New Year，生日時 Happy Birthday，其他節日如中秋國慶都是不分眉眼的 Happy Holidays，連清明節也是。他也只能再 Happy 回去，順帶發個大紅包。

我都不知道她啥時候不 Happy 為啥不 Happy，她也不知道我啥時候不 Happy 為啥不 Happy。你們說這哪兒像是親爺兒倆呢。老原說。

你女兒，有中文名兒嗎？我問。

有啊。我給起的。他澀澀一笑，就叫海培，從 Happy 到海培，這英譯漢卓不卓？

10. 載舟覆舟

仔細揣摩，老家土話還是挺有意思的。比如搉字。詞典裏的解釋是敲打，而在予城，搉的精準指意是搗。搗蒜就叫搉蒜。你能在任何一個飯店聽到這樣的話：服務員，給咱搉一頭蒜唄。由此還衍生出一個謎語是「玻璃杯裏搉蒜」，打一個地名，謎底是青島——輕搗。搉字程度更深使用也更普遍的引申義則是挖坑，埋雷，製造陷阱。典型的例句如：這事兒淨搉哩。還有圪字。但凡帶有這個字的詞就格外土，土得掉渣渣。比如圪蹴，意為蹲著。圪顫，意為顫抖。燎泡叫圪泡，垃圾叫圪渣，冬天的冰凌叫溜溜圪棒，童謠裏便有「篩，篩，篩麥糠，溜溜圪棒打冰糖」的句子。另一極的土話卻很雅。如錦囊三關，意為需要使用錦囊妙計的緊要關頭。誇人的如昭模施樣，意為像王昭君和西施那麼漂亮。罵人的如戌皮亥臉，生肖裏戌狗亥豬，意為狗皮豬臉。

有福田莊墊底，這些土話對我而言可謂是輕車熟路。如今在寶水，我說這些土話越來越自如，村裏人也都很愛聽。當我把清淡的味道說成「甜」，把傲慢說成「大樣」，把整個兒說成「撮穀堆」，把不一定說成「不戧準」，又或是隨口吐出「乖不楚楚」「光不拈拈」「機不靈靈」「白不生生」「高不挑挑」「利不落落」「胖不墩墩」之類的特有句式，都會引得他們開心讚許說，你真靈，學哩真快。你這一開腔，猛一聽誰能知道你是個外路人。

——其實還是在說我是個外路人，這讓我既酸澀又踏實。也不知道他們心裏的外和裏隔著多遠。而我只記得，在離開福田莊去象城讀書後的最初時段裏，只要一回到福田莊，只要順著這些土話的音節，我就可以迅速地融入村莊內部，吆東喝西，攆狗打雞，遊刃有餘地在其中徜徉，自在喘氣。

但那個時段很短。在象城的生活已然讓我意識到，如果說老家的土話如水，那我便如舟，水能在福田莊載舟，更能在象城覆舟。尤其是在學校裏，目睹過幾次如我一樣從鄉下來的同學因語調裏的鄉氣被同學們嘲笑，我便已很明白老家的土話在這個環境中是多麼不堪，多麼需要警惕。為此我一有時間就悄悄練習，想要盡快清洗出一口潔白無瑕的普通話。

家裏也是一個小小的語言戰場。在我到象城前，說土話的只有父親，母親和弟弟說普通話，一難敵二，力量懸殊。到象城後，起初我發現父親只要有空就會把我叫過來聊天，聊的自然是福田莊的人和事，還以為他只是心繫老家，後來才推測出他可能只是很享受和我一起說土話。我的到來似乎終於讓他有了一個寶貴的同盟，讓內部的語言對陣追成了二比二平。如他所願，我確實也乖乖地配合著他，跟他同盟了一段時間，直到在學校發生了那件事。

那是一次英語小考，我考了滿分。這是我到象城後第一次拿到滿分，開心極了。打開試卷看到滿分的一瞬間，三個字就蹦了出來：

怪卓哩。

我的同桌，那個平常就斜眼看我的女生頓時笑出了撲哧聲。只過了一個課間，所有同學的嘴裏都傳了一遍這三個字。還有好幾個男生擠眉弄眼且明目張膽地對我喊：

怪卓哩。怪卓哩。

其實我已經很注意防範了，但是沒辦法。即使已經到象城了那麼久，即使穿著打扮看起來已經完全是一個融入了象城生活的少女，老家土話卻終於還是出賣了我。事實證明，無論我多麼小心翼翼，這些土話都有可能繞過我的腦回路，繞過我的心，通過我無法控制的下意識——是的，無法控制。是的，下意識——在我緊張時，放鬆時，憤怒時，總之是預想不到時，它們就會以脫口而出的形式，輕而易舉地出賣我。

真是令人絕望。可也只能裝成若無其事的樣子挺到放學，逃也似的回到家裏。推開家門，父親在客廳坐著，廚房裏叮叮咣咣的，應該是母親在忙碌晚飯。看見我進來，父親就說：去跟你媽說，叫她熬個圪星湯。

予城土話，玉米秆叫圪楷，玉米糁子叫圪星。熬圪星湯就是熬玉米粥。

那一刻，我突然決定不再和他同盟，不論是在學校還是在家裏，我都要徹底地投奔進普通話的陣營。我對自己說，既然你已經在象城生活了，就要有個象城人的樣子。首先在這個事情上你就要有個態度，你得跟他劃清界限。

於是，稍一停頓後我推開廚房的門，用標準到刻意的普通話對母親說道：

媽，我爸說晚上想喝玉米粥。

再次從廚房出來，我知道父親在看著我，我不看他。我告訴自己要堅持，必須堅持。堅持就是勝利。

怪卓哩。怪卓哩。

在很長一段時間裏，這個短句被調皮的同學們反覆模仿。我一聽到就會紅著臉走開。可我的反應越激烈他們就模仿得越起勁，直到我忍耐著裝作若無其事地熬了很久，這一頁才算勉強翻過。現在想來，當時的同學們也沒有什麼大不了的壞心思，至多算是小小的惡作劇。對他們而言，我是異質的存在，我的土話則是確鑿的佐證，這成功地勾起了他們青春期的遊戲心和攻擊慾，讓他們覺得新鮮有趣，大抵如此。只不過關鍵的是那時的我也正處於青春期，且是在他們群體的映襯和孤立下更為脆弱敏感的青春期。即便看起來很強悍，那也只是出於本能的自我保護，是一層薄繭。薄繭下面仍是一顆少女的玻璃心。本來就有著初來乍到的自卑感，此時被突然放大，薄繭下的玻璃默默地碎開，浸出了只有自己知道的血。

無比羞恥。多年之後，我才有能力把這種羞恥轉化為一種幽默感。而在當時，只能是羞恥。羞恥積攢多了，便惱羞成怒。而這怒氣卻不能也不敢噴向強大的同學群，只能噴向遙遠的福田莊。或許就是從那時起，我開始試圖把自己從福田莊裏擇出來。說來也怪，有了這個念頭，各種蜂擁而至的理由就都來證明著這個念頭的正確：怎麼能不早晚刷牙。如廁前後怎麼能不洗手。洗頭髮怎麼能不用洗髮水。幫你開了門怎麼能不說聲謝謝。怎麼能隨便罵小孩子是賴孫。怎麼能只讓女人做飯。怎麼能隨地吐痰還用鞋底去蹍。怎麼能毫不掩飾地擤出兩筒黃鼻涕。被蚊子咬個包怎麼能吐口唾沫再去揉。刀子劃破了手怎麼能抓一把土摁到傷口上……是的，屁股決定腦袋。在回象城上學之前，我的屁股是福田莊的屁股，腦袋就只能是福田莊的腦袋。偶爾去一回象城就覺得城裏種種都彆扭，都不舒坦，讓我窒息。而等到我的屁股在象城坐穩後，再回到福田莊，曾經親熟的一切就漸漸變得陌生且可厭，難以容忍。他們早就已經被時代拋棄，被城市拋棄，所以也應該被我拋棄。我應該飛奔而去，遠遠地把那一切甩到身後，甩到他們看不見我我也看不見他們的地方。這樣才方便我洗心革面，重新做人。

我加大了偷練普通話的力度，聽廣播時，看電視時，語文老師朗讀時，一遍又一遍默念，聲音只在唇齒間。每次課堂發言或者在同學們面前說話，寧可說得慢些，也務必要字正腔圓。到後來，我的普通話在班裏數一數二地標準。上大學之後，有一次班裏舉辦聯歡晚會，大家起哄表演節目，到我時，有人提議讓我用河南方言說個段子，我斷然拒絕。

我唱的是英文歌《往日重現》。

11. 算細賬

叔叔仍是隔三岔五地打來電話，主題永遠是翻蓋老宅，核心永遠是算細賬。前些時的重點是結構設計。因只有三間寬的地皮，老宅就成了細長的一塊。叔叔說他找了好幾撥人商量方案，共同的結論是：房子必須換個朝向，就是面對著路，坐東朝西。這樣的話長就變成了寬，咱房的格式就大不一樣啦。蓋三層沒必要，上頭早就放出了話，兩層以上的都不包賠。那就只需蓋兩層。整塊地皮差不多三十米長九米來寬，留出樓梯，每層能蓋出八間來，也就是二百七十個平方。上下共十六間，是五百多個平方。

聽得我一個頭兩個大，我說，叔叔你做主，你都做主。我完全同意。

方案敲定後便是施工。叔叔說如今蓋房有兩種方式：包工包料和包工不包料。我說包工包料省事，被他否決，說：這是房子呢，哪能光圖省事，不得慮慮成本？等到蓋妥當了，上頭要是幾年不拆遷，那不得慮慮出租？就不能蓋得太差。包工包料就是全託給人家，你知道他從哪給你進的水泥鋼筋？用多少標號？啥價？分分錢花光家當，濛濛雨打濕衣裳。這些都不能不細算。還是咱們自己進料，光包工給他們就中。

下一階段又商量定什麼檔次的建材。有高中低三檔。他說高檔的話最好是自住，咱這情況肯定不自住，那就犯不上用高檔。一來包賠是按面積的，不按用料貴賤，高檔也是白高檔，折不出錢來。二來若是不拆遷就得出租，租戶也不會因這多給價，裏算外算都不合算。用低檔雖是省錢，蓋出來卻不好租的，只能單等拆遷，若是幾年裏拆不了——這情況還真不少見，咱村的情況確也難說——也還是得去出租，可這種房子即便有人租，咱也得擔著風險，一旦有啥差池不是耍的。來回忖度，唯有中檔最合適，花錢雖比低檔多了些，卻能落個踏實。尤其咱這地塊緊臨街，如今很多快遞公司和物流都往咱村這邊投靠，租的話咱這房可是一點兒不愁，一年進項個三五萬不在話下。

再接下來便是定哪個村的工程隊，工價多少，怎麼付款，從哪裏進磚，哪裏進水泥，什麼渠道訂預製板，種種繁雜事宜，使得我前聽後忘，難以備述。我幾乎從不敢主動去提頭兒問他什麼。你一條語音發過去，他能有一堆語音發過來。簡直就是請神容易送神難，不好招架。我能盡力做到的便是及時接聽並反饋，同時孝順出一副好態度，嗯嗯嗯地應，是是是地答，且備有充足的表情包點讚、誇好、瘋狂鼓掌、獻花、你真棒。

今天的微信電話裏，叔叔已經開始談及出租，暢想著是租作旅館還是餐館，我問誰來住誰來吃？叔叔篤定道，這不用操心，有的是家兒。東半拉不是成學校了麼，咱這也是學區房。你可不知道學區房的生意有多好做。這口口聲聲的「學區房」讓我忍不住笑起來。他反應還挺敏感，問，你笑啥，我說得不對？學校進了學生，家長來看孩子不住店？還有，現在的孩子們⋯⋯他咳了兩聲，大一點兒的就會談戀愛，談熱了就會出來開房，我都打聽得清清兒的。吃飯的更是大有人在。你可不知道城裏人都多好吃農家樂。

就咱這，還能叫農家樂？

咋不能叫？那些比咱還靠市裏的郊區村開了多少農家樂，咱這要開農家樂，不比他們貨真價實？他不耐煩道，這些都是後話，先把房子蓋起來再說。

掛斷後看看時間，便給坤打了微信電話聊了一會兒。他問這房子一蓋一拆能落多少錢，我說按照西半拉的行情，應該能掙個大幾十萬。他笑道，好吧，也算是一筆錢，不枉叔叔和你費這些心思。我說其實也不只是錢的問題，還有面子問題。什麼面子問題？人家都翻蓋了咱們不翻蓋，就沒面子。人家都去掙拆遷款咱們不去掙，就沒面子。咱們都不在老家，管他們咋看呢。叔叔在老家啊，礙著他的面子了。你能說叔叔跟咱沒關係？有有有，哪能沒有呢。坤在那邊笑道，不過親愛的姐姐我求求你，這事兒你不用每一步都跟我說，真的全權做主就行。

叔叔說你是正經房主，必須得讓你知道。

唉，你不也是嗎？

我笑。這傻弟弟。

在叔叔眼裏我肯定不是。嫁出去的閨女潑出去的水，哪有我做主的份兒。

將來這房子有了拆遷款，也沒你的份兒？

嗯，按老家規矩肯定沒我的份兒。沒事兒，我不介意。

我介意。坤說。沉默片刻又道，姐，我做主，如果將來真有拆遷款，咱倆必須一人一半，你必須要。

好啊，天大的便宜幹嗎不要，謝謝老弟。

謝啥啊謝，不許說謝。那是你該得的。

一邊笑著，收線後，淚水還是很沒出息地掉下來。雖然對未來的那筆拆遷款確實不介意，可聽坤這麼說，不知怎麼的，我也確實抑制不住難過，莫名難過。

正準備關機，叔叔的電話又打了過來，卻是嬸嬸在說話，她說方才忘了說，你抽空回一趟吧，碾饃下來啦，正好吃哩。

嬸嬸是個好嬸嬸，面目清秀，聰明賢惠。叔叔能娶上嬸嬸，算得上是平生第一得意事。論起來，他之所以能娶上嬸嬸，還是得力於他的哥哥，我的父親。

除了那些窮得實在沒辦法的光棍，當時已經三十四五的叔叔是村裏同齡人中成家最晚的。嬸嬸比叔叔小六歲，那時也算是老姑娘了。之所以拖到這個年齡，是因為之前訂婚的對象突發疾病而亡，都說嬸嬸命硬，就很難再說媒。即便如此，嬸嬸的父母也不是很情願把嬸嬸許給叔叔，直到父親給嬸嬸娘家辦了一件大事：嬸嬸的弟弟想去鎮上的造紙廠上班，沒有門路。七娘的大兒子秋旺是副廠長，正找父親給廠長辦事，這樣一來二去，嬸嬸弟弟就成了紙廠的一名工人。

婚禮辦得更是風光。父親從象城借回來一輛北京吉普車當作婚車。彼時鄉下結婚還都是騎自行車，叔叔是頭一個用汽車的。現在想起來，那輛吉普車其實很破，但那時卻恍若奇跡。你想，破房爛屋小村窄路的環境裏，突然出現了一輛軍綠色的吉普，開起來轟轟作響，一騎絕塵，怎麼都算得上是威風凜凜。村裏的孩子們連上去摸一把都興奮不已，覺得長了好大的見識。

也是從那以後，找婚車在鄉親們心中成了想要辦成的一個重大事項。當然也不是誰都敢上門來拜託這件事，能找上門來說這個的，要麼是在村裏有頭有臉的，要麼是有緣由的。但凡開口，父親就須得答應。起初也只是吉普車，後來發展成了小轎車，再後來便水漲船高，他們開始挑顏色，要求用紅色的小轎車。

12. 秋麥

如果還是小時候的福田莊，如果我還在福田莊，這時節就該能吃上碾饌。青黃不接時它是過渡的應急，飽腹無憂時它便是應季的美味。對我來說它不是詞兒，它就是一股氣息。把籽粒飽滿卻還沒有變得結實的青青麥穗割下，揉搓，去掉還沒有變得硬利的麥芒，再去掉還沒有變得焦黃的麥殼，那柔嫩得如少女一樣的麥粒就裸裎了出來。然後放到石磨上一遍一遍地碾，碾成青綠色的小條條，就成了碾饌。用蒜炒一下就很清香可口，如果奢侈一點兒，再破上個雞蛋，那清香就變成了濃香。當時吃時也不覺得怎樣，如今想起來頓時口舌生津。

碾饌吃過沒幾天，便是秋麥，村裏人有時也說麥秋，後來我才知道，這個和麥用在一起的秋和秋天的秋是兩回事。秋麥的秋是動詞，意為收穫。麥秋的秋是形容詞，意為成熟。總之，秋和麥搭配在一起，就是福田莊要割麥子的關鍵時刻。莊稼莊稼，糧食沒有裝到倉裏，那就都是假的。家家都在田裏打仗，人人都在田裏打仗，「八成熟，十成收。十成熟，兩成丟」，怎麼能捨得丟呢？一穗也捨不得丟，一粒也捨不得丟，常常是在晚上還要加夜班的。晚上涼快，更重要的是夜露的滋潤使得麥穗不會過於焦脆，能有效地減少麥粒掉到地裏的損耗。為秋麥加夜班，多值當。奶奶說。

這時父親照例會被奶奶喊回來。奶奶需得做飯，還需帶著我，沒辦法下地，如果父親不回來，三個人的地就只能指靠叔叔一個人。奶奶說，這可不中。

其實即便是父親回來，幹活兒也不怎麼中。一個是書生，一個是瘸子，怎麼能比得了其他家的人手？好在他們不偷懶，也好在麥壟總是越割越短，不會越割越長。更好在，幹著幹著，就會有人來幫忙。通常是在黃昏時分，奶奶一手拉著我，一手提著籃子，籃子裏是剛出鍋的蔥花油餅，由雪白的籠布包著。碰到人打招呼，貼晌去呀？奶奶響亮地回答：貼晌去！壯回來了吧？不回來能中？地裏呢。

到了地頭，遠遠地便能看著父親和叔叔在割著麥子，地顯得很大，襯得人很小。奶奶抱著我，坐在地頭等著。暮色漸濃，炊煙四起。我說餓了，奶奶便撕一小塊油餅給我吃。吃飽了，便昏昏欲睡著，由著奶奶打著扇子扯閒話。現在仍記得一個故事，那還真是一個美妙的故事啊——

那時，莊稼成得少，老是餓死人。王母娘娘發了善心，就叫地裏的草都長成了麥子，隨便長都能成糧食。那麥子呀，麥秆上從根兒到梢，全是穗穗，不知道能出多少白麵。連天上下的雪都是白麵。

那王母娘娘早幹啥去了，叫餓死恁多人。

她是王母娘娘呀，她想幹啥就幹啥。人算啥，她想不起來，那就該餓死。也是那些人命不好，誰叫王母娘娘顧不上他們哩。

這些命好的人呢？

人心賤呀，這糧食一多，就不愛惜，就開始糟蹋。有一天，這王母娘娘下凡來，她心想人有的吃了，日子不定過得多美呢。她得去看看。

她本事恁大，在天上看不見？還得親自下凡？

她是王母娘娘呀，她想下凡就下凡。她到一家門前，看見一個年輕媳婦，把一張大烙饃當成尿布給孩子墊到了屁股底下。她那個氣兒呀，就上前說，我可飢，能不能把你那餅給我吃一塊？

她為啥不上去打那人一巴掌？

她試人心哩。

烙餅能洇尿？

說得也是，不好洇尿。可能是給孩子暖屁股哩。

那餅要是涼了還咋暖？不如用棉墊。

棉墊不也得紡紗織布？多費勁。別打岔，你叫我往下說。那年輕媳婦可真賴，說這是我的東西，為啥要給你吃。快走，再不走我就放狗咬你。說著她就叫狗去咬，狗有靈性，一看王母娘娘是神仙，死活不咬。王母娘娘就回到了天庭。

王母娘娘本事大，狗想咬也咬不著。

那是。王母娘娘呀，可氣得要瘋了。她回到天庭就下了令，叫下雪還是下雪，再也不下麵。叫地裏是草還是草，不長莊稼。長成了的莊稼她就悄悄去捋。有一回，捋麥子時她碰見了狗，狗就求她，說好歹留一點兒呀，不能把人和狗都餓死呀。王母娘娘到底心軟，手一鬆，就把麥梢那裏留了下來，咱們如今的麥子，就只有麥梢才長穗穗。

糧食少了，人又開始餓死了。狗看不下去，就去天庭求王母娘娘，說好歹叫人吃飽吧，不管吃啥。王母娘娘沒好氣，也不忍心人都餓死，說，那我就下一道旨，你去傳吧。就說我說了，狗吃飯，人吃屎，都叫吃飽了。

狗趕緊記下，一路回去，就一路念叨，生怕忘了。可是越在意越不中，牠還真是記錯了，把王母娘娘的旨意記成了，人吃飯，狗吃屎。後來呀，狗叫就成了忘忘忘，人呀，也沒有忘了狗的好處，有人的地方就都養著狗。

那王母娘娘本事恁大，就不能把這旨意再改回來？

改回來？改回來幹啥？你吃屎呀。

……

等到這一壟終於割完，奶奶用水壺給父親和叔叔沖洗一下手，讓他們坐下來吃餅。正吃著，便有人喊著父親和叔叔的名字：

壯——

寬——

七娘會叫秋旺和春旺來，大耳朵全也會帶著他的兄弟來，總之是，三三兩兩的，會來上幾個人。這時他們已經忙完了自家的地，也吃過了飯，專意來給我家幹。地裏突然熱鬧起來，他們邊幹著邊和父親寒暄，問他請了幾天假，問他的工作，問他的工資，問什麼事該怎麼辦，一壟壟的麥子就在這些話裏被割淨，變成了麥茬。有時他們也不說什麼，只是埋頭幹著。奶奶看著這情形便會感嘆：人少好吃飯，人多好幹活，還真是這個理兒。

「麥收有五忙，割挑打曬藏。」麥子割完後的重頭戲是打場，也總有人幫忙。我家每次揚場大耳朵全必來，揚得又快又淨。後來就有了半自動化的脫粒機，就是一個磚砌的洞，裏面安著一個大風葉，俗稱「老虎洞」，因它張嘴吞麥的樣子很像老虎。脫粒時最出力的活兒就是把麥穗送進老虎口，這裏若是入得快就能省時省錢。這時是連中午都不休息的，因為中午天氣最熱，麥子最脆，脫粒的效果最好。可此時也最苦，任誰在老虎口站那麼一會兒，就會變成一個黑人。

脫淨的麥粒就能顆粒歸倉了？當然不能。還要曬。太陽出來了攤開曬，用木鍁子攤得勻勻的、薄薄的，再如犁地一樣一遍遍地在上面畫線，把麥粒畫成一溝一溝，一溝翻壓著一溝，方才都能曬到。太陽落前就要趕緊把麥粒攏成堆兒。曬玉米要放涼了收，曬麥子要趁熱收，若放涼了再收就易生牛，別稱鐵鼓牛，在福田莊這裏被極簡稱呼成了牛。後來我查了一下，牠學名叫穀象，和故鄉同音。

麥子曬好後，另一個時刻便鄭重來臨：存新糧。奶奶臥室的角落裏，一溜兒放著三口大缸，每一口缸都被一張硬葦席子收成一個圓，紮在缸口，稱之為圈，後來我才知道，這種結構就是囤這個字的本義。要存新糧，得先把陳糧倒出來，我不愛幹這活兒。陳糧的陳氣我不喜歡聞，新糧的土氣也不想忍受。是的，翻曬好的麥子看著雖是很乾淨，卻還是有土。所謂的土氣從這新麥身上就能領略得淋漓盡致。當你來到缸邊，把麥子往缸裏倒時，那一股沖騰而上的氣，就是土氣。每次被土氣嗆得讓我忍不住對奶奶發牢騷時，她老人家都會說：你是餓得輕。家有存糧，心裏不慌。恁好的糧，咋還敢嫌棄。

父親參與勞動的環節只有割麥，往往是一割完麥子父親就回了象城。多年之後我才明白奶奶為什麼一定會叫他回來。其實她從來沒指望他能幹多少活兒，他的回來具備的是典型的象徵意義：都看見了吧，這個遠在象城的很有本事的兒子多孝順、多聽我的話。你們給地家幫的忙不會白白浪費，他都會看在眼裏，記在心裏。這筆人情債，你們不會虧本。

「人情似鋸，你來我去。」這是奶奶的嘴邊話。多年後我才能明白，對奶奶而言，這句話的重點是「你來我去」，對我們小家而言，重點卻是「人情似鋸」。被鋸著，怎麼能不疼呢？

13. 楝花開，吃碾饌

第二天便開車回去，快到泉湖社區時我放慢了車速，往福田莊的方向遠望。春末夏初的平原和山裏的風貌頗有差異，田野裏只有油菜是明豔的金黃，除此之外就都是綠，綠的麥子，綠的樹，綠的草。方塊綠，條狀綠，線線綠，點點綠，高綠，矮綠，不高不矮綠。明綠，暗綠，明暗相間綠。村子裏除了綠就是紫，泡桐花是大團的淺紫，苦楝花則是細碎的淡紫，「楝花開，吃碾饌」，正應了這景。

進門先磕頭。餐桌後面緊挨著牆牆放的條几上擺著一排遺像：

奶奶，爺爺，父親。爺爺的照片最不清晰，看著也最年輕。這使得他像是父親的兒子，這三張照片像是祖孫三代。

我家沒設牌位，弟弟家也沒設。奶奶和父親在時老宅裏設有，現在是叔叔家。哪怕僅僅是因為這個，我就能原諒叔叔所有的過分。

看了一眼，不敢再看。可是忍不住還想去看。再去看時，就淚眼模糊。

案几旁放著一個小小的棉墊子，我拉過來，跪下去，磕頭。叔叔在旁邊念叨，爹、娘、哥，萍回來啦。

起來時藉口去衛生間洗手，順便擦淚。

每次都是這樣。若是紙寫的牌位也罷了，我不能看見他們的照片。若這些照片是在相冊裏也罷了，我不能看見他們被供在牌位這裏。每次看見，淚水都會小小地崩潰。

這和在墓地的感覺迥然有異。在墓地，儘管明知道他們的遺骸就在墓裏，可看不見他們的臉。墓地只有土堆，只有曠野，只有草，只有樹。墓地最多的就是墳墓。墓地就是死亡的氣息，而且是群體死亡的氣息。在這裏，死亡這個巨大的句號顯得無比自然，很容易接受。但在家裏不一樣。家裏是活生生的人在過活生生的日子，看到這些照片上的親人，就不得不想到他們曾經的那些日子，且是和我一起過的那些日子。會想起他們走路的樣子，咳嗽的樣子，吃飯的樣子，生氣的樣子，發愁的樣子……照片這種形式鮮明地提醒著我，他們被整整齊齊地裝在了那個世界，再也不能過這樣的日子。

在衛生間收拾整齊，出來和叔叔閒話。問他要不要和包工隊簽個合同，他不以為然地說簽啥合同，誰簽合同。你以為村裏的事跟城裏的事一樣？我說，要是簽了合同，事先劃定了責任，碰到什麼事他們就不好訛人。叔叔說，村裏沒這規矩。又說，包工頭就是柳莊的，平常在路上沒少照面打招呼，都算是熟人。對了，你七娘娘家不就是柳莊的？我嗯。柳莊在福田莊靠南三里地，離予城遠一些，就沒有被規劃進拆遷領域，不過和周邊沒機會被拆遷的村一樣，它們開展了諸多與拆遷密切相關的業務，包括且不限於拆蓋房子、裝修保潔、園藝綠化等等，掙錢掙得也是如火如荼。

嬸嬸在廚房乒乒乓乓地忙了一陣子，連上了好幾道菜，最後才把主角碾饌端上來。黃黃綠綠的，一看就放了不少雞蛋。香是香的，雖然不是記憶中的那個味兒。當然也只能誇。嬸嬸穿梭著，一會兒端水果，一會兒上點心，一會兒拿酸奶，又要收拾乾淨床鋪讓我歇歇，我攔住她，說這就走。山裏天黑得早，早回早踏實。她便又打包了一些碾饌。我起身告辭。叔叔要送下樓，我執意不肯。去衛生間時，嬸嬸跟過來悄聲說，你就叫你叔送下樓，你不知道他多想碰見個人，叫人知道他侄女又來看他了。

好吧，那就送。叔叔嬸嬸跟著到了樓下，不上車，再說會兒話。正說著，一個人從門裏出來，鬚髮皆白，手搭在眉上看往這邊，問，老鱉，這是誰？叔叔連忙叫著他全哥，問我還認得不？這是你田家的全伯呀。

那咋會不認得呢，您揚場可是一把好手呢。用現在的話說，帥著呢。我看著他的大耳朵說。全伯笑得都咳嗽了起來，一臉老人斑，無聲地抖動著。

他是生產隊裏的飼養員。因他的耳朵大，外號便叫大耳朵全。

生產隊散時，分牲口，我家抓鬮抓到了一匹老馬和牠的兒子，一匹小馬駒，一共四百塊錢。小馬駒才兩個月大，還不能幹活兒，得滿一年才能安套下地。把牲口牽回家後，大耳朵全便每天都上門來照看，給牠們飲水梳毛，餵麥糠麥麩玉米皮，不到半年，這一老一小都養得膘肥體壯，奶奶把牠們轉手賣了九百，淨掙了五百。這對當時哪一家來說都是一筆大錢。錢拿到手後，奶奶給大耳朵全分了兩百。叔叔不住地念叨說，一輛大飛鴿才一百二哩。奶奶說，南京到北京，走路也算工。這些天人家為這倆畜生操了多少心，人家操心時你不說啥，該咱給人家貼時你也甭心疼。做人不能光往裏精不往外精。再說了，你哥好歹能掙工資，往家給咱送個活泛錢兒，他能有啥辦法哩？

你這相貌，越長越襲你奶。大耳朵全說。

我笑。很小時村裏就常有人說我和奶奶長得像，我很不認可。她都那麼老了，我怎麼可能跟她長得像。以為村裏人這麼說是為了討奶奶歡心。後來母親也說過這話，看我臉色不善就沒敢再提。再後來，後來到直至現在，我得承認，很像。也明白了親人間之所以對此會渾然不覺，或許恰是因為熟到骨子裏，更在意的反而是差異性。而外人之所以慧眼如炬，則是因為更易於在這個血緣的整體性中找到共同處。

你奶……他眼睛翻看著天空，似在默算，終於算了出來：老了有十來年了吧？

二十年了。我和叔叔異口同聲說。

突然覺得眼淚要控制不住。——每到此時也就理解了親的繁體字為什麼會是親字旁邊再加上一個見。諸如奶奶和父親這樣平凡的人，死了就是死了，他們死後，除了最親的親人，其他人不會提起，也不會記得。一旦提起和記得，一定是因為看到了他們最親的親人，如我。

你奶奶，那可是真會維人。他還在感嘆。許是想起了往事。

一時無話。我便道了別上車而去。開出社區走了一會兒，方才把車停住。路邊還有沒被樓盤佔據的殘存麥田，有的還很大片。寶水的梯田種的多是穀子，麥田很少。已經很久沒有仔細地看過麥田了，這些麥子聚集在一起，亭亭玉立，聲勢浩大，麥梢已可見隱隱約約的黃色。「蠶老一時，麥熟一晌。」而我居然從不曾見過它們熟時的那一晌。

14. 維

維人的維，起初我一直以為是為人處世的為，後來才覺得，在福田莊語境裏，用作維更合適。為人偏重於指向自身的修行修為，屬內在的。維人則更偏重於向外，意指對各種人脈資源的經營繕護。

毋庸置疑，奶奶很會維人。從我記事起就串門的不斷，尤其是女人。一般是晚上，總是你方唱罷我登場，如舞台連續劇，慢慢地，我在旁邊也看出了些張家長李家短的門道。七娘說她婆婆，她婆婆也來說七娘。大耳朵全的老婆又挨了打，她妯娌來說她為啥挨打，全都是諸如此類雞毛蒜皮的家務小事。奶奶說，家不安就村不寧，說小也不小。清官難斷家務事，她不是啥清官，也沒打算斷個明白。那些來登門的人誰不知道這個理兒呢。不過就是來說一說，那就讓人家說嘛。

確實，也無非是說一說。她們說一說，奶奶也說一說。她們絮叨一番，如同排了毒，再由奶奶給開解一下，安撫一下，寬慰一下，這毒素便有了出口。在這門裏便硬疙瘩軟，軟疙瘩化，大疙瘩小，小疙瘩消。五嫂最會講理。五嬸最會講理。五娘最會講理。或者是五奶最會講理。這是村裏人的公論。對這公論我曾無比認可，也曾深感驕傲。多年後我對此開始狐疑，卻也一直懵懂著。直到偶然讀到「家貧少說話，位卑莫勸人」這句話才忽然明白了什麼。這話倒過去琢磨就是：在某個群體中，某人若擁有了勸人的話語權，那至少證明他在這個群體中處於上層。而在當時，奶奶講的道理之所以讓人信服，固然是因為她會講理，更是因為我們家處於福田莊的上層。而我們家之所以能在村裏處於上層，歸根結底，還是因為奶奶用她全部的智慧和能力維好了人、維住了人。

維，繫物之大繩，這是辭典裏所釋的本義。奶奶維人的這根長繩在我出生之前就已經開始了編織，不，甚至在父親出生之時就開始了編織。正因為此，哪怕丈夫長年不在家，哪怕自己成了拖著兩個孩子的寡婦，她也依然能讓小門小戶的地家在村裏支撐住穩定的地位，保持住起碼的體面。而後父親能在那個年代被推薦去讀大學，當上了名額極其寶貴的工農兵大學生，依傍的就是她的維人。等父親在象城裏立定了腳跟，她更是抓牢了這個出息的長子來繼續維人。她讓他一件件地給村裏人辦事，一方面既是在道義上對村裏回報人情，一方面也是在為叔叔謀劃。所以叔叔即便是才智平平腿疾嚴重，卻還是能娶上不錯的媳婦。而父親地壯作為奶奶後半輩子維人的支點，且是最重要的支點，也注定會被來自福田莊的人情線捆紮著，陷入這泥淖一樣的深網中。

回想起來，那些線其實很細、極細。細如一句話：吃了沒？這閨女真白。咋恁白呀。或者是一個笑紋，笑得努力，笑得使勁兒，彷彿那笑紋裏有軟綿綿的觸手，想要把你包裹起來。細如他們看到父親回來就緊走兩步去打招呼時鞋底擊打地面的嚓嚓聲，然後，嚓嚓聲跟著父親進了我家的門，說東說西，問這問那。坐夠了，在起身要走不走時，或是在父親把他們送到門口時，他們才貌似不經意地說，有個啥啥事，能不能給問問？能不能找找人？父親說，中。——隔著漫長的時光，我彷彿看見那些細線柔柔地圍繫在父親的脖子上，一圈，又一圈。這道線下去，那道線又上來。線刻在父親的脖子上，成了頸紋。刻在他的臉上，成了皺紋。鬱悶時是愁紋，有時也會變成笑紋。

其中一條線，就是我。因從小被奶奶養在福田莊，在渾然不覺中，我也成了捆紮他的一條線。在意識到這一點後，我對福田莊的厭惡便更甚一層。到後來，寒暑假時我能不回福田莊就不回，萬般無奈回去時也是能少待就少待。回去之後就不再出門，只窩在家裏，由著奶奶和嬸嬸伺候我好吃好喝。但我回去的消息還是會很快傳遍，不斷有人上門來，拉著我的手和我說這說那。有什麼可說的呢？也無非是小時候的那些事。我不想聽，也不想應答，就只陪著乾坐。他們還會帶來各種各樣的吃食：剛出鍋的餃子包子，油炸的撒了芝麻鹽的小焦花，去小賣部裏買一包火腿腸、兩包瓜子，地裏現摘的黃瓜西紅柿，無非這些。

萍都多大了，不是小孩兒了，恁這是幹啥呢。咋把她當親戚待呢。奶奶謙讓。久不見啦，怪想的。他們笑著說。

我不相信。這些曾經熟悉的臉看起來既熟又疏。再然後，熟的成分越來越少，疏的成分越來越多，厭惡也越來越多。憑著父親，奶奶在福田莊備受尊敬，過的是人上人的日子。當人上人就這麼有癮？怎麼就不能過人中人的日子呢？怎麼就那麼好事兒呢？怎麼就那麼愛逞強出頭呢？

有一次，目睹了村裏人又來上門說要去象城找父親辦什麼事而奶奶滿口答應時，那人剛出門，我便忍無可忍地質問了她。我說奶奶你幹嗎非得這樣？為啥非要把我們家拖到深淵裏，拖到陷阱裏，拖到泥潭裏，拖到火坑裏？

奶奶驚訝地看著我。多年之後，我才有能力去辨析她驚訝眼神中的複雜況味。她驚訝於我這一串排比長句中深淵陷阱這種學生腔十足的陌生用詞，更驚訝於我隨著這些詞句突然爆發出來的憤怒。但她是那麼聰慧，很快就懂了——與泥潭火坑用在一起讓她很快明白了這其中具備的關聯性，她帶著笑，甚至頗有幽默感地說，不是泥潭，能開蓮花？坑裏有火，冬天烤著才暖和哩。

然後，她收住了笑，很慢地，一句一句地說，都在一個村子裏，他們沒辦法，我也沒辦法。咱不能光顧著自家。

我說，你又不是村幹部，你沒有這個責任。

她說，不是這麼個理。是村幹部，幫不了的也是幫不了。不是村幹部，能幫的也得幫。在一個村裏過了這些年，都是鄉親。遇事不幫，咋能算是鄉親。

那誰誰誰以前不是還做過對不起咱們家的事？為啥還要不分好賴幫他們？

奶奶拉過我的手，仍然按照方才的節奏說，哪能把老賬本摟在心口過日子。要記也得記恩德。你叔小時候有回害肚疼，跑了幾家才湊出錢來。你爸小時候也沒少得村裏人的力。有一回他在集上叫一個人牙子摟跑了，要不是咱村去趕會的幾十號人八面抓著去尋，哪還有他，哪還有你。你小時候好上樹耍，有一回爬到兩丈高的樹杈上，耍著耍著還睡著了，要不是你七娘看見，早就跌殘了。過了一會兒，看我還是氣鼓鼓的，就又說：一個村裏恁多人，哪能都恁好。話說回來，再大仇氣，也是一個村的。恩恩怨怨，留恩忘怨，日子才能寬寬展展過下去。啥叫鄉親，這就是鄉親。在村裏各家是各家，出了這個村兒就是親的。這就是鄉親。

從小聽到大，還是這些話。我卻不再是當初那個孩子。我拒絕接受這種無原則的寬容和忍耐，卻也不知道該進行怎樣的回擊。對於這個話題，我放棄了和她再交流，只是默默地維護和鞏固著自己的立場。然後，自然而然地，便和母親靠攏起來。只是無論我和母親的不滿表現得多麼明顯和充分，都妨礙不了他們母慈子孝。每次接到奶奶的電話，無論領受到多麼繁難的任務，父親都是一迭聲地答應著，口氣和煦如春風。而每次回到福田莊，奶奶也早就做好了父親愛吃的擀麵條和餃子，切好了他心心念念的豬頭肉，烙好了捲肉的薄餅。

上大學後，每週例行和母親通電話，很重要的一部分內容就是福田莊。她一定會講，我就不得不聽。她說這些話她不能跟父親說，也不想跟正上高中的弟弟說——他還小，不懂事，也怕影響他學習。我呢，上大學了，沒關係了。更主要的是，她說的人和事我都知道，有著堅實的理解基礎，是全家唯一的也是最理想的聽眾。

左不過還是那些：誰來辦事了，誰拖家帶口地又住到咱家裏來了。誰家有病了，咱家的被子又被誰拿到了醫院，又該置辦新被褥了——被福田莊的人帶到醫院的被子，母親是從來不允許再帶回家的。再或者是，誰家孩子畢業找你爸爸來說工作的事了。你爸爸這個月回去了兩趟，工資又沒有交……沒完沒了。是的，沒完沒了。不知道何時是個盡頭。似乎永遠也沒有盡頭。

那時節的母親，對福田莊，從不用「老家」這個詞。她說我又不姓地，不是我老家。或者就是那句：那裏又沒有生我養我，不是我老家。聽到這般說辭，父親常態是沉默不語。記得他頂過兩次嘴。一次是他說：你不是進了地家的門兒嗎？嫁雞隨雞，嫁狗隨狗。母親當即說：那又怎麼啦？如今又不是舊社會，這地家的門兒我能進，也能出。還有一次，父親說，總有一天你得進咱們祖墳去，能埋你的，就是老家。母親當即又說：沒聽說豫東那邊平墳的事兒嗎？以前也不是沒有過。誰家的祖墳也不是保險箱。我呀，寧可在邙山公墓佔一小塊，也不稀罕住那麼寬敞的陰宅。

父親的臉色就灰下來。家裏的氣氛也和父親的臉色一樣灰下來。只要說到福田莊，母親的唇就是一把拉開的弓，她的話就是凌厲的箭，呼嘯而來，支支中靶。

鄙夷，無奈，尷尬，沮喪。對於母親的講述，我的情緒反應大致如此，後來我意識到，這讓母親深感安慰。在福田莊的問題上，她一直是個孤獨的戰士，我加入陣營於她而言十分需要，也十分重要。怎麼能不重要呢，我自福田莊而來卻這麼支持她，有力地證明了她的正確。這就是惺惺相惜，同仇敵愾。

我這輩子就這了。反正到你跟坤時，肯定不能是個這。總有一天會好的。母親常常這樣說，安慰我，也自我安慰。我們都很明白，「會好」的那一天，就是福田莊的這些人和事和我們家再無牽扯時。

福田莊要是沒有就好了。我無數次地想。

可它當然在，一直在，且在得後患無窮。

他們什麼時候不再來找父親呢？

儘管母親不說，我也不說，但我們母女兩個很默契地知道，這一天，就是奶奶的死。

也許就是從那個時候起，我開始想像奶奶的死。是的，不止一次想像過。想了一遍又一遍。因為奶奶扎根在福田莊，福田莊和奶奶密不可分。甚至可以說，福田莊就等於奶奶，奶奶就等於福田莊。來自福田莊的所有麻煩都寄生在奶奶身上。只有奶奶死去，我們才能和福田莊擺脫干係。只有奶奶死去，父親才會不再被福田莊分走那麼大的份額。只有奶奶死去，我們才能擁有一個相對完整的父親。只有奶奶死去，回福田莊才不會成為我必須去盡的義務。

所以啊，我怎麼能不這麼想呢：要是奶奶死了……

奶奶什麼時候死呢？

誰都不曾想到，率先到來的，是父親的死。

15. 父親之死

那是秋天，已經收過了玉米，天氣涼爽了起來。農曆已經進到九月，春旺的「好兒」是九月初九——不知是從哪裏說起的規矩，「三六九，往外走」，都是天然吉日。初八晚上，父親忙完了工作，又參加了一個應酬，喝了點兒酒，便開著借來的紅色桑塔納回福田莊，路上與一輛卡車迎面相撞。那個司機喝得比他還多，算得上是十足的醉駕。

父親是被送進醫院後才通知到家裏的，我接的電話。國慶節剛剛過去，有點兒事耽擱著，我還沒來得及返校。電話裏是個女醫生的聲音，問清楚了我和父親的關係，然後鄭重又溫和地說，你爸爸情況很不好，你要有心理準備，要把你媽媽和你弟弟照顧好，路上注意安全。事情過去很久之後，又想起這個聲音，我才回味出其中浸含的同情和溫暖。

放下電話，我壓抑了一會兒驟急的心跳，把事情減輕了一些程度告訴了母親和弟弟。我們打車趕到醫院，然後開始在手術室外面等待。時間漫長。我祈求更漫長。漫長雖然讓人絕望，但至少也包含著希望。醫生在和死神爭奪父親，像是一場看不見的拔河。死神在一端，我們在另一端，和醫生一起竭盡全力地拉著繩索，試圖抵過死神的輕輕一拽。

搶救進行了一夜。天大亮時，父親的同事們聞訊來醫院裏的越來越多，面對著或是敷衍或是認真的問候，我強撐著回應來客，在這一夜突然長大。關係不錯的人留下來陪著我們一起等待。大家都面色凝重。母親逐漸陷入崩潰。有人買來了早餐，讓我們吃。我讓母親吃，讓弟弟吃。他們都不想吃。我說，吃吧，吃點兒。我努力平靜著臉色把包子和油條遞給他們，堅持讓他們吃。我用肯定的語氣描繪了今後的生活圖景，我說，一會兒等爸爸出來，咱們肯定少不了輪班伺候他，不吃飯怎麼會有力氣呢。

早餐沒有吃完。手術室的門開了。父親被推了出來，全身蒙著白布。

他死了。

我們撲過去，重複了所有悲傷的人們在那一刻所做的一切：瘋狂哭喊。難以置信。質問醫生。要求再搶救。然後繼續哭喊。

一位伯伯把我拉到一邊，對我說，孩子，先冷靜一下，辦事要緊。

辦什麼事？我的腦子是蒙的。想不出還有什麼事。父親沒有了，我沒有父親了，還有什麼事是需要辦的是值得辦的呢，在此刻。

傻孩子。你爸的後事啊。他擦了一把湧出來的淚，說，我看這得靠你了。得先決定在哪兒辦，是拉回老家還是在這兒。要是拉回老家，就得假裝他人還在，要趕快租一輛車掛著輸液瓶子把他送回去，一切都要按照老家的規矩來。要是在這裏辦，就是去殯儀館，遺體告別，火化，這另有一套規矩……我沒有絲毫猶豫地打斷他，說，就在這裏辦。

跟你媽再商量一下吧。

不用商量，就聽我的。那一刻，我的思路突然非常清晰。

母親已經被襲擊得毫無主見，弟弟當然也聽我的。於是，在父親同事們的幫助下，父親的後事就按照殯儀館的程序進行起來。他們討論著相關的具體細節，有了大致方案後再和我商定，事項十分繁雜，我甚至顧不上長時間地哭泣。只能在哭泣的間隙中料理著父親的後事，或者說，在料理父親後事的間隙中哭泣。

叔叔是當天下午趕到的。在奶奶的催促下打了無數次電話之後，他終於有了不祥的意識。他風塵僕僕地趕到殯儀館，看到我們的瞬間就昏了過去。

殯儀館所有的程序結束後，父親變成了一個小小的骨灰盒。

我們還是回到了老家。

叔叔說，萍，你想想，不回老家回哪兒？

萍，葉落歸根，入土為安啊。

最後，叔叔說，這是你爸爸的後事，你想想，要是按他的心思，他想把自己安放在哪兒？你想想吧萍，你想想。

不用想，我知道。他想回福田莊。

叔叔先一步回村。等他把一切都準備好之後，我們才回去。

棺材就停在家門口。父親的骨灰沒有進家，直接裝進了棺材。在家門口停靈三日後下葬。據說就是這規矩。我守在靈棚裏，沒有跟村裏人說一句話。也沒有進院子，沒有見奶奶一面。奶奶也一直沒有出來，據說這也是規矩。

春旺始終沒有出現。七娘和秋旺來搭孝，搭的是一個最大號的床單。我拎起那個床單，使出渾身的力氣扔到了街上。七娘哭著說，誰知道會有這事呀。俺們也不想啊。

村裏人去拉我，也去拉七娘。他們也都哭著。每個人都哭著。可他們的淚水讓我厭惡。這些外人的淚水有什麼用？死的是我的父親。

父親下葬的當天我聽見叔叔跟別人解釋，說，都氣傻了，氣傻了。

秋旺穿了一身大孝，一直在父親的靈前跪著。那身大孝，他一直穿到父親的墓前。

父親的同事也有過來參加葬禮的。葬禮一結束，我們就跟著車回了象城。頭七是母親和坤回的福田莊，我沒有回去。我無法想像自己回去後的情形，也無法安頓自己回去後的言行，就只有不回去。

很長一段時間裏，只要看見紅色的小汽車，眼前就會浮現出父親的臉。我無數次地想，卻怎麼也想不明白：當初叔叔結婚時，他為什麼要借那輛吉普車當婚車？那時節，用婚車不過是在象城和予城才開始流行的，在福田莊這樣的鄉下，完全是破天荒的事。奶奶和叔叔沒有這個要求，嬸嬸的娘家也沒有這個要求。這個完全是他自找的。

他為什麼要破這個天荒？是為了討奶奶的歡心，還是為了滿足自己的虛榮心？又或者兼而有之？若是兼而有之，那這兩樣又各佔多少比例？

永遠也不可能知道答案了。不過，無論答案是什麼，結果只有一個：父親之死的源頭就是這件破天荒的事。某種意義上，他就是作繭自縛，自作自受。他是自殺。

很多年來，每當想到這件事，我都會這麼想。

必須這麼想，我才能讓自己勉強過得去。

16. 捋槐花

新聞效應有些延後，不過遲到也是到，作用還是有的。揭牌儀式後的第二個週末，人流量便回升到了五一長假期間的水平。再至週末時，依然如此。竟成了例。於是每到週末都格外忙，也少不了忙中添亂的事。這家的狗攆著客跑，客被嚇得跌了一跤。那家的狗倒是親人，在客的手上抓出了個血印子，需得打狂犬疫苗，聽說要花好幾百塊，便都拒認這狗。此類事一出，村裏有狗的人家便統統把狗拴起來，狗們從此失去了自由。忽然又有幾家被投訴說餐具不乾淨，於是又動員沒配消毒櫃的人家趕緊配去。至於算賬少給了錢，客人拿走了整包的餐巾紙，這些都已算不上事了。鎮上的垃圾轉運車平日裏隔天上來一趟，到了週末便得天天上來，看著那車吞吃著垃圾，衆人都說利落，唯有豆哥提意見說這不科學，該弄個分類。哪怕分不了恁細呢，起碼也得分個可回收和不可回收。大英笑駁道，騎馬？還騎驢哩。先盡眼下的事忙吧。端午還不到就盤算中秋，慮得也太早了些。

這天週六上午，客已漸漸稠密，正忙著，就接到了大英的電話，說她在鎮上開會，開完就往回趕，叫我立馬去村委會門口，說有客在捋那幾棵洋槐樹的槐花，秀梅正在跟他們吵。我怕她一個人吵不過，你去加把勁兒。這幾棵洋槐可不比過去，是咱們的金貴景兒，開的花更是金貴物事，可不能給捋禿了！大英的聲音火急火燎。靜耳去聽，村委會那邊果然有些吵鬧，便放下手中的事朝那邊去。

這幾天晴朗和暖，偶爾來一陣微風，降點兒小燥熱，很是知情識趣。老祖槐上已滿是油油潤潤的綠葉子。被樹的老映襯著，葉子似乎更顯得新，在陽光中隨著風斑駁閃爍著，如輕舞的碎翡翠一般。聽九奶講過這槐樹的典故，她說這典故她也是嫁過來後聽婆家奶奶說的。龍王廟裏老龍王在廟裏待著無聊，時常愛來這樹上盤臥。有一回，一群孩子在老槐樹下耍得正開心，有一個忽然腳離了地懸到空中，然後又慢慢兒地落了地。如是三番。把孩子們都看傻了。換個小孩兒站那兒，也能腳離地。孩子們可算是遇到了稀罕，挨個兒站那兒耍。廟裏有個老和尚，經見得多，遠遠看著離奇，就走過來，這一看，可不得了。他看見槐樹的樹蔭裏，隱隱約約有一個斗大的龍頭正在一張一合。他整天守著廟，心知那就是老龍王，在吸著小孩子們玩兒呢。他就把孩子們都攆回了家。在廟裏給龍王上了供饗，求他別逗弄孩子們，說孩子們太小，領受不住啊。後來老龍王果然就沒再顯形。不過那些孩子們還是個個兒都生了場病，才算過了這關。但凡給客們講這個典故，沒有不愛聽的。

此時那幾棵洋槐樹下果然有七八個人在捋槐花，男男女女，老老少少，似乎是一大家子。他們站在那道青磚矮台子上，正好能夠得著。一個瘦男人力道挺大地往下拽著槐樹枝條，其他人大把大把地往塑料袋子裏捋。秀梅在那裏斯斯文文地用普通話勸著說，這是集體的樹，不能捋呀。根本沒人聽。一個胖老太太邊捋邊說，集體的樹正好捋呀，集體就是大家夥兒的，咋不能捋。

想了想，我提高嗓子喊了一聲：幹啥呢這是？！他們便住手，一起看過來。我說，這槐花不能捋的。瘦男人仍拽著樹枝，問為啥。毀樹。我說。胖老太太撇嘴道，啥毀樹，可別唬人了。槐樹哪有恁嬌氣，要是怕捋也不能長恁粗。我厲聲道，這麼粗的樹是古樹你們知道嗎？古樹也是文物你們知道嗎？文物就是不能捋你們知道嗎？所以在這古樹上捋槐花就相當於在破壞文物你們知道嗎？這撥人面面相覷，瘦男人鬆了樹枝跳下來，問我是什麼人，聽我說就是這村的人，他一副將信將疑的神情打量了我好幾下，一群人方才訕訕離去。

秀梅一臉崇拜道，姐，你剛才可真威風。那一串話跟倒核桃似的，還句句在理。你咋想起來的呀。我苦笑著，卻也有些受用。想起大英指教趙先兒的話來，道，我在外頭這些年，也不是白混的。我不指教住他們，難道還讓他們指教住我？就和秀梅笑了一回。秀梅又愁道，要是還有人來捋咋辦？咱也不能整天在樹下看著。我突然想起孟騶子在停車場貼通告的辦法來，就和秀梅去找孟騶子，孟騶子倒是悠閒，剛剛起床。聽了這事，呵呵一笑，鋪開紅紙就寫了好幾份：

愛護古樹
人人有責
請勿攀折
福報多多

嗯很上口。他說還有幾棵洋槐樹也是長在路邊的，乾脆一並貼上，權當個護身符。待他寫完，我和秀梅便去沿路貼。到了西掌曹建業家門口時，秀梅停下來，努嘴示意我看。原來他在家門口支了個藍白條相間的大陽傘，藍條都褪了色，白條也發了黃，傘下擺了張桌子，放著幾個玻璃杯和一溜兒大罐頭瓶子，裝著的有冬凌草，有蒲公英，有薄荷，有連翹，有切片山楂，還有一瓶黃澄澄的，一望而知是蜂蜜。旁邊還有兩個大暖壺，一副賣茶水的架勢。大曹在舊竹椅上坐著，手裏打磨著拐杖，遊客們正駐足詢問，他在那裏搭話，若要茶葉，按品級另說。若不要茶葉只要白開水，無論杯子大小，都是一塊。一位杯子小的客嫌自己吃了虧，跟他嘮叨，大曹說，那你也拿大杯嘛。那客諷刺道，這可真鑽錢眼兒裏了，連一小杯水都要錢。大曹道，俺靠山吃山靠水吃水，憑啥不能要錢？那客道，怪不得叫寶水村呢，這水還真叫你們吃得飽飽的。

我和秀梅就笑。秀梅說，前幾天聽徐先兒說大曹去跟他賒了幾味藥材，問他幹啥用，還不說。原來是幹這個的。也不知道在哪裏撿的破傘，叫他派上這用場，他這可算是掏出了腰窩油。我說他這麼精，為啥不早早整治一下房子，也好做上住宿餐飲的生意。秀梅說，還不是怕投的本兒抵不上掙的錢，想著走一步看一步。你放心，只要咱村裏其他人家的生意能做起來，他保準兒也能緊跟上。這個人，啥東西都能吃，就是不吃虧。

和秀梅剛離開沒幾步，突然就聽見大曹那邊傳來紛亂的響動，於是又忙返回。就看見他手裏拎著一根荊條在追著曹燦劈頭蓋臉地抽打。曹燦跑著躲著，又躲不利落，不時挨上一下。遊客們在旁議論說哎呀這人怎麼打孩子呀？哎呀太野蠻啦。卻也只是議論。等我和秀梅上前去攔，他方才住了手。我把曹燦抱在懷裏，曹燦居然一直沒哭，這時候才有了淚。

犯啥毛病呢你！怎麼能這麼打孩子？唵？打孩子算啥本事？唵？秀梅喊。

我自家的孩兒，我養得起就打得起！大曹也喊。

曹燦的小身體微微抖著，手裏緊握著什麼東西。我便掰開去看，居然是一個小瓶子，一股濃烈的藥味兒。是農藥瓶？百草枯？我嚇得一激靈，把瓶子奪下來，亮給秀梅看。秀梅更惱怒，吼道，有啥事不能好好說？你這是要逼死孩子？大曹也變了臉色，卻仍嘴硬著：叫她死，就叫她死！整天嚇唬人！秀梅說，你這是人話不是？！你再給我放屁試試？！

我一手拉著曹燦一手拽著秀梅往中掌去，圍觀的客方才散開。路上問曹燦緣故，曹燦一言不發，只是默默流淚。到了老原家，給她洗了臉，便安頓她在我房間裏待著。大英中午一回來就去到房間裏追問曹燦，她方才說了究竟。原來是有遊客問她，你家這蜂蜜是不是土蜂蜜，她說不是。又有遊客問這泉水是不是本地的泉水，她說是屋裏接的自來水，就挨了打。

那你也不能拿藥瓶去嚇人呀。真的會死人，你不知道？

不是嚇人，就是想死。曹燦原本茫然的眼神瞬間如冰凌一樣閃了一下，說，自從我媽死了，我就覺得死也不是多可怕的事。

小小年紀，腦子裏想的都是啥。大英長嘆一口氣。

送大英出門時，大英說，本來不想吭他，就叫他掙幾天水錢。看他這樣，我這就斷了他的財路。

怎麼斷？你還能不叫他出來擺攤？

跟他照臉兒，那我可就太看得起他了。她既親昵又鄙視地斜睨我一眼。看你腦子挺够使的，不知道啥叫舉一反三？我刻下就叫幾家都打出「茶水免費」的招牌，他還能有啥生意？

17. 我信你

黃昏時分，老原到了，也帶了些槐花來，說在象城的超市買的。我讓老安做成蒸菜，幾桌客便都要，立時瓜分一空，我只撈著了半碗，幾口吃了個乾淨。

聽說你今兒又學雷鋒了。老原笑道。

這事兒要是你碰著了，也得管。沒法不管。我說。

晚飯過後，小曹過來要把曹燦接走，她堅決不回去，我也留著，要她在我這裏住一夜，問小曹，你還有啥不放心的？小曹撓撓頭笑道，咋能不放心。是怪不好意思的。我哥那人，唉。

晚飯後給曹燦洗了個澡，和她並頭躺著說話，又從網上找了幾篇文章，反覆跟她強調，不能喝農藥，真的會死人。也不能有想死的念頭。你學習這麼好，將來不得上大學？還有你弟弟，你沒想過弟弟嗎？他還那麼小，不需要你幫他？

我弟弟是我爸的命根子，他不會虧待我弟弟的。她說。

虧待是指什麼？要是說吃喝穿戴，那可能不會虧待。可要是說教育，你覺得你弟弟被你爸爸教育著，會好嗎？

她黑漆漆的眼珠子盯著我。淚水就在眼裏滿滿地裝著，如小小的湖。

你是你弟弟的榜樣。你得想到這個。

她就那麼看著我。黑漆漆的眼珠子。

日子會越來越好的。你很快就會熬過去的。相信我。

多快？

等你弟弟也去鎮上上小學，你爸爸就管不著你們了，沒幾年。

這麼快？她一下子驚奇了，居然笑了出來。到底是孩子。

嗯，就這麼快。

她沉吟了一會兒。

地老師，你知道嗎？就因為爸爸說過我不用學習那麼好，我才努力學習好的。

對，就這麼做。你最好的選擇就是好好學習，只有這樣才能打敗你爸爸，也才能給弟弟做個好榜樣。

那學費怎麼辦？爸爸說，我將來上高中考大學都不會給我學費的。

放心，一定會有辦法的。

有啥辦法？誰來想辦法？她直直地盯著我。那眼神。原來在這裏等我呢。

我來想辦法。承諾這個我毫無猶豫。

那，你為啥要對我這麼好呢？

因為我喜歡你呀。而且我相信，如果我對你好，你將來也會對我好的。比如，我借給你錢了，你會還給我的，還會給我利息，甚至還會給我買禮物，是吧？

她使勁兒地點點頭。

你要是還不相信我，咱們就請你叔叔來做個保證，好吧？

不用他保證。地老師，我信你。

你為啥這麼信我？

因為，你跟他們都不一樣。

跟誰？

這村裏的人。你跟他們都不一樣。

我跟他們怎麼就不一樣了？其實很想問問這個，終是忍住了。我知道自己和他們雖然看起來不一樣，確實也有那麼一些不一樣，但說到底，其實很一樣。

安頓好曹燦，便又出來和老原閒話雜事，老安收拾好廚灶也過來商量說，咱們菜單上該加一道蒸槐花，有好幾家都上了。客都喜歡著哩。我問，他們都是從哪裏來的槐花。老安說各有各的路數。有的是從別的村捋來的，有的是叫親戚送來的，多數還是去山下弄來的。山下暖和，雖然沒有山裏的味道好，卻是開得又早又多，下山一回，多弄點，冷藏在冰箱裏，都不算事。二十八一盤哩，二十八哩。

其實我也饞槐花。老原說這個簡單，象城超市既然有，予城超市應該也有。便迅疾發了朋友圈，問誰這兩天來山上玩，私信一下，給捎點兒東西。又給我看朋友們陸陸續續的回覆，好幾個都說明後天就能捎來。還有人發來了予城超市的槐花貨格，標價是十塊一斤，比象城的還便宜兩塊。老原回說，多帶點兒，能帶多少就帶多少。隨即讓老安把蒸槐花加到了菜單上。

突然想起大曹賣水的事。所謂的泉水不過是自來水，蜂蜜也不是土蜂蜜，確實有欺詐的嫌疑。可是客人們來這裏，是為了鑑別這些的嗎？這些東西真不真又有多要緊？或者說，哪怕這些東西不真，為什麼遊客們來這裏能吃到真的感覺？正恰如，明明是在城市超市裏買的槐花，為什麼卻好像只有在寶水吃才是那個槐花的味兒，好像寶水這種地方才最配吃槐花似的？

18. 生意經

自打老原週末來守店，生意越發好起來，客源也日趨穩定。以住宿為主的家戶裏，論裝修硬件和舒適度，張有富的「我家院子」比我們還要略勝一籌，我們的價格卻和他家不相上下，他家的人氣還遠不如我們火爆。貌似蹊蹺，經老原一解說便也很明了。他說咱們的價可以定得高些，這樣一般人家就不能跟咱們咬著攀比。不過話說回來，既要能高，也要會低。低的方式就是打折扣。比如定了標間每晚一百五，真到住時都可打八折，就只需一百二，比其他家只貴了二三十塊。在餐上再給些實惠，盤子大一些，菜量大一些，這些小便宜捨出去都能成為好口碑。除了這，他還有禮品送，是一個梳妝小禮盒，裝著兩把實木梳子和兩面鏡子，上面刻印有「寶水村老原家」的落款，裝在一個精美的綢緞袋子裏。批量做下來這一套單價也就是十五六塊錢。老原說，這小玩意兒，叫他們走哪兒帶哪兒，捨不得扔。裏外一算，客們的心理就很容易滿足。其實是羊毛出在羊身上，順便也給店裏做了廣告。別心疼這點兒錢，要看大賬。我保證咱們的房間基本沒有空置的，你想想，一個房間空置一天就按淨虧一百算，比一比，哪個更心疼？

都很對。聽他講生意經，我嘴上嘲笑，心裏卻挺佩服他這些路數。而事態發展也確如他所料，新客成為老客，老客又帶新客，源源不斷，接二連三，十間客房根本就是供不應求，成為寶水村的第一熱店。

有點犯難的是其中還有不少老原的朋友，來了卻沒房間住，有些過意不去。老原卻說這根本不成問題。朋友嘛，也分三六九等，那就三六九等對待。需要維持關係的場面朋友就安排自住，且好酒好飯款待。自家住不過來就安排到別家，由他來買單。很鐵杆的朋友又沒什麼利害關係的，反正不怕得罪，天氣也暖和了，他備了幾張摺疊床，往我和他住的廂房裏一鋪，再往廚房裏一鋪，三五個人都能擠得下。至於很一般的朋友來，還有空房的話就留，沒有空房就把他們介紹到別家，由我們這裏管頓飯，也算盡了地主之誼。

不過這又衍生出另一個問題：這部分客人作為顯而易見的資源該怎麼再分配。我的慣常安排是把鵬程和雪梅的「小村如畫」作為首選。他們那裏滿了，就是「山明水秀」。一是和他們親熟，二是他們都在中掌，距離近，招呼著方便。而首選「小村如畫」也不僅是看在大英的面子，小兩口款待客人也周到，頗得客人好評。他們那個調調佈置得也著實招人愛，每個房間都掛有畫，雖都是印刷品，卻都是精選了的齊白石、凡·高、吳冠中、莫奈之類，裝了框，很像那麼回事。我問過雪梅為啥給店起了這麼個名字，她說從小就愛畫畫。她老家是在豫西山裏，原是在予城和鵬程在同一個飯店打工，談了戀愛，就被鵬程拐了回來，也沒要什麼彩禮。說起這事，大英口氣很有些自豪，說不花什麼錢就能娶到好媳婦的，鵬程這一茬人裏，他是頭一個。這媳婦又勤謹又乖巧，說叫回老家就回了老家，說叫留下就留下。我問雪梅在這裏適應不？她說，老家也是山。從這山到那山，沒啥不適應。一家人在一起就好。說著這話，眼睛看著鵬程，眼神拉絲。

落下了香梅。離得遠，沒辦法。好在她也不提，一起拍抖音玩耍時仍是自自然然的樣子。有時也叫她不來，起初我還朝秀梅或是雪梅打探一下緣故，後來就不再多問，已經心照不宣，多半又是挨了打。她挨打這事，我從進村就開始聽人說，幾乎誰都說過。時不時就會有閒話傳來，說香梅又挨打啦。打的原因總是不詳。肯定不是什麼大事。小事自然是容易模糊過去的。因從沒有見過，這事就變得很遙遠。只有一次，黃昏時分去給九奶送點兒菜，隱隱約約聽見她家那邊七成粗聲大嗓的，又傳來了孩子的哭聲，躊躇了一會兒，想著也許人家是在教育孩子，我進去做什麼呢？便也罷了。見了香梅，也是什麼都看不出來，彷彿這事情從未發生過。

其實很想問。可終於還是忍住了。當事人不說，當然就不好問。尤其是我這樣的外人，此時的問就是一種近乎冒犯的提醒。

是的，我是個外人，我始終記著這一點。

不止一次，碰到有遊客問我，你不是這村裏人吧？我說我是。他們說你肯定不是。為什麼？看著就不像。

和他們在一起這麼長時間，我常常覺得自己很像是了，常常覺得自己已經知道了這麼多事，認識了這麼多人，每一棟房子是誰家的我都清楚，對他們彼此間的枝枝葉葉也所知甚多，這不就已經融入村子內部了嗎？和這個村子還有什麼距離呢？可是，外來者們的判斷卻讓我的這種幻覺瞬間破碎。

你還不是。

你為什麼還不是？

因為在你內心的最深處，你根本不想是。

為什麼根本不想是？

因為之前曾是。受夠了。

19. 打太極

不知不覺地，村裏登門閒坐的人多起來。即便不登門，見面時的神色也與過去有了分別。每每散步路過他們家門口時，他們寒暄得明顯要比過去熱絡。我當然看出了一些意思，那微妙的有求於人的神情是我童年就熟悉的。人不求人一般高，人若求人矮三分。那三分的矮，就在臉上。即使個子再高，那眉眼卻是低的，那氣息也是低的。有的人直來直去倒是痛快，比如大曹，突然對我空前地大方起來，先是給我送了個香椿木的落地衣架，說是原生態衣架，打磨了好多遍，喏，你看，柄上連一根毛刺都沒有，絕對不會叫你劃了衣裳。又送給我一個新編的碗大的小荊籃，叫我拿著玩。你不是愛藝術麼。這小的，最藝術。我說，大的也藝術哩。你這是用大荊籃的下腳料做的吧，不捨得給我大的吧？他漲紅了臉說，看你說的，大小都費功夫，最難的是功夫。大的佔地方，你擱沒處擱放沒處放的。就這小的，隨便你擺哪裏當個餌，但凡有魚咬鉤，你放心，都不會虧了你。我細問，那這個小的，你到底是給我的呢，還是只讓我擺擺著呢。他笑說，給的，就是給你的。

多數人都要婉轉一會兒方才開口。有想借車的，我借過兩次，發現車被剮蹭了幾道痕跡，且從不會加油，便不再借，只說車有毛病，除了我自己，別人不好開。有想委託賣山貨的，便推辭。有想借個房檐兒的，意思是佔我們門口的地方擺攤子，這個便答應。還有想要分點兒客源的，也敷衍著答應。有想借錢的，上千的數，便一口堵回去。還有說兒子孫子在象城打工，你們那邊人熟，有啥要多照應啊。這個便答應傳話給老原，說我能有什麼本事去照應呢，一個女人家。至於什麼事怎麼照應，也只能到時候再說。然後把各種可能性分析給他們，讓他們有個思想準備，也給自己留條退路。基本策略是向他們表示慚愧，說自己人微言輕，在象城那大世界對很多事都是有心無力。總之是把自己放得很低，能多低就多低。如果能讓他們對我有了同情心，那就再好也不過。這種近乎虛偽的表演，對他們是重要安慰。

有的人自始至終都無法開口，只扯雲話，那就聽著。知道他們是在繞，那就繞，繞啊繞啊，任他們繞。流水一樣繞，山路一樣繞，我跟著他們徐徐而行。說天，說地，說老寒腿，說前天的雨小，說昨天的風大……只要我有時間，盡可以跟他們講《三國》道《水滸》。他們最想說的那件事，他們不說透，我也不說透。圍繞著那件事，他們含糊著說，我也含糊著說，把彼此的意思一點一點地融化在這些話裏。有時候，繞著繞著，在繞的過程中，他們就不再朝原本的方向努力，我也就順其自然。我們彼此以懵懂的方式，心明如鏡地結束了聊天。

什麼是打太極，這就是了。中間的那個核，我們都知道。黑在白裏，白在黑裏，圍繞著那個核旋轉，盤桓，黑白首尾相連，互相滲入，終是完成了那個圓。

20. 極小事

只要不是請託辦事，其實我很愛聽村裏人扯雲話，越聽越有意思。雖都是些極小的事，有的甚至稱不上是事，只是一言半語地拌個嘴，可那些意思卻也恰如雨後生的雜草，都藏在這些個極小裏。

比如張大包媳婦講怎麼被客們圍觀：你說多可笑。俺們在自家院裏吃飯，那些客進來，就圍一圈看。問我們用的啥蔥，用的啥薑，放的啥青菜，啥都沒見過似的，你說你能吃進飯不能？俺當家的就黑封著臉攆他們走，說恁這是幹啥呢？把我們當猴兒看呢？！有一回，我在灶下做飯，正在案板那裏切菜呢，忽然聽得有動靜。一轉臉，就有個大漢在那兒掀我的鍋呢。嚇我一跳，魂兒都快出來了。還了魂兒，我的氣兒也來了。我說你憑啥掀我的鍋？還不吭不哈的。他說看看我做啥飯。我沒好氣說，啥飯？家常飯。他說，我看你熬的玉米粥怪好呢。能不能給我舀一碗？我說，舀一碗中啊，可你不能隨便進我的灶屋呀。你們這樣，可是缺點兒禮數。還有些客更沒分寸，隨隨便便進到俺堂屋裏，連個招呼都不打，這是俺堂屋裏呀，又不是景點。攔他們，他們還不願意，問：你這屋裏還有啥寶貝？俺這屋裏是沒有啥寶貝，可這是俺屋裏呀。那客還假大方說，你要去俺家，就叫你隨便進屋隨便看。他明知道俺不會去他家！

過段時日我問她，現在碰到這些事還生氣不？她呵呵笑說，早就不氣啦。見天都能碰到這號人，生氣也生不過來。如今也皮了，不跟他們一般見識。

張有富不愧是會計，村裏首開鐘點房業務的就是「我家院子」，因了這個，他媳婦也時不時地會和客人較起真來。有一回，聽她說，原本鐘點房三個小時以內定的是六十，現在漲到八十了。為啥貴了？因為她忖了出來，開住鐘點房的可多都不是正經人，一對男女，不當不正時過來開房，那還能幹啥？就是來胡搞。他們走了，那床單都不能看，得好好洗呢。我打心眼兒裏不待見這些貨，就得給他們多要二十。說著就眉飛色舞起來，說有一回，有兩個男的帶了兩個女的來開鐘點房，開兩間，人家兩個女的不願意跟他們兩個男的一起住，就男跟男的住，女跟女的住。大概是沒辦成事，後來結賬時，那倆男的說是沒動我的床，不想給錢。真不要臉呀。我就跟他們吵，我說我不管你們動沒動我的床，反正你們進了我的屋，你們佔了我兩間屋好幾個鐘頭，你就得給錢。還有，啥叫沒動床？把床拆了才算動？你們沒亂搞成是你們沒本事，能怪我？你們要不給錢就別想走，咱們報警。有人民警察管哩。

雪梅受不了的是客們的隨便。說，咱是想叫他們賓至如歸來著，能把咱這當自家一樣自在，可那不等於是他們想咋著就咋著。有的客進到院子就擤兩筒鼻涕滿地甩，院子裏種的恁好的月季花，他們也隨便掐。我給氣得呀，問他們，他們還說，不就是個花嘛，咋那麼小氣。明明他們跟強盜似的，還說咱小氣！還有的客帶著小孩就地拉屎撒尿。好言好語提醒，他們說農村天大地大的，還不能隨便？我說隨便難道是隨地大小便的意思？您這不是隨便，是糟蹋。您回自家也這麼糟蹋？總得守個起碼的規矩吧？在您自家守的規矩，到俺們這就不用守了，你這就是看不起俺們家，就是看不起俺們這些人。還有，我也尋思了出來，越是大地方，人的素質越是高。上回不是有幾個北京來的？走一步行一步都會問，能不能？可以嗎？給咱結賬掏錢還反覆說謝謝謝謝，謝不完的謝謝。象城人也有素質，基本沒有啥行差踏錯。最沒啥素質的就是咱們市裏的縣裏的，乍一說話可自來熟，再看行事可不在路。還甩甩搭搭的，一副不稀罕咱村的樣兒，不稀罕那你們來俺這裏幹啥？

秀梅素來話多，常犯的就是和客們言來語去不對付，有一回她問一女客：你多大了？人家沒答。她還以為自己普通話不好，就又問了一遍，人家還是沒答。臉色很難看。等她再問人家成家了沒，那女客方才說話，卻是在反問她：你銀行卡密碼多少？秀梅說，你啥意思？客說，沒啥意思。會上網吧？會。我估計你不知道啥叫邊界感，去網上了解一下吧。

小曹也跟客拌過嘴，為的是攔客折山楂。客道，不就是折一枝山楂嗎？我們大老遠來這裏消費，連個這都不讓折？小曹笑道，都像你這麼折，別人大老遠來還能看啥？客賴皮道，反正也折了，我就拿走吧。小曹彬彬有禮道，抱歉，不能。客急道，還給你能咋著，也安不回去。小曹正色道，要是讓你拿走，其他人看了也會覺得折個這沒什麼。這可不行。榜樣的力量是無窮的。壞榜樣也是榜樣。

豆嫂心疼的是門前菜。說黃瓜、西紅柿、蒜苗、芫荽，他們咋見啥掐啥。去攔他們，他們就說，你們農村到處都長這些東西，還不叫摘一個？可這些東西是自己長哩？菜是好種哩？誰不知道一畝菜費力能頂十畝田，起畦，搭架，澆水，刨溝，哪一樣不是功夫？這都是俺們的勞動呀，恁憑啥就不尊重俺們的勞動哩？他們還說，啥尊重勞動，不就是想要錢麼。這能值多少錢，你說個數。我說不是錢不錢的事。把錢擱一邊，我就要你個賠情道歉！豆哥的關注焦點往往都是衛生。只要看見客在街面上亂扔手紙，他就會勸。便有客陰陽怪氣地說，哎喲，這小山村還怪窮講究呢。豆哥說，小山村咋啦，就不該講究啦。就該你們城市講究啦。你們城市講究，來俺們農村幹啥。客說，來旅遊，扶貧，給你們送錢。豆哥說，俺們有吃有喝，不稀罕掙你們的錢。趕緊離了俺這，越遠越好。客便驚詫道，咋還攆人哩？你們就這麼歡迎客人？豆哥說，還真是不歡迎你這種客！

後來我發現豆哥很自覺地進行著垃圾分類，便把存下來的紙箱和飲料瓶子讓他拉了走，第二天豆嫂便送了兩斤豆腐過來，死活不收錢。我便明白了這置換的意思。我說，村裏那麼多人都把這些東西當垃圾扔了，可惜得很，不如都給你家收了倒是合適。豆嫂笑道，咱不能收。誰要送上門來，咱也承情。反正是不能上門去收，寧可白扔。為啥？就因為是在咱村。他在城裏當環衛工人，那是工作。收廢品，那也是工作。在咱村誰拿這當工作？俺們給誰錢誰有法子要？要俺們去白拿，也不值當欠這份兒人情。說不定有嘴賴的還會恥笑俺們是拾他家的破爛。我說，其實都能再利用，怪心疼的。豆嫂笑道，想想自家體面，這些東西就不算個啥啦。跟心疼東西比，還是先心疼自家體面更要緊，你說是不是這個理？想了想，我也只好說是。

21. 椿芽一寸

半下午時，大英突然打電話叫我去西掌，說是有點兒事，孟鬍子這會兒還在縣裏，他點名叫你快過來幫看幫看，說關鍵時候還是文化人能抓住裉節兒。問啥事，大英道，不過是為個香椿芽，先不囉唆，你來了就知道啦。

山深春遲，近日裏才正出頭茬香椿。「門前一樹椿，春菜不擔心。」各家菜單也都已列上，一盤香椿炒雞蛋能賣三十八。價高自有貴處，因頭茬香椿鮮味最濃郁，過些天掰下的二茬就淡些。最多掰過三茬。天熱後的香椿長得雖快，卻也不能再上桌。一是味道差了許多，頂不住這個名聲。二是得容樹長葉子來，去吸收水分陽光。不然整個樹都會禿至曬死，明年可吃什麼呢。

村裏不少人家都種有，西掌那邊張大包、張有富和七成家都有，大曹家也有。莫不是他又鬧是非？到了西掌口，卻看見張大包兩口正跟幾個遊客對陣。張大包媳婦拽著一個男人的胳膊，手裏還抓著一個大塑料袋子，裏面一堆嫩嫩的暗紅，正是香椿芽。一個燙黃髮女人聲嘶力竭地吼道：寶水村可了不得了，幾顆香椿芽就敢要五百塊？咱們發到網上，叫全國人民都知道知道！恁這香椿是金的還是銀的？另一個大花裙子女人道，啥種的，不過都是野香椿，就敢這麼訛人？！張大包揮舞著胳膊，右手食指戳天吼著，香椿有野的？你滿世界打聽打聽，哪家香椿不是種的？張有富聲不高，平平地在一邊幫腔道，別以為這滿山遍野的東西沒主兒。都是有家的。大花裙子道，既然有主，那咋不看好你家東西？有富媳婦道，俺這裏東西從不用看。不看就能隨便拿？這是道理？燙髮女人道，東西又不會說話，有主沒主誰知道？張大包道，我貼了標的，你們看不見？

我趕忙上前細瞧一眼，果然，香椿樹幹上貼著張小字條：請勿採摘，違者罰款。學得真快。有點兒想笑。忍住。且聽兩隊人馬繼續吵：

寫恁小誰能看得見？

沒看見那是你的事。要是存心耍賴，看見了也當沒看見。不是眼壞是心壞！

幾顆香椿芽敢要五百塊，恁這才是心壞。沒承想農村人心壞成了這！

我湊到大英身邊，大英這時倒沉住了氣，示意我先別說話。忽然被人碰了碰胳膊，原來是秀梅也趕了來，果然愛看熱鬧是國人本性。圍聚的人越來越多。對方有人在拿著手機錄，我悄聲告訴秀梅也錄。秀梅道，這能發網上？咱們不得發點兒正面的？我說先留下證據，或許有用呢。她方才明白過來，趕快開錄。

對方那堆人裏也有試圖說和的，對張大包媳婦道：也不是啥大事。你就當這些人圖新鮮，替你摘了幾把香椿。現在把東西還給你不就中了？張大包氣得簡直要蹦起來，抖著手裏的塑料袋道，那我還謝謝恁嘞？人群裏便有人笑，對方道：知道個謝就好。

這話雖近乎耍無賴，不過也可見底氣虛弱。然後就吵嚷著要村幹部出面。大英方才上前，簡單自我介紹後道，我也在旁邊看了這半天，不用我多說，這理本也明白。俺們這山山嶺嶺看著雖大，老實說，一塊土坷垃都能找到主家，更何況是這香椿。蔥白一尺，椿芽一寸，都是最貴時，誰個不知？恁說俺們沒吭氣，這貼了標還不算吭氣？又不是眼不好，又不是不識字。到城裏去平白無故拿恁家東西恁願意？井跌不到桶裏頭，說話都得憑良心。這兩兜少說六七斤吧，市價一斤三十，粗算個整數，給他兩百塊。香椿歸你，算是不打不相識。可中？

這香椿看著就有氣，我不要！燙黃髮說。

不要可以。錢得留下。

沒拿東西憑啥要交錢？

啥叫罰款，這就叫罰款。

你有啥資格罰款？！

又進入一個羅圈架。大英吵村裏人時那話一嘟嚕一串，和這些客吵時卻有些卡，或許是要講文明，有些挑字眼兒，便少了流暢感，也少了氣勢。正磨嘰著，景區派出所的兩個警察到了場，面皮一黑一白。白面皮警察瞧著更領事些，乾脆利索地按照大英說的斷了案，要對方賠給張大包兩百塊。對方還是梗著脖子問依據，白警察道，這事兒景區裏的村子發生的不是一起兩起，約定俗成的民情就是這。也有按一顆芽十塊錢計價的。寶水這麼算賬夠厚道了。那要不就按顆算？你不服咱就留個案底，再去打官司。對方方才罷戰，付了錢拎著香椿離開。臨走時悻悻道：你們這就是個土匪窩，還警匪一家。白警察伶牙俐齒跟懟道：造謠有風險，說話須謹慎。相關法律法規了解一下？

暫且事了。黃昏時分楊鎮長和孟髫子才一起回來，聽了個端詳，說不能放鬆，要關注網上不良輿情。果然到了七八點時，一個地方的自媒體公眾號就發了段視頻，標題是：幾顆香椿芽要五百，寶水村如此發橫財？真是傳媒時代的典型標題。內容自然是有選擇地胡亂剪輯，瀏覽量卻逐步攀高，網友們在下面議論得熱烈，各種「好詞兒」都出來了。楊鎮長便召集開小會商量應對，我又被拉去列席。先商量回不回應。孟髫子說，對方既然這樣，咱們不能忍著。回應是一定要回應的，關鍵是什麼態度回應。對方是民間態度，咱們也可以是民間態度。對方錄有，咱也錄有嘛，秀梅辦這事可夠跟趟。秀梅笑道，青萍姐指揮得好，有智謀。沒想到還真能用上。大英道，青萍這也是廟後的窟窿——神透了。就都笑。又商議了一番怎麼回應，後來定下來的視頻標題便是：頭茬香椿大肆強採，罰款兩百應不應該？

視頻編輯是個有技術含量的麻煩活兒，由小曹來做。發佈後網上風評很快偏到寶水這邊，等佔到明顯優勢已是時近深夜。老原留楊鎮長住一晚，說還有空房，空著也是空著，山路行夜車也不安全，不如明兒早起再走。楊鎮長正推辭著，孟髫子說，先別說住的事，忙活到半夜，領導這晚飯還沒吃哩。大英說，這誰知道。還以為是吃罷飯來的哩。孟髫子說，你還不如直接說那幾句套話呢——還是不抽煙？還是不喝酒？又是吃罷飯來的？發出這三連問時他的口氣突然換成了寶水土話，學得繪聲繪色，於是哄堂大笑。這在予城是個人人皆知的老段子，其實早就聽皮了，只有換成孟騷子這樣的外人來講才能別生意趣。這段子原是諷刺一人吝嗇，從不待客，怕破費煙酒茶飯。但凡有客上門，就先問：還是不抽煙？還是不喝酒？又是吃罷飯來的？以這三句來堵客人的嘴。後來又有加長版，說是有挑事兒的客偏不順著話茬，故意說：還沒吃飯呢。吝嗇鬼便繼續吝嗇，嚴嚴實實地把話茬堵上：哎呀吃罷就是吃罷了，還是恁好說笑話？

說話間我到廚房重新開了火，老原親自下廚做了一小鍋湯麵，拌了兩道涼菜，幾個人坐下來喝酒消夜。

22. 水磨功夫

共同碰過第一杯，楊鎮長放下杯子長嘆一聲，對大英說，人紅是非多，村紅也是這。你可領教到了吧。今天這種事以後恐怕少不了，幹成了事就是這，有甜處，也有苦處。孟騷子說，算大賬，那還是苦少甜多。總之是個好事，得好好積累經驗。要是把熱點爭議用到了妙處，還能給咱做免費廣告，關鍵是咱得有理有據地把握好輿論主動權。楊鎮長說，用個不恰當的比喻，用這種事享受宣傳紅利，有點兒像刀尖兒上舔血，你們不知道我這心，好比那懸吊在樹上的一塊肉，生怕樹下的老虎給我吃了。大英問老虎是誰？楊鎮長說就是媒體嘛。不論傳統媒體還是新媒體，都不好惹，是不是啊地老師？

就都笑。我說，一朝被蛇咬，十年怕井繩。你這叫咬了多少回呀，怕成這。他說，要是真叫咬了多少回估計也能產生出來抗體，也就不會慌成個這。就是沒叫實在咬過，才整日裏戰戰兢兢地小心防著。你是媒體出身你清楚，有的媒體是真不中。你們可能都不知道，現在快遞恁多，我從來不親自收。不僅是我，但凡鄉鎮領導都拒收快遞，因為這裏頭有相當一部分是小報小刊的強制訂閱，它們不由分說就給你寄來了雜誌，附帶著發票，只要你打開，就等於默認訂閱。我們一般都是放兩三天再原封不動退回去。大報大刊不幹這種事兒，都有專門的發行渠道和專項資金。幹這種事兒的報刊媒體一般都是行業性質的，你說你就在行業內部搞搞不中麼？非得擴張到基層來，在地方上搞個啥記者站，難為他們去完成任務，叫他們又來難為我們。有的看我們不吃這套，還發威脅信息：領導您好，三千元的友好支持費您安排了嗎？給您添麻煩了。我假裝沒看到，不給他回。有的說他是省電視台的下面什麼頻道的什麼欄目的什麼人，省台領導已經開會決定，要和我們鎮上合作，費用也就五千。如果您不願意建立友好關係，請告知。我心說我咋不願意和你們友好呢？我還願意世界人民大團結呢。不過俺也有個請求，就是這種友好不花錢中不中？

又都笑。我便敬他，他一飲而盡道，有的威脅是空頭的，有的是真威脅，揣著個照相機過來拍你的照錄你的音。都說蒼蠅不叮無縫蛋，可咱們這蛋咋能沒縫呢，有些事還是臭雞蛋筐哩。沒處理好的垃圾，小河流的污染排放，都是。既在農村，哪兒搓不出個泥蛋蛋兒來？人家把稿子寫出來，把視頻拍出來剪輯好，先發給我看看，叫我審稿。我能咋說？只能說，謝謝您對我們工作的監督和指導，對於您提出的問題，我們抓緊調查，如果屬實的話，我們一定抓緊落實整改。如果您要發表的話，請您文責自負。他們也都明白那麼一點兒事理，知道犯不著硬碰硬。就這麼折磨幾個來回，看情況給他塞個紅包，花錢消災了事。

咱辦公室主任——就是那個王主任——就被拍過一回。那回是他一個親戚給了他一件酒，他叫放到了傳達室，下班時他往車上搬，叫蹲點的記者給拍了照，說他一是提前下班，二是收受賄賂。把證據發給我，我回覆說：一、你怎麼知道他是提前下班？他離開辦公室就是下班了？他到村裏說事是不是上班？上班有各種各樣的方式。你這個記者也沒有坐在辦公室上班，不然你怎麼能拍出這些照片來？二、你怎麼知道那酒是收受賄賂？這賄賂是誰給他行的？啥目的啥動機？咋能這麼浮想聯翩地就給人家定性？你呀，去寫推理小說還能掙倆錢，就別當記者了吧。打發完這事我就給辦公室開會，把他們狠狠嚼罵了一頓。都是幹啥吃的？一點兒警惕性都沒有。還不如我呢。別看我平常也犯迷糊，只要一進鎮政府的院子，我機靈著呢，生人生車我搭上一眼就知道。這人能偷拍成功，那肯定在院子裏待了有些時候，就不能上前問一句，看他不對勁就把他攆走麼。

我默默斟酒。以前在報社時也沒少下基層，從不曾聽到這些話。也是，怎麼可能聽到呢？

又坐了一會兒，大英便要回家。楊鎮長叫住她說，看咱村這個勁兒，還真需要人手。回頭給你送倆大學生過來吧，你多倆人使喚，他們也能得到鍛煉。大英立馬問，啥來頭？麻纏不麻纏？多長時間？村裏只能管兩間閒房，花錢的話可得你給呀。楊鎮長笑道，看把你嚇得，就是倆大學生，想來咱這社會實踐，長短也就是倆月吧，說不定待不了倆月就能走。大英怪道，不去城裏實踐，來咱這實踐啥？楊鎮長說你問我，我問誰，人家來肯定有人家來的理由吧。這可是宣傳部領導介紹的，你要和氣一些，部領導也是常委呢，常委會上有話語權呢。大英說，你別說這，你這名號還能到常委會上亮亮相，我沒你這活勢，也不怕這些個來頭。孟翳子道，老姐，你這思維得轉換，不是啥人來都是負擔。這些年輕學生尤其值得歡迎，都是咱們的寶貴力量。你放心，他們來了就掛到我這，我來給你調教他們。大英道，就等你這句話哩。既然到了咱們這兒，就是沒錢給人家也得叫人家能安住身，這點兒待客禮我也有，厚是厚不到哪兒，也不會太薄哧溜溜。就是不知道該咋給他們派事。總不能白閒著不是？他們又不像青萍這經見過世面，能隨高就低。都是嬌滴滴的孩子們，還有領導撐腰，更不好說深說淺。孟老師出頭帶著，就全妥了。

這番話說得滴水不漏。就都笑。楊鎮長道，還是你這老大姐，懂情明理。大英笑道，誇這一句，就當吃個虛糖。楊鎮長道，還別說，有個實實兒的真糖給你吃，是個好事兒，前幾天別書記跟我說，閔縣長的意思，叫我們倆帶幾個村幹部去外頭考察學習人家的美麗鄉村，你得算一個。大英頓時喜上眉梢道，那可太中了。旋即愁又蓋住了喜，猶豫道，我這老胳膊老腿兒的，要不，叫小曹去吧？他年輕，學東西也快。楊鎮長訝異道，咦，你這咋回事兒？這也要讓？小曹你給她送啥禮了？小曹便笑。楊鎮長說，他年輕，以後有的是機會。說是學習，也不是叫你拿小本本兒一筆一畫地記，也不會考你的試，就是去見識見識交流交流，也好好散散心。不懂個這？還慮啥呢。大英難為道，我家這情況，光輝、嬌嬌都離不了人。我說，不是還有鵬程、雪梅呢嘛，我也常去陪陪嬌嬌。你儘管去。大英沉默了片刻，爽聲道，中吧，我去。我問楊鎮長，這也算是一種福利吧？他說，啥叫也算是，這就是一種福利。你們大城市大單位出身，覺得出差是苦，在咱們這些個窮鄉僻壤的村鎮裏，能逮住公家錢光明正大地花，管吃管喝管住還管路費去外面經經見見，一輩子也沒幾回。出去一趟就能吹幾年的牛哩。

送走了大英，幾個繼續閒話，又扯起今天的事，楊鎮長說，農村的事就是這，複雜時那是千言萬語，簡單時也能三下五除二。孟老師當初選村子的眼光不錯，寶水的情況總體上還算是簡單的。我說就這還簡單？簡單到哪兒了？孟鬍子說，簡單到沒有外人。問他啥是外人，他沉吟了片刻道，「我家院子」原來是有個王老闆租張有富的房子做民宿，你知道吧？我說知道，他說那個王老闆就是外人。我指指老原說，他長年不在老家，算不算外人？楊鎮長接話道，祖墳都扎了多少年了，咋能算外人。這是板上釘釘的自家人。

老原便敬酒，喝了一圈。楊鎮長道，聽說趙老大要回來了。趙老大是趙先兒的長子，官名趙順，據說在外面做生意很大。孟鬍子道，他是每年都會回來探探親的。楊鎮長道，探親又有啥可說的，這次估摸是要回來弄事。他這也算一方鄉賢，要是想在家鄉創業咱也得鼓勵呀。孟鬍子說，還得是你這鎮長消息靈通，我整天在村裏住都沒聽說。楊鎮長道，好歹咱也是這一鎮之長呢，這麼厲害的鄉賢，咱自然是要保持聯繫的，人家也是要給咱個面子的。我詫異道，他這算是鄉賢？楊鎮長道，咋不算鄉賢？逮住老鼠的都是好貓，有本事的都算鄉賢。還別說，鄉賢們還真有獨特作用，他們在外頭見多識廣的，村裏人就比較信服。有時通過他們去做點村裏的工作，確實也有效果。不過話說回來，這些人也難哄。是把雙刃劍，就看劍柄在誰那裏。他們但凡回來，都有些想法，要是擔任了村幹部，就更和村裏人一廝。到底是村裏人嘛，人家還是願意代表人家村裏的利益，再說也是村裏人選上的。以前鄉裏說了算時，他們還會顧忌鄉裏的想法，現在對鄉裏可沒那麼客氣了。比如說，以前我們不叫亂蓋房，他們就會傳話給村民，叫他們別亂蓋房，對那些亂蓋房的家戶，還會主動做工作叫他們拆。現在可不會恁乖了，會反過來問我們，都怪不容易的，你為啥不叫人家蓋？

就都笑。孟鬍子道，都怪不容易的。這話也沒錯。楊鎮長道，不容易是不容易，可也不能沒個原則。線還分個粗細呢，不容易也得分個大小面兒。怕的就是攪糊塗，事兒就不好幹了。可鄉裏的工作，有時候還免不了要攪糊塗。想要把上頭下頭都打發好，就得使巧勁兒去幹工作，耐心細心地處理事。這可得有一番水磨功夫，再加上十八般武藝。有多少幹部坐機關坐得穩穩當當，一到基層就屁滾尿流。所以有個說法，從基層到機關長一身膘，從機關到基層脫一層皮。你看組織部門哪一年不往基層派幹部？有多少能適應的？流水一樣來，流水一樣去。快來快去的倒也好，咱也羨慕。咱倒是會適應，一年一年留，想走也難走，扎下了老根兒，也是愁人哪。便問他，是不是覺得很虧？他笑道，虧不虧也是兩說，要看碰上啥領導。碰到那些公平仁義的，他知道你辛苦，到一定時候就會把你往上調調，提拔一下，叫你稍微歇歇，再把你放下來當個書記啥的。這就中。碰到那些官場混混，那他就光會喊空話，表揚你說幹得好幹得不錯，忽悠你撲下身子傻幹，承許你以後能咋回咋回事兒。你這邊傻幹著，他忽然一拍屁股走了人，把你焊到了這兒。要是碰到幾任這種領導連焊你幾回，那你就死虧吧。

23. 打艾草

端午節臨近時，問秀梅超市裏進不進粽子，她笑得不行。說她這店自打開張就沒有賣過粽子，不僅是粽子，冷凍食品也就只是夏天的雪糕冰激凌和冬天的元宵。看城裏超市的冷凍櫃就知道你們有多懶，餃子、餛飩、蔥花餅啥都有，就連油條都能做成速凍半成品，又貴又不好吃，都是錢多給慣的。說咱們這邊的粽子都是自己做的，今年我多備些，你就鱉鱻等著吃吧。又聽我說要去買點兒艾草，更是笑軟了腰，她呼啦啦用手臂畫了個大圈，說咱這山裏哪兒沒艾草，還用得著買！都說沒文化的人是文盲，這有文化的人該咋說？地裏長的東西能認識幾樣？得說成是地盲吧。地老師，你又姓地，哈哈。

笑話我了一番，便抽空帶我去找艾草，果然處處都是。又教我區別艾草和艾蒿，說這兩樣乍一看一樣，仔細比對就知道，氣味不一樣，高度不一樣，細節更不一樣。艾蒿葉子陽面有毛，艾草葉子是陰陽面都有毛，葉面也比艾蒿葉面厚。

那幾天裏，只要有空，我就去打幾把艾草，隨手插在哪裏都是一束清香。它也是一味好食材。焯水後團成團冷凍住，吃時拿出來解凍，用料理機打成泥，和上麵，加進糯米粉，再拌進去蜜棗、葡萄乾和花生碎，就成了完美的青團。只是得要最嫩的，嫩的汁液最足。待老原來了，我便讓他陪著我沿著白陘古道往深裏去尋。陽光正好的下午，山風吹著，到處有樹影，一點兒也不熱。我們慢慢走在山間的小路上，前後都沒有人，就只有我們。打够一捆，就放路邊，繼續前行，等返程時再撿回來。這種東西在這種地方，不用擔心有人拿。有人拿了就是笑話。

還別說，打這個字，用在草身上還真是好。草不是花，不能用摘，不能用採。又不是連根要，所以也不能用拔，不能用挖。用割也行，只是太工具化，不帶感情。唯有用打。草是潑皮的，強韌的，想得到它得使一些力氣，得和它較一點兒勁，可不就近乎於打？

有一天，走得更遠了些，到了黑岩村地界，忽然想起了馬菲亞，這小半年來，她的土雞蛋和土雞流水不斷地供貨，我們算是她的大客戶。她一直叫我和老原去耍，從沒去過。便給她打了電話，她呀呀呀地叫著說，快來呀，我那口子今兒下了山，剩下我一個，正盼人來呢。手機裹指著路，又走了半個小時，聽見了雞鳴狗吠，轉彎便看見了原木搭出的一個小門頭，上面寫著三個稚拙的大字：自然居。

正欲進門，突然就看見了一隻大白鵝在旁邊小坡的灌木林裹。便打給馬菲亞，她說是咱家的鵝，又去外邊野了。你們順手給趕回來吧。會趕吧？我說會。還疑惑她怎麼問這一句。等到和老原開始趕，才發現沒那麼容易。這鵝很傲慢，完全不把我們放在眼裹。且狡猾，不在路上走，只在灌木裹鑽。灌木密度很大，其間還野草叢生，積年的落葉滿山坡，沒有現成的路，人在其間穿行著實辛苦。我和老原前追後堵，牠卻遊刃有餘地跟我們打遊擊，有時候牠挑釁般的不動，等我們靠近後再從從容容地遠離，就是一副欺負人的樣子。

這一塊靈活晃動的白色，讓我們倆忙活了好一會兒，卻還是在原地盤桓。趕著趕著，老原停下來，看著我笑。我知道他笑什麼，就也笑。此時我已髮型凌亂，蓬頭垢面。外搭下擺原鑲著一條小蕾絲邊，此時也已條條縷縷，好死不死。手也被拉出幾道血印子，還差點兒刺著眼睛。老原也好不到哪裏去，臉上是灰土加油汗，擦出了幾道華麗麗的印子。他說算了吧，還是叫主家自己來吧。正準備再打電話，馬菲亞已經跑了出來，看我倆的樣子就笑起來。她繞了個圈靠近了鵝，便以迅雷不及掩耳之勢抓在了手裏，這鵝彷彿被施了定身術，呆在那裏，怪不得有個詞叫呆鵝。我怔怔地看著她。傻看我幹啥？她問。我說：你真帥。

進了院子，狗只遠遠地空叫著，衝過來的是三隻大白鵝，領頭的大鵝尤其兇。馬菲亞把牠們呵斥開。她說原有三隻鵝，兩公一母，兩個公的老打架，就又買了這隻母鵝，因是新來的，老被欺生。問她怎麼分公母，她說看身架子就能知道，公鵝壯大些，母鵝就嬌小些。看脖子也能知道，公鵝脖子長，母鵝脖子短。聽叫聲也能知道。公鵝叫起來是咯嘎咯嘎，聲高，母鵝叫起來是嘎嘎嘎，聲低。看性子也知道，母鵝不怎麼好事，公鵝就暴烈，好佔地盤好爭鬥。萬物公母都差不多德行。

24. 滴水藏海

這是山谷裏的一小塊平地，蓋了五間平房，房後是幾排雞舍，房前一大塊菜園，園邊種的指甲草和萬壽菊正開得絢麗。我說原以為會有很濃重的雞糞味兒，竟然沒有。她說這山多大呀，還整天過風，下面又有土吸著，能有啥味兒，有點兒味兒也都能分散乾淨。又說，有點味兒其實也沒啥，聞慣了就好。

進屋落座，喝著茶，便扯雲話。她說原來做飼料生意，各種飼料怎麼配，太清楚了。所以就邊做生意邊包魚塘，魚吃什麼飼料，吃多少能長一斤幾兩，掐得八九不離十。起先是在黃河邊包魚塘，水源豐富嘛，一包就是好多個，有規模才值得經營和管理。後來嫌成本太高，就另找地方。原本回了豫東老家，讓幾家親戚都加進來一塊兒幹，想著親戚們既然親，那就話也好說，事也好做。後來才知道不是那麼回事兒。親是親，麻煩起來也是真麻煩。我們是三家合夥，其中有兩家摻和進了親戚，到後來就是我們兩家焦頭爛額，沒親戚摻和的那一家就清清爽爽。我跟你們說，親戚可真是一個大忌諱，他們永遠要跟你牽三扯四，永遠不能跟你就事論事，叫你行一步拖兩步，真是愁煩。後來我身體出了毛病，乾脆就撤了出來，專心治病。

要說那時也沒啥實症，就是白天沒精神，晚上又難睡，一夜起三回，整日裏頭昏腦脹腰痠胳膊疼，每個月都往醫院報到。後來有個醫生說，你找個人少空氣好的地方住一段試試，就找來了寶水，那時王老闆還在——你們也聽說了吧？那時還叫「王叔院子」，住了幾天，好了可多。看到我和老原笑，便停住問笑啥，聽我說了緣故，笑道，咱姊妹還真是同病相憐。當時我跟老公說，啥時候能長長久久住在這裏就好了。閨女在一邊說，你們就來嘛，也沒誰攔著你們。我們說不是還得管你麼，她說用不著你們管。我住校這麼幾年，你們誰管著我啥了，週六週日回去都吃不上個應時飯。你們管好自己就行。我說不得給你掙錢麼，她說咱們家的錢不夠我讀高中的？不夠我讀大學的？要是夠就別再掙。又問，咱們仨有沒有保險？那種什麼都有的萬能型保險，包括高額重疾的。有，那就不用考慮生病的事。咱們也有房子，那你們再一門心思掙錢幹什麼？想做什麼現在就去做。別光想著將來有一天，將來就是現在，現在就是將來。

你說現在的孩子多厲害。心明眼亮的，跟天使一樣。說起我這閨女，我就滿心感恩。她上學的事我們就沒操過心，她就是自己學，是荒長，可硬是沒長荒。小學不說了，剛上初一時是年級一百多名，一個年級小千把學生呢，我們覺得這就行。到了初二她就到了前五十，中考時居然考了前二十。很厲害吧。她做作業我們都心疼的，從來都是攔著她說別寫了，少考幾分也沒啥。也從來尊重她的意見，沒有給她報過啥課外班。我們這種爹娘，在今天也算奇葩吧。

聽閨女的話，我們就打算在這塊住下來。倆大活人，也不能整天閒著，好歹得做點兒事。本來也想在寶水租個院子做個民宿啥的，後來一看王老闆撤了火，就換了個思路，想包個荒溝養雞。這塊地方是大英介紹的，黑岩是她娘家地界，人頭熟。這條溝說是有五六十畝，長租十年起，一年要兩萬，五年一付。我沒還價。能還出多少？有這個計較勁兒，不如乾脆大方一點兒，落個人情給人家。人心都是肉長的，人家在哪裏讓我們一點兒，這點兒利也就回來了。再說了，算算跑醫院的錢，哪一年不花個五六萬、七八萬？兩萬塊租這麼大一條山溝，還有啥可說的。況且來這後再也沒有生過病，連感冒都沒有過一次。我就跟老公說，反正以前也是掙了錢沒少往醫院送，現在就當是把那些送醫院的錢省了，還落了個好心情好身體，值。

養雞好啊，既能收雞蛋，又能燉肉吃。肉蛋又都不貴，尋常百姓都能消費得起，各種風險成本都低。在這裏，更省事。飼料都不用餵，只準備一點兒玉米。玉米平常也不餵，只是在晚上想讓雞回來時才撒上一點兒。這不遠處還有個小野塘呢，時不時還能攢點兒水，就又養了這幾隻鵝，鵝能看家護院。還養了這條狗。門口的地，隨便長點兒青菜，也不用肥料。——自打開始做飼料生意，我就想著啥時候能種一點兒不放任何農藥化肥的東西，要是不來這裏，也就是白想想。飼料生意就沒讓我心裏踏實過。咋能踏實呢？明知道自己賣的東西吃到人的肚子裏不好，可是人家都賣，咱就也賣。為了賺錢。每次我生病跑醫院一把把花錢出去時都會想，也許這就是報應吧，拍拍良心，可沒少造孽。不怕你們笑話，那時候我買自己家的吃食都是到特產店，再貴的米，二十來塊一斤的，再貴的麵，十來塊一斤的，我都買。看著那些「綠色」啊、「無公害」啊、「有機」啊的名頭兒，不管真假都覺得踏實。這回親自種了，才算是吃著了頂頂純的零添加食材。咱這生菜跟黃瓜，你只用鹽一拌就知道有多好吃。吃了這些，我就知道以前在特產店買的東西有多假。

朋友們也常來玩，沒少笑話我倆神經病，這裏用煤氣不方便，我們燒柴火整天弄得手臉黑黑的，他們就說你們真是越活越倒退，越活越土鱉，辛辛苦苦幾十年，一朝回到解放前，經過努力奮鬥，終於又過上了原始人生活。他們哪裏知道呢，柴火可不髒，柴火燒出來的灰也不髒。就跟這土一樣，看著髒，實際上不髒。這日子看著是原始，其實哪裏原始？比起小時的農村，進步了哪是一星半點？我跟老公都是農村出身，那時農村多髒亂差，還天天忙著幹活兒，那是真苦。那時候最快樂就是玩兒，哪天不幹活兒哪天就是過年。如今可不一樣，雖然也是幹活兒，可是這幹活兒說到底其實是玩兒。不遠處就有水泥路，車都能開上來。這房子佈置雖然盡量簡單，可也有電腦，能上網。有自來水，有熱水器，能隨便洗熱水澡。你說這能叫原始？可我們不跟他們講這些。笑話就笑話唄，他們的笑話我們也不在意。用我閨女的話說：既然走的不是尋常路，還管那些尋常人說啥哩。

說實話，這條路沒走時覺得可難，真走上了也沒那麼難，怕的是一不留神就拐到回頭路上去。開始雞沒養太多，第一年過去，養得賣得都挺順。你知道，咱們這雞蛋這麼好，不是一般的土雞蛋，成本就也高。我們核算過，一個雞蛋要是低於一塊五就算賠了本。成本高在哪裏？比如一百隻雞，散養在山溝裏，沒有圍牆，沒有籬笆，真真正正地散養，這雞本身的數量就能損耗一半。有一回我們去寶水，聽張大包媳婦說撿了一隻雞，一聽她說雞的樣子就知道那肯定是我們的雞。可是咋能逮回去呢，只能任牠們跑丟。還有黃鼠狼，這東西可多著呢，三天兩頭就來我這裏開開葷。咱這雞蛋，肯定也得賣高價錢。一來這才能顧得住成本，我們都用標準蛋箱，這能保證運送不出問題。雞蛋還要選品相好的，大小一致的，天然不帶一點雞屎雞毛的——雞蛋不能用濕布擦，一擦就容易壞。雖然是賣給人家時好看，可是做人不能那麼短，是不是？二來呢，也要跟當地老百姓的土雞蛋拉開距離，不跟他們搶生意。他們不講究，該餵飼料餵飼料，大小不論地賣，一塊一個，走的這是中低端。我們得走偏高端。他一塊錢一個的，容易跟一塊五一個的起紛爭，跟我們兩塊錢一個的就難起紛爭，是不是？

事實證明，如今有錢人多，只要你有好東西供，就不愁賣。咱們這雞蛋和雞賣得都快，不用打廣告，朋友們介紹的渠道都供不盡。前年年關，雞蛋的需求量特別大，我們著了急，就去周邊農戶家裏收。這一收可不打緊，那叫一個亂七八糟。樣子就不說了，打開兩個一看就知道不是土雞蛋。玉米都沒捨得餵多少。我跟你說，那幾十斤雞蛋我到底沒敢寄，自己也沒敢吃，也沒法子退，末了只好是個扔。眼看著來找我們要貨的人越來越多，我們就謀劃著養更多的雞，想著怎麼擴大經營，怎麼找人合作入股，還想著再租一條溝……閨女在一邊聽著，朝我倆翻白眼說：又開始了。你們又開始了。說得我們大紅了臉。是啊，咋就又開始了呢，咋就又拐上了光想賺錢的道呢。

那就維持這現狀吧，我們這樣做法也注定沒辦法成規模。就像自己做的家常菜，注定不能進超市裏批發賣。現在我們就認命啦，就好好享這個福吧。生活基本零成本，土地很慷慨，撒了種子就給你吃糧食，不撒種子還給你吃野菜。也不需要美容化妝應酬社交，不再進醫院買藥看病。這不是享福啥是享福？

在房子裏轉了一遍，發現沒有空調。她說空調這裏實在不需要。這山溝整個兒就是一個大中央空調。冬天沒暖氣難熬一些，你看我們打這炕，我們就燒炕。剛燒的第一夜，半夜裏還續了一次柴，結果熱得不行，滿身大汗，生生叫熱醒了，前胸後背都快烤熟了。其實根本不用續，那幾根柴就能頂一夜。火滅了還有餘熱，就夠熱到天明。沒經驗，真不知道柴火那麼耐燒。

就都笑。問她燒柴是不是有污染，她笑道，燒柴這事是不環保，可環保這事看咋說。這一條溝裏就住我們倆，柴火呢滿山都是，不用砍樹，光撿自然腐朽的樹枝就足足地够。一天三頓飯用不了幾根。冬天燒炕也用不了幾根。就是有點兒廢氣，出不了這山溝就能消化，能和污染扯上邊兒？所以說到底，這事還是跟人多有關係。你到人家加拿大，人家大城市照樣那麼多車，人家照樣蓋大樓，人家照樣有工廠，可是人家天就是藍、空氣就是好，因為啥，人少唄。三千萬，不够咱們一個省的人口。國土面積比咱們還大。你往哪兒說理去？

來到這以後，和老公關係也比以前好多了。以前可緊張呢，你想，事情多空間小，經常生病心情不好，能不緊張？常常是誰看見誰都煩。一來到這，反而越來越親。雖然還是整天在一起，可是不用再看著對方了，而是一起看著外頭。你別看只是個小山溝，小山溝裏包羅著大世界，用我閨女的話說，這叫滴水藏海，恁盡情地遨游吧，連泳衣都不用穿。

就都笑。老原問她失眠的毛病如今怎樣，她說，徹底好啦。以前看見枕頭就害怕，害怕躺到那裏是白躺。如今看見枕頭就可親，光想往上貼一貼。都能連著睡了。怎麼連？早晨醒來，聽見鳥叫，想著再睡一會兒吧，從六點一下子就睡到九點。吃了早飯，忙活忙活就到了十一點多，就吃午飯，吃完午飯再午睡。午睡醒過來三四點，忙活到六七點吃晚飯，九點多上床繼續睡。你說這是不是連著睡？

我和老原也只有表示羨慕。老原說你們兩口子在這山上稱得上是神雕俠侶。就差一隻大雕。她說，你們也是。咱們都是。又都笑。又說我，你好好住著，肯定能越睡越好。臨走時又送了一籃子剛收的雞蛋，還溫熱著。聽我誇指甲花好，又掐了幾把撒在雞蛋上，我說我也種有呢，她說顏色不一樣，你染染這個試試。

回去的路上，我感嘆他們的日子安排得既充實又清淨。老原道，那也只是外人看著。用大英的話說，有清門無淨戶。就都笑。再一想，客人們來寶水這山村裏，也是看著這裏清淨。這世上，只要有人的地方，哪裏會有完全的清淨呢。

正說著，叔叔打來電話，說了幾句房子的事，待他說完，嬸嬸接過來，說做了不少粽子，放了足足的花生和蜜棗。你叔專意叫給你留著，回家來吃呀。

25. 真佛與家常

端午節那天便回去看叔叔，踩著午飯點進的門。嬸嬸忙活了一桌子菜，還備了幾樣果汁飲料說，想著你開車不能喝酒，總得喝點兒啥甜甜口。吃完飯我便要走。叔叔說，來都來了，去看一眼房吧。說得也是。便和他去老宅看房。

房子已經很有模樣，第二層的牆起了半拉，樓梯也搭出了雛形。陽光從西邊照過來，牆上映出了腳手架橫七豎八的影子。叔叔說，接下來肯定要建綠化帶，咱這院子到時候就緊貼著綠化帶，不用花一分錢就能借上花花草草的景兒。地面還是毛的，露著黃土。我突然想起靈泉，問叔叔，叔叔說泉眼兒已經乾了。那些碌碡呢？誰知道。有沒有人撿？叔叔笑了，說，誰要那東西。我說你去看看，要是還有，就去撿幾個回來。幹啥？平砌在房子前，既當矮牆也當座兒。這能好看？我把寶水拍的磨盤碌碡的圖片給他，他瞇著眼睛看了幾遍方才信，感嘆道，還真有人稀罕這些個東西。又說，咱房子衝著路，這些碌碡都是石頭，也算是「泰山石敢當」了。中。

和叔叔在房子前站了一會兒，便有人漸漸聚攏來和叔叔寒暄，然後確認他旁邊的人是我。

是萍呀。看著就像你！

看這副臉，跟五奶奶多像。

接著就是一句遞一句地拉家常。在福田莊拉家常，這情形於我而言已是久違了。父親和奶奶相繼去世後，每次回去看叔叔，起初仍會有人上門來拉家常，先說別的，問工作，問工資，問母親，問坤，問郝地，豫新不來就問豫新，豫新來了就問豫新母親。貌似漫無目的聊天背後雖是總有目的，卻也總是要到繞够了才會圖窮匕見。問，啥啥單位有沒有個熟人？這是個鮮明的信號。是的我認識。可是這認識不是那認識，就辦事的層面而言其實是不認識。可我沒辦法跟他們解釋那麼多，最好的答案就是：不認識。或是問：能不能幫著打聽個情況？聽起來這似乎很簡單，如果你以為是真的簡單那就是大錯特錯。這只是一個誘餌，一旦你去幫著打聽，那就意味著你有熟人，有熟人的下一步就是得去繼續幫忙辦實事。又或者是往前逼一步：聽說你認識誰誰誰，能不能幫著介紹介紹？這貌似只是讓你當個輕鬆的中介，實施起來你就會知道這過程有多麼複雜。作為中間人，你需要安排時間和場地讓雙方見面，什麼話都得你來傳達、磋商、談判，你像一個蹩腳的倒楣的媒人，不論事情是否能辦成，你都有卸不掉的責任。你要全程跟蹤服務，且保證服務質量，否則還不如不開始。那乾脆就不開始吧。

沒空聊天，有事說事。我能幫忙就幫，幫不上也沒辦法。終於有一次，我來了個嘎嘣利落脆。那人訕訕而去，從此回福田莊時就沒人再來找我拉家常。叔叔說我傷了他們的臉面，讓他們像個要飯的似的。萍呀，話不能那麼說。路得鋪長些。叔叔勸。對此我自然是置之不理。這種路鋪得再長有什麼用？只能讓人走得筋疲力盡，甚至頭破血流。

——彼時的我十分堅定地認為，自己再不會和福田莊的人拉家常，這種囉里囉唆的家常，既廢話連篇又危機四伏，杜絕最好，一了百了。「真佛只說家常」，多年後偶爾讀到這句話，不由怔住。真佛只說家常，卻不知只說家常的又有幾個真佛，不過由此也可窺見真佛與家常的非凡淵源，其義理近同於道在屎溺。只因我的顢頇愚鈍，這麼多年來在老家拉家常居然能成為一道心障，厚於無形。

人越聚越多。我也從記憶裏一一打撈出來他們，秋旺的媳婦，我叫容嫂子的，大耳朵全的本家侄子，我叫泥蛋哥的。一個眉眼清秀的男孩子也晃過來，神情有些好奇，容嫂子介紹說他是春旺的兒子，叫飛飛。讓飛飛叫我姑，飛飛短促地喊了一聲便快速走開，引起一陣大笑。

這孩兒可小臉呢。在土話裏，小臉是害羞的意思。

一個中年婦女在七娘家門口站著，被容嫂子喊了過來，說她就是飛飛的媽，是你蓮枝嫂子。我朝她點點頭，算是打了招呼。瞧著她慢慢走過來，我卻又有些恍惚。那麼這就是春旺媳婦了？就是為了借娶她的婚車，父親在從象城回福田莊的路上出了致命的車禍，也因而，在她嫁進來的同一天，父親正好死去。

這張陌生的臉，以前肯定在村裏見過，但我肯定是視而不見。這是我第一次正視這張臉。春旺結婚那年我大三，二十一歲，農村女孩結婚早，她那時應該差不多也是這個年齡。我們幾乎是同齡人了。可這張臉已經刻下了密密的皺紋，尤其是眼睛周圍。不過眼睛很大，年輕時應該很漂亮。

春旺比我大三四歲，我該叫她嫂子的。

我沒有叫。我叫不出口。

26. 衣錦還鄉

曾聽村裏很多人跟我講過趙順回來時的做派：早年還沒發達時就極周到，離人老遠就高門大嗓打招呼，遇見男人就散煙，碰到婦人孩子就散糖，都是村裏人平日捨不得的好煙好糖。發達後一點兒沒變臉，比以前更和氣，雖是開著車，一進村就會降速，慢得不能再慢，搖下車窗，一路和人高聲寒暄，等把車停到家門口，跟家裏人照過了面，就出門再走回去一一散煙散糖，一一說話。只要是在街面上的，不落一個。

談論起這做派，村裏人的口氣頗複雜，讚許的自然最多，說上下人都瞧得見，懂禮數。也有不屑的，說他這是換個路數輕狂。還有嘲笑的，說他靠著老婆起家，也不算自己有真本事。羨慕也是有的，說在廣東靠著大老婆，在老家這邊養著小老婆，齊人之福，啥都不誤。

他回來的那天，我正在門口的小菜園裏掐香菜，聽到有幾個人走了進來，抬頭一看就知是他，和趙先兒一副臉，面目卻要俊朗些，是趙先兒的升級版。穿著倒也尋常，微微腆著肚子，打招呼道，忙著呢？人勤地不懶呀，菜種得不賴。回到老家就是這，看啥菜都是水靈靈的，吃啥都有胃口。雖猜著了是他，我還是問了一聲，他道，姐姐這眼力真準，要不然咋能在這當阿慶嫂呢。不對，應該叫原嫂，哈哈。老原正從房間裏出來，往這邊走。趙順又把兩個孩子扯到跟前，讓叫伯伯阿姨。旁邊的女子趙順喚她娟娟，三十上下年紀，吊帶碎花長裙，粉紅開衫外搭，嫵媚俏麗，嬌軟著聲音叫了哥哥姐姐，口音帶著明顯的予城腔。趙順感嘆說，原哥這點兒真够正，你一扎下來創業，咱們村的人氣就唰唰唰地漲。我這才半年沒回來，都熱鬧成了這。老原笑道，要是趕上週末人才叫多呢。

這邊趙順在聊著，娟娟帶著孩子們裏外玩耍，沒有一刻工夫坐下來。娟娟很愛笑，見人就是笑，好像沒有什麼話說。細想想，確實也沒有什麼話好說。說什麼呢。聽著孩子們喊著爸爸媽媽，儼然就是美滿無比的一家四口。那個遠在廣東的正房和那個孩子又是怎麼樣的呢？聽說當初婚禮辦了兩場，在廣東辦時，趙家人也都去了，回來後卻誰都不提，大約是受了很大的氣。在寶水這邊也辦了一場，除了新娘子，那邊家裏沒有來人。新娘子住了兩天就回到了廣東，從此再也沒有來過。相比之下，在村人眼裏，這個娟娟肯定更像是正房。

說話間趙順已經看過了客房，道，我今兒黑就在你這兒住吧。都說你這經營得最好，我得跟你取取經。老原道，不回家？趙順說，回家是回家，住是住。家裏床鋪都得現收拾，麻煩。孩子們鬧騰，娟娟又好洗洗涮涮的，就在你這裏，方便。離老宅幾步路，我爸媽說話聲都能聽得見，跟家也沒啥區別。老原便答應著安排下。這期間只聽得電話不斷，他嬉笑怒罵，斥三呵四，果然妥妥的大老闆做派。待手機安靜了些，他又特意進到廚房給老安讓煙，寒暄了幾句，方才往自家老宅裏去。趙先兒宅子那邊也頓時人歡馬叫起來。

不多時，大英打電話叫我去孟鬍子那裏，見面就問我趙順說啥沒，我說跟他頭一回見，有啥可說的。孟鬍子道，你這沒聽明白話呀。領導是在問，趙順的話頭兒裏有沒有說準備幹啥。我蒙道，沒聽出來。他想幹啥？就都笑。大英對孟鬍子道，我估摸著他興許是想加蓋老宅。趙先兒老早就放話說，他這老宅地基牢實，打的是三層樓的底兒呢。我說，那就蓋唄。大英道，哪能想蓋就蓋？我前些時都攔下了好幾家，叫他們秋後農閒時才能動工程，到時鎮上統一過手續。憑啥跟他特殊哩。可這會兒人家沒動靜，又不好問的。等有動靜再問呢，又怕遲了。孟鬍子道，看情況再說，還不到愁時。大英埋怨道，你要在村裏鎮著我還放心些，偏這些天老是出門。孟鬍子笑道，謝謝你恁高看我。即便不出門，那也輪不到我鎮著。我幾斤幾兩自己還不知道？

趙順幾口子到了八點多才過來這邊。兩個孩子大約是找不到可玩的，都有些沒精打采，便被娟娟哄著去睡覺。趙順說想喝兩杯，老安快手整了幾個菜便回了家，老原和我便陪著說話。幾杯酒下肚，趁酒順話，便說得悠長。後來我想，他之所以有這麼多話講，大約還是因為我和老原在村裏的身份特殊一些。我是外人，老原雖是村裏人，卻也和個外人差不多。和他之間，我們都算是生疏的，卻又比村外的人熟些。半生不熟之間，有時候反而容易說話。

其實剛落座的一時間，也沒什麼話好講。千穿萬穿，馬屁不穿。我便誇他有成色，十里八鄉赫赫有名，連楊鎮長都說你是鄉賢呢。他笑道，楊鎮長沒說他見過我小時候挨打？我從小就調皮搗蛋。在鎮上讀初中時，賒遍了鎮上的小吃攤，好喝胡辣湯就水煎包。我爹有名兒，我跟我爹長得像，他們一看就說，你是寶水趙先兒的兒子吧？我認識你爹。認識就好，掛他的賬。只要能掛就掛。還請同學吃，因為同學也請咱了嘛。實在掛不下去了，就回家要錢，今天還這家，明天還那家，然後再輪著吃。欠得多還得少，等到轉不下去了，就去家裏騙一回大錢。我們幾個組成了騙錢小團夥，人多才有說服力嘛。今天一起去我家，說要交什麼什麼費了，騙個幾十塊，明天去你家，後天去他家，共同作案，配合得可好。

最狠的一回是初三的學雜費補課費三百多塊，我沒交。那時的三百塊多中用啊，三十塊就能買個很牛的CD機，十五塊一雙溫州產的皮鞋，雖然裏面是牛皮紙。我把那三百塊昧下，硬是給花完了。兩邊哄唄，最關鍵的一步是花五塊錢請個高年級的同學以我爹的口氣給老師寫了封信，說家裏實在困難，等小麥下來以後賣完糧食再補交。我早就算好了，賣完糧食那會兒我們正好畢業走人。光信也不中，還得用東西打點。家裏不是有山貨嘛，山貨沒啥數，就偷一點兒給老師。一斤核桃也好幾塊呢，老師也能看在眼裏。

我還偷過我爹的東西。不敢亂偷，我爹那腦子，不好哄的，得跟他智鬥。他有一塊好手錶，放在他床邊的三屜桌裏，那一段手頭緊，我就想打這手錶的主意。先把錶從桌裏拿出來，擠在床和桌子的縫隙裏。第一個星期回來，錶在那兒。第二個星期回來，錶還在那兒，我觀察了三個星期，第四個星期才把錶偷走，賣了八十塊錢。我爹還存有一些袁大頭，我也偷了好幾塊，都是五十塊錢賣了出去。他一發現錶丟了，就懷疑是我。問我，我說我沒偷。我拿你錶幹啥？很無辜的樣子。他打也不鬆口，直到他去磨刀，說要殺我，我才害怕起來，承認了。

我爹打我打得那個狠，這十里八鄉也是有名的，不知有多少人見過。他也不傷筋動骨，不過一定會叫屁股皮開肉綻。楊鎮長當時還是包片幹部，來村裏辦事，路過我家門口，親眼看見我被打得鬼哭狼嚎。還不叫人勸，越勸越打得狠。我媽上去護我，他一把把我媽推翻在地上一起打，我跟我媽一起哭，那個慘。打過了還不夠，等我屁股好了，他又開始罰。大夏天，剛種上玉米，田裏旱得都裂出了指頭寬的縫，他叫我擔水澆，就去寶水泉那兒擔水，澆最遠的那塊地，得翻過幾道坡哩，我挑著扁擔，一趟一趟，出的汗跟下雨似的。我爹坐在樹蔭涼下，抽煙，喝茶。我挑一天水下來，肩膀能腫一指高，骨頭架子都散了。那一場事下來，說實話，到現在我也怕他。

不光是打我們，只要覺得打得起的，他打起來都不含糊。我姑表哥家的孩子來我家玩，夏天吃西瓜，小孩子調皮，切好的西瓜牙，他每一塊都把西瓜心兒啃兩口，我爹一看，一腳踢過去，把人家孩子踢多遠。棍棒底下出孝子，他認這個。他說在家裏不打，將來到社會上他就去打別人，或者被別人打，那還不如我在家裏好好打呢。

後來就送我去當兵，初中畢業後第二年，我才十六歲，那時當兵也得走禮，他把牛賣了。那是三家合夥買的一頭牛，我爹說你們兩家用吧，把錢核算給我就中。然後他又賣了家裏的豬雞和山貨，湊了一筆錢去求人，終於叫我報成了名。可我年齡太小，一批一批來帶兵的都不要。縣裏的武裝部長都急了，對最後一批帶兵的人說，要是不帶他，你們就別帶兵了。我是最後一個走的兵。臨走前一晚上，我爹跟我說，家當都給你當兵用了，我就盡心盡力到這兒了。老家的房子啥的都跟你沒關係了，都是你弟的。你這一輩子就這一次機會，成才不成才全看你自己。闖去吧，有多大本事耍多大本事。

我在部隊待了六年，二十二歲退伍，這年齡正好相當於大學畢業吧，哈哈。然後就到社會上混。都說不到北京不知道官小，不到廣東不知道錢少。錢多的地方好掙錢，那就去廣東。在廣州頭半個月，白天去找門路，夜裏睡大街，當過兵的人不怕這。後來決定在熱門景點躲著城管賣礦泉水、賣汽水、賣涼茶，就是下苦力嘛，一天能掙一百多。那時在城中村住集體戶，一間屋子裏全是床，上下鋪，除了腳臭味兒就是泡麵味兒。攢了點兒錢開始做服裝批發，就在林則徐虎門銷煙的那個虎門，這才算開始正式創業，又碰上了願意幫襯的懂行貴人，就進入了賺錢的快車道。

本想問他貴人的事，再一想，又罷了。他說，等混得有了點兒人模狗樣，我爹就開始給我壓擔子。我弟結婚時他不管，叫我弟自己去借錢，說反正家裏沒錢，是你結婚又不是我結婚，你不借錢誰借錢。按說我養你到十八歲，剩下的就是你自己的事。你掙稠吃稠，掙稀吃稀。房子都給你蓋起了，媳婦還不得你自己娶？我弟說，那我找我哥借。我爹說，那是你的事，你們兄弟咋商量就咋辦，我不管。我弟說到我跟前，那咱必須辦得風風光光呀。頭車牌號四個九，婚車牌號四個八，一溜兒奧迪，就要最排場的，就要站在那最高坡上，叫後來的人不好上。別人誇我爹教子有方，他還拿樣兒，說這倆小子都是荒長哩，哪有空跟他們囉唆。

我暗自讚嘆。從長遠之計去看，趙先兒的智計還真是有些非同尋常。他若管了小兒子，一來對大兒子不公平，二來以自己的財力去辦，小兒子也未見得滿意。結果很可能是出錢出力，在誰跟前都落不著好。他之所以要甩手不管，是因為他算定了大兒子不會不管，而且會管得很漂亮——已經衣錦還鄉，正需要找個契機明證一下，給弟弟辦婚禮，最恰當不過。而弟弟受了哥哥這麼大的助力，以後兄弟感情會更牢固。父母老去，兄弟兩人一個在老家駐守一個在外面打拼，正好兄弟齊心其利斷金。對這個大家庭而言，利益格局抵達了內外相宜的理想平衡。所以，這老頭兒辦事看似有違常理，其實是深謀遠慮。

忽然想，叔叔和父親，當年是不是也是這樣呢？而父親當年那麼主動地要給叔叔找婚車，和趙順的選擇如此類似，也是因為身為長子嗎？鄉村長子的心理，居然如此趨同嗎？

住了兩晚，走時趙順死活要結賬，老原死活不肯。趙順說，那先就這。我過兩天還回來，還要在你這裏安排點兒吃喝。到時候一起結賬，你可一定得讓我結。原哥，咱們都不是差這點兒錢的人，一碼是一碼，守著這個規矩，才能你利落我踏實。要不然你把我往哪兒擱哩。

臨出門時正巧碰上大英進門，兩人照面，他便住了腳說，還沒請英嬸吃頓飯呢，大英說，吃啥飯，別外道。手裏一堆事。趙順說，村裏發展成這樣，都是嬸你忙出來的，你這功勞，頓頓喝茅台也不過。大英臉上便笑開了花。趙順又語重心長道，不過說實話，外頭發展得好的可多，咱村也得朝外頭學學。聽大英說下禮拜正要出差去學，就又道，出門一趟不容易，那可得好好悠悠看看。

進門坐下，大英朝門外看了看，嘆口氣道，還真是叫人放心不下呀，卻也只能走著說著。又道，交代過小曹了，叫他這幾天焊牢在村裏，哪兒都不准去。叫秀梅也上緊盯著。你也要幫襯著呀。我答應著說別想恁多，天塌不下來。她說當著破家可不就是個這，離家一刻就心慌。老話說，不飢也帶乾糧，不冷也捎衣裳麼。啥都得多慮一步。我說你這難得出門，先顧好自己的乾糧和衣裳吧。

27. 靈肉兼容

這幾天突然間客少了許多，連週六週日都稀稀疏疏，門可羅雀。大家都有些納悶，大英給雲里村雲下村打了一圈電話問情況，回話說，每年這時都是低潮，因要面臨中考和高考，家裏都在為孩子們忙活，要等到這兩考結束人氣才會上來。衆人這才放下了心。

大英出差當天，趙和先回了村，叫了幾個人幫忙往東掌騰挪老宅裏的東西，趙先兒兩口和趙平也都跟著搬了去。但凡人問，趙家的口徑都是家裏老鼠鬧得厲害，想好好拾掇拾掇。第二天上午小卡車就轟隆隆地把水泥大沙開運進來，下午工匠們也都到了位，便開了工。小工匠來自周邊各村，大工匠竟然是張大包。和他碰面，他也沒話，只是訕訕一笑。

因沒什麼客，村裏人似乎都得了空，一趟趟地往這裏來，還議論著：上頭不是說不叫亂蓋嘛。說是說，聽是聽，蓋是蓋。在自家老房上加一層，咋能叫亂蓋。不亂，不亂。看來早就是準備妥當，萬事俱備，只欠東風。大英一下山，不就是東風來？就都笑。

黃昏時趙順回來，在我們店裏安排晚飯。問他孩子們呢，他說兒子正上幼小銜接，女兒還在幼兒園上小班，學不學什麼倒不要緊，主要是沒有玩伴，還是留在市裏省心。訂了兩桌。除了大燴菜，每桌還有四涼四熱八個菜和一箱啤酒，說都算在工錢外。煙是黃金葉的「喜滿堂」，雖是黃金葉的便宜煙，卻是無限量供應隨便抽，自然是大東家的做派。飯畢也不休息，上場接著幹，直到七八點才晚飯，結束後各自回家。有騎電動車的，也有開車的。等這一堆車轟轟隆隆的響動消失，我們這一片才算靜下來。秀梅發微信讓我過去，小曹也在。三人見面就笑。秀梅問，姐你說了沒？我問，跟誰說，說啥？她又反問，你說跟誰說，你說說啥？繞口令繞了幾句，小曹道，還真是沒法說。我說，就是說了又能咋樣？難不成她就從半路回來？還是讓她踏踏實實地在外面耍幾天吧。秀梅說，就是。反正她早晚知道。這會兒晚知道比早知道強。就都點頭。這固然是個理由，更重要的理由也不用說出口——誰都不想成為那個告狀的人。還有一絲微妙：趙順在我這裏吃飯，在秀梅那裏拿煙酒零碎，我和秀梅其實都難撇清。相比之下，小曹還爽利些。可他顯然也沒有去跟大英說的意思。再一想，大英自己就沒能看出來點兒什麼？怕也是不願意知道。或許就是想要混個眼不見為淨，那就更不該硬去跟她說這個。

手機響起來，秀梅出去接電話，我和小曹便扯雲話，問他，聽說你在鎮上租房子開店呢，村裏最近忙，會不會耽誤了？他笑道，就是個賣特產的小店，靠景區導遊拉人頭，固定渠道的熟絡生意，店裏也僱有人，耽誤不了啥。問他，景區遊客那麼多，沒少掙吧？他說發財是發不了，加上外攬的快遞業務，每月一共才能掙五六千塊，勉強過得去。我說這收入在鄉下也能過得挺滋潤。他說，滋潤不滋潤，不光是錢的事。要說滋潤，剛畢業時在予城工作的那段時間最滋潤。同學朋友多，總想試試別的路子，跟人合夥賣衣服、賣飲品，都沒幹長。錢是沒掙著，可是真快樂。後來開始在鎮上開了這家店才算穩定了下來，在我爸的威逼利誘下回了村。起初當然是很不情願的，每次從外面回到村裏，都有一種強烈的不真實感，都想逃走。為啥？因為不自由。誰都認識誰，這特別不自由。在城市裏會覺得孤獨，但孤獨其實也意味著自由。起碼沒人把一些私人問題問到你臉上，每個月掙多少錢，住多大房子，結婚了沒，吧啦吧啦的。村裏人一定會問你這些，甚至是你越煩啥他越愛問啥，你說這些事跟你有屁關係呀。他們還說是關心。我去，誰需要你這種關心？要是真關心，你咋不說給我點兒錢花花呢。

我笑道，剛才還問了你掙錢的事，本來還想問你對象的事呢，對不起啊。我在象城也不是這樣，也不知道咋回事，在村裏就這麼庸俗八卦。他笑道，沒事兒姐，我懂。你問跟村裏人問不一樣。咋不一樣？出發點不一樣。你是純好奇，他們還帶著比較的心思呢。我哦。這個我倒是沒想到。

正聊著，他的手機響，是微信語音。他邊聽邊笑，笑得很蜜。又衝著手機裏回覆說，這幾天下不了山，好歹咱也是村班子成員呢是不是，等書記出差回來，一定第一時間下去。對對對，大王派我來巡山，我在村裏看一看，哈哈哈。等我當了山大王，就聘你當壓寨夫人。

他回畢，我問，是女朋友吧？他笑道，是目前重要的發展目標，下一步準備加快節奏，這事迫在眉睫啦。我本來不急，可是由不得自己。我爸媽急啊。他們就會跟人家比，也不怪他們，他們就是不想比人家也會把他們拿來比。會說什麼，哎呀誰誰誰跟你們一般大，人家都當爺爺奶奶了，你們家啥時候吃席面呀。他們被這麼一比，就覺得沒臉，我這壓力能不大嗎？

就又說起了相親的事。說相過很多次，都相得木了，傷了。現在的女孩子，怎麼說呢？都要求有房，起碼在縣城有房，哪怕二手房也行，小一點兒也行。似乎在城裏有套房就是一個什麼重要保證，以備著有一天在農村待不下去時城裏這套房就能把我們收留。這心理我當然也能理解，我也是年輕人嘛。城市生活時尚有趣，多姿多彩，挺酷爽。可這真是要看條件的。如今縣城的房子都四五千一平方了，一百平的二居室都得四五十萬，除了去要父母的老命，還能有什麼好辦法？自從畢業後，我從沒有給過父母什麼錢，也沒朝父母要過什麼錢，我覺得這是起碼的良心底線。我不想去破這個底線。良心已經不大了，我不能讓它再往小裏縮呀，要不真就看不見了。我跟一個女孩子商量說，咱們可以買個車，車麼，十萬以下，貸款，對我壓力不大。然後呢，咱們在城裏租個房子，你想過城市生活，咱們開著車，個把小時就能到。你要相信我，我不是那麼無能的人，在未來我一定能在城裏給你買個房子的，這毫無問題。但是，請給我時間。可是她不給我時間，她們不給我時間。不給就不給吧，愛找誰就找誰吧，在這麼重大的事情上有分歧，只能說明我們彼此不合適。老實說，滿村裏我最羨慕的就是鵬程，要娶就得娶個願意在咱村扎根兒的通情達理的媳婦。

我說，聽你這意思是下定決心要在村裏扎根兒了。他點頭道，這個意念越來越強烈。村裏人是有很多毛病，不過待久了也會發現，鄉村有鄉村的好。比如大英說個時間開會，問她幾點？八九點吧。你放心，到十點人齊就不錯。你遲到了也不用有什麼心理負擔。他們和你說話沒有邊界感，同樣，你跟他們說話也不用那麼緊張，有個言差語錯的彼此都不介意。寬容度彼此都高。生活成本還低，低得不能再低。有自來水，有無線網，有花花草草和新鮮蔬菜，一個月不去掙錢我們也能活下去。去年大雪封山路不通，一兩個星期裏我們也有吃有喝，做飯燒柴，喝山泉水，缸裏有米有麵，罎子裏有悶罎肉，真的是豐衣足食。除了沒有城市的高樓大廈紅綠燈，沒有大超市大醫院，你說咱們跟城裏差什麼？哦對，差了物業費。城裏的房子不管你住不住都得交物業費是吧，咱們這裏不用。對了，還差霧霾，還差噪聲。他聳聳肩膀，笑起來，露出一口白牙：不是有句話麼，一、二線容不下肉身，十八線容不下靈魂。是說大地方掙錢難，小地方沒意思。以前我覺得這話特別有道理，現在卻覺得挺矯情的。作為平凡的人類，咱的肉身沒那麼難伺候，靈魂這事也很有彈性，只要找到合適的地方，就能够靈肉兼容。

正說著，有人進來，是趙順。小曹起了身，兩人彼此哎了一聲，就算打了招呼。秀梅也隨著進來，小曹便出門。三個人立在那裏，待要說什麼，又不好說什麼的。一時無話。我正要走，秀梅突然說，小曹以前有個外號叫三妮，你們不知道吧？她揚起右手，用食指戳著小曹的背影，做氣憤狀，連聲道：你你你，你你你——他剛回村時，滿口都是這仨字。聽說這個外號，他好不願意哩，一蹦三尺高，狠鬧了一通，才沒人叫了。就和趙順笑了一番，趙順道，多少年沒在村裏長住，村裏的事兒聽著還怪有意思呢。

28. 花草不分家

除了去兩趟大英家，這兩天我沒怎麼出門。兩考過後，客流驟然回升，村路上亂紛紛的，臨路多了好些個攤位，擺賣著各式山貨和旅遊紀念品，中掌這點兒地方被擠佔得滿滿當當，像是難民營。都是熟人熟臉，沒人管，也確實難管。張有富整日在「我家院子」忙，秀梅說都沒見他來村委會值守，而秀梅自己的值守也不過是隔著路朝村委會那邊看看，她又顧著超市又招待客人食宿，轉得如陀螺一般。時不時聽見她喊小曹小曹，讓小曹幫忙拍點兒抖音素材。這幾個班子成員裏，也就小曹在村委會那裏忙活得勤懇，果然如大英所說的，焊牢了。

去大英家就是給嬌嬌送本書，給光輝送些菜。還是清明節帶過來的那些書，本來想全部給嬌嬌，大英不讓全給，說全給了她就沒日沒夜地看。慢慢兒給，一次一兩本，十天半月地去給一次。大英還有點兒難為情地說，最好叫我抽空去送。嬌嬌在這村裏沒朋友，她還挺喜歡你的。我說看不出來她喜歡我，大英說，她不怯你，見你就笑，這就是喜歡你啦。

每次去，遠遠地，就會看見父女兩個在門口坐著，一人把著一邊。光輝拿著扇子打蚊蟲，嬌嬌低頭看著書，聽見我的動靜就會一臉驚喜，指著我喊：青萍，青萍！和她聊天其實也只是我自己在說，她只是笑，基本不說話。點頭，搖頭，嗯。也就是全部了。看她清澈的眼神，就覺得她會永遠長不大，永遠像孩子一樣。

「山中何事？松花釀酒，春水煎茶。」早年讀到這詩不詩詞不詞的句子便記下了，雖忘了出處，卻對這其中描繪出來的雅致意境印象深刻。現在長居山中才判定出來，寫出這句子的人肯定沒有在山中生活過，至多是一時過客。對我來說，在往返東掌時能靜賞一番途中景致，也就算是雅致。

所有的草木都綠得正好。高的樹，低的草，不高不低的灌木，修長筆挺的旱蘆葦——這裏人只叫它葦，如親切的昵稱。到秋後收了玉米，村人會把它們變成葦箔，紮成囤，用來存裝玉米。初時你只覺得這些植物全是綠的，挺單調，可當你停下來，蹲下去，無所事事地去看它們，把它們當成此時最重要的事，那感覺就不一樣。你會看見，那綠的顏色是那麼豐富，有著數不清的層次：濃濃的深綠，帶點兒黑的墨綠，接近鵝黃的嫩綠，不偏不倚最盛時的鮮綠……如果說這些綠像人的話，從剛出生的嬰兒到耄耋的老者，每一歲都有合拍的綠。有的綠還會變換年齡呢。本來是深綠的，陽光一照，風一吹，突然就泛起淺綠了。本來是草綠的，你站到它面前，用影子一遮，它就豆綠了。

花也是。乍一看不過是這兒一朵那兒一朵，稀稀朗朗的，一點兒也不密匝，不成氣候。細看就會知道，一朵有一朵的好。這個時節的花，除了性急的那些，比如蒲公英，已經開過了金燦燦的花，這時候都白了頭，風一吹，就飄搖到了不知哪裏。只要還開著的，只要還能開的，就都彷彿是在這個世界第一次開一樣，別提有多麼乾淨，多麼精神。

花草不分家。很多花其實是草，很多草也是花。銅錘草空有這麼一個硬邦邦的名兒，小小的花兒開得那個小樣兒，單單的瓣兒，外面是淺淺的粉，靠蕊時就豔紅了。這花兒看光得很。陰天不開，雨天不開，黑夜不開，只有晴好的白天才開。婆婆納開的花兒比銅錘草還小，水藍水藍的四個瓣兒，起著雅致的細條紋。這花兒又叫破棉襖，我以為聽錯了，問了好幾個人確認了一下，就是破棉襖。為啥叫破棉襖？因為它開起來就沒了樣子，鋪天鋪地的，撲撲拉拉的。韓信草聽起來是這麼足斤足兩的重，開出的花兒卻俏皮，乍一看似乎是最嬌嫩的藍紫色，再看又像是粉紫色。冠大蕊小，細細長長地就這麼開了出來，那大冠還鬆鬆地合著，好像是沒開全，其實是開全了。這花兒，村裏的人叫它牙刷草，仔細看，還真是有點兒牙刷的樣子。這名兒應該是個新鮮名兒吧，村裏人刷牙才刷了多少年？

最有規模的花就是金雞菊，孟騶子說第一年進村時撒了些種子，再沒有管過，就長得瘋旺。放眼望去，小路兩邊全都是。好多都正盛開著，更多的則是含苞待放。這苞兒小小的，是毛茸茸的綠，綠心心裏含蓄地透著一點點兒黃。那些盛開的呢，乍一看，和蒲公英的花一樣，也是金燦燦的，但是仔細去品，它這金燦燦卻比蒲公英的金燦燦沉穩了一些，彷彿蒲公英的金燦燦是 18K，它的就是 24K。它的黃也比油菜花的黃要深一些，硬一些，有力道一些。都說金雞菊沒有香氣，其實是有的。尤其是在這山野裏，你靜靜地站著，等風吹來，就能聞到它們細細的香氣，含著一絲絲苦藥味兒。聞久了，就會覺得病痛處舒緩了些，有一種神奇的治癒性。

路邊自然也有荊條，且常常是新枝條。七月八月是砍荊條的好時節，它可真不怕砍，老枝長新條，新條開新花，一茬茬地砍，一茬茬地長，一茬茬地開。有時晚上路過大曹家，便有清新甜香的氣息悠悠散來。越是晴天大太陽，那味道就越厚實、越好聞。只是從沒有看見過降龍木，想來不在路邊長。大曹賣的拐杖裏，降龍木似是尤為貴重。有次悠到西掌，便聽他跟搞價的客分辯說，一百可不中。雖說野桃木對節木都能出好拐杖，卻都不如降龍木。沒有比這更好的拐杖啦。這降龍木可是穆桂英大破天門陣裏就有的典故，又叫六道木，也有佛緣哩。六道輪迴，六字咒，都能合上這個六。你看這六道豎紋，多勻停。橫面看跟朵花似的，多好看。同貨不同價，裏頭有分差。雖都是降龍木，有沒有龍頭，龍頭品相，材料粗細，棍身直彎，顏色深淺，等級多著哩，一言難盡。我要得不高，昨兒人家還給到一百八哩。那人道，價跟錢是兩碼事。給出的是價，賣出去拿到手的才是錢。大曹便道，這麼說的話，我心裏有價，你手裏有錢，咱們各守各，各算各，各走各。客道，你這人咋恁不好說事兒哩。大曹道，不好磨嘴皮。總之是，一分價錢一分貨，十分價錢買不錯。到天邊也是這。

29. 上樑

趙順的房子是今日上樑，其實就是水泥澆築，叫「現澆」。但在這裏還是叫上樑。對於鄉間蓋房子來說，這是極其關鍵的大事。只要沒有深仇大恨，都得去祝賀一下。既然都去，我便也去。之前問秀梅，她說送東西的話就送麵包或者剛出鍋的饅頭，發家發家，要的就是個發字。送紅包呢就帶個八，八十八，一百八十八，都好。她送的是兩箱子小麵包，我便隨她，也拎了兩箱。院子裏已經堆了好多零食，娟娟帶著孩子們也回來了，把饅頭麵包分散給眾人吃。好幾捲萬字頭的鞭炮喜氣盈盈地疊放著。張大包沒有穿尋常的舊T恤，是一件乾乾淨淨的白襯衣，褲腰上紮著皮帶，很是清爽精神。快中午時，九奶也顫顫巍巍地悠過來，說要看上樑。安嫂子隨著，端著一盆饅頭。我連忙從家裏給她搬了把椅子讓她坐下，問張大包啥時候開始，別讓老太兒乾等。他笑道，這就開始。吉時就是在這當口，陽氣正盛，陰氣全無，就是吉時。

首先是請太公。太公就是姜太公。即便是平常百姓家，親人去世後也能升級為神，具備了保佑在世的親人平安健康的功能。而那些本就不平常的人，去世後當然更有資格成為神，被普羅大眾請去保佑，功能則可以進一步細分。此時姜太公的職責就是在建築工地避凶驅邪。他被具象為一塊簡易的牌子，上面寫著「姜太公在此，諸神退位」，神通廣大得需要諸神退位，這能量在此時便稱得上是首屈一指。把太公請到桌上，擺好供品和墨斗曲尺，第二步就是祭樑。這一步繁雜些。有意思的是，祭拜的對象也還是一塊木頭。是一根上好椿木，一米多長，粗粗壯壯，平放在桌上，搭纏著一塊紅布——都說這椿木是大曹跑了兩天才找到的，趙順給了他兩千塊。紅布上寫著「青龍扶玉柱，白虎架金樑」，貼著八卦圖，掛著一串銅錢，還有一嘟嚕福包。燒紙祭拜時還要殺一隻大公雞，這公雞蔫頭耷腦的，已然被殺得妥當。張大包拎著牠在木頭前走了幾個回合，一路走一路點，讓牠勻勻地滴出血來。進行這些步驟時張大包全都念念有詞，對著椿木是「此樹長在終南山，魯班弟子將它搬。錛鑿斧鋸做成材，用在此地定平安」。拎公雞時是「此雞不是平凡雞，身穿五色綢羅衣。日在崑崙撿食吃，夜在紫金籠裏啼」。澆樑和上樑時也有長長一篇，最後是撒樑，也是高潮。只見糖果花生餅乾紛紛揚揚撒下。趙順真是豪氣，裏面還有德芙巧克力，一塊錢的硬幣在陽光下閃閃發光。張大包把聲量提到了最高，濃濃的土話腔一點兒也不妨礙念詞的隆重莊嚴：

一撒樑，再撒樑，

我為主東說吉祥。

九月十月，忙著種麥，
五月六月，秋麥熟黃，
頭磨麵粉白如雪，
二磨麵粉白如霜，
做出圓饃在華堂，
白白胖胖甜又香。
一撒東方甲乙木，
二撒南方丙丁火，
三撒西方庚辛金，
四撒北方壬癸水，
五撒五代人同堂，
六撒六合四季春，
七撒七星伴日月，
八撒八大喜吉慶，
九撒九九久長壽，
十撒華堂大吉祥！
恭喜恭喜！吉祥吉祥！

晚上大英發過來微信語音，說聽說我又去給嬌嬌送了書，嬌嬌高興得不行。她再過兩天就回啦，還怪想家。我也回了兩條，說了幾句閒話。她沒問別的，我自然也不用多嘴。能微妙地感覺到彼此都在迴避，隱隱默契。這讓我踏實了些。

30. 髒水洗得淨蘿蔔

大英回來那天，趙家老宅的主體已經加蓋完成，正進行的是刷牆漆鋪地磚。她路過中掌時看見了赫然立起的房子，便拐進去，正碰上趙先兒迎頭出來，便劈頭就問。趙先兒說，早就跟你說過，你允過的呀。大英驚詫道，你再敢胡扯？！我啥時候允過！趙先兒道，早兩年蓋這個房時你就允過呀，你不記啦，當時就在大門前，正上樑的那天，你問我咋不蓋成兩層，我說打的地基厚實，豈止兩層，還能蓋成三層哩。你說中呀。大英切齒道，哦，虧了你的好記性。記得恁清。我以為你當初是說閒話，原來是說正事的。當著這麼多人，你跟我說明白了，以後你是不是句句話都是說正事，要是這，我再見你就當啞巴。你刻下就跟我說，你跟我紅口白牙地說！趙先兒笑道，哎呀，咱口也不紅，牙也不白。都沒牙啦。

我在院子裏聽著這動靜，待她氣哼哼地路過門口，便把她拉進來坐。泡了山楂茶端過來，她也不喝。我也覺得有些理虧似的，想了想，便跟她說這一段沒好好在村裏，老家那邊也在翻蓋房子，牽扯著回去了兩趟，這邊就沒辦法盯住。她哦了聲，臉色好了些，方才端起杯子喝水。又開始埋怨小曹，埋怨秀梅。一時間不好說什麼，我便只聽著。正在嘮叨，她的手機響，她緊張地看了看我，說是楊鎮長，怕是說這事。

果然說的就是這事。手機裏楊鎮長調門高高地嚷著，那村裏留的幹部都幹啥吃的，小曹、張有富，還有你那婦女主任秀梅，都是幹啥吃的？你的班子咋回事兒！大英原本還嗯嗯地聽著，突然惱道，我就這麼沒成色，我的班子更不中。你看勢辦吧。那邊說，你咋還鬟起來了。大英說，反正不是該死的罪！哪家鍋底不冒煙？沒出人命就不算亂。你要覺得真過不去，那等著你撤我。我跟你說，你就是撤了書記，我還是村長，我還有人民群衆支持我，咋的！楊鎮長倒是笑了，說，你厲害你厲害你厲害，中了吧？我哪兒敢撤了你呀，可我真是怕給你擦屁股。我沒那麼多擦屁股紙呀。沒等他說完大英就把手機掛了，起身就走。我跟在後面，也覺得訕訕的。大英邊走邊關了手機，說誰要找我就說我有病了，快死了，再操心也沒人承情，誰還不會耍個賴偷個懶？！到院子裏突然站住，從包裏拽出小袋子塞給我。我打開一看，是個絲巾。

第二天上午，果然就接到了楊鎮長的電話，我只好照搬了大英的說辭。他笑道，一天不見就病得恁嚴重？出差累成了這？那可得趕緊去看看，遲了怕見不上面。我只好笑。想了想，先去了大英家，告訴她這事。不多時，楊鎮長果然來了，拎著牛奶和蛋糕，眼看著他進了院子，大英到底也沒出門去迎，卻還是放鬆了些臉皮道，進門是客。便端茶倒水。楊鎮長故作察言觀色狀，仔細瞧了瞧大英的臉，道，是瘦了些。這鐵打的大英也會生病呀，想不到。大英道，將六十的人了，還不能生個病？還沒有資格生個病？楊鎮長緩聲笑道，老姐，你知道我，我知道你，咱不扯別的，就說這事吧。你早知道趙順要回來，那還不知道他要幹啥？你得叫人盯著，給你透信兒嘛。

這話說得我有些心虛，沒敢看大英。想要替大英爭辯幾句，又怕不妥，便忍住。只聽大英說，我沒想到這一出，沒這腦筋。就是想到了，也沒人去幹。你是鄉裏的大領導，手裏捋過多少村幹部，你能不知道？村幹部也有二百五和不二百五的，人家那些不二百五的，心底兒清著呢。你們是公家人，能調來調去，我們這些人，當啥村長書記都是個活意思，今年不頂明年的事，打根兒起就是村裏人，一輩子都在這個村，往哪兒調去？哪兒也去不了。做官不做官的不要緊，你先得好好為人。不好好為人，將來結下的疙瘩多了，走平路說不定就摔個嘴啃泥。好比咱這寶水，論起來，族連族，根連根，誰跟誰不是親戚？誰願意為了公家這點兒事去得罪人？為了公家事衝得跟個猛張飛似的，除非我這二百五。楊鎮長道，你是村長，是書記，是大拿，跟他們的覺悟能一樣？大英道，少戴高帽我嫌悶。楊鎮長道，那你好歹早點兒跟我說，我派人來管呀。大英喊了一聲道，就這事，叫我去告到你們跟前？跟你說，那不能。實在過不去，我就是明公正道地去得罪他們。我要是沒辦法的事，你們也不會有啥辦法。楊鎮長小雞叨米一樣點頭，說，對對對，說得對，咋說都對。別氣了，你這一病我心慌得不行，比光輝哥還心慌哩。恁好的二百五，要是撂挑子不幹了，叫我指望誰呀是不是？老姐姐，我跟你賠個不是，中不中？大英臉色這才好看了起來。又要留楊鎮長吃飯，楊鎮長把她按下道，你是病人哩，咋恁快都忘啦。好好歇著。大英又讓我招待吃午飯，我答應著和楊鎮長一併出門。

楊鎮長腳步輕快，看著情緒很好，沒有一點兒生氣的樣子。問他，他笑道，這算是啥事，有啥可生氣的。對大英呢，他說其實很理解。當然要理解啦，要是不理解個這，這麼多年鄉鎮工作就白幹啦。不過，該理解理解，該批評批評。該理解不理解是不對，該批評不批評也不對。就像這回，他要是換成大英，八成也只能那麼做。大英要是換成他，也是一樣。咱們中國人，老百姓麼，做事一般都是差不多就得，不留餘地往死裏弄的人少。所以說，咱們大多數村幹部即便是負責任，你也別要求他們負太多，能負上些就不錯。就像這事，我從沒有指望她真去死硬管。能給鎮裏通個風報個信可更算是稀罕。一般人不跟你鎮裏這麼一心。跟村裏人一心？也不。一手托兩家，需要跟哪邊一心，就表現出跟哪邊一心。需要表現出幾成，就表現出幾成。心裏呀，都明白著呢。我問，大英的能力算是強的吧。他沉吟片刻道，算是中上等吧。但人品好，這個沒的說，這比能力重要。村幹部，咱不要打江山的，就要守江山的。你要能力那麼強的人幹啥，要是能力強還人品差，那跟你鬧事的花樣也新，可難收服。又嘆口氣道，不管咋著，不出大事就好。能慢慢穩定著、發展著，這就中。髒水洗得淨蘿蔔，就是這。

就都笑。我忽然起了一個困惑，便問，趙順蓋房子這事兒應該也是這村裏有人告你的吧？誰是你眼線？他訝異了片刻道，你可以呀。又狡黠一笑，你猜。我試探道，小曹？他更訝異，讓我說緣由。我說大英走之前叫秀梅和小曹盯著這事兒，他們倆肯定都覺得擔著責任。秀梅嘴碎卻沒膽，小曹雖年輕卻有些城府。他不敢跟大英說這事，要是悄悄叫你知道了，也好有個背書。楊鎮長大笑道，怪不得大英老誇你，你這心思真透亮。

就又說起了小曹。他說寶水以後八成就是小曹接班，將來他在村裏的作用會越來越大，一是年輕，二是有文化，況且現在就進了班子，鍛煉的機會多，進步的機會也多。去年已經入黨啦。說他爺爺那一輩子當過村長，後來父親也進過班子，卻沒當上村長，自覺沒臉，現在還跟他母親在北京打工，一個當門衛，一個做家政。他不在世的爺爺和健在的父親都希望他能當上村幹部，所以等他大學一畢業就堅決讓他回村，說現在機會好，希望他能實現家族復興，重新進入村裏的上流社會。

這話聽得我忍不住笑。楊鎮長卻沒笑，說這思想可正常。光興幹部們想進步？哪個村裏都有想進步的農民，你敢去數？多著呢。可以說，越是農民越有幹部情結，都羨慕幹部。但凡家裏有兒子的，誰不想兒子出人頭地？要出人頭地，一是有錢，二是當幹部。還越當越上癮，恨不得輩輩世襲。看我又笑，正色道，你肯定想不到，村幹部世襲是個大概率事件，以我的統計，至少會有百分之五十。我說，這個真沒想到，還以為這是偶然現象。他說偶然多了就有必然。我琢磨過原因，往小裏說是經驗累積，往大裏說是觀念傳承。你想，他家裏整天都在說村裏的事，端碗放碗都在分析研究，在這種環境裏長大咋能不受影響。這種影響潛移默化，他自己都不一定知道。對這種家門出身的，只要能維持一般政績，做人也不過分，村民們都會比較信任和認可，大英就是。老百姓可有意思，別看平時會跟村幹部們吵呀打呀鬧矛盾，真到了要投票，他們也是要考慮的。這種雜姓多的村，心裏那杆秤稱得更細。當然，誰主事都會落埋怨，那是正常損耗。

老原第二天回了村，進門看我的眼神似笑非笑，有些詭異。問他怎麼了，他說不怎麼。不怎麼一定就是怎麼了。揣測著說，是昨天跟楊鎮長一起從東掌悠回來的事？他嗯了一聲。我說不過是替大英送個客，人家連飯都沒吃。是誰給你當耳報神，也能把這當個事兒？他笑道，哪有恁小氣。不過記得某人說過，這是在農村，一男一女出雙入對，總得注意些。跟我還講究個避嫌，跟人家就不避了？我說你跟他還是不一樣，他是明知沒事才不用避嫌。他愉悅道，那咱們就是明知有事？我竟無話，發現越發攪纏不清了。

第三章

夏——秋

1. 人身小天地

小暑過後，暑氣果然便立竿見影地一日勝過一日。到底是深山裏，白天能比山下低五六度，夜裏就更涼快些。老原說這是避暑的最佳時節，不能浪費，便把象城的店調整了一番託給了合適的人代管著，開始來寶水長住。或許是他來長住讓我有了倚仗，又或許是前段時間太忙，乍一放鬆，竟小病了一場。原是這天半夜裏下了一會兒雨，氣溫便跌跤似的由涼快降成了冷，睡意朦朧中雖覺到了寒意，卻懶得起來加蓋一層，第二天就感了冒，鼻塞頭疼，咳嗽不止。本想著躺幾天就能好，老原到底還是把我拽了起來，帶到予城市人民醫院看了看，開了些藥，回村又讓我在醫療所輸液調理，這幾日便天天去找徐先兒報到。

徐先兒這一陣子在忙填表，戴著一副老花鏡，一會兒看手裏的表格，一會兒敲那台老電腦，時遠時近，一副吃力樣。我說這電腦不行了呀，他說那沒辦法，村醫療所的設備都是縣裏統一配置，不能說換就換。我翻著桌子上一摞摞的表，「留守兒童基本情況表」「醫療廢物燃燒登記表」「消毒記錄表」「法定傳染病登記表」，他正填的是「居民健康檔案」，說上頭規定百分之八十五的村民都得有健康檔案，你說說，都一個村這麼多年了，誰有啥病都知道，誰的電話號碼也都有，還非叫一字一字填上。六歲靠下的娃娃們還得單報，哪個婦女懷上了也得單報，從懷上到生下，啥時候生的在哪兒生的，男孩女孩，體重多少，打防疫針沒有，這些都得月報。六十五以上的老家兒要是有高血壓、糖尿病啥的，還得再建個檔，一季度一隨訪。這電腦聯著鄉裏縣裏的網，到時候沒數據都不願意你的。上回查光輝的空腹血糖是七點八，這回查是七點六，降了零點二，上頭說這不中，都沒咋動勢兒，得降得再多點兒，到七點零吧。說實話，弄這些個對老百姓或許是好事，就是苦了咱這些辦差的。忙不過來呀。煩人的還有培訓。講傳染病哩，講防疫哩，講時事哩，端正思想哩，給人家看病的時間都沒有應付這些個雜事的時間多，都不知道哪頭兒輕重啦。

問他啥時退休，他哼了一聲道，按說去年就能退，閨女兒子都叫我退，去跟他們過，可我還就想在村裏住。既在村裏，即便退了，村裏人叫我去瞧病，難道不去？多少年就沒有年輕醫生下基層了。事多錢少，啥待遇都不中，如今的孩子們多現實，誰願意在這待？連剛畢業的衛校學生都攬不下一個。就說起了工資，說他的工資是鄉衛生院撥款，一千多塊。這個電腦系統把藥價啥的都給你定死了，別想多收一分錢。牆上有縣裏頒的「先進村衛生室」招牌，便問他，這先進有獎金沒有？他說，聽說有五百塊給到了鎮裏，咱沒見過一個錢。

我便替他委屈，說這工資也實在太少。他呵呵道，就這麼著吧。錢多錢少的，也不在那一點兒。有點兒事幹就中。到了這把年紀，哪裏是為掙錢。反正也是個看病，退不退都是個看病。你別看我這一把老骨頭，可頂用著哩。兒科、婦科、男科、內科、外科……都是我。在這村裏，大病看不了，也就是看個小病，吃個小藥。春秋換季時給人扎個營養針、打打脈絡寧啥的，改善改善心腦血管。周邊村的也來這裏看病。人身小天地，這是中醫說法。這些小天地裏有些啥症候，我多少都知道些。問他有沒有忖度過近些年啥病多。他沉默片刻說，你肯定想不到，得的最多的是精神病，周邊幾個村算起來有十來個呢。確實想不到。我著實吃了一驚。他說好在都沒啥攻擊性，女的多。小姑娘沒上過多少學，山裏孩子心思簡單，到外頭打工不適應，就容易得精神病。又朝窗外瞧了一眼道，大英家的嬌嬌就是個這。聽說是叫人欺負，受了刺激，轉不過那個軸，再不能說男女的事，連臉生的男人都不能看見了。鵬程兩口回村，不也有為嬌嬌的緣故？唉。

便問他，年輕些的人，但凡在外頭打了幾年工就回了村的，是不是都有緣故。徐先兒點頭道，要麼就是掙够了錢，要麼就是有了病。掙够錢了才有幾個？基本都是因了病。或是自己病，或是孩子病，或是老人病。一般也不是太輕的病，多少都有些勢重，才需要回來照顧人，或是回來叫人照顧。有的是老人不叫走，像鵬程兩口兒這，先開始也在外頭打工，把騰騰丟家裏。光輝跟嬌嬌兩人都不全乎，騰騰又費氣，大英一管仨，還有村裏這些事，再硬扎也受不了，還有孫子輩的事，只有一個騰騰哪能足意？得緊盯著小兩口，叫他們開枝散葉再添丁。當然也是覺得村裏發展得還可以，就硬叫他們回來，這回來了也怪好。像七成和香梅這，是七成前幾年身體不大好，得養養，拽著香梅回來的。也有是得了大病回來的，回來也捨不得花大錢，就坐吃等死。我說「新農合」裏不是有大病統籌嗎？他噯了一聲，花錢處多著哩，有的能報，有的不能報。不能報的也不少花，無底洞填不動了那還是回老家安實。我就見天去給他們問診輸液，直到送了終。給人家看病看到死，再在白事上當知客，這些年裏可沒有少受人磕頭。勞心勞力，還得付禮。鄉里鄉親，能計較個啥？積攢些人情得個敬重，也就罷了。

我沉默。小時候在福田莊，奶奶也沒少去當知客，我就跟著她去吃席。冬天吃席尤其多。她把自己不能穿的衣裳給我改成了斜襟盤扣小棉襖和鬆緊帶小棉褲，我就穿著厚墩墩的小棉襖小棉褲，任她拉著我的手，奔向一場場熱騰騰的席面。

又問到九奶身體，他朗聲道，到了這把年歲，老太兒的身體那是太可以了。你說她這一輩子經了多少事，吃了多少苦？到如今這也不能說是沒福氣。這話斟酌得頗有意味。不能說是沒福氣，那倒推回去就是，也不能說是有福氣。便引著他講。他說，九奶比我大三四十歲哩，我記事時她都過了半輩子，早年那些事我這也都是聽老人們說的，知道的也是半半片片，反正咱們也是扯閒話，扯哪算哪。

說當初張家祖宗到這裏落腳，也是一個人單槍匹馬，然後一生二，二生三，到民國時已有好幾支門頭十來個兄弟，成了寶水村頭等的人口大戶。九奶嫁的自然是行九。進門後倒也好生養，連生三胎還都是兒子，卻都沒成。頭兩個是四六風，第三個一歲多時染了天花。剛把三兒埋了，老九去「推腳」——也就是推那種叫「小土牛」的獨輪車去山外送貨，掙苦力錢，正是伏天，中了暑，發急症死在半路。聽說早就有先兒給她排過八字，說她是霸王命，又犯孤辰星，硬得很，獨得很，克得很。只有一樣，不管成不成，反正咋生都是兒子。還說她有的是壽。你看，這不是都應了？九奶埋罷了男人大病一場，人就有些瘋傻，整天去娘娘廟上香——她現在也好去娘娘廟，可信這。大曹拜關公，九奶拜娘娘，咱村數這倆人好跑廟——有年冬天正下大雪，她暈倒在往娘娘廟去的那條坡路上，有出氣兒沒進氣兒，要不是你們原家救了她一命，她的壽數那時就到了頭。

「你們原家」，這話說得。想要駁一下，又罷了。他說你們原家那時可是牛羊成群的財主，就是人口上不發達，一直都是單根兒，到了你爺德茂這一輩兒也是單根兒。德茂成了家，到了三十多子嗣上還沒著落，把你這曾祖給急得，修橋修路行善事，臨死了也沒遂意。聽說本想給德茂再納個小，後來八路軍不是老在咱這一塊活動？德茂信了宣傳，就堅決沒要小。聽我奶說，當初德茂救活了九奶後，看她孤寡一人恓惶可憐，又缺吃少喝的，就把她留在了原家。那時豆哥他爺在原家當長工，還勸他說，東家，這個女人大不祥呀，不能留。你看她的命，那就是個掃帚星。留這麼一個人，你這門裏的日子可不是烏雲滿天？起碼在子嗣上是雪上加霜。德茂說，不礙事，已經是這了，還能咋樣。她養不成孩子，我養不出孩子，咱彈嫌人家幹啥。還有一說，想來我家無子嗣，也是我積德不夠，那就再積積德。積了恁多年，不差這一件。這事說來也怪，九奶在他家活了一條命，後來你奶就生下了福久，也算完成了基本任務，應了老理兒說的善有善報。九奶後來對原家，那也是一番赤膽忠心。病好後她就也算當了原家長工，當牛做馬地幹活兒。解放後，原家成分不好，每次有災她都擋在頭裏。比如說要批鬥人，你說村裏就德茂一個地主，不批他批誰？她說德茂身體不中，批死了這村裏就沒地主了，她願意替他去挨批。上頭咋會聽她的，說她覺悟低，乾脆連德茂跟她一塊批。話說回來，有她在那站著，村裏人多少也礙著她的臉面，批得就不恁狠。

她有臉面這事，也仗著她會接生。這也是怪事，你說她自家的孩兒沒成一個，不知咋的倒是學會了接生，誰叫她都去，又不貪圖東西，就落下了個好名頭。自打有了這本事，人又忘了她命不好了，也沒人說她命不好了，還說她會接生是送子觀音藉她的手送子來了，是大福分。老話說，「舌頭沒脊樑，說話翻波浪」，就是這。不過九奶也真夠神，凡是她過手的孩兒沒有不成的。解放後她又參加了接生婆培訓，就更是穩把穩。咱這十里八鄉不知道有多少人到這世上第一個見著的就是她。計劃生育高峰期時，那些偷生的黑戶娃子她不知道接過多少。

說話間一瓶液體滴完，徐先兒又給我診了一回脈，仔細看了看舌苔，問吃過什麼藥，我一一答了。他說，你氣色看著還可，睡覺咋樣？我說一直不咋樣。這些天在村裏住，倒是好了些。他就說要喝紅棗蓮心百合湯，多吃蘋果香蕉，泡腳聽音樂，這些都對神經系統有好處。我說，都知道，也都試過，沒多大用。

你守幾年了？他突然問。

守？守啥？我沒聽明白。

一個婦女家，你說守啥？他又開始填表，不看我。我驀然明白他是在說守寡。

這是第三年。我說。他點點頭說，你這說病不是病，說重也不能輕。頓了頓，又說，還是得好好過日子。

我沉默。

他在電腦上笨拙敲字。

嗒嗒，嗒，嗒嗒。陽不離陰，陰不離陽。孤陰不生，孤陽不長。這是正理兒。

嗒嗒，嗒嗒嗒。嗒嗒。越上年紀身子越涼，越得有個伴在旁邊溫著呀。

嗒嗒，嗒嗒，嗒嗒嗒。熱是火口子，親是兩口子。金兒銀女，不如生鐵伴侶。

嗒嗒，嗒，嗒嗒。鋪得厚蓋得厚，不如兩口肉對肉。

……

我不應。暗暗卻有些欽佩。這個徐先兒不愧是先兒，慧眼如炬。村裏人恐怕十有八九都覺得我和老原早已有了男女之實，他顯然是個例外。

嗒嗒，嗒，嗒嗒。早就不是舊社會了，你往前走一步，誰還會說啥？甭單著了。他還在說。

單著。這個字硌著了我。是的，豫新去世後，我自然是在單著。可他在時，我就不單著了嗎？

2. 單著

待到悲傷的巔峰過去，想起豫新時，我常常會陷入一種莫名的恍惚。他在時，就那麼一天趕一天地往前過著，沒想那麼多。及至和他的日子畫上了句號，能做的只有去回頭看。結婚第二年有了郝地，郝地十七歲時他去世，一起生活的時間是十八年。這既長且短的十八年裏，看著什麼都好，和他在一起，我知道自己應該滿足。是的，應該。可是事實恰常常如此悖反：應該意味的往往是懸於半空的理想之境，它的腳不落地，就那麼吊著你，讓你差一口氣。這種不滿足是如此難以啟齒；踏實下埋著某種忐忑，舒服裏裹著某種虛浮，滋潤裏藏著某種枯竭。是的，只能用某種。因為難以命名。而最明確也最難啟齒的不滿足則是最隱秘的床上生活：和他做愛，沒有到過高潮。

是的，有愉悅，有舒服，有刺激，有快感，但是沒有高潮。因為從沒有得到過，還因為這個問題不能和任何人交流，所以這高潮當然也只能是我想像中的高潮。從書本和網絡的各種渠道搜索到的無數信息，我拿來和自己的狀態對比，便得出了這個確鑿結論。那種欲仙欲死的巔峰時刻，那種渾然忘我的瘋狂時刻，我沒有過。即使是最動情時，我們也只是劇烈喘息和微微顫抖。

已經够好了，我清楚地知道。可是我也更清楚地知道，好得還不够。可是沒辦法。和豫新之間，似乎總有一層東西在隔著。這讓我在他面前哪怕是一絲不掛，也做不到徹底的肆意縱情。

那層隔，是什麼呢？

是福田莊嗎？

也許是的。

不自覺地，我也常常會跟他提到福田莊。對我來說，他是個最好欺負的人。最好欺負的他作為福田莊的女婿卻又對福田莊一無所知，所以在跟他說福田莊時我就抵達了隨心所欲的境界，愛怎麼描述就怎麼描述，愛怎樣創造就怎樣創造，無論多麼牛頭不對馬嘴，無論多麼八面漏風破綻百出。而不管我怎麼說，他都會給我接著。比如我說七娘烙的油餅最好，他便跟著說好，我說你吃過嗎就說好，他就笑笑。改天我又說嬸嬸烙的油餅最好，他便疑惑說我記得是七娘烙的油餅最好呀，怎麼改嬸嬸了。我回他，七娘烙的餅層數最多，一層一層扯拉不斷。嬸嬸烙的餅最捨得放油，一張餅能放半勺子油。都是最好，不行嗎？他笑道，行啊行，怎麼能不行呢。

所有這些，都不過是最表層的信息。而那些幽深之事，關於我和奶奶，我和父親，父親和叔叔，母親和奶奶，我都沒有跟他說過。因為難以啟齒，也因為莫名羞恥。儘管我非常確認跟他說了他也不會對我有一絲絲的嘲笑和鄙視，至多只會瞪大著眼睛表達著驚奇：是這樣？居然是這樣？但哪怕是這種情形，我也不想看到。所以，不說。還有一個因素有效地泯滅著我說的企圖：他對於鄉村幾乎是一無所知。想要讓他明白，這太難了。那便不說也罷。

就深層的福田莊而言，他屬實是個外人。在這個領域裏，對於他，我的心從來都不是毫無保留地裸裎，從來都是在單著。這讓我常常抱愧地覺得，自己著實有點兒像個騙子。

3. 世上安，傻人擔

按慣例，老安通常會在五點左右就來做早飯，那個早上天已大亮，住宿的客人們也陸續有了動靜，卻還沒見他。已時至六點，打他電話關機，我便把老原叫起來，正手忙腳亂地打發著早飯，老安的電話方才打過來，很簡短地說要去武漢，兒子那邊有事，已經出發在路上，九奶就託付給我們了。我嗯嗯應著，剎那間聯想到了各種糟糕狀況，連聲安慰，讓他們路上注意安全，有什麼需要隨時聯繫。掛斷了電話又起了些納悶，即便是有事，這離開得是否也過於倉促？有些古怪。老原說肯定有情況，先去九奶家看看。

剛出院子，便聽見大英遠遠地喊，就停下來等她。她到了跟前，口氣惱惱道，本想今兒早上來跟你們說的，不想他們腳踩西瓜皮溜得恁快。就說了昨晚的事。原來是老安兩口不知何時悄悄靜靜地擬了個合同，這些天正變著法子忽悠九奶，想讓她按上手印。張大包媳婦昨晚去九奶家串門，一進院子裏便聽見屋裏又在說這事，她耳朵好，聽了個字字不落，馬上就報告給了大英，大英趕過來痛斥了兩人一頓。大概是怕事情傳開了沒臉面，他們才會恁麻利地逃走避風。

便一起去往西掌，路上閒話。大英兀自氣哼哼道，房子這大事，他們也知道軟磨不來，硬要更是沒有指望。這算是想巧取吧？還真是滾水不響，響水不滾。他們走是自走，又沒人攆。老鑽奸！老鑽奸也是予城土話。鑽，意為特別精明特別雞賊。奸，則更進一步，有欺詐哄騙之意。鑽奸連在一起就是非常嚴厲的道德批判。過了一會兒，她又衝我怨道，都是跟你學哩，知道弄個合同。還別說，要真是簽成了這個合同，說不定還真叫他們弄成了這事。她的口氣有點兒複雜，玩笑嗔怪中居然還含有一絲讚許。

火燒到了我跟前，我倒不好說什麼，便沉默。老原笑道，這關青萍啥事，你咋胡亂拉扯。大英連忙拍拍我說，哎呀我這是急得亂噴，青萍，你可不要惹了呀。惹啥。我笑笑，說現在要緊的是九奶，總得有人照顧。大英說，就是這事得趕快商量。又說，你們也得趕緊找個大師傅，這個倒不愁。有這手藝的就他一個？又不是白幹，開工資哩。咱村現在的這形勢，就是鎮上的師傅也不難請，我立馬給你們打問。

我說在村裏悠時也看到有幾家老宅院荒草蕪棵的，顯見得是沒人住也沒打算回來的，老安怎麼不買那幾家的。大英道，你以為老安沒想到這一出？擱前幾年恐怕早就轉成了手，咱村這不是勢頭起來了嘛，都指著能再漲漲哩。叫老安追著高買，他也不願意。我又突然想起東掌朱大個兒家的老宅，便問老安怎麼不買去。大英道，大個兒倒是願意常價賣，可趙先兒說那處宅子風水不好，又傷殘又坐牢，一出出地鬧毛病，誰敢接手？說到底，事到這一步，都怪老安自己。當初他賣老宅時九奶沒勸他？死活不聽呀。九奶說他以後保準後悔，這不就應了？便又讚嘆九奶，說她有股子神勁兒。舉了例證說，鬧「文革」的末兩年，九奶說這運動該完了，要是還往下弄，那誰也好不了。啥時候也不應該不過日子光弄這。說話間不就完了？分田到戶時，大曹爹和小曹爹這兄弟兩個地挨著地，兩塊地的田壟中間有一棵紅油香椿樹。她問樹算誰家的，兄弟兩個都說算誰家的都中，不就一棵樹麼。她說，親便親，財帛分。恁大一棵樹呢，還是得有個主兒。誰也沒當真。又過了十來年，有人相中了這棵樹，財大氣粗，把價出到了一千。那時一千不是個小數目，兩家人誰也沒想到這棵樹恁值錢，就起了爭執，樹沒賣成，兩家打了好幾架。說來也怪，不知咋的，那樹當年就死了。兩家結下的這疙瘩，到大曹小曹這一輩兒才解開。當初要是聽了九奶的，能有這場事？末了總結道，都說咱村有倆先兒，一個徐先兒，一個趙先兒。他們都沒算上九奶這個先兒。那倆看著可像先兒，其實是小先兒，九奶看著不像先兒，其實是大先兒。

到了九奶家，張大包和張有富都在，秀梅和小曹也隨後趕了來。核心問題便是誰照顧九奶，張大包和張有富都說離得近，隔堵牆，照應方便。九奶不應。大英說接九奶去東掌，離你那娘娘廟近哩，上香方便。九奶也不應。直到老原開口，她方才應下。大英笑道，老太兒的心偏得可真是明晃晃，就是親恁根兒。九奶說，根兒那地方是好。又指指我，這閨女也可心。

便收拾了些隨身衣物，當即接了過來。路上我悄悄埋怨老原，既是要請，為啥不早點兒說，說得那麼遲，顯得沒誠意。老原說，誠意不在說得早晚，況且確實也有些猶豫。猶豫啥？猶豫你唄。我有啥可猶豫的？難道還會不同意？老原錯後一步看著我，你看你，動不動就急。我當然知道你不會不同意，這不是想到你睡覺不好嗎？這些天好不容易有些改善，怕你犯了老毛病。

沉默片刻，我說，不會。

咋這麼有把握？

嗯，可能就因為她是九奶吧。

讓九奶先在院子裏坐著，進屋又是一番收拾。床原本已很厚軟，老原又加了張墊子。打理妥當，九奶跟著我進屋，先摸了摸床，說：怪卓。又問：跟你睡？我笑道，咋啦，不中啊？她又看向我身後的老原。老原也笑道，咋啦，想跟我睡？她呵呵笑道，都中，都中。又叫老原去把她的茅凳拿來。茅凳？大英說就是解手時坐的凳子，相當於旱廁的馬桶架。

老原便去了。大英去旱廁裏解了手出來，看著很是鬆快，笑說還是上這老廁所痛快。青萍啊，說句實底兒話，我也知道現在的廁所改造好是好，乾淨是乾淨，可我還是願意上這老廁所。一是心疼水，山裏能吃口好水多不易，清凌凌的水就用來沖廁所？二是心疼糞。大糞上的地那才叫壯。老俗話說，人愛香，地愛臭。要想種田，屎尿不嫌。要想吃香，就得地髒。說是地髒，其實地香。不怕你笑，但凡肚裏有泡屎，我是能憋到地裏就憋到地裏，你說我這想頭兒是不是可傻？

我正靠她坐著，便抱了抱她渾實的腰，用腦袋蹭蹭她的肩膀：我奶奶說過，世上安，傻人擔。你這種傻人主貴著呢。又想起自己那年夏天聞糞覺得香，便哧哧笑起來，講了這事，大英納悶道，這有啥可笑的，糞是有幾分香的呀。有句俗話是，糞臭三分香，人臭不可當。說的不就是這？

說話間便到了午飯備餐時，大英叫了鵬程來幫忙，說雪梅灶上的手藝也中，一個人也能撐住。鵬程手腳利落，果然很有大廚樣。聽我不住口地誇，鵬程笑道，也沒啥，熟能生巧。炒溜炸烹爆，煎塌貼焖燒，不過是這些招式。來咱這耍的客吃上也不求多精細，咱做不到上乘，努努勁兒到個中等就够打發他們。別的不說，省了多少錢哩，省到就是賺到。孟鬍子早就教育過，說自己帶手，做啥啥有。你僱個廚師，一個月給他開大幾千工資，掙那點兒錢自己還能留多少？那不是他在給你打工，是你在給他打工。不會做就學嘛。現學也值當。沒有學不會的。一沓沓紅通通的票子放在那裏，旺得跟火似的，咋能燒不熟一桌飯呢。我問，那你看我們這裏僱廚師，是不是覺得可敗家？鵬程笑道，家底兒不一樣嘛。

午飯忙完，大英便打了電話來，說大師傅的事有了回音，新師傅明兒就能來，是金牛村的，恰也姓金，她也見過，三十出頭，黑油皮，看面相是個安實人。原來在鎮上的小飯店幹，最近辭了工，說也想在他村裏開個農家樂，正好趁著這個機會來寶水村歷練見識，也算是帶薪學習。

晚飯後洗漱完畢，在九奶身邊躺下，當她的氣息釅釅地包圍過來時，我的淚就默默地淌了出來。

彷彿在這一刻，穿越到了福田莊的老宅，穿越到了小時候。

那時跟著奶奶睡，就是這種氣息。有酸澀，有微苦，有汗鹹，有細辣，還有果的甜、草的香、葉的腐、木的朽、肉的膩、酒的醇……如此混雜，如糞如土，同時卻又是乾乾淨淨清清爽爽如初春的大地，是讓人放心的厚實，和令人踏實的陳香。

然後，不知不覺地，自然而然地，就那麼睡著了。一夜無夢，睡得很好。

4. 不受罪咋享福

整天守著九奶，聽她扯雲話便撈著了便宜。問她當初怎麼就學會了接生，不害怕？她說，我從小膽大，在娘家門兒裏當閨女時，俺爹常領人去倒賣煤——如今都待見喜鵲，以前咱這裏待見的可是烏鴉，你不知吧？喜鵲叫的是喳喳喳，就怕挖出來渣渣。烏鴉叫的可是挖呀挖，黑窪窪，那意思就淨是煤——賣煤路遠，半夜黑裏就得起身，他給我說幾個人名叫我去喊，我就半夜黑裏這兒跑跑，那兒跑跑，滿村裏去，從不知害怕。有一回村裏失火，有人叫燒得腿上肉焦糊一片，郎中來了沒人敢打下手，我敢。他叫我用那剪子剪爛肉我就剪，鋼刀利水。等嫁人成了媳婦，經見的事多了，就更有了膽。第一回生孩兒時請了接生婆，我聽著看著就記下了，第二回生得急，還沒來得及請接生婆孩兒就落了地，我自己拾掇妥當，還燒了一鍋水，洗好才上炕歇呢。後來兩回也是自己給自己接的生。生孩兒不怵，怵的是孩兒成不了人。唉。

世上最喜人的就是小孩兒。我左思右想，還真說不清咋就在接生這事兒上開了竅。興許是自己幾個孩兒都沒成，整日裏鬼迷心竅琢磨得多了？也興許是老天爺心疼我太饞孩兒就專意派給了我這差事？反正是打自己不能生了以後就開始給別人接生，一幹就是這幾十年。論說第一回也有些怵，腿都打了戰，可是看到孩子的黑頭髮露在陰門那裏，心裏頭就泛起了一股子熱勁兒，就想叫這孩子趕緊來到這世上熱鬧熱鬧。是啊，在世上誰都得受罪，可不受罪咋享福哩？

解放後上頭叫我去縣裏學習過兩回，一回是教接生，一回是教戴環。教戴環那時候計劃生育開始緊了，為這培養的。我原本不想去，誰成個家不想著生兒育女一大堆？攔人家這事，不仁義。後來村幹部勸我說，你是野路子出身，再去學學，藝不壓身。你學成了，即便不給人家戴環，那不是也會取環？這不也是一樣本事？也是能積德行善的。這幾句好話一說，改了我的主意，就去了。總共一星期，我遲誤了三天，只學了四天。也沒耽誤，一學就會。

這個活兒不論時辰。大年初一也接過生，祭灶也接過生。慣了也沒啥。睡覺可靈，誰拍門，只拍一下，我就能醒，就趕緊應。這大事誰不扯急？不敢慢。尋常正在地裏幹活兒呢，有人叫，放下鋤就去了。有的生得快，三下五除二就落了地。有的當緊的就這一半天，我就在旁邊等著。有的看還不到時候，我就先回家，到時候他們再來接我。有的上上下下地熬，能熬兩三天，我就跟著熬，不分個黑天白日。生罷了，都要給咱烙個小鏊饃，沖個雞蛋水，不吃不中。沒收過錢，倒是收過不少東西，雞蛋、饃、核桃、柿餅，人家給啥要啥。生孩兒是喜事，不論貴賤得落個彩頭，不興空手走。

孕肚子也不知摸了多少，越摸越知道。男女胎能摸出來，好摸。大英懷鵬程時，去市裏醫院檢查了一遍，都說是閨女，我一摸，說是小子。光輝說，你別哄我。生下了，我叫他看，你看，小雞娃在那裏了。光輝興得沒眼。擱手一摸就知道，骨頭不一樣。小子們骨頭頂手，閨女們骨頭軟。還有，閨女們差不多都身兒往右蜷，小子們都往左蜷，應了男左女右這個說處。病胎也能摸出來。隔壁莊有個婦女偷生，懷到五個月時找了幾家小醫院去檢查，都說是小，歡喜得不得了。我一摸，說是個小，只是毛病大，趁早不要，省得生下來大人小孩兩重受罪。他們惱悻悻地又去市裏省裏的大醫院檢查，都說毛病大，留不得。那時節計劃生育最是緊，他們當即拉到縣裏頂了個任務，把胎流了。後來又懷上一胎，還叫我摸，我一摸，說這回還是小，是個好胎。落地一看，那就是個好胎。

問她，都說娘娘廟靈，咋個靈法。她說她懷那幾個孩兒時都去娘娘廟許過願，許罷了願，夜裏準會夢見有小孩兒往身上爬。不是她一個，周邊村婦女可多來拜過娘娘廟的都會做這個夢，也都如了願。要是不信，你也去拜拜，看看靈不靈。

我笑。夢也能這麼傳染嗎？推想一下，似乎也有道理：既有成功之例在先，自己也依著前例許了願，心理上自然能得到安慰，情緒上自然能得到舒緩，強烈的意願又深入滲透進了潛意識，做同款夢的概率和懷孕成功的概率自然也就會高。

聽說，老原——突然覺得不能對她這麼稱呼老原，那還是叫根兒吧——根兒的爺爺對你有大恩？

誰說的？雖看不見她的臉，卻能感覺到皺紋鋪展開來的笑意。

徐先兒。說他在娘娘廟前救了你的命，大冬天裏，還下著雪。

她許久方才嗯了一聲，道，那時節，接二連三沒了孩兒，又死了男人，心裏沒處可想，就瘋了樣跑娘娘廟。在廟裏頭跪跪，就能安放安放。那年冬天大雪，出來滑了跌。本也沒吃啥東西，虛得很，就暈了過去，凍得人事不知，又叫雪蓋了個嚴實。要不是他，真就死了。為了求子，他跟小桃也好去娘娘廟。

小桃是……根兒他奶奶？

嗯。那天他瞧著坡上雪蓋得像個人形，扒拉出來一看是我，就把我揹回了家，換了衣裳，煨了炭火，熬了薑湯，醒過來先叫我吃了兩頓稀的養胃，後來才叫吃乾的，第一頓硬扎飯就是悶罎肉炒酸菜，大白饃，真香呀。

就都笑。問她老原爺爺到底是個怎樣的人，她沉默著，似乎是無話可說，又似乎是無從講起。過了好一會兒才道，就是個好人。

咋好？

方方面面，可難說全。反正是只要求到他跟前，大事小情，能不能辦成，都有個來回話。高低眼裏都有人。家裏也僱過恁些個長工，對誰也沒有惡聲歹氣過。還給八路軍送過信哩，也捐過不少東西。不吝錢，厚道。再是年饉，咱村沒餓死過人。但凡誰去他那兒借糧，他沒有不給的。

嗯，是好。

他那架子也好。

有架子，也算好？

咋不算好。一個男人，沒有點兒架子，那會中？

突然明白過來，她認為的架子和我認為的架子，不是一回事。

她說的架子應該就是有範兒，有腔調，不，甚至比有範兒和有腔調還要高級一些。有範兒和有腔調更像是面子上的東西，皮上的東西，她說的架子是往骨頭裏去的，骨架骨架麼。沒有骨架，那可不是倒了？

以為她還會有話，就等著。等著等著卻是鼾聲漸起，便也罷了。

就是這樣，三言兩語，斷斷續續，不知不覺就說到了深夜，此時我已是半寐半醒，她有時卻更精神了些。而有時是她早就睡了，我卻還睡不著。睡不著卻也不焦躁，心裏平平的。這才明白，孤身一人時的失眠和身邊有伴時的失眠，二者的感覺竟然如此不同。一人時，對周邊的聲音有著一種近乎變態的感應。喝水、吃飯、咀嚼、走路，所有動靜彷彿都自帶了放音器，被賦予了某種誇張乃至荒謬的擴展，彷彿這些聲音都知你孤寂，特來陪伴，或是知你失眠，特來添亂。無論是陪伴還是添亂，這些聲音卻都是空心兒的，因為你這個人是空心兒的。外空內空，便是空空如也。但身邊有一個人，且是讓你充分有安全感的人，就不一樣。在這個人的氣息裏，你會知道這世界是多麼正常地運轉著，一切都還好，並沒有在你的胡思亂想中失控。

5. 過命的交情

六月底七月初，漆桃花的果子已經長得如拇指肚大小。秀梅說，到這個成色就該摘了，再等就是個落。看著它們的樣子，就明白了果子為啥叫果實。青玉珠子般，是瓷丁丁的實。就跟著她們去摘。兩兩一組搭伴，一個人扒壓著枝條，另一個人就能騰出手。秀梅和雪梅一組，我和香梅一組。先粗粗拉拉地麻利抓下，回家再細剝核。食指和大拇指把皮殼一擠就能剝開。也有絲絲縷縷的果肉粘在核的皺紋裏，往清水裏一泡，稍微一揉就能乾淨。然後把它們陰乾。核的兩端都有天然的小孔，有的明顯，有的不明顯，不明顯的稍微搓磨一下就能露出來，或者乾脆用針尖扎一下，順手就穿了串。秀梅便嘆說，這桃核留著這孔，是不是命裏就是叫人穿叫人戴的？雪梅問的卻是桃木桃核能辟邪，這有啥說處？我說我知道的說處是和夸父有關，相傳夸父追日飢渴而死，臨死前，將手中的杖一拋，化為一片鄧林，也就是桃林，桃林生了甘甜可口的桃子，解了後人飢渴。因為夸父跟太陽有這牽連，所以桃木就屬陽。鬼屬陰，自然會被壓伏住邪氣。秀梅說，要這麼扯，馬齒菜也辟邪哩。聽九奶扯雲話，說馬齒菜也跟太陽有關係哩。問她是啥關係，她吭哧了一下，說，我可傳不好這個話，老人家給你家鎮著宅呢，你聽她講個原汁原味不好？又是在恁老原家。說著便哈哈大笑，肯定是覺得自己抖了個機靈。

就都笑。香梅扒著一根枝條正笑著，袖管突然滑下來，就露出了上臂的紅印子，青青紫紫的。她連忙鬆開樹枝，把袖扣扣緊。我方才想起來，自從認識香梅，就沒見她穿過短袖衣服。這是頭一回看到她身上的傷痕。

便用眼神試探，她卻躲著不接。糾結了片刻，我便決定不問。有什麼好問的呢？既然人家不說。外人可以在背後說千百回，但當著面兒，人家不說，就是不好主動去問，這條交際規則在哪兒都適用。又自我安慰著想，近些天，「寶水有青梅」的粉絲每天都能漲大幾十甚或過百，最吸粉的就是香梅。她家的生意也紅火得很，不管從哪個角度上論，七成也都該收斂些了吧。

回到家，九奶正在院子裏坐著，對著小菜園。清明前後種的豆角、黃瓜、西紅柿、茄子、辣椒都正旺旺地長著，生菜、香菜、薄荷也在邊邊角角蔥蔥蘢蘢的一片青翠。大英進院子就掐了兩根黃瓜，邊吃邊說，這菜地整天被好泔水餵著，就是壯，再過些天該種的就是白菜、蘿蔔、上海青和黃心菜，天冷了正好吃上。她去年種多了黃心菜，到後河的集上還賣到了兩三塊一斤哩。便問她，常聽你們說後河集，在哪兒哩？就在後河嘛。大英逗我一下，自己先笑了，道，比咱村靠外，就在來咱們寶水的路邊，有個岔口，走個十來里就能到。後河是三縣交界，東西又多又便宜。以前沒有車時，走半天路也要去那裏趕集呢。

看九奶瞇著眼坐得安靜，大英便也逗她說話：啥時令種啥菜，應天對地。是不是呀老太兒？有個菜名兒曲子你不是記得可清？咋唱著來？唱唱唄。

沉默了片刻，九奶就開了腔：

正月菠菜青靈靈，
二月栽上羊角蔥，
三月韭菜見風長，
四月萵筍撲棱棱，
五月黃瓜一身刺，
六月瓠瓜彎成弓，
七月茄子嘟嚕掛，

八月豆角擰成繩，

九月泥塘起蓮菜，

十月蘿蔔硬挺挺，

十一月白菜紮成捆，

臘月芫荽還成精。

……

已經不是第一次聽了，百聽不厭。無從聽到原版，但也可以推斷出，節奏韻律已經被她唱得極度變形。她抑揚頓挫拖著長腔，其實已經不是唱，而是極慢地拉長了腔調的訴說。土話的味道很重，音質和她的人一樣乾枯蒼勁，卻又牽腸拉肺。每一個字都在扯，從心裏往外扯，把滿當當的心扯空。每一個字又都在往裏塞，從心外往裏塞，把空蕩蕩的心塞滿。

還有可多菜沒說上呀。大英還挑刺兒。九奶只是笑。我又問她馬齒菜的典故，她閉目想了一會兒方才說，也是聽老輩兒人說的。后羿射日頭，不是射掉了九個？還剩一個，這個日頭可精，趁亂躲在了馬齒菜下頭，馬齒菜就護著它，日頭多燙呀，把它的梗燙得紅彤彤的，梗裏頭流的可是它的血哩，它的血都成滾水啦，可它死忍著，護著日頭。就這麼著，馬齒菜就救了日頭的命。為了報恩，打那起日頭就不再曬馬齒菜。人家倆是過命的交情哩。

和在西掌一樣，九奶常在院子裏靜坐，如一尊小佛。有時無事，我便也依著她坐著，也不說什麼，就一起看著菜地裏的菜。趙先兒在我們門口鋪了個卦攤兒，我們這邊安靜著，便能聽見他在那邊喋喋不休滔滔不絕，說天干地支四柱八字，說命第一運第二風水第三積德第四，讀書只能排到第五。說陽宅陰宅都重要，一定要比比的話那陰宅更重要。陰宅選得好，子孫後代輩輩都好。說一般人家要是住在廟前廟後衙門旁邊，都不會多興旺。也給人相面，說人家耳朵上輪低於眉高於眼，這就是富貴相。說人家耳朵垂長得厚是祖上福蔭，嘴角往上翹得也好，笑不笑都翹，這叫自來喜。說人家牙長得好，跟有個總理長得可一樣，定會長壽。都是過路客，聽了便罷，一般沒人當真也沒人抬杠。唯有一次，聽到他誇一個女人：你這個人很果斷，寧願站著死，不願跪著生。那個女人卻不滿道，胡說瞎扯。我可不願意站著死，我是寧可跪著生的！便起了一片笑聲。

還有一次，沒什麼客，本村幾個人圍坐著當聽眾，他說同年同月同日同時生的人肯定有不少，為啥活得三六九等？打個比方，是男是女就各說，在解放前，男女天差地別，女的在那個年代就沒有這個命。再好比，同樣是男的，有的生在船上有的生在車上，那也各說。有人說生在船上不接地氣，可水是財呀，生得應時，一輩子不缺錢花。生在山上和生在山下也各說，即便是同年同月同日都生在山上，那眼前的山勢如何也各說。眾人頻頻點頭。張大包媳婦從邊上路過，突然問了一句，你恁會算，咋就沒給自己閨女算個好姻緣？趙先兒就陰下臉說，當初那邊報了假八字，哄騙了俺們。大包媳婦道，那假八字就不能算出來？趙先兒便羞惱道，世上有兩樣人的命不用算，好歹都在那兒明放著呢。一是積德的人，二是缺德的人。存心好看別人笑話，那也是缺德呀。

6. 那些孩兒們

一直以為九奶的日子清寂。無兒無女的，再是有人緣，可不也得清寂著？卻不曾想到常會有人來看她。路過順便進來看的不計數，專意來看她的幾乎每天都有。白天是外村來得多，黑裏是本村來得多。跟商量好似的，今兒他來，明兒你來，雖是零零落落，卻也流水不斷。

來說說話。所有人都這麼說。來了也是各說各話。歲數都是五十靠上的，即使有年輕人，也是陪著長輩來的，坐在一旁百無聊賴地刷手機等著。那些當爹娘應爺奶的人，在九奶跟前，說話的口氣還像是個孩子。九奶聽得多說得少，常常就那麼坐著、沉默著。有時聽著聽著就睡著了一樣。說的人似乎也不覺得，仍舊說著。說著說著她就又搭上了話，似乎一直在醒著一樣。

一天下午，來了個很老的男人，由不那麼老的兒子陪著。九奶喊他疤，他的臉上確有兩道大斜疤，左臉一道，右臉一道。說了好一會兒話方才走，邊走邊擦淚。九奶一直把他送到門口。回屋後，我問她疤臉上的疤是什麼緣故，她說還是鬧日本時的事。咱這裏往北去不是山西陵川？陵川縣裏有國民黨的隊伍，老是派人到縣裏送情報，跟咱八路軍一起抗日哩，打鬼子哩。那時正逢著滾荒年，村裏出去要飯的人家多，空屋空窯也多。他們有時路過咱村，就找個空屋住一夜，歇個腳。出事時是五月，天開始熱了。十來號人，從山下揹來些東西，也不知道是軍裝還是糧食，夜裏就在東掌找了個空屋歇。誰知道鬼子就盯著上了山，在旁邊坡上架好了機槍。那些兵睡得沉呀，一直睡到天放大亮，領隊剛把隊伍招呼齊整，坡上子彈就打了下來。就都慌了，到處跑，再跑也是活靶子，可憐了那些孩兒們，聽說只有倆人撿了命。

其中就有疤？他也夠命大的。我說。九奶說，疤不是兵裏頭的。他是去陵川那邊要飯回來路過咱村，在東掌歇夜。鬼子在坡上放完槍，就進村到家戶裏搜人。他躲不及，被一個鬼子找見了，鬼子一槍托就砸在他頭上，砸得他滿頭是血，那鬼子在屋裏搜了一圈，沒搜著啥，路過他身邊又補了一槍才走，這一槍打穿了他的臉，把他打了個昏死。那幾天老九也去了陵川要飯，還沒回來。我是躲到沒了動靜才敢出來去寶水泉打水。疤那時醒了，也血頭血臉地往泉那邊爬，在半路碰到他這個血人，咋能不照應哩。我就把他安置到了家裏，揪了點兒草藥給他治傷，好歹算是救了他一命。我比他大，他就認我當了姐。兵冢裏埋的就是那些人吧？嗯。村裏人看坡上恁多屍體，就找了塊地方，挖了個大墳坑，埋下了那些孩兒們。想來那些孩兒們死活都在一起就伴兒，在地底下也能暖和些。也不知道都是誰家的孩兒，老家在哪，爹娘是誰。人既殤到了咱這，那咱哪能不收留。也吃不著咱的，也喝不著咱的，咱們能給孩兒們的就是這一把老黃土，叫孩兒們入土為安。給自家上墳時順手也給他們燒送點兒錢，叫他們在那邊也有個花銷。總歸都是有爹娘的人，爹娘也是整日裏懸心惦記著的，要是知道孩兒就這麼沒了，那可不是該心疼死了呀。

突然想起了爺爺的衣冠冢。聽父親念叨過幾次，說想去找找他的墳，到底也沒去成。我的爺爺，這個名叫地紹功的人，當年也是和戰友們一起犧牲的，和戰友們埋在一起，在地底下也確實能暖和些吧？當地的老百姓也會給他們燒送點兒錢嗎？應該也是會的吧。

疤這是最後一回來看我啦。她忽然嘆道。問她咋就能認定是最後一回，她說，沒聽說？水自在，月自圓，葉老自落，人老自知。時辰一到，啥都是清亮的。

一天晚上，豆哥豆嫂也登了門，他們先是往學校院子裏送那些石雕，用三輪車來回運了好幾趟，完了才過來看九奶，端了些豆腐千張。扯了會兒雲話，送他們出門時豆嫂扭捏了一下，方才問，聽說捐東西要掛名兒？我說放心，一定掛。掛你們倆誰的都中，都掛也中。豆哥突然嚴肅道，俺們不掛。還是第一次聽到這樣的要求，看神情也不是開玩笑。我便問緣由，豆嫂看了豆哥一眼，說，當初撿來的東西，咱不是正主兒。掛了也心不安，就甭掛了。我便答應。回屋後便對九奶講了這事，感慨他們忠厚。九奶笑笑，卻不應話。跟她住了這些天，我便已知道她有個習性，對什麼話，但凡她不回應時，就是心裏有隱。就問，她沉默了好一會兒，方才道，那些個東西，能往哪兒撿去。當初都是硬拿哩。又用拐杖點了點腳下說，東西的正主兒就是原家。看我想要再問，便指了指外頭，悄聲道，不說了。我磨蹭道，我不跟他說。她笑了笑，到底還是沒再說。

7. 送行宴

自打學校放了暑假，村裏就成了日日熱鬧。熱鬧的核便是孩子。孩子們又分成了兩幫，一幫是遊客們的孩子，孩子的假決定著父母的假，好像全世界的父母都是這樣，無論再忙，都能趁著孩子放暑假抽出空帶他們出來玩。一幫則是本村的孩子。看來有了點兒知名度的村子讓在外的父母們有了把孩子們送回來度假的興致，在城裏和鎮上上學的孩子們回來了不少。但凡孟騎子在村，便會被孩子的父母們逮住說修房子敲瓷磚的事，有好幾家說想要把瓷磚全敲掉，大刀闊斧地敲，敲得一乾二淨。孟騎子以一貫的口氣悠悠道，你家的磚你當家，你想敲就敲，不想敲就不敲。敲有敲的好，符合現在的大形勢。不敲也有不敲的妙，花瓷磚也是咱村歷史的一部分嘛。人便怨道，你看你，到底是叫敲不叫敲？咋說這牆頭草的話呀？說了等於沒說。孟騎子笑道，說了就是說了，肯定不等於沒說。就是叫你琢磨哩。

這些日子跟孟騎子見面都是一陣陣兒的。要麼好幾天都見不著，要麼就是天天都能見。天天見的這幾日，便是他帶著陌生面孔在村裏轉悠，問他忙啥，他說還能忙啥，忙項目唄。帶客來少不了吃飯，他慣常去的就是鵬程家和我這裏，我大致估算著，這兩家他分得勻勻的。都是客請他，菜點得便也豪爽。有一回喝得格外盡興，便面有得色地叫住老原和我悄說，估摸著馬上就要續上新項目，他的鄉建事業會來個大發展。我說，寶水這項目還進行著呢，你還能一手托兩家？他說，合同上又沒寫專人專時專用，咋不能一手托兩家？又不是結婚，只能一夫一妻。又說，鄉建這事成效特別慢，只要有點兒門路的，誰不是幾個項目齊頭並進？豈止一手托兩家呢。這兒待待，那兒待待，幾家的錢一起掙，哪個都不耽誤。像他之前情有獨鍾地專拱著寶水，那其實也是沒辦法。連最小的團隊都養活不起，混得半飢不飽的，只是不好意思訴苦罷了。

以後就好了。孟老師的春天來了。老原打趣。

承您吉言，還真是來了。雖然遲些，總算是終結了冬眠。有句歌兒咋唱的？沒有一朵花會錯過春天。孟鬍子笑得每根鬍子都在抖。

新項目的事兒很快就落了定，在鶴城，也是這一脈南太行的山村，在予城的東北向，離寶水有七八十里遠。團隊也組建了起來，招了兩個男孩子，一個研二，一個研三，學的都是農村發展專業，孟鬍子帶著他們，一副兵強馬壯樣，背著他們還嘚瑟道，研究生都跟著咱了，咱也約等於是碩導。大英戧他，全憑嘴，說著搗。就都笑。問他打算在鶴城待多久，他說看情況，這邊要是沒啥要緊事，短則十天半個月，長則月把地。眼下已經收拾妥當，打算明天就走。

這一走也算是久別。老原說，整天抬頭不見低頭見的，咱們做東，給他簡單擺桌送行宴，等他回來了再給他接個風，也算是讓人家面熱心不寒。這事兒自然是不能隔過大英去，便去村委會和她商量，她說這送行接風的，都成了他的事兒。我說叫他頂個名兒，咱們熱鬧唄。不能讓他說咱短了他的禮。大英說，叫他請客。要不是有咱們寶水給他政績，他能掙著新項目的錢？我說，不急在這一回。逮著機會再吃他的大戶，饒不了他。就定了晚上聚聚。正說著話，忽然聽得砰的一聲巨響，然後就是撲啦啦嘩啦啦的聲音，便出門去看，只見一個色彩斑斕的花尾巴活物在地上掙扎，撲騰了幾下斷了氣。趙先兒正從槐樹邊路過，哎呀哎呀地奔過來，撿起來，說是真該有口福，多少年沒見過這了，送上門的一道好菜呀。

原來是只山雞，半下午陽光照到玻璃上反射強烈，干擾了牠的航線，就這麼送了命。大英說，這口福也不是你的口福，是孟鬍子的口福。今晚送行，正好加個菜。趙先兒笑說見者有份，也得算我一個。大英說，來儘管來，把你趙順的茅台也拿來兩瓶。便讓我把雞拎回去，讓小金師傅拾掇出來。小金一見就笑道，這個是保護動物，難得名正言順地吃牠一回。我讓他拔毛小心些，他說放心吧，這毛都是藝術品，肉不主貴毛主貴，我懂。其實牠肉也不好吃，還是燉湯好。

黃昏時分，幾個人先後來了。趙先兒拎著酒，雖不是茅台，酒瓶子上卻有茅台字樣，是產自茅台鎮。孟鬍子說，都是一個鎮上的酒，和尚不親帽兒親，也算。幾個人先喝茶，扯起這山雞撞玻璃，孟鬍子說，所以修房蓋屋的道道兒太多。比如咱這山林濃密，裝個玻璃窗就得小心合計。我說，那你還給秀梅家的二樓設計恁大的落地玻璃窗？孟鬍子道，她家是北向嘛，北向就沒事。村委會不是南向嘛，南向反射光強，但凡有朝南向的窗玻璃，鳥被撞死的頻率就高。咱村委會這玻璃窗還是老式的，小，所以這事不多見。要是裝成大的，那可就難說。研二男生說，那不就能經常吃野雞了？研三男生說，你瞎說什麼大實話。就都笑。趙先兒說，你們小孩子家不懂，偶爾一回沒啥，整天有活物碰死在屋前，那可是晦氣得很。

讓九奶也入席，她卻不肯。只願意在一旁坐著看，那就由她。涼菜上桌，都斟上了酒，我照例喝水，孟鬍子卻不依，硬分了一杯酒給我，我看著滿滿這一杯子酒，就愁著說我喝酒不行，孟鬍子說喝酒不能開車，就得步行。就都笑。

那就來一杯吧。

吃著喝著，就說起了村裏的房子，孟鬍子對研二研三指點道，你們好好聽著，這都是學習。書本上的學習是學習，實踐中的學習更是學習。把七成家的房子說得尤其細。說七成看著敦厚，心事卻稠。尤其是這說話，會突然跟你來這麼一下，沒頭沒腦的，還死難聽。指著大英和趙先兒說，他們都知道，就為了房子的事，我跟七成還打過一架。他家房子如今看著挺順的吧？那是整出來的順。就像現在的女人化裸妝，化了跟沒化一樣，說是素顏妝。咱這整順的房，那就叫自然順。不過當時可是費了大勁。房子本來不都是四方周正的嗎？他家不知是咋回事，可能是想把旁邊那個斜角地也給佔了，整個院子就不周正，前寬後窄。咋辦？總不能弄出個歪房，也不能留個夾角，寬寬窄窄的不像話，趙先兒你懂，這在風水上也是大忌諱，棺材屋嘛。他們還想在臨街房開餐館，得留個整舖面。我跟他說，得，咱先取正，把左邊的斜角做成個喇叭口的小胡同，容人出入，臨街房恰好能四四方方周周正正地當餐館。這麼設計出來，生活生意兩不耽誤，挺完美的不是？可我說了半天，他就是不言語，猛然間問，你啥意思？說誰家不周正？誰家棺材屋？我就知道他誤會了，趕快解釋，他就撅罵上來，燒得我火大。誰還沒個脾氣？就跟他打了一架。打就打唄，不打不成交。也沒有狠打，不過臉上掛了點彩，鼻子出了點血。後來還是大英壓著，叫他給我賠了個不是。你看，他現在的房子就是按照我的思路給整的，生意好得不得了。

大英笑說，當時我都沒顧上問你，你是不是跟香梅多說話了？孟鬍子提高聲音道，哪敢！一進村就聽說了他好犯忌諱，我都沒正眼看過香梅，香梅在旁邊都沒吭一聲，他還那樣犯渾，你說他是不是有毛病？就又感嘆起了香梅的不易。研二說，這七成是不是有點兒心理變態，孟騺子說，我覺得有點兒。用現在的時髦話來說，就是內心戲特別豐富。某件事你根本想不到的，他都能思量上千百個回合，到了某個點兒上就跟你瘋啦。我問趙先兒，你懂風水，咋不去幫著說話。趙先兒說，外村還好去說，本村倒不好去說的。但凡有人叫咱去看房，基本就兩種情況，一是房子已經大體妥當了，找咱就是求個心安，那咱一定會說好聽話，最多指點小處改改，還沒個這分寸？已經成局的事，就不能多嘴多舌。就好比是人家說媳婦時找咱打問，咱還能插個話，如今人家孩子都哇哇叫了，那媳婦再不妥當，咱也不能去拆毀人家這樁姻緣。房子也是這。要是房子還沒蓋起，那就不妨多說幾句，咋說，說多少，也都要分人的。有人信咱，是誠心問的，咱就多說。有的是隨意問的，咱也就敷衍過去。有人脾氣惡心眼兒小，咱就只管誇。他的運勢他的命都由他，礙咱啥哩。

待他說起房子的風水便又是一套話，把人聽得雲天霧地。他說風水風水，有風有水，風得通，水得流。太通了，留不住。不流呢，是死局。既不能擋著，也不能太貪。所以咱家進門都會有個影壁，城裏房子叫玄關，用來遮擋一下，婉轉一下，迂迴一下，是吧？有直有曲，有藏有露，有收有放，全都是這個理。外人看著風水神道，其實裏頭有的是科學。比方為啥都說「桑棗杜梨槐，不進陰陽宅」？因這幾種樹有甜味，水分大，既引蟲咬，還好乾裂，當樑做柱都容易壞。還有一說：「火道搭廚房，非死即亡。」火道就是正房和廂房之間的空地，用途就是隔離，若是把火道搭成廚房，萬一著了火，正房和廂房豈不是都沒跑？但凡能幹出這事，也說明了這家人不懂基本規矩，遲早免不了倒楣敗落。卻又說，規矩自是規矩，說到底也是個活意思，是會根據具體情況具體人千變萬化的。要說蓋房子後有靠好吧？可是泥石流下來就能把啥都給砸了。要說門前流水好吧，可這水不見得就是你能用的。有的人，門前過山泉也能一頭栽進去淹死。過去打仗沒水喝，有人喝馬尿活下來，你能說那是好水？可那時候就能算是好水。同一個地方，凶煞再重，有人就能鎮得下，就住得好好的。所以還有這麼兩頭說法，一說地吉人，是地方能恩養人。再就是人吉地，大德行的人住在哪兒哪兒都好。不過話又說回來，能厚得過地的大德行人有幾個？人吉地的，掰著指頭數也數不出幾個。

扯著說著，一瓶酒就見了底兒，就再開一瓶。大英的臉黑裏透紅，噴著酒氣就開始罵趙先兒，還是說趙順兒蓋房的事，連帶她受了楊燴麵的批，說我這老臉皮厚是厚，那也是擎得高高的，輕易不能叫誰的手够得著的。這可好，為了趙家的房，叫鎮領導敲打住了這一回。平日裏要了多少強，這回就敗了多少興。孟鬍子笑道，老姐，你這臉可以了。楊鎮長左手打右手揉的，誰不知道這叫按摩？我看這些天你這臉叫鎮長按摩得更光鮮了哩。

就都笑。大英卻還朝著趙先兒不依不饒。趙先兒便又斟又敬，連連賠情。大英道，光認錯可不中，還得叫你兒認個罰。趙先兒說，我替他應承，你說咋罰就咋罰。大英說，那就給他個機會，叫他把娘娘廟前頭的坡路修修，有的板不中了，得換。裂少的好好補補，裂多的就換板，得是上好的青石板，再來點兒造型，不能影響咱村的形象，咱們都是省美麗了，只能往上走。趙先兒忙不迭點頭說中中中，能在娘娘廟前修修路，這也是積功德哩。這條路實在是也該修，都多少年了。

酒意惺忪中，我看著大英的臉，憨厚、純樸、直率這都適用，聰明、精細和狡黠也都能形容。這是一張多麼複雜的臉啊。

六十來年了。短暫的沉默中，突然響起九奶的聲音。

眾人都轉臉看她，她在燈光陰影的暗處坐著，指了指老原：他爺修的。

又都看老原。老原的臉抽巴了兩下。

他爺好積功德。

我走到她身邊，蹲下。還沒聽過您說這事兒呢。您講講？九奶卻顫顫巍巍地站起來說，今兒乏了，回頭說。先去睡啦。

那天晚上，我雖沒喝幾杯，卻也醉了。九奶說，我粘著她，抱著她，叫了她一晚上奶奶。後來才聽說，老原醉得更厲害，在那邊屋裏又說又唱又吐，半夜還溜達到學校院裏去敲孟鬍子的門，鬧騰了一夜，第二天酒醒後便悶躺在床上，直到他弟弟來電話跟他商量他母親過生日的事，他便說去海南一趟，隨即下了山。而我只隱約記得整個晚上似乎都在做夢，一個又一個夢，此消彼長，來來往往，醒來時努力打撈了一番，卻只打撈出一個。果然夢見的還是奶奶。

8. 她永遠都在鄉下

是在霧裏，是的，不是霧霾，就是清新淡白的霧。站在霧裏，我茫然四顧。路是鄉間土路，旁邊是一條小河，雖然看不到，卻能聽見河水汩汩流淌的聲音，也能聞得到濕鮮的水汽。

這似乎是在老家福田莊的村外，好像也確定奶奶就在不遠處。

因為雖然茫然，我卻不慌張——奶奶，她永遠都在鄉下。無論在哪裏夢到她，她永遠都在鄉下。她不肯跟隨我來到她沒去過的地方，哪怕在夢裏也不肯。那麼執拗。所以在夢裏見面也只能是我到鄉下。沒辦法。

奶奶——我喊。

只喊了一聲。遠遠地，就聽見了她的應答：

哎——

想著她小腳一扭一扭的樣子，我突然動了壞心思，故意把嗓子捏起來，又尖又細地緊著聲喊：

奶奶！奶奶！奶奶！

她也連忙緊著聲答：

來啦，來啦，來啦乖！

然後，彷彿是從天而降，她出現在我的面前。還是那個樣子：黑黃的臉，腦後梳著圓圓的髮髻，花白的頭髮抿得一絲不亂，穿著一件淡灰色的偏襟衣裳，喘息急促，眼神惶恐。看到我安然無恙，她一巴掌就拍到我背上，罵道：死丫頭！

我撇著嘴說，展展地活著呢，就不死，就不死，就不死。奶奶說，你不死我死。我抓住她的胳膊，說你也展展地活著，不准死，咱倆都不死。她說，我不死，你不死，一個老不死，一個小不死！說著就一起笑起來。

我猴到她身上，貪婪地嗅著她的氣息，這一刻比一刻濃重的陳舊的、強韌的、頑固的、潮腥的氣息。大樹的根扎在地下，就該是這種氣息吧？看，看她的白髮，似乎因為霧氣的洇灌，越來越粗壯，像是無數細小的根鬚……這情形是有些魔幻的，我卻一點兒都不害怕。我知道這是夢。霧裏總是容易做夢，不，不對，夢裏總是容易有霧。就在夢和霧的辯證中，我緊緊地抓著她的胳膊，似乎這樣就能抓緊這個夢，就能在夢裏多看她一會兒。可是好像為了印證夢就是夢，她的臉越來越模糊。先是溶化著臉的邊緣，然後開始溶向五官。她似乎也明白了情勢迫切，嘴巴張翕著，想要說些什麼，卻在瞬間就已溶化得無影無蹤。

9. 鍍土

人隨事兒，事兒跟人。村史館的事就算是綁定了我。但凡有領導來，我就得去陪一趟。有時候還要順帶著把其他景點都講一遍。原本能解說的還有小曹，進了七月，小曹三天兩頭下山，不是說店裏有事就是說去相親，再或者就是去店裏相親，容易逮的就只有我。大英對我也是越用越順手，還擅自添油加醋對領導們說我是榮譽村民，來村裏做了可多公益，有文化、境界高之類，我聽著肉麻，領導們卻聽得喜笑顏開，大英就說得越發起勁兒。我說你可別給我安虛名兒了，幹活兒都沒有戴高帽累，她說我手裏這高帽能輕易給人戴？你咋還不承情。莫不是當榮譽村民屈了你的材料？我說就是嫌累。她說，楊鎮長說的學生這兩天就來了，叫他們給你當兵，現在不是興說啥團隊？你就跟孟鬍子一樣也有了團隊。我說養活團隊花錢著呢，我哪配。那他們就是你的榮譽團隊，就像你是咱村的榮譽村民一樣，沒工資也不耽誤幹活兒。這時的大英很會甜言蜜語。

這天午飯後正在忙，聽見大英喚我，出來看見了楊鎮長，還帶著一男一女兩個小年輕，便把他們讓進院子裏喝茶。九奶在院子裏坐著，每個人見了都問奶奶好，她就笑。楊鎮長問怎麼不見老原，我說他去海南看他媽了，得過些天才能回來。楊鎮長道，這還不得一日不見如隔三秋？我說，打開手機就能見，哪用得著恁酸不溜溜。就都笑。

大英介紹說這就是上回說的那倆學生，楊鎮長親自給送來啦。兩人便做了番自我介紹，都是中原大學的，女孩子長髮披肩，濃眉大眼，頭頂抓起一個小丸子，笑起來一對虎牙，叫周寧。男孩子紮著小馬尾，白 T 恤藍牛仔褲，高高挑挑，叫肖睿。楊鎮長對兩人說，地老師原是在省報工作的，現在是人閒心不閒，年頭就進了村，有背景有水平，人還一點兒也不驕傲，來到村裏就撲下身子，和人民群眾打成了一片，以後就是你們的老師了，你們可得好好跟著學著。我突然記起這是孟鬍子應承帶的，便道，可別這麼說，咱們都是一樣的，孟老師才是你們的老師。又問孟鬍子什麼時候來，楊鎮長說應該快回了，你們先幫著兩個孩子安置一下生活。該點撥就點撥，該教導就教導。既然進了村，都是自己人。

便讓他們坐下喝茶。楊鎮長說還有事，隨即走了。剛沏上茶，小曹騎著電動車進了院，笑盈盈地打了一遍招呼，大英嗔怪道，多少天都不見你，成靈芝了。小曹說，市裏兩個同學結婚，日子錯不了幾天。我下去一趟，還不得一併走禮。一邊說話還不忘看手機。我溜過一眼他的抖音號，昵稱是「寶水建，寶水見」，發的多是插科打諢的搞笑段子，有網友跟他開玩笑說你該叫寶水賤賤。大英說，你整天看手機，也不見哄個媳婦兒回來。他笑答，急啥，沉住氣不少打糧食，這不是你的話？

又說了幾句閒話，大英就叫小曹帶他們去學校安扎。眼望他們去了，我說，這可是孟鬍子要帶的人，我可不跟他搶。大英笑道，你替他領了活兒，他還能不念你的好兒，我更念你的好兒。你這人也怪，說大方也大方，說小氣也小氣。花幾百買荊籃不心疼，頂個老師的名頭倒來計較。我不語。大英又問，他們說他們是啥雛鷹計劃，雛是啥意思？我說是小的，嫩的，幼稚的。她便笑道，叫我說，鷹不鷹的刻下也看不出來，反正都是些雛。你說是不是？我忍笑道，是。大英又道，聽說這些雛的本意都是為了獲取個啥資格才下來的，忍不了幾天。唉，管他們能忍幾天哩，寥地裏烤火，能熱一會兒是一會兒。咱村不是正需要人氣麼。孟鬍子說得對，啥都沒有人主貴。熱乎乎的人氣兒往堆兒一聚，就覺得日子有指望。咱這深山小村，哪能巴望著人家外路人對咱村有多少真心哩。

真心這種既天真又文藝的詞從大英嘴裏說出來頗有一種戲劇效果，我便默默笑。又覺得外路人這個詞扎耳，便問，你看我這外路人對咱村是不是真心？大概是問得突然，她愣了一下，方才怪道，你看你說的這是啥話，我對你說他們是外路人，就是沒把你當外路人。你穩不踏踏地住了恁長時候，攬了恁多事，滿村裏誰敢昧良心說你對咱村不是真心？你問這話，只能見你自己有外心。問出這話就該打。

我竟無話可答。只好說，你打你打，她便作勢打了一下。

村小兩側廂房各有兩大間。孟鬍子的屋子自是不能動，他團隊的兩個男孩已佔去一間，左廂房便滿了。右廂房這兩間正好容這兩個孩子住。只聽他們叮叮噹噹地忙活了一下午，傍晚時分又來找我詢問吃飯的事。我給他們算賬，一是在村裏找個家包餐，按給客人的常價，一天三頓飯，每人每頓十塊，你們倆人一個月也得一千八，即便給個成本打個對折也得九百。要是自己做呢，鎮上有罐裝煤氣，一百五一罐，貴了點兒。一罐氣日常做飯，你們兩個人的飯量，估計能用一個月。油鹽醬醋米麵青菜花不了什麼錢，最多買點兒肉。粗算一下，一天二十就足够。你們倆人，一個月滿打滿算也就是五六百。他們商量後決定自己做。

這第一頓晚飯是我請客，大英有事，小曹陪著，他們點菜都很有分寸，貴一些的硬菜都由我補添。邊吃邊扯，和小曹聊得熱火朝天，聽說小曹在鎮上有快遞點，他們立馬記下了地址，說以後的快遞就拜託啦。吃到後來，他們膩膩歪歪的小動作多起來，被我點破後便開心大笑。肖睿道，瞬間暴露，這潛伏的技能弱爆了。我說，有句話叫唯有咳嗽和愛情不能忍耐。周寧嗲道，地老師，您真有趣，有您在這裏太好啦。——嗯，能在您這裏蹭洗澡嗎？

兩人都是美術專業，肖睿大三，周寧大二。肖睿接下來要讀研，想爭取保研，保研的條件之一是需得有志願者服務。之所以選了寶水，一是因為恰好在朋友圈裏刷到了寶水的新聞，就覺得小山村麼，人情淳樸，消費不高，且風景優美，不耽誤他們寫生畫畫。二是肖睿的叔叔的朋友的朋友恰好認識縣宣傳部的領導，家長們想的是好歹有熟人照顧，更放心些。現在很多企業做慈善，有不少鄉村項目，「雛鷹計劃」就是其一。他們也申請到了志願者津貼補助，每個月一千五。我道，所謂的公費戀愛就是你們這種吧。肖睿笑道，都說是鄉村差了點兒愛情，我們屬愛情差了點兒鄉村。來這裏補補，正好。周寧道，朋友們都說我們是來鄉村鍍金，鄉村能鍍什麼金，能鍍的只有土，我們這就是鍍土。我說金也是土，土也是金，按五行來論就是土生金，所以才會有金土地的說法。他們顯然是第一次聽見這話，哇塞道，還以為金土地只是一個約定俗成的固定詞組，原來這俗話裏頭還有民間哲學呢。聊一會兒他們就哇塞一聲，臉上一直洋溢著的笑自帶著水晶般的光芒，鍍得院子都明亮了幾分。

兩人也各有計劃。周寧是想做鄉村性教育，肖睿說想做鄉村公益，同時看情況，也可以做暑假支教。這聽起來有些含糊。我說村裏小學撤了，又是暑假，怎麼好支教。肖睿說教育從來不放假，暑期教育也是教育嘛。進村時就看到跑著不少孩子呢。這倒是。他說為了這次支教，他們還募捐了一批書，想分發給孩子們。說著又立馬在手機上下單了一批塑料摺疊凳，我說家家都有凳子，讓孩子們自己帶就好，何必花這個錢。周寧說塑料凳子輕，看著也整齊，摺疊起來又不佔空間，領著孩子們去戶外時也方便携帶。聽到戶外，我心一頓，想問他們知不知道去戶外意味著什麼，終是沒說。

兩人也是急性子。第二天上午叫鎮上送來了煤氣罐，又在秀梅那裏買了油鹽醬醋，借用了孟鬍子的鍋碗瓢盆，中午就開始開火做飯，我去送了些菜，進去看了一眼，佈置得井井有條。果然只佔了一間當臥室，看來之前已是同居了。

下午他們就讓小曹帶著串了幾家，說是入戶調研。晚上便聽秀梅嘮叨說村民們對他們的調研嗤之以鼻，說他們不會說話，聊的都不是人家愛聽的，什麼留守兒童、空巢老人之類的。有人沒好氣對他們道，敲鑼聽聲兒，說話聽音兒，你們問來問去的意思，就是覺得俺們過得不好。跟恁說吧，俺們的日子沒有拍電影恁好，也沒有恁想的恁不中。

調研不鹹不淡地進行了兩天，兩人都有些蔫蔫的。對做飯吃飯卻興致漸高，頓頓都跑來向小金請教，順便跟我聊各種想法。到底是年輕，眼睛一眨就一個主意。說可以設立格子舖，替村民代賣山貨。又感嘆豆哥家的豆腐格外好吃，迅疾跑到他家去出主意，說可以買個壓膜機，做成一包一包的，客人來了連吃帶拿的，這生意該翻倍。又討論給這豆腐起個什麼名兒，怎麼設計 Logo。說他們用的是龍王廟旁的泉眼，泉水這個點兒不錯，先取名泉水豆腐，又改成山泉豆腐，後來又覺得山泉多了去了，得再精準一些。那泉既是在龍王廟邊，平日裏村民們都叫它廟泉，可叫廟泉豆腐不太好，就叫龍泉？我說龍泉有點兒託大，不是說有龍則靈，叫靈泉怎麼樣？好呀好呀，他們兩人擊掌通過，齊誇地老師你真有才。

我只是笑。他們哪裏知道我夾帶的私心呢。我的靈泉。

又過了兩天，他們募捐的書寄到了鎮上，楊鎮長派車給送了上來，他們又商量著怎麼分發圖書。我看著有些不著調，就建議他們給孟老師打電話求教。孟鬍子點撥說，孩子是好橋樑，不管你們什麼計劃，能先把孩子們聚在一起，就能和孩子們的家長熟悉，等建立起了感情，再進行下一步。書先不要發，要把適合孩子們讀的書挑出來，帶著他們讀。至於怎麼傳播這個消息，那當然還是用大喇叭。

於是翌日早上，便聽到了周寧標準的播音腔飄盪在村莊上空，以「親愛的村民朋友們」打頭，「鄉村要振興，文化需先行」，「書籍是人類文明的果實，進步的階梯」，「讀萬卷書，行萬里路」，「通過書去了解精彩的人生，去認識廣大的世界」等等這些文縐縐的引用句構成了她的話語主體，結尾是「請讓我們和孩子們一起分享，相信您一定不會失望」，高亢的尾音激盪出一連串無形的感嘆號。上午兩遍，中午兩遍，到了半下午，「親愛的村民朋友們」也沒有什麼反應，兩人便都有些茫然。實在看不過去，我便只好去出主意說，不用轉那些個詞，就揀稠的撈，可以說讀書，不過也得說點兒更實在的，比如你說會給孩子們輔導暑假作業，另外要強調是做公益，全免費。這估計管用。於是周寧又去廣播了兩遍，黃昏時分她去秀梅那裏買東西，秀梅就誇說，這事對路。明天我叫我家孩子先來，帶個頭，熱個場，後面就有人了。我剛打問了一下，東西掌還沒人報名是都嫌遠，接接送送的，不大方便。讓孩子們自己來，也覺得不安全。如今咱們村可不比以往，整天過車呢。

第二天，果然就把她家的大智和若愚送了來。雪梅也把騰騰送了過來。再然後是香梅也送了鄭義來，曹燦和曹陽也來了。漸漸地就湊了十來個。有了孩子們的聲音，學校忽然就特別像個學校。孩子們歡蹦亂跳，老人們也愛在學校門口坐著，老老小小的，越聚人越多，及至週末時，幾乎在村的孩子都來齊了，比孟騫子在時還顯得熱鬧。我忽然明白過來，表面緣由是人都愛扎堆，實際上是這兩天客最多，送孩子們來這裏只當是進了幼兒園，就能心無旁騖地待客賺錢。

突然又想到了嬌嬌，她那麼愛看書，這裏有人領著一起讀，豈不是好？便打電話給大英，大英斷然拒絕道：不中！她出不了門！那口氣是斬釘截鐵地硬。

10. 誰的主場

自打開始給孩子們輔導作業，周寧和肖睿就感受到了「親愛的村民朋友們」的鮮明熱情。每天都有人送自家種的各式青菜，買菜的花銷從此省下。徐世厚的小孫子剛被送回村他就一刻不停地轉送過來，還送了些蒲公英和菊花，讓他們泡水喝。立秋那天按老規矩要啃「秋疙瘩」，也就是吃餃子，大英便包了葷素兩樣餃子，在蓋簾上碼得整整齊齊地端了來，說你們吃喝穿戴都不屈，可到底出門在外，也都不易。又誇讚，你們這趟鑼鼓算是敲到了點兒上，農村家長最愁的就是輔導孩子寫作業。我說城裏的情況也是這，有幾個家長不愁輔導作業？秀梅說，愁跟愁可不一樣。城裏家長愁是因為懂，咱們愁是因為不懂。跟孩子坐在一起是大眼瞪小眼，一對乾瞪眼。不僅乾瞪眼，還耽誤幹活兒。你說要是一忙起來，孩子們連口熱飯都不能按頓吃上，哪還顧得上作業呢。肖睿嚴肅著臉說，家庭教育的重要性不亞於學校教育。哪怕沒有能力輔導，最好也陪伴著孩子學習。您得想想您這麼辛苦是為了什麼，為了誰。還不是為了孩子的未來？孩子學習要是不行，那未來就很堪憂。秀梅笑道，那要以你說的，俺們都不去忙，都不去掙錢，整天在家陪孩子，那孩子就有未來了？即便孩子們考上了大學，哪來的學費生活費？

雪梅來得勤，卻不多話，只愛看他們倆畫畫。瓶子裏插個樹枝，肖睿畫半天，她就能看半天。周寧給孩子們畫速寫，她也能看半天。他們要是一直畫，她就能一直看，鵬程不叫就不回去。聽他們說國畫，說油畫，一看就知聽得懵懂，偶爾聽到懂處就會翹起嘴角笑。話也問得跟其他人不一樣，有一次，她問肖睿為啥留小辮，是不是為了藝術。肖睿說是為了做公益，說有個公益組織做了個捐助頭髮的項目，捐贈對象是那些因患癌而失去頭髮的孩子。因為真髮做的假髮很貴，很多家長買不起或是捨不得買。得先招募到願意捐頭髮的人，再找到願意免費做假髮套的公司，最後公益組織再通過相關渠道把做好的假髮送給孩子們。雪梅就叫肖睿幫自己問問怎麼報名，肖睿很受鼓舞，便也向別的村民宣傳，聽的人就都笑。張大包說，你們這善事做得可容易，不用花錢，頭髮麼，叫它自己長去，到時候咔嚓一剪子就中。末了報名的也只有雪梅。

捐頭髮這事笑便笑了，待到他說捐別的時就不再是笑的事。那天聽到那邊院子裏有人高腔說話，我便過去瞧，原來是張有富媳婦在吵肖睿。她孫子也在這裏，回去跟她學說，肖老師講了，人都是要死的，如果將來遭受了什麼意外，應該把身體捐出去，身體的很多器官都可以移植給別人，角膜啊，腎臟啊，心肝肺呀，都能捐。你平白跟孩子說這些幹啥，多不吉利！晦不晦氣？！以後再扯這些，俺們可不敢叫孩兒們再來。肖睿漲紅了臉說，你這是掩耳盜鈴，誰能萬壽無疆？人不都是要死的嗎？我們這是生命教育。張有富媳婦說，就是因為人都是要死的，才用不著掛到嘴邊說。這種教育老不在路。即便是死，也該留全屍，這輩子不留全屍，下輩子託生就不是個囫圇人。聽周寧說這是迷信，張有富媳婦說，你們這就是不孝。把自己捐到醫院叫千刀萬剮，爹娘還在的話那能不心疼？這是活著不孝。即便爹娘不在了，將來也不能跟爹娘葬到一起，也不能在陰間侍奉爹娘，死了還是不孝！肖睿冷著臉回懟道，那倒是不勞您費心，我父母也早都把自己捐了。

我讓他們倆住嘴，這邊也有秀梅勸著張有富媳婦，便罷了。等人散盡，他們倆還一臉委屈。肖睿說，地老師，這裏人怎麼這樣，也太愚昧太落後了。我說，你注意用詞，不要隨便說人家愚昧落後。周寧說，簡直是不能對話。我說，要是都能在一條線上對話，那豈不是人人平等美美與共天下大同，那還需要什麼支教。就是因為有差距，所以才需要你們來這裏啊。周寧卻一臉懇切地看著我說，我咋覺得其實人家不咋需要我們，是我們想叫人家覺得需要我們呢。可能我說得有些繞，您能明白我的意思嗎？我笑說，我語文還可以，能聽得明白。那您是不是覺得我們特可笑？嗯，可愛大於可笑。唉，畢竟不是咱的主場，做個事太難啦。我說，既然知道這是誰的主場，那就放下身段客隨主便唄。以我的理解，因材施教在這裏的意思就是貼著風土人情來做事。哪怕你初衷再好，也不能硬著來。

一時無話，沉默了一會兒，周寧點點頭道，您說得對。又問，吵了這麼一回，關係該咋緩解？用不用上門去賠禮道歉？我說不用。以後你們別再提這茬就行，他們要是提，你們就只管聽著，讓他們說個够就成。這就是一種態度。這就能過得去。周寧疑惑道，這就緩解了？我說是，這叫自然緩解。村裏的事，就是這。

張有富媳婦隔了兩天沒送孫子過來，第三天便又送了來，後來周寧跟我說，她還帶了一把香菜。地老師，我當時接過菜，說了謝謝。她笑了笑，說明天再給你薅一把蔥。

菜不成問題，需要買的只有肉。叫大英聽著了，說肉也不用買，叫各家輪番送。哪家還沒有一碗悶罎肉哩。便在喇叭裏吆喝：人家兩個大學生來到咱這小村做貢獻，也不嫌屈材料，給咱孩兒們當老師，操心費力地教孩兒們寫作業。人家可還是學生呢，還沒掙工資哇。人家是沒說啥，可咱自己好意思？只見人家衣長，不見人家袖短，這能中？叫我說，咱也沒啥可貼補的，就悶罎肉，每家送一碗去！

十里不同俗。儘管都在一個縣，福田莊卻從沒有悶罎肉這一說。早年還是從老原那裏才知道了悶罎肉。當聽他說這菜是在年下做好，從年頭吃到年尾，我頓時鄙視道：多不新鮮哪。來這裏後才算認識到了這肉的奇妙。某種意義上講，這肉的功能等同於油鹽醬醋裏的油，家家必備，也家家都會做。聽他們講得雖是細節有別，大致路數倒是一樣的。就是年前殺豬時挑出適宜的五花肉，切段切片，先煸炒煉油，等把肥油煸炒出了三四成，再放調料，繼續煸炒，肥油出到了七八成就起鍋，肉涼後再存到一個瓦罐裏，蓋子蓋嚴實就妥了。它固然是不新鮮，卻也不腐壞。跟臘肉什麼的一樣，在沒有冰箱的漫長歲月裏，它最大的好處是方便，隨吃隨取。誰整天殺豬呢？誰整天去買新鮮豬肉呢？費一回事就能解一年的饞，在這山裏算是頂適宜的好肉。

孩子們送來的悶罎肉也成了有意思的點。味道且不說，單看量就顯出了各家的出場。大英叫送一碗，碗大碗小又無一定之規，於是有的用小碗，有的用中碗，有的用大碗。有的怕孩子打碎碗，用的是塑料袋子。小碗也有不滿的，大碗也有堆尖的。肉片呢，有的粗柴大棒，跟用了殘刀似的。有的薄厚勻停，好像用尺子量過。

吃不完的肉周寧便拿過來，讓我們存在冰箱裏。肉和菜都有富餘，兩個人就又管起了孩子們的飯。起先只有幾個孩子吃午飯。緣由是有的家長見天去採山貨，跑得遠，顧不上回來，總是求東家靠西家。周寧說看著不忍，反正也做得多，孩子們也吃不了幾口，就留了那幾個孩子的午飯。沒想到孩子們吃飯也愛紮堆，有的孩子家裏明明有人做飯的，也賴著不肯走，非要在這裏吃。他們也便一起留飯。越留越多，到了後來，一二十個孩子都要招呼午飯，成了一件麻煩事。孩子一多，肉就消耗得快。不過也總能續接得上，因有的家裏沒孩子也送來了肉，有的家已經送了兩三回，當然有的是連一回也不送。周寧悄悄跟我說，大曹家就一次也沒拿來過，我叫她別吭氣，曹燦心重。周寧說已經看出來了，曹陽一坐到桌邊就嗷嗷叫著吃肉，曹燦在一邊緊看著弟弟，把自己碗裏的肉都夾給他，自己一片都不吃。我一看她，她就把臉轉過去，不和我眼光對視。

一天快晌午時，我和小金正在廚房忙活，曹燦進來了，端著一大碗悶钁肉，說是周老師讓她送來存下。我忙找了個碗，把她的碗騰出來，突然又不大放心，怕她是自己拿主意，沒有過大曹的明路。問她，你爸知道不？她一笑，說知道。我昨天跟他好好算了算賬。我跟他說，你要是再不讓我端肉，我可沒臉領著弟弟再去了，你比比怎麼更划算。然後就 OK 啦。

我摸了摸她的小腦袋，她似乎又長高了些。

11. 真的雨

這幾天一直有雨，時斷時續，時大時小。下雨便沒什麼客，日子自然而然就放緩了節拍。有客時雖看著也悠閒，那悠閒卻是表皮兒的，是外鬆內緊的。如今無客登門，這悠閒才是真正的悠閒。

不開窗有些悶，開了窗便有些寒涼，即便如此，我也喜歡開著窗，讓濕淋淋的雨氣透進來一些。雨小時我伸出手去接雨玩兒，九奶便笑我孩子氣，說都多大了，連雨都耍，有啥可耍的。我說，這雨能聽得到能摸得著，是真的雨呢。她納悶道，普天下的雨不都是這？雨難不成還會是假哩？不知道該怎麼跟她解釋，我便只好笑。

在象城，有時雨雪的來臨常常就像是假的。尤其是住到高層後，如果雨雪是晚上來的，如果下得不大，那就很難察覺。和雪比起來，雨還稍微活潑一些，下得大些時，被風夾帶著，起碼會敲打敲打窗玻璃，有個聲響。雪呢，常常是第二天出門看到濕潤的地面和路兩邊的薄白，才會知道，哦，原來下了場雪呢。

寶水沒有樓——二樓簡直算不得樓，聽著雨落在地面，那感覺，就像是，雨是自家出去玩的孩子。就像是，我聽見了孩子怎麼回家。噗，噗，噗，噗，雨點來了。噗噗噗噗，雨點密集了起來，再然後，啪啪啪啪啪，響亮了起來。再然後，雨聲若有似無地趨向了輕柔。孩子睡著了。

很像是我福田莊的雨。

等雨勢弱下去，我便打上傘出門去悠。雨線已是極細了，雨意卻還甚濃。路面上到處都是小水窪，如一隻隻不規則小碗盛著一根根細掛麵。花紅得更紅，葉綠得更綠，石板青得更青。紅得更明豔，綠得更清新，青得更爽潔。兩邊的山，稍微遠一些的，都籠罩在一團濃白的霧靄裏，在極近的山坡上斜溜著幾片雨雲，近到似乎你走兩步就能拽一片在手上。西掌和中掌的街上沒有一個人走動，好像這整個兒的街，整個兒的村子，整個兒的雨，都是我的。

不出門時，就很想睡覺，和九奶歪在一起。哪怕不睡，躺在床上也是愜意的。有一搭沒一搭地說閒話。她說以前沒啥吃的，雨後就去拾水牛兒。夏天尤其是伏天的雨後，這東西出得多。去地裏找，看著那地邊兒有一溜兒土是虛的，那肯定有。粗的像指頭肚一樣。公母可好分，母的一肚子子兒，在灶口讓火給焙熟了，又麵又香。油炸了更好吃。墳地裏也能找到可多，卻沒人去，說是墳地裏撿的有魂靈，不能吃。雨後也好去撿地圈圈，牛糞羊糞裏都好長，以前怕有毒，煮時找個銅錢放鍋裏，看綠不綠，圖個心安。煮過了，把水緊出來配雞蛋炒，她覺得比木耳香。我便去撿了一回做了來吃，口感有點兒像紫菜。在網上查了查，其實就是地皮菜，有的地方叫地菌，牛羊糞裏最容易養出這些來。

12. 站隊

下雨這些天孩子們沒過來，肖睿和周寧謀劃著等雨停了便開始戶外教學，原來這種教學也有個名目，叫萬物啟蒙。肖睿說這在素質教育領域裏正流行，意思是引著孩子們走出教室，以萬物為師。尤其是農村孩子，更該好好認識一下自己生長的環境，如山裏的花草樹木，田裏的莊稼菜蔬，二十四節氣和農事之間的關係等等。我聽著有些愕然，便問，這種教育的對象不應該是城裏孩子麼，肖睿說不不不，這是誤區。這些對城裏孩子只是自然知識，對農村孩子才是精準教育。環境他們雖然熟，但所認不等於所知，兩碼事。就像我們對自己的親人自以為很了解，其實未必。要不怎麼會有燈下黑這一說呢。

第一節課安排的是請徐先兒講中草藥，天一放晴便立即啟動。由徐先兒帶著，周寧在前，肖睿斷後，中間一群高高低低的小人兒，每人手拎一個小凳子，排成一隊，昂昂揚揚地從街上走過去。村人一邊行注目禮一邊議論紛紛，納悶這活動是啥目的，孩子們長大了都能學醫？這一時半刻一回兩回又能學個啥？隨之得出結論，即便不學醫，現在能認出幾味草藥，將來自家也能派上用場。遂表示滿意。

第二節課是去豆哥家看磨豆腐。東掌偏遠，客去得少，豆哥家人氣卻還挺旺。豆腐賣得緊俏，且新添做了豆瓣醬豆腐乳，更是忙上加忙，前兩天還僱了個鄰村婦人來做工，現在是上下午要各做一場。不過供全村的餐飲用也還是不够用，有時候口頭預訂都不行，還需得先交訂金她才能給足數。在大門口她也擺了攤位，排著一溜兒紅通通的玻璃瓶，裝著豆瓣醬和豆腐乳，用小勺子小碗分出些樣品供客嚐。每次去都能看到她笑盈盈地應對客人們講價：俺這東西好不好，恁一嚐就知道。看恁這一身光鮮穿戴，哪差俺這倆小錢兒。恁手裏漏一條細縫兒，就能照應住俺一份生活呀。

孩子們參與的便是下午這場。我恰好去訂豆腐，便也站住看了一回。豆哥先簡述了流程：先是對豆子撿、洗、泡。泡好的豆子磨出豆漿，豆漿燒熱後起豆筋。再把起過豆筋的豆漿過濾後盛到大缸裏點鹵，點完鹵成豆腐腦。「鹵水點豆腐，一物降一物」，點鹵水的點就是畫龍點睛的點，若是點不好，出的豆腐便又少又不好吃。豆腐腦壓出水即成老豆腐，再留出一部分豆腐腦放在做豆乾的方匣子裏，用布一層層壓出水分，就成了千張，也叫豆皮。這一套下來得五六個鐘頭。上午一回是早上五點多起床一直忙到快中午。晌午歇一會兒，下午是十二點多忙到晚飯時。

一直以來，做豆腐這事在我的想像中有一種影視劇造就的美感：豆粒飽滿，紗布潔白，漿液汩汩，霧氣騰騰，這情形不該天然地散發著溫暖濃香？看實景就差了可多意思。用的是電磨，先往磨眼兒裏倒泡好的豆子，這邊添水，下面放著桶，那邊就嘩嘩地接著生豆漿，一隻桶滿趕快換上另一隻，再把滿桶倒進大深鍋。待兩個大深鍋都倒滿，上面便積起了厚厚一層白豆沫。與此同時還要燒火，還要取柴火，還要倒豆渣，幾頭都需得照顧到，那媳婦團團轉地忙活著，汗都難得擦爽淨。豆嫂說，做豆腐的人自己就是一台磨呀。等到地鍋燒旺，豆漿沸騰，屋裏水汽濛瀧，這才隱約可見影視鏡頭中的那種美。我倒覺得那媳婦的矯健身姿是另一種美。

肖睿和周寧鼓勵孩子們提問。於是，在七嘴八舌的問和一板一眼的答中，便是一筆豆腐細賬。一斤豆子出三斤豆腐。一天兩回共六十斤豆子，能出一百八十斤豆腐。一斤豆子兩塊五到三塊錢，六十斤豆子本錢是一百五到一百八。一斤豆腐賣兩塊錢，一百八十斤豆腐若是全賣完，能得三百六，刨去本錢掙到手一百八。若是一天不歇地做，一個月掙五千四。

周寧疑惑道，聽說後河集上的豆腐才一塊五一斤，咱這為啥貴？豆嫂笑道，那是放了添加劑，澱粉也多，用的還是一塊九的豆子。為啥一塊九？豆哥說，你們文化高，不是老說啥轉基因？轉基因的豆子眼下就是一塊九。那豆子看著圓溜溜的，傻得很。豆腐廠都用那種豆子，人家那一斤豆子能出七斤豆腐，咱是一斤豆子才出三斤豆腐。你想想，人家那本兒多低，咋能賣得不便宜？有孩子問豆哥，轉基因到底有啥不好的？豆哥說，這咱也不知道。反正吃起來沒有咱這豆腐香。豆嫂道，你比比就知，他們那豆腐，不香且不說，一炒就糊鍋。

聽著他們說著，我默算著。賣豆腐每月掙五千多，他家還有四個標間的住宿，即便按一半的空房率，兩個房間每天能掙兩百，一個月也能掙個五六千，這兩筆大賬一合，老兩口每個月能入手個萬把。聽說他們僱的人工資是一千五，刨去這個和電費等零碎，也能落下八千多。再算上輔料做的豆瓣醬豆腐乳，一小瓶賣十塊呢。果然如孟鬍子當初預料的，這收益頗可觀。

周寧躍躍欲試著想搭把手。豆嫂說她能幹的就只有燒火。先讓她去抽柴，她卻抽不出。我上手去幫她，居然也沒抽動。這才發現那柴火垛得極其密實。就都笑。還是豆嫂，三撥兩弄，就抽出了粗粗細細的幾根。她說剛開始引柴要抽那些好燒的，等燒起來後再找那些耐燒的。又笑道，燒火也累人哩。俺閨女回來一趟，嘴裏吆喝著要幹活兒，能幹的也只有燒火，燒一次叫喚三天。又問她去哪裏打柴，她笑道，國家叫保護山林哩，不叫打，咱也不敢亂打，也不用打。以前打柴是不捨得煤，燒柴勤，都燒柴，柴就難打。如今這柴光撿就够用了。往哪兒去撿？雪把樹枝一壓斷，那還不到處都是柴火？有手有腳有力氣就儘管去撿。沒人要的板栗殼都是好柴火哩。

去豆哥家的這一趟讓村裏人有了意見，議論說，看這幹啥，有啥可看。莫不是將來叫孩兒們去做豆腐？去問肖睿、周寧下一步安排，聽說還想讓大曹講各種樹木，讓張有富講正在種的莊稼，更是怨聲載道，都說再往下是不是要叫孩兒們去看張大包砌牆？去聽趙先兒算卦？這兩個年輕人瘋瘋勢勢弄這些沒用的，不幹正事，不抓學習，盡亂孩子們的心。

議論歸議論，卻也沒人把這些意見提到明處，只是暗暗攔著孩子們不叫去，一時間竟然缺了一半孩子。待到肖睿和周寧去叫，他們才說到了當面：叫孩兒去是跟你們學正經知識的，聽說也有單位給你們發錢，沒有俺們這些孩兒，你們有啥由頭領錢？所以俺們孩兒去，就是配合你們的、支持你們的。還給你們送肉送菜，你們可不能湊合俺們。農村的這些身邊事有啥可學的？這也能算是學問？學這些，孩子們能考大學？能有好工作？

兩人瞠目結舌。這次倒是學乖了，沒有對攻，只是回來跟我吐槽，到底還是小山村，覺悟低、眼界窄、格局小、目光短淺，也就是這番話。看我只是笑，就又對我有了意見，說地老師您怎麼不表態呀。要是站隊，您站我們這邊還是站他們那邊？我說我不站隊。為啥？是非這麼明白，這隊多好站啊。因為我立場不堅定呀。有時想站你們，有時想站他們，會跳來跳去忙得很。唉，您這是兩面派，等於沒站隊。所以我不站隊啊。

他們恨不是愛不是地看著我，到底也是沒辦法。就這麼發洩了一番，兩人也便漸漸平靜下來。那些孩子們被家長把攔了幾天，過後又都送了來。周寧有一次忍不住嘆道，難道咱們這活動就這麼半途而廢？肖睿補刀道，哪走到半途了呀，根本就是跌倒在了起跑線上。

13. 到處是福

九奶這一段常去村史館的院子裏坐著，自然是因為愛看孩子們。眼睛雖仍是那麼瞇著，臉上卻常掛著笑紋。我有些擔心孩子們跑來跑去撞著她，她卻說不礙不礙，還是要去那裏坐著。我也只好囑咐肖睿和周寧也看著她點兒，得空也去陪她坐會兒。

隨著年紀漸長，我也越來越喜歡看孩子們。以前聽著孩子們的聲音會覺得鬧且噪，如今卻覺得嘰嘰喳喳像喜鵲，一二十個孩子就是一大窩喜鵲。小的三四歲，大的十來歲，穿衣打扮談吐行事雖也有別，免不了帶著各自的家境，可到底都是孩子，笑起來、唱起來、跳起來、玩起來，也都是孩子們才有的純真模樣。

這些孩兒們多好，多有福。九奶最常說的就是這句話。

近日裏，學校院子裏的孩子們又多了幾個，小金師傅便常把自己的一對兒女帶了來，說有恁好的老師看著，還有一群伴兒耍著，他上班帶來下班帶走，啥都不耽誤。這賬算得精，出手卻也大方，不時送過去一些菜和肉，還有拿手的油炸小零食，便也沒有落什麼閒話。這天豆嫂也送來了一個小女孩，她出來時我和九奶剛走到學校門口，聽我問她，便說是她娘家堂嫂的孫女，叫甜甜，父母在外打工，甜甜跟著奶奶過。前些時帶著孩子來寶水逛，孩子看見肖睿、周寧領著孩子們玩，眼氣得很，她就承許也帶她來跟著玩。她娘家是柿園村，在寶水西北幾里地。她笑著對九奶說，一隻羊也是趕，一群羊也是放，不多這一個。

秀梅正在門口掃地，便搭話道，一隻羊吃跟一群羊吃，那草多草少能一樣？肖睿和周寧不好意思說，我替他們說，把你家的豆腐見天送來一斤吧，不就是三兩豆子錢？豆嫂笑答著中中中，一陣風兒似的遠去了。看著豆嫂的背影，九奶道，不是一家人，不進一家門。這個小媳婦兒也是猴精。豆嫂和大英年齡差不多，已是靠六十的人了，九奶卻還稱她小媳婦兒，我聽著都替她覺得親暖。

進了院子，躲閃著孩子們，我把她扶到堂屋廊廈上，她慣常坐這裏。隔著兩層台階，也能和孩子們拉開一點兒有效距離。扶她在椅子上坐定，豆哥他們送的石雕件在廊廈下擺了一溜兒，我便坐在離九奶最近的賞墩上。突然又想起那晚豆哥兩口送這些東西又不讓記名兒的事來，那天九奶只說這些東西本是原家的，是豆家從原家搶來的。又想起徐先兒講過解放前豆哥他爺在原家當長工，再聯想到老原讓我少和豆哥家打交道的話來，便有些豁然開朗。

賞墩初坐上很清涼，再坐會兒便溫溫兒的，孟鬍子說這是漢白石做的，還真有些溫潤如玉之感。座面上刻有圖案，看著都是蝙蝠。再看座身，環圈刻著的還是蝙蝠。

你細看去，蝙蝠可多。九奶說。

我便起身去看其他幾件，但凡雕有圖案的，果然都有蝙蝠，不過是大小明暗之別。還不只是蝙蝠，有馬配蝙蝠的，九奶說這叫馬上得福。有的蝙蝠嘴裏銜著枚銅錢，那就叫福在眼前。有蝙蝠抱著個大桃子的，我便觸類旁通，知道這就是福壽雙全。有的圖案看著古怪，怎麼也不像個蝙蝠，九奶說，你倒過來看。就倒過來看，便明白了這應的是「福到」的口彩。

這福可真多。我說。

就想要個到處是福。九奶說。

所以，就給孩子起名叫福久？

嗯。

這些東西，就是豆哥家長輩給強拆下來的？

是豆他爹。那時剛翻了身，正當家。分浮財哩。領著人呼呼啦啦拆了原家的房，自家也沒蓋起，扔也不是，用也不是。一擱就擱恁些年。也是白擱。

德茂爺爺不是對人都很好嗎？咋就挨了鬥？

誰知道哩。他多明白一個人，土改前就捐出了地，都說他表現好。可上頭派有任務，說這村哪能恁好，就恁四面光八面淨？好歹得弄個人鬥鬥，應個差事。誰知道真到鬥那一刻，就像起了大風，誰擋得住？聽說別的村還叫鬥死了幾個，我嚇得觳觫。

豆哥他爹那時為啥要出頭對原家？

誰知道哩。反正是形勢來了，一批鬥，就數他家批得上勁兒。當了幾輩兒長工，數他家對原家知根知底兒，說得多，挖得深。她慢慢垂下眼，盯著地面。我看著她花白的頭髮攏起來的小小的髻。

根兒說，他記事起他父親就不進村，就是因為這事兒？

有這個緣故，也不單為這。她說。兩個孩子追逐著，前頭跑的那個忽然一個不穩，踉踉蹌蹌地趴在了台階上。九奶突然就要起身去扶，嚇了我一跳，連忙先按住她，然後方去拉起孩子，叫肖睿把孩子領走，回頭再看九奶，她已又是閉目不言了。

14. 後河集

中元節前，終於去趕了一趟後河集。原本只約了三梅，周寧聽說後也想去，便帶上了她，五個女人前二後三，擠得滿滿當當。集思廣益地捋著該買的東西：疊元寶用的金銀紙，過兩天上墳燒送必備。花生瓜子爆米花，是待客的餐前零嘴。秀梅說這些零嘴原本是過年過節才上桌的，現在也成了家常用品。要是有價錢划算又耐得住放的菜那也得多買些，蓮藕芹菜都是。咱們聯合起來要得多，也好殺老闆的價。正盤算著，秀梅忽然叫停車。前頭是仨老太太，秀梅喊她們上車。問她認識？她說不認識。肯定是邊坊村的人，捎她們幾步唄，她們行路怪難的。我說坐不下，雪梅說擠擠就中，都不胖。秀梅說咱們五個再加上仨就是八，一路發發發。周寧說，她們都那麼老了，要是萬一有個啥事，可是擺不脫的責任。不怕訛咱們？秀梅道，不怕。我打包票，不會有啥事。這是風俗，俺們在路上都搭過別人的車。不像恁城裏，路上人跌了都不敢扶。我和周寧面面相覷，只好尬笑。

秀梅讓周寧和香梅擠在副駕駛上，便喊三個老太太上車。老太太們還不肯上。有兩個都挎著籃子，一個籃子裏臥著三隻雞，一個籃子裏是半籃子雞蛋。她們說怕車打哆嗦——原來她們把車顛簸叫打哆嗦——嚇壞了雞，蹾爛了雞蛋。秀梅連聲說沒事，咱們一起放腿上摟著。好一番勸讓，她們才上了車。

一路閒話。她們是小北坡村的。一個七十八，一個七十六，一個六十八，精神都很好。籃子裏三隻雞的六十八這個，說是要去集上把雞賣掉，七十六的是要去看看假牙，七十八的說去壽衣店訂一下壽衣樣式。這事隆重，我們便都沉默，她們卻說得熱鬧。說上四下三七件呢，衣褲袍，鞋襪帽，可得好好挑挑選選，湊合了一輩子，到了頭兒還不得敞開花一回。

進了後河村，人漸漸稠密起來。找地方停好了車，把老太太們一一請下去，周寧方才長出了一口氣，對秀梅說，不認識人家就叫人家上車，多叫人擔心。你憑啥打包票呢？秀梅笑道，憑她們面相呀。都可善。你看那個六十八的，她的嘴角往上翹得多好，依趙先兒的說法，跟我一樣是自來喜。連她籃子裏的雞面相都可善呢。就都笑起來。

四處看去，全是人。越往街裏走越喧鬧，這喧鬧來自賣主們的吆喝叫賣，來自買主賣主間高門大嗓的討論爭執，也來自雞鴨鵝們的各種鳴喚。原生態，綠色有機，沒打農藥，自家種的，這些都是賣主們的嘴邊話。有的攤子賣的是定價貨，統統都是兩塊、五塊或十塊。在一個十元攤前我瞅了一眼，東西看著頗像模像樣：巴掌大的玩具電風扇，塑料拖鞋，一打襪子，不鏽鋼盆碗，整提的衛生紙，三個一套的花盆……統統十塊。小喇叭裏無限重複著售賣口號：十塊錢，不算貴，放在家裏真實惠。十塊錢，不算錢，走走轉轉就花完。十塊十塊，統統十塊！帶走稱心如意，帶走大吉大利！

穿行在喧鬧中，秀梅她們不時應對著兜售和搭訕，有人問她們是哪個村的，秀梅朗聲道：寶水的！聽到的就都笑說，現在寶水出頭露尖的，村裏人說話底氣都不一樣。有個女老闆說，哎呀，聽說你們村有個啥青梅，在網上可火色。秀梅道，就是可火色了。看她一副躍躍欲試想自報家門的樣子，我連忙拉著她離開。她挺不甘心地念叨，咋都沒認出咱們來。雪梅說，拍時美顏恁嚴重，現在咱們這樣兒跟那比，就是兩般人，叫人家往哪兒認去。

東西是真便宜，便宜得讓我竊以為毫無搞價的必要。大燒餅五塊錢六個，糯米包著紅豆沙做的餅，他們叫粉子饃的，也是這個價。臭豆腐一塊五一大片。黃心菜一斤兩塊五，蓮菜也是一斤兩塊五。有一個女買家買了一大袋子，三十五斤，賣主給算的是一斤兩塊。秀梅先讓老闆削了一塊生的，自己嚐了嚐，也叫我嚐了嚐，口感嫩脆鮮甜，幾個人就各挑了幾根，也要老闆算兩塊一斤，老闆拒道，方才人家是進禮用的——因紅白事、蓋新房、辦壽宴之類的採買，此地就叫進禮——你們要得少，不能按那個價。秀梅說，多也是你的菜，少也是你的菜，憑啥給她便宜給我貴，她多隻眼睛多個鼻子？老闆說，都這麼小斤小兩地賣，我多少瑣碎工夫搭進去，也掙不了啥錢。秀梅說，我勸你好好待俺們，俺們寶水如今客多，那生意用度恐怕得是見天進禮，咱們這相識下了，咋就不能成你的大主顧？你這是啥眼看人低？老闆指著香梅和雪梅對秀梅說，就你嘴利，跟人家一樣文文氣氣的不好？話少笑甜，人人待見。罷了罷了，看人家面子，我跟你做這單生意。就都笑。秀梅邊挑邊說，老闆你這蓮菜孔裏有泥巴，不乾淨呀。老闆哭喪著臉說，這還不乾淨？我用水槍一根根洗的，你們知道水槍多有勁兒？秀梅舉著一根蓮菜說，你看看有沒有泥？黑不黑？跟有的人心眼兒一樣黑呢。老闆被氣得切齒道，賣給你我還有罪了哩。算賬時秀梅又是掐三砍四抹零頭，見老闆不肯，我便勸說，你快依了她吧，要不然她們在這裏不走，你還得搭瑣碎工夫。老闆說，你跟她們不是一夥兒的吧？聽口音也不像。秀梅頗有點兒自豪地說，人家是象城的！老闆撇著嘴說，哎喲，看你能得，好像你是象城的一樣。

終於買完了蓮菜，走在她們後面——是的，她們。這個老闆說中了要害，在潛意識裏，我還是把自己跟她們劃開了。終究不是一夥兒的，我跟她們。怎麼可能一夥兒呢？回頭再看周寧，更不是。

趕這集著實長見識。比襯著她們的豐富經驗，我和周寧像兩個白痴。我從不知道集上的東西是這麼細分的，單是雞就出了肉雞、老母雞和土公雞三樣。另有雞胗、雞心、雞翅、雞爪，都可單賣。還有鴨胗、鴨掌、醃狗肉，應有盡有。明明是同一種東西，價格高低卻能錯過一半，因新陳大小有別。多是小的貴，如菠菜、香菜、香菇。有的是大的貴，如瓜子，既大且新的瓜子能賣到四塊，小且陳的就只有兩塊。秀梅說，咱們就挑新的小的，取個中間價。客們大小不嫌，卻挑新陳。新貨有清香，陳貨有朽味。嘴刁的人一吃就能吃出來，鼻子尖的遠遠聞都能聞出來。

不時會碰上擺攤子的熟人，她們便熱烈地大聲地打著招呼，攤主們問她們還要不要雞蛋？還要不要薑？要不要蒜？要不要花椒大料乾辣椒？她們一邊回著話一邊在人流中擠擠擦擦挑挑買買，很快，每個人手裏都拎了一堆塑料袋。又碰見了卡車裝的紅薯粉條，秀梅搞了一會兒價，說很划算，咱都來點兒吧。雪梅猶豫著，悄問我的意思，我說我不要。老原反覆交代，這些乾菜要從正規渠道買，用著放心。她說，那我隨你。香梅禁不住秀梅攛掇，也跟著買了一大袋。

走出了一頭細汗。歇腳時便找了個攤子吃了點兒東西，由我請客。攤子很大，有包子、豆腐腦、胡辣湯、油條，也有米線、燴麵，是早餐和午餐的綜合體。也很便宜，油條五毛一根，她們每人吃了兩根。米線三塊一碗，二米粥和豆腐腦都是一塊五一碗，她們每人都要了三樣。豆腐腦配有白砂糖，她們都狠加著糖，說加糖不要錢。胖老闆呵呵笑道，再放牙都甜掉啦。你們吃這些還不够我的糖錢呢。秀梅油嘴滑舌地應對說，一直覺得你這老闆大方，一說這話都不像你了。又對我說，青萍姐，今兒不好意思，佔你便宜了。我仿著她的口氣說，你一說這話也都不像你了。她們幾個便大笑起來。趕著集的她們格外愛笑。

讓我和周寧大開眼界的還有路邊店裏播放的歌，音質類似於鳳凰傳奇的低級版，或軟糯纏綿哀怨，或鏗鏘奔放熱烈。曲目我都是第一次聽到，周寧說她也是第一次。配著這些歌賣的就是劣質碟片，號稱是熱門流行金曲，絕配寶馬香車。從曲目的名字就可知風格：《小白臉子我恨你》、《最壞不過狐狸精》、《老公你最大》、《老婆你辛苦啦》、《丟了幸福的豬》、《別哭了寶貝》、《漂亮姑娘就要嫁人啦》、《小三你好賤》、《等哥有了錢》……雖是口水味十足，卻有一種朗朗上口的魔性，讓人一聽難忘。秀梅挑了幾張碟片，說將來跳廣場舞時用。小曹說了，咱們村今年情況這麼好，到年底想搞個晚會呢，人家大電視台叫春晚，咱們叫村晚。她眼睛亮閃閃的。

挑碟時，店裏放的是一首《闖碼頭》：

我們一起闖碼頭啊

馬上和你要分手

催人的汽笛淹沒了哀愁

止不住的眼淚流

不是哥哥不愛你呀

因為我是農村的
一年的收入只能養活自己
哪裏還能顧得上你
……

歌詞裏有著樸素的悲情，曲調裏卻洋溢著異樣的歡樂，雜交在一起就既無奈辛酸且飛揚灑脫。我問周寧什麼感受，她笑說她也是這麼覺得。明明知道這些歌很Low，沒什麼格調，可也覺得其中充盈著強勁的活力。好混搭。

地老師，你說，這是歌的問題，還是咱們的問題？

或許都沒問題。也或許，都有問題。

你這是，廢話文學呀。她笑。

我也笑。其實也茫然著。又能怎麼說呢。

結賬時她們推搡得熱鬧，終還是我付了錢。秀梅說村晚是公家事，跟大英說說叫她報銷。我說即便村裏不能報銷，我單位也能報銷。她們齊哦了一聲表示了放心。周寧卻沒有被蒙住，悄悄問，這攤子連個發票都沒有，您怎麼報銷？我笑道，我一個退休人員，往哪兒報銷去。說能報銷她們才好踏實，也沒幾個錢。周寧沉默片刻道，地老師，我越來越佩服您，覺得您好懂農村。我說這可不敢當，等你見到孟鬍子就知道了，他那才叫懂呢。周寧笑道，對他一直是只聞其名，不知道什麼時候才能見其人。昨天還問了趙先兒，他掐指一算，說就快啦。

15. 燒路紙

七月十四那天又下起了雨，老原回來時雨還小著，到了下午竟是瓢潑一般下了好大一陣，九奶說，這是天漏了呀。

沒人送孩子們過來，肖睿和周寧便過來這邊玩，和老原見過，打了招呼，便一起疊元寶。肖睿不會，周寧卻一上手就熟，說小時候奶奶和母親教過她，有童子功。原來她幼時也在豫南老家的鄉下待過，雖只待過幾年寒暑假，卻也記得了一些事。說那時女人們一般都不能上桌吃飯，即便走親戚時以貴客身份上了桌，也只能坐到下首位。她原也不知道什麼是下首位，觀察了多回才找到了一個標誌：素菜集中擺放的位置就是下首位。還有一件事印象深刻：搭衣服的位置也分待遇等級，一條晾衣繩，要把男人衣服搭中間，女人衣服搭兩邊。哪怕晾衣繩上沒搭別的，女人衣服也一定要搭到邊兒上，理由是，萬一男人從這下頭過就會黴氣，怎麼能叫女人衣服壓男人一頭呢？男人們呢，哪怕是內褲也能大喇喇地搭中間，怎麼著都沒事。她母親因不懂這個規矩，被她奶奶訓斥過好幾回。

就都笑。肖睿說，還不知道你經歷過這些呢。周寧白他一眼道，你不知道的多了。

午飯時分，有消息傳來，上山的路有了塌方，只能等雨停了再修。這意味著明天肯定回不去福田莊上墳，就給叔叔打了電話。叔叔說這沒辦法，就燒路紙吧。嬸嬸在一旁插話道，也給恁公公婆婆燒燒紙呀，別叫人家說咱們有偏有向的。我說知道。夜裏在十字路口燒呀。知道。要畫個圈呀。知道。圈要畫圓呀。知道。

聊了一會兒，問叔叔還有話沒，叔叔頓了一頓，道，也沒啥事。這吞吞吐吐的，一定就是有事。便追問，他堅持道，真沒啥事。有啥事能不跟你說？以往他的聲調總是高高的，顯得咋咋呼呼。這次卻低了下來，似乎是想表示出淡定之意，卻更叫人懸心。我不依不饒地追問了兩遍，他方才說，房子出了點兒事，本來沒想跟你說的。你看你，狠問。

原來是一個工人從竹製的腳手架上跌了下來，診斷說是大腿有粉碎性骨折，可能會致殘。這兩天工程便停了下來，工頭天天找他，說得賠償。

心裏一沉，我便埋怨道，當初我說過讓簽合同的，你不聽。叔叔此時卻硬了口氣道，簽了也白簽，有啥用？我說當然有用，可以保護咱。他說，光保護咱，不保護對家？是不是都得保護？我怔住，一時不知如何應答。叔叔更來了勁，說，要順著這個意思去想，沒簽就是沒保護咱，可是也沒保護對家。所以呀，簽不簽都是這。事來了，咱就處置事唄。

我沉默片刻，努力壓制住怨氣，問他想咋處置。他說首先一條，你別回來。為啥？因為你是正主兒。我是正主兒不更應該去處理？你能處理個屁。他說，看見你這正主兒，人家還不把刀磨得鋥亮地去割你的肉。跌傷的那個是包工頭的外甥，年紀輕輕的，能傷多重？就是想要訛人的架勢。不能叫他們訛住。我出頭，他們就不好下手。

可怎麼能不回去呢？當然得回去。我說等路修好了就回去，他說不急，不急。

掛斷電話，又給母親打。說到燒路紙的事，郝地過來搭話說，姥姥，咱們也燒個路紙吧。來加拿大還沒燒過路紙呢。

眼眶酸澀。這丫頭，在國外竟然還能想到燒路紙，看來從小積累的經驗還是有效。豫新在時，我和他就帶著她燒過路紙。原以為城裏沒多少人燒路紙，及至燒了幾回就發現燒路紙的人很多，臨到清明、中元、送寒衣這三大節的晚上，走到哪個十字路口附近都有黃表紙的灰燼飄飄。據說還引起過小火災，城管就管得嚴起來。所謂的嚴，就是不讓燒得太早。等到晚上七八點鐘的交通高峰期過去，才可以見縫插針地燒。若是不嫌晚，十點鐘過去就沒人再管，可以燒得從從容容。後來我揣度著，也許城管們也得去燒一把路紙吧。

紙必須是黃表紙，這是奶奶的規定。後來流行各種面額、各種幣種的紙錢，奶奶從不認。她只認黃表紙。她說，不論啥時黃表紙都通行。這黃表紙就像是米和麵，不管你做多花哨的吃食，都離不了這米和麵。

奶奶，她總是有一些很是道理的道理。

因為不能讓郝地睡得太晚，就須得早點兒燒。看我們帶著她躲躲閃閃地跟城管藏貓貓，她樂不可支。在她看來，這更像是一個刺激的遊戲。當然也有好奇。為啥非得畫圓圈？紙到那邊真的能變成錢嗎？祖宗們真能保佑咱們？除了這些個我問過的，她還有新問題。

為啥要到十字路口燒？

十字路口四通八達麼，方便捎東西。過去的人捎信兒都在十字路口。陽間是，陰間也是。陰間捎東西也有唱詞呢：十字路口八方通，車水馬龍過神明。東南西北都託請，金紙銀錢敬祖宗。

陽間現在都這麼發達了，陰間咋還得這麼捎東西，這麼落後？

陰間自古不變，說不上落後不落後。

你咋知道？你又沒去過。

我奶奶跟我說的。等我有一天去過了，就跟你說。

我不叫你去！

這話必得說到這裏，才能告一段落。

再大些她就不再這麼問。看著火焰起起落落，火光明明暗暗，她的臉上呈現出我從未見過的沉靜，說，我以前總覺得這是迷信。現在我覺得，用這樣的方式和去世的人交流，也挺好的。

我們老師說了，這是不文明行為！我捏著嗓子，學著她的聲調。

她頑皮一笑道，迷信不迷信的，要看是為了什麼。要是能無傷大雅地安慰人，就不是迷信，應該算是傳統吧。

刻下想起這話，又想起大英指教趙先兒的那套封建迷信和傳統文化的話來。兩個差別這麼大的人，也能有所見略同之處，多麼不可思議。

媽媽，跟您說個好玩的事兒。最近我們學校有國內的文化團隊來訪問，一個學者老師問我老家是哪裏，您猜我怎麼說的？我從省一口氣兒跟他說到了福田莊，一群人都驚呆啦，都給我熱烈鼓掌。

我也笑。想像著她一口氣兒說出河南省予城市懷川縣福田莊的情形。她從沒有把父母的老家區別對待，我們也從來沒有糾正過她。因為經常聽我說起福田莊，也跟我回去過幾次，現在在加拿大又常跟舅舅在一起，在她的意識裏，福田莊就是老家。豫新在時，我們帶著她去旅遊，總有上年紀的人逗她閒話，問她老家是哪兒的，她的回答就是福田莊。後來我才注意到，若是在省外，她會答「河南象城」。若是在省內，她脫口而出的就是予城，再往下就說懷川。我問她為什麼不說象城，她說那不管用，他們肯定還會往下問的。

可不就是這樣。旅途中留心聽別人聊天，甲問乙，你是哪兒人？乙說是北京，多半會聽到這樣的追問：老家呢？如果乙執拗地說生在北京長在北京就是北京人，通常接下來的就是：你爸爸呢？你爺爺呢？甚或問到母親和奶奶，及至答到某某省某某縣，甚至具體到某某鄉某某村時，對方才會滿足地對這答案點頭確認：原來你是那兒人呀。

哪怕你從沒有去過那個省，也依然會被認定為那裏的人。什麼是籍貫？這就是了。可從不曾在那裏生活過，怎麼就叫那裏人呢？這個問題曾讓我困惑過很久。直至讀到《鄉土中國》，書裏說籍貫是「血緣的空間投影」。——因為你的長輩和那裏有關係，所以你也必須和那裏有關係。你壓根兒就生活的城市，無論你多麼熟悉，那也只是你的地緣。地緣可以變，你可以和無數個城市有地緣，但老家意味的，是血緣。

媽媽，您說，是不是所有人都得有一個老家？郝地還在問。我猶豫著，還沒來得及回答，她又道，親愛的老媽，我覺得我可以跟您說實話，也應該跟您說實話，其實對老家我一點兒感覺也沒有。我一點兒都不覺得自己需要一個什麼老家。

這世界，可不是你需要什麼就有什麼的，比如錢。也不是你不需要什麼就沒什麼的，比如老家。

那依您的意思，老家是必需品？

對。

怎麼解釋？

就像你需要父母一樣。如果你承認需要父母，那你就得承認你需要老家。

父母是最親的人。可老家……是什麼？

是啊。老家是什麼？有個老家在山西的朋友，從沒有回過老家。可他在五十歲那年突然開始瘋狂地愛上了吃麵和吃醋。跟朋友們聊起山西時，他昏暗的眼睛就會放光，沉睡了大半輩子的老家基因就這樣莫名其妙地在體內復活。

老家意味著什麼？密碼一樣的方言？原汁原味的小吃？幾間破敗的房屋？童年的鄉間小路？祠堂？祖輩們的記憶？或者是八竿子打不著也八竿子打不散的那些近族遠房？

老家意味的，是親人。哪怕他們已經死了，但只要他們在那裏活過，死後也埋在了那裏，那麼，你就是有老家的人。你斬不斷你的老家。當你老了，和老家的老越來越近時，你就會知道，自己是需要有一個老家的。

媽媽您說啊，老家是什麼？郝地還在巴巴地等著答案。

老家嘛，我說，就是等你老了，自然會知道的那個家。

16. 不想叫他知

中元節這樣的日子往常自是難睡，大約是因為九奶，這夜睡得卻還可以。醒來卻發現九奶沒在。窗戶剛剛有了一點兒青意，雨倒是停了，有鳥聲已起，啁啾清脆。忙起身披上衣裳查看了一圈，沒在廚房，也不在茅廁，昨晚疊的元寶卻少了一大包，頓時明白。可這時上墳也太早了些。

顧不上洗漱，便出了門。張家墳在村委會和寶水泉夾角的後坡裹，離兵冢不遠，有條小路，我一路疾走到了兵冢，沒有紙錢焚燒過的痕跡。繼續往前走，張家墳也沒有痕跡，便又折返。就這一條路，老太太能去哪兒呢？心裏急切，走到兵冢那裏站了片刻，往西的小路再走就是原家墳，便往前走了一段。天色越來越亮，鳥聲已一刻比一刻頻頻，喜鵲的叫聲尤其鮮明朗利，唧呱呱，唧呱呱，三節拍，是喜感十足的熱鬧。

熱鬧自是熱鬧的，靜下來時也就格外靜。靜的空當裏，就聽見了窸窸窣窣的響動，有規律地間隔著輕微的篤篤聲，從樹叢掩映的路上傳來。

我便站住靜等。聲音越來越近，待來人轉過彎來，果然是九奶。她拄著那根降龍木拐杖，傴僂著腰，慢慢地走著。應是專注於腳下的路，竟是沒看見我，直至咫尺之遙時方才意識到了什麼，停下來，抬起頭。

我呆看著她，她也愣怔著，彷彿不認識我。我們兩個像是彼此看見了鬼，在這七月十五中元節的早晨。

九奶，是我，青萍。不認得啦？忽然想起她眼神不好。我忙道。

哦，哦。她含糊道。神情有些釋然，也有些慌張。

您咋這麼早？悠去啦？問完我便覺出了自己的蠢。今天就是上墳，悠什麼悠。可是，她為什麼慌張呢？

她不語。

我接過她手裏的袋子，攙著她慢慢前行。

咋不叫我陪著，這路濕滑的，您眼神又不好，跌一跤可咋辦。

都走了多少年了，慣了。不礙。

咱先去兵家燒？

中。

我方才尋了您一路。沒想到您會打西邊過來。西邊那路可有點兒繞遠。

她仍不語。不語就不語吧，那便專心走路。我忖了忖袋子的分量，這包顯然已經有點兒輕了。昨晚三大包分得勻勻的。一包原家墳，一包張家墳，另一包是我要燒的路紙。那麼，她方才已經燒了一些？給誰？

腦子裏忽然一閃。

那邊……沒容我說完，她便站住，用枯樹乾柴般的手緊緊地攥了攥我的手，用這個動作截住了我的話。她的手有些抖。

我慣常先去給他燒。

誰？

剛問出口我就知道了。還能是誰呢？一定是德茂。原來原家墳上的紙錢灰燼不是無緣無故的，原來她就是那個一直給原家上墳的人。原來。

再一想，其實一點兒也不奇怪。也只有她。

別對根兒說。她說。

為啥？

不想叫他知。她說。

本也不想叫誰知。她又說。

你既是知了，那就只自己知。她的口氣如同命令，不容置疑。

我只有說，好。

17. 桌面下的理

塌方的路段一修好，楊鎮長就進了村，說過些天有市領導要來，須得迎檢，迎檢前的必要事是做好預檢。他來時已經半下午，仍是小王主任開車，把車停到了村委會，大英陪著把村子都走了一遍，完畢來到老原家喝茶小坐，敘了一會兒話便已是晚飯時分，老原留他吃飯，說好些天沒見，喝上兩杯。他推辭了一番，說那就喝兩杯，攢了一堆煩憂，借你的好酒消消塊壘。又點著要兩道辣菜，說辣酒辣菜辣個痛快，以毒攻毒一下。大英笑道，又是誰叫你作難了？聽說別書記前些時去了黨校學習，那不是要提拔了？他提拔走了不得你接？等你當了書記就好啦。楊鎮長斜她一眼道，少來挑撥離間。你這一撇一捺地還怪會瞎想。我跟老別如今是難兄難弟，都在油鍋上煎哩。

一時間酒菜上桌，邊吃喝邊說話。他笑道，算起來這一年往寶水跑得可不少，也在寶水吃喝了好幾回，是咱村如今要牽掛的事多，也是咱村穩當，飯菜能叫人安實進肚。方才來寶水前先去了兩處，一個北山村，一個南嶺村，一處比一處爛難。不比不知道，還是咱寶水好。

便一樁一樁地敘起來。先說北山村，這五六年間換了三任書記，沒一個省心的。話說回來，要是省心也換不了恁勤。這三任的不省心還換著花樣。第一任是太笨，人是好人，就是沒能力。給他一根棍，橫著給他就橫著拿，豎一下就得問問你，那能中？二任三任的不省心則是能過了頭。二任叫大星，原來開著個石料廠。對，就是北山那個石料廠，人家又不是正經公務員，開個這沒啥，開了好些年，有點兒偷稅漏稅之類的毛刺棱棱的小事也都正常，要命的是叫他關停。兩年前我剛上任鎮長就趕上了上頭關停石料廠，鄉裏的石料廠不止一家，最難辦的就是大星這。為啥，就因為他太能，太厲害，手段多。其他的石料廠都看他的動靜，如果說這一片的石料廠是個武林聯盟，他就是當仁不讓的盟主。自打開始叫關停，你看他鬧騰得吧，往市裏跑，往省裏跑，往北京跑，一出接一出上訪告狀，恨不得把鄉政府給先關停。他這是犯了小事精明大事糊塗，老覺得這事是在走形式，扛扛能過得去，沒弄明白這是大勢所趨。憑你啥人，你能強過大勢？國家叫綠水青山，你這跟綠水青山不合，那你就是弄不下去。更何況縣裏市裏都倡導在咱們這搞旅遊。大勢小勢都隨不了他的勢。他就是叫自己的利益蒙了眼，看不清個這，一門心思負隅頑抗。我想盡了辦法跟他磨，都不管用。到後來還是撕破了臉，我和老別一個唱黑臉一個唱紅臉打配合，我跟他臉對臉幹了一架，還出動了派出所，把他幾個手下拘留了幾天。他那本事大到啥程度，我去縣裏彙報，剛出縣委大門，他電話就打了來，說你方才說啥我可都知道，你可護好你的牙。說實話，也有點兒怵。光腳的不怕穿鞋的，咱在體制內，就是穿鞋的。可再怵也不能露到面兒上，也得硬撐著。我跟他說，我牙口可卓哩，能用到老。

他下台時倒是沒費多大勁兒。主要是他自己種下的禍根開花結果了。他有個小三兒——這種人一般外頭都有女人，這是人家的標配，要不然撐不起江湖名號。小三兒不安分，一直吵著嚷著要扶正，他或許是為了安撫小三兒，就答應了離婚，這可惹惱了正宮。枕邊人想要治你，那還不是穩準狠？村長老白早就跟他面和心不和，也攢下他不少黑料，這兩方怪默契，差不多一起出手，天時地利人和，一舉把他拿下，拘了半年。其他幾個石料廠一看倒了頭旗，也都了，關停石料廠這事才算畫上了個大句號。大星一出來就到鎮上找，說要華麗轉身——看我笑，就道，咋啦，你笑啥，人家就不知道華麗轉身啦，就配不起這麼個俊詞兒啦？咋說人家也當過一方諸侯呢。他瞅準了雲下村的一塊荒地，想要包下來搞個採摘園，我就出頭去說合，給他辦成了。這會兒關係當然就又好了。撕破臉怕啥，臉皮又不是不能再生。人家給咱們拉套恁多年，咱鎮上肯定要在這事兒上給人家出點兒力，再說人家也不是不給錢，程序也都是正規走。鄉鎮幹工作離不開這些人，不能說人家不幹了咱就變臉掉屁股。人情不是那麼回事兒。多少家村幹部心裏都有一本賬，要是寒了那些人的心，以後誰還提勁兒給你幹。

地一包給他，他就交給了他閨女去辦手續經營。他閨女就嫁在雲下村，他這原本就是為了閨女。我安置說，你可以搞採摘園，但是不能蓋房。後來聽說他閨女動了磚瓦，就又安置說，即便是蓋房也只能蓋臨時建築，別搞長期的。她哪能恁聽話，立馬就蓋起房做了餐飲，叫啥「君來農家樂」。不過話說回來，咱該說的說到，地包出去了，人家心思也到那兒了，誰還能管恁細。地是四荒地——荒山荒溝荒丘荒灘，這些地不是啥基本農田，不觸碰紅線，一般不會鬧出多大事。

後來老白上台了一肩挑，就是現在這一任書記。倆人經過一場波折有了些過節，這也免不了。不過也都是存在心裏，碰見了還能打個招呼，裱糊著一層薄面兒，沒有破相。前些時縣裏不是搞了村級賬目審計？就攪亂了一池水。老白叫把過去的合同協議拿出來審，按說這也是大勢，是縣裏的統一行動，跟個人恩怨沒啥關係。可個人恩怨就是這，一旦有就很難清除，再跟公事混在一堆，你瞅我的毛病，我也瞅你的毛病，越瞅毛病越多。叫大星這邊看來，老白就是在查他的腳後跟，他肯定沒少在家抱怨，叫他閨女聽著上了心。這閨女是大老婆生的，頭一胎，長房長女，大星那條件在村裏肯定是第一等，這閨女就是嬌慣著養大的，咋說也是個村公主級別的吧，說話做事就任性，按咱土話說是個「不足成」，她是個晚輩，當她面兒我和老別也能罵她是個傻閨女，其實還是挺親的。

她跟她媽的立場不一樣，她爸下台後，她就開始針對老白，一直想給她爹出口惡氣，查賬這事她就更覺得是老白在給她爹挖坑，必須報復。她就告老白的兒子倒賣白矸。白矸嘛，咱這原來產煤，白矸也多，雖然跟煤沒法子比，可擱不住它便宜，也有它的用場，所以經常有人倒賣，也能掙點兒。老白家沒有大星精能，只能撈這小錢。咱們這兒自打發展旅遊，這事也成了不合規矩。這閨女先給老別打電話告狀，老別能咋說？只能勸，說不要鬧啦，你這房也是個把柄，是個明病，人家就不能告你？我這也是向你。你舉報他，最多罰他兩三千，他這邊一下勁兒，就能拆你的房，哪邊輕哪邊重？你好好思想一番，匯通一下這個理。咱兩相無事這不中？非得兩敗俱傷？

這閨女本來就覺得老別跟老白穿了一條褲子，聽這麼一說就覺得更是。就炸了，說我這房可是有手續，他那白矸有啥手續？你不主持正義還來威脅我？你要不管我就捅給記者。老別不能服軟呀，說捅就捅唄，你以為我怕記者？聽蝲蝲蛄叫還不種莊稼了？沒承想這閨女給錄了音，算是又多了根勒脖繩，這兩天都在拿著這跟老別攪纏，說要不按她的意思辦，她就把錄音捅給記者。我這方才去北山，就是叫大星去說說他閨女。大星到底沒鬆口，說他拿閨女也沒奈何。這事弄不好還真會上個網，到時候也不知能咋收場。

那你說老別到底怕不怕記者？大英突然問。便都大笑。楊鎮長拍了拍大英的肩道，老姐，你真可愛呀。記者，無冕之王，那該多厲害。跟記者對陣誰能贏？人家說的都是能上桌面的話，人家的理都是桌面上的理，穿靴戴帽，大路行走。咱們這桌面下的理也只能是在背街偏巷裏溜溜逛逛，這兩方就不能碰見。真碰見了，咱還能說啥？又轉頭問我，青萍，你是報社出身，是不是個這？我只是笑。他突然又恍悟道，咦，這事託請託請你是不是也中？我連忙起身道，咱這退休人員還能在哪個席面的盤碟裏，還是去廚房催催菜吧。就又都笑。

催菜回來，聽他正在說南嶺的事。南嶺村的村支書人稱老豆腐，得這個外號是因為人小時長得白胖，還善學叫賣吆喝，尤其學賣豆腐學得像。但凡有豆腐車來村，他就跟著跑。賣豆腐吆喝也有路數，你看影視劇裏老是喊「賣豆腐」，喊得全全的，你就知道編劇沒有生活。一嗓子喊出來，誰不知道你是在賣東西？所以「賣」字是省略的，豆腐這倆字也有輕重，豆字又高又亮，腐字是隨出來的尾音，得輕飄，這麼吆喝既省力氣又有效果還好聽。這老豆腐學得跟人家賣家一模一樣，他自己也得意，就時不時到街上吆喝一聲，村裏人出來一看是他就笑罵。小時是小豆腐，現在成了老豆腐。這幾天這老豆腐可把我噎著了。有個老闆想承包他村的一片荒山，協議得叫鎮上審，老豆腐拿過來，我看了看，價錢還不錯，再一看年限，居然是永久租給人家，這不是胡鬧？說到天邊兒也不中。老豆腐是去年剛上任的支書，我想著他是沒經驗，不懂，就苦口婆心地跟他講明了利害關係，叫他拿回去改。前幾天，他沒出面，叫村長和會計倆來裝呆賣傻，說不會改，叫我改。我一看，原封不動，還是「永久」，就撕巴撕巴扔到了地上，我說你們這哪裏是租，分明就是賣。香港當初殖民地了一百多年咱國家還能收回來呢，你這地就敢永久租給人家？好歹也是個高中生，不會改？真不會？這就看出那老豆腐原來是個油豆腐，奸猾得很，我咋想著這裏頭肯定有好處。今天就拐到了南嶺一趟，走問了一圈才知道，原來是想賣給開發商當公墓用。

當公墓不中？桃園村那邊的鳳凰嶺不就開發成了公墓？聽說生意可好。大英問。楊鎮長說這不該叫生意，該叫死意。就都笑。大英問，桃園村那公墓當初是咋批下的？楊鎮長說，那是先開車後領證。公墓是好批哩？麻纏得很。原本不叫弄，老百姓們不願意，就繞開明路修暗渠，私下裏交易買賣，成天想法兒掙這份錢。村裏假裝看不見，鄉裏也難去細管。管也不好管。民不告官不究嘛。後來參與的家戶多了，不得不管，鄉裏才幫著村裏費了可大勁兒弄成了這事，心說好歹也算是個集體經濟項目，桃園村委會也給各家各戶分了錢，誰知道接二連三出事。又問大英，桃園村那邊的事兒你沒聽說？大英說，聽了一星星兒，都傳自打立了公墓村裏就有了古怪。楊鎮長道，這兩年村裏有兩家男人得了癌症，一個肺癌，一個肝癌。熬了不幾天就死了。有人說夜裏出門看見了不乾淨的東西，有人說路過空院子聽見過哭聲。人心惶惶，都覺得保平安最要緊，又想要把公墓攆走。村裏說得聽鄉裏的，村民們就開始往鄉裏跑，這期間又有人開三輪車翻溝裏摔死了。也學會了找記者，到處給媒體打電話，你說這陣勢是好頂的？頂不住。唉，這段時間，記者跟蜜蜂採花似的，嗡嗡嗡的。小王主任罕見地接話道，鎮辦公室電話一天響個不停，誰都不敢接，全都假裝進村。眾人看著楊鎮長，又都笑。

那咋辦？就遷走？往哪兒遷？我問。楊鎮長道，你問我，我問誰。牽涉著方方面面，哪有恁容易。管他哩，走一步是一步，走不動再坐地哭。唉，昨兒還聽老別說，他姐姐婆家村子在縣城邊兒上，縣城也在不停地開發房地產，村裏的地叫佔得厲害，墓地也一直在遷，十年裏遷了三回。都說入土為安，就這動得勤，哪裏還能說安。前些時他姐姐有個堂嫂得乳腺癌死了，家族裏就商議說乾脆在山裏買塊墓地吧，就挑在了鳳凰嶺，兩分地，大概也就是一百來個平方，花了五六萬，這價錢不說便宜吧，反正跟商品房比還真不貴。老別還撂氣話，說他娘的乾脆咱們也在鳳凰嶺買一塊算了，等到累死了就埋在這。

突然想起了地家墳，也遷了兩次。若是下次再遷，可往哪兒去呢？要不要也在山裏買塊墓地？或許還真能圖個一勞永逸。到時甚或如老原所說把豫新也遷過來？在地底下也熱和些。

九奶早早就躺下了。我上床時以為她睡了，卻突然聽她悠悠道，老豆腐落地時是正該吃晌午飯，男子難得正當午。大星是立生，坐生娘娘站生官。打小看都是好命，都是漆巴巴的好孩兒。唉。

18. 里格楞

這次回福田莊是老原開車，說我心不靜，開車會走神。他車技自然比我好，開得又快又穩。到予城後我先去銀行取了點兒現金，又去超市買東西，看見滿坑滿谷的月餅，便選了兩盒，算是早早地送了中秋節禮。兩人拎著一堆花花綠綠的袋子進了門。先喝茶敘話，叔叔仍是一副高興模樣，一點兒也不見沮喪。我便單刀直入地問，咱村以前也有這種事吧？是不是都被訛了？叔叔方才澀澀一笑道，有過。還真是挑著家兒來的。咱家的情況他們會不知道？你在省城，咱們坤又在國外，在這十里八鄉也算是一股名聲，我估摸著就是想訛人。

正說著，他的手機響了。他接聽著，嗯嗯嗯地回應了一番，掛斷後一臉篤定地說，我猜得沒錯，就是訛人。住進了三院，說按醫院的診斷，要花大錢呢。診斷呢？不叫看。要多少？五萬。叔叔憤憤道，可真狠。咱們整個工價，按最高的給他算下來，一平方一百塊，也才五萬多。他跌這一下就想再掙出一份工價？想得美。呸。

五萬這個數目並沒有讓我怎麼震驚。我更在意的是傷勢究竟有多嚴重，這才是決定事情後續走向的關鍵。叔叔不屑道，板兒架得不到兩米高，那人還不到四十，骨頭又不脆，掉下來能摔得多粉碎？這就是獅子開口。我說，無論如何得先去醫院看看，於情於理才能過得去。叔叔道，明兒就叫小厚帶我去，看看他們到底弄啥里格楞。

我笑。里格楞，好久沒聽人這麼說了。好像只有回老家才能聽到，意為難以言喻的隱情。我在網上查過，有解釋說，唱戲時過門裏沒有詞的部分通常都會被里格楞代替，引申到具體語境中多指陰謀或者花招。解得還挺貼切。

人家的里格楞，你咋能知道？

叔叔說，找人唄。你爸原來的老關係，不知道還中不中用。要是能找到相熟的醫生，就能去調看一下片子，看看傷得到底咋樣，那他就再難唬住咱。說著便翻手機。老原一直沉默著，此時才插話道，我贊成叔叔這個思路。說到底，最有力的依據就是傷情。看現在的情況，不找關係很難在第一時間就拿到真實資料。我倒是有現成的熟人，我來跟他說吧。便打了一番電話，說妥了讓叔叔明天找他。叔叔看著老原的神情微微帶笑，一臉滿意。

放下了錢，我們便要走。叔叔說要去村裏，讓把他捎過去。那便捎過去。老宅前聚著幾個人，不好就走，便下車打了招呼。蓮枝也在。一看見我就朝我笑，寒暄道：回來啦？我也只好應道，回來啦。

便都議論起工人跌傷的事，衆口一詞說肯定是訛人，不能遂了對方的意。這不謀而合的支持讓叔叔更加自信，對我說，你看，我說得沒錯吧，就是這回事。我只得應著。蓮枝卻悄悄地把我拉到一邊，親親密密地耳語道，這事兒雖然都知道是訛人，不過對家要是專意來訛，咱這對付得不苦惱？更別弄去吃官司，鬧得腥巴巴的。咱的房也得叫耽誤住，事不了沒人接茬幹，幾頭划不著。

你的意思是？

路斷了就搭橋嘛。找個中間人說和一下。

找誰？

找俺婆子嘛。她娘家就是柳莊的，俺婆家舅那幾個孩兒如今也可有些本事呢，在村裏說得起話。你就叫老鱉叔跟俺婆子說說，她肯定應。

她嘴巴裏的熱氣撲著我的耳朵，我離遠了些，點點頭，把叔叔叫上車，將信將疑地把她方才這些話跟叔叔做了個大概轉述，叔叔當即道，我咋忘了這。這條道也通。你走吧，都交給我來辦。

遠遠地，看到大耳朵全也走過來。我便讓老原發動了車，辭了眾人而去。

19. 這份移情

我有點兒怕見大耳朵全，也知道自己的這點兒怕挺可笑。無數次對自己說，其實根本不欠他的，你這怕完全沒有必要。可我就是有點兒怕，就是覺得有點兒欠他，簡直是，沒出息極了。

奶奶去世後，他是村裏第一個也是唯一一個找我辦事的人。那天我正在單位忙著，叔叔來了電話。一接通，叔叔就說，你全伯找你有事，叫他跟你說。這電話應該是在一個熱鬧處打的，人來人往的雜亂聲響斷斷續續地夾閃在大耳朵全刺刺啦啦的話音裏。

他說，萍啊，就是你磨盤哥，他得了瞎巴病——就是癌症，福田莊的人管這種令人絕望的要命的病叫瞎巴病——去市裏看過了，說不中，得去象城。萍，你得找人呀。短暫的空白後，是一個尖厲的女聲，萍啊，我跟你說——是全娘。可她迅疾哭了起來，往下再也說不成。在電話這邊，我的眼淚也瞬間流了下來，無聲的。然後又是大耳朵全，萍，你給找找醫生。我們這貿貿然去，兩眼一抹黑的，沒辦法。再然後又是叔叔，萍，就這吧，你找人啊，我聽信兒。

淚水很快乾了。我得找人。找人是可以的，也是就一兩個電話的事。可是找到人後呢？

但不管怎樣還是得找人。我就讓豫新找。豫新在出差，那也得讓他找。很快便找好了，讓找一個周主任，把手機號給了我。我打了電話過去，周主任很客氣，讓病人趕快來。我再告訴叔叔，叔叔又告訴他們，他們第二天就來了，卻沒有住成院。沒有病床。周主任讓他們先做檢查，在象城等個一兩天。他們打電話給我說，不想等床位，想直接住院做手術。到了醫院，就得聽醫生的。我說。磨盤他來回跑，身子骨受不住。不是讓等個一兩天嗎？就近先找個地方住下，等著吧。

我沒有請他們來我家。甚至沒有去醫院看他們。是不想去，也是不敢去。對此我心如明鏡：只要一去醫院，只要看到磨盤哥的樣子和全娘的眼淚，我很可能就會請他們來我家住，也很可能會給他們錢。這簡直是一定的。——就像父親在時那樣。父親如果在，一定會去醫院看他們，一定會請他們來家裏住，也一定會多多少少給他們塞一些錢。

我沒有。

你不是父親。我對自己說。

奶奶也不在了。我對自己說。

這事跟你沒有任何關係。我對自己說。

你不能開這個頭兒。父親開了一個漫長的頭兒，到他死了才算結束。你不能再開這個頭兒，絕不能。我對自己說。

我說，今天事情特別多，我就不過去看你們了。

不要來，你忙吧，不要來。大耳朵全說。

兩天之後有了床位，周主任找我說聯繫不上病人家屬，他們留的電話號碼少寫了一位數。咋那麼粗心，咋能少寫一位，唉。周主任的口氣裏夾帶著責怪，這讓我莫名地不舒服，彷彿我是當事人。就笑著回懟道，不能怪他們少寫，只能怪數字太多。周主任哈哈笑道，你還怪幽默呢。

便給叔叔打電話問情況，叔叔說他們還是在當天就回了予城，說是要在市裏看到底，誰知道他們咋想的。這事就這。你別管了。

我長長地默默地出了一口氣。就知道會是這樣。他們咋想的，我當然知道。他們一定會嫌象城的賓館貴，捨不得。他們一定會算住一天多少錢，住兩天多少錢。他們一定會在路費和食宿費之間來回計較。而比起象城，予城的花銷就便宜得多，也離村裏近，方便得多。可這些你們早該知道的呀，為什麼還要來象城，還要這麼折騰我？我真想朝他們發火。可是，不能。他們已經那麼難了，我不能讓他們來體恤我這裏承受的人情。

過了幾天，豫新出差回來，我讓他請周主任吃了一頓飯。我為他們所做的，僅此而已。沒有力所能及，也根本不想力所能及。以此為界，除了叔叔一家外，對福田莊的其他人其他事，我杜絕了自己力所能及的可能性。這樣做時，我盡量讓自己理直氣壯。可事情就是這樣，誰心虛誰知道。這份愧疚無法抹去，儘管我至今也不清楚自己愧疚的根源究竟是什麼。多年來這份愧疚一直或輕或重地拉扯著我，我一直企圖能把它卸貨，最好能連同失眠症一起卸貨，卻一直沒能得逞。

現在看來，寶水似乎是個合適的卸貨之地。心理學不是有一個什麼詞叫移情麼，我在寶水做的這些分外之事，在本質上好像就是對福田莊的彌補性移情。這份移情固然是葉公好龍，是隔靴搔癢，甚或是李代桃僵，可只要有的移，就總歸是還有情。

有情就好。不做一個沒心肝的人就好。

翌日叔叔便傳來了消息，說是看到了拍片結果，只是有點兒骨裂，不嚴重。咱有了這證據，再加上你七娘那頭兒去說和，這事差不多就妥了。就放寬心吧。

20. 那層膜

這個週六，剛招呼過午飯，正想歇會兒，先是秀梅打來了電話，氣喘吁吁。姐你快來呀，聽說香梅正挨打呢。然後便是雪梅騎著電動車過來拉我，我問大英呢，她說大英在鎮上開會。老原正在屋裏不知道忙什麼，我喊了一聲便和雪梅直奔西掌。

果然還正在打。這是我第一次看見香梅挨打。七成一隻手裏拽著香梅，一隻手裏拎著根棍子，棍子不粗，可他朝香梅一下一下掄去時，看著還是驚心動魄。張有富夫婦正在攔，卻是一副攔不住的樣子，張有富只虛虛地去抱七成的腰，他媳婦一邊躲棍子一邊去拽七成的胳膊，也只是虛虛的作勢，根本沒挨著。我就上前去拽七成那隻拎棍子的胳膊，雪梅和秀梅則上去拽香梅，沒拽出來。我也被七成大力甩開，踉蹌著差點兒跌到地上。

管得老寬！都他媽的滾蛋！七成瞪著紅眼睛怒吼著。彷彿被他的瘋狂傳染，我心跳得劇烈，渾身的血往上湧。

你怎麼能這麼打她？！我喊。又上去拽他，被他一腳踢中左小腿，力度不大，是鈍鈍的疼。這時老原和肖睿也到了，一人捉住七成的一隻胳膊，老原嘴裏罵著你他媽的打女人算啥爺們一邊狠狠地踹過去，把七成踢坐到了地上。他起來想再衝，老原就又去踹，肖睿又開始拉老原，這邊張有富拉著七成，兩廂拉著，終於作罷。

我們把香梅拉過來護住。香梅低著頭，看著木木的。

也不看看這是啥時代啥社會了，還興打媳婦兒？！秀梅喊。

你這是家暴！家暴犯法你知道嗎？肖睿也喊。

你怎麼能這麼打她？！我還是這一句。事後他們說，我從頭到尾就只會說這一句，還是哭著說的。

哭，我是知道的。一開口我就哭了，淚水進了嘴巴裏，控制不住。

七成這會兒方才呆立在那裏，似乎是被震懾住了。我們擁著香梅往外走，我一邊走著還一邊哭著，香梅卻沒有哭，始終沒有。在西掌到中掌的半道上，香梅把腳步滯住。

姐，我還是回去吧。別勞煩你們一圈人了。

回去幹啥？繼續挨打呀。秀梅道。

我隨便找個地方坐坐。他那脾氣再過會兒就坦了。孩子還在家呢。

我和秀梅、雪梅彼此相顧片刻，秀梅氣道，孩子在家就在家，那是他親兒子，他還能把孩子吃了？便不耐煩地推著她向前道，先走再說，你個傻子。

到了中掌方才發現去哪兒確實是個問題。村委會不合適，秀梅家過於熱鬧，老原家有九奶在，香梅說不想擾了老太兒歇息。雪梅說家裏恰好還有間空客房，便拉去了她家，在客房裏安頓下。秀梅打電話叫了徐先兒，徐先兒迅疾過來，和媳婦一起。後來我才發現，但凡去給村裏年輕些的女人看病，他都是兩口一起，十分避嫌。他老婆把香梅拉到衛生間裏看了一番，說除了幾處皮肉青腫倒也沒啥傷。我說皮肉青腫還不算傷？徐先兒打了個哈哈道，那就用點兒藥，搽點兒紅花油，噴點兒雲南白藥。不值個啥。簡單處置後方才問香梅緣故。秀梅說，咋聽說是因為咱們拍抖音？香梅說，抖音只是個由頭，主要還是因為男客。男客們喜歡和香梅搭訕，說些誇她漂亮的話，七成就不受。昨天一個男客確是因為看了「寶水有青梅」的抖音特意來的，要請香梅喝杯酒，香梅讓七成去替都不行。七成當時就想發火，不過那一大桌子酒菜算起來足有三四百，就也忍了。今天他喊香梅去廚房收拾，香梅正在刷抖音，沒及時應，他就劈里啪啦地上了手。

男人心小，你就注意點兒嘛。徐先兒媳婦說。

還叫她注意啥？她還不够注意？為啥不叫男人心大點兒？秀梅說。

那他不是大不了嘛。徐先兒笑道。

大英一回村便也過來坐了會兒，罵了七成幾句，便回家去。小曹也來了一趟，晚飯後，張有富兩口也過來坐，說如何勸架，如何攔不住，如何沒辦法，嘆息了一回。便是這般陸陸續續來來去去。來的所有人該罵的也都罵到，該說的也都說到，該勸的也都勸到，然後就是走人。說是敷衍也不為過，總之就是見慣不怪。

夜漸深了，香梅還是想走，我和雪梅都不讓。雪梅說，姐，你今晚也在我這住吧，看住她。香梅笑道，我不用看，兒子在家倒真需要我看。我說，就叫七成管一夜孩子。她說，總歸還得回去。住一夜頂啥用呢，白讓孩子沒著落。秀梅道，他要是心疼孩子就不會打你。你就不能用孩子難為一下他？她說，就是因為他這麼個樣，我才更心疼孩子。孩子可憐。這時她那眼睛撲閃撲閃地才有了淚光，我的眼淚也掉下來，說，你總得治治他，不能這麼忍著。她淡定道，他也從沒往死裏打過，諒他也不敢，到底我是孩子親娘，他要再娶個還得費多少事呢。他也不能把我打出毛病，那誰幹活兒呢。沒事兒，姐，我沒事兒。

我看著這張秀媚的臉。你，就沒想過離婚嗎？

她垂著眼睛。有孩子呢。

孩子，孩子！你就只知道孩子！

兩口子過不成，吃虧的總是孩子。

一時間忽然覺得她竟然也是對的，有點兒領會了哀其不幸怒其不爭這句話的精髓，也有些氣急敗壞。我說，反正你今晚不能走。你走了，我以後再不管你的事！自己也覺得威脅得有些無賴且無力，便不去看她。她倒笑了，扯住我的胳膊說，姐，你說起氣話來咋也跟個孩子一樣呢。好，聽你的，我不走。

洗漱完畢，躺在床上，便是漫長的聊天。從沒有和她聊得這麼深細過。她說和七成原本是同事，都在豫南的一家飯店打工，香梅和一個信陽人談過戀愛，那人因家裏堅決反對便搖擺不定，終還是娶了別人。香梅落單後七成就開始追她，整天給她買東西，噓寒問暖。她心裏正空著，擱不住他這一團火烤，就答應了處處看。有天晚上兩人出去消夜，碰到幾個小流氓調戲香梅，七成和他們打了一架，一對幾便吃了虧。沒等警察來幾個人一轟隆跑了，那地方沒監控，就不了了之。七成外皮傷倒無礙，卻是被踢到了命根子。因急著看病，且也生怕別人知道，便帶了香梅回了老家來結了婚。跑了一年多醫院，命根子雖不如以前那麼正常，好在也還基本能用，香梅也懷了孕。此時村裏有了要美麗起來的形勢，也便不再去打工，本以為能踏踏實實過日子，沒想到因這因那地見天挨打。

我問，看起來是因這因那，那起頭是不是也有個根子裏的緣故？香梅悶了一會兒，說，還不就是因為那層膜。沉默片刻，我說，這放到現在哪裏還能算個事。香梅說，我原本也這樣想，所以當初他追我時就跟他說了實話，他說不計較。那時他對我也真是可好，確實像是不在乎，我也就信了。可等回了村，不知怎麼的好像就成了個事兒。在外頭時吵架再兇也只是吵架，回了村，一拌嘴他就能動起手來。在外頭，他要是敢打我，我就敢報警。侵犯婦女權益呀，家暴呀，都能說得通。可在這裏，那些道理都派不上了用場。滿村去看，男人打老婆也從沒人報警。都不報，我也就不報。在這裏就不興這些個。也不知道是為啥。

我靜靜地聽著。此時能做的，適合做的，也就只有聽著。

在村裏，多大本事的女人，比如大英，再忙也得回家給光輝做飯。比如秀梅，即便峻山是上門女婿，飯食做好了，第一碗也要先端給他吃。要是吃米飯炒菜，就得把肉菜堆到男人那邊。燴菜呢，就把肉多挑出來些給男人。總之都得是低在男人下頭，不這樣好像就不成個規矩。一句話，男人主貴。男女平等的口號喊了這些年，在外頭倒還容易平等，可在村裏也就是喊喊，難落到樁樁件件的實事上。要說也都不是啥大事，都是些雞零狗碎，可日子長了就沒了氣勢。打一回打兩回，打多了也就麻了，也就認了命。真的，也不知道咋的了，在這裏就可容易認命了。青萍姐，你說這是為啥？

我也不知道。沉默片刻，我說。她輕笑道，都說你文化好，我想著你能知道。又沉默片刻，我也笑道，這只能說明我文化還不咋好。

就都笑。

反正不能讓他一直這麼打你，不能一直這樣。

我知道。都記著呢。先忍著。我不會一直吃虧。不是不報，時候未到。

那天我因為哭得不像樣，被村裏人當成談資說笑了好幾天，雖是以誇讚的口氣說我對香梅的情分是親姊熱妹，可其中也有著顯而易見的揶揄。我自己也有些困惑，那時怎麼會哭成那樣，好像挨打的不是香梅而是我，儘管我確實也被踢了一下。小時候在福田莊，見過不少女人挨打。當閨女的被打的少，嫁人成了媳婦後被打的概率就高得多。那時在懵懂中就只是把這當個熱鬧瞧。長大後聽到家暴的事也沒有多觸動，就只是當新聞聽，而這新聞其實也沒什麼新勁兒。家暴這個詞，似乎也只是一個詞而已，從不曾讓我這麼生氣過。而如今目睹香梅挨打怎麼就能讓我哭呢？這淚水意味的是什麼？僅僅是同理心嗎？還是因為這事就發生在眼前，七成的棍棒掄過的風都能颳起我的髮絲，他的腳還踢到了我的腿肚子，這些近在咫尺的傷害讓我有了唇亡齒寒的驚懼和憤怒？我就這麼自私嗎？

21. 一個耳光

母親也被父親打過。記憶裏，那是父親唯一一次對母親動手。

那是我剛剛離開福田莊回象城上學的第一年春節。以往都是在福田莊等父母親和弟弟回來，這是我第一次跟他們一起由象城回到福田莊。進家時正值黃昏時分，奶奶站在堂屋，身影被燈光拖得長長的，鋪在屋前的道路上。這情形讓我突然很想哭。進到屋裏，她只是說，回來啦？口氣平淡，似乎我們經常回來。我湊近看她的樣子，覺得她好像老了許多，也陌生了許多。有些莫名難過。不過這些情緒兩天之後就消弭無蹤，我很快有了身在主場的自在和愜意。父親負責應酬，母親和奶奶負責忙活年貨，我則是負責帶弟弟，領著他在村裏到處串門閒逛，大人們見了我們都會親熱地逗笑幾句，捧出自家油炸的麻葉糖糕和丸子之類的吃食招待，我們整日裏吃東家喝西家，和村裏的夥伴們嬉鬧玩耍，歡樂無央。直到大年初二那天，父親打了母親一個耳光。

起因是母親要回去值班，單位給她排的班是初三，所以初二就得回去。奶奶卻不讓。奶奶說，大年初二就走，這能算過年？過年過的就是團圓，大長的一年，就這幾天，一家子人不齊齊整整的，這叫團圓？母親說，沒辦法，單位就是這麼安排的。奶奶說，單位這安排就不對，就是不想叫人家好好過年。母親解釋說，假期就這麼幾天，大年初三是正中間，誰都不想值，可總得有人值。以往每次排到她，她都央告著讓別人替了，這回同事們都有事兒，她實在是不好意思再求人，必須得回去。奶奶說，不回去能咋？還能把你開除了？

真正的原因奶奶沒有說出口，大家也都明白。初三是親戚們來得最多的一天，至少要待三桌客。那一年叔叔剛娶了嬸嬸，要到處帶著走親戚，認門兒拿紅包，俗稱掙「新媳婦錢」。待客是個重體力活兒。奶奶當然也是能幹的，可逢到過年這個時候，她就想讓我母親幹。是想擺擺婆婆的款兒嗎？媳婦兒幹著活兒，她和親戚們說著閒話，聽人誇著兒子媳婦，這就是奶奶最享受的時刻？我沒問過奶奶，但很清楚，自從記事以來，年年如此。用她的話是：知道你忙，平日裏我從不攀扯你。一年就這一回，你還不能給我這老臉壯壯光？母親想的卻是，今年有了新媳婦，新媳婦就不能過了這一天再去走親戚？

就起了摩擦。父親很明白母親有理，卻不替她說話。初二中午吃過了飯，母親已收拾好了東西，要走不走地躊躇著。奶奶說，你走吧。反正萍不在我跟前養了，你以後是用不著我了。誰離了誰都能過。——我已經回城，奶奶是在說這個。回想起來，我在福田莊住的那些年，母親在奶奶面前幾乎沒有話語權。夏天時，母親回來，看到我就穿著小背心小褲頭滿大街跑，大驚小怪說怎麼又沒穿衣裳。奶奶說，這不是衣裳？母親說這不能叫衣裳。奶奶說那啥叫衣裳？掛住身的就叫衣裳。看我玩沙玩土，母親一會兒給我洗一次手，說農村本來就髒，要是不講究衛生就會生病。奶奶說你們城裏乾淨，就都不生病？莫非整天在大醫院住著的都是農村人？母親接不上話，奶奶的嘴還不停，說人吃五穀，誰沒個病，有病就看病，別扯上農村城市的。沒意思。

母親便拎起了包道，對，誰離了誰都能過。

你怎麼能這麼跟媽說話？父親說。

她先說的，我還不能跟一句了？

她是媽。她說得，你就說不得。就不能跟。要走也得跟媽賠個不是。

奶奶和父親分別端坐在堂屋八仙桌的太師椅上，叔叔和嬸嬸在左邊的小椅子上坐著，我和弟弟在另一邊的小椅子上坐著，都在等著母親賠不是。母親站在那裏。堂屋裏盡是沉默。或許很長，或許很短。

母親嘴唇顫抖著，想要說什麼，卻說不出來。我真替她著急啊。賠個不是有那麼難嗎？說了不就能走了嗎？

尋思了一下，我站起來，拉著她的衣角，輕聲說，媽，你跟奶奶說對不起。

母親把目光轉向我，那一瞬間我明白了什麼叫怒視。她眼睛裏的小刀子朝我剜了幾剜，突然狠勁兒地推了我一把，喝道：你也敢攔我？把爪子鬆開！

我被推倒在地，跌了一大跤。衣褲很厚，一點兒都不疼。主要是太丟人了。我哭起來。大過年打孩子，還有王法沒有了？奶奶一邊斥責一邊起身去拉我。這時候，父親也起了身，堂屋裏響起了一聲響亮的耳光。

母親是走到院子裏才哭出聲來的。她就一路哭著出了門。叔叔說要去送，被父親攔住了。說：叫她滾！不過叔叔還是去送了。

事情就是這樣，想從中斡旋的我，被母親推倒，跌了一大跤。母親挨了父親一個大耳刮子，哭著回了象城。在當時的我看來，這些都是了不得的大事。我胡思亂想著奶奶會不會被氣病，父母親會不會離婚，他們要是離婚了，我和弟弟又該選擇跟誰。不都是那樣嗎？兩個孩子，一個跟父親，一個跟母親。如果跟了父親，父親怎麼能照顧好我。如果跟了母親，是不是就不好再回福田莊……我糾結著，一個晚上都沒有好好睡。

可讓我意外的是，事情沒有那麼糟糕。初三那天，叔叔嬸嬸去走親戚，家裏照樣待客。奶奶親自下廚，父親殷勤搭手，親戚們的女眷來了也都紛紛幫忙，根本不成問題。但凡有人問起母親，奶奶和父親異口同聲地回答：單位值班哩。一副喜氣洋洋狀，讓我看得莫名其妙。兩天後，我們返回象城，母親對父親冷了兩天，便也過去了。一切都像沒發生過一樣。

長大之後，長很大之後，我才漸漸明白了這件事情的玄妙：如果我不出面，母親就找不到突破口。母親沒有突破口，父親就也沒有突破口，奶奶的面子就擱在了那裏。都沒有台階可下，局面不知會僵到何時。所以，我在無意中做了件對事，簡直對極了。媽媽有了裏子，順勢負氣回城。奶奶有了面子，兒子為了她都打了媳婦兒呢。父親的名聲更加好，沒有被城裏的媳婦拘住，是響噹噹的一家之主。我呢，得到了奶奶格外親厚的優待，早上賴在被窩裏不想起來時，她都泡好溫熱的毛巾，到床上給我擦臉，說我是她的小棉襖，到底還是跟她一條心。我支支吾吾地應著她，心裏卻開始有些厭煩起來。覺得她對我母親的所作所為是那麼蠻不講理，在她的威逼下，父親也不像是平日的父親。他們母子兩個，好像都屬萬惡的封建社會。

22. 無所不事

孟髯子回來自然是要接風的。原本楊鎮長說也會來，臨開席時卻給孟髯子打來了電話，說別書記和大星閨女僵了這些天，叫了幾撥人去調停，到底還是沒談攏，「不怕記者」那段通話錄音剛剛被放到了網上，刻下正在爆。記者聽了這能不刺激？你說，別書記這會兒坐在火盆上，我咋好過去喝酒嘛。

掛斷電話，先顧不上吃飯，一幫人趕快搜錄音來聽，別書記的聲音從這渠道裏放出來，乍聽著有些不像，再細辨就知確鑿無誤是他。顯然被剪輯過，隔三跳五的。衆人邊聽邊笑，分析著二人的語氣，揣摩著二人的心理，還論起了若是別書記就此下台，楊鎮長當了書記後會如何如何。想來別書記正在坐火，我們這些隔岸觀火的人卻也只能觀火，對他屁股底下的火勢也只能扯扯柴火的事。貌似熱心關切，其實卻是冷酷絕緣。

這個話題佔了半場飯局，喝到酒興濃時，孟髯子方才給肖睿、周寧上起了課，說是要留心學，這些事裏都能學到東西。不要覺得這事跟那事沒關係，這事那事跟你們的事也沒關係，都有關係。你們不是說萬物啟蒙嗎？叫我說，就是萬事有關。你們的長處是能有新技術新平台，可這些新要不能落地生根，那有啥意思？新不是憑空新的，得結合著實事才有生命力。比如村裏這些人，不要總覺得病根兒在他們。你看到他們有問題，他們還看你們有問題呢。認知層次不一樣，就都會覺得問題在對方。但學肯定不是白上的，咱們的認知層次當然要比他們高，那就得學會用這個高，高的作用不是叫你站那兒陽春白雪地下不來，老想著指著鼻子去教育人家。該多想想在這些事裏怎麼被農民教育。

我們沒有指著鼻子教育人家。周寧怯怯反駁。孟翳子佯怒道，指著鼻子還非得指著個真鼻子？有時候你們表情不對話風不對，那就相當於在無形中指著了他們無形的鼻子。比喻，懂不懂？倆人乖乖點頭。就都笑。

孟翳子這會兒真是妙語連珠，他說，低的上不來，高的要會下去。咱就得有種隨高就低的能力，然後用這種能力去上下自如地實踐。要記住，思想問題不能用思想解決，思想問題要用行動來解決。行動介入最有效，最有說服力。咋行動？一般來說慎用正面強攻，多用側面巧攻。麥捆根，穀捆梢，芝麻捆在半中腰。把住要害就能順利拿下。你們現管著這些孩子，孩子們都是優質杠杆，就看你們咋用他們去撬。比如萬物啟蒙這種活動，本意很好嘛，可你們這麼去幹，他們就是不好接受，咋辦？比如說咱組織個衛生評審團，就讓孩子們來當評委。大人們去檢查沒法子撕破臉，孩子們去就好辦，他們小臉一繃就能不講情面。誰家乾淨誰家美，小嘴吧嗒得明明白白。童言無忌嘛。誰好跟孩子們惱？誰家狀況差，那家孩子回家不得督促？啟蒙的事哪裏還用專門打旗號，在這個過程中就能實現。從中掌到西掌，到了大曹家門口，不能叫他講講木頭？路過莊稼地，不能叫張有富講講莊稼？

對了——他轉頭突然衝著我——聽說香梅挨打，人家沒哭，你哭得不行？就都笑。他又問，沒人攔著？我說張有富兩口子攔著呢，攔不住。孟翳子說，七成那個勁兒上來，一個人是不好攔，可兩口子一起攔都攔不住，是沒吃飽飯？聽他語氣像是玩笑，他也確實笑著，卻笑得意味深長。說，張會計可是整天算賬的主兒呢。能把老安的房子都算到自家手裏，你想想。他家和七成家離得恁近，七成家還專做餐飲，香梅手藝不錯，模樣也能聚人氣，客人多了也便罷了，可若是就一桌客，八成還是會去七成家吧？所以這兩家有點兒競爭關係。七成一打香梅，這生意不得停幾天？誰得利？我估計他們兩口子在這事上有點兒股份。

衆人一起哦了一聲。我蒙了片刻，說，也沒看出什麼苗頭，也沒聽見他們說什麼不該說的話。孟翳子道，就憑你們一青三梅老在一塊兒耍，人家能叫你看到聽到？再說了，這種點火的事，非得叫人人瞧見火焰八丈高？把個暗搓搓的小火苗子往七成那邊吹吹就够啦。忽然又一笑，說，我看「頭號院」的生意怪紅火，自家院子擠得滿滿的，還能佔用上九奶的院兒，老安這一走，倒是便宜了張大包。

我這也才回過味兒來，豁然開朗。

孟翳子一回來，學校院便整日裏人聲鼎沸。周寧說，咱這小院相當於大城市的綜合體，集多種功能於一身：鄉建工作室、村史館、暑假託管班，以及諸多從業人員的食宿地。只有帶著孩子們出去檢查衛生時，院子裏才能安靜一些。小檢查員們果然發揮了奇效，他們進到各家各戶檢查、打分、貼小紅旗，一絲不苟。看著像是遊戲，一旦貼上了小紅旗，遊戲的殼裏就有了嚴峻元素，村裏馬上就分成了有旗和沒旗的兩類。然後，一天天地，有的人家小紅旗就越來越多，就分成了旗多的、有旗的和沒旗的三類。沒旗的想有旗，有旗的想旗多，旗多的想更多，比趕超的氛圍很快濃郁起來，村裏的衛生狀況變得空前優質。即便是週末兩天客流如潮，也難在街面上找到個塑料袋子。

萬物啟蒙也夾含在其中不顯山不露水地進行著，大曹講起各種樹木果然頭頭是道，張有富講穀子、玉米講得也好，只是講著講著就跑了題，開始說地，說咱山裏最好的地是溝道地。溝道地保墒，不用澆，畝產能到八百斤，是一類地。二類地畝產五六百斤，三類地也就是四百來斤。這些地都是世世代代積累下來的祖產，每塊地在村裏的賬上都清清楚楚。各家分地是得產量上取齊，不能地面取齊。一類地最要緊，每人能勻到八分。當年分地是頭等大事，難在山裏的地不規整，大塊地少，碎地多。光聽那些名就能知道：長蟲地，小井地，紅蘿蔔地，石榴地，這些地按三角形量按扇形量還是按梯形量都有定規。還有楔苫地，就是長有樹的地，樹周邊不長莊稼，就得把這一部分面積除去。該咋除也有一說……孩子們眨巴著眼睛，都聽得蒙蒙的。

到底是孩子們，什麼都能玩。幾顆小石頭，他們順腳給踢到溝裏去，看誰踢得遠。蹦個高，去摸低垂的樹枝。追逐蹦過路面的小蛤蟆，高聲嚇唬飛過的小鳥。早紅了的山楂，掉地上的柿子，這些都能成為他們的玩具。沒有玩具也無礙，不為個什麼也能大呼小叫地鬧一番。或者無厘頭地扮僵屍，發出自以為恐怖的長嘯聲……常常地，山道上無人也無車，這個隊伍就這麼玩耍著，嬉笑著。有一次，他們忽然搞了個即興賽跑，分成了兩隊，有一隊少了一個人，讓我充數。沒有被嫌棄太老，我很榮幸，就努力地跑。跑一段，分出了勝負，輸的卻不服，那就再戰。來來回回，歇歇跑跑，玩了很久。這一趟瘋跑下來，我出了一身透汗，晚上特別餓，吃飽了就犯困，竟然比九奶先睡著。

那天晚上還做了一個夢，夢見的是蚊子。從不曾夢見過蚊子。

這蚊子很特別，足有半米長。可我不怕，一點兒也不怕。追著牠打。蚊子長到半米長也還是不禁打，三下兩下就讓我給打死了。我是小心翼翼打死牠的，如果破壞了牠的外形，那可不方便我向小夥伴們炫耀了。我小心翼翼地護著這巨蚊的遺體。牠是那麼輕薄，輕薄而碩大，碩大卻輕薄，似乎吹來一陣風，牠就能隨風而去，再也不見。那可不行。我得好好守著牠，等著小夥伴們。可是小夥伴們久候不至，絲絲涼意隱隱而來。啊，風來啦，風來啦……

醒來，我知道自己在笑。半米長的蚊子呢，怎麼能不笑。這種樂趣類似於比最高的玉米秆，比最大的麥穗，比最豔麗的蝴蝶，比最強韌的楊樹葉梗。這些簡單的樂趣，無聊的樂趣，可愛的樂趣，和巨款、豪宅、華服、高位之類毫無關係的樂趣，都曾經是童年才有的樂趣，而如今，則是只有夢回童年才能重新擁有的樂趣。

偶爾會想像：多年之後，這些孩子都已長大，他們是否會想起這些時光，如同童年的福田莊之於如今的我？這些無所事事又無所不事的山中夏日，當時不以為意的片段，在成年之後是否會醞釀成酒，在他們的記憶裏馥郁纏綿，繚繞不絕？

23. 景兒都是錢

「七月棗，八月梨，九月柿子紅了皮。」這俗話裏說的時辰自然都是農曆。也有論節氣的，如「立秋風，山楂紅。白露到，打核桃」。最早成果的果然就是山楂和棗，十分應景。立秋後村裏人就開始打山楂，我也跟著秀梅打了一回。打山楂要用巧勁兒。把杆子舉得越高，動作幅度越大，越不中。因你的力道打到了樹枝上，樹枝一搖擺就把它化解了。需得杆子離山楂近了再出手，穩準狠地把它半打半敲半震地弄下來。山楂不怕落地，大約是因為個頭兒小，就經摔。

棗多種在家戶院裏，便常有人送來一些，說是給九奶孝順鮮果。最小的叫靈棗，玲瓏可愛，口感脆甜。最大的叫石滾棗，笨笨壯壯的，體形喜人，只是甜度差些。大英說，大集體時，像棗啊核桃啊這些山貨打第一遍時都必須得上繳集體，之後社員們可去遛二茬三茬，按不成文的規矩，遛出來的東西就屬自家——去收穫過的田裏撿漏，這裏叫作遛，麥子、玉米、紅薯、花生之類的都可遛。大英說，起初還糊塗著人家咋那麼會遛，一遛遛一大堆核桃，一遛遛一篩子棗。後來才知道，人家在給集體打時就已把東西藏妥，要麼藏一堆草底下，要麼挖個洞做個記號，等於給自家偷摸攢下了，到遛時再假裝發現，多卓。

柿子們也依次熟了。到這裏才知曉柿子還有那麼多品種：磨盤柿、鋤頭柿、雞心柿、火罐柿、水晶柿，也有論口感起名的，如澀柿、甜柿、脆柿、綿柿，我最愛聽的還是論時令叫的，什麼八月黃、雁過紅、九月青，有著栩栩如生的畫面感，且一聽就知道什麼時候能吃。柿子的問題就是不好存放，不過恰也因不好存放，反而置之死地而後生地有了其他出路，或釀成柿子醋，或曬成柿餅。柿子醋轉變成了調料，柿餅升級成了比糧食更稀罕的糕點。做醋的柿子不值一提：只有從樹上掉下來的爛柿子，不好做柿餅的，才會用來做醋。當然，做出來的味道還是極好的。做柿餅的柿子卻得精挑細選：首先得熟得早，曬柿餅有削皮、晾曬、捂霜等幾個步驟，按步驟綜合論，上佳的就是八月黃。

旱多柿甜，水多柿大。田裏柿子一般會結得比坡上野長的大，就是因為田裏好澆水。今年雨水足，整面山的柿子果然都長得勻勻的大。看到一樹樹累累垂垂的八月黃，村裏人都說今年得好好曬些柿餅啦。但即便是八月黃裏，也得是剛黃的柿子才適宜做柿餅。色還發青的甜度會差，顏色紅的甜度雖夠硬度卻不夠，不好削皮，且熟得遲，會誤了接下來的一系列程序。因此要做柿餅，就得把這些個都擱置，選甜度、硬度、個頭兒都剛剛好的。

孟騎子想使的卻是另一股子勁兒，他在各種場合唾沫飛濺地跟村民們宣傳著柿子文化，卻沒有單刀直入，而是先從美講起。說美麗鄉村可不是白得的名號，咱得知道咱們能叫人看見哪些美。我看咱們的玉米收下來都是葦箔紮成了囤，放在空場地上，既透氣又透光，太陽好了能曬，上頭罩一塊塑料布還不怕下雨，科學得很。可說實話，堆得太隨便，不夠美。咱紮囤時，能不能想想這三四個囤咋排列更好看，能不能編幾小辮玉米，在葦箔上外頭掛出來，或者再配上幾串紅辣椒，小小一點綴，俏他一俏。還有咱們的山楂，你曬時也不要潑潑灑灑往地上一擱。你要麼曬到咱的大簸箕裏，要麼鋪塊布，最好是淨面白布，襯著咱的山楂圓溜溜紅豔豔的，這都能成景兒。類似這些事，咱都要犯犯思想，都要慮慮進到客眼裏頭是啥樣，能不能叫客想去拍照留影，能不能叫看到圖的人也想來咱山裏看，這就有了意思，拐彎抹角地都能給咱錢。

後來才拐到了柿子上。他說柿子品種多，成果週期也長，從八月黃到九月青，從秋分到霜降，足足能有倆月，這倆月足夠咱們做一大篇柿子文章。現在啥都講文化，柿子也是有文化的。唐朝時候就有記載，說柿有七絕，一多壽，二多陰，三無鳥巢，四無蟲蠹，五霜葉可玩，六嘉實，七落葉肥滑，可以臨書。意思是柿樹壽命長，長大有陰涼，不招鳥蟲，清淨利亮，果子結得又多又好，下霜時葉變紅了也能欣賞，葉片又大又厚能在上頭寫字。還有，柿和事同音，味又甜，顏色喜慶，所以咱們老祖宗在傳統文化裏早就把它列成了吉祥果，留了可多口彩。四個柿子放在盤子裏，就是事事如意圓圓滿滿。柿子加上一條魚，就是事事有餘。反正是跟柿子搭起來的，都是好意頭。這些總結你說有多好，我勸你們都記下，將來好跟客們顯擺。

就都笑。他又說，柿子可不是成了柿餅才能賣錢，要知道，從摘柿子開始，票子就開始嘩啦啦響啦。比如旋柿子，咱們幹這個活兒，就能叫客們當景兒看。柿子旋好，往麻棘圪針上一扎，扎個滿枝紅，再往高高處一擺，不也是一景兒？火罐柿、水晶柿熟時，連枝帶葉地多存一些，掛到牆上也是景兒。千萬記住，這可都是景兒啊，都是景兒！景兒都是錢，都是錢！

遠遠地聽著他講得苦口婆心，我只能暗自讚嘆，到底是孟翡子。順手在手機上搜了一下，七絕之說居然是出於《酉陽雜俎》。

孩子們開了學，肖睿、周寧卻沒有立時就走，說是住上了癮，向學校請了假，再賴一段，至少能待到國慶節前。這意味著他們只需要週末兩天擔任一下臨時老師，平日裏就都是閒空。孟翡子立馬給他們派了新活兒，叫他們用國畫風格畫了幾張柿子圖，從裏面挑了一張，他親自題了「柿柿如意」的款，然後糊了個牛皮紙袋子，把袋子掛出來當成了樣品展示，讓各家根據需求報數，說批量印的話成本就低。按行情，一個袋子往高處算單賣兩塊，一斤柿子五塊，搞搞價四塊，一個袋子裝兩斤，攏共才十塊錢。霜降後就這麼賣直接吃的火罐柿、水晶柿，定是好生意。老原當即訂了一千個。我問他要恁多幹啥，他說這袋子意思好，且量越大均價越低。張大包、張有富、秀梅和鵬程也都跟著三百五百地訂，袋子的成本果然降到了一塊五一個。想起那句「富人夾，窮人撒」的話，便說出來嘲他過日子仔細。他笑道，這話有意思，精準地折射出了不同階層的認知經驗。富人之所以富，就是因為善夾。窮人之所以窮，就是因為好亂撒呀。

24. 萬柿如意

九奶的兩棵八月黃離寶水泉不遠，眼看著也一天天黃起來，她便督促我和老原去摘。摘柿子也是個體力活，小樹一個人就成，這山間多的是上百年的柿子樹，摘起來就費工夫。最好三人，至少兩人。下面的人用棍子撐一個布袋接著，上面的人爬到樹上用手去擰，或用撓鈎去撓，把枝子撇斷不要緊，不撇它還不高興呢。柿子樹不怕够，也不怕砍，越够越長得歡，越砍越長得旺，有新芽來年才會更結果子，越結越多。若是今年的果子沒人摘，明年就沒啥果子。你看有些柿子樹長得高高大大的，那不是啥好事，那是沒人愛的長荒了的可憐樹。

我們兩個手腳都笨，每次摘小半晌，也只能摘上一筐。九奶說一筐就中，就叫把旋柿架搬了來，收拾了一番，要開始旋柿子。說當天摘下的硬柿子就要當天旋，不然第二天皮就會發軟，不好旋，也旋不好。

八月黃多是方的，有四個大棱，她坐在條凳上，眉目之間突然就煥發了精神。只見她把一顆柿子扎上，從柿子頂開始卡刀，一圈下來一片到底，旋得乾乾淨淨，十分輕巧利索。觀摩她旋了十來個，我便讓她歇著，自己上手。一上手就知道了難，不是刀不快就是柿不轉，手還總是打滑，一打滑刀片就冒過了柿子，根本旋不到皮。狼狽不堪地旋了兩個，就趕緊下了架。若說她旋的是一淨面，我旋的就是滿臉花。都看著我笑。她就又再上手，講著拿旋刀的力度，吃刀的深淺，周邊圍攏了一圈人看，孟鬍子笑道，老太兒這手藝真卓。大英說，擱到頭些年，九奶身子還健旺著，一晚上就能旋出一擔柿子。要不是疼惜她如今恁大歲數了，都要勞煩她去旋柿子呢。誰請她她都去。秀梅和小曹都貼得近近的，錄著視頻。小曹悄聲說，發到網上時可以配任賢齊那首《對面的女孩看過來》，「對面的女孩看過來，看過來看過來，這裏的表演很精彩」，這歌詞多搭。秀梅說，不是有一首歌叫《萬事如意》麼？我覺得那個更對景。萬事如意也是萬柿如意呀。兩人約定了要來個同題競賽，各拍各，各發各，三天後看播放量和點讚數定勝負，輸家請客。

九奶，恁這精神頭，能活一百歲呀！張大包湊趣。

她現在都九十多了。你才說到一百？怎麼著也得兩百。大英說。

張大包抽了自己一巴掌道，二百五，二百五中不中？

九奶笑罵道，你個賴孫。

想起奶奶罵我賴孫的樣子，眼睛就突然一熱。

我們摘了三回，九奶也旋了三回。旋好的柿子扎在麻棘圪針上曬，顏色既豔又潤，果然是極好看的一景兒。如閔縣長所言，棘就是圪針。這裏的圪針有幾種。就型號而言，麻棘圪針算是中等，比它小的是酸棗圪針，比它大的是皂角圪針，在皂角樹上長著，也叫皂角刺，根根粗長凌厲，異常兇悍，卻也充滿了強力之美，和高大的皂角樹相得益彰。據徐先兒說皂角圪針是一味好藥，有消腫化膿、消毒透膿、搜風殺蟲的功效，《本草綱目》上都有記載呢。

第三天正好是週六，來了不少客，有不少客說是刷到了「寶水有青梅」的視頻特意找來的。秀梅這條視頻自發了那條「萬柿如意」後就唰唰唰地漲粉，播放量居然第一次破了萬。秀梅喜不自禁道，這就是應了萬事如意的萬。客們看見九奶旋柿子，沒有不拍的，也都要和九奶合影，九奶也便任他們合。有客開玩笑道，老太太成了網紅，以後誰找您拍照就該收費啦。九奶卻凜了臉道，照個相還要收錢，這心裏該窮成了個啥。

如今秀梅拍抖音已經有點兒犯魔怔。但凡有客在她那裏食宿，說不上兩句話，她就會叫人家看抖音加粉絲。掛在嘴邊的話就是：漲啦漲啦又漲啦。有一次，小金師傅突然帶了媳婦過來，說自己回去開店也要搞個這視頻號，叫媳婦來向她取取經。那小媳婦啥都問，一副虔誠求教樣。秀梅也興致勃勃，恨不能傾囊相授。問她咋那麼愛穿紅衣裳，秀梅說，穿紅最有效果呀，襯人臉顏色好。穿別的色也中，不過最好能配條紅圍巾，美顏一開，俊得很。記住，美顏必須得開呀。一開美顏，衣裳根本看不出來好賴，只要顏色鮮亮就中。不過也不敢開太狠，開太狠了那臉白得跟妖怪一樣，也可嚇人。小媳婦羨道，你們這團隊也卓。秀梅更是來了勁兒，說，那是。俺這團隊是沒的說，有顏值擔當，有文化擔當，我算個組織擔當吧，好歹是個婦女主任，也該活躍活躍文化生活不是？你要是弄，最好也組個團隊，團隊力量大。你看俺們這幾個耍得多好。不過團隊拍一回也不容易，都忙活活的，逮住了人就多拍幾條，存住點餘糧。也得勤更新，不說天天更吧，起碼得兩三天更一回。你經常更，粉絲們經常看，就能有習慣跟感情，這叫粉絲養成。小媳婦又愁說不知道該拍啥，秀梅驚訝道，咋會沒啥拍哩？啥都值得拍。做飯，燒地鍋，在地裏種菜摘菜，對著口型唱歌唱戲，這都中呀。下雨時拍雨水滴答到花草上，拍姊妹們打著花傘排一排，不是也中？等下雪了拍得更卓。我跟你說，除了下刀子不拍——不對，下刀子更得拍，誰見過下刀子呀，那播放量肯定爆啦，哈哈哈。

因贏了小曹，秀梅緊催著叫他兌現請客。週一晚上小曹便踐諾，在老宅擺了一桌。這些日子，小曹也漸漸把重點從鎮上移到了村裏，給老宅內部做了細裝修，剛剛拾掇妥當。這期間常帶著一個女孩子出雙入對，女孩子明眸皓齒的，姓葉，名青藍。請客時青藍便在。吃喝間閒話，她說她家是縣城邊兒的村子，在網上做的特產店是「懷鄉好物」，和小曹也算是同行。兩人眉來眼去的，一看就是熱戀中。飯後她又跟著我來到老原家左瞧右看了一番，說小曹的老宅也適合開民宿。小曹笑道，那是。咱那老宅也是一方寶地，只要你願意，連房帶人都是你的。她便翻了個白眼給他。聽秀梅約她一起拍抖音，便爽快應道，沒問題，很榮幸。我跟青萍姐一個系列，也屬青的。你們的抖音我老早就在看了，老早就想著啥時候能和你們一起拍，咱們一起努力當網紅。小曹對秀梅嗔道，當著我的面兒就要劫我的人？青藍便戧他：誰是你的人？我永遠是我自己的人。

25. 留餘

夜裏洗漱完畢，躺在床上，照例要和九奶閒話。我說咱樹上還留著可多柿子，九奶說，那就留著，不摘了，叫喜鵲吃，這叫招喜，意頭好。老理兒上叫留餘。留餘就是留福，留福就是積德。就講了一個典故，說可早以前，也是個小山村，村人吝嗇，到了季就會把柿子摘得一個不留。有年冬天下了大厚雪，幾百隻喜鵲飛哪兒都找不見吃的，一夜之間連凍帶餓，死了個淨。第二年夏天，柿子剛剛長到指甲蓋大小，一種從沒見過的毛毛蟲突然在樹上爬得到處都是，成了災，把柿子吃了個精光。那年秋天，柿子沒了收成，這時人們才念起喜鵲的好，說要是給喜鵲留幾個，哪裏會有這蟲災？從那以後，這毛病村人再沒有犯過。

默默地聽著，我特意把身子往下移一移，靠近她的腋下。她洗澡不便，我也怕她滑倒，便兩三天給她洗一次。即便剛洗過澡，她的身體也總是有些淡淡的味道，是洗髮水和沐浴液之外的身體本身的味道，也是老人特有的那種味道，不，這麼說也不準確，應該說是奶奶特有的味道吧。

絮絮叨叨的，她又講了一個典故，也是可早以前，有個人到山裏做生意，那時快到冬至了，晝短夜長，走著走著太陽落了山，把他黑在了半路，前不著村後不著店的，叫他心裏直發慌。正愁得不行，影影綽綽就瞧見不遠處有點兒紅光，像是從哪扇窗戶裏散出的。心裏一喜，連忙奔去，到了跟前才看清是棵柿子樹，上頭還掛著個柿子。他趕緊把那柿子摘下來，那柿子就一直發著紅光，像個小燈籠似的，又像個小火爐似的，照著他，暖著他，引他到了投宿的人家。這趟生意他也做得順遂，後來再路過這棵柿樹，就給它上了供饗。自那以後，但凡聽說了這事的人，只要是在冬天的山裏走夜路，手裏都會拿個柿子。

拿著個柿子，就真能照亮？

跟我一般憨傻。她悶悶一笑道，當年我也這麼問過。

又說，反正拿著好，他說能辟邪。

他是誰？誰是他？

她沉默了片刻說，就是他呀。

其實已是猜到了。也不知怎的，對於德茂的事，她說得越多，我想知道的便也越多。便趁機問她，你這不離手的寶貝拐杖是不是他給你的？

她卻又沒了聲息。過了很久，方才道，是他磨的。有一陣子我身體虛，走路腿打戰，他得著了降龍木的料，就磨了這拐杖。也不是光給我。他那時一併磨了倆，當時豆他爺腿也不得勁，那一根就給了他。他對人，就是這般好。沉吟了片刻，又道，後來得了福久，就更善。娘娘廟前石板路是得福久前修的，得了福久以後，他得空就去平整路面。他還說，在這條路上救了我，這一救功德大，也是我在娘娘廟發願發得靈，福久該算是兩家人的孩兒，就認了我當乾娘。

比起別人，他對你肯定還是更好。

她嗯了一聲，肯定又在無聲地笑。

咋對你好的？

我個婦女家，他一個漢們，話都沒幾句，還能咋好。就是拐著彎的好。比方說過幾天就叫做桌好菜，說留著錢幹啥，吃好喝好，到了肚子裏都是本兒。一大桌吃不了，剩下的就能輪得到我吃。各樣菜都能留下小半盤，夠我吃得飽飽的。過年做衣裳，新布新棉花，都備得足足的，給主家做完了還都有留餘，他不叫存，叫給我也做一身，那材料用得正正好。

聽徐先兒說，他挨鬥時你還上去陪鬥哩。你也對得起他的好。

她輕聲笑了出來，道，那時小桃病歪歪的，只能躺床。他孤零零地站台上，豆他爹一蹦上來就指著他批，吃人咬人樣。我也不知哪來的膽，跟神鬼推似的就上去了。有人嚷說你不要命了？我說，他救過我，我的命是他給的，該跟他一起捱。上頭的大形勢我不懂，受人恩，千年記。戴人花，萬年香。我就知道個這。還有人嚷說，你成分好，得跟他劃清界限。我說，劃不清。我成分好，他成分賴，要是能給他勻些就勻些，要是不能勻，那我願意就低不就高。恁看勢辦。

我緊緊地貼著她，這瘦小的身體。

後來那陣風過去了，倒也平安了十來年。他多明白一個人，那時就跟福久說，以後要好好讀書。不論是啥世道，好好讀書都沒錯。將來有本事了就往外走走，外頭世界大得很，不能光瞧見山裏這些人。誰承想後來又來運動了？原家叫打了記號，豆他爹還當著家，這回也沒躲過。

豆他爹，咋就死瞄上了他呢？

我也慮過可多回，想不透。那孩兒打小就是塊剛出窯的生紅磚，橫硬得很。跟原家這，或許就是以前太近了，夠得著。又或許是一開始爛就爛到底。疙瘩有幾種繫法，有的活泛，能解也好解。有的死實，就得下剪子鉸個稀巴爛才能了。老話說，一不做二不休，賬大難還滅債主。也是這。

夜很靜。外面有客的說笑聲遙遙傳來，還有隱隱的歌聲。趙順家的房間配有麥克風，能 K 歌。

又來這一回，鬥得比以前還厲害。把他從桌上踹下來，跌了個大跟頭，當時就人事不知，第二天才醒過來，第三天就嚥了氣。臨死前說，活這一輩兒，值。能抻長腿，展展兒地死了。我知他的心思，那時福久從予城的學校畢了業，還在軋鋼廠有了工作，算是扎下了根。他對福久說，能在外頭就在外頭，少回來。

後來不是又開始興了包產到戶？分地頭一年，小桃也死了。那時是大英的公公當著家，正領著村裏人修路，她非得上工地，還可好表現，啥都往前衝。炸藥剛崩罷山，零碎石頭還往下掉，她就去冒頭，不砸她砸誰？遷延了兩天人才死。迴光返照時還說自己死得好。她這一死，一是可將功折罪，二是給原家掐淨了黑線頭。以後誰也甭再說原家出身有毛病，她這一條命還不能堵住人嘴？我問她，你不是專意的吧？她說，傻話，誰不想好好活。她還交代我，叫我對福久說，以後能不回來就不回來，即便回來也不要進村。

我沒吭聲。九奶說，我當時一直沒吭聲。小桃就說，我知道你惦記他，你捨不得。可也要為他想想。我說，這世道，不會一直是這。小桃說，誰知道哩。行在路上，前頭老是黑的。我說，黑著黑著就白了。天明了有太陽，到夜裏有月亮，就不會一直黑。總歸還是黑時短，白時長。小桃說，我沒氣了，不跟你論。

埋罷小桃，我到底還是把她的話說給了福久。他就不願再進村。分地時就沒了原家的地。我怕這老宅也保不住，就佔著等他。他不回，就等根兒。只要原家有人回來上墳，我就等。我知道，他們能記掛著陰宅，就不會丟了陽宅。那都是他們的宅。

26. 山山唯落輝

那個下午，老原去西掌口等客人，我在菜園裏摘辣椒，摘完又洗了幾遍手，若不洗個乾淨，手擦一把臉揉一下眼都能難受半天。手機在屋裏充電，待去看時才發現大英這一會兒工夫打來十來通。正想回過去，她又打了來，一接通就聽她喊：咋都打不通？！你去跟鵬程、雪梅說，叫他們倆趕快來，這邊有事！我慌慌地問，光輝哥咋啦？大英喊：是嬌嬌！

掛斷就連忙給鵬程打，鵬程手機正佔線。想起大英說的都打不通的話，暗罵自己糊塗，便直奔過去。鵬程正在和誰聊著什麼，匆匆掛斷便跑向東掌。我跟著跑了幾步，想了想該去叫醫生，就去叫徐先兒。徐先兒卻穩穩地端著茶杯喝著茶道，估計無大礙，等會兒再去。我說這多緊急呀，你咋還耐得住？他哼了一聲道，你知道還是我知道？要我說，你也別急著，晚會兒再去。這會兒就自家人在最好。

這話裏有話的，我卻不知道該往哪個方向去琢磨，便有些糾結。怕去了不合適，反是打擾。不去又過意不去，人情上也不好看。便打電話問老原，老原說，還是該去，禮多人不怪。反正她也知道咱們不是看笑話的人。嬌嬌是女孩兒，我不方便，你先去。

得了他這話，我便一口氣小跑到了東掌，遠遠地看見那副情景，就明白了徐先兒的意思。鵬程和大英正使勁兒裏挾著嬌嬌，嬌嬌還在奮力抗拒著，披頭散髮，連衣裙顯然穿反了，脖子那裏勒得緊緊的，她還在奮力掙扎，口中含混不清，裸露出來的胳膊和小腿上有不少血痕。光輝一瘸一拐地盡力跟在後面，手裏搦著的像是嬌嬌的內衣，走幾步，停一停，氣喘得厲害。汗水在黑紅的臉膛上劃出幾道粗泥印。

便閃避到一邊看著。等他們進了家門好一會兒，我方才進到院子裏喊大英。大英出來，強笑著說，沒事，沒事，沒啥大事，眼淚卻還是流下來。我也跟著哭了。兩人對哭了一會兒方才止住，大英就說了緣由。原來是兩個男遊客轉到了東掌，看見嬌嬌正在大門外的樹下讀繪本。小山村，白色衣裙的年輕女子正讀書，這是一幅好景象。他們便對著嬌嬌拍照，嬌嬌沒察覺。他們又想拍特寫，就悄悄靠近了嬌嬌。光輝正在不遠處的山坡上打柿子，看見這情形就明白不好，大聲吆喝著想把他們趕走，卻驚嚇住了嬌嬌。抬頭又看見這兩個生人，嬌嬌尖叫了一聲，扔掉書就跑，那兩個人又把在大門口，嬌嬌就朝屋後的山林裏跑，慌亂中摔了一跤。看那倆人還在往上跟，就爬起來跑得更快，一邊跑，一邊尖叫，一邊脫著衣裳，那兩個人這才不敢再跟，疾逃而去。等到大英和光輝找到嬌嬌時，她縮躲在一片灌木叢裏，已脫得一絲不掛。

還是去市裏看看吧。我說。大英說，不用，老毛病。今兒黑盯一夜，能平穩過了就中。我說，那我晚上來，跟你一起守著。大英說，有她嫂子呢。便推搡著我往外走。我這才想起剛才還沒見著雪梅。出門看見老原站在那裏，便遠遠地擺了擺手。

和老原剛走了沒幾步，就聽到拐彎處腳步聲紛亂，轉過彎來，迎頭是雪梅、周寧和肖睿。雪梅到我們跟前頓了頓，話都沒說一句，紅著臉只繼續跑。問肖睿、周寧方才去哪兒了，周寧說，寫生呢，就在中掌的南坡上。手機按到了靜音，沒聽見。

我和老原便回去。已迫黃昏，樹樹皆秋色，山山唯落輝。巨大的山體在夕陽裏靜靜地臥著。凹進去的部分朦朧地沉默著，是想要睡去的神情。凸出來的部分卻睜著眼，凝視著這一切。

路邊人家有的已做妥了飯，端著碗在外頭吃著。和我們打著招呼。問說，去大英家了？嗯。咋樣，穩住勢沒？嗯，穩住了。一路問，一路答。都搖頭嘆氣說，造孽呀。

第二天再見到雪梅，看她眼睛紅腫著，肯定是哭過了。以為她為嬌嬌難過，再一想又不太對，嬌嬌這事已是尋常，姑嫂感情再好也畢竟是姑嫂，即便難過，也不至於哭到掛相。便細問她，她起初不說，實在躲不過我追究，方才承認昨天被大英狠罵了一頓。罵她不幹正事不守本分，跟著人家學什麼畫畫，還以為自己也能成大學生？也能成畫家？又說自己挨罵就罷了，還連累了周寧和肖睿也挨了罵。

只好安慰她，大英這是因嬌嬌的事心裏焦灼，正在氣頭上。雪梅道，有嬌嬌的緣故。我畫畫這事，她本來也就看不慣。不僅是她，村裏人都是這。及至見到周寧，周寧說，還以為大英是村幹部，有多開通呢。在雪梅的事上也是一個舊社會婆婆。我笑。她又說，嬌嬌這樣，說到底原生家庭的教育也應該負很大責任。我說，不能太理想化。這裏就是這。周寧氣憤得語速快如打算盤珠子，劈里啪啦道，就是這就是這，您真喜歡說這仨字兒。不能就是這憑啥就是這必須改變這！我下定了決心，一定要給孩子們講講性教育。要是孩子們自小就知道這些基本常識，長大了這些基本常識就不會成為洪水猛獸。我拍著她的肩膀說，先緩緩，緩緩再議。

那幾天裏，大英就平著一張臉。村裏人見她，有事說事，沒事也不扯閒話，更沒人問她嬌嬌的事。當著她的面彼此間也不再玩笑，直古正板地僵著。等她離開後，氣氛才會慢慢活泛起來。起初我以為他們是怕大英情緒不好懟他們，後來才悟出這其實是鄉村人情世故中特有的教養，他們用這少有的莊嚴謹肅含蓄地表達著對大英的體貼和心疼。

27. 打草驚蛇

孟鬍子這段時間又去了鶴城。到底還是有了經驗，講性教育前周寧給他打了個電話，向他討主意，還開了免提，非要我在旁邊聽著，好提供參考意見，相當於開了個小型的電話會。孟鬍子的態度很審慎，先是勸阻說，以他的意思，能不講就不講。性這種事對於國人過於特殊，一方面肆無忌憚，罵人時都掛在嘴上，一方面又含含糊糊，輕易說不出口。總之是極為微妙，不好沾染，一旦沾染就容易出力不落好，粘連出些麻煩。周寧卻執拗道，必須得開，還得趕緊開。再不開還會出事——其實已是就要出事了。

原來說的是甜甜。甜甜和秀梅的女兒若愚要好，前幾天悄悄跟若愚說，她村裏有老爺爺摸她。若愚又悄悄跟周寧說了。周寧便叫了甜甜來，問摸了哪兒，咋摸的，甜甜就學了一番。周寧問老爺爺是誰，甜甜不說，說老爺爺不讓說就不能說。問她父母呢，她說在北京掙錢呢，平時她就跟著奶奶。周寧以想去周邊村裏逛逛為由，特意和肖睿去了一趟甜甜家。你跟她奶奶說了？我有些緊張。周寧說這事非同小可，沒敢貿然去說。我說也不要跟豆嫂說，她說知道。她跟孩子奶奶聊了一會兒，就知道也沒法說，只是要到了甜甜媽媽的手機號通了個話。那邊問她是啥人，聽說是支教老師就很不屑，問有啥事，周寧說，也沒啥事，就是覺得您女兒很可愛，很聰明，很招人喜歡。不過留守兒童最需要的還是父母的愛，最好能帶在身邊教育。話還沒說完，就被那邊打斷道，這誰不知道？誰想叫兒女離身，這不是沒辦法麼。自家的孩子當然操心，每星期打電話，月月打錢呢。

你們難以想像我的感受。走在那個村子裏，看到每個上年紀的老頭兒我都覺得可疑，都覺得可能是那個人渣。周寧紅著眼圈說，孩子不會撒謊，所以這事肯定有。明知道有卻又無能為力，明知道有這事在發生可又管不了，我受不了這個。真是受不了。

電話那邊沉默了一會兒。孟鬍子嘆口氣道，既然要幹，那就把這事兒幹好。要尤其講究方式方法。不好放在面兒上說，咱就在私底下說。不方便當成課上，咱就當悄悄話去講。反正都覺得這事得藏藏掖掖，那咱就別去大張旗鼓。還有就是得把男生女生分開講，要是混在一起根本就講不成，不信你們就試試。——算了，還是別試了，聽我的沒錯。

等他們收了線，我問眼下甜甜該怎麼處置才合適，周寧說她已經跟甜甜說過，下次碰到那個人，你就跟他說，你這麼做是犯罪，我已經告訴了老師，老師知道你是誰。你要再摸我，警察就會來。

你這不是打草驚蛇嗎？

就是要打草驚蛇。不然怎麼辦，還等著蛇來咬？

她對這事這麼敏感，我便疑惑有些緣由。有次飯後喝茶，只有我們兩人，我便婉轉打問，她方才講起。說她小時候睡覺都是光身子，七歲那年，她回老家過暑假，一天早上，大人們不知道忙什麼去了，只留她在裏間睡覺，有人進了門，喊誰在家，她被聲響叫醒，便應答著。那個男人聞聲進了裏間，突然就走到床前，一把掀開了她蓋著的薄單子，她的小身體一下子暴露在空氣中。真涼。周寧說，我下意識地把雙腿交疊在一起，呆看著他。他卻不看我，眼睛只盯著我的身體。好像我沒長臉，好像我只長了一個身體。不知道過了多久，他突然把手伸向雙腿交疊的地方，撐開，輕輕地摸了一下，又給我蓋上了單子，就走了。這一切發生得很快。我甚至覺得自己還在睡，剛剛只是一個夢。這一切似乎是記憶有錯。是的，那人沒錯，我也沒錯，只是記憶有錯。

那人，後來又見過嗎？

沒有。也或許見過，但我已經認不出他了。不想認，所以就認不出。這事我一直沒對大人說。後來我來了例假，有了些性意識，也一直沒說。如果可以的話，我甚至不想記得這事。可我忘不掉。那人的眼神我一直忘不掉。

肖睿知道嗎？

她點點頭。和肖睿談戀愛後，我跟他說了這事。我說，幸好這事沒造成什麼傷害。肖睿糾正我說，能讓你刻骨銘心地記著，這其實就是一種傷害。

這個週末，兩人便按照孟鬍子的指點，把孩子們分成了兩撥去講。講過後哭笑不得地對我說，就這氣氛也很尷尬。想像中，你以為孩子們會很好奇，會問這問那。其實他們都不問。他們只是笑。男生放肆地笑，嘻嘻哈哈鬧成一團。女生則是羞澀地笑，捂臉，扭捏，不知所措。讓他們傳看男女裸體圖片，他們都不看，只把生殖器部位擋住，糊到別的孩子臉上玩樂，彷彿這是一種極具攻擊性的新鮮武器。看動畫片時還好一些，這是專門針對兒童性教育做的動畫片，我也特意瞅了一眼，想著這動畫片該是童趣橫生的，卻大失所望。就是很直觀地一男一女在被窩裏，女人在下，男人在上，被子在最上。男人機械地動，女人平挺著。然後呢，哇哇一哭，孩子就生了出來，呈現出來的就是僵屍般的表演性和無厘頭的滑稽感。製作方明擺著是在不過腦子地做作業。看我笑，周寧無奈道，眼下能用的也就是這個，總比沒有強。

好在進行得還算風平浪靜，直到張有富媳婦又找了來。這次倒是沒有吵嚷，還是趁著晚上，肖睿和周寧正在我們院子裏閒坐，聽九奶說童謠。九奶肚裏的童謠不知道有多少，每次說的都不重樣。剛說的一則是男女對，內容有點兒偏成人，是「今兒巴，明兒巴，幾時你才到俺家。穿紅鞋，紮紅花，俺不去你沒辦法」。正在笑，張有富媳婦進了門，我招呼她坐下，問她有啥事，她意意思思了一會兒，方才朝著他們兩人問，俺孫孫都不叫他爺摸小雞兒了，說這是啥同性戀？恁都是咋教的？把孩兒教成了這？肖睿說，隱私部位是誰都不能亂摸的，除非醫生看病，這是常識。張有富媳婦說，又是常識。我看就是常不識。恁小的孩兒們，且不到時候呢。周寧說，到時候就遲了。這些意識就該讓孩子們早點兒有。那邊說，船到橋頭自然直，男女事他們長大了自然就知道，還用你們現在說？本來沒事都叫你們教出了事。這邊說，本來有事你們都假裝沒事，掩耳盜鈴。那邊說，咋又跟鈴扯上了？還能有啥事？也就你們自己烏七八糟的，俺們這能有啥事？這邊說，我們怎麼就烏七八糟了？那邊說，還沒過門兒就睡一塊兒，這不是烏七八糟？這邊躁道，我們都是未婚單身，想怎麼做是我們的自由。早就不是大清朝了好嗎，怎麼還用這種陳腐觀念看人？

耳聽得這典型的學生腔又冒了出來，正想著怎麼插嘴去勸，一直沉默著的九奶此時突然開了口，對張有富媳婦道，新社會多少年了，咋還恁封建。說起來咱都是過來人，咋過來的？還不是摸黑過來的。都說是船到橋頭自然直，那哪是自然直，是不得不直。那時是沒辦法，如今有這條件，為啥不叫孩子們早知道這些事哩。咋就不能開明點兒呢？張有富媳婦氣焰便矮了下去，低聲道，這事多羞。叫孩兒們早知了有啥用。九奶道，人家這大學生好文化，按章程講的，咋能沒用。想想嬌嬌的事，那不是例？要是那孩兒早知道早明白，就不能憋到那死胡同恁想不開，哪還能落下恁重的病。

張有富媳婦沒了話。這場波折過後，再沒人有異議，性教育竟然算是被默許了。等到順利進行完畢，已是九月下旬，周寧便有些怏怏的，說快該走啦。

28. 極小事

這時節，各家的秋菜已逐樣長成，擱以往自家都吃不完的，如今待客卻是大不够用。秀梅說，以前若短缺，不論誰家的地裏吆喝一聲就能隨便薅去，現在可不一樣。這菜薅出來擱鍋裏一炒再一裝盤，那就是十塊二十塊。菜變成錢，從來沒有這麼直接過。你想要去薅人家的菜，那就得想一想。想一想，你就不薅啦。

還是得去買。起先是去趕集，後來就有人不時把賣菜車開到了村裏。開的都是機動三輪，自稱流動菜市。這些人原本也常去鄉裏和集上賣菜的，現在卻說來寶水送上門躉賣也是楂利落生意。都是目達耳通、心機敏捷的人，起初只是賣菜，漸漸便開始順路收周邊村的菜運到寶水來賣，有時乾脆不出村，在東掌收，運到西掌和中掌出，倒個來回就能掙錢。還說俏皮話道，反正你們同村人不好意思照面做這些個零碎買賣，正好經俺們一道手，給你們盤活一下資源。乍聽有些怪。明明在一個村裏，這家種多了菜，那家需要買菜，卻不好一手交錢一手交貨，非得讓中間商賺個差價，還都覺得這樣更舒服。再一琢磨，也不奇怪。這樣確實似乎也更好。

也常見到這些人把菜賣給遊客。遊客們很吃這一套，誇他們的菜新鮮，還問是不是自家地裏種的，聽到的自然是一連串的肯定話，且瞄準了他們最想聽的話眼兒，說肯定是自家的吃不完才拿來賣的，肯定是不打藥的，無公害的，別看菜葉上有蟲眼兒，那可都是有機生態的證明哩。

也聽到了一些怨言，來自於東西掌裏位置偏的人家，說同是一個村的，咋就被拋閃下了。問大英，村裏不得給俺們想想辦法？大英道，別提這。各家宅院也不是這三兩年安扎的，都得認命。咱村的好地方就恁些，你立門戶遲，你就得往偏處去。家裏兄弟多的，你雖住得偏，你這一房頭總有人沾住了光。你家裏的安排你怪誰？弟兄多沒輪到你你怪誰？沒有早早轉了別人的好房你怪誰？你有本事去把路斷了客攔了？你有臉說自己掙不成也不叫別人掙？叫我說，恁就都知足吧，看看人家周邊村的都來咱們這兒想法擺攤掙錢，你們不比人家強？早早想出路是正經。

周邊村的村民們來擺攤的也確實越來越多，看著眼生，說起來卻都能跟村裏人扯上關係。大英便安置她娘家村的本家嬸子過來賣東西，就在老原家大門外坐著。賣花紅柳綠的機綉鞋墊，五塊錢一對。集上也有賣的，她說黑岩離寶水近，走路鬆鬆筋骨，來看個熱鬧。不為掙錢，這能掙個啥錢。看著大英的面子，我便關照她喝水，上廁所，中午管頓飯，老太太高興得眼睛沒縫。擺了幾回，後來非要給我兩雙鞋墊，我便收下。猜度著她這一段不會再來了，果然。

有的人一看就沒做過生意，不會應付搞價的客。一聽客們說客氣話就面軟手軟，讓多送一些就多送，讓便宜一些就便宜，我事後提醒他們說那些好聽話不值錢，他們卻說東西都是自家東西，不值錢，好話是人家給的，那才值錢。這話說得倒像是我太小氣，我只好不再言語，隨他們去。也才明白，吃虧不吃虧的感覺說到底還是看當事者本人。

還有個老太太也總在我們門口，來得很早，佔一小片位置。問她，她說也不為賣東西，就想找個由頭出來坐坐，敞亮敞亮。有認識她的人跟她開玩笑說，你家裏啥家具電器都是格錚錚的新，一屋子好東西，你不在家看著，出來倒是敞亮？她不說話。後來才聽說，她老伴去世得早，一個人把四個孩子拉扯大，兩個兒子兩個女兒。兩個兒子早年在外面打工，名兒是打工，其實走的是車匪路霸之流的小黑道，哥兒倆都進過好多回派出所，小的還被判過刑，有人看過那判決書呢。後來兒子們改了邪歸了正，如今也都已成家立業，總算是好了。倆女兒長得漂亮，嫁的都是有錢人，只是大的做小，小的做大，過的不是方正日子。城裏的房子倒都有一堆。四個孩子都要把老太太接走孝順，她硬是誰家也不去。都知這老太太不缺錢，就是心裏懲得很。她說不能一個人在屋裏，只要一個人在屋裏就想哭。

近日聽村裏人聊起天來，那口氣裏時不時泛起點兒矯情，說，你看現在這客多得，房間哪够用？心說睡個晌午覺吧，一會兒一敲門，一股兒勁來問房，煩死了。誰能平地裏給他們蓋個房出來？有的客還說睡帳篷也中。那不就是打地鋪麼？誰能想到去備這種東西？要說城裏人也怪，願意花錢跑到咱山裏打地鋪來。

傻客。對於那些出手大方、不討價還價、吃飯買東西時不在意零頭兒的客，他們在背地裏就給了這麼一個統稱，含著些鄙視、困惑和喜愛，說他們真是傻大方，花錢不知道心疼，也不知道從哪兒掙的錢。那口氣像是這些傻客的父母。而對於那些精明的客，他們也頗有些矛盾。既厭煩，又讚許，還不住嘴地誇他們聰明。說，不好哄呢，那腦子真管用呀。

老安夫婦這兩天開始頻繁地打電話，每次先和我們寒暄幾句，然後便讓九奶接聽，問九奶身體咋樣，吃了點兒啥。天涼了要穿厚些呀。太陽好時要曬曬被呀。這一回，九奶終於說，甭囉唆了，見上面啥話不能說？回來吧。恰大英也在，看電話掛斷便笑道，我估摸著就到時候了。九奶給他們搭了台階，那不得連滾帶爬地回來？又開始按手機，說要給張大包打電話，他這些天把九奶的院子可用够了，得叫他趕緊把傢伙什都騰走。

也接到過叔叔幾次電話，一回說是那家人仍堅持要五萬。又一回說，七娘回了一趟柳莊，跟她娘家兄弟們一起去跟包工頭說和，降到了三萬。再一回說，七娘又回了兩趟柳莊，讓包工頭帶著又去他姐家商量，終於把事說妥。那人住院花了一萬多，除了新農合報的，其他我們這邊結。另外再給一萬塊。

虧點兒就虧點兒吧，碰上了賴孫，也只好叫他賴點兒。叔叔說。我說這結果已是很好，叔叔卻不甘心道，堤內損失堤外補，等蓋成了房，我非給咱弄個好門牌號。你不知道，一個好號可值個錢哩。

縣裏對別書記的調查通報也終於公佈了出來。是標準的官方行文，說是「對於網民反映的這一輿情，我縣高度重視，立即成立由縣委辦公室、縣政府辦公室、縣紀委監委、縣自然資源局、縣公安局等部門共同組成的聯合調查組全面深入調查了解情況」，調查結果有三。一是村支書之子偷運白研的事，「經初步調查，屬未經備案同意擅自違規運輸礦產品的行為，決定將白研沒收，堆放至指定地點，由政府相關部門依法進行處置。並將村支書停職，相關問題線索移交縣紀委進一步調查處理」。二是關於舉報人遭拆房威脅的說法，「經初步調查，一年前舉報人與雲下村委會簽訂了一份荒地租賃協議書建採摘園，今年初在未辦理用地手續的情況下，建起了經營性飯店。懷川縣自然資源部門現已對其違法佔地建房行為立案查處，責令拆除非法佔地上新建的建築物及相關設施，並向懷川縣人民法院申請了強制執行」。三是鄉黨委書記話語不當的問題，「經初步調查，鎮黨委書記別某在與舉報人電話溝通時，存在言語不文明等問題。縣委、縣政府已於近日責令別某做出深刻檢查，並對其進行了誡勉談話」。各個層面都有處理，看似面面俱到，仔細推敲卻也並非滴水不漏。比如三項調查結果裏出現了三次「經初步調查」，可見是預想到以後情況若有反覆便要在此留出餘地。既是「經初步調查」，那前邊卻又說是「聯合調查組全面深入調查了解情況」，還「全面深入」個什麼勁兒呢。

29. 兩個系統

調查通報公佈的第二天，楊鎮長又來村裏預檢了一回。我去西掌給九奶拿東西，恰好碰上大英陪著他在西掌口看新砌的文化牆，張大包正領著兩個人在幹活兒，楊鎮長指點著要砌多高，刻字處要凹進去多少，細說了一番，末了又叮囑他們注意安全，安全第一。大包笑道，工錢也第一哪。就都笑。楊鎮長道，對對對，並列第一。不過呢，安全是真第一，工錢是假第一。沒有那真第一，你花不著那假第一呀。

到底是鎮長，說話真在路。聽張大包誇，此時的楊鎮長雖是綳著，卻也略略露出了孩子般的得意之色。大英又交代了幾句，核心要義就是領導來檢查時不要亂說。這回可是個副市長哩。大包連聲說，知知知，放一百個心。咱村裏待過多少客了，還能沒個分寸？大英正色道，人家那是來工作的，來視察的，那可不能叫客。我倒暗暗覺得大包為那些領導們這麼定位還挺準的。可不就是客？且是走馬觀花的客，一般只此一回，大概率不可能再來。不過話說回來，能來也就不錯。

接著要去看村史館，叫我跟著上車一起走，上車後便又說起昨天的調查通報，楊鎮長道，老別只是誡勉談話，沒撤職算是好的。老白被停職，大星閨女被責令拆房，這都是實傷。這種事就是這，通常沒贏家。我問，責令是責令，房到底拆了沒？沒拆。那人家不還是贏了？楊鎮長笑道，她是小贏大輸。贏也是暫時贏。為啥是暫時？因為她這房子遲早得拆。還有，她把大星在地方上多少年的人脈都毀了。大星不是好人，也不能說壞。江湖名聲不算太差。可這場事他主使著閨女犯了陰毒，誰還往深裏跟他打交道？說不定啥時候就把你賣了。雖說見面了人也會說，你這事兒辦得對，辦得卓。背後裏誰不想著躲他？這就是大輸。這種事兒上，官方規則和民間道德向來是兩個系統。民間道德有底線，這個底線可不好碰的。當年計劃生育厲害時，一村裏的兩家人再不對付，再有疙瘩，哪怕我告你媳婦偷人呢，哪怕咱們見面打架呢，甚或是去你家點火呢，把狗屎抹你家門上呢，也會隔過你家計劃生育這個事。因為這在他們看來就是斷子絕孫結世仇的事。其實哪家啥時添了孩兒，本村人誰不清楚誰？可就是沒人去告。這麼多年，我沒有見過一起。

看村史館時，秀梅也跟了來，一直陪到看完，出了學校門，就要拉楊鎮長進她家，說請領導指導指導，加持加持。楊鎮長笑道，真不中，鄉裏還有一堆雜亂。等下回，下回一定。送楊鎮長上車遠去，大英也回了家，和秀梅又站了片刻，她笑道，楊鎮長這穩把穩能升書記吧？青萍姐，你跟原哥押他的寶押得可真叫準。叫我說，村招待和鄉招待，就給你們家最妥，誰都沒怨言。我沒有立時接茬。這話明著是體貼，又何嘗不是打探？想了想，方才說，吃幾頓飯能掙到哪兒去？就是白請了客也沒啥。秀梅道，話是這樣說，可公家事花公家錢天經地義，憑啥叫個人貼賠？我說，領導們整天來，咋說也給咱添了熱氣，為這一份兒熱氣就不算貼賠。其實現在的公家賬目都沒有吃喝招待這一項了，沒地方出這個錢，人情禮事還得照常走，領導們也是受難為。秀梅疑道，這能算個事？領導們還能沒辦法？

迎檢那天是閔縣長陪著副市長來的。後來得知，副市長此行主要是去雲里景區檢查工作，順便到村裏轉轉。副市長是副廳，報社領導裏就有好幾個副廳，見慣了就覺得沒什麼大不了的。在村裏人眼裏卻很不一樣。聽說來的是個副市長，他們兩眼放光，就說起多少年前離咱村十來里的哪哪村也出過一個副市長哩，口氣親熱，好像這副市長是他們的家人，最起碼也是親戚。說人家那祖墳風水就好，「墳前三拐，官傳三代」，人家爺爺就是官，解放前當過保長，爹當過農會主席，到了人家這，成了市長。

一群人陪著，先是在西掌。副市長不時停下來發表一下意見，談景區對周邊村落的輻射性，談鄉村產業發展，談鄉村傳統文化，是習以為常的八股文官話，不出彩也沒毛病。閔縣長總是緊跟著評點，總攬全局，高屋建瓴，畫龍點睛，一語中的，振奮人心，受益匪淺，等等若干。東西掌和中掌都有人守著，不時有人傳遞消息，說到哪兒了，進誰家了。在大曹家時，大英對閔縣長說，上次你攥著籃子照的相你還記得不？那個籃子就是他編的，他編籃子是把好手哩。副市長就上去握手，說，我也握握這把好手。眾人都笑。閔縣長也跟著上去握了下，其他領導便也都跟風握。大曹笑得臉都快變了形。副市長親切地問，有啥困難沒有？大曹連聲說，沒有沒有，都可好都可好。閔縣長說，有啥你就跟村幹部反映，再叫鄉領導跟我說。大曹還是那句，沒有沒有，都可好都可好。等領導們要出門時，他卻突兀道，呃——市長，我有個想法。大家都停住了腳步，我看大英的臉色立馬變了，便拽了拽她的胳膊。閔縣長笑道，哦？有啥您說。楊鎮長臉掛著笑慢慢往大曹身邊移去，還沒移到，大曹說，呃，就是可想跟領導們照個相。

頓時就都笑起來。副市長說，中啊中，我也很願意和鄉親們照相，有人說，我跟鄉親們照的相，臉上笑得最開。鄉親鄉親，那是最親。笑得哪能不開呢。就又都笑。副市長又說，多叫幾個鄉親，想合影的一起來。於是工作人員又去張羅人，跟著看的張大包、張大包的媽、小曹、七成、香梅都一起過來照了相。及至來到中掌，人就更多。東掌的人也都聚了來，三三兩兩地站著，做出隨意樣，眼神卻是巴巴的。像是幼稚的孩子，又像水平很差的便衣，以無所事事狀會聚到街上，以便能和領導們見上面，握上手，或是打上招呼。副市長和閔縣長沒讓他們失望，在看過村史館後，又招呼他們來了一番合影，於是皆大歡喜，其樂融融。

事後，我跟大英說，沒想到大曹還挺乖，之前還真有些擔心他耍二百五呢。大英說，他敢。我說，還是你威武，給你面子。她說，耍二百五對他也沒啥好處。一是他不佔理，二來他就是耍一下就咋啦？就不在這村裏過啦？他敢在這時候耍一回二百五，我就敢跟他耍一年二百五，耍一輩子二百五。

照例上了新聞，照例被有鏡頭的當事人各種轉發，大曹也照例把跟領導們的合影洗印裝框上牆，還特意把他和領導們 P 了出來單獨放大，且到處向一起合影的人表功：要不是我，你們能跟大領導們合上影？對著遊客們更是眉飛色舞地宣講，領導都誇我這是一把好手，都搶著握我的手嘞。

這段新聞也照例被大英在大喇叭裏截下來循環播放了好幾日，無事時就在手機上自己放著看，一邊看一邊嘴角就翹起來。問我，青萍，你說，照著這個形勢，咱村就能一天旺似一天吧？

那是肯定的。我說。這是她想要的答案，那就給她。

她感嘆道，人多真好。

虧得你們住在東掌，要不嬌嬌這麼怕見生人，以後可該怎麼辦好。她還這麼年輕。猶豫了片刻，我說。大英笑笑。沉默了好一會兒，方才輕聲道，其實俺嬌嬌平素沒事時，看著就是個全乎人。是吧？

我點點頭。也只有點頭。

想叫咱村發展，我也有私心。嬌嬌她啥都好好的，就是怕男人，怕生男人。我想著，她是因為男人得的病，終究還得有個男人才能好。生人不要緊，慢慢就能熟。你看她就不怕你，是不是？我想著——你別笑話我啊——咱村子越來越好，聚的人越來越多，要是周邊村裏有娶不起媳婦的小子，心善，人不野，也不嫌棄嬌嬌，願意來入贅，跟我嬌嬌安安實實過一輩子，像她哥嫂一樣，在家門口也能有事幹，也能掙錢花，那該有多好。

說這些話時的她，眼睛裏閃爍著孩子般天真的光澤。

30. 大地色

孟鬍子所言不虛。「柿柿如意」的紙袋印製出來後，每袋裝上兩斤柿餅，這個十塊錢的套裝果然賣得十分火爆。青藍見狀也有了新創意，琢磨著做出了一道雪花山楂，就是把糖熬好了漿後關火涼成溫溫的，再往裏放山楂攪拌，攪著攪著糖漿就在山楂上裹成了一層白霜雪，吃著酸甜可口，瞧著樣貌可愛。又請肖睿和周寧設計出了一版手拿的小紙袋，白底兒上畫著青花瓷盤，盤裏盤外散落了幾顆山楂，也有個名頭，叫「初戀的味道」，把雪花山楂裝進袋子，用牙籤扎著吃，一面市便供不應求，還引來了客們評議紛紛，有說這名字起得好，也有的卻說少了點兒趣。便互相懟，這個說你有才你來，那個說不如叫渣男渣女。聞者皆笑。

肖睿和周寧這段時間和村裏人處得越來越如魚得水情深，簡直像到了蜜月期。但凡提什麼建議也會很快被村民們接納。比如健腐肉這道菜，肖睿說，「腐」字給人的感覺不好，意頭也不好，不如改成健福肉，健福健福，健康幸福。此論一出大家便從善如流，都在第一時間裏把菜單上的健腐肉改成了健福肉。他們也給豆哥家新定了名字，叫「逗坊」，核心的兩句文案是：逗留一坊，享用百味。說是逗同音了豆，能貼合著他們的特色，又多了個走字邊，意境顯得更遠了些。問我好不好，我說豈止是好，簡直是極好。

最近這個週末，他們對孩子們的課業安排是畫畫。問他們這又是什麼計劃，肖睿會意一笑，說，走之前想搞個小畫展，好歹是個總結。儀式感還是需要的，是吧？他們還在淘寶上訂了一堆小畫框，說畫一進框就會提升一個檔次，掛起來更像樣，也算是他們送給孩子們的小禮物。

一別再見難。便陪著九奶常去他們那裏坐坐。畫展的主題經過一番討論也定了下來：讓孩子們畫自己的家。肖睿說，基礎藝術教育和療癒密切融合，這是久經考驗的經典主題。孩子們長這麼大，或許這是第一次有意識地梳理生命體驗，思考什麼是家，家意味著什麼。

原以為這個主題有些大而無當，沒想到孩子們卻畫得興致盎然，靈感百出。寫意畫的皮毛加上兒童畫的筆法，孩子們畫出來的還挺有模有樣。每個人都自有角度。他們畫爸爸的脾氣，頭頂呼呼冒火。畫媽媽的圍裙，上面一團團烏雲。也畫山，畫山路，畫莊稼，畫自家的宅院家具。有的很寫意，大門口兩棵樹，一塊綠茵茵的菜園子。有的很寫實，幾層樓，幾隻雞，幾隻貓，幾隻狗，狗和貓喜歡在哪裏出沒。還畫梯田，一層層的，直至把畫紙邊緣撐滿。還畫柿子樹，核桃樹，喜鵲窩。畫著畫著就苦惱了，說可畫的東西太多，根本就畫不下。肖睿說，一張畫不下就畫兩張，咱有的是紙！周寧卻循循善誘著說，就挑自己最想畫的那一點。兩人在孩子們中間瞧著，看著，不時會感嘆：孩子本就是天使附體，童心所綻皆為藝術之花。

曹燦畫完了特意拿給我看。畫的是一大一小兩個人，大人圓圓臉，沒有眉眼，正在摸小人兒的頭。

這是媽媽？我指著那大人。

曹燦羞澀一笑，是你呀。

曹陽畫的也是一個人，那人線條極其簡單，捲著條細尾巴，高舉著一根長棍子，問他這是誰，他說是孫悟空。孫悟空是你家人？嗯，我天天看他。周寧笑道，好吧，天天陪伴的確實也能算是家人。畫完孫悟空，曹陽還在旁邊寫了個五百的阿拉伯數字，周寧又猜著問：這是說他五百年前大鬧天宮？他點頭，是噠。

兩人打算週一走，週日上午是畫作評比暨頒獎儀式，自然是每個孩子都有獎。下午便搞了個露天展，在院子裏扯了幾根長繩掛畫。孩子們、家長們和遊客們都熙熙攘攘地拍照打卡，熱鬧了一個整天。晚上我設了送行宴，小曹下了山，便叫大英和秀梅過來作陪。酒菜齊備，等到暮色四合二人這才過來。肖睿看著也還如常，周寧眼睛卻腫著，貌似哭過。問她，她說，本來不想哭的，可是沒忍住。孩子們真聰明呀，今天都特別乖。說曹燦還問她：老師，你們以後還會來嗎？聽他們說有空再來，就說，我覺得你們以後肯定不會再來了。如果你們想再來，那就會說，一定會再來。你們說的是有空再來，那就是不會再來，因為你們都很忙，有空很難。周寧說，曹燦這話讓她特別吃驚和難過。

我笑。曹燦能說出這些話，我一點兒都不奇怪。

所以俺們對支教老師不大感冒。大英說，這些政策雖說都是好意，可時間都不長。有的是為了提拔，必須得有基層工作經歷。有的就是衝著評職稱增加那幾十分來的。村裏人都說這是打水漂，在水上跳幾下就不見了影兒。來時熱乎乎，走時涼刷刷，幾個回合下來鬧得孩子們心神不寧。一見外邊的老師來，孩子們就念叨著他們啥時候會走。都知待不長，想珍惜都不知該咋珍惜，還不如不來哩。她話音未落秀梅便接道，你這話可差了。有到底比沒有強，來到底比不來好。大英也忙對周寧和肖睿笑道，方才的話可不是對你們的，咱不是閒扯麼，扯哪算哪。不要往心裏去呀。周寧並沒笑，嚴肅著小臉說，他們已經商量過了，決定以後跟家長和孩子們保持長久聯繫，絕不讓孩子們有被拋棄感，同時也能一直見證孩子們的成長。

還扯到了一些後續。肖睿說有朋友在北京一家教育機構供職，業務之一就是帶北京的孩子們去那些傳統形態相對完整的鄉村做拓展訓練，寶水就很符合條件，且交通方便，值得力薦。如果真能促成，將來帶著北京的孩子們過來活動時也可以組織本地孩子參加，讓兩地孩子充分交流互相影響。還能給咱村增收盈利，是不是很可以？大英和秀梅連聲道，可以可以可以，太可以啦！

他們是第二天一早走的，因不想再碰上村裏人。他們說，本來就害怕告別，不想再告別一次。由老原開車送。我披衣出來，和他們一一擁抱。周寧說，她在網上買了四條圍巾，已寄到小曹山下的店裏，他會給捎上來。秀梅是紅色，雪梅是白色，香梅是黃色，您是咖色。問她為什麼這麼選色，她笑道，她們仨都是梅，紅白黃就是梅花色，雪梅姓白，秀梅姓朱，香梅姓黃，可不得這麼分？您姓地，咖色是大地色。一時間，我有些愣怔。跟她們三個處了這麼久，居然從不曾關注過她們的姓。尋思一下，朱秀梅，白雪梅，黃香梅，這樣姓和名搭著，天然好。

又立馬在網上搜了下「大地色」，有詞條解釋說，顧名思義，即近大地之色，包括且不限於棕色、古銅色、灰色、綠色、橙色、藍色及略帶紅色的一系列色系。

第四章

秋——冬

1. 丟魂兒

跟商量好似的，孟鬍子和老安兩口是在同天回的村，前後腳。安嫂子當即就把九奶接回了西掌，晚飯老安就來店裏掌了勺。小金的農家樂也正要試營業，剛剛接上茬口。兩天後便是國慶，黃金週客天天爆滿，忙到了巔峰，一天下來臉頰笑得發疼，累得一句話都不想多說，到了夜裏倒頭便睡，連夢都沒有一個。

也免不了生些事端。一件事主是大曹。原來是有一客在他攤前正挑拐杖時突然不見了相機，在周邊找了一番未果，就開始鬧，說是剛買的新款微單相機，四五千哩。就這麼平白沒了？大曹說，你們滿村耍了半天，咋就能認定在我這裏丟了東西？你在哪家待得長，該到那裏尋去。客是在秀梅那裏吃的午飯，便又來找秀梅，秀梅一口咬定沒有見，讓客樓上樓下找了一遍，也是一無所獲。客不依，拉著大曹和秀梅來村委會說道。此時大曹和秀梅彼此針對著，秀梅口齒伶俐，大曹抵不過，看著竟有些理虧的樣子，眾人的口風便漸漸偏向了秀梅，都有些疑大曹。大曹怒道，咋都來糟踐我？看我是那軟茬？泥人也有土性，不是誰想咋就咋。大英道，這不是好好說呢哩？咱擺事實講道理。大曹道，光聽你們講道理，擺的事實在哪兒哩。抓賊總要憑贓，證據哩？那客隨行著一堆朋友，也七嘴八舌幫腔。這個說，咋不安個監控，到底是落後。人素質差，硬件也差。難怪會有這種事。那個說，不安監控就是怕抓住證據吧。要是有了監控，還咋耍賴呢。有的提議趕快報案，有的說該發到網上，叫寶水村上個負面新聞。此話一出，秀梅和大曹異口同聲道：不能報新聞！客奇道，你倆咋又成一夥兒了？

大英鎮住道，甭亂嚷，現今咱就朝著大事化小小事化了，都省事。便又逼問大曹到底拿了沒有，要是一時錯了主意也不要緊，還了東西，低一下頭，也就能過去。大曹憋著漲紅臉，眼裏似乎也要滴出血來，突然炸雷似的叫道，天地良心！我去關老爺前頭發個毒誓！竟直奔關帝廟而去。一時間，衆人都有些惶然，那客哂笑道，啥年代了，還起誓。誰不知道呀，誓言就是讓違背的，愛情就是讓破碎的，時間就是讓浪費的。就都笑。大英卻嚴肅道，狗怕摸狼怕戳，誰沒一怕？他祖輩都信關公。在關老爺跟前，肯定不敢打馬虎眼。

一群人便忙忙地跟著去了關帝廟，看大曹在關老爺跟前撲通跪下道，關老爺在上，我曹建業今天在恁跟前發誓，我要是偷了人家相機，就叫我不得發財，不得平安，不得好死！咚咚咚磕了三個響頭。站起來，看著衆人，衆人便都有些訕訕的。又回到村委會，客的朋友又吵說要發網上，大英說，已報罷了案，派出所這就來人。恁一心想往網上報是啥意思？那網友就能把東西找著？再者是，報罷了新聞，事後調查要是冤了俺們，俺們村的名譽白白受了損失，恁咋賠補？

正僵著，派出所到，還是上次處理香椿芽那兩個黑白警察，便開始問案，問這問那的正問著，那客接了個電話，忽然態度大變，說這事算了，便不再糾纏，姍姍而去，留下村裏一干人莫名其妙。白警察道，肯定是東西有了著落，不然咋能善罷甘休。便去追問那人，後來給大英電話回話說，果然是找著了相機。原來是客的朋友跟他開玩笑，見他挑東西太投入，把相機擱在一邊也不管，就偷偷裝進了自己包裹，本想嚇嚇他，因家有急事就先走了一步，卻忘了把這事告訴他，忙完了才想起來，哪裏知道這邊已是天翻地覆。聽了這個原委，衆人恨罵了幾句便散了。大曹委屈道，這不是往死裏欺負人？叫我平白受一場污蔑，連句賠情道歉的話都沒有。大英笑道，我替他們賠情道歉中不中？自古就是一人失物十人受疑，誰不經個這哩。又表揚他和秀梅方才立場一致共同攔著不讓對方上新聞，說，肉爛在鍋裏，天塌壓大家。這才是咱寶水人的正態度，到底是跟市長、縣長都握過手照過相的，有覺悟！直把大曹誇得臉上泛出了一層光方才揚眉吐氣地回家去。後來大英說，得叫他出淨這口氣，誰還不是頭順毛驢哩。該敲就敲，該嬌就嬌。

另一件事主是九奶。發生在假期的最後一天，當時看算不得什麼事：那根降龍木拐杖丟了。丟了她也不說，只自己到處踅摸。兩天後安嫂子才發現，說家裏拐杖還有幾根呢，便都找出來叫她再挑著使，她卻不肯，犟著還要那一根。安嫂子無計可施，方告知出來讓村裏人幫著打問。說是說，問是問，誰都知道想找回來是沒指望的。一根拐杖而已，被誰信手順走出了山，豈不是針入大海，哪裏尋去。

大曹這回也有好表現，把自有的降龍木拐杖都扛了來，讓九奶挑。說這些雖比不上九奶那根，在十里八鄉也算頂好的，要是放到雲里景區，咋也能賣個二八八三八八。跟九奶自然不說錢，就當是孝敬老太兒啦。聽我又誇又謝，他罕見地懇切道，我奶奶在世時老是跟我念叨，她當年生我爹是難產，要不是九奶，那就是一屍兩命，哪裏還會有我。我也是她老人家接生的。咱是那恁不記恩的人？

九奶卻都沒相中，叫他原樣兒拿了回去。隨後村裏人也源源不斷地送過來，有新的，也有自家用熟的，都叫她挑，她卻沒留下一根。

算啦。她說。

漸漸地，丟了拐杖的九奶和以前不大一樣起來。吃喝雖不誤，話卻突然稠了些，有人跟她搭話，她就搭話，只是搭得不照轍兒。沒人跟她搭話，她就兀自閒扯，像是眼前對坐著什麼隱形的人。自顧自地說打仗死了人，說走夜路，說給別人接生，也說自己生孩子。說著說著，聲音便弱了下來，終至於無，起了鼾聲。

大英說，原以為那拐杖不多要緊，如今看倒是有些要命。怪不得老話說：老物有老魂兒，藏著精氣神兒。那拐杖她不離手用了一輩子，可不是丟魂兒散精神？

我拐杖哩？不時地，她會問。然後屋裏屋外地找尋一番。

也不知放哪兒了。老沒成色啊。這麼懊怨自己一番，也便罷了。

很快地，眾人也便習慣了。九十好幾的人啦。都這麼說。意思是，這壽已是很可以了，已是足够體面和有福。要走的話，也不算委屈。

2. 細掰扯

國慶節後再過十來天就是紅葉節，這是雲里景區的名頭，孟騶子說這就近的順風車咱村肯定也能搭上，其時不少人家都正打算關門暫歇，客也確實少了許多，但孟騶子這麼一說，便都繼續做著迎客的準備。趁著這段空閒，孟驕子便不斷地開小會和村民們進行業務探討，探討的內容越來越細。

細到怎麼稱呼遊客，秀梅說，有一回她招攬一對夫婦，叫大哥、大姐來吃飯呀，大哥不說什麼，大姐卻不樂意，問她，誰是你大姐？孟驕子說，攀親叫，尤其是女客，對這敏感。你抬高了叫她們不覺得是尊重，會覺得把她叫老了。小曹說，那就稱呼先生、女士，孟驕子說，咱在這山村也別恁洋氣，不搭。就隨俗叫帥哥、美女，不容易有問題。或者乾脆省了稱呼，就喊他們：來家吃飯呀。恁親熱？就是要這種一步到位的親熱，你叫自家人吃飯，哪還會恁多客氣。咱叫人家掏錢呢，咋也不是自家人。唉，就是自家人的皮兒嘛，城裏人來咱這裏掏錢吃飯，圖的不就是這個勁兒嘛。還有，也別問人家年齡，除非人家主動說。這是規矩。還有這規矩？規矩多著哩，不能問人家結婚沒，更不能問咋不結婚。你管人家咋不結婚呢。那說啥？人家問你啥你說啥。那他們要是問得不合咱們的規矩呢？那你就打哈哈嘛，你就說，你猜。

就都笑。

還細到了小蟲子。因客房裏常有螞蚱、蟈蟈、蟋蟀、螳螂之類的玩意兒，客們也免不了大驚小怪，甚或拿這挑毛病。孟驕子說，對這咱也要理解。這些小玩意兒是咱們生活的一部分，咱們見慣了，覺得無所謂。可客們不慣呀。所以首先是盡咱們的本分去清理，其次咱們也能給客當當老師，跟他們講講這些小東西都是啥，跟客說，這些都是綠水青山的贈品呀，要是能找些標清名兒的圖譜掛起來成為客的知識點那就更卓。總之就是叫客多熟悉多了解，要叫客知道，咱們這美是美，卻不完美。交通不那麼方便，飯菜不那麼精緻，住宿不那麼舒服，服務不那麼周到，這都是短處，要叫他們心甘情願地接受，要叫客明白，他們來到咱這，不能要求屋外的一切都是鄉村的，屋裏的一切就都是城市的。你不是喜歡大自然嗎？就是這些全乎乎的都有，才能構成大自然呀。

他反覆細掰扯的還有一件：客若是吃得高興，要請你入席喝幾杯，你喝不喝？張大包說有一次和客喝得高興，客算賬時他依例謙讓，客居然就真的拍拍屁股揚長而去，他心疼得不行。三四百塊呢。孟鬍子說，這是個常見事，得領受教訓。推杯換盞時固然是痛快，不過咱得尋思尋思，是混朋友痛快，還是掙錢痛快？想兩樣都佔也不矛盾，就看你在中間咋來事，會來事的就能掙錢和情義兩頭甜。所以說，陪客入席這事，既是機會，也是陷阱。咱得先在心裏把這個事拎清楚，不要輕易就坐到人家的席上。你是老闆哪，坐到那兒，喝得恁親密，還咋收人家錢？在商言商，無利不商。咱這小本生意，裝不起大方。也不要拒得太乾脆。你一點縫都不漏，雖是好算賬，可問題是沒給客臉面，不好再和客拉感情，或許以後就是常客呢。叫我說，入席是可以的，心裏卻要畫一道杠杠。屁股不要那麼沉，耳朵不要那麼軟，稍稍陪一下，喝三杯就起身，千萬不要從頭坐到末。尤其是估摸到了算賬時，就更不冒頭。想維持住江湖臉面，有一條特別好使，百用百靈：送素菜。送一道，送兩道，大不了送三道送四道，三四道裏有一道便宜葷菜。還有一條，夫妻倆必須得一個黑臉一個紅臉。為啥？為了算賬。就叫你媳婦去當惡人，女人好計較，這個說到天邊兒都沒毛病。他們要是算得痛快，說不找零啦，那咱也大方些，再往下抹個零頭。又送了菜，又抹了零頭，他們還能說啥？他們要是想賴賬，那在咱的地頭上，該翻臉就翻臉，還能叫他們訛了去？——對了，要是我哪天再回來咱村吃飯，恁能不能給我打個八折？

能！

哄笑聲中，孟鬍子便瞪眼叉腰地站起來說，我要看看到底是誰想收我的錢！

不收錢！有人喊。

這就對了嘛。他又坐下來，繼續道，當然也不能光認錢。比方說，客要來住，親朋好友也要來耍，這咋辦？好辦。肯定得優先保證客，親朋們就睡咱們的自家床，咱自己打地鋪，親朋們還有啥話可說？老原家一向這麼辦，你們留心琢磨，都是經驗。俗話說，十年難發莊稼漢，一年能富生意人。說的是生意做好就來錢快。俗話又說，一年能成莊稼漢，十年難成生意人，說的就是做生意的門道多，得時時刻刻學，裏裏外外學。大英前些時不是出去了一趟？你跟大家扯了沒？

早已聽大英扯過多遍，此刻她卻又接過話扯起來，說參觀了人家國家級的美麗鄉村，才知道啥叫高級，啥叫區別。回頭咱們也組織大夥兒出去看看，公家沒這個錢，咱們自己掏。別怕花錢，這點兒錢得花。說句大話，咱們這生意再小，檔次再低，那也算是企業，多少得有點兒企業思維，我就問你，咱村咱鄉的農家樂咱知道，咱縣裏其他村的哩？咱豫北地區的哩？咱省裏其他地區的哩？全國的哩？咱要知道這個大局下，自己在哪個點兒上。還有咱們的客，他們都是為啥來的？最喜歡咱們這裏的啥？為啥要住在咱們店？最喜歡住啥房間？喜歡這個房間的哪一點兒？生意好的幾家為啥好？是房間好、飯菜好、服務好中哪一兩項好還是都好？和人家比，咱的長處是啥？咱能跟人家學習點兒啥？都得想，都得問。即便是跟著人家後頭拾鞋，咱也得拾點兒好鞋不是？

3. 摸摸恁的良心

起初，紅還不是秋山的主調。畫屏一般的坡峰宛若一塊巨大的調色板，赤橙黃綠青藍紫皆以一種不可理喻又無可挑剔的氣勢鋪灑開來，其風韻還隨著時辰變化無窮。按雪梅喜歡的比喻，晨昏時嵐氣濃重是國畫，正午陽光明麗時是油畫，而光影模糊無界處則是莫奈。莫奈還說過，畫的立體，來自於它的陰影，人也是這。萍姨，你說他咋說得這麼好呢。聽到她這種可愛的無解之問，我便只是笑。而夜星空的藝術性自然只能是凡·高來代言，一顆顆星星璀璨明亮得魔幻。這樣的星星宛若梯田、石板和核桃樹，在寶水村自是常見的。晚上出門散步，但凡發出感嘆的必定是客：哎呀，快看天上的星星。上次看到這麼大的星星還是在西藏呢。

霜降之後的山便被紅色大規模佔據，赤彤丹朱，層林盡染。這紅也有無數種，每棵樹與每棵樹都不同，有風時與無風時，光強時與光弱時，梢頂與中段，朝陽與背陰，大片葉與小片葉，以各自的繽紛絢麗編織成濃淡相宜的錦緞，雲霞樣。此山與彼山一般好看，不用花錢的自是更引人入勝，有些想省錢且也更有經驗的客果然就避開了雲里景區，來到了寶水，村裏如願以償地蹭著了景區的熱度。這客量跟國慶期間雖是差了一截，卻也使得招待遊刃有餘。少兒評審團的規模比暑假時的小了些，檢查只能放在週末，卻也成了例，堅持了下來，衛生狀況便保持得很不錯。大英放出風兒來說，年底要開會表揚小紅旗多的先進人家。私下裏又跟楊鎮長提了提，意思是想發點兒米麵油之類當獎品，楊鎮長只同意獎勵，卻不吐口允准發東西。此時孟鬍子已又去了鶴城，不知怎麼聽說了，在電話裏批了大英一頓，說她站位太低，如今咱們村這個形勢，還發什麼米麵油呀，精神獎勵最重要。要發就發個牌子！不僅蓋村裏的章，還要蓋鄉裏的章，我不信楊鎮長能不痛快答應這？

楊鎮長果然痛快答應。對大英說，也不宜取多，多了不主貴。只取前五名，每家發一個金光閃閃的牌子。歷史上不是有丹書鐵劵麼，咱們這就相當於丹書鐵證。大英便再放出風兒去，村裏人原本反應平平的，聽了這個居然群情歡悅，都說發這個好，發時也要隆重些呀。大英便笑道，還能咋隆重，莫不是敲鑼打鼓地送家去？對證就恁上癮？實惠的不稀罕，稀罕虛名兒。莫非到底還是生活好了？

有天上午忽然來了幾個人，穿著一式藍色制服，亮了工作證，說是市食藥監管局的，例行抽檢食品安全。從西掌到中掌一路查了七家，消毒櫃、健康證、廚房陳設、冰櫃冰箱等都是抽檢內容，還把粉條、腐竹之類的乾菜做了些取樣，查完後，在秀梅家吃的午飯。待他們走後，幾家人都到秀梅家問情況，大英也緊著臉趕過來，說壓根兒沒人透信兒，這咋給咱弄了個猛不防。秀梅倒不慌張，說估計沒啥事，人家笑瞇瞇的，都可和氣，打折都不叫打，拿咱點兒乾菜還非要給錢，你說這些公家人素質多高。這幾家本來都有些惴惴，聽了秀梅如此說便都踏實下來。我把這些話學給老原，老原道，踏實得有點兒早，過些天再看。

一週後，行政處罰決定書便給下來，除了我家和鵬程家，其他五家都沒逃過，說是對取樣進行了快檢，有的是白擺著消毒櫃沒工作，有的是餐具清潔沒到位，乾菜問題則家家都有，因是在集上大批量購買，致病性微生物、重金屬、鋁殘留等都有超標，處罰裏最揪人的一條便是每家罰款三千。一時間便炸了窩，我們兩家成了衆矢之的。連秀梅看我的臉色都不大對了。後來香梅悄悄跟我說，秀梅還對我有意見呢。我笑笑。能怎麼辦呢，也只能隨她。

風言風語頓時散發開來，說恁大的檢查鄉裏能不知？能不叫大英知？要不是大英護著，咋就偏偏她最親這兩家能過關？他鵬程家又能比咱強到哪兒？怪不得領導們整天在原家吃吃喝喝，還說沒結過賬，沒掙住錢，哄傻哩？人家捨得小頭兒，這不就佔上大頭兒了？背後嘀咕著，見了大英卻不敢露出來，還趕趁著叫她跟楊鎮長說說。大英戧道，拉倒吧。我可沒臉跟人家說。楊鎮長、孟鬍子沒跟你們說過？進貨時不要貪便宜，這不是自家吃，既要掙外頭的錢，就要經得起外頭來審。都說了多少回，你們硬是東西耳朵南北聽，這怪誰？人家根兒和青萍從不在集上買那些吃食，俺鵬程、雪梅也聽話，不省這點兒小錢。還有衛生，你們憑良心說，不比你們強一些些？圪針得刺，桃李得果。你們既得了果甜，刺疼也得受著。

幾家卻都僵著不交。據說張大包和張有富都託了人去找關係，趙順有神通，自是不用趙和奔忙。秀梅這時卻安穩下來，說既是前頭有人闖門路，咱就在後頭跟著，都是一根繩上的螞蚱，我就不信解了他們就能單捆著俺？香梅倒是想交，七成卻不讓，還來村委會找大英耍蠻說，他們下個單就恁管用？我不交能咋？大英說，那你就等著，我也不知道能把你咋。到時該咋就咋。七成說，超點兒標算啥事，又沒有吃死了人。大英冷笑道，你可謝天謝地吧，吃死了人你還能站在這兒說話？你都沒有福氣交這幾千塊。七成氣道，憑啥不罰恁鵬程家？！天下烏鴉一般黑，就會欺負老百姓！大英道，你這話說得好，咱就把心窟窿眼兒戳個透透亮。憑啥不罰俺？因為俺沒把柄！俺周正！俺乾淨！俺清白！你屁股有屎就是會有狗跟！雖有人在旁邊拽著，七成被這話激得，嘴裏橫三豎四地罵著髒話，一愣一愣地往上衝，若不是小曹在旁邊拽著，那架勢像是想要打大英。只見大英此時卻是臉色平平地迎著他過去，到他跟前時，突然甩出去一個大耳光，十分脆響。隨即轉身就走，邊走邊說，我就不信，還能叫你這股子邪風吹起來！七成瞬間呆立在那裏，等他蹦跳著想要再往上衝時，早已被一干人攔住。

我遠遠瞧著這情形，看她走過來，便把她拉進來喝茶，笑道，你嚇死我了。大英說，他敢張嘴噴糞，我就打得起他。打的也不光是他，殺雞給猴看，猴得顫一顫。又道，看我可強霸吧？跟你說，寧可強過頭，不能軟到癱。從小到大我就不怵硬。看誰要想打我，不等他動手，我就先上。這個頭彩能叫他佔了？有一回，鄉會計說讓我簽個啥字，那個理不順，我哪能輕易給他簽？結果一去鄉裏他就攔我，那一回喝了酒，罵罵咧咧的，還想要打我。我一看，呵，跟我撒酒瘋呢。那能容你猖狂？三步兩步上前，把他一腳跺在地上就大步流星地走了。他爬起來想追我，後頭一幫人攔著，勸他好男不跟女鬥。女人先出手打人，也能沾上這個光。男人跟個女人動手，說到天邊也不體面。是吧？喝了口水，又道，真對打起來咱也不怕，怕也不管用。那就可勁兒拼唄，打輸打贏都不要緊，要緊的是氣勢，要叫他們都知道咱不是好欺負的。叫他們一想到跟咱對著杠，就得先哆嗦幾下。在村裏幹事就是這，見人咱是人，見鬼咱是鬼。見人時你成了鬼，可不把人嚇著了？見鬼時你是人，鬼就把人吃了呀。你半人半鬼的，咱也能跟著來。這有多難學？

本以為鬧這一場，大英的火該消散完了，不承想到了黃昏時分，她又在大喇叭裏說了番話。語速是從未有過的慢，聲調沉著：那些人，給我聽著。你們背地裏咋嚼說我，我心裏明鏡兒似的。不外乎是說我跟青萍好，帶鄉領導們去她那裏吃飯叫她掙了錢，青萍又推了客去俺鵬程家也叫他們掙了錢，反正就是磨圈換手得好處。也是因為我保駕護著，所以市藥監局抽查這兩家才沒事。——放！屁！我跟青萍好，這不差。為人處世，誰沒有個四指近一拃遠？青萍給鵬程家推過不少客，這也不差。不過話說回來，人家青萍只維了俺一家？我不在這點名說，你們自己會思想。至於說招待飯，人家就沒有說過錢的事。到現在為止，我也沒給過人家一分，咱們村的賬上壓根兒也沒這一項錢，到年底賬目公開你們儘管去看，只要眼不瞎，只要識個字，都能看明白。不信我這話，就去問有富，問咱班子成員。再不信，就去鎮上，找書記鎮長打聽，去紀委告我，都中。不是有人本事可大？儘管去。要是沒膽去，就把嘴閉嚴實。再叫我聽著了鹹淡話，別怪我去把你那舌頭撕扯下來，滷熟了切片當涼菜！這句狠話說過，緩了一緩，她的聲調裏突然帶了哭腔，道，想起我剛過門第二年，我公公帶著人修路，叫炸藥崩住，人碎成了多少片，到了也沒有拼成個囫圇個兒。滿村的老少爺們都來戴孝，說他是好幹部，為村裏人送了命，世世代代都會記住他的功德。如今我也當了這個幹部，不敢說能像他老人家一樣做下恁大的事業，可我也能頂天立地說一句，我知道啥大啥小，啥輕啥重。我沒有給他老人家抹黑，也沒虧過自己的良心。那些個人，你黑裏躺到床上時，展開你那沒斷的胳膊，抻開你那沒斷的手，也去摸摸恁的良心！估計是一下兩下摸不著，不要緊，那就慢慢兒摸，細細兒摸，摸到那三更連半夜，看看還能不能摸住一星半點兒！

寂寂夜空中，只有大英的聲音在迴盪。我和老原坐在院子裏默默地聽著，忽然間看見他眼裏有淚光閃爍，就想起他曾說過，他奶奶也是修路時死的。心一疼，便輕輕地抱了抱他。

4. 青山臨黃河

幾天後，趙和先交了罰款，其他幾家隨後跟著交了。我們和這幾家的關係僵冷了一時，便也慢慢回暖過來。他們用各自的方式表達著歉意。比如見面時笑得格外努力熱情，不時上門送點兒菜蔬，要下山前特意拐過來問要不要捎什麼東西。我的態度一如既往，這對我不是很難，老原卻沒那麼容易回轉。走在路上，總是靜靜地平著一張臉，輕易不露一絲笑紋。

到底還是有些尷尬，雪梅便攛掇著讓我陪她到村外走走。自然不是白走，揹個雙肩包，包裏裝著周寧給她的素描本，再拎兩個周寧他們留下的摺疊凳子，去畫畫寫生。老原也常跟著去。他說我們兩個女人，他不放心。起初畫時，雪梅總是下意識地左右看看，做賊樣。見我笑便道，你不知道，別說畫畫，就是沒事出去悠一悠，在這村裏也能招出閒話來。萍姨啊，你和原叔是我的護身符哩。

走著走著，她便想離村遠些，再遠些。我們便爬過一道又一道山。去過兩次後，我的腿腳似乎都比以前有勁了些，也就走得更遠。一路上雪梅滔滔不絕。她說只有開始畫了才知道啥叫線條，啥叫顏色。也只有開始畫了，才能看懂畫。你看這線條不會動，其實裏頭都在動。你看這些顏色不會吭氣，其實畫畫的人不知道藏了多少話在畫裏頭呢。

有一次，順著一條小路，我們居然到了雲頂。在這最高處，自是可以一覽衆山小——哪裏小呢，周圍這些山。儘管低，卻一點也不小。暫時的低和小也只是假象。便默默地看著。這些山，我知道它們只是太行山裏最平凡的存在——在中國所有的山裏，在世界上所有的山裏，它們也都是最平凡的存在。其實，用太行山來比它們也有些過了，就在這一小片南太行，在這懷川縣域的岸上鄉裏，它們也都是最平凡的存在。可是在我這裏，沒有別的。此時我只看見了它們，就只能覺得此時的它們最美。

天氣晴朗，能見度很高，向南遙望去，便是一大片平川廣野，莽莽蒼蒼，渺然無際。

看見福田莊沒？老原調侃。

嗯。

他笑了笑。一時無話，心裏卻怦然一動。我當然沒有看見福田莊，可其實我不是一直都在看見她麼。寶水如鏡，一直都能讓我看見她。

寬闊的天地交界處，隱隱地彎著一條細長白線，那一定是黃河。腦子裏忽然迸出很久以前讀過的一首古詩，是孟郊寫的，題目記不得了，詩句卻過目難忘：

青山臨黃河，下有長安道。

世上名利人，相逢不知老。

以前會在這詩中讀出淡淡的諷刺意味，還挺喜歡的。可是此刻，我突然覺得，名利二字一點兒也不壞。或者說，它本身不壞。就是因為名利，這世界才這麼有趣這麼熱鬧。哪怕就是在寶水這個小村子裏，也有那麼多人因了各自小小的名利而在掙扎向前。從面兒上看，名是自己的名，利是自己的利。往裏兒裏看，名不一定是自己的名，利也不一定是自己的利。可不管是誰的名誰的利，也不管受了多少挫磨和煎熬，誰都脫不了，其實也不必脫。這兩個字像鹽一樣，沒有鹽，這一輩子就做不成一道菜。

5. 極小事

苦霜下後，客便倏地少下來。肥不過春雨，苦不過秋霜。這是在福田莊時知曉的常識。來寶水才聽說除了苦霜，還有甜霜。甜霜又叫輕霜，並不冷，就只是清涼。淡淡的，如煙似霧。太陽一出來就化成了清水珠子。苦霜呢，類似於小雪，在字面上也可以寫為同音的酷霜，不過我還是更喜歡寫成苦霜。比起酷，苦能看得見摸得著，也有滋有味。黃連、苦楝、苦瓜、苦菜、苦丁，這些都是苦，和苦霜的苦是同一苦，它們是一群苦的親戚。而有很多物產也是下了苦霜之後味道才會正。白菜、蘿蔔、萵筍、柿子、紅薯，都是。對了，還有芥菜，這裏人叫大芥，它是做鹹菜的最佳原料，一個「大」字格外能印證出它在鹹菜界的尊崇地位。它也是得經了苦霜後才會更好吃，當然前提是不被凍壞。

客來得雖少，卻頗有一些能住得定。大約恰是喜靜。有個客便住了三天，是個六十來歲的男人。中餐和晚餐總會點幾個菜，喝點兒小酒。老原便陪他兩杯。他說老家是予城郊區村裏的，剛從北京一家國企退休，總算能回老家好好待待了。說起身世，也是唏噓。他父親原來還有個哥哥的，七八歲時疾病而逝，按老人們的意思，這一門不能絕後。他在家裏是長子，從小就過繼給了這夭折的伯伯，名義上就是伯伯家的人，祖先軸上他就是伯伯的兒子，遷墳時他得給伯伯打孝子幡，死了以後也得埋到伯伯的腳頭，這才叫他伯伯一門有人。按舊習俗，老人們還給伯伯結了一門冥婚，他也就有了名義上的伯母，這伯母娘家就是這周邊的長嶺村。既在伯父名下，他就也得認伯母的娘家是姥姥家。因此上他打小每年都得來這裏走趟親戚。親戚不是真親戚，見面自然也不是真親，那些舅啊妗啊都只是顧個薄面，薄面自然容易漏。給個壓歲錢，對人家親外甥都是一塊，給他就是兩毛。他也覺得彆扭，就不想去。路也遠，主要是心遠。可不想去也得去，一年年走下來，直到那邊的姥姥姥爺都過了世，這門親才算親到了頭兒。

不過，那姥姥可是真親我啊。一見我就拿好東西給我吃，拉著我的手就會掉淚，說看到我就想到了她的親閨女，也是，好歹我是她親閨女的乾兒。他笑。又道，如今老了，想起過去這些事，總是放不下。就想回來。一回來就回到了小時候。那時去長嶺走親戚，我都是一個人，路長，在這山裏哪家門前過都會招呼我，吃飯吧？喝水吧？也吃過，也喝過。飯就是撈麵條，穀堆冒尖的一碗，碗底埋倆雞蛋。沒給過一分錢，誰都不提錢。說不認吧？臉熟。說認吧？都不知道叫啥。人家對咱圖啥呢？就是那點兒本分的好意。後來在城裏住了多少年，這感覺再沒有過。不說生人，隔壁鄰居見面能點個頭打個招呼就算不錯。老原問他去長嶺村轉了沒，他憂戚道，去了，沒人啦。害我掉了兩眼淚。沒人的村，就像不喘氣的人。以後可不能再去看啦。問他是郊區哪個村的，他說是北窪的。咱這邊人都叫窪，知道吧？我說知道，挨市裏近，好地段。他說，反正人怪多，就是個鬧哄哄的城鄉接合部。旁邊一個女客笑道，叫我說，城鄉接合部最是有趣。城鄉兩地跑的人，誰心裏沒有個城鄉接合部？

這話說得新巧，就都笑。

這個女客從象城來，也連住了兩天。起因是刷到了寶水的新聞，相中了曹建業先生的荊編。她三十來歲，爽朗健談。說她前些年在房地產領域實現了財務自由，雖是不再愁錢，卻也不想閒著，因是農村出身，到底還是喜歡鄉村物事，便和朋友聯合搞了個名為「歸鄉」的小公司，專門從鄉間搜羅美食美物，多是國家地理標誌產品，什麼盧氏花菇、許昌粉條、南陽牛肉都在其列，年節時把這些東西整合進一個大禮籃裏，銷路很不錯。之前用的禮籃都是竹編的，在網上看到大曹的荊編後便感覺可能也會適合，就過來看看是否能合作。

這個曹大哥，手藝好是好的，就是有些難說話。她說。我也不能接順茬，只得說，你這幾年既然都是跟農民打交道的，肯定也有辦法處置。她道，那是自然。總的來說，和農民打交道比跟城裏人打交道要簡單。城裏人那個精細勁兒，比如他說想要紅，你就得把什麼玫紅、妃紅、水紅、鐵鏽紅、珍珠紅都給他備得細細的，在農村就粗放，你一說紅，那就是一個大紅，頂多再加一樣粉紅。我笑。她又說，我做這事的難處在於，一邊和粗放的農民做生意，一邊還必須得有一個精細的城市標準。你能理解吧？把鄉村物產做成小衆輕奢，對象當然是城市消費群，還得是不吝錢的小資高端消費群，所以品控這關多要命。比如訂個籃子，就得反覆跟編籃子的人強調細節，什麼高度、體積、造型、花樣，甚至是提手上纏什麼樣的麻繩，怎麼纏這個麻繩。訂空心掛麵，就得反覆跟做麵的人說怎麼分把，一盒多少把，一把多少克，麵長截到多少厘米，用什麼紙包，怎麼包。還有掛麵成色，我要的掛麵只能是大晴天曬的那種。再比如綠豆粉皮，要曬出好粉皮也得挑天氣，卻不能是大晴天，否則粉皮會炸捲，不平整。在霧霾天裏曬，顏色就發青發黑，也不行。所以那天就得是空氣好，不能有風，得有太陽，還不能是大太陽。就得是這樣的天。當天曬當天包裝，才能做成滿分的貨。

我說你這可是够難纏的。她一仰頭，傲嬌道，那是。起先他們也都嫌我難纏，不過難纏歸難纏，只要人民幣到位就能拿到好貨。這就叫，不怕難纏，只要趁錢。

就都笑。

最頭疼的是他們不守合同，沒有契約精神。有一年給中秋節備貨，我訂了一千箱掛麵，一箱五斤。提前兩個月就打了款過去，按說半個月時間就得給我交貨的，他自家的掛麵廠，有十來個人手呢。他卻一再延期，我打了幾次電話他都說做不出來。我親自開車去找他，才知道他在接別人的活兒。說是有親戚急要，只能先盡著親戚。我錢都早早給了你，怎麼還拿不著東西？把我氣急了，當了霸王，天天在他廠子門口守著。我說那幾天的麵都得歸我，誰都不能給。等湊夠了量，我叫了貨車過來，把車塞得滿滿的拉走，才算了了這筆生意。

後來呢？還打交道嗎？

打啊，怎麼不打。好不容易調教出來的供貨方，我幹嗎廢棄。當時吵也吵了，我也要足了強，就得拿得起放得下，以後該咋還咋，不在心裏存影兒。其實後來我才知道，我守在他廠子門口耍蠻時他還挺開心的。他對親戚說，你看，人家都堵住我門了，人家那麼遠，人家還跟我早簽了合同，我得先給人家。我堵他的門成了他拒絕親戚的寶貴理由。

又都笑。

跟農民打著這些交道，我發現自己身上糾結著很多東西，還挺有意思的。有時候是城裏人的皮兒，鄉村人的瓤。有時候又是鄉村人的皮兒，城裏人的瓤。如果城裏人是白麵，村裏人是玉米麵，我就覺得自己既不是白蒸饃，也不是黃窩頭，好像就是花卷，一層黃，一層白，層層捲著，有時候能利落分開，有時候根本就不能掰扯清楚——對了，我看咱菜單上也有花卷，下頓就給咱來個花卷吧。花卷是粗糧、細糧搭配著，營養合理得很呢。

王老闆是張有富帶過來的，一進門就說久聞其名，必得過來見識見識。我和老原都惶惑著，張有富便介紹說，就是原來「王叔院子」的那個王叔，我們這才明白過來。張有富陪坐了片刻，便留下他回了西掌。他坐了好一會兒，感慨道，自己當初還是沒有做好功課，匆忙上馬，賠錢搭工夫地折騰了那麼一場，不堪回那個首。我和老原不好說什麼，只是斟上茶，且聽著。他說，「王叔院子」這個名字當初就起錯了，後來他才知道，村裏人背後議論，說出口就得喊王叔王叔的，這不是自抬輩分佔人家便宜麼。議論歸議論，卻沒人跟他說。待他興興頭頭地把民宿弄好，開了業，是非便接踵而來。說起來事兒都不大，可搞不定就很彆扭。比如說，民宿還沒有建好時他和村裏人來往得勤，他們常來他這裏瞧稀罕串門。建好後開始了經營，村裏人還來串門。有時他忙得顧不上好好招呼，就會落埋怨。他們還隨便去看客房，哪怕客正在房間裏，也會探頭探腦地去看。尤其是有富老婆，一天三趟去，還跟客人扯這扯那，明明暗暗地宣示主權。挨了客人懟，卻來找他撒氣。更難應對的是他家長輩的事。那時他爹還在，三病兩痛的。張有富時不時就勒令他停業幾天，說他爹快不中了，必得回老宅住，死也得死在老宅。他爹的事辦完，又是他奶奶辦三週年，也必得回老宅。見他一遲疑，就來理論說，這是俺老宅。俺老宅啊，懂不懂？俺老宅！王老闆說，是恁老宅。可我租了呀，租了你二十年呀。回說，不論你租多少年，那也是俺老宅。又沒有賣給你，俺咋不能用用。王老闆說，你不能去村委會辦嗎？回說，不能。俺老人辦事就得在俺老宅，說到天邊兒也是這理。王老闆說，就你這個做派，沒有一點兒誠信，還想有富呢，就有窮吧。你猜人家說啥，人家說，隨你咒。你能把俺咒窮？一咒十年旺，越咒越旺。

就都笑。

這種事，一件兩件，三件四件，過些天就給你來一回，咱實在是受不了，乾脆就早早退了租。原本是長租二十年，五年一續簽。就沒有再續簽。以後再也不幹這事啦。真想來農村耍，那就找個農家樂住幾天。只當客，省了多少麻里麻纏。

他說落敗下山後又打聽了一番，才知當年雲里村和雲下村的這種事也不少。雲里村就來過租房做民宿的外客，因門口有一片自開荒的地，那老闆就種了一些樹莓，原指望成果時一斤能賣個幾十塊，沒想到村民們不吭氣就給他亂摘起來，被他指責後回敬他說，平時俺們也沒少給你送這送那，還叫你隨便在自家地裏摘菜，俺們種的你能隨便摘，你種的俺們不就也能隨便摘？有啥毛病？沒毛病啊。我還給你送家去了呢。你這計較得多薄氣呀。聽著是沒毛病，可一算賬就有毛病。蘿蔔白菜跟樹莓的價格哪能比？可換個角度說，這確實也是東西換東西，都是人情。算人情是平等的，算錢是不平等的，這就很分裂了呀。

雲下村剛開始搞時，也有個外客來租房做餐飲，待生意一紅火，原房主就把他趕走了。明著的理由是，這老闆改了衛生間，化糞池的口挨著了他家後院的廚房，說這壞了他家風水。老闆問，我走了你再改回來？房主說，不改了，俺自家用。老闆問，你們自家用就不壞風水了？房主說，風水這事只對外人講究，自家不在其列。老闆罵他們無賴，他們還可虧，說咱好好說理，咋就成了無賴。村幹部去說和，房主還懟村幹部說，當初你們還宣講，最好不要承包給外人，叫俺們自己做，說這才是貨真價實的農家樂。俺們這不是聽了你們的話，咋還挨嚷？村幹部說，當初是當初，眼下是眼下。你當初既然跟人家簽了協議，就得履行到底。房主說，簽協議咋啦？結婚還能離婚呢，這就把俺綁死了？你到底向著誰，胳膊肘往外拐。吵了幾回架，那老闆說算了算了，我認栽走。人家走了沒兩天，村幹部和那房主就坐在一起喝起了酒。

又都笑。城鄉之間，就是有這麼多難以釐清的東西，這一池渾水，有多少人或深或淺地蹚過？正如那位種樹莓的老闆，我推斷，他最初和村裏人打交道時，村裏人送這送那時，他肯定很享受這種額外的親密，卻很可能沒想到，既是額外的，也必是突破了邊界感的。他既此時不說啥，在村民心裏這種模式就應該是被默許了的。那麼摘你的樹莓時咋就不行了呢？你咋就覺得他們應該有邊界感了呢？這邊界感你覺得應該有時就有，你覺得應該沒有時就沒有，憑啥呢？某些時刻你享受著他們無邊界感的熱情，某些時刻你又希望他們表現出有邊界感的理性，這可能嗎？你咋就這麼雙標呢？

6. 人在人裏，水在水裏

那天，我們和雪梅剛出來沒多久，老原便接到了徐先兒的電話，說九奶在去娘娘廟上香回來的路上被撞傷了，事發地就在拐向娘娘廟的那道坡上，飛奔趕回時已有好幾個人都在，九奶在路邊坐著，看著也如常，還朝我們笑了笑。徐先兒媳婦說她當時在現場，還和九奶走了個對過，問她，恁一個人？九奶嗯了一聲，還沒走幾步就倒到了地上。原來是一群人帶著幾個孩子也往娘娘廟去，走在九奶前頭。大人們說得熱鬧，眼錯不見便有個小男孩攀上了旁邊的柿子樹去够柿子，有顆大柿子在高處，那孩子便往高處爬，爬著爬著大約是忽然害了怕，腳一軟就掉下來，就在著地的那一剎那，卻砸住了九奶。那群人聽到響動才注意到，跑過來先看自家孩子。徐先兒媳婦也趕緊返回來把九奶扶起，問，沒事吧？九奶很清亮地回答：沒事。孩子父母方才過來問了問，聽見九奶說沒事，一群人便徑直而去。徐先兒媳婦把九奶扶到路邊坐下，心裏不踏實，就叫了徐先兒過來。問她哪裏疼，她說沒有。只是隱約有些不得勁，歇歇就好。

幾個人候著，就默默地坐了一會兒。後來，和她說話，她就不再應答，頭歪了下去。老原急著要送醫院，徐先兒說，還是先安置個地方躺下，再說下一步。就把她揹到了老原家，讓她躺在了我的床上。剛躺好她便醒了，說方才做了個夢哩。衆人這才有些放心，大英便埋怨她出頭管閒事，九奶說，這可是瞎子紉上了針——湊巧了。她眼神不好，耳朵卻還尖，那一刻聽得枝丫鬆動，抬頭看一團花影，就覺得應該是個孩子。丈把高的枝子，石頭路面，跌下來，那可不是耍的。自己也不知怎的突然靈便起來，不由自主地給孩子墊了一下。大英道，你這一把年歲，就該只顧好自己，不知道個這？九奶道，人在人裏，水在水裏。活這一輩子，哪能只顧自己。說話間徐先兒已經從上到下地給她仔細檢查了一番，也處理過了她手背上的擦傷，說，其他的倒看不出什麼大礙。小磕絆。又笑道，常有個小災小難的也不是啥壞事，沒聽人說，哼哼哼熬死噔噔噔。多少哼哼唧唧的老病號，都活過了噔噔噔滿世界跑的壯勞力呢。九奶這不是例？大英懟他道，那按你論這理，沒事咱也跌個跤哼哼哼去？

這時安嫂子才慌張趕來，老安怪她咋恁慢，她說方才在收山貨攤兒。老安罵說你個糊塗蛋，分不清個輕重，還收啥攤兒，那不得拿啥扔啥往這兒跑？越吼越聲高越說越惱怒，像是要動手。大英冷笑了一聲說，中了中了，消停會兒吧。要算賬你們兩口兒回去自己算，別在這兒鬧騰。老安這才收了聲響。大英又對安嫂子道，你自己也該反省反省，九奶平日裏不省事？給你添過多大麻煩沒有？心裏得明白，不能得寸進尺。不是不叫你擺攤兒，是得看個時候。只要她出門，你就別思謀擺攤兒的事。應著照顧老太太的名兒，總不能叫她離了你的眼才是。她的身子如今也是個玻璃脆，你比誰不知道？安嫂子便臊著臉，唯唯諾諾地應著。

又過了一會兒，其他人漸漸散了，老原說，還是該送到予城的醫院去檢查一下，徐先兒和大英也來勸，九奶硬是不肯，說自己暈車。只坐過一回車，就暈得死去活來的。又說除了胯骨軸子有點兒疼，其他真無大礙，還要下床走兩步，衆人忙攔著說信了信了。她又犟著要回西掌去。徐先兒把老原叫出去說，先回西掌，叫她安心過這一晚。還是得緊著送去予城的醫院查一查。老人的肌肉、血液都不行，再牽連出墜積性肺炎或是肺栓塞，這都保不齊。還是查查才能踏實。老原又追問到底會如何，徐先兒只說，查查，先查查再說後話。又叫來了鵬程、峻山和小曹，幾個人輪換著把九奶揹回了西掌。

那天晚上，我和老原守到深夜才回去。月亮很圓，很大，白白地貼在天上。兩個人的腳步聲在山道上啪嗒，啪嗒，格外響亮。山無限大，四周曠茫。

突然間，就湧起了一種恐懼。

怕九奶死。

就好像，她是我福田莊的奶奶。就好像，奶奶會在這裏再死一次。

7. 得濟

父親死了半年之後，我第一次接到了來自福田莊的電話，是奶奶。這是我最不想接又最不得不接的電話。喂了一聲，我便沉默。

萍。

嗯。

她的口氣很弱。肯定是心理虛弱，我想。後來我才知道，那時她的身體也已很衰弱了。心理虛弱疊加身體衰弱，她已弱至極點。

啥時放假？

不知道。

放了假，能回來吧？

放了再說。

沒個準日子？

沒。

……

萍。

嗯。

你爹……她哭起來。我的淚水也在瞬間爬滿面頰。淚水裏彷彿夾著刀片，劃過尖利的疼。她的哭聲很快撕裂為號啕。當然能聽出來她也很疼。她的疼讓我的疼滲出快意，眼前浮現出她衰老的憔悴的臉。她就該這麼疼。必須疼。不，這還不夠，她還應該更疼。

號啕了一會兒，那邊的聲息漸低，如暴雨漸止。

這都是命。她終於說。

還不是為了你！這句話我在心裏已對她說了無數次，像一匹被強行拴在圈裏的野馬。在此刻，這野馬終於破欄而出。

那邊陷入了靜謐。靜謐深平如原野。那就讓野馬在原野上馳騁吧，牠就快要被憋瘋了——就是為了你！要不是為了你，我爸爸怎麼會去借車？要不是去借車，怎麼會遇到車禍？怎麼會死？你根本不知道他因為你活得有多辛苦！你什麼都不知道！你只知道叫他為你辦事！你只知道叫他替你還人情！

是你害死了他！他就是被你害死的！

把命都還給你了，這回可還夠了吧？這可算還到底了吧？

那邊一直靜謐著，如落雪的冬夜。

我掛斷了電話。

五一節剛過，叔叔就打電話給母親，說奶奶病勢突然沉重，看著凶險。那時手機還是奢侈之物，村裏往外打長途得去鄉郵政所，叔叔每天跑幾趟給母親打電話，催我們回去。母親也只能往我的學校打電話找我，打宿舍裏，讓宿管阿姨轉叫，我就經常待在圖書館，待在教室，待在操場。逃避。能逃避為什麼不逃避？

終於，母親口氣焦灼地說她受不了了，要回福田莊去。你要是實在不想回去，我就先回去。就說你預備畢業，你弟弟預備高考。反正都是真的。她說。

我沉默。嗯，看起來都是真的，這些理由說出來也都完全成立，但只有我自己知道，弟弟高考確實是關鍵時刻，我這畢業卻只是宴席散場，哪有什麼要緊。不過既然有這個現成台階，為什麼不下呢。福田莊這麼多年沒有白住，只要能依靠住某種哪怕是很牽強的理由，我知道我和坤的遲歸就不會被苛責。鄉裏對孫子輩的禮數本來就有著不予言表卻相當默契的寬容，畢竟隔代嘛。這種鄉村道德的彈性我已在潛移默化中領會了諸多微妙的分寸，不客氣地說，在這方面我比母親要懂得多，和我相比，母親幼稚得很。她為一雙兒女的不在場頗有點兒惴惴不安。

行。我說。那您路上小心。

我到了看情況，要是真到了時候就給你打電話，你就趕快回去。不管怎樣也得回去。只要不趕到坤考試那幾天，坤也得回去。好歹見最後一面。那是你們奶奶呢。母親的話音裏已浸了隱隱的淚。

好。

三天後，母親打來了電話說，鄉裏的醫生方才又來瞧過了，說估摸就這兩天，你們盡快回來吧。

好。

次日下午，我回到了象城。收拾了一點兒東西，在家裏磨蹭了好一會兒，方才去學校和坤會合，一起趕往長途汽車站，搭上了開往予城的末班車，等到終於踏進福田莊時，已是暮色深沉。一步一步地，我們離老宅越來越近，越來越近。

終於聽見了哭聲。這意味著奶奶已經死了。一直懸著的心，忽然落了地。

是的，我在拖延。我怕回去。我怕見到奶奶，怕見到彌留之際的她。我不知道該怎麼面對。而現在，終於不用面對。

一群人在院裏屋裏穿梭忙活，七娘，秋旺哥，容嫂子，大耳朵全和他媳婦，這些曾經無比熟悉的臉。是的，曾經。如今都在陌生中。他們神情肅穆，有的人臉上還帶著淚。看見我和坤，七娘迎上來，一手抓住一個，哭道，你奶剛丟罷氣兒，身子還熱著呢。乖啊，你奶也算得著你們的濟啦。

後來我才明白她說的得濟是什麼意思。辭典的解釋是老人得到奉養，而在我老家，得濟卻是說老人去世時哪些孩子能守在跟前，老人就算是得著了誰的濟。對孩子們來說，守著老人去世，讓老人能得著自己的濟，似乎也是一種福氣。

屋內昏暗。裏間亮著燈，燈也昏暗。母親坐在奶奶床前，正在哀哀哭泣。這個象城長大的城市女兒，從沒有如現在這樣像一個鄉村媳婦。看見我和坤，她的哭聲頓時膨脹起來。

快給奶奶磕頭。她邊哭邊說。

我們便磕頭。磕完了頭，我靠近奶奶的臉，看著她。死死地看。不知怎的，我明明知道她已經死了，卻又不相信她真的死了。這一刻，我開始後悔沒有早點兒回來。

奶奶。我喊。

她不應。

奶奶，奶奶，奶奶，奶奶。我一遍一遍地喊。像傻子一樣喊。

她始終不應。

萍，萍，你後撤點兒。七娘往後拉著我：眼淚落在你奶臉上可不好。

我甩開七娘的手，更靠近奶奶的臉。我想聽她說話。果然，她的身體還溫熱著，她的手也還柔軟著。她應該還沒死。她把我養那麼大，她那麼疼我，她應該是一直在等我的。和她耳鬢廝磨那麼多日子，我太知道了，她一定還在等我，一定有話對我說。這是她最後的時刻，我想聽她說最後的話。

可她就那麼躺著，一動不動。

我貼在她的臉上。在心裏長出了一張嘴，那張嘴開始無聲地狂說：奶奶，你醒醒。奶奶，我錯了。奶奶，你不要死。奶奶，奶奶，奶奶。

萍，萍，淚不興落亡人臉哪。七娘大力拽著我。在被她拽開的瞬間，我看見自己的淚水已如無聲的雨，覆蓋著奶奶的臉。

中了乖，你奶奶得濟了。得著你的濟了。七娘說。

如我意料，所有人都對我們的遲歸表示了充分的理解。都說高考和大學畢業是大事，不能耽誤。老大媳婦代表老大家守著，這就中。何況剛丟罷氣倆孩子就進了村，也不算耽誤，稱得上是得濟。

母親絮絮地和我講奶奶去世前的情形：開始還能說話，但凡醒了，就撐著一口氣問，萍哩？坤哩？跟她說，在路上哩。就說，好。醒一回，問一回。後來也不問坤了，只喊著萍。跟她說，萍快到家了。就說，好。最後一回，先是吐了一個字，聽著像是是個信字，問她是啥信，她說，萍知。我只能一遍遍地跟她說，萍快回來啦，你再撐會兒。臨丟氣兒的那刻，她上唇碰下唇動了好幾下，像是又吐了句話，最後一個字像是個好，到底也沒聽清前頭說的是啥。老太太一手把你養大，臨了也不知道多想見你一面，好好說上句話。母親說著，便又哭了起來。

信？某根弦突然被狠狠地彈撥了一下。肯定是那封「玉蘭吾妻」。她想帶走。便去她的箱子裏翻出那件大紅碎花棉襖，信果然還捲在裏面。大殮時便妥妥地放進了棺木中。

可是，她最後想說的那句話到底是什麼呢？問叔叔嬸嬸，他們是一直守在奶奶身邊的。卻都說不知。問七娘，她說，話自然是跟著人走了。先擱下，甭想了。慢慢兒等，等她託夢跟你說。

葬禮在記憶中既短暫又漫長。渾渾噩噩。無非就是守靈，在知客的指示下謝孝，謝孝也無非是磕頭和哭。我不吝惜磕頭，磕了一個又一個，直到有人出來勸止。也不吝惜眼淚，事實上也根本控制不住，臉上就沒有乾過。

中了中了乖，他們說。很久之後，才從母親口中得知，我當時的言行得到了村裏人的高度讚揚。頭磕得好，哭得也痛。可盡了孝了。沒叫奶奶白養一場。他們說。

葬禮結束後，我和坤先回了象城。坐在回城的公共汽車上，我還在哭，坤開始也哭著，後來就擦乾了淚。

姐。他碰碰我的胳膊。都看著你呢。回家再哭唄。

我用手裏的布捂住臉。是一塊厚厚的孝布。已經哭了這麼久，這塊布還沒有被淚水浸透。它怎麼就那麼厚呢？

8. 解咒

時辰似乎是上午，我在玉米田邊等奶奶。她說要小解，還說要給我找幾穗嫩玉米。這些玉米已經拔節到了頂。我搭眼一看就知道，它們不會再長高了，剩下的事情就是長壯。此時的玉米們格外亭亭玉立，葉子之間還有著疏朗的空隙，葉片在風和陽光中斑駁搖擺，如歌如舞。百無聊賴地等了一會兒，我不耐煩地大聲喊她，一陣窸窣，她出來了，果然拿著幾穗嫩玉米。這玉米立馬勾出了我的饞蟲，就喊餓，她就給我烤玉米，也不知從哪兒取來的火，或者是她隨身就帶著火？玉米烤得甜香，我說，真好吃。奶奶，等我長大掙了錢，就領你去外頭耍，給你買更好吃的。烤玉米把她的手弄得有些黑，她搓了搓手，摸了一把我的臉，說，我哪兒也不去，就守著咱家。我說，世界可大啦。她說，再大不也得回家？還是在家裏踏實。突然想起「此心安處是吾鄉」的句子來，我便講給她聽，她說，人家這話說得多好，多有文化。我問旁邊這是誰家的地，她說就是咱家的地呀，地家地。說著就笑起來。我突然又想起那封信，問她，信呢？她拍拍胸口說，在這兒哩。不是你給我放的？俺萍多精能，我只說一個信字，就知道啥意思。我也得意起來，是啊，還是我最知道她。自告奮勇道，我再給你念念信吧。她說，不用啦。天天跟他在一搭，還念啥信。跟誰？你爺爺呀。她羞澀道，他還誇我做得好哩。啥做得好？我問。他信裏不是寫著叫我多做貢獻？說我貢獻得好。我這些年做的事，他在那邊都知道。

那邊。我周身忽然一冷。她死了，是的，我奶奶，她死了。現在這是夢。那個問題迅疾跟上來，那句話呢？那句讓我猜了這麼多年卻始終不知謎底的話，得趕緊問問她啊。可就在此時，她又開始消失。像是在懲罰我一樣，她又開始消失。我撲過去抓她，她瞬間如霧般消散。

奶奶！奶奶！醒來時，我還在哭喊著。

敲門聲。是老原。

你沒事吧？他說，開門，快開門。

我一邊哭著一邊走過去。門一打開，他就把我抱在了懷裏。在他溫熱的胸膛裏，在涕泗橫流中，我開始胡言亂語。我說我那時想了可多遍，要是福田莊的人都不來找我們就好了，奶奶要是死了就好了。是的，我咒她。爸爸死後我就更恨她，覺得她才是罪魁禍首，爸爸是替她死的。就更咒她。你知道嗎？她就是被我咒死的，我就是殺她的兇手。我很壞，你知道嗎？我擔心爸爸死，他就死了。我詛咒奶奶死，她也死了。我擔心的和我詛咒的都會發生，這是怎麼了？你說我是不是特別晦氣，特別惡毒，特別不吉利？尤其是奶奶，我真的詛咒過她，可我沒想到她真會死。我說當時我有多惡毒，後來就有多愧疚。當時詛咒得有多惡毒，後來就愧疚得有多疼痛。她死了以後我還無數次埋怨她：不是說越咒越旺嗎？你為啥就沒有扛住我的咒呢？你咋不多活些年旺給我看呢？你為啥要讓我的咒這麼靈驗呢？

老原只是抱著我。靜靜地抱著。

我小時候淘，經常在外頭玩到不知歸家，我媽找到我就會罵，你咋不死到外頭呢。過了不知多久，他終於開口說，我從來不認為這是詛咒。心理學上有個說法，過度的擔心有時會成為詛咒。同樣，言不由衷的詛咒其實就是擔心。對我們最親的人，這些話怎麼會是詛咒呢？這就是擔心。

你對奶奶，從來沒有過詛咒。你只是太擔心了。他用粗糙的手掌給我擦著淚，還以為你多聰明，沒想到還需要我給你解咒。

9. 咱回家吧

兩天後，九奶的病勢有了些異樣的跡象，時而會進入漫長的昏睡中。雖然醒來時看著還好，可這過於漫長的昏睡還是讓人覺得有某種不祥。不顧她反對，老原把她抱進車裏拉下了山，送到了予城人民醫院。她果然暈車得厲害，乾嘔了一路。嘔到後來連聲嚷著要下來，老原只是笑嘻嘻地叫她再忍忍，她便撅罵起來。我們都笑。老太兒難得發一回脾氣，且還有力氣發脾氣，這情形還挺叫人欣慰。

在予城人民醫院入住，檢查了一番，說是意識尚且清楚，沒有大的外傷，髖部疼痛是因為骨盆有明顯骨裂，也損傷了一些血管神經，肢體活動自是大為受限，整體情況也不容樂觀，卻也沒有必要的手術指徵——意思就是，根據她的年齡和身體條件，沒必要做手術。做手術對身體會有另一種損害，兩害相權取其輕，最適宜的選擇就是保守的抗疼痛治療和營養輔助支持。老原又把片子傳到象城那邊，找了省醫的專家去問，也是同樣的結論。

簡化為兩個字就是：等著。或者是，熬著。

大英下來看了兩趟。第一趟時和老原商量，想叫老安兩口來輪替，說頂著名兒照顧九奶呢，這緊要關頭卻躲清閒？老原道，算了，比起他們倆，我們倆到底年輕些，更能扛。還有錢的事，雖說大頭上是有新農合，可也免不了有別的花銷。有些好用的藥不在報銷單裏，那也總得用不是？這錢讓老安家出也說不過去，就我來吧。我也頂著名兒是她孫子不是？大英道，這也說得通。第二回來，她又把我們拉到一旁悄聲道，看安家往後靠的這個勁兒是完全指望不得了，估摸著是對房子死了心。這房子，恁倆有啥想法？老原說，沒想法。等老原進了屋，大英又單拉住我問，聽我也說是沒想法，她嗔怪道，咱倆這關係，你還不能給我透個實底兒？有想法也在情理。我道，沒想法。這就是實底兒。

漸漸地，醒來時的九奶意識開始顯亂。有一次，她突然用手招呼我近前，神情有些羞澀。

小迎春，我跟你說。

嗯。我答應著，淚卻一下子湧上來。

我夢見了他。他在給我磨拐杖。

他，啥樣？

還是那樣唄。一點兒都沒老。他說我腿腳軟，拄著拐杖能走硬實。你說，我年輕輕的就拄根拐杖，恁帶樣兒？多醜氣。她哧哧哧地笑。

她也開始把老原喊成福久。福久啊，咱回家吧。他叫我回家哩。

誰？

你爹唄，他叫我回家哩。她的口氣如小孩子般嬌糯起來，咱回吧。回家。

到後來，只要醒著，她便會不停地嚷著要回家。回家，回家，回家，非要回家。嚴嚴地抿著嘴，水米不打牙。我勸，老原勸，醫生勸，護士勸，勸來勸去，全沒用。直到老原作勢收拾東西，她方才開始喝水吃飯。正值徐先兒也下山來看，看這情形，便把我們叫出來，還沒開口眼圈便紅了，道，老太兒這是害怕把最後一口氣丟在外頭。聽她的吧。咋說也是得了高壽。也是有福氣的。

好吧，回家。老原說，正好十月一，回家上墳，送寒衣。

「十月一兒，棉墩墩兒。」又叫送寒衣，因該穿棉衣了，兩邊的人都是。早起我先回福田莊送寒衣，和叔叔上過了墳，路過村裏，照例要在老宅停一下。翻蓋已完全結束，坐東朝西的兩層樓，上下各八大間，白色鋁合金門窗，寬寬綽綽，氣氣派派。叔叔說，這些天不時有人來問租，他都叫再等等。等啥？等個好號呀。西半拉不是沒有啦？村裏門牌號要重新排，我非挑個好號不中，挑個好號更好出租。我問，這還能挑？他說，咋不能？號是死的，人是活的。泥蛋兒現在村班子裏，我前些天安置了他，叫他忖著辦這事。村班子可精著呢，帶6帶8帶9的號都想留給自家人。咱沒給他家辦過事？人情到處趕，落雨好借傘。現今就是咱用傘時，這個光咱憑啥不沾？沾不住光就是吃虧，不能叫他隔過咱去。我問，號不得是挨家排嗎？他說，哪有恁規矩。彎彎繞多著哩。不臨街的人家那就挨家排，臨街的人家能當商舖，那就跳著排，還有些人家合家在外，老家沒人，那誰還慮他們？也能跳著排。你看，老家還是得有人呀。

叔叔口氣篤定，神情自信。我從不曾意識到，老宅之事對他而言竟然是這麼重要，點滴進展都深入著他的骨髓和神經。不過是半個殘存的村子，他竟然是如此想要在其中獲得存在感，代表他自己，也代表地家。忽然間走神地想，如果父親始終在福田莊生活，那他大概就是叔叔這個樣子。

七娘她——突然，他有些猶豫——得了大病，乳腺癌。前些時剛出院回家，我去看過了，說還得做好幾期化療，可受罪。

我沉默。

要不，我領你去看看？叔叔頓了頓，又說，她也知過去欠著咱的。前些時咱家這事，人家也沒少出力。哪有死疙瘩，該解就得解。

老原還在市醫院等著呢，我先走吧。又沉默了片刻，我說。

中。那就下回吧。今兒十月一，登門去瞧病人也不大好。叔叔說。

就把他送回泉湖社區，在車上他便問起了老原，說，你日子還長，總得有個伴兒。我心裏一直憂著，也不好勸，也不會勸。看那個人不錯，該往前走就往前走。我說，好。

兩天後，叔叔果然傳來了勝利的消息，說門牌號定的是18。正在談出租，年租金居然有人給到了六萬，想開飯店。他說他早就算好了不會低於五萬，六萬這價他很滿意。咱這房子花了三十萬出頭，我當初估摸著五年裏就能回本兒。多準。他說。我再三叮囑這回可要簽好協議，他說，這我能不知？我就恁傻？他說打算兩年一簽，這樣好漲價。

10. 神針

一回村，九奶的病勢就穩定了下來。用大英的話說，不再是急出溜往下滑，把住了步子。比之前自是氣弱了許多，精神卻也尚可。大家便忙著各自的事去。還用大英的話說，都守著等啥呢。意思是這麼守著也不吉利。

自打九奶回村，老原便牢牢地守著。偶爾下山去一趟，去予城買藥或是回象城辦事取衣物，也是當天往返。九奶儘管瘦小，騰挪身體卻也很需要耗些人力，先是安嫂子守白老原守黑，我和老安招呼店裏。這樣進行了一段時日，發現不行。老原說是白天歇著，到底也不好歇著。客來客往的總是有事，想睡個整覺不大可能。日夜都睡不好，人眼看著就垮下來。他便決定關了店，但凡有熟客來，就分流到別家去。老安扭捏道，大事到底哪天來還不好說，九奶的福壽不是一般人，說不定就能熬過這一關，好日子還長著呢。咱就一直不待客？眼下的客量看著還中，好歹支應著，一天有一天的進項。老原斷然道，不差這點兒進項，照顧人要緊。放心，你的工資一天不少。他倒急道，關就關。伺候老太兒我也是應當應分，你這是啥話？！此後幾個人便主要忙著這一件事，支撐得就從容了許多。

斷斷續續地，常有人來看九奶。鎮上領導但凡進村，也都會來看看。楊鎮長則是進村必看，也必不空手。說他娘也是九奶接的生，落地後他姥姥營養差，沒奶水，差點兒把他娘餓死。還是九奶又送雞蛋又找羊奶，才讓他娘撿了條小命。那天來檢查扶貧時他又拎著東西來看了一回。九奶醒著，對他雖是答非所問，卻也說了好一會兒話。出來後，他對空祈願道，真巴著老太兒能順當過去這個年。聽說縣裏正謀劃著打今年開始推選長壽之星，還指望著她成為咱鄉裏的長壽之星哩，長壽之星多了說不定就好申報長壽之鄉。人就這一輩子，誰不想活個大歲數？這些名頭將來在旅遊領域都能變現。

已到午飯時分，便留他吃了簡餐，不過是米飯燴菜再加一碗酸辣紫菜蛋花湯。問他檢查幾家，他說看情況，要沒啥急事就把扶貧戶全走一遍。眼下扶貧工作是火燒眉毛的熱急細事，這檢查就好比高三學生迎高考，哪張卷都不敢馬虎。問他，領導們會問點兒啥？他笑道，這題誰能押恁準。不外乎是問幾口人、幾畝地、山林補貼、吃水、看病、新農合報銷，一般不會超綱。只是準備得再充分，迎檢時也是提心吊膽。怕啥？怕老百姓瞎扯唄。我說你們不是在旁邊跟著嗎？他說跟著沒用。他們要真想瞎扯，你在旁邊跟著他們瞎扯起來更來勁，他們很知道眼前這個領導比咱大，很知道官大一級壓死人，也很知道咱們怕這個。我問，他們說的土話，領導們能聽懂？要是聽不懂，那豈不是更成問題？他笑道，你肯定想不到，最叫人放心的就是說土話，他們嗚嗚哇哇講一通，領導聽得一團糊塗。好，咱就按照咱的意思給領導翻譯。但凡能說點兒普通話的，一般都比較精能。整天跟著《新聞聯播》學嘞，知道得半半片片的，光揀著他心裏的那點兒去說，唉。

就都笑。待大英把村裏的貧困戶捋了一遍後，他鬆了口氣說，咱村這幾戶算是好的，沒有難纏的。我說扶貧這麼好的政策，給誰誰不高興，還難纏個啥？他呵呵兩聲道，大部分都領情，有些人卻叫慣壞了。他覺得現在國家給的錢都直接上到了他家的摺子上，糧食直補，醫療直補，啥都直補，鄉鎮一級就沒啥能管住他們的了，要做工作還得央告他們，就抖起來啦。過年過節，給他送米麵油，連個謝謝都沒有，還說：下次來別帶東西，多不輕省。帶幾張錢就中了麼。給他修好了房子，還得給他搬家，搬好了家還得給他打掃好衛生，放一掛鞭炮，這才能走。咱也只能服務到這個份兒上。等你有啥事需要他配合，那可會洋腔怪調，拿勢做喬。比如說去年我們去下發扶貧的宣傳招貼畫，有的就不叫貼到他家牆上。像我好歹算這鄉裏的正頭領導，也得低下頭去哄人家，先誇他衣裳穿得洋氣，又說他家種的花好，再說年下到了，給他送個年曆。人家就繃著臉說，生怕不知道俺是貧困戶，非貼個這。我就說，你想錯了。你仔細看，這上頭都是對我們幹部的要求。平常跟你講呢，怕你不好記，這都寫好了，印上了，你沒事慢慢對著看，看我們做的哪點兒不到位的，你好監督，叫我們改進。這還是個年曆，陰曆陽曆明明白白的，印得也不難看，貼到牆上花花綠綠的，咋不好？還跟他開玩笑說，哎呀，人家送門神的上門，你們還給五毛錢呢，我把這麼好的東西給你送上了門，咋也不給倒杯水呢。人家那臉才露出點兒笑模樣。現在上頭還要求每次去看望貧困戶都要拍照片，給錢給東西也都要留手印，這個倒是對我們好。省得你來了三四回他只記一兩回，你給他兩千塊他只記五百塊。這叫痕跡管理。只是也惹了他們煩，說每回都叫俺們給你們留證據，就恁信不過？三天兩頭來尋，俺們趕個集心裏都不踏實。有的還說當煩了，不想當了。哎呀，這是你說了算的？你想當就當了？你不想當就不當了？還得哄著他們，叫他們繼續當。我跟下頭人說，對於這些人，得拿出一股子勁兒，不是當成敵人，而是當成親人。我好有一比，他要是男的，你就把他當老丈人，她要是女的，你就把她當丈母娘。你就拿出娶媳婦的那股子勁兒，丈人丈母娘不答應把閨女給你，你就是想要人家閨女，咋辦？坐月子的婆娘還去會情人——往死裏巴結。人心都是肉長的，不信攻不下。

便又都笑。他感嘆道，如今還是日子好了，這政策擱以前誰敢想？要說農民在大局上獲益是越來越多，不過工作跟著就出現了新難點。比如說法制意識，現在整天做宣傳，讓農民維護權益，可這權益多是朝著我們來要的。理是不錯，權益卻不恁好給。有一回，上頭叫往各家各戶發宣傳計劃生育的小冊子，這種冊子一般沒人看。可有個婦女上過高中，挺較真，一條一條看，看出來了問題，說她的獨生子女費沒領夠，得要回來。我就問衛計委，他們說政策有是有，錢是沒有，虧的人又不是她一個，咱縣裏這個錢欠了兩千多萬呢。算了吧。可人家不算哪，窮追不捨地要。我說既然沒錢還印發這冊子幹啥？他們說，印發冊子是必須推進的工作，不幹不中。錢呢，反正是沒有，不欠不中。你說我們忙的這是啥？

就又都笑。大英道，上面千條線，下面一根針。線咋忙，咱這針就得咋忙。他道，千條線對一根針呢，說到底還是針忙。忙得跟神針似的，要說大，一天七八個檢查團咱也能應付。要說小，一個拆遷戶能投進十來個人去攻堅。有時趕得巧，一堆線都要進針眼兒，那就依著輕重緩急，這個衣裳繚幾針，拔了換線，那個衣裳繚幾針，再拔再換。反正上頭要的衣裳最後都能給繚出來，也都能穿上身。針腳兒麼，一定是粗枝大葉的。要是要求細看，只能盯著那一塊用細針腳再縫一遍。這種時候不多，上頭也知道咱為難，也能體貼。領導也是人嘛。

11. 你是燈，我是火

今日不知怎麼的，九奶的精神格外足，認人也清楚，晚飯後大英來看她，閒話了好一會兒還不睡，只是說話仍不照轍，東一榔頭西一棒的。說著說著，突然就把老原和我叫到了跟前，問：你們倆好了沒有？

一屋子人就都笑。我和老原對視一眼，也只好笑。老太兒這麼直楞，可見真是病糊塗了。

好了。老原說。

真好了？

真好了。說著，老原把手朝我伸過來，是想要牽的意思。我便也伸過去，給他牽。

她頓時笑臉如花，長出了一口氣。

中。好好過日子。她說，都是好孩子，知根知底的，多叫人放心。

知根知底。這個詞突然變得重起來。根即深藏地下，底即隱秘內情，知根知底意味的就是漫長且全面的時間考量。這在城市裏幾乎無法實現，哪怕是十幾年幾十年的鄰居和同事，即便經常串門關係不錯甚至頻頻聚餐，哪怕你知道他未婚已婚，開什麼車上班，甚至知道他家小狗的昵稱，但恐怕也就大致如此，他們對你也是一樣。能展示的只能是彼此的一部分，不可能也犯不著露出根底。只有在鄉村。生活在這個村子裏，你就只能是整體呈現，從家族到個人，從生活到交際。你怎麼種地，怎麼跟老婆吵架，怎麼給老娘端洗腳水，怎麼為一隻雞跟鄰居鬧翻天，碰到風雨什麼樣，碰到利益什麼樣，碰到大大小小的運動又什麼樣，儘管沒有組織登記造冊，多年來卻也都明明白白。那麼多雙眼睛看著，那麼多張嘴說著，你不可能一直演戲，你藏不住。必然的，你會對人知根知底，也會被人知根知底。正如我和老原，之前雖夠熟，跟知根知底卻還差著一層。但在寶水的這些日子，一起迎來送往吃飯待客，每日柴米油鹽耳鬢廝磨，見證過彼此的打嗝放屁大笑痛哭，連祖輩的往事都說了個透，林林總總地來了這麼一遍，方才算得是知道根底。

那晚大英走後，我們又陪九奶說話，直到她乏累睡去，我們才往中掌去。出門才發現彌漫起了大霧。白色的霧如淡淡的牛奶，微微帶著些恐怖氣息。在這無處不在的霧裏，你會知道，你的呼吸裏有它，你的肺腑裏有它。它已經滲入了你的身體，成了你的一部分。當然，你也是它的一部分。

我和老原手拉著手，拉得汗津津的。我想抽回去擦一擦，他不肯。

我還會跑了不成？我說。

你跑一個我看看。他說。

到了中掌，終於看到了燈光，是秀梅家的。再然後，就是我們家的。不約而同地，我們駐足，看著門樓上那朵燈光。能見度很低，所以即使這麼近，也只能看個朦朦朧朧。燈光在霧中透出的狀態是毛茸茸的，像是霧裏飄浮的一塊大致圓形的蛋黃。

萬家燈火。老原念叨，突然問說，為什麼要叫萬家燈火，不叫萬家燈光呢？

我哪兒知道。

你不是有文化麼。

反正比你有文化。我說，為了不辜負有文化的美名，就勉強找個答案吧。因為火比光熱，燈火就比燈光更有溫度。

你是燈，我是火。咱們湊到一起，就是燈火。他抱住我說。

抱著就沒有再分開，直到進屋，上床。

萍。

嗯。

能說粗話不能？

……能。

他猛然爆發出的粗魯和獷悍雖是從未見過，卻也並不讓我多麼意外。彷彿早知他會如此，也本該如此。而我的承受與應和也不遑多讓。體液如開閘似的汩汩而出，沛盛潤澤。我們如兩尾長著手腳的大魚，奮力交纏，搏命一般。都大汗淋漓，氣喘吁吁。

從來沒有這麼好過。結束後，他說。

我也是。我說。

這話，不是客氣吧？

你方才是客氣？

他嘎嘎嘎地笑起來。在這暗夜中，他的笑聲分外狂野放蕩。我本想捂一下他的嘴，手伸出，又放下。笑去吧。

我就知道咱們會這麼好。

啥時候知道的？

早就知道。他翻身又壓上來，很早以前就知道。

他的汗毛很茂。胳膊上，腿上，全是。尤其是腿上，黑茸茸的一層。

是不是很性感？

嘁。

汗毛還有一樣好處，就是蚊子不咬。

他指了指左腿膝蓋下方，示意我看。果然有一隻蚊子在汗毛上逡巡，這兒站站，那兒站站，終是一副無處下嘴的樣子，訕訕然飛走了。

就一起大笑起來。

其實……他突然有些不好意思起來。

咋啦？

我這個地方，毛也很多。他指指屁股後面，眼神如嬰。一瞬間，這眼神甚至和豫新有了讓我恍惚的重合。

你能不能給我剪剪？以前每次擦屁股都擦不乾淨。她老是說我不使勁擦，我也從來沒想過讓她給我剪剪。

那就剪剪唄。多大個事兒。

讓他洗乾淨，撅著，給他剪。還真不太好剪，因為都是蜷著的。便一根根地揪直，剪掉。剪了好一會兒。剪完了，看他撅著的樣子好笑，便故意不說。任他撅著。他等了一會兒，方才覺出不對勁兒，提上褲子就和我鬧起來。

是很無聊的，可也是很快樂的。和老原在一起，經常可以享受到這種無聊的快樂。「我想和你虛度時光」，突然想起誰的這句詩來，好像就是眼下這種情境。

很快，村裏人看我們的眼神都和以前不再一樣。以前也跟我們開玩笑，卻開得有分寸，是要看著我的臉色的，如今卻放開了許多，明顯肆無忌憚起來，自然也多是朝著老原。有一次便聽見大包對他說，你們那動靜小點兒，在西掌都能聽見。老原道，沒事，我耳朵也靈，咱互相聽。我罵老原，臉皮比城牆拐彎還厚。他笑道，以毒攻毒，心服口服。以厚攻厚，誰都好受。

12. 都是銀環

小曹的好日子定的是農曆十月十九，剛過了小雪。之前兩天是壯被子。大英跟我打招呼說要八個婦女，你得算一個。我說我不會做針線，她說就是湊個人頭，沒叫你認真幹活兒。問她啥人選才合適，她笑道，兩口子整整齊齊的就都合適，你這就頂合適。我糾結說，我這情況你知道，眼下這個數倒是好充，只是別有什麼說法讓人家的喜事落下膈應。她笑道，少囉唆，你這不是整整齊齊兩口子？

那天便也被她拉去，進了屋，環視一圈，有張大包媳婦、張有富媳婦和安嫂子，再就是三梅、大英和我，正好湊够八個。大英對小曹道，你看你壯個被子，這體面有多大，省上的人都來了。小曹連忙拱手，就都笑。

八床被子裏有四床是買現成的羽絨被和蠶絲被，需要壯的是四床棉被，也只是作勢，被裏是彈好的，罩上被罩，用一根針紉一根長線鬆鬆繚上一圈便罷。一根長線應的是千里姻緣一線牽，純白被裏應的是白頭偕老。每條被子或四斤或八斤重，應的是四平八穩。邊壯邊扯雲話，扯著扯著，就說起小曹媳婦叫青藍。秀梅說，青藍這名兒真不賴，要是青萍姐走了，咱們還有這一個青，「寶水有青梅」這個名號就還是貨真價實。我不滿道，咋就這麼巴望我走。秀梅笑道，咋能巴望你走哩。只是怕留不住。聽說你家店有人要盤，好幾百萬？問她聽誰說的，她卻反問道，你就說有沒有吧。

想了想，是了，前幾天有客來玩，進到院子裏拍照，邊誇著這地方好邊財大氣粗地問老原，要是盤了你這店得多少錢。老原說，老宅不賣，只能長租，要看你租多少年的。那人說一二十年吧。老原看著那人的沒譜樣，便也沒譜起來，說一年二十萬，十年兩百萬，二十年四百萬，給你算三百萬，一把付清，咋樣？就都尬笑了兩聲。

還真是隔牆有耳。不過此時不應答也顯得鬼祟，就索性把這段拿來說笑了一場，也便罷了。

正日子前一天的鋪床也有趣。和壯被子比起來，鋪床自然更是作勢。要緊的是念詞兒。大英沒少幹這差事，念起來一個磕巴兒都不打：

進得門來喜洋洋，
咱給新人來鋪床。
被子寬來褥子長，
一生一對狀元郎。
鋪床鋪床，龍鳳呈祥。
先生貴子，後生姑娘。
鋪床鋪床，日子紅亮。
床神坐位，兒孫滿堂！

還有一段是扇鋪蓋時念的：

咱把鋪蓋扇一扇，
兒女長大做高官。
抖一抖，扇一扇，
博士教授往裏鑽！

大英說，原來的詞兒裏往裏鑽的是狀元舉人，近些年換成了博士教授，都說與時俱進，咱這詞兒不也是？

結婚那天，知客照例是最懂老禮兒的徐先兒。快到中午時，我和老原過去，院裏院外都是熟臉，似乎全村的人都在。看見我們徐先兒便高喊：原家客到——

老安被請來做席面，家裏只有安嫂子自是不行，老原付完禮金便去了西掌，我留下來代表他吃席。席面是三八席，八涼八熱八湯碗，每一道「八」裏又各分四葷四素。秀梅身兼攝影師和導演，只顧著拍視頻，飯都沒坐下吃。拍大曹燒火劈柴，拍徐先兒迎客敬煙，拍在灶口打下手的女人們擇洗切菜。等新媳婦進了門就可著勁兒拍新媳婦，開席了就拍席面，拍炒菜傳菜，拍衆人吃飯。頭茬席坐不下，有人拿著碗筷站到人後抻著胳膊去夾菜，在這裏叫「釣魚」，她都一一拍下。新郎、新娘到各桌敬酒這些更是不錯過，嘴裏念叨著，都是料，這都是料。間或歇上片刻，還忙著把拍好的片段傳給衆人品評。經過這大半年的歷練，村裏人似乎已多少具備了一種鏡頭感，本來沒想笑的，對著鏡頭就笑起來。本來就笑著的，對著鏡頭就笑得更開。本來笑得很開的，對著鏡頭做起了鬼臉，頗有些表演的自覺性。秀梅誇讚道，看看，都多會配合，多會人來瘋。突然她又來了一個靈感創意，便讓一群女人排成隊，依次進門，小曹的父母在門兩邊做出歡迎姿態，每個進門的人都和主人揮手擊掌。

正排演著，幾個遊客路過，笑盈盈地在門口道了喜。這邊徐先兒回了謝。那邊又問，討杯喜酒喝中不中？徐先兒道，中中中，請請請。那邊卻揮了揮手一笑而過。我問，他們要真進來，咱還真叫他們吃？徐先兒道，那是當然。人家既然說出了口，咋能給人家擱到那兒。要說不中，也顯得咱們薄氣不是？彼此臉上都不好看。我說，要是任誰都能來吃，那豈不是白叫人佔便宜。他呵呵一笑道，說是說，讓是讓，叫不叫他們吃，末了還不是由著咱？一兩個就罷了，不差那幾口飯，只當添點兒熱鬧。要是七八十來個呢？按說喜事不怕人多，可是咱也有個成本，不能叫他們立個巧名兒吃大戶。既是受了東家拜託，咱也得為東家心疼東西不是。咋辦？好辦。凡事躲不過一個禮字。咱不是有禮桌麼，待他們真進了門，就把禮桌指給他們，叫他們去落上大名。想要吃席，先去上禮，這是客的禮數。這就叫，禮來禮去，有情有義。

等飯罷席收，秀梅卻還興猶未盡，到底沒饒了小曹母親，非要她來拍《朝陽溝》裏那段「親家母，你坐下」。這一小段演的是銀環娘想通後去朝陽溝看銀環，栓寶娘即銀環的準婆母熱情招待，鄰居二大娘也過來招呼。秀梅演二大娘，小曹母親本色出演婆母，把大英拉來配銀環娘。抖音裏也有現成唱段，她們三個只需要配動作和口型。小曹親自拿手機管拍。就要開始時，大英突然指著我說，青萍，你也進來。我驚訝道，幹啥？大英說，你來代表銀環，不唱也得在這裏站著。能嫁進咱山溝裏的閨女，像青萍、青藍這，都是銀環。秀梅說，叫她當銀環的小姑子巧珍唄，那好歹還有一句詞哩。

就都笑。不知誰推搡著，大英便不由分說把我拉進來。於是我便傻戳在那裏，看她們三個人蹩手蹩腳地演。這段三人對唱是我從小就聽熟了的，也是無數河南人都聽熟了的，十分膾炙人口：

（栓寶娘）親家母你坐下，咱們說說知心話。

（銀環娘）中！親家母咱都坐下，咱們隨便哪拉一拉。

（二大娘）老嫂子你到俺家，嚐嚐俺山溝裏大西瓜。

（栓寶娘）自從孩子離開家，知道你心裏常牽掛。

（銀環娘）出門沒有帶被子，失急慌忙她離開家。

（二大娘）你到屋裏看一看，鋪的什麼蓋的什麼。

（栓寶娘）做了一套新鋪蓋，新裏新表新棉花。

（銀環娘）在家沒有種過地，一次鋤把她沒有拿。

（栓寶娘）家裏地裏都能幹，十人見了九人誇。

（二大娘）又肯下力又有文化，不愁當一個啥、啥？

（巧珍）當一個農業科學家！

等我說完這唯一一句詞，便是哄堂大笑，後面按劇情這句詞要被二大娘再重複一遍，秀梅的重複也淹沒在笑聲裏。表演加配樂很快妥當，秀梅當即發了出去。我點過了讚，不自覺地又看了兩遍。從不曾意識到這詞寫得如此精妙：先喊出「親家母」的就應是栓寶娘，替銀環謙辭的必是娘家媽，叫老嫂子的一定是二大娘，她同時也兼職助攻，婆母不方便誇時就得她出來誇。不過是些家常話，年少時聽著有趣，如今才品出了一點人情世故。

眾人反覆看反覆讚，大英道，弄得不賴。回頭等根兒和青萍辦喜事，你還得這麼弄。於是又都笑，一起看著我。我無語，也只好笑。

晚飯後秀梅拉著我，又拽上雪梅，一起去找青藍聊天，刻下就聊得歡聲笑語。問她以後打算住山下還是住村裏，她甜笑道，我看好咱村，當然住村裏啦。以後咱們一起好好耍，有啥事只管叫我。對了，建華不是說年底時想搞村晚？那咱們就搞起來呀。人人當演員，人人當觀眾，咱村裏人自己熱鬧一場。你們好不好跳廣場舞？咱也跳起來吧。村晚哪能少得了廣場舞呀。

13. 山裏紅啊山裏紅

青藍果然是說開花就結果的性格，沒過幾天，村委會那邊就聽到了廣場舞的音樂聲響。開始沒有什麼人去跳，她見人就拉，率先領跳，便漸漸人多起來。也拉了我幾回，我婉拒說要常去西掌照應九奶，實在沒空，也沒興趣。青藍說，你這麼時髦，真該跳廣場舞的。每天就那個把小時，你就非得那時候去照應？她較真起來還挺不好糊弄，推辭不過，我便隔三岔五也混進去跳上一回。楊鎮長有一回路過，下車看了一眼，鼓勵說可以再往上拔拔檔次，元宵節時鄉裏按例要搞會演，要是跳得再好些，就能晉級成鄉裏的節目。還親自選定了曲目《山裏紅》，說這歌名吉祥喜慶又應景。咱們在山裏，山裏紅，山裏紅，現在就很紅，將來會更紅！眾人都說好。大英順勢道，上檔次還得看衣裳，人是衣裳馬是鞍，鄉裏給俺們置一身唄。楊鎮長笑道，鄉財政是沒這經費。咋啦，寶水今年紅火成這樣，大家小戶都發了一筆，置辦個衣裳都置辦不起呀？過年不置新衣裳？就兩碼歸一碼，一起置唄。

《山裏紅》跳廣場舞確實也是適宜，我簡直懷疑寫這歌的人當初就考慮到了將來會拿去跳廣場舞，聽聽這一路淌下來的流水詞：

飄飄落葉秋色中，南飛的燕子叫聲聲，飛過一片藍藍的天，飛過一片山裏紅。脈脈含情誰能懂，吹來的風啊暖盈盈，吹落一滴相思的淚，吹落一顆顆一顆顆山裏紅。山裏紅啊山裏紅，紅紅的歲月紅紅的情，紅紅的果實盼親人，紅紅的臉頰紅紅的夢……

押韻是必須的。押韻所帶來的朗朗上口的節奏感，在這裏簡直就約等於文化本身。歌詞的畫面感也要明快直白，才能觸到她們的歡樂點，可上她們的意。

她們的舞姿自是一言難盡，可居然也能讓我邁不開步子。作為米字形高鐵的所在地，交通的便利讓象城彙聚著高頻率的文藝演出，一年到頭都有各路明星腳跟腳登場，報社也總能分到位置不錯的媒體票，我一向對那些興味索然。可是此時，這粗陋的廣場舞卻讓我看了又看，似乎有一種神奇的魔力。

她們的動作盡量向著舒展和大方，表情卻不免是緊張和羞澀的。她們總是低垂著眼睛，努力避開正視前方的觀衆。實在避不開時，那眼神裏其實也很平靜甚至嚴肅。象城街頭跳廣場舞的女人們也是這樣，這一點她們不約而同。我喜歡這種表情和眼神。在電視上經常看到跳廣場舞的女人們臉上往往都掛著複製粘貼的標準笑容，雖然明知道那些笑容負責傳達的是歡欣、愉快、幸福等諸如此類的常規信息，卻讓我每次看到都覺得難受，覺得太過於假惺惺。對於缺乏舞台經驗的素人而言，上台最重要的事是記住動作，在記住動作的同時還能兼顧表情管理的通常就屬職業演員，職業演員跳的廣場舞，不看也罷。

一旦跳起來，什麼都不能掩蓋。女人們各自的風情顯露無遺。秀梅是颯爽的，雪梅是柔婉的，當然還是香梅最出挑。她也是低垂著眼睛，也是和別人一樣進退，看著都和別人一樣，沒有比別人多做一點，也沒有比別人少做一點。但她一動起來你就知道，她和別人終究還是不太一樣。她的風情不僅在她好看的臉，還在於她的頭頸肩隨著腰胯腿自上而下的一系列擺動，是渾然無隙的柔軟和協調，這使她流溢著一種靈動的水氣，妙不可言。與她們相映成趣的是那些上了年紀的婦人，儘管身材臃腫，她們卻也自有一種韻味。張有富媳婦和張大包媳婦就是如此。她們的胳膊幾乎沒有一個動作能劃拉到位，腳下的踩點卻很準。上半身的差謬和下半身的精確搭配在一起，讓她們顯得頗為稚拙可愛。中間休息時，我誇她們跳得好，張大包媳婦赧然一笑說，好個屁。張有富媳婦說，你個老東西，接個話都接不成。人家青萍誇咱呢，你說好個屁。張大包媳婦說，屁也是好的。咋不好啦？去找徐先兒瞧病，他慣常問的就是放屁了沒有。屁就是通嘛。不放屁就不通嘛。就都笑。雖是屁來屁去的，卻也就是這個理。

秀梅自是不失時機勤勤懇懇地拍著抖音，只要香梅在，每次也必會把香梅當焦點，就差懟到香梅臉上拍特寫，說全靠著香梅漲粉。底下的評論也多是對著香梅的，除了各種誇，也免不了有人說些輕浮話。網上的這些倒無所謂，讓我擔心的還是七成，以他的習性做派，香梅這麼頻頻跳舞也是在出風頭，怕以這為引子起紛爭。因此，但凡我跳，便會陪著她回西掌，看著她回家後，我再去九奶那裏。想著這對她或許是一種正大的展示和含蓄的護衛，以期為她降低風險。不過還是時而免不了有幾天不見香梅來，那不用說，多半是又挨了打。後來我才得知，這麼周全地送香梅反而也令七成起疑，認為我是故意給香梅做證，恰是有鬼。

沒事，姐，他現在下手輕多了，還是有進步。香梅笑。她竟然還笑得出來。

個把小時的廣舞場也很自然地成了村裏的臨時資訊交流平台，來自各個渠道的消息在這裏被密集置換，靠譜的、有點靠譜的以及很不靠譜的都彙聚在此，紛紛揚揚，以嘴為翅，從不知哪裏的四面八方飛來，又朝著不知哪裏的四面八方飛去。

14. 太平旅社

雖是緩下了速度，九奶的病勢卻仍是擋不住地往下走著。還是時而清醒時而糊塗，清醒和糊塗的比例卻越來越失調。到後來也只是時而清醒。糊塗時便是顛三倒四胡言亂語，不過對拐杖的念叨卻從沒落下過。張口就是，拐杖呢？我的拐杖呢？他給我磨的拐杖呀。

卻是一直沒有著落。中間也不斷有人挑了拐杖來給她瞧看，從沒有一根能中她的意。我發現她評價的標準就是一個字：磨。不是說這根磨得不够，就是說那根還沒有磨，要麼就是磨的顏色不對。

做拐杖的說法，就是用磨的嗎？這天，在門口見到大曹，我問。他說磨是行家說法。好拐杖是得磨呀。下好了料，火烤取直，刀銼去皮，整出大形再打磨尖角毛刺，還得餵桐油，用的時間長了就能有包漿，那也是手磨出來的包漿。又嘆道，老太兒要求怪高，怪愁人的。叫我說，甭費氣了。尋不著的。她原來那根老拐杖陪了她多少年，咱擱哪兒去尋那麼老的物件。

老，這字聽得我心裏一沉。或許，九奶尋的根本就不是老拐杖的拐杖，而是老拐杖的老。這個老，確實也是無處可尋。

這一天，香梅過來約著去後河趕集，聽我說沒啥可買的，她眉毛一挑道，給九奶挑拐杖去呀，萬一有呢。

也對。那便去。我說開車，她說不用，就騎她的小電動車，多輕便。就咱倆，快去快回。便載著我，一溜兒跑去了後河。到了集上，她卻忽然又說肚子疼，應該是來了例假，得找個地方躺躺。這行事有些蹊蹺，看她的樣子，若說是裝的，也算是裝得誠懇，也好奇她到底有什麼籌謀，便依著她到了一家旅社。

旅社極簡陋，卻也有一個名頭，叫太平旅社。紅門已經斑斑駁駁，兩個門扇高低錯合著，像一個人趔趄的肩膀。如果不是香梅上前去敲門，很難想像這裏還在營業。敲了一會兒，終於來人開了門，是個老頭兒，穿著臃腫的棉軍大衣，蹣跚著腿，帶著我們上去。樓梯很窄，稍微胖些的人估計就得卡滿。我跟著香梅默默地往上走著，三個人都不說話。這情狀實在是有些詭異。這個香梅，她到底想幹什麼呢？

二樓有四個單間，以樓梯為界，左右各兩間。除了左邊靠外的那間，老頭兒把其他三間都打開了讓我們挑。香梅選了左邊靠裏的那間。裏面有三張床。這床鋪有海綿墊，可以的吧？他問。掀開粉紅色的牡丹蝴蝶圖案的床單，大紅色的床墊有著印跡可疑的斑塊。香梅說可以。問他多少錢，他說每張床二十塊。香梅說四十塊是吧，一會兒走時再結賬。

躺下來後，香梅便只顧著看手機，看得專心致志。我坐在床上，忐忑不安。從來沒有進過這樣的旅社。如果不是跟著香梅，我可能一輩子都不會和這樣的旅社有關係。所以，我的世界多麼單薄狹窄啊。我所不知的還有多少層面？因為不知，所以無從推測。單薄狹窄限制了我的想像力。我只能確定，於我可憐的視域之外，有無數的人都正生機勃勃地過著他們的日子。就在此時此刻。

姐，對不起。香梅忽然放下手機，眼淚汪汪地看著我。

怎麼了？

我今天要拖累你了。

什麼拖累不拖累的，不就是歇會兒嗎？

我約了個人，在這兒見面。

誰？

就是他。信陽那個。

我茫然著，瞬間便也明白過來。站起身。

姐，你不用走。

我便重新陷入茫然。難道要我看著他們你儂我儂？

他在隔壁。香梅說。你在這兒等著我就好。她的臉已經紅得似要破了皮。也是一瞬間，我又明白過來。

好。我說。

我不看她，只聽著她開門出去。幸虧還有電視，也幸虧這電視還能看。裏面正播著一部什麼武俠劇，打打殺殺的，喧鬧得很，愈發襯托得屋內荒涼。聽著電視裏的聲音，聽著偶爾沉默的空隙裏隔壁的輕微響動，聽著自己的呼吸，我問自己，你這是在做什麼呢？她在私會初戀情人，用你來打掩護。以往以為她很委屈，卻原來，不是那麼委屈。隱隱地，卻有點兒為自己委屈。之前一直心疼著她，居然被她利用了這心疼，不，甚至是有些被愚弄。這不是拿你當了大傻子嗎？卻又有些佩服她，在不動聲色中下了這麼一盤棋，有城府。

香梅又進屋時，拎著一提綠茶，袋子上印的是信陽毛尖。

姐，這個給你。

我不要。

我沒法子拿回去的。她囁嚅著。他說，是最好的茶。

你沒法子拿回去，我就有法子拿回去了？讓人看見了，問我在哪兒買的，我怎麼說？這集上有幾家賣綠茶的？我沒好氣。

香梅不作聲，手卻不閒著。她打開大包裝盒，剝出四個小紙盒。再打開小紙盒，摳出裏面錫紙裝的小茶包，裝進我的包裹，朝我笑道，去了包裝就不打眼了，咱們自己知道這是啥就中。

你看看你，辦的這是啥事。我小聲埋怨。一直沒斷？

跟斷了也差不多。實在拗不過，才見上一回。她頓了頓，尤其是剛挨過七成的打，就覺得見見他也不虧。姐，我不是說過？他打我的我都記著呢。不是不報，時候未到。她笑。皮膚泛著紅潮，越發光潤粉嫩。

你這，就算時候到了？我知道自己的口氣裏有揶揄甚至嘲諷，卻也沒有多少顧忌。經過了這場事，和她之間便更進了一步，自是更有擔待些。

她抿嘴兒一笑。這可不夠，哪就夠了呢。以後還有呢。

你以後還想幹啥？

她抿嘴兒又是一笑，嬌俏的笑容讓我後脊背嗖地涼了一下。

你可別幹傻事兒啊。還有孩子呢。

知道。姐你就放心吧。她挎住我的胳膊，親親熱熱。咱快去找拐杖吧。

拐杖自是沒有合適的，卻也沒空手，便買了些雜七雜八的小東西。回家後把茶葉單拿出來，存放進了冰箱的冷藏格裏，被老原一眼瞧見，問這是什麼茶？我說，綠茶。什麼綠茶？我沒好氣地答：頂級綠茶。

15. 野菊花

「霜降摘柿子，立冬打軟棗。」軟棗卻不是棗，棗對它來說只是個形容詞。這最小的柿子之所以叫軟棗，大約就是因個頭兒只有小棗子那麼大。小歸小，資格卻老，其他的柿子種都需得從它這裏嫁接，所以它其實是柿子界的母本樹。徐先兒說它還是一味中藥，藥名雅致得緊，叫君遷子。它的蒂還能成一味偏方，專治打嗝。

這母本樹性子也緩。立冬後，其他的柿子都下了樹，它方才不慌不忙地熟起來。紫黑色地掛在枝上，一點兒也不顯眼。這時節幾乎沒了客，村裏人閒下來，手腳好的便去打軟棗，不為了吃，為的是當藥賣錢。這幾天天氣好，晴朗無風，秀梅、雪梅、香梅這幾家都去打軟棗，小曹和青藍也去了。他們叫我，我說還得跟老原守九奶，就在近處採點兒菊花吧。

採野菊花也是正當時，到處都是，梯田邊，草坡上，灌木叢裏，乾溝畔，在哪兒都能看到它。它的花株又細又高，卻並不因為細高而易折，叢叢蓬蓬的，倔強得很。花朵不大，卻不單薄，堆得滿滿的，顏色黃得往深裏去，氣息也往濃烈裏聚。一聞你就會知道，這是山野裏的菊花才能有的苦香藥味。這味道鎖得很牢實，直到來年春天，都還會在。一直到新的菊花苗從老根兒裏長出來，也還在。菊花苗忠實地傳承了它的苦香藥味，只是要清淡許多。再然後，老根兒漸漸被新萌的蔥蘢葉子遮掩，如同老嫗轉變成了少女，少女漸熟，直至開花，氣息也逐漸由清淡開始濃烈。

這天午後，採了野菊花回來，正在曬著，小曹和青藍來了，神色有些慌張。問什麼事，兩人你看看我，我看看你，一時間卻僵著。青藍的臉色很不對，我問小曹，你欺負人家啦？小曹笑道，好不容易娶來這麼好的媳婦，我哪敢呀。看他笑，我方才放下心來。又問青藍，青藍猶豫了一下，便細細地說了。原來他們今天去獅子嶺那邊打軟棗，看見了香梅和七成也在不遠處。雖是離得不遠，卻也沒去驚動。忽然聽見那邊動靜大起來，似乎是在廝打，兩人才悄悄拐過去看，便看得目瞪口呆。我問，是七成又打香梅了？青藍說，是香梅在打七成呢。七成躺在草窠裏頭，她一腳一腳踢，像換了個人似的，可嚇人了。我都要叫嚇傻了。小曹說，可不是，要不是我拉她回來，她就能一直待在那裏傻看。青藍說，才不是。我肯定會上前去救七成的。小曹說，我就是怕你上去胡亂干涉。我咋是胡亂干涉？人家兩口子的事就是內政，你要去管那就是胡亂干涉。香梅她那是家暴呀。得了吧，你知道香梅挨過多少？那也不能以暴制暴。有時候就得以暴制暴。兩人拌著嘴，小曹朝我笑道，青藍還說要報警，虧得我把她手機搶了過來。

我仍沒反應過來。七成挨了香梅的打？香梅家暴七成？這怎麼可能。——不過，憑什麼就不可能呢？

青萍姐，你說，要不要報警？青藍眼巴巴地看著我。

不要。

香梅姐那個樣子好可怕。會出人命的。青藍的淚水在眼睛裏噙著。真是一個好孩子。

不會。我說。

兩口子再有仇也不能這麼幹，得讓法律管。

不是啥事都得靠法律。就好比你倆有點兒矛盾就去找娘家或者婆家長輩來評理？不會吧？大多時候都能自己消化，是吧？

那和這種情況可不一樣。

看著不一樣，其實一樣。如果你相信我和小曹，那就當作不知道。

青藍不再說話，低頭沉默了好一會兒，方才問，村裏的風氣，就是這嗎？

他們家的事和村裏的風氣是兩碼事。我說。讓小曹帶她回去，做點兒好吃的，給她壓壓驚。小曹笑著允諾，摟著她的肩膀離開。我長吁了一口氣。再說下去，我也沒什麼話好講。跟她對話實在困難，儘管知道她很有理。她需要在村裏過上真正的日子才能明白我說不出來的這些，才能明白香梅此舉居然也真有可能抵達某種履險如夷的微妙平衡。——很不合時宜的，我想起了陰道裏的各種菌群。少女時代的我，有一段時間特別愛乾淨，無論是上大號還是上小號，上完必定要洗一番，整天洗啊洗啊，結果有段時間還是有了炎症。百思不得其解，看醫生時，醫生診斷說你這是毫無必要的過度清潔造成的損害。一般情況下裏面的菌群是能和平共處的，這小環境有自淨功能。所以嘛，不要亂洗，不要管它。

隨後便接到了秀梅的電話，說香梅傳來消息，七成打軟棗時不小心在陡坡上踩脫了腳，跌了下來，動不了了。他們幾個已經去獅子嶺那邊抬七成，也安排了張大包開車把他們送下山，讓我先去西掌招呼鄭義，她一會兒就過來把鄭義領走，叫他在她家混幾天。我說，好。

到了晚上，我方才給香梅打電話問情況，她口氣平靜，說挺好的，在予城人民醫院做過了檢查，不過是幾處輕微骨折，養著就是。她打算過兩天轉回鄉裏，雖說新農合能報銷不少，可有些開銷報不了，市裏花費還是高。我說，好。

過了兩天，秀梅和雪梅約我一同去鄉醫院看七成，我沒去。直到幾天後七成回了村，我才上門寒暄了幾句，香梅送出來時拉住我，彼此對看了兩眼，她平靜道，姐，你都知道了吧？我，嗯。咋知道的？聽我說了原委，她一笑道，我就知道你會護著我。我朝她肩上擂了一拳，說，你咋敢這麼弄這事兒？也太懸了。她淡淡道，姐，你放心。我也不想孩子沒爹，有分寸。又默默一笑道，姐，是他先動的手，我不理虧。一直就在等著一個還手機會，這次可叫我趁住了天時地利。我早算好了，即便傷著了他的筋骨，反正也沒生意，耽誤不了掙錢。姐，你不知道，當我把他從坡上踹下去時，看他一動不動地躺在那裏一副死豬樣時，我心裏有多暢快。還別說，踢人也是個力氣活兒，比打軟棗累多了，踢他幾下還得歇歇。我歇時就跟他講條件，我說，今天跟你來這一回，我也沒打算活著。你來選，是咱們都活著，還是都死？他說，你恁狠。我說，比你差得遠。你打了我多少回，我這才一回。不過我這一回要頂百回用。你說吧，都死還是都活？他說，廢話。我說，活有活的活法。今天就立下規矩。你以後要再打我，就想想今天。要叫我弄你第二回，那就是咱們都死。反正我死你是攔不住。你要是命大，沒有叫我弄死，那你就想好，是不是想要再娶個老婆，想叫你兒子跟後娘。

我看著她。黃昏時分，暮色還有光，光在她眼裏，成了淚。

姐，你不知道他那眼神有多害怕。我就是要叫他害怕。

我輕輕地抱住她。她把下巴放在我的肩上，哭了。

16. 酸黃菜

近兩日裏，但凡清醒過來，九奶就開始說自己現在是迴光返照，熬不了多久就得上路。要到那邊兒去啦。我這事兒可是喜喪，你們到時候可不要扯喉嚨哭，都高高興興的。說完了這個，下一步就是把我和老原都叫到跟前，要交代大事。

大事之一就是房子。這房子就給你。她對老原說，給了你，你想咋處置就是你的事。反正給你就妥。說這些話時，她臉色如常，也不避嫌老安兩口和來看她的人。人就都笑，說恁這心裏還是最親根兒，房子都要給他，這根兒跟親孫子還差啥？她也笑道，不差，啥都不差。

大事之二就是孩子。每次交代都像是第一次，讓我好好跟根兒過日子。也跟老原交代，要好好跟萍過日子。萍還沒到腰乾時哩，還能要上孩子。能要就要，別覺得年歲大。大啥哩，不大。

我笑。聽她第一次提腰乾，就覺得這話似曾聽過，後來便想起，小時在福田莊，奶奶和女人們說私房話時也會說到腰乾不乾，腰啥時候乾。我還摸著奶奶的腰說，奶奶，你的腰從來都乾乾的呀，啥時候濕過。現在想想，比起停經的說法，腰乾這種詞有著民間特有的婉約韻致。

老原乖乖點頭，要，要。

有孩子多好。

嗯，好。

說不準就要上了。老來子都精能。

嗯。

有孩子多好。她喃喃重複，世上還有啥能比孩子好哩。

就是這些話，來來回回說。說著說著就昏睡過去。

到後來，我偶爾也會在晚上跟老原一起值守，讓他睡上一會兒。夜裏最難熬，也最容易陷入混沌。雖是剛入冬，這深山的深夜卻已是很冷，儘管穿著薄羽絨服，也還是會覺得冷。昏睡中的九奶卻常常會把被子掀開，露出胳膊和手，似乎是什麼在灼燒著她，燥熱著她。而當她偶爾醒來時，便會喊福久。

福久，福久。萬籟俱寂中，只有這一個聲音。

福久，福久。一遍又一遍。

怎麼跟她解釋都是徒勞。我便把老原推醒。

福久，是福久吧？

是。

回來了？

回來了。

回來就好。不走了吧？

不走了。

好，好。

每次在父親的名字中應答，老原都會哭。不出聲，只無聲地擦淚。看他這樣，我的淚就也止不住。

後來或許是為了省力氣，她就把福字去掉，只喊那個久。

久，久呀。

突然覺得，這像是在喊她自己。那麼，德茂給兒子起名福久——這個久，是不是有意和九奶的九重音兒？是不是有意在孩子的生命裏刻下九奶的記號？

一天中午時分，九奶忽然要吃酸黃菜，說漿水麵裏放點酸黃菜，就要吃這口。還點名要豆家的，指使老原跟我一起去拿。說，根兒，你整天窩在這屋裏，也出去透透氣。東西沉，你拎著，甭讓萍受累。老原撒嬌道，您咋恁向著她呀！九奶笑道，我就看她漆巴巴。快去拿，我等著吃哩。

酸黃菜如今官稱是酸菜。在我們予城，早些年是沒人叫酸菜的，慣常說的就是酸黃菜。有兩種意思。你家還有酸黃菜沒？這是當名詞用。你家開始酸黃菜沒？這是當動詞用，「使黃菜酸」之意。深秋初冬時分，長成的大白菜該出了——沒錯，這裏也常常是把「收」叫作「出」，出紅薯，出花生，出蘿蔔，出大蔥，等等，但凡是在地下長的或者貼地面長的農作物，收穫時都叫「出」，後來我才覺出這個字裏也含著一種祈使句似的隆重：使某某出，和酸黃菜的酸是同樣用法——出完大白菜後，奶奶會先把硬實的白菜挑出來存放好，以備單吃，再把一些不硬實的虛棵白菜酸成黃菜。過程不複雜：燒一鍋開水，把這些白菜一整棵一整棵地放到開水裏澡一澡——沒錯，用開水快速燙菜在我老家不叫焯一焯，就叫澡一澡，我覺得澡比焯好得多——然後，把澡過的白菜再放到涼水裏泡一泡，撈出來掛在繩子上控掉水，一層一層地撒上些鹽碼到缸裏，然後壓上石頭，封好缸口，任白菜在缸裏漚上個把月，差不多挨近了年，此時的白菜就成了酸溜溜的黃菜，方可啟缸吃。福田莊的酸黃菜，我吃過的也有七八十家，負責任地說，哪一家都沒有我家的好。問奶奶，為啥咱家的最好吃？奶奶繃著臉上的笑意，一句續一句道：咱家白菜好啊——咱家缸好啊——咱家的壓菜石好啊——你奶手藝好啊——

進了東掌，在離豆哥家不遠處，老原卻住了步子說，還是你去吧，我在這等著。我不肯，便拉著他走一步頓一步地近了豆哥家，忽然見馬菲亞和豆嫂拉扯著出了院子，似乎是馬菲亞堅持要給豆嫂錢，豆嫂在推讓。兩人正掙扎著，豆嫂回頭看見老原，愣了愣，鬆了手。待到了跟前，我問她們在鬧啥，馬菲亞便說，原來是和豆嫂訂了些悶罈肉，要付訂金。豆嫂仍在試圖塞回給她，說算了吧。馬菲亞說那哪中，快拿住。多外氣。你不拿住才外氣。如此這般又一番推讓，豆嫂終於還是收下。就是這樣，收是一定會收的，但這個假裝拒絕的過程似乎也是必不可少。之前會覺得這很虛偽可笑，現在反而覺得有那麼一些些可愛。

進了院子，便看見幾條長繩子橫扯著，掛滿了澡過的白菜。我問她咋做恁多，她說咱村今時不同往日，不多做點兒明年咋待客哩。做一回得頂上一年用。敘了幾句話，臉色方如常起來。朝屋子裏喊道，你快出來，看看誰來啦。豆哥聞聲出來，也是愣了愣才道：來啦？老原嗯了一聲。聽我說了來由，豆嫂連忙進屋，端了一盆子酸菜出來說，老缸裏就剩這些個了，全拿去，叫老太兒好好吃。聽男人們喝酒時說酒瓶裏剩的最後一點兒叫酒福，咱這點兒也能叫菜福吧，這點兒菜福那可不是最該留給老太兒？我示意老原去接，他卻不動。又推他一把，他方接了過來。

正尷尬著，兩三個人在大門口探頭探腦，拿著手機拍拍拍的，一看就是遊客，豆嫂便招呼他們進來。一位戴眼鏡的客問，你們這是忙啥哩？聽到說是在酸黃菜，便說，老是吃這可不健康呀，白菜醃幾天就含有可多亞硝酸鹽，那東西，嘖嘖。我說，知道。猛一聽怪嚇人。我也特意去找看了專家做的實驗分析，專家說嚇人的結論是需要嚇人的數字來支撐的，咱也不是天天吃頓頓吃，即便是吃，也不過是幾筷子的事，不礙的。咱老祖宗多智慧，要是這酸菜毒性恁大，那還能吃恁多年？早就把它踢出菜單啦。眾人就笑。眼鏡客點頭道，你說得也有道理。等他們出去，豆嫂便誇，還是有文化好，你看青萍把話接得多卓。我笑。

老原端著那盆酸菜，一路無話。快到西掌時，遠遠看見九奶家的屋頂，他方才說，這酸菜，不知道我爺爺是不是也吃過。

肯定吃過。我想這麼說，卻沒說出口。轉頭看他，他只看著前面道，看啥呢。我笑道，怕你哭。他也笑道，這些日子淚窩是淺了些，一把年紀了，唉。突然想起不知誰的句子來，大意是眼淚是人心的地下水，水位淺的人精神生態更豐美。便講給他聽，他道，有文化還真是好。看我這個媳婦兒，多會熨帖人。

17. 下大雪

大雪節氣很應時，當天就名副其實地下起了雪。初時下得小，一層霧似的，若有若無似苦霜。然後就大起來，扯天扯地如棉絮。一下就是三天，下得一刻不停，下得一心一意，那陣勢似乎要一直這麼下下去。起先我還拉著老原去看了兩回雪景。穿上牛筋底兒雪地靴，慢慢兒地走，盡情地欣賞著天地間這一統的白，白得原始，白得狂野，白得執拗。後來就不再出去，因那陣勢讓我突然覺得有些恐懼。所謂的地老天荒，就是這樣的吧？原來這個詞不用來形容感情而只是描述實景時，竟是如此駭人。要是這雪永遠這麼下——當然不會永遠這麼下，可即便這麼一想也會有些不寒而栗——我，我們，會在這寶水村一天天過下去嗎？

有些想念寶水外的地方了：予城，象城，北京，上海，或者更遠。

「下雪不冷消雪冷」是老說法，所謂的下雪不冷，也只是相對於消雪而言。怎麼能不冷呢？但凡是雪，便自帶著冷。去年象城也下了一場大雪，讓我深度領教到了雪的冷。這種冷，走路時你不覺得，吃飯時你不覺得，上了床卻會一層一層地侵襲過來。儘管房間裏有著足足的暖氣，儘管蓋著鬆軟的被子，被子下面鋪著厚厚的褥子，褥子上面還有電熱毯，電熱毯也已早早地開著，你也還是會冷，是浸到骨子裏的冷，不可阻擋的冷，由內而外的冷。

此時深山的雪冷自是更甚，不過因為老原，其實也還好。偶爾他會過來這邊歇息一晚。他說雪夜趁酒，總要喝兩杯再睡。蜷縮在他酒氣氤氳的懷抱裏，有時胡說，有時胡做，更多時是安安靜靜地沉默。他的體味有些重，我的體味也不清新，在這個小空間裏兩相混雜，漸漸濃釅，便在這氣息中自然睡去，睡夢中也能覺出汗津津地熱。

雪災補助的說法也在村裏人的言來語去中熱了起來，也不知是打誰傳起的，說是房子被壓塌就有補助，不管是啥房子，不管住人不住人，只要塌了就能得錢。傳得最厲害是說山外有家企業的廠房被壓塌後得了上百萬。說既然上頭有這個錢，咱的房子雖小，塌了也該補吧？要是全塌咋也得補個三萬五萬，要是塌幾個窟窿是不是也能補個三五千？都問大英，大英又問楊鎮長，傳回來的話是，有啊，有補助，你跟他們說，河裏冰面有窟窿了，補，和面盆有窟窿了，補，牙有窟窿了，也補，反正只要有窟窿的地方，都給他們補！不但有窟窿的補，即便沒窟窿的，叫他們現捅個窟窿，也給他們補！就都笑。大英說，燴麵在那邊惡聲歹氣的，說還想問問誰家婆娘的褲襠漏了，他也給補。針尖兒大的窟窿斗大的風，整天都想的啥？

雪停後第二天楊鎮長竟然來了村裏，王主任開車，輪胎上裝了防滑鏈。村委會沒有火，大英便把他們讓到了我們這，都圍著火盆取暖。雖然電暖氣也開著，可人們似乎還是更願意圍著火盆，依戀著這明白直接的熱。用大英的話說，這是活生生的熱。喝著山楂茶，秀梅便把大英說的給婆娘補褲襠的話學給楊鎮長聽，他對大英驚訝道，老姐呀，你啥時成了我的紅顏知己，我沒說出口的話你都能聽出來？就都笑。大英疼惜地責怪他，這種路還上來，多危險。他說雪沒化哩。化時結冰才叫危險，眼下還行。又說，過兩天市領導要來視察災情，閔縣長一早就打來電話交代，這幾天不讓幹別的，專心專意備這事。我不上來一趟那會中？說這些天他都沒有回過家，各村巡看。車上備了幾套衣服鞋子，濕了好隨時替換。本來想開自家的車，可沒有親手裝過防滑鏈，裝反了，把車給弄出了毛病，又打了一圈電話才借到這個車。大英問，咋光是閔縣長來？咱那縣委書記呢。楊鎮長道，書記在省裏學習哩。你這眼皮咋只往上翻，整天念叨的都是大領導。一個閔縣長還不夠你用？大英連連點頭道，夠夠夠，咋不夠。要是叫俺們村專用就更卓。又都笑。

坐了一會兒便起身要走，大英拉拽著硬留吃飯，他說一堆事擠著，心裏肚裏滿滿的，哪能吃喝得下。大英不依道，想得美，誰安排你大吃二喝了？到了晌午頭，咋也得來碗麵條。老原已眼疾手快地去開火坐鍋，我也去擇菜，一番洗切炒，轉眼兩碗雞蛋青菜麵便端出來。他們也便接了，呼嚕嚕吃完，楊鎮長邊朝外走邊嘆氣道，不怕你們笑話，咱是中文系出身，年輕時也愛個古詩詞啥的。上大學時，逢到下雪，肯定會和狐朋狗友們聚聚餐。「綠蟻新醅酒，紅泥小火爐。晚來天欲雪，能飲一杯無？」多文藝，是吧。那時還不猜枚，行的令是詩詞接龍。那時咱還不會喝酒，接不上龍就被罰去擦玻璃。屋裏熱呀，窗玻璃上蒙著一層水汽。輸了又不能喝的人就得負責擦玻璃，讓其他人賞雪。現在可好，一下雪只剩下了怕，怕路不通，怕有車禍，怕樹倒怕屋塌，怕這怕那。

臨上車時，大英把他拉到一邊，悄聲問他下一步是不是能接住書記。他笑道，我的親姐，你咋又問哩。這是組織考慮的，哪由得咱自己。真不知呀。

半下午時，馬菲亞兩口子踏雪而至，抬著一隻編織袋，進屋便打開倒到了地上，原來是幾隻死雞。她說，剛剛斷氣，還新鮮著哩。你給大英留兩隻，其他的自家吃。便坐下喝茶聊天，方才知道她的雞棚被雪壓塌了。她說本想著等天好就再修起，又聽聞壓塌了有補助，就有些糾結要不要再建。不建的話雞沒地方安置。建的話又怕鎮上統計補助時不作數，便來跟我討個主意。我笑。這哪是跟我討主意，分明是拿我當個橋樑，好讓我跟楊鎮長傳話打探。便直接給楊鎮長打了電話過去，楊鎮長說，該建就建，你叫她把當下壓塌的照片保存好就中，過些天我叫人抽空去現場核實，放心，能看明白。補助的政策還沒信兒，我這邊給她排著隊，萬一能補點兒就補點兒唄。不管咋說人家也算是在咱鄉創業的。馬菲亞在一邊聽著，拍著心口說，不管能不能落著補，領導這話就暖人心。

過了兩天又傳來消息，果然有市領導上了山，還是個常委呢。視察時卻在南嶺村出了岔子，叫楊鎮長挨了懟。大英打聽了原委，說是原定去的這幾個村離大路近，常委嫌太好走，顯示不出領導慰問的誠意和力度，就臨時起意去南嶺。車難行，常委是親自走路進去的，由閔縣長陪著，楊鎮長一溜兒小跑在前面引路，邊跑邊打電話讓老豆腐在村口好好候著，又叫他安排村長去盯盯幾家貧困戶，老豆腐滿口答應。一行人到了村口，老豆腐便領著去家戶，一戶是個孤老太太，房頂塌了個窟窿，說沒人修補。一戶是個瘸腿老漢，人沒在家，著人去叫回來，原來是在本家兄弟那裏烤火打牌。因門口的雪沒鏟乾淨，那老漢當著領導們的面兒還差點兒打滑跌倒。楊鎮長悄問老豆腐咋跟村長安排的，老豆腐說，村長手機用了可多年，老是出毛病，正好今天打不通。他又聽話在村口等著，不敢跑開。遇到這情況，他哪能料到？把楊鎮長氣了個乾噎。

看了兩家，兩家都有問題。領導們這趟算是視察了個寂寞。閔縣長陪常委去時一路是自我表揚，返回時就只能是一路自我批評。其實常委還好，沒發脾氣，只和顏悅色道，知道基層工作很難，可是既然做了就要做扎實，不能浮漂。回到鄉裏，送走了常委，閔縣長就雷霆暴怒地斥罵了楊鎮長一頓，說自己工作了恁些年，多少任領導前咱從沒丟過人，偏偏在你這掉了鏈子。還想著下一步給你加擔子哩，就你這工作做得毛躁勁兒，去吧。

虧得沒來咱村。大英的口氣頗有些幸災樂禍，又說，即便來咱村，我也不會弄出來這事。老豆腐太不地道，這不是生生耽擱了楊鎮長的前程？怪不得鄉裏人都說「南嶺南嶺，真個難領」，碰到這種爛茬的村幹部，誰不頭疼？又為楊鎮長嘆息，說他倒楣，該叫趙先兒給他算算，看他這是咋啦。晚間趙先兒來看九奶，閒話著便扯起了楊鎮長的面相，趙先兒煞有介事道，面相有五金。釵釧金是首飾金，小意思。金箔金只能貼一層，太薄弱。砂中金是正在養成的金，平平穩穩地就能積少成多。海中金是金在水裏，平安即可，難求富貴。最厲害的是劍鋒金，斬妖除魔，見啥滅啥，強盛得很。楊鎮長呢，是砂中金，其實還算不錯。不過雖是金在砂，奈何碰到了鐵水渣，有命無運，沒啥辦法。

18. 那一片明光

因一天幾見面，九奶又常昏睡著，這段日子便覺得九奶總是那樣，只有問那些隔幾天來看的村裏人時，通過他們的評價方才察覺到她似是胖了些或是瘦了些，臉色似是好了些還是差了些。末了他們都會說，老太兒熬到了這會兒，肯定也能熬到年下，大年初一來給老太兒端餃子磕頭呀。

冬至這天，安嫂子娘家族親有喜事，兩口子主廚帶隨禮，便一併去了。因老安今天要出大力，昨晚便是老原守著，我便讓他好好補覺，需要時再叫起他。他的摺疊床就鋪在九奶腳頭，躺下沒多會兒，呼嚕便起起伏伏地扯了起來。倒也不擔心他吵著九奶，因九奶說過，這呼嚕聲也中聽得很。午飯吃過了餃子，他又是躺倒便睡。九奶卻沒睡。眼神清清亮亮的。按她這些日子的習性，午飯後是要睡個大長覺的，這會兒卻這麼精神。問她想不想喝水？她搖頭。想不想解手？還是搖頭。伸手摸她身下，也是乾乾的。

福久這呼嚕，跟他爹一模一樣。她笑。

這笑容讓我難過。是的，她這種不自知的混亂總是讓我難過。沒辦法不難過。

今兒扁食好吃。小迎春，你還怪會做哩。

好吃晚上咱就再吃。

他也好吃扁食。

嗯。

還好吃粉漿麵條，擱酸黃菜。把我揹回去第一頓，吃的就是這。

嗯。

她伸出手，按住我的手：老早就想跟個人說說。沒人可說。小迎春，我跟你說說吧？我知你不會笑話我。

你說。

她說得很流暢，似乎積壓了太久，終於等到了任性傾吐的一刻。聲音卻極其微弱，似乎隨時都會消失。我貼近她的臉，讓耳朵盡量貼近她的嘴唇。

以前不知道啥是享福，到了原家才知道啥是享福。吃飽穿暖，這些只是外福。真享福，是裏福。一個男人對女人好是啥樣的他叫我知道了。他恁端著的一個人，架子恁好的一個人，正為這，我知道他對我這份好，才更不易。

他對我，有那個意思。我對他，也有。本來沒想有，也不敢想有。配不上呀。可看出他有了，我也就有了。恁好個男人，挑不出毛病。再說，他救了我一命，也想報答他。能報答他啥？也只有這個身子。要是能給他留個後，也算報了恩。

他有架子不要緊，我沒有。我來勾他。有天夜裏，他路過我的小後屋，我就叫住了他。他不進屋，我偏叫他進。我沒點燈，叫他用火鐮給我點，他就進了屋。那天有月亮，照到門口那裏，一片明光。我就站到那一片明光裏，他也站在那一片明光裏。我本該去拿燈的，沒拿。他本該催我拿燈的，也沒拿。倆人傻站著，站了那麼一會兒，我就去拉了他的手。

那是第一回。後來就有了第二回。第二回他來找我時，我心裏還拿不太準，問他有啥事，他說，來種地。

他是種地的好手，種得我要死要活。心裏也亂，亂似一團麻。也害怕。倒不是害怕小桃。好過第一回，第二天跟小桃一對眼我就知道，他跟小桃說過了。小桃還那樣。肯定是忍著的，為了有個苗兒。我害怕，也是為了這個苗兒。是害怕他扎不下苗，要是扎不下苗，嘴上不說，心裏肯定失意。也是害怕他扎下苗，要是真扎下了苗，我們倆就沒有名目再去好。有個名目可是要緊，哪怕是不能見人的事，不能說出嘴的事，有個名目，心裏就能墊住底兒。原先倆人在一起瘋，那是為了種個孩子，要是有了孩子，再在一起瘋，那是為個啥？就為了瘋去瘋？

後來就懷上了。我不再出門，小桃也不能再出門。她裝著懷孕，我裝著生病，一直裝到我生完孩子，孩子長到一歲。我跟小桃，都沒有當著人給孩子餵過奶。

有了孩兒，就再沒有好過。也想。一直想。我想，我不信他不想。可這世上的事，不是想咋就咋。總得顧慮小桃。三個人裏，要說不好受，就數她最不好受。要說忍，就數她忍得最多。我倆每好上一回，就是往她心上插一回刀。要是沒有孩兒，她就得忍著。可有了孩兒，哪還能再去插刀。人不能太貪，再美的事也得有個邊兒沿兒，沒有了該做的理兒，那就不能再做。

後來就是仨人勁兒往一處使，一門心思養這個孩兒，還有啥能比孩兒要緊的哩。就這麼過著日子，直到福久長大在外頭扎根，他叫批死，也沒了小桃。就剩了我。那我就等著福久回來。老家老家，沒有老人給他守著老家，咋能算老家呢？你看，這不是等回來了？

福久，他知道嗎？

知道啥？

你是他親娘。

沒說過。不敢說。說了對誰都不好。叫德茂的臉往哪兒擱哩。小桃跟福久也受不住。小桃待福久沒的說，在福久心裏小桃就是親娘。她詭秘一笑，就這吧，正根正苗的，這就怪好。

19. 數九肉

冬至過後就是數九，村裏養有豬的人家便開始準備殺豬，沒養豬的人家則忙著訂豬，都是為了做數九肉。其實也就是悶罈肉，說是數九嚴寒裏做得最好，數九裏又不能拖過四九，一九到四九裏，又數三九這幾天為上佳。問好在哪兒，都說好在氣息。氣息在這裏的意思應該約等於味道，乍聽有些怪怪的，再一琢磨，卻比味道多了些飄逸感，頗有些妙。

老原早就安排老安在後河那邊定妥了，說豬是老安親自挑的，肉老安也會盯著做，這事還是老安懂行。二十罈成品，六百斤，差不多够用一整年。我說昨兒見了豆嫂，她還說給咱們留了一罈呢。老原沉默片刻道，哪差她那一罈。我看著他臉上不陰不陽的，正想著該怎麼回他，忽聽秀梅在外面喊，出去便見她撒著兩隻油膩膩的手說，今兒晚上來吃殺豬菜呀。原來她也訂過了豬。我還沒應出聲，她又道，孟鬍子說也能趕回來吃呢。他這好鼻子，隔著百里外都能聞著味兒。你倆可也必須得來，俺難得鋪一場席，總得好好喝幾杯。

我答應著又進屋，問老原的意思。他說好久不見孟鬍子，當然得聚聚。就開始翻騰著找酒。正找著，聽著有人進了門。原來是馬菲亞兩口，又拎著一隻編織袋。兩個男人出去抽煙，我便陪著馬菲亞說話。問她，又有送命的雞啦？她笑道，現殺的。我倒是想送活的來，又怕你們不會殺。殺雞也是技術活兒，殺得不好，雞甩著血腦袋滿院子跑，你不害怕？就倒出了四隻雞來，一毛不掛，白白淨淨的，讓我放進冰箱裏。我問是不是還有兩隻給大英，她笑道，在黑岩村包這條溝，承了大英不少情，按說明著給她也應該，可事就是這，恰恰不好做到明處。拿來給你，人都說不出啥。她大小是個村幹部，就容易犯忌諱。在山裏這兩年可算是知道了，有人的地方都複雜，總有想不到的事兒。

聽她話裏有話，似有委屈，便細問她。她說，姐，你真是水晶心肝玻璃人兒。原來是為了當初和豆嫂訂的悶罈肉。說那天你們倆去她家端酸菜不是也看見了？知道她做這個好，就早早跟她訂下了，那天把錢也過了手。昨兒聽說她家殺了豬，便打電話問，不料卻說沒了我的。原話是，俺家養了兩頭豬，誰都知道。這幾天親戚們都來要，實在沒辦法勻出來給你。我說我可早就下了定，恁可不能這時候把我拋閃下。她說人家也都給錢，錢都不短。這就把錢退了你。我說也不光是錢的事，就沒有個先來後到？她說要說先來後到，跟親戚多少年？跟你才多少年？你可算是後到。沒想到她會這麼說，我都不知道該咋應對了。她那話卻跟翻了核桃車子，啪嗒啪嗒地滾一地，還一捧一打的。說抬頭不見低頭見的，你說我咋辦？總不好為這點兒肉和他們結下疙瘩。你是見大世面的人，好通融，不把這點東西看在眼裏。說句厚臉皮的話，我是惹得起你這君子惹不起他們那些小人呀。

我笑。給她續水，她的臉色卻越發不平道，這兩年跟豆家打交道不多，也無非是我買他家的豆腐，他買我家的雞。他家豆腐多搭給我一塊，我家雞就少算個零頭。見面都笑瞇瞇的，我感覺關係還挺好。你說，她咋能這麼辦事呢。我說無非是兩罈子肉，哪兒沒處買去。我家訂了二十罈呢，勻你兩罈。她撲哧笑了，說，不是肉的事，是這個理不順呀。還做生意哩，沒有起碼的誠信意識和契約精神。赤裸裸地出爾反爾，你說這是不是欺負人？

到了晚間，孟鬍子果然回了村，說是早就算準了村裏正該做數九肉，大大長長的一年，就這幾天殺豬菜吃得最歡，錯過了哪還配叫饞嘴精。說笑一番，便一起去秀梅家。在秀梅超市門口正碰上趙和，說要買煙，聊了幾句。他說也訂過了豬，訂了三頭哩。毛豬九塊半一斤，一頭三百多斤，差不多三千塊，三頭就是小萬把哩。又狡黠一笑道，說好了明天中午去拉豬，不過我打算一早就去，給他們一個猛不防，省得他們一上午工夫再給我的豬餵一肚子麩皮，麩皮當肉價賣給我，我九塊半一斤買麩皮，往哪兒說理去？老原說，三頭豬可真不少。他說就這也不飠準夠。俺哥要打點的人情多，還叫買了一批青花罎，備著過年送禮用。一邊說一邊就進了超市裏，喊著說要給殺豬師傅買煙，拿最好的黃金葉。秀梅道，好不容易麩皮省出來的錢，咋捨得給外人花到煙上。他說是給殺豬師傅買的煙，這錢不能省。專業的事就得專家來做，好殺豬匠正熱門哩。人家就是能把豬毛刮得淨淨的，把血放得淨淨的，把肉剝得淨淨的。不能像有些人買得起馬配不起鞍，捨不得花一二百請師傅，非得自己攢幾個人去殺，按豬腿按不住，一下刀子豬就爆了勁兒，滿身飛血地到處瘋跑，那不嚇人？待他出門，我問秀梅，他說的那人是誰，秀梅朝西掌方向一努嘴兒，大曹唄。

涼菜早已齊備，葷的是豬頭肉、鹵雞爪和自製皮凍，素的是蓮菜、松花蛋和炸花生米。等大英到便開了席。秀梅在廚房忙活，我們幾個坐下吃喝。大英問孟鬍子這回能待到啥時候，孟鬍子說，咋也得等到楊鎮長打尾款。就都笑。問他鶴城的項目是什麼情形，他說是個大手筆，要打造一個高端民宿。多高端？反正是比咱村高端。老闆是被招商招來的，也是考察了可多地方，才定下了這個破爛空心村。之前就跟政府說好，把這村整窩包下重建，村民不能介入。什麼租金之類的也都要政府來交涉，他不管。反正是政府不能要他的錢，他也不要政府的錢。他說是不要錢，其實是不直接要。他要的是配套。比如之前到村裏，有一段五公里的路不中，還差一座像樣的橋，這都得政府給配。這路加橋，政府得花進去兩三千萬。不都是錢？精明的人跟政府打交道就是這，很會釐清政府想要的是啥，能幹的又是啥。政府對老闆的要求是做出個樣板。市樣板是起碼的，還得朝省樣板衝。來了多少客，消費了多少，上了多少媒體，這肯定是重要指標。啥級別的領導來了，能給啥程度的肯定，這更是核心指標。這些指標要是都能上來，事兒才算是弄成。政府雖是為配套花了一疙瘩錢，弄成了對政府回報也多。即便將來合作結束了，這些個配套那老闆也帶不走，終歸還是自家的本兒。這村荒著也就荒著，山裏荒著的村多著哩，咋著把它盤活，讓它有價值，這可難辦。等這項目在這落了地，就像一盤棋有了個棋眼兒，會活動起周圍這一大盤棋子兒。

一桌人都聽得專注，大英專注得都快愣怔了，突然問，那老闆重建一個村，得花多少？孟鬍子說，咋也得兩千萬。又問這血本啥時候能掙回來，孟鬍子笑道，人家可是放長線釣大魚，壓根兒不指著酒店的流水，要是算這種吃住小賬，那他投這個資十年也回不了本兒。人家掙錢那可是一跤跌在十字口——八面抓。這項目在地方眼裏是根頂樑柱，在人家這兒就是根撬棍，想要撬動的是外頭的利益盤。立場不同，看事情的角度就恁不一樣，有意思吧？

酒過三巡，熱騰騰的殺豬菜端上了桌，於是再舉杯。殺豬菜差不多就是本土化的火鍋，只是裏面放了豬下水，此外還有豆腐、油皮、土豆粉、香菇之類，各式各樣地涮著吃。肉湯是新鮮的，豬下水也是新鮮的，燉够了時辰就是濃濃的鮮香。秀梅也落了座，大家涮著菜，也涮著各種話題。秀梅說看見馬菲亞去你家了，聽說她給豆嫂辦難看了？啥緣故？我便簡略說了，大英、秀梅、峻山他們聽了只是笑，孟鬍子放下酒杯道，誠信意識，契約精神，這些用來批評農民都是熟詞兒。前幾天我在鶴城也聽一個副縣長說過。他是上頭空降下來鍛煉的幹部，一坐上位子就想趕快搞房地產出政績，還親自去負責對口縣城邊一個村的拆遷，可沒少在這上頭生氣。比如他今兒跟村裏人說，咱們今天簽個協議，按個手印，誰都不許反悔。君子一言，駟馬難追啊。男子漢大丈夫不能說話不算數啊。可是過兩天村裏人打聽到了別的政策，就開始翻盤不認賬。他氣得指著人家的臉說：你們根本沒有誠信意識！沒有契約精神！村裏人就都笑，邊躲他邊捂嘴笑。我勸他說，也不能判斷得恁簡單。契約精神的本質是啥？是利益保護。當他們覺得這契約精神沒有保護自家利益時，哪還能指望他們遵守。像豆嫂反悔悶罏肉這事，其實也正常。農村就是熟人社會。他們多少代都是在這裏過日子，看重的是長遠的契約精神。親戚之間可不就是一輩子兩輩子幾輩子的大契約？比跟外人一兩件事的小契約，他們當然會選擇親戚。在他們眼裏，說到底，像我，馬菲亞兩口，老原、青萍你們也跟我差不多，咱們都是過客，即使在這住上一兩年，對他們來說也是一錘子買賣或者兩錘子買賣。除非咱們一輩子都扎在這裏。咱們能？同理，要是比起那些只待一兩天的遊客，村裏人也會偏著咱們，不跟他們講契約精神的。

你這孟鬍子，咋說得俺們恁無情無義。大英不樂意了，黑封住臉。就都笑。孟鬍子便猛一拍桌子高聲道，都怪這酒太好，我咋喝這點兒就醉了？！咱寶水人跟別村人能一樣？起碼大英、峻山、秀梅肯定會對咱們情深義厚，肯定會拿咱們當親滴滴的自己人。方才是我糊塗了，自罰三杯，饒我一回！

20. 看七娘

訂的數九肉到貨後，我回了趟福田莊，給叔叔送了一罈，還帶了罈柿子醋。自從柿子醋釀成我就不再吃別的醋。味道好不說，還有一樣好處是絕不能摻假，連水都不能摻，一摻就會壞。

在泉湖社區吃過午飯，便照例陪叔叔去看福田莊的老宅。老宅已完全不老了，可是改不過來，還是得叫它老宅。遠遠地就看到路邊停了一溜兒車，叔叔說，已租出去了一個多月，生意好得不行。地段好，門牌號好，18 嘛，要發嘛，還有就是那些碌碡和磨盤好。離了哪一樣都不中。好幾家都想學咱們哩，看他們能學成個啥。咱這只能被模仿，不能被超過。大概是覺得超越拗口，叔叔就換成了超過。他說不少本村人也在這裏請客吃飯，畢竟是同村，既近又便宜，面子上也好看。不過更多的還是城裏人。衝的就是「農家樂」的名頭，要的就是油大鹽重那個勁兒。

門頭上是金光閃閃的六個字：老地方農家樂。叔叔指著，一個字一個字，鄭重地念了一遍。說，我起的名兒，好吧？多好。老地家的房子，農家樂。多好。我說，你給人家做主，人家樂意？他道，咱是東家，這個主還做不得？強龍不壓地頭蛇，我還真就是地頭蛇哩。就笑起來。我說，咱們這叫農家樂，總覺得勉強。叔叔說，咱這不是農家？那就是農家樂。我說，村子都只剩下半拉了。他說，咋說話哩？還是文化人呢，不知道朝著興處說。應該是，村子還有半拉哩。半拉也是村，總不能叫半個城。是村就是農家，那就能合得上農家樂。我笑道，叔叔，你說得對。他又得意道，咱們這個地皮肯定會越來越貴。租金先掙著，拆遷款只會多不會少，反正你們不吃虧。叔吃過虧了，該著你們沾光。我說，叔叔，租金你拿著花吧。坤說了，我們只拿拆遷賠償就中。他嗔怪道，瞎扯。租金該多少是多少，那是你們的。我替你們周全，那是盡我的心。你們將來願意給我點啥，那是盡你們的心。各是各。

如果說寶水村的農家樂是跟大自然密切貼合的農家樂，那這裏的農家樂，這鑲嵌在城市郊邊的農家樂，就有點兒像是個假的農家樂——也不能說假，那就半真半假吧。這半真半假的農家樂存在於這半個福田莊裏，按說該有些生硬和突兀的，可看起來竟一點兒都不違和。因這半個福田莊，這個中風的村子，這個半身不遂的村子，這個半癱瘓的村子，明明已破敗不堪，同時卻也是熱氣騰騰，有著繁雜的生機勃勃。村外還有點兒地，鄉親們還說著土話，還能聽得到雞鳴狗叫，各家各戶院落雖不似別墅那麼整齊，卻也種著些花草蔬菜，這形貌雖稱不上是多美的田園風景，糙糙的勁兒卻也恰印證著殘留的鄉村風情。

這段時間沒來，環視周邊，福田莊臨街的出租房竟又熱鬧了一層，多出了好些家門店：小霞美容美髮，小麗美髮造型——小霞、小麗這些名字和它們的業務連到一起，散發出樸實的風塵氣。「回想當年」「歲月如歌」賣的都是女裝，店名兒偏的是文藝範兒。福滿多家政，擦玻璃專家，小成盲人按摩店，舒泰拔罐足療，油酥燒餅，五穀豆漿，加工蛋糕蛋捲月餅喜鵲——喜鵲應該是喜鵲狀的蛋糕。還有簡明扼要的康姥姥疼三帖——看這個招牌就可進行大致不差的推算——三帖膏藥就有效，坐診的中醫應年過六旬，應姓康。康這個姓可真是稱這個店名啊。

叔叔把老闆叫了出來，彼此介紹過，老闆笑得一臉油光，說嫡嫡親的親侄女來了，肯定得掂幾個菜呀，咱掂啥菜？在福田莊去飯店買現成的菜不叫買，叫掂。叔叔說你看勢辦，算賬不短你錢。老闆說，你看哥說哩，多外氣。咱自家的東西，啥錢不錢的。

不時有村裏人路過，和叔叔打著招呼。有認出我的，我便應著。忽然發現村裏人在冬天都喜歡穿睡衣。準確地說，叫家居服。就是那種厚厚的號稱珊瑚絨的套裝，女人的顏色明豔些，男人的顏色暗淡些，上面印著各種卡通圖案。因為實在是太厚，只看視覺效果就能覺出暖和。這種衣服我也有，貼膚柔膩舒適。可再怎麼說也該是在家裏穿的，不合適當外套。然而，在這裏，人們就是都穿到了外頭，他們自自然然地穿著這家居服在街上行走，好像以此為時髦，那神態也屬實愜意。尤其是看到滿臉皺紋顫顫巍巍的老人們穿著這樣質地嬌嫩的衣服，我甚至會為他們生出一種柔暖和安慰來。

如果奶奶還在，也會這麼穿嗎？反正不管她穿不穿，我應該都會為她買。

去看七娘吧。叔叔說。

我說，好。

從車裏拎下備好的東西，便去看七娘。這麼多年來，我沒有再進過這個家門。早已不是原來的房子。堂屋和廂房都已翻蓋成了兩層，鐵桶一般。堂屋前的花盆裏還殘留著指甲草的乾莖，她那時就年年種指甲草，一到夏天就給我染指甲。把花瓣揉成花泥，捏放在指甲蓋上，用嫩綠的豆角葉包住，用雪白的棉線纏住，一夜之後就有了閃亮的紅指甲，不褪色，不怕刮，直到粉粉的新指甲長出來，粉的越粉，紅的越紅。

叔叔應是早打過了招呼，七娘已經半坐著，雖是瘦弱了些，卻穿著乾乾淨淨的新外套，儼然在等著。及至我在她床邊坐下，她便一把抓住我的手。

萍啊。她喊。眼淚就落下來。

七娘。我也喊。

待她淚止，相顧沉默片刻，便說起她的病。我說，乳腺癌的治癒率很高，如果把癌症比作人的話，乳腺癌的脾性在那一堆惡人裏可算是數得著的綿善。你努力配合醫生治療就好，不要太擔心。她聽著便笑了，說，看萍多會說。

她又問起了坤，問起我母親，問起郝地。問過一遍後，便沒了話。就都靜著。靜了一會兒，頓了又頓，她方才說，你爹的事，對你家不住。這些年，我心裏沒有好受過。自打得了這病，心裏反而舒坦了些，想著是報應。

我沉默。沒想到她居然會這麼想。

秋旺償還你爹，我償還你奶。就是個這。

我看著她含著淚水的眼睛，眼睛周邊的皺紋如刻。

你再恨也該。咋著都對。

能恨出來就中。不悶著就中。

這話是你奶說的。你爹沒了以後，你奶跟我說過可多遍。但凡說起你來，就是這句話。

我的眼淚終於落下來。

21. 喊彩

過了臘八，村委院裏每天都要熱鬧一下午。先是男人們排練耍獅子，然後是女人們跳《山裏紅》。耍獅子按例要排練到臘月二十三，過小年時演第一場，大年初一第二場，第三場是正月十五元宵節，三場耍過才算圓滿。耍到哪家門口主家都要給彩頭，謂之吃彩。小年吃小彩，初一吃大彩，元宵節是走過場收尾，就可隨意。大小彩也沒啥具體標準，不過是看各家意思。總之是獅口張，吃八方。兩包煙，一瓶酒，幾塊熟肉，都算。有的主家還會請獅子吞孩子，就是把孩子送進獅子口中轉圈打滾兒一番，吐出來後再取個新名，以此避災驅邪，吐出來後再取個新名，主家必會封個紅包，由耍獅子的幾個人均分。

這些年來，但凡耍獅子，必得徐世厚喊彩。衆人喊著徐先兒徐先兒，總得喊上兩三遍他才肯來，說，年年我都叫你們學，你們都不學，非得使喚我這破喉嚨。峻山說，一年學一回，那不得幾十年學？急啥咧。

耍獅子又分大架獅和小架獅，大架獅需用人多，也顯得更威風。小架獅就簡便，也俏皮活潑，用這裏土話說是故事點子多。寶水的就是小架獅，兩個人就能成獅，一人拿頭，一人後坐。拿頭要精怪，能扮出各種動作，對後坐要求更高，既得機敏又要壯實，才能對獅頭扛得起合得上。再豪華些的陣容就是多出一個引獅人，引獅人先開拳踢打，再手拿綉球於獅前引導以誘獅子起舞，做出各種巧樣兒。徐先兒說年輕時當過拿頭也當過後坐，後來年齡大了些，也當過引獅人。再後來就只能喊彩啦。老啦。

張大包和張有富一人敲鑼一人打鼓，湊成了基本的鑼鼓班。拿頭和後坐最耗力氣，便分成了兩組，大曹、小曹一組，峻山、鵬程一組。這兩組比起來，還是大小曹耍得更好些。第一次看他們兩個耍時，身段靈巧的小曹也沒讓我覺得怎樣，讓我驚訝的倒是大曹，雖是負責托底的配角，舉手投足卻精準穩重。貌似他是小曹的陪襯，細品就知他比小曹還要耐看。

幾番鑼鼓點打過，徐先兒還沒動靜，我問咋還不開始，徐先兒笑道，叫他們先磨磨。看情形果然需要一個磨的過程。頭幾個回合裏，鑼鼓點和耍獅人總是合不準，大曹對小曹也不太舉得起來，歇息時便笑小曹說，胖了呀，你這一成家過事就肉懶身沉。大包說，不是一個人的身，咋能不沉。不過不能說肉懶，夜裏種地不知道多勤快哩。突然問青藍，床質量咋樣？叫恁哥去修過沒？青藍道，好著哩，沒修過。眾人便哄的一聲笑開來。青藍這才醒悟過來，頓時緋紅了臉，嗔怪道，這是啥惡俗玩笑呀。大包道，不說不笑不熱鬧嘛。又對小曹道，日子長，且省著些。大曹縱是手藝再好，三天兩頭去給你修床，那也不是個事兒。

小曹笑罵著回懟了一番，兄弟兩個又開始練，此時青藍已經臉色如常，仍繞著弟兄兩個來回拍。我們相視而笑，算是打了招呼，她的眼神仍歡悅著，和之前相比似乎多了難以言喻的內容，不再那麼簡單，卻也不複雜，在簡單和複雜之間，剛剛好。

鑼鼓點和大小曹又合了兩遍，徐先兒方才緩緩上前，朝著獅子嶺的方向揖了揖，清了清嗓子，放聲喊道：

獅子本是獸中王呀——

眾人便應：

喲呵——

過大年來下天堂呀——

喲呵——

大花金獅起了身呀——

喲呵——

興旺發達萬年春呀——

喲呵——

鑼鼓點又響起，仍是方才的節奏，氣勢卻有了不同。似乎是被徐先兒的聲音引領著，幾個人便少了戲謔，多了莊嚴，一句閒話沒有，配合著耍了一套動作，行雲流水般甚是完美。歇息下來便都說，還得是徐先兒。

徐先兒雖是矜持著，臉色卻溢出了滿足。我問，就這幾句詞兒？他說詞兒倒是多，不到時候不好說，家家情況不一樣。家家都要走到？那是當然。按規矩是能隔村不能隔家，意思是可以隔掉整個村子，但是只要進了這個村，就不能挑三揀四，就必得家家走到。還有一條，雖然都是吉祥話，到了每家卻也要根據不同的情況去喊。比如趙順家不是新修了房子麼，到了他家那就喊：

獅子耍得喜洋洋呀——

東家日子真排場呀——

跑馬樓前三滴水呀——

財源廣進福滿堂呀——

小曹這不是剛娶了媳婦麼，到了他家那就喊：

獅子耍得喜盈盈呀——
來到恁家鬧新春呀——
恁家有個新媳婦呀——
明年得個大孫孫呀——

我問，那要是碰到有人家剛過了白事，不興喜慶的，又該怎麼喊？徐先兒朝西掌的方向看了一眼，這一刻，我知道他也是想到了九奶。頓了頓，他說，有孝人家自然是另一路喊法，比方說：

獅子來到恁門口呀——
搖頭擺尾解憂愁呀——
日落西山還見面呀——
水流東海不回頭呀——

雖是一直低壓著嗓子，但也能聽出他聲音裏含著些悲慟和蒼涼，而在這悲慟和蒼涼中，又有著莫名的曠遠與浩蕩。

22. 美的芯兒

這個時節，村裏人的心氣兒都奔著過年去，本以為再也不會有客時，卻又來了幾個畫畫的大學生。一進村就報了肖睿、周寧的名號，說是寒假想找個地方寫生，兩位學長向他們推薦了寶水。是兩男兩女，先來找我和老原，我們這裏自是無法招待，就把他們薦給了鵬程家。他們看了「小村如畫」也很中意，便欣然住下。雪梅喜不自勝，端茶倒水收拾房間，慌得手忙腳亂。秀梅笑她說，多掙幾個錢就高興成這？我說，她哪是在意這幾個錢，還是畫畫這事兒更在她的心坎兒上。秀梅說，這我能不知道？可在咱們村，少提這茬對她才好。想了想，也是。

幾個人整天揹著畫架子進進出出。平日裏客多時村裏人被客當景看，現在因沒有別的客，這幾個客便成了一景。起初他們也不走遠，要麼在村裏畫房子，要麼在村邊兒畫山畫樹畫梯田。有畫素描，有畫水粉，還有的畫油畫。村裏人便圍著他們看，邊看邊納悶說，也不知道這些有啥可畫的，光禿禿的山，光禿禿的樹。有的說畫兩天也沒畫成，這可不見功。有的見畫的是自家的宅院，便評說沒畫好，畫得不像，還不如照相呢。有的趁他們上衛生間還翻看他們的素描本子，看到裸體先是驚詫，然後就笑得曖昧，怪聲道，一絲不掛，這是咋畫出來的？要是這樣男畫女女畫男，也怪卓哩。

許是嫌聒噪，學生們就離村遠了些，雪梅便領著他們去，自己也揹了畫架子。便有人明著笑話她，咋啦，你還想當個畫家哩。雪梅不應，只管去。大英卻又來跟她嘮叨，敲敲打打地說，到底是在山裏，別在這上頭冒尖兒。雪梅轉頭便學給我聽，我便去駁大英，說雪梅愛畫畫咋啦，礙著誰啥事？你就讓她畫嘛。外頭多少人退了休七老八十的還上老年大學去學彈琴畫畫呢。她才多大，有這麼個愛好咋不好。大英道，你說的那不是外頭麼，咱村這不是裏頭麼。

黔驢技窮之時，還得搬出孟翁子。孟翁子笑道，且擱下。今兒太陽不錯，走，曬曬去。

一群人正坐在村委會的矮牆上曬太陽。要說這裏還真是個曬太陽的好地方，尤其是半上午，太陽一出來就照到了這。村委會後面的小土凹如兩條大粗胳膊，從兩邊虛虛地抱過來，把這塊地方穩穩地擁在了懷裏，妥帖地聚著了氣。老太太們無論胖瘦，一個個都穿得厚墩墩的，像是一群老孩子。張大包的媽穿著很端莊的藍黑色對襟罩衫，戴著大紅絨帽，圍著藍底紫花的圍巾。張有富媳婦手裏端著塊豆腐，穿著滿是英文字母的拉鏈帽衫，已經洗得到處起球，顯見得是撿拾了晚輩的。坐在輪椅上的趙先兒媳婦穿的外套卻是民族風，袖口一圈福壽，胸前一溜兒牡丹。

孟翁子邊晃悠過去邊搭腔：女士們，早上好啊。她們嘩地笑起來。看孟翁子擠坐在她們中間，我便也擠坐過去。張大包的媽劈頭就說，都怪你這個孟老師，害得俺家沒了院牆。如今院子沒牆，就咋看都就不像個院子。孟翁子道，我啥時候說了不叫留院牆？我的意思是說，院牆不要恁高。你想想，要是村委會的院牆恁高，你們還能坐在這兒得得勁勁地曬太陽？城裏院牆高是防賊哩，也沒啥景兒看。你說咱們這到處是景兒，嚴嚴實實叫牆擋著，那不可惜？你看今年，咱來這麼多客，要是還是原來的牆，那可不是把客堵在外頭了嘛，恁頭號院能發恁大財？如今這格局多敞亮，城裏這些人來看了，誰不歡喜？叫敲瓷磚也是這個理兒。城裏的房貼瓷磚就叫它貼去，咱們幹啥要貼瓷磚？圖個乾淨？風大土多，兩天就給你弄得灰塌塌的。你也不能整天去擦它是不是？圖個冬暖夏涼？咱們的清水牆那才是冬暖夏涼。還有那個花哨勁兒，把咱的好景兒都攪和亂了。說到底，咱們農村有咱們農村的路數，凡事不能都跟城市比。硬要比，那是瞎比。趙先兒媳婦說，你話真稠，還句句在理。孟騶子笑道，我說的哪是我的理，都是咱們老祖宗多少年總結出來的理。我不過是替老祖宗們傳個話兒。趙先兒媳婦說，越說你越大樣。老祖宗們為啥就相中你來傳話？孟騶子道，這得問你家掌櫃，叫他給我掐掐八字，估計我跟咱寶水前世今生緣分不淺。就都笑。張有富媳婦說，今年雖說進項還算不錯，可誰知明年咋樣哩，以後咋樣哩。孟騶子道，就放一百個心吧。這事我能打包票，只能越來越好。不過有個前提，還是那句老話，咱必須得美。美麗鄉村美麗鄉村，倆詞，一個美麗，一個鄉村，哪個都不能少。非得說哪個更要緊，那就是美麗。鄉村千千萬，不美誰來看！唉，我說恁好，咋沒掌聲呀。

一群人便鼓掌，東倒西歪地樂。張大包這時也走過來，說是接他媽回家。問孟騶子，在網上看新聞說有些美麗鄉村升成了景點，村裏人都不在村裏住了，來村裏就是工作，上班來，下班走，你說咱村會不會也成這？孟騶子道，反正眼下是不會。村景再美，美的芯兒還是人。全靠人氣兒來養這美哩。要是沒人住，那還叫啥美麗鄉村？大包媽說，光來村裏上班，不在村裏住，那過的不是假日子？大包說，城裏人好來農村看這假日子，咱就把這假日子演給他們看嘛。孟騶子道，你還當你是演員哩。你咋不去拍電影哩。又都笑。

看著他們笑的樣子，我卻突然想，如果寶水也真有這麼一天，村裏人來這裏都只是朝九晚五地上下班，或許還會按時按點打卡，甚至還會有什麼企業文化，他們之間再也沒有雞毛蒜皮的牽扯，也再聽不到他們說這些話……忽覺荒唐。

孟鬍子繼續扯，美這東西，也有可多變化可多層次。你們老人家經的事兒多。大清朝時纏腳還算美哩，現在看那幹的是啥事。說著就拿出手機，翻出一張圖叫大家傳看，問，這幅畫美不美？我遠遠瞧了一眼，是羅中立的油畫《父親》。張大包說，就是一張苦老漢臉，端個破碗，有啥美的。孟鬍子高聲道，就知道你會這式說，那是恁不懂！這畫得了全國畫畫的大獎哩，美術界的人誰不誇！這美是高級美！跟恁說，這高級美可不是在皮相上弄些個花紅柳綠的事兒，是往深裏戳人心的。這畫會不會叫你想起你爹你爺？多少農民老漢不都這個樣兒？看見他，你心裏難難受受的，又疼又癢的，說不出那個勁兒，這就是高級美。要依我說，咱村裏往高級美去的家戶，人家雪梅是頭一份。你們以後麤跟著人家學，準沒錯兒。得空你們去細看看人家家裏佈置的，花為啥要那樣插到瓶裏，屋裏啥地方要掛啥樣一張畫，那都有講究，為啥客都喜歡？那都是高級美！——對了，青萍，你別難受呀，你家也是高級美。我忙應道，雪梅家就該排第一，俺這能排第二就中，服氣著哩。

雪梅此時陪著學生們恰回來路過，便也站在秀梅超市的房檐下聽，聽到這裏便都笑，雪梅的臉都已見微紅。突然張有富媳婦朝他們喊，別站那！雪梅猛地回過神，讓學生們離了房檐，方才解釋說，房頂背陰處還有雪，這些雪化掉得最遲，化掉時常常也很突然，就像雪崩一樣，毫無預兆地嘩啦嘩啦地往下砸，所以雪後不能站在屋檐下，房前房後的屋檐都不能站。看幾個學生詫異著，雪梅越發認真道，雪可重哩。以前蓋的房子矮，雪砸下來也沒啥，就是腦袋起個包，疼個幾天。如今房子蓋得高，房頂離地面兒七八米呢，那砸下來還了得？邊坊莊前兩年有個孩子被砸成了腦震盪，都成了半傻子呢。

23. 萬紫千紅總是春

也許事情就是這樣，無論狀況多麼糟糕，只要有足够的時間長度，人就能够進入某種習慣。這些日子，九奶病得越來越重，我不僅習慣著她的越來越重，還習慣以沉浸式的心態告訴自己也告訴老原，沒事，這一關會闖過來的。過年應該沒問題的。都已經熬到了這時候，肯定還能繼續熬下去。要如常說笑，如常吃飯，如常一切。要相信她永遠能有明天，要相信她永遠能熬下去，永遠不會死。

於是也便如常去吃殺豬菜。這些天裏，殺年豬的人家越來越多，我們和孟鬍子天天都會被請。熟的自然難推卻，不太熟的便辭了去。有沒請到的人家殺了豬便會送些豬肉和雜七雜八的下水過來。因我們常在西掌，有的便直接送到九奶家，也有的會送到中掌，連招呼都不打，回去時會突兀地看到門把手上掛著一堆血呼啦擦的東西，心肝肺什麼都有。起初還會打聽一番是誰給的，習慣了之後也不再問。過個一兩天在街上碰到時那人自會輕描淡寫說，送了啥啥東西，看見了吧。孟鬍子也收到了一些，便都送過來給我們，讓我們一併收著，說沒少吃你們的，多少還點兒。又約著我們結伴赴宴，說這樣既熱鬧，也省得成為靶子，讓一桌子人瞄著灌酒。又說江湖上喜歡雅稱什麼三劍客，咱們這就叫三吃客吧。

做客時免不了會被問著啥時候回去。孟鬍子說最遲小年那天回。老原則是莊重著臉統一回答：不守著九奶，還能去哪兒？就在這裏過年。問的人便馬上轉換了口氣笑道，對對對。就在這裏過年。村裏有年氣兒，到時叫孩子們去給你們拜年啊。這話仔細品去，似乎他們對我們在這裏過年是不怎麼信的，又不好反駁，就只有貌似誠懇熱切的妥協和虛讓。

村裏的年輕生面孔漸多起來，大英說在外的差不多都會趕在祭灶前回來。「祭灶不祭灶，全家都來到」，老規矩是不興祭在外頭的。老灶爺要查戶口哩，祭灶那會兒在哪裏就算是哪裏人。像青萍這，妥妥地就算是咱寶水人啦。

媒人們便也忙碌起來。所謂的媒人如今也都不司專職，村裏每個人，他們的親戚，以及他們親戚的親戚，似乎人人可兼，誰都能給別家的兒女牽個紅線。老原家因在中掌，位置既便利，近日又空著，就經常充當相親場所。幾方在這裏會合後，留下相親的男女單聊，媒人便出來閒話，因此我也知曉了大概的程序和行情。應該是想趁著過年期間就有個結果，節奏便很快。男方若是相中了女方，就給首禮一千六百六十六，謂之一路順。女方若也覺得不錯，就收下這個錢。接下來就是去認門，即女方去男方家看看，兩人往深裏聊一回。再往下進展就能下定，女方也找個媒人來談條件，謂之雙媒。定親禮一般是一萬塊現金，外加八寶——啤酒、白酒、牛肉、豬肉、水果、乾果、糖果、飲料，都是按箱買雙數，越多越好。結婚彩禮自然是最厲害的大頭，表心意更表財力。下有底線，上不封頂。是階梯式爬坡：最少是兩萬八，兩家一起發。四萬八，四平八穩。六萬八，又順又發。八萬八，發發發。九萬八，長久發。十萬整，十全十美。十一萬，一心一意。再往上是「萬紫千紅總是春」。萬紫，一萬張五塊的。千紅，一千張一百的。總是春，六百張五十的，合計十八萬，要發。

都說有閨女的人這時候就能看出福氣，卻也都承認必須要有兒子。「稻留種，草留根，兒孫才是下輩人。」常聽人閒話打聽：這家有幾個人？這裏說的人就是單指兒子。一戶人家若是只生有閨女，還是會被人低看一等，謂之絕戶頭，在人前說不得嘴。有個典故我到現在也不明所以：若是吃到的辣椒特別辣，就會有人嘲笑，這辣椒八成是絕戶頭種的吧。

24. 金剛鑽

臘月二十這天晚上是大英請，在鵬程家擺的酒，畫畫的幾個學生已走了，兩口子也騰出手正備年貨，家裏東西全全的。大英說，他們倆這一年沒少得你們照顧，該好好請吃一頓。自家兒女，我就趁著他們的席面，咱們熱鬧一場。孟鬍子道，在這好，近近兒的，能敞開了吃喝，不用想著喝醉了不好回程，多省腳力。這些由頭固然站得住，不過稍微揣測就知道，也是嬌嬌不能見生人的緣故。

快黃昏時楊鎮長到了，還是和王主任一起，之前說要先去看九奶，我和老原便在西掌等著。九奶在昏睡中。坐了片刻，其實也是無話，便一起到中掌來。進了鵬程家大門就看到一根乾樹枝斜斜地挑著一盞紅燈籠，映著院子裏一角深藍的天色，像是一顆會發光的大柿子。孟騶子讚道，你們看雪梅她多懂，這一盞紅燈籠就俏得很，全都是紅燈籠那就是俗不可耐。

坐下喝茶等菜，大英撲面就問楊鎮長挨批的事，問是不是對接任書記有影響，楊鎮長笑道，我早都不想了，你咋還想。差不多已是定準了人，是平原鄉的一個鄉長，那人見了我還說，老弟，說實話，我可真是不想去你那地方，你看看你這事兒。我說老兄，你也別說了。咱們弟兄之間，你來我去都好商量。現在到了這份兒上，那就是組織的事，只能隨其自然啦。大英說，咱給領導拉套出力幹了多少事，這時候不得回護咱？你去找閔縣長，摟住他哭。就都笑。大英又拍拍孟騶子的肩說，孟先兒，你臉大，得去說說情呀。在咱這山裏工作多難你不知道？孟騶子笑而不語。楊鎮長道，千萬別叫孟老師為難。咱是難，人家別的鄉鎮就不難了？人家就是一馬平川了？人家的工作咋就能順利推進，咱就不中？辛苦確實是辛苦，這事也確實是履責不到位，不能算冤。大英說，幹得多，錯得多。有時候想想心也寒。楊鎮長說，是個這。但是也得幹。工作總得有人幹吧。話說回來，當初咱沒有一點兒人脈關係，上頭憑啥提拔咱？不就是因為咱破命幹活兒？大英埋怨說，市裏這個領導也是，畫好的道兒他不走，非去南嶺突擊一下，誰受得了這。楊鎮長道，幹工作就是這，趕上啥是啥。只能領導駕馭咱，咱還能駕馭領導？就跟那時候閔縣長來給咱村史館揭牌一樣，別以為你那計謀多高明，那是領導願意隨著你。領導要不願意隨，你還真沒有一點兒辦法。

大英又敬了一杯酒過去道，話是這麼說，不過還是替你委屈。楊鎮長飲下，笑道，委屈不委屈，要看跟誰比。跟一般平頭老百姓比起來，咱這哪能算受委屈。捋捋咱們這些年做的事，翻來倒去折騰他們的有多少件，那不比咱委屈？我問，當年為工作也結下過仇氣吧？有沒有人一直記掛著恨你們？他笑道，這可從不用操心。咱們的老百姓百分之九十九都是好人，都有情有義。不論是當時鬧了再大的矛盾，再是咬牙瞪眼恨天恨地的事，幾年過去也都能雲淡風輕。鄉裏幹部多少人都跟老百姓打過罵過，過一陣子就成了不打不相識，不罵不相識。你路過人家家，照樣跟你打招呼，你進到人家家裏，照樣招待你吃飯。有一次，碰到原來的計劃生育對象，那個人可熱情地跟我敘了會兒話，還把閨女叫到我跟前照面說，快來見見你這個叔叔，他那時可厲害著哩，差一點兒就把你計劃掉啦。人命關天的事，過些年都能當笑話說。這就是咱老百姓。

涼菜擺齊，熱菜也陸續上來。鵬程炒菜，雪梅上菜，我拉住雪梅要她也坐，她扯開道，等會兒我們一起來敬酒。孟鬍子誇道，這兩口子恩愛得比柿餅還甜。又對大英說，雪梅好畫畫你就叫她畫嘛，是好事兒。雪梅還恁乖，將來等你不能動彈了，不還得指靠人家？趁早留條寬道兒，別當那惡婆婆。大英說，你到處表揚雪梅，我早聽得滿滿的。有你這大人物給她撐腰，我可不敢再說啥啦。就都笑。

但凡敬酒，都打楊鎮長敬起，也都要出言撫慰一番。說著喝著，他放下杯子道，你們這是幹啥，跟我多慘似的。我好得很呢。真哩，好得很。對領導，我心裏一點兒也不怨。尤其是閔縣長，人家上任後咱還沒認清人家的臉兒，聽說人家就在常委會上替咱說了話，咱感恩得很，有啥可怨的。就說到了閔縣長，說上回來時你們看他文文氣氣的吧？那只是他的一面。說實話，這一茬鄉鎮幹部不害怕他的沒幾個。他懂經濟，懂產業，懂招商，懂城建，更懂咱基層，十項全能。大英道，這些話你該當著閔縣長的面兒說，燒香燒到真佛前。楊鎮長道，那咱還真說不出口。孟鬍子道，沒聽人說？背後誇是真誇，當面誇虛搭搭。又都笑。

楊鎮長說，閔縣長上任沒多久就定下了全域旅遊的工作思路，給鄉鎮幹部開的第一個會就讓他們見識了他的厲害。因好幾個鄉鎮都涉及拆遷，他就在會上叫鄉鎮長們挨個兒表態。前面表態的個個兒說得氣壯山河。我不敢說滿話，就猶豫了一下說，我盡力吧。閔縣長當時就火了，問我，你啥意思，是不是沒信心？我就問你，能不能拿下？我說差不多吧，他說你要是沒把握拿下，現在就認，我換人！差不多是差多少？我只能紅著臉認錯，吼著說一定拿下，上刀山下油鍋也要拿下！後來咱也理解了，那種情況下，只能鼓舞士氣，還管什麼客觀理性，沒那個瘋勁兒，你就沒辦法幹這工作。不過表態可不僅光管那一會兒，表關聯著裏呀，表態就得真幹，要不到後來還是沒法交代。

就又扯起了拆遷，說，誰都知道拆遷工作是惡仗，可咱縣要搞全域旅遊，不拆遷能中？涉及哪個鄉鎮，也只該你受難為。不過比起縣城拆遷，鄉鎮受的難為就是蜻蜓螞蟻。東環路那邊不是要搞個酒店餐飲一條街麼？路得拓寬。路兩邊原來的商家舖面都是經營了多少年的，跟你論起損失都是雞生蛋蛋生雞的算法。要在這條街上騰出寬展展的路面，不用想就知道這是多大個瓷器活兒，就這也硬是沒有難得住閔縣長，他有的是金剛鑽。舉個例子。拆遷時有一處房是經年老宅，戶主把臨街屋租出去開成了個燴麵館，一年能落個兩三萬的租金，當然不情願拆，一是租金沒了，二是想到自家拆罷後頭那家就能臨街掙這份錢，心裏就更不平衡。那沒辦法，不平衡也只該他不平衡，拆還是必須得拆，還不能多給錢。閔縣長說了，拆遷得守著兩條，一是不能讓刁滑人沾光，二是不能讓老實人吃虧。刁滑人要看得嚴，別讓他們趁你不在意時動手違建，一旦房子建起來，他指望能掙點的，你要給他扒了，他拼命護著，容易出大問題。也絕不能多給他錢，盯著看的人多著呢。跟著好人學好人，跟著巫婆學下神，不能叫他成為壞模板。所以最好的辦法就是緊看著那幾個，不叫他們動手。樹從矮時修，火從小時救。得把他們那一點兒邪門想法早早滅淨。對老實人閔縣長也有個妙招，就是連坐獎勵。把拆遷戶編成五戶一組，限時拆完就發獎金，明碼標價地獎。然後呢，暗地裏各個擊破，麻繩要揀細處斷，哪能沒有細處呢。一家兩家的，就這麼拿下。剩下這個就成了孤家寡人，勢單力薄，就好拾掇。

那家老宅房主原本已經簽過了協議，卻不知叫啥人挑唆著長了貪心反了悔，非要提高價碼。還使了個巧宗兒：他有個親戚在市文物局是個小領導，他拿來撐腰，說自家老宅有多高多高的文物價值。情況彙報到閔縣長那兒，閔縣長說，壓他一級，咱去省文物局請個專家來看看。專家來看了看，說沒啥價值。閔縣長就沒了顧慮，隨後挑了個幹部帶了個工作小組去下最後通牒，肯定是不管用，不過程序得走全。規定的期限一到，二話不說，給他拆了個精光。告狀？儘管去告。粗暴拆遷得處理幹部？那就處理。看你還有啥話說。大英問，那幹部咋能願意？不影響提拔？楊鎮長一笑，說早就跟他談過話了，假處分，不裝檔案，咋能不願意。再者說了，這幹部之前剛被提拔過，想要再提拔，一般也都得三年以後。換句話說，不管他挨不挨處分，三年裏頭都提拔不了，那這處分就更不相干。三年過去後，能耽誤他啥。這還因為衝到前頭給領導打了硬仗，立馬就給他安排了個更好的平級崗，划算得很。孟騶子說，這不就跟別書記一樣？聽說他新去的那個鄉在平原，雖然面積不大，但工作條件比這裏還要好些，離縣城也更近。楊鎮長點頭道，這麼有經驗的幹部，也沒犯下大錯，不能擱那裏不用。這也是不成文的規矩，叫保護性使用。專門有個順口溜說這哩。便清了清嗓子念起來：

背心改奶罩，就是好平調。地盤雖說小，位置更重要。

哄堂大笑，氣氛瞬間抵達了高潮。衆人共同舉杯，一飲而盡。鵬程和雪梅過來，一人執壺，一人把盞，給大家一一敬到。大英抱著騰騰，一邊給孩子夾菜一邊嗔怪道，這倆人平日裏說幾句家常還中，到這要緊時候咋就成了鋸嘴兒葫蘆，都沒有句場面話？楊鎮長道，你可算了吧。方才剛說罷了當面誇虛搭搭，這就虛開了？咱安安實實扯雲話不好？啥心意都在酒裏啦。

便又一起碰杯。然後又是分頭敬。幾巡酒過，楊鎮長已是醉意醺然，感嘆道，有一條，我早就想得透透的。即便有一天碰到了比這還大的坎兒，只能得個閒差，那也沒啥，等於叫我早早退了二線，我就去幹點兒想幹的事。跟老原一樣，我也想把老家的房子修修，做個民宿。整天指教別人哩，我就不信自家做不好。我說，閒差也還在體制內，能允許你兼職？楊鎮長道，我還非得滿世界說我兼職嘞？不能僱個人幹著？如今回家照顧爹娘的年輕人有的是，我一個月給他兩三千塊，他不給我幹？週末我回去兩天也够用了。雖然不如你這省城的人吧，好歹也當過這幾年鄉長，一個小店的事都打點不過，就羞死我吧。

25. 流水盛宴

接下來吃了四場殺豬菜，如流水盛宴。一場張大包請，一場趙順請，一場大曹請。在張大包家吃的那頓像是工作餐，說的事兒比吃的菜多。大包的兒子也陪坐著，端菜敬酒。小夥子高高挑挑的，看著不過是二十出頭，細問也有了小三十。之前跟他在街上照過一面，一看那臉上的相貌就知是大包的基因。大包說已經找了好幾個媒人給他安排了一堆茬口，這些天非得逮住他叫他狠狠地相，必須得相出個結果來。跟他差不多大的，媳婦都娶到了家——你看人家小曹比他還小兩歲哩，來年就能抱上娃娃。人家是有苗不愁長，咱這是沒苗哪裏想呀。

還在席上商議了小年這天的事。效率很高，三下五除二便議定了。大英說，上午依例是耍獅子，中午呢，小曹前幾天跟她說今年村裏形勢不錯，該趁著勁兒再聚一把人心，提議招呼大夥兒吃個大鍋飯，吃飽喝足下午再搞村晚，村晚罷了正好祭灶。一整天連吃帶耍，多美氣。孟鬍子笑道，大鍋飯這個好，村裏人多少年沒吃過了，估計都有興致。鍋碗瓢盆也都富裕著，做菜的手哪家都有，柴火也有的是。只是大鍋飯這個名頭不雅，建議就叫長桌宴，咱這裏街雖不長，卻能拼出長桌子。到時鋪出半里地來，看著多有威勢。菜式倒不用複雜，分量足就好。於是又商定下四道菜：魚，雞，悶罐肉，還有一道白菜豆腐。三道葷一道素，全是燉菜。說是能熱乎乎地從頭吃到尾。帶上啤酒飲料，算下來成本約莫兩千塊。

大英說村裏沒這個錢，應該叫各家認捐，便立馬打電話讓小曹張羅，說到那天會把捐了錢的寫在大紅紙上，張貼上牆，能留下永久紀念。孟鬍子笑道，聽聽大英這用詞，大紅紙上咋就能留下永久紀念，這可是門學問。大英道，拍成照片不就是永久紀念啦。這麼說有啥毛病？眾人都道對對對，沒毛病。我和老原既在現場，便第一時間報名認捐。本想出一千，大英攔道，頂天到五百。不能再多。知恁大方，可這體面也不能叫恁佔太多。得人人有份才好。又打電話給楊鎮長，說請他吃長桌宴看村晚，與民同樂。楊鎮長立馬警惕道，你哪來的這筆錢呀？聽說是湊份子便道，算啦，我湊不起份子，也就不去蹭飯啦。村晚倒是能來看。你們不是有幾個先進表彰？鄉裏春節的慰問品還能擠出幾份給你們當獎勵。大英連聲說中中中，楊鎮長又說縣裏文化館正在文化下鄉，要不就叫他們來幾個節目給咱村晚助助興？滿以為大英會更高興，不料卻聽她拒絕道，俺們就胡亂耍耍，村裏的草台班子，不趁人家那些好角兒。楊鎮長說你們可以學習人家的經驗嘛，大英說等以後有機會再學，這回就這。等她收了線，問她緣故，她說，村晚就是村裏水平，叫縣城那些高級的來幹啥？顯得人家演得好，俺們演得不好？那不敗興？我又讚楊鎮長都接不住書記了還恁盡心，大英道，好歹他也是一鎮之長，當一天和尚撞一天鐘，能沒有這點兒心胸？

臨近席散時，小曹打電話來，說長桌宴的錢已經湊齊了兩千，趙順也捐了五百。其他各家兩百的也有，一百的也有。就連大曹和豆哥也各捐了一百。豆哥家捐的卻不是現錢，而是五十斤豆腐。說一斤豆腐兩塊錢，五十斤豆腐正好一百塊。豆嫂特意強調說，寫上牆時不能寫成豆腐，必須得是一百塊。張有富慢條斯理道，五十斤豆腐得用掉十六七斤豆子，一斤豆子兩塊五，也就是四十來塊。等於只花了四十塊卻落了一百塊的名兒，這多划得來。這番小賬算得我眼花繚亂，糊塗至極。

晚上便是在趙順家吃，趙先兒不在。說是鄰村有個老人去世，被請去看墓穴，得晚些回來。也不見娟娟和孩子們，趙順說山裏到底冷，能遲些回就遲些回。趙和兩口張羅著飯菜，沒見著趙平。趙順平著臉道，出門閨女到了這時候還不得回婆家？看我們驚訝，笑笑又道，她那女婿過來請罪了，態度還算誠心，就再給他個機會。看孩子臉氣，到底是我外甥的親爹。就都點頭。幾杯酒下肚，便是無目的閒扯。先說到紅葉節被食藥監局罰款的事，又自我批評了一番，說趙和做事小氣，還是自己當哥的平常教育不夠。又說翻蓋這個房子哪是為了掙錢呢。原哥的第一目的應該不是為掙錢，我也不是。花了幾十萬，要回本總得七八十年吧。從商業角度來說不划算。再說也不差錢。不過是為了隨上咱村的大溜，跟上咱村的大盤，給老兩口長心氣兒。我爸好強，人家弄啥，俺家不能落後。不過，看這情況，說不定還能賺點兒錢。即便賺這個錢，也是給他們花的。我能去要這個錢？

再拐到趙平身上。說趙平丈夫外遇，打她，還鬧離婚。趙平原不想離，趙先兒也不叫趙平離，說丟人敗興。那人得了勢，更欺壓她。是他做主叫趙平離的。我給小平說，你就回娘家來，孩兒丟給他，叫他受累。放心，是他家的孩兒，虎毒不食子，你就難為著他，他會想法照應。你回家照顧咱媽。我給你開工資。老宅這一翻蓋好，我就放出風來，這房經營掙的錢，倆老一份，小和一份，小平一份。按說出門閨女享不了娘家這福利，我就給俺小平！那個王八蛋，離了這兩年就知道俺小平多好了，想復婚？我非得制服了他。那個王八蛋，我就叫他跪！給俺小平跪！我就要叫他跪軟了，就要把他的骨頭捏碎了，就要叫他對我小平大聲哈一口氣也不敢！我問他，你覺得他會真服？他昂然道，管他是不是真服，哪怕是假服也得給我做出真服的樣子來，假著假著就真了，世上多少事都是這。我給小平說，回去也不准幹活兒，就叫那王八蛋幹！小平的錢我給她管著，小平跟我是聯名賬戶，哪一筆款出去我都知道。等有一天，孩子大了，懂事了，就叫孩子當家理事。那個王八蛋要是表現好也可以花一點，經濟大權他絕不能有！

在大曹家吃時小曹夫婦也在，小曹主廚，青藍端坐著陪客。都誇小曹疼媳婦，青藍道，他哪兒是疼我呀。小曹笑道，倆都疼。原來是有了喜，便都祝賀。曹燦幫著端菜，似又長高了一小截兒。問她成績，她抿嘴兒笑，說是第一。青藍摸著她的頭說，這小腦瓜子也不知道多靈透。我那嫂子要是還在，肯定能享這閨女的福。我還來不及給她眼色，曹燦的淚已經湧了出來。

孟鬍子老早就打了招呼，二十二日晚上他要請客，就在老原家。你們擺攤兒我請客呀。話是這樣說，哪能讓他請。攤兒卻是一定要擺的。到了半下午，他過來說閔縣長下鄉慰問到了鄉裏，要上山來看他，到時候咱們留一留，說不定還能一起吃個飯。便搬過來一箱「懷川醉」，說就這些，能喝多少喝多少，有餘剩的你們就留下慢慢喝。

黃昏時分，楊鎮長果然陪著閔縣長到了村裏，先是要挑個家戶去看看，大英說，那就去看九奶。老壽星嘛。我們便一起過去，安嫂子正把九奶扶坐起來，準備伺候晚飯。閔縣長上去跟九奶握了握手，問她中午吃了啥，安嫂子答說，吃了半個饅頭，一小碗燴菜。雖是吃得慢，卻也一口一口吃完了，還說香哩。近些天來今兒精神最好，可叫人提勁兒呢。便都誇了九奶一番。說了一會兒話，眾人告辭，我和老原最後出的門。老原說，奶，我和青萍晚上去吃席呀。九奶笑道，中，好好吃，吃得飽墩墩的。老原應答道，嗯，吃得飽墩墩的。就都笑。

一行人來到中掌，孟鬍子已在老原家候著，楊鎮長帶了一堆表，進門就要孟鬍子簽，我端茶時瞟了一眼，原來是走結項目尾款的手續。孟鬍子邊簽邊道，這就算是畫上了個句號，從合同意義上講，寶水以後就跟我不沾邊兒了，還怪不捨的。大英道，拿完錢你也不能撇脫干係，你看村裏多少家門頭都掛著你的字？沾你一輩子哩。楊鎮長道，就是。哪能是句號，那是一串省略號呀。就都笑。又敘了會兒話，見閔縣長要走，孟鬍子說，我明天就回老家了，再見不知是何時，留你在這村裏吃頓飯，就當是給我送行，中不中？閔縣長便坐下來道，這必須中。

這種酒席準備起來其實簡單：葷菜是現成的，備好青菜即可。孟鬍子正準備拆「懷川醉」，王主任卻拎了個黑塑料袋子進來，掏出了兩瓶茅台。孟鬍子笑道，真的假的？王主任笑道，看起來比較真，即便是假的，也假得不狠。就又都笑。

因為父親的關係，之前對於喝酒這事我十分抗拒，也厭於了解，男人們熱衷喝酒的興味在我這裏便是莫名其妙。一直認同著「酒肉朋友，米麵夫妻」這老話，以為米麵夫妻便是悠長可靠的日子，酒肉朋友便是利來而聚、利去而散的短暫交際，不免有貶斥之意。自來寶水後，眼見的酒席和參與的酒席都破了昔日的總和，便漸漸悟出以往的認識有些狹隘，這由糧食釀造的透明液體，還真是能融合無數。

乾喝無趣，孟胬子便提議猜枚。這也是我素日慣看的，越看越知曉了這個遊戲的豐富功能，所謂的「來枚喝半斤，不來枚喝三兩」，猜枚雖會使得整體酒量上漲，卻不是濫漲。想喝的人能尋機多喝，不想喝的人能避著少喝，可以一對一單挑，也可以一對十鏖戰。能顯厚道，也能耍無賴。就在這複雜且快速的遊戲中，酒意被充分揮發出來，在盡興的同時也不至於爛醉。又因為屬急智遊戲，喝酒的人在其中的反應都接近於本能，更可見各自性情，棱棱角角，爭奇鬥豔。

孟胬子的枚一直贏著，通了紅關後，又被席上的所有人自由挑戰了一遍，這叫「打勝將」，也許這就是酒局上的科學？勝者總會敗，總有新的勝者，喝酒的概率因此大致均等，就有了相對的生態平衡。「打勝將」的另一極就是「挖軟泥」，即誰敗了你挑戰誰。一般都不做這個。楊鎮長此刻幾乎就是陷在了軟泥裏，一直輸著枚，尤其是到閔縣長那裏，必輸無疑。孟胬子道，真看不下去，必須得說，你巴結領導到這份兒也可以了。不能見了領導就害怕成這，就你這，領導把重擔子壓給你也不能放心呀。楊鎮長頓了頓笑道，那好，領導，話說到這個份兒上，這麼多眼睛盯著，我也只能把您讓到這兒，往下我可就不客氣了。閔縣長道，來吧，就等著你露出真本事呢。接下來這個枚楊鎮長居然真的贏了。

也不過一個多小時便酒盡席散，忽見孟鬍子拎著行李箱放上了閔縣長的車，老原說，還以為你明天再走呢。孟鬍子笑道，想著最遲是那時。今晚既然能搭順風車，那就先住到縣城裏，早起更好走，也省得這邊再安排車送我。明兒還有一天的路要趕哩，約莫到晚正好能進到家門裏祭灶。老娘在盼，歸心似箭呀。

楊鎮長已站在車邊候著閔縣長上車，手扶著車門，顯然是在硬撐著。閔縣長跟他握了握手，他雖仍笑著，卻面帶慚色道，上回的事兒沒辦好，給您丟了人，實在是⋯⋯聲音裏突然有了哽咽。閔縣長唉了一聲道，甭想恁多。又拍了拍他的肩，朗聲道，好好過年！

楊鎮長結巴道，中，中，好好過年。

兩輛車依次遠去，周遭歸於一片寂靜。我和老原說要送大英，她說不用。不一刻，鵬程已經走了過來。母子兩個走了幾步，大英又停住，回頭說，老太兒的事你們也不要太焦心。我瞧著還中。能熬過小年就能熬到大年，能熬過大年就能熬到春天。老原沉默著，我高聲應道：對！空曠的山野間，似有些虛張聲勢。

和老原回到屋裏，他呆立片刻，突然抱住我哭泣起來。無言以慰，也只好任他抱著。等他平靜下來，我方才問出了久已想問的那句話：

你是不是已經知道了？

嗯，早就知道。

什麼時候？

她糊塗後沒多久就跟我說了。其實她不說，我心裏也知道。一直都知道。

26. 過小年

小年這天起來往西掌去，路過村委會時，看見耍獅子的一班人已都在院子裏備場。供桌已抬到當院，獅子頭獅子身疊摞在桌上。張大包和張有富都穿著短款羽絨服，頭髮茬短硬，似是剛理過的樣子。和著他們敲打的鑼鼓點，徐先兒正在擺放供饗，安置香爐，桌前也盤妥了一掛鞭炮。徐先兒穿著大紅中式棉襖，對襟盤扣，心口處一圈雲紋合圍著一個金光閃閃的福字，兩袖翻出雪白的邊兒來。果然人恃衣裳馬恃鞍，這身打扮看著就又是一番氣象。

便走過去和他寒暄了兩句，又著意欣賞了一番獅子行頭。徐先兒說這套獅子行頭雖是看著還算鮮亮，其實也用了好些年。內裏胎架用的是竹藤，輕重正好。獅身是白土布上縫著網狀彩條，鬃毛用的是長麻穗子，染成紅綠色。這些都還易得。最難做的是獅子頭，你看這眉，你看這腮，你看這貼花，都多細發。雲下村原來有幾家會做獅子頭，做得可卓，可惜手藝失傳，丟得光光的，如今可難再找到做家。咱這用的還是活牛皮哩，一張小牛皮只能做倆獅子頭，可不得金貴著使？

問他先去哪塊，他說按舊例從張大包家起，先西掌，再是中掌，最後是東掌。問我說，你們倆都在西掌，原家這沒人會中？還得吃你們的彩哩。我說，早就備好了，兩邊兒都有。我一會兒就回中掌來支應你們，有煙有酒有紅包，大口吃！徐先兒笑道，那是自然。

安嫂子正在掃院子，陽光下，她揮舞著掃帚，嘩啦，嘩啦，不知怎的，這聲音讓我想起了海浪。一會兒獅子就要來了吧？咱的地淨淨兒的，迎個好彩。她說。問她九奶醒了沒，她說沒有。老原呢？在老太兒腳頭也睡得沉哩。看那樣兒，真是一對親祖孫。

到了堂屋門口就聽見老原的呼嚕聲傳來，勻勻的，很有節奏感。我便在院子裏坐著。眼前是菜地，菜地裏什麼都沒有。可我知道，那裏面其實什麼都有。

遙遙地，便聽到了徐先兒的聲音。獅子隊已在張大包家門前了。

獅子耍得好精神呀——

喲呵——

主家門前一片椿呀——

喲呵——

人家椿樹結椿籽呀——

喲呵——

主家椿樹結金銀呀——

喲呵——

結的金銀有大用呀——

喲呵——

送兒學堂念書文呀——

喲呵——

等到三年開科選呀──

喲呵──

金榜題名耀門楣呀──

喲呵──

便起身去屋裏叫醒老原。等獅子隊到九奶家門口，我們便已候著了。

獅子先是朝著堂屋門三點頭，然後便聽得徐先兒喊道：

獅子耍得喜盈盈呀──

喲呵──

來到恁家鬧新春呀──

喲呵──

恁家有個老壽星呀──

喲呵──

老壽星啊恁請聽呀──

喲呵──

頭髮白了恁再轉青呀──

喲呵──

牙齒掉了恁再重生呀──

喲呵──

撈麵恁還要吃幾大碗呀──

喲呵──

肥肉恁還要吃好幾斤呀──

喲呵——

我説這話恁要信呀——

喲呵——

月亮地裏恁穿花針呀——

喲呵——

聽著這些喜慶的話，不知怎的卻只想落淚。不好失態，便轉身進了廂房，側看著獅子歡騰跳躍，不時來到老原跟前，老原一回回地往獅子口中放著煙酒紅包，小曹又把東西移給峻山和鵬程，兩人手裏的袋子都已裝得鼓鼓囊囊。

老安在長桌宴這邊當主廚，雪梅、秀梅都是幫廚。快中午時縣電視台的人到了，說要先採訪做菜的師傅，就推了老安出來。老安卻配合得很勉強，越是勉強便越是有趣，倒是讓路過的我目睹了一段別致的採訪：您今天準備給父老鄉親做幾道菜啊？四道。都是哪四道？這不是？恁看唄。您給觀衆朋友介紹一下吧。白菜豆腐，悶罏肉，燉雞，燉魚。這四個是咱們的大菜吧？家常菜。為什麼要做這幾道菜？人家定的。記者尷尬片刻，極力啟發：這次做菜和您以前做菜有什麼不一樣嗎？都一樣。沒有不一樣的？沒有。一點兒也沒有？沒有。這麼多人聚在一起，能跟往常一樣？村裏辦事都是這。您的心情有什麼不一樣嗎？沒啥不一樣。

圍觀的人便都笑。記者也笑，繼續耐心勸導：師傅，還是不一樣的。快過年了，您見到了這麼多許久不見的父老鄉親，您給他們做著菜，應該充滿了快樂，充滿了喜悅，充滿了……總之吧，肯定充滿了美好，對不對？這麼說幾句就行。老安道，說不成。記者鍥而不捨道，那您就一句一句跟著我來。您就說，今天做這菜，雖然和以往的食材一樣，工藝一樣，作料也一樣，可是您的心情不一樣。每一道菜都是對父老鄉親的祝福……老安擱下勺子，煩惱道：記不住，算了吧。恁弄這，到底還叫不叫做菜？！似是察覺出不妥，便緩了緩口氣道，你快起開，離遠點兒，甭在這狠說，話太多會澎油。

記者的表情有些呆愣，顯然是困惑於說話和澎油之間這無厘頭的邏輯關係。我笑。她怎麼能明白這種鄉間規矩呢。小時候在福田莊，但凡支油鍋炸吃食，都必得關門閉戶且無言少語，看起來神秘得接近於神聖，有著十足的儀式感。如不遵守，傳說中就會有兩種不良後果，一會跑油，二會澎油。那時候自然是信的，長大了就知道這是胡扯。即便不說話，炸東西費油，無論怎樣油也會越來越少。說話易噴出唾沫，唾沫是生水，生水進了熱油裏，可不就是會澎。澎到了臉上手上便是燙傷，自然得預防著。關門閉戶則是因為窮，害怕鄰居串門，人家來了，你不得讓一讓？人家多少不得吃點兒？那多心疼。

耍獅子的人十二點多方才從東掌回來，小曹已換了身筆挺的西裝，打著領帶，儼然是另一個人。一來他就開始搗鼓手持麥克風，大概是電池接觸不好，這麥克風一會兒響一會兒不響的。下午的村晚他是主持，看來中午這長桌宴也順便一起主了。人們漸漸聚攏了來，開始都不好意思坐，只繞著灶台轉圈。等到一有人落座又都開始搶座，除了桌首的幾個位置空著，其他座位幾乎是瞬間滿員。一入座就有人動筷子，小曹喊著說等會兒等會兒，拍點兒照片再吃，吃得滿桌子亂亂的，照相不好看。還有電視台在拍鏡頭哩，都注意點兒形象唄。卻沒人聽，說吃飯就吃飯，整恁多事兒幹啥呢？說著就吃了起來，直到大英繃著臉巡迴走動了一圈，方才好些。

大英便安排大包、秀梅、徐先兒和我等幾個坐到了桌首，又喊著讓小曹發個言，人群便靜下來。小曹早已拿好了話筒候著，一出口便是標準的晚會腔：尊敬的各位領導，各位父老鄉親，女士們，先生們，大家新年好！衆人便齊回：好！接下來便是小曹的晚會腔和席間衆人的紛亂私語在各自的聲部高低重唱——

今天是咱們村的首次長桌宴，開席之前，書記叫我說幾句，那我就代表班子說幾句……少說幾句吧。都等著吃哩……

咱們寶水村，是省級的美麗鄉村，是懷川縣的北大門……

美麗鄉村還有個牌，北大門是啥說處？誰封哩？……

近年來，在黨和政府以及各級領導的正確領導和大力支持下，我們村的面貌日新月異，得到了突飛猛進的發展。我們要不負他們的付出，把希望的種子深深地種在寶水村的大地上，生根，發芽，開花，結果，讓咱們村的明天更加美好！咱們今天辦長桌宴的意思，就是祝福咱們村的未來更加光明，和諧，吉祥！讓大家感受到一個大家庭的溫暖！……這一段弄得不賴。有點兒墨水。估摸著是跟他媳婦兒半夜黑寫哩，勁兒勁兒的……

我再介紹一下咱們這幾道菜。這菜裏有咱們的本土文化……

真囉唆。誰還不知道？……

第一道菜，是咱們中華民族必不可少的一道菜，就是這個魚，年年有餘……

這魚味兒還中，只是有點兒燒破相了……

第二道菜，白菜豆腐。白菜就是百家發財，豆腐就是大家都富。炸成紅豆腐的意思就是紅紅火火……

要是不炸成紅豆腐就更好吃。不炸那可擱不住這大鍋燉……

第三道菜更有講究，就是咱們的悶罎肉。過去條件差，沒有冰箱冰櫃，肉不好存放。咱們的祖先靠著自己的聰明才智，創造了這道工藝。悶罎肉為啥要用罎子，因為這個容器能保證原汁原味……

主要是也便宜……

第四道菜就是雞，象徵著大吉大利，五穀豐登！在此，祝各位領導官運亨通！祝鄉親們萬事如意！現在，我宣佈，長桌宴正式開始！

其實此時已吃得滿桌開花。每個老人旁邊都帶著孩子，給孩子們夾菜的，要餐巾紙的，倒飲料的，敬酒的，酒精鍋的火滅了吆喝著重新點著的，盛米飯的，拿饅頭的，叔嬸哥嫂伯娘爺奶的叫喊在席面上飛翔跳動，是一派十足的鄉宴情狀。

村晚就在學校院，村史館前的廊廈門頭橫拉著一條繩子，上面掛著「寶水村春節晚會」幾個大字，字空裏點綴著幾隻紅燈籠，算是佈置出了舞台。長桌宴的板凳搬過來，就成了觀衆席。第一排留著的空座坐滿時我發現全是陌生面孔，看著又不像遊客，聽口音都是本土。問大英，大英說是周邊村的幹部，楊鎮長特別交代的，叫他們來看看寶水的弄法，長長見識。

暖場音樂一直在循環播放：

春到人間喜洋洋，

一切順利齊歡唱。

財神帶著財寶來，

福從天降添吉祥。

……

沒錯，此時此地，最適宜的還是這樣的歌啊。

跳廣場舞的女人們聚在孟騸子的屋裏，穿著盡量統一的裝扮。紅圍巾，黑毛衣，紅裙子，黑靴子，紅黑兩色間隔的尺度很不錯。見我進來，都親熱地打著招呼。原來是在等著青藍給她們依次化妝，畫出的妝很濃，似乎是這濃妝讓她們有些羞澀，她們顯然明白此刻的自己較之於往常是光彩奪目的，用羞澀表示著低調或謙遜，也因而格外可愛。

楊鎮長應和著一陣熱烈的寒暄聲進了院子，後面跟著王主任。拎著一袋袋被子和一沓證書，全都是紅彤彤的。待他落座，小曹上場，晚會便正式開始。小曹還是那個調調，一串串的排比句，文理不通也無礙，情緒通才是要緊：

今天，我們相聚在這裏，感受到了春的氣息。今天，我們相聚在這裏，享受緣分帶來的美好時光。今天，我們相聚在這裏，一起用心來感受真情，用愛來融化冰雪。今天，我們相聚在這裏，載歌載舞，滿懷希望，心潮澎湃。看，陽光燦爛，那是新年絢麗的色彩，聽，鐘聲琅琅，那是新年動人的旋律。現在，在我們魅力無限的村莊，在我們美麗無限的村莊，我們一起來辭舊迎新吧。聯歡會現在開始！

第一項便是頒獎，大英上台先講了幾句，宣佈了獲獎名單，五個衛生文明戶，五個誠信經營戶。然後楊鎮長上台頒獎，給每人發一個榮譽證書和一條被子，秀梅、雪梅、香梅都得了衛生文明戶，我也在其列，還在誠信經營戶裏佔了一席，是唯一得了雙獎的。楊鎮長頒完了獎，從小曹手裏拿過話筒說，我發現咱村都是婦女們上台領獎，這個非常好。都說經濟發展好，婦女地位高。咱村這就是證明。咱豫劇有句行話：「一窩旦，吃飽飯。花臉多，要砸鍋。」老少爺們，要想吃好飯吃飽飯，以後要對媳婦好好巴結著，這沒錯！

就都笑。

一共有十來個節目。但凡洋氣些的表演都來自回家過年的孩子們和年輕人，有跳國標的，有跳拉丁的。青藍唱了一首英文歌《鄉村路帶我回家》，她在上面唱著，下面便有人喊，為啥不用中國話唱？張大包媳婦和張有富媳婦是屬努力洋氣卻未遂的。她們合唱的是鄧麗君的《甜蜜蜜》，表情雖足夠甜蜜，可歌聲既蒼老又尖厲，原生態得過分。更好笑的是她們完全踩不上拍子，不該唱時在唱，該唱時沒了音，該低時突兀地高，該高時更是高得懸乎。唱到半路她們自己都笑了場，空了幾句方才續上。台下也笑得不行，有人還起哄喝起了倒彩，十分歡樂。

秀梅和雪梅也有個合唱，秀梅命我給她們全程拍下來，這個任務自然是不能推卻，得好好完成。她們唱的也是鄧麗君，卻是把《小城故事》改了下詞：寶水故事多，數也數不過。若是你到寶水來，會遇好多個。看一看，說一說，寶水故事真不錯，請你的朋友一起來，寶水來做客……她們唱完後，小曹評價道：完美！

我建議讓這歌成為我們的村歌，中不中？回答他的是一片鏗鏘之聲：中！

沒有什麼紀律和秩序，上面唱著跳著說著，下面的人想看就看，想和台上搭茬就搭茬，想議論就議論，想呵責孩子就呵責孩子。場子內外川流不息，你來我往，見面便說笑：咋這會兒才來？慢得跟鱉爬似的。唉，過年嘛，家裏事兒多。咦，就恁家過年？就恁事兒多？就恁能幹？就恁會幹？哪兒就離不開這一會兒了？忙了大長的一年，家門口的戲就不能看一眼？這勞碌命！

初時覺得亂，在其中待上一會兒便也覺得泰然。這是他們的村子，即便是公眾場合也是娛樂性質的公眾場合，可不就該如此自在。

27. 寶婺星沉

祭灶按規矩是要打火燒的，火燒裏要有糖餡，是為了讓灶王爺上天彙報工作時說甜言蜜語，所以又叫糖火燒。燒餅和火燒有什麼區別，這個問題我從小疑惑到大，相近的答案是：燒餅蓋上有芝麻，火燒蓋是淨面的。另有一個規矩是祭灶火燒需得十八個，給灶王爺路上當乾糧用。為啥是十八個，因為灶王爺闔家十八口。這裏的說法稍有區別，趙先兒說其實是十六口，另外那倆火燒要給把守天宮的左右門衛。

老安早就發好了麵，黃昏時分便開始打火燒，其實就是在平底鐺上烙，一鍋六個，三鍋正好十八個。一邊烙著，熱乎乎的麵香味兒便在空氣中濃郁起來。剛成的火燒最是誘人，安嫂子說，再想吃也得等祭過了灶。便抱了棵白菜進來剝洗，又去切泡好的海帶，說等會兒豆嫂要送豆腐來，用這幾樣熬出的湯便是祭灶湯，配著火燒吃最得宜。正說著，豆嫂已進了門，手裏還端著一個盆，笑道，說曹操，曹操到。豆腐來啦，還有新酸的黃菜，這頭一份兒不得孝敬老太兒來？我問她祭過灶了？她說祭過啦。俺家灶王爺這會兒怕已快到天宮啦。

說話間便去看九奶。火燒此時已烙妥當，老安便把香點上，把供饗擺好，召喚我們到神位前一一作揖，剛剛說完「上天言好事，下界保吉祥」，忽然就聽見豆嫂在聲嘶力竭地喊。便都跑過去。

九奶正長長地、微弱地吐著氣。噗——一口，噗——又一口。

他快來了。九奶說。

我的拐，快拿來。她又說。

安嫂子已兩眼是淚，說，老太兒恐怕是到了時辰。老原跪在床前，抓住九奶的手，嗚嗚嗚地哭著，哭得像個孩子。豆嫂也拍著床幫，帶著哭腔道，老太兒，恁可好好的呀，咱可好好過個年呀。我和安嫂子忙把她拽起來往門外推，安嫂子嗔怪道，老太兒還有氣兒呢，你先別亂哭。又喊我說，快給徐先兒打電話呀。

徐先兒和大英前後腳到，接著是趙先兒。西掌、中掌和東掌的人也隨即一波波趕來，屋子裏站不下，就都在院子裏候著。內外都很靜，都在等。

九奶閉著眼睛，胸膛起伏得劇烈了起來。呼哧，呼哧，呼哧，噗——呼哧，呼哧，呼哧，噗——忽然間，停了。

就都看著她，她伸著枯樹枝一樣的手。那隻空空如也的手。

拐呢？她說。

還是在要那根拐杖。那根丟了的拐杖。沒有那根拐杖，她是不是就不好去見那個人？於她而言，它是不是也屬定情信物？像那封「玉蘭吾妻」的家書一樣？

院子裏有了些腳步響動，有人打招呼說，豆哥來了。便見豆哥進了屋，手裏拿著一根拐杖。看材質的棱角就是降龍木，乍瞧跟九奶那根很像，尤其是龍頭，幾乎一模一樣。再細端詳就知道有差，龍頭要小一些，杖身的顏色也要淺一些。

這不是那個。老原說。

試試吧。興許中。我聽我爺說，德茂爺那時在一棵降龍木上取了兩根料，就一起磨了兩根拐杖。我爺腿不好，給了我爺一根。九奶摸著應該不手生。

等豆哥把拐杖遞過去，九奶便一把攥住，停頓片刻，睜開了眼睛。

豆？她喊。

豆哥答應著來到床前，和老原並跪在一起，嗚咽起來。

九奶攥著那拐杖，臉上蕩漾出了微笑。

是他磨的。

嗯。

沒扔？

嗯。

九奶微微頷首，中。

驀然，拐杖從她手中掉了下去。老原和豆哥一起抓住那拐杖，又遞到她手裏。

福久？

嗯。

你回來了？

老原貼著她的臉親了親：回來了。

她微微一笑：回來就好。

在老原的哭聲中，這句話音近乎於無。但我還是聽見了，字字不落，極其清晰。朦朧的淚光中，我盯著她的唇，極微弱的一張一翕之後，靜止了動作。我看著她的臉。她的眼皮正在緩緩地往下合去，終於合成了一條安詳的線。

那一刻，我就那麼看著。看著徐先兒上前，把老原輕輕撥開，把手伸到九奶鼻下，停了片刻，然後正過身子朝向眾人，喊道：

何老太太寶婺星沉，福壽全歸——

舉哀——

屋裏一片號啕。我卻哭不出聲。居然還在這瞬間走神地想，九奶原來姓何，何迎春，這真是個好名字。和王玉蘭的名字一樣好。

看著九奶的臉，腦子裏又閃現出奶奶剛去世時的樣子，突然間一片雪亮。沒錯，奶奶去世前說的那句話，那句以「好」為終結的話，一定就是這個：

回來就好。

一定是。

這句話裏，似乎什麼都有。一切。

28. 喜喪

自然還是徐先兒當知客。他刻下便開始了有條不紊的安排，指示老原去報喪，讓安嫂子去找草席、被子、火盆和金銀紙，壽材是早就備好的，讓大曹明日再仔細檢視檢視。又和趙先兒商議著什麼時辰去看墓地，請誰當墓工，墓裏磚頭該由誰砌，怎麼砌。還要鋪板子，板子得用什麼木材。還需請人去砍路，往墳地去的路不夠寬，要抬棺上去，就得把兩邊的枝條再修整一番，謂之砍路。

用三輪車拉不中？有人小聲說。

約莫九奶不肯坐。她老早說過，怕暈車。趙先兒說著突然哽咽了。這是我第一次看見他哭。他曾說過，經手的白事太多，哪有恁些淚掉的。

九奶是喜喪，這個基本調子定下後，辦事的氛圍就跟一般喪事有了明顯區別，就可以不那麼悲傷，甚至可以不時玩笑。靈棚裏坐得滿滿當當，各家輪番派人來守靈。九奶的雜菜，都得來吃吃。大英說。這裏把辦白事叫吃雜菜。就是把各種菜攪到一起，其實也就是燴菜。但這時不能叫燴菜，就得叫雜菜。如同吃鯉魚特指辦婚事一樣，吃雜菜也常常特指辦喪事。老安掌勺做出的雜菜也不是一般地好，每鍋做出來都沒有餘剩，人人都是一大碗。按說也不用戴重孝，大英卻不依，說喜喪也得有人戴重孝，要不然沒有一點兒白事樣。徐先兒道，那就戴，能戴的都戴，就憑九奶接咱們從娘胎裏落地，也該為她穿這一回白衣。天下老人皆父母，世間晚輩盡兒孫。這理也通。此話一出，便有一二十個人穿了孝。孫子輩的除了老原是重孝，其他的也都在頭上繫了孝巾。女人的孝巾是橫長的一縷，繫在額上隨著頭髮飄灑，襯得皮膚也白了幾分。男人的是方巾，先繫在額上，再反搭住頭，顯出了些俠氣。要俏，穿孝。這老話確實有理。扯孝布，訂紙紮，買煙，置酒，都需要花錢。花錢便都照著老原的臉。——原家的孫子給張家的奶奶送終，雖是如此不合常理，居然也沒人說什麼，便也顯得似乎就該如此。這便讓我幾乎可以斷定，所謂的那個秘密，其實是全村人都已知道。

徐先兒說，今年沒有三十，二十九就是三十。停三天太短，停七天又恰趕上三十，那就避開三七，停五天。掐頭去尾，中間也就是三天，不長不短。老太太人緣好，十里八鄉聽到信兒的人也該能來得及送一程。對了，記得九奶老早時說過，辦她的大事時，想要個巡山。她說，這最後一出事反正是叫人受累，一事不煩二主。大英道，那就巡唄。她孤零零一個人恁些年，咱村是她娘家也是她婆家，這還能不依她？正好在外打工的這幾天都在往回趕，到時人齊全，就叫她好好巡一回山。又嘆道，多少年沒人巡山啦。看我和老原蒙著，便解釋說，巡山原是過去的老規矩，即出殯時抬著棺材圍著村子轉一圈，是再看最後一眼的意思。衆人便都感慨九奶有大福氣。說她雖是沒兒沒女也沒了娘家人，這靈前卻比那些都有的人還熱鬧。去的時辰又是緊跟著灶王爺的腳蹤，不知隨著享用了多少香火，說不定就是被灶王爺收去進了仙班哩。還有巡山這事，這一二十年裏，抬棺的人都尋不齊，誰還能巡山哩。可她的大事偏偏是到這時節，村裏勞力最是不缺，就是能叫她遂心如意地巡巡山。看來也只有這老太兒配享巡山。

二十四上午是小殮，程序簡單，即下鋪席，上蓋被，穿壽衣。二十五下午大殮是要入棺的，也就是最後一面，便隆重複雜了許多。要以新棉花蘸溫清水為九奶洗臉，謂之開光抿目。棺底鋪黃紙和黃綾褥，謂之鋪金，妥當後蓋棺，釘釘子，謂之鎮釘。這些程序的間隙裏便是守靈，陸陸續續地，一直有人來弔孝，弔孝就是哭泣，磕頭。也有人搭孝，多是酒肉吃食。徐先兒說，這些年辦喜事一直在改，總有更新式的，什麼紅旗袍、白婚紗，拜高堂也不再磕頭，改成了鞠躬。喪事卻是不好改的，壽衣多少年來還是得那樣做，小殮、大殮、守靈等這些程序也都還是得那樣來。

守靈的人也分了輪班。隨著人員不定，話題也便亂紛紛的。似乎人人嘴裏都有新聞，有的新聞早過去了三五年，可因聽著的人都是剛剛知道，那便也是新聞：石瓮村考上清華大學的那個小子聽說在美國讀博士，他奶奶前些天死了，他在電話裏哇哇哭，哭一場也算，反正也回不來。金嶺坡那個三十七八的老閨女終於嫁了個半老頭子，比她爹還大，見了她爹照樣叫爹。裴莊村有個二十啷當的小夥子娶了個有錢寡婦，其實就是倒插門嫁了人家，那寡婦的閨女比他小沒幾歲，只叫他哥。葫蘆峪村有一家子都在浙江一個皮革廠打工，三年裏都得了癌症。影寺村有個人買彩票中了好幾百萬，高興成了半瘋子……故事脈絡的粗細程度由講述者與故事主角的關係遠近決定。關係近的，講的就更可信一些。誰誰的親戚去年經朋友介紹隨著包工頭去新疆幹工程，說是管吃管住管抽煙，一年能掙五萬塊。去了一看那條件就後了悔，知道叫人捶了。可是回不來呀。先是勸你，你不識勸呢，也不打你，也不罵你，弄個麻袋把你一裝，開車把你扔到戈壁灘待一晚上，嚇得你沒了魂兒。第二天把你拉回來，你就乖乖地幹了。生氣不要緊，只要幹活。他還有一樣好處，不拖欠工錢，年底給足你五萬，叫你來年還幹，能引人來幹那更好，如今僱人難。也管來回路費，坐最慢的硬座或最便宜的飛機，也得花幾百上千，你只要拿來了票，人家一定給報。還有人掙的工資更高，每月八九千，一年能拿到十萬呢。不過也受罪，是開塔吊車，得拎著乾糧和尿桶上班哩。那塔吊車有三四十米高，上下一趟不容易，有時候忙得厲害，上下午不歇氣兒，那咋辦？乾脆一天的吃喝拉撒就都在裏面解決。那人原來有恐高症，光暈。幹了倆月才適應下來，倒是治好了恐高症。

徐先兒的老閨女倩倩也回了村，按時按頓來給徐先兒送飯，說怕他吃得不如意，犯了胃病。也守了一會兒靈。她明眸皓齒，像是整過容。頭髮黑亮得過分。秀梅便誇她的頭髮。她笑道，花了四五百染的，能不好？問她，咋恁年輕就有白頭發了？她說，那倒不是。在城裏染的是黃的，過年回家就得染成黑的。要是頂著一頭黃毛回來，我爸媽和親戚們準得一遍遍嘮叨。只要回鄉下老家過年的年輕人，十有八九都這麼幹，省了多少口舌。問她，那過完年回了城，再染回去？她說，是呀。這純黑的太老土啦。

女人們也免不了要說說婆媳關係。這邊婆婆們感嘆，說過去養孩子都用布尿片，如今用的都是紙尿褲。過去老早就給孩子把屎把尿，孩子一歲多就不再尿床拉褲子。現在卻說不能干涉，要等孩子的尿道和啥括約肌發育好了再來訓練這個。咱們養了多少孩子，如今人家不信咱的。那邊便有媳婦們搭話，還是你們說的，麥子上午不熟下午熟，今兒不熟明兒就熟。孩子的事跟種莊稼一樣，不急不慌，都不耽誤。咱講究個順其自然，咋不好呢？就都笑。

二十六上午，馬菲亞兩口也過來弔孝搭孝。磕過了頭，卻把大英叫到一邊，說了半天的話。原來是他們承包的那條荒溝出了岔子，說本是兄弟兩家的，老二出去打工，在城裏扎了根，輕易不回來。老大家走不動，就留老家守著，出租協議都是老大兩口出頭兒代表的。為了好算賬，當時按的是五十畝整，預付了五年的錢。那時老大兩口對大英和馬菲亞兩口謝了又謝，肯定是覺得佔了便宜。他們賣雞和雞蛋時，老大兩口也沒少張羅。這臨近了年，老二回來了，看到寶水這陣勢，大概是動了心思，便又仔細量了量，說其實是一百畝，租金得翻倍加。之前不想說恁多，是想給他們優惠。現在幾年過去，也優惠得可以啦。

馬菲亞氣道，之前好好的，咋說變就變。本打算這兩天就回老家過年的，他們弄個這，還叫不叫人過年了？閨女來年要高考，還想在象城多住些日子陪陪她，這一走又怕人拆房子，又得找人看鵝看狗，還得琢磨著要不要打官司。不打官司說不清，打了官司又傷和氣，即便打贏了，兩邊還咋往下處？大英沉吟了一會兒，淡定道，甭作難，咱先把事兒扎透。知道鹽打哪兒鹹，醋打哪兒酸。五十畝一百畝的，從根兒上看，無非是他們想多落幾個錢，咱把這解決了就中。叫我說，把畝數多少擱一邊，你們需要人幫著照管，老大兩口又沒事幹，你們僱了他們，一個月給他們發一兩千工資，必定就能得個齊全。這事兒我約莫著這就中，一爭兩醜，一讓兩有麼。我給你們作保到底，不叫他們再生事端。

閒聊時，也有人試探著問大英，九奶這房子接下來該咋辦？大英道，九奶留話了，是給人家根兒的。根兒說咋辦就咋辦唄。那人便接茬問老原，老原平靜道，孟鬍子說過，這房子其實最適合當村史館，回頭收拾收拾，就用來當村史館吧。大英在旁笑道，那敢情好。安嫂子當即問，那現在的村史館騰出來派啥用？大英道，恁大個院子恁多間房，位置又在中心，租出去可得成幾個錢。村裏要貼補的地方多著哩，有了這份集體收入，那可算是大家油供大燈頭，豈不是正好。又朝著老原道，也不能叫你白讓。回頭班子商量商量，把這租金給你分成。老原道，這賬就別算了。大英道，咋好讓你這麼虧哩。頓了頓，老原道，常聽我奶奶說，會吃虧的餓不著，能吃虧的有福報。我信。

29. 暖土

二十七上午，外村趕過來弔孝的人依然絡繹不絕，聽說要抬著九奶巡山，便有一二十個留了下來，說要幫著抬棺。徐先兒欣慰道，只要有這念想的，咱都請留。路遠無輕載，何況咱這本來就不是輕載。這時候就是人越多越好。

十點來鐘時，忽然來了個生面孔的男人，個子高高的，面色黧黑，一到靈前便跪地磕頭，痛哭了幾聲。秀梅正在守靈，便上前把他拉到一邊，說了好一會兒話，我方才知道這就是東掌的那個朱大個兒。後來又看秀梅把老安兩口也叫過去在一起說話，便明白了個大概。悄悄問趙先兒，朱大個兒的老宅風水到底怎樣，趙先兒打了個哈哈道，那處宅風水肯定是有毛病，不過毛病大小要看誰住，能不能鎮住。不是有個典故？兩戶人家門前同樣都有一池塘，同樣都種一池蓮，還同樣都是白蓮。蓮花開時，這家老人亡，白蓮成了迎門孝，那家卻發了家，白蓮成了迎門財——銀子不就是白花花的嘛。所以說，一戶一情，得論德行。說著便往老安那邊瞟了一眼，會意一笑道，這宅到了老安手裏說不定就中。稍微擺置擺置，估計沒啥問題。不說別的，你就看安家這個姓，多卓。

楊鎮長和王主任是臨近中午時分到的，儘管徐先兒說公家人三鞠躬就中，他們還是跟其他人一樣，板板正正地磕了三個頭，待老原磕回去謝了孝，他便也坐進了靈棚，說這幾天會太多，今兒好不容易請出了假，來送老太兒一程，也沾沾老太兒的福壽。說這是他娘交代的，長短得坐會兒守守靈。聽說要給九奶巡山，便感嘆道，寶水人還是仁義。現在鄉裏這些村辦白事，哪還有巡山的。且不說巡山，雲里村、雲下村但凡白事就都買的是一條龍服務，連戴孝哭靈的假孝子都能花錢買，哭得比真孝子還痛。

就又說起前些年雲里村剛紅火起來時的一樁白事，發生在國慶節前夕，約莫是 9 月 29 號，有人死了娘，停靈只用了一天就把人下了葬，辦完事當夜打掃乾淨，次日就開始待客，黃金週的生意沒誤分毫。街坊鄰居本來還都有些猶豫，要說這也有古禮——上大學時聽老師講民風倫理，《禮記》裏就有話是「鄰有喪，舂不相；里有殯，不巷歌。」過去的人舂米好喊號子，鄰家有了喪事，那就不能再喊。街坊有了喪事，也不該再唱歌。這就是同哀之心。可要是事主都不哀，那其他人家也就覺得沒啥不好意思了。大約也是心虛，後來那家人跟人聊起這事，說孝心不在這上頭。人都戳他脊樑骨道，孝心是不在這上頭，可也沒見他在別的上頭。住的好房沒娘的，好吃好喝沒娘的，娘得了癌症，送到省醫，通知親朋好友一大圈人去看，罷了又說人家省醫態度不好，叫娘受了委屈，就拉回了市裏，沒住兩天又尋出了個茬，把娘鼓搗回了縣裏，縣裏有啥條件？沒花幾個錢就拉回了家，妥妥等死。都看得清清的，他就是個這人，再撒灰也眯不了別人眼。

楊鎮長往靈棚裏一坐，村裏人便圍攏了來閒話。有人問鄉裏下一步對村裏有啥安排，他笑道，村是你們的村，那還不是看你們咋安排，鄉裏的安排就是根據你們的安排來搞服務嘛。幾句官話後，方才漸進正題，說根據縣裏的指示，等閃過了年，各家都要配電腦，以後住宿接待都要按要求錄入身份證進行實名登記，這樣治安才能有保證。說有個地方也是深山農家樂，就是因為沒有納入實名登記系統，硬是叫一個殺人犯欺瞞著住了半年。又說鄉裏也商量過了，根據以前的經驗和目前的形勢，下一步還要鼓勵村裏組建農家樂協會，這個協會算是新型組織，將來各家都要集中培訓，米麵油、乾菜、洗漱用品等這些東西也都得從可靠的渠道統一進貨，質量過硬，價格也優惠，各家床單被罩的清洗消毒也都得有個章程，能做的事多著哩。

那看這意思，咱村還能長期發展？

這還用說。以後可別想著去鎮裏、縣裏、市裏買房啦。楊鎮長笑道。一邊應著村裏人的搭話，一邊不住眼地看著頻頻響的手機。坐了一會兒，大英和老原都讓他趕快忙去，他方才和王主任離開。眾人就誇了他一番，末了歸結說，還是九奶的福氣大。然後又續接著方才的話，你一言我一言地討論起來。這個說，攢下了錢還是得去縣裏、市裏買房子，村裏到底是村裏，發展得再好也只是農村，要是真個兒好，為啥不天天人多？為啥最長情的客都住不過三五日？為啥還分個淡旺季？那個說，也不能這樣想。人家是來旅遊的，誰長長久久住在旅遊的地方。咱去外頭耍，住幾天也煩。金窩銀窩不如自己的狗窩。這個說，你怪會哄自己。你那是煩？你那是沒辦法。真有錢的人，喜歡哪兒就在哪兒買房哩。像咱們這地方，要真是中了人家的意，住個十天半月一年半載算個事？所以說，咱這就是眼下一時好，可不敢迷到這兒。趁著勁兒多掙幾個錢，真金白銀在手，還是得外尋出路。那個說，要不是往長遠裏看好咱村，根兒啊趙順啊會回來修房做生意？像青萍這一住就是一年哩。還有徐先兒這，能下山都不下，在村裏住著多牢實。

咱村當然是好。徐先兒悠悠一笑道，咱村的好，好在一個養字，養生，養病，養老。將來死了，埋在這兒也養魂兒。

一時無話。過了好一會兒，張大包方才說，咱村這，我死了也願意埋在這兒。可是在能打能跳時就漚在村裏，總有些不大甘心。大英道，漚啥呀漚，你漚肥呢。就都笑起來。

這天中午吃飯的人便也最多，老安足足做了三大鍋雜菜方才打發了所有人。按趙先兒算的，下午兩點一刻是吉時。飯後還有段空當。棺上已經綁好了杠，一條龍骨縱貫，兩條橫木各搭前後，每根橫木的兩端又搭出一豎兩橫的架子，每角四人，四角便是四四一十六，即抬棺人的位置。徐先兒又指導著虛虛地演練了一番，起時怎麼起，落時怎麼落，上坡怎麼上，下坡怎麼下，拐彎怎麼磨，如此這般說著說著，便到了時辰。老原將瓦盆盡力一摔，便扛起了幡。徐先兒高喊道：

八仙各守一方——

抬重各在其位——

起靈——

鞭炮最前，隨跟的是金山、銀山、別墅、汽車之類的紙紮，接著是響器和主喪孝子，棺木在其後。按照徐先兒的安排，先盡著本村人抬，本村人裏又讓壯勞力扛著最吃重的棺頭，那便是大包、鵬程、大曹、小曹、峻山等這幾個，上年紀的如老安、豆哥、張有富這些人則在棺後或是外圍。有富兒子、豆哥兒子和小金師傅等這些更年輕的男人在旁邊緊跟著，隨時預備替換。村裏的路平緩，要好走得多。等到往墳地裏去的路上，那是要出大力的。也不是所有男人都能抬，未婚的就不行，因陽氣太重，怕沖散了陰氣。徐先兒說，叫他們先看著，先學著。

便由西掌巡起，不走回頭路，從一家家門前過。攜帶著幾條長凳，需要歇肩換人時便把棺木放在長凳上。按規矩，一旦起了靈，這一路上就不能再讓棺木落地，落地便接了地氣，便是落地生根，就不好再抬起來。

一行人抬著棺出了院子，慢慢行起，在西掌口暫歇之時，回望著西掌，徐先兒沉沉喊道：

太陽出東落西方——
山川草木流水長——
春風伴駕仙遊去——
老太壽棺離家堂——

到了中掌，由秀梅家旁邊的路進去，繞著村史館的後牆，過了趙先兒家剛翻蓋過的老宅，又過了徐先兒家，便是老原家。剛到老原家門口，右後方的老安突然喊說杠繩鬆了。等不及長凳過來，棺木便緩緩後沉起來，徐先兒就指揮著，叫棺木落了地。

一瞬間，隊伍便靜下來，都看著徐先兒。這一刻，徐先兒的臉色很重。趙先兒走上前，和徐先兒耳語了兩句，徐先兒眉目間方才明亮起來，先叫人把杠繩緊了一遍，然後衝著棺木揖了一揖，緩緩道：慈棺落地是不捨，凶棺落地是不甘。九奶，你一輩子和善，肯定是慈棺。你不捨，俺們都知道。俺們也不捨你。好在這一走也不算遠，尋常幾步路，不要太憂心。你就儘管踏實去住新宅，都守著你哩，都念著你哩。

又把老原和我叫到跟前，說，孝子孝婦，好好地給棺上添把土，叫老人家上路。

最近的土便是老原院裏的菜園，我和老原走過去，兩隻手各抓了一大把土，輕輕地撒在棺上。徐先兒又沉沉喊道：

老太壽棺離家堂——
寬心安神一爐香——
在天有靈多蔭佑啊——
蔭佑兒孫代代昌——

頓了頓，把嗓子往上領了領，高喊道：

再起——

在這喊聲中，棺木又被眾人穩穩地抬起來，繼續前行，向東掌去。

我的手上沾滿了土。土在手上慢慢乾燥著，成了灰塵。忽然有些詫異，隆冬時節，這土竟然有著隱隱的暖意。是錯覺嗎？

不由又想起剛學會開車時，駕校老師特別叮囑說，下雪天過橋面要格外小心。到了冬天，一般路面都不凍的，橋面上就容易凍。下了雪，橋面兒上的雪消得尤其慢。原因麼，就是橋上低溫。問他為什麼橋上低溫？因為離地遠呀。他說。為啥離地遠就低溫？那老師像看白痴一樣看著我：地暖和！頓了頓，又釋然笑道，也是，現在恐怕人人都知道地暖，有幾個人知道地暖和呢。

自東掌的坡上下來，過了關帝廟、娘娘廟和寶水泉，再朝西下一道慢坡，便到了張家墳。老原跳進墓坑裏先躺了躺，謂之暖房。然後，隨著徐先兒的號令，九奶的棺木被穩穩地放了進去。在用鐵鍬埋棺之前，徐先兒讓每個人都用手撒上一把土。衆人便撒起來，噗，噗，噗，土和土親吻的聲音累積起來，敦厚而輕柔。我也抓起一小把濕潤的泥土，投向那個小小的棺木。在手觸到土上的那一刻，我便明白方才不是錯覺。這土，確實是暖的。

30. 點燈

從墳地回來，那晚我們仍睡在九奶的老宅裏。我是倒頭便睡，醒來時已是第二天中午，被老原叫醒，吃了兩口午飯，便又睡去。再次醒來，已是大年三十的清晨。從來不曾這樣酣睡過。都快睡傻啦。老原說。我笑。

今天也是九奶的頭七，上午便和老原去了張家墳。回來時路過寶水泉，看見徐先兒正在泉邊的圍欄上貼春聯。聯上寫的是「一年常不安，自在今一天」，橫批是「龍王得位」。問他，泉裏也有龍王？他說，有啊。你以為只大江大海才有龍王？井有井龍王，泉也有泉龍王哩。我說，咱們這麼小一個泉，恐怕連龍王的半隻爪子都放不下。況且，這世上有多少泉呀，人家咋能顧得上咱們這個。徐先兒笑道，要麼人家是神呢。神就是神，神有神的神通。世上的水都歸龍王管，哪兒的水疼了癢了，都連著他的心呢。咱只管敬，心到神自知。

陽光很好。吃過午飯，我便搬了把椅子出來，在院子裏躺了一會兒。閉著眼睛，我凝神感受著陽光和煦的照耀。一瞬間，耳朵忽然很靈敏，似乎聽見了很遠的聲響。在更高的天空，有鳥在飛。在更遠的山谷，有風吹過。而在更深的地下，有水正流。那汩汩的聲音彷彿是誰在溫柔地奏樂，也彷彿是誰在溫柔地啜飲。可以想像這水流到地面上成為溪成為河的樣子，在此時的日光下，一定是金光粼粼。那無辜的神情，似乎從來都不明白發生了什麼，正在發生什麼，將會發生什麼。而對曾經發生的一切，它也只會承受，只能承受。承受之後又似乎毫無記憶。這就是它的命運。似乎是一個弱者的命運，可是因為它的命運如此綿長和巨大，漫漶和浸泡了那麼多的命運，所以這命運便也讓人心生敬畏。

腳步聲響。是老原回來了。矇矓中，一片清涼的陰影擋在了面前。睡了？我不語。這都能睡著，看來還真治病。他輕笑。我也笑。突然想起，確實很久不曾失眠了，幾乎忘了失眠這回事。不知不覺間，這頑疾遁於無形。它去了哪裏呢？

精神一下，咱們去原家墳點燈吧。

我說，好。

此地規矩，大年三十下午需得上墳請祖宗回家過年，俗稱點燈。

一路上看到許多樹上都貼著紅紙，應該都是徐先兒的傑作。原以為只有老祖槐有「槐神得位」，現在才發現有年頭的古樹都有這待遇——「柳神得位」「皂角神得位」「松神得位」「柿神得位」，動物們也有此待遇，不期然就會看到一帖帖小小紅紙，上面寫著「蒼狼得位」「寅虎得位」「文豹得位」。

走到西掌口，正好又碰上徐先兒，看他手心手背上全是紅印兒，就都笑。便問他，文豹是什麼豹？他說是金錢豹。「得位」的意思是？就是應得的牌位，表示咱尊敬牠們。不能光敬獅子呀，得叫牠們都享有香火。我說咱們敬的神真多。他說神多了好呀，都來保佑咱們。你們這是要點燈去呀。嗯。夠早的吧？早了好，早點早吉利。

點燈回來，簡單收拾了些東西，便和老原上了車。老原說，咱們先去看看豫新，再去你那兒貼春聯，然後去我那兒，我讓飯店存了點兒好菜，咱們就在我那兒吃年夜飯。

我說，好。

車很快開出了村子，漸漸盤旋而上。忽然微信電話響起來，是郝地，說一會兒怕耽誤了看春晚，先跟母上大人拜個年。拜年拜年，紅包拿來！我說一會兒就發。問她還想要啥，她嗯了兩聲說，我同學讓她媽媽給她求了個護身符，拍了照做成了屏保，還挺好的。媽媽，回頭你也去廟裏給我求一個吧。

我說，好。

又和母親聊了幾句，她說，這幾天老是夢見你爸，你再上墳時記得跟他顧語顧語，他這麼漂洋過海地給我託夢，不累得慌呀。郝地在旁邊插嘴道，又不用花錢買機票，我姥爺對您的這種思念方式多麼省時高效且惠而不費，您還嫌棄啥呀。

就都笑。

剛剛掛斷，手機又響，是大英，問走了沒有，我說正走著呢。

注意安全。她說。

好。

早點兒回來呀。

好。

此時車已攀至高處，視線幾乎能與山頂平行。在高處看山才知道為什麼山會被叫作「一道道」。是的，就是這樣。一道又一道，近處深藍，遠處淺藍，藍至無窮無盡。